Das Buch

Seit vor fünfzehn Jahren ihr Vater und ihre Stiefmutter ermordet wurden, wird Vivica van Heemskerk von fürchterlichen Alpträumen gequält. Die Ereignisse wurden nie richtig aufgeklärt, der Täter nie gefasst. Als Vivica schwanger wird, beschließt sie, auf ihre Heimatinsel Borkum zurückzukehren, um sich endlich den Gespenstern ihrer Vergangenheit zu stellen. Ist ihre Schwester, die noch immer im Elternhaus lebt und von vielen Inselbewohnern für schuldig gehalten wird, eine gefährliche Psychopathin? Oder hat Vivica, die sich an die Mordnacht nicht erinnern kann, die Tat am Ende gar selbst begangen? Je mehr sie über sich und ihre Familie herausfindet, desto mehr gerät sie in Gefahr …

Kommissarin Edna Beck, die auf Borkum ihre Nichte besucht, hat von dem ungeklärten Fall gehört und beginnt auf eigene Faust zu ermitteln. Aber mit jedem Zeugen, den sie befragt, tun sich neue Rätsel auf. Dann wird in den Dünen eine Insulanerin ermordet – mit der Tatwaffe von damals! Ist mit Vivica die Mörderin zurückgekehrt? Im Zuge ihrer Nachforschungen entrollt sich vor Edna ein beklemmendes Familiendrama.

Die Autorin

Silke Barden, Jahrgang 1971, wuchs im Rheinland auf. Sie studierte Germanistik und Musik, absolvierte neben dem Studium eine Sekretärinnenausbildung und schrieb für verschiedene Zeitungen. Heute arbeitet sie als Lektorin und freie Autorin. *Blutsschwestern* ist der zweite Roman mit ihrer Kommissarin Edna Beck.

In unserem Hause ist von Silke Barden bereits erschienen:

Der Elfenmörder

Silke Barden

Blutsschwestern

Edna Beck ermittelt

Ullstein

Besuchen Sie uns im Internet:
www.ullstein-taschenbuch.de

Umwelthinweis:
Dieses Buch wurde auf chlor- und säurefreiem Papier gedruckt.

Originalausgabe im Ullstein Taschenbuch
1. Auflage Mai 2006

Umschlaggestaltung: Büro Hamburg
Titelabbildung: © Heinz Wohner/Look
Satz: LVD GmbH, Berlin
Gesetzt aus der Sabon
Druck und Bindearbeiten: Ebner & Spiegel, Ulm
Printed in Germany
ISBN-13: 978-3-548-26418-9
ISBN-10: 3-548-26418-2

Prolog

Ich war neunzehn, als mein Vater mit eingeschlagenem Schädel auf dem Küchenboden gefunden wurde. Die Frau, die mit ihm starb, hatte ich nie Mutter genannt.

Ich bin nicht sicher, ob sie diese Anrede von mir erwartet hatte, als sie ein paar Jahre zuvor in mein Leben eingedrungen war, möglicherweise hatte sie das tatsächlich, nein: bestimmt sogar. Aber das kümmerte mich nicht weiter. Sie war nicht meine Mutter und deshalb hatte ich sie auch nie so genannt. Trotzdem sagte Linette Deine Eltern sind tot, *als sie mich bei Tante Tilla am Frühstückstisch überraschte. Sie stand auf einmal neben meinem Stuhl, also wird Tante Tilla sie wohl hereingelassen haben, irgendwann zu einem früheren Zeitpunkt, auf ein Klingeln hin, das sich mir nicht eingeprägt hat, und ich weiß noch, dass ich zuerst dachte, ich müsse mich verhört haben, weil sie etwas so Ungeheuerliches einfach so dahersagte.* Deine Eltern sind tot …

Ich war nicht traurig oder gar entsetzt in diesem Augenblick, eher überrascht, dass ein energischer und kraftvoller Mann wie mein Vater so plötzlich tot sein konnte, aber an der Art, wie Linette mich ansah, erkannte ich, dass es sich tatsächlich so verhielt: Mein Vater war tot, er und die Frau, die ich nicht Mutter genannt hatte. Erst später an diesem Tag erfuhr ich von den näheren Umständen ihres Sterbens, von dem Beil, mit dem ihr Mörder auf ihre Köpfe eingeschlagen hatte, und von dem Blut, das aus ihren klaffenden Wunden gegen die Küchenschränke gespritzt war. Gesehen habe ich nichts von all dem, denn ich habe mein Elternhaus danach nie wieder betreten.

Deine Eltern sind tot.

Linette stand noch immer neben meinem Stuhl und schien auf irgendetwas zu warten, wahrscheinlich auf eine Reaktion von mir, aber ich konnte nicht reagieren. Mir fiel einfach keine Reaktion ein, die auch nur im Entferntesten zu dem Satz gepasst hätte, den sie soeben gesagt hatte. Also saß ich nur da und starrte auf die Tischkante vor mir, von der ein winziges Stück Holz abgesplittert war. Ich hatte mich mit meinem Vater gestritten, und nun war er also tot. Und das Einzige, an das ich denken konnte, war, dass es mir nicht Leid tat. Ich habe das nie einem Menschen anvertraut, aber es war so: Es tat mir nicht Leid, dass mein Vater tot war. Dabei wusste ich, es müsste mir eigentlich Leid getan haben. Irgendetwas musste man als Tochter doch schließlich empfinden, irgendeine Traurigkeit, Kummer, etwas, das mit Bedauern oder Mitleid zu tun hat. Aber ich empfand gar nichts. Nur eine tiefe, allumfassende Leere.

Mein Vater hat mir zeit seines Lebens nur wenig Aufmerksamkeit und noch weniger Zeit für Gespräche gewidmet, aber damals, kurz vor seinem Tod, fing er plötzlich an, mit mir zu reden. Da war meine Entscheidung, die Insel zu verlassen, längst gefallen. Er hätte mit mir reden sollen, als ich zu einer Geburtstagsparty eingeladen hatte und niemand gekommen war. Da war ich acht gewesen. Er hätte mit mir reden sollen, als ich anfing, meine Mut-

ter zu suchen, wenn sie wieder einmal für ein paar Stunden verschwunden war. Oder als die Leute damit begannen, mich auf meine Schwester anzusprechen, die merkwürdige Dinge tat und laut mit sich selbst diskutierend durch den Ort radelte. Spätestens da. Als er endlich zu reden anfing, war es längst zu spät, und so konnte ich an diesem Morgen nichts anderes tun als auf Tante Tillas angestoßene Tischkante zu starren, voller Verwunderung darüber, dass mein Vater so plötzlich tot sein sollte.

Das ist jetzt fünfzehn Jahre her. Fünfzehn Jahre, in denen ich versucht habe, alles, was damals geschehen ist, zu vergessen. Irgendwie habe ich wohl immer gehofft, dass meine Erinnerungen mit der Zeit blasser werden und schließlich ganz verschwinden würden. Aber es gibt kein Vergessen. Nicht bei so etwas.

Überhaupt ist es seltsam, was man sich merkt, was sich einbrennt ins Gedächtnis, und was verloren geht. Manchmal denke ich, es gehen vor allem die wichtigen Dinge verloren. Ich weiß zum Beispiel noch ganz genau, was ich zum Frühstück gegessen habe an diesem Samstagmorgen, an dem Linette in Tante Tillas Haus kam. Ich weiß, dass es selbstgemachtes Sanddorngelee gegeben hat und Quark mit Zucker und Johannisbeeren. Wenn ich die Augen schließe, sehe ich den Frühstückstisch vor mir. Die Erinnerung daran ist wie ein Foto, das ich mir von allen Seiten betrachten kann und auf dem jedes kleinste Detail festgehalten ist.

Ich kann sagen, dass Tante Tillas Messer quer über ihrem Teller liegt und dass mein Ei unter dem gehäkelten Eierwärmer braun ist. Ich sehe die Fliege, die in einer Falte der Gardine sitzt, und die Vase mit Gräsern und Heidekraut auf dem Tisch. An all das erinnere ich mich, als sei es gestern gewesen, und auch daran, dass die Sonne an diesem Morgen so orangerot aufgegangen ist, wie sie es nur im Spätsommer manchmal tut. Der ganze Tag ist vollkommen windstill gewesen, so als halte die Welt angesichts dessen, was in der Nacht zuvor geschehen war, noch immer den Atem an. Dabei hatten sie einen Sturm angekündigt, damals. Auch das weiß ich noch: Dass sie einen Sturm angekündigt hatten, der ausgeblieben war.

Nur an den vorausgegangenen Abend habe ich keine Erinnerung mehr. Die Stunden vom späten Nachmittag bis zu diesem Frühstückstisch sind mir irgendwie abhanden gekommen. Sie sind einfach nicht mehr da. Und genau hier liegt das Problem. Hier und in dem Satz, den ich hörte, ein paar Stunden, nachdem Linette uns am Frühstückstisch überrascht hatte.

Es waren zwei Kriminalbeamte, die ich nie zuvor gesehen hatte. Sie waren extra vom Festland herübergekommen, um den Mord an meinem Vater zu untersuchen, und manchmal sehe ich noch heute ihre Gesichter im Traum. Sie standen im Hof unter einem der Fenster der Hotelküche, wo ich saß und darauf wartete, dass es endlich Mittag wurde. Einer von ihnen rauchte eine Zigarette und der andere sagte: Es kann im Grunde nur eines der Mädchen gewesen sein …

Eigenartig, dass mir die Bedeutung dieser Worte damals auf Anhieb klar gewesen ist, und ich habe diesen Satz und die Umstände, unter denen ich ihn gehört habe, nie vergessen.

Die Vergangenheit begleitet uns durch unser ganzes Leben wie ein Schatten, der sich nicht abschütteln lässt. Sie prägt unser Handeln, unsere Beziehungen, einfach alles. Man kann versuchen, sie zu verleugnen, zu ignorieren oder aus seinem Leben auszugrenzen. Aber all diese Verdrängungsmechanismen funktionieren nur eine begrenzte Zeit lang. Und dann holt einen die Vergangenheit ein. Plötzlich und unerwartet, durch einen Umstand, mit dem man nicht im Traum gerechnet hätte. So wie sie mich jetzt eingeholt hat …

Vor fünfzehn Jahren bin ich von zu Hause fortgegangen. Ich habe die Insel sofort nach dem Begräbnis meines Vaters verlassen und mir geschworen, sie niemals im Leben wieder zu betreten.

Aber nun kehre ich doch noch einmal zurück.

Weil ich eine Antwort finden muss.

Weil ich die Lücke in meiner Erinnerung, die mich so tief beunruhigt, schließen will. Die Lücke vor dem Frühstückstisch.

Ich muss herausfinden, ob meine Schwester eine Mörderin ist.

Oder ich …

Unser Leben ist ein Fluss, der sich ins Meer ergießt, das Sterben heißt.
(Federico Garcia Lorca)

1

Montag, 20. August Vivica van Heemskerk stand an Deck der *Münsterland* und blickte über die Reling in die grauen Fluten der Nordsee hinunter. Ein frischer, fast kalter Wind zerrte an ihrem Mantel und trieb feine Gischtschauer gegen ihre Wangen, aber sie wollte nicht hinuntergehen, unter Deck, wo es warm war und nach Kaffee duftete. Sie wollte hier draußen an der Reling stehen und den Wind aushalten.

Sie kehrte zurück, also musste sie sich so schnell wie möglich wieder an den Wind gewöhnen, der zu jeder Tages- und Nachtzeit über die Insel fegte, der sich unbarmherzig noch durch die kleinste Ritze zwängte und das trübe Wasser tief unter ihr in eine brodelnde graubraune Masse verwandelte. Den Wind aushalten, das war die erste Bewährungsprobe, und Vivica war entschlossen, diese Bewährungsprobe zu bestehen.

Sie sah sich um. Sie war tatsächlich die Einzige hier oben an Deck. Die anderen Passagiere, hauptsächlich Familien mit Kindern und erholungssuchende Ehepaare, saßen irgendwo unter ihr in einem der beiden gemütlichen Bordrestaurants, aßen heiße Würstchen oder Kuchen, spielten

Karten oder lasen ein Buch. Und ich stehe hier und halte den Wind aus, dachte Vivica trotzig, immerhin.

Eines Tages möchte ich an einem Ort leben, an dem es keinen Wind gibt. Dieser bescheidene Wunsch ihrer Kinderzeit fiel ihr ein, und sie musste unwillkürlich lächeln. Immerhin hatte sie ein Ziel gehabt, damals. Sie hatte immer Ziele gehabt. Ziele, seit sie denken konnte. Erwachsen werden und von der Insel fort zuerst. Dann Karriere machen. Die schicke Atelierwohnung über den Dächern von Köln. Das Cabriolet. Lauter Ziele, für die sie gekämpft und die sie irgendwann erreicht hatte. Und jetzt? Sie drehte das Gesicht wieder in den salzigen Wind und schloss die Augen. Was wollte sie jetzt?

Die Wahrheit, dachte sie resigniert. Endlich die Wahrheit. Ich will wissen, wer ich bin. Nein: *was* ich bin. *Ambitioniert,* meldete sich eine Stimme irgendwo tief in ihrem Kopf, *Vivica ist ambitioniert.* Frau Prasser, ihre Stiefmutter, hatte dieses Wort kurz nach ihrem Einzug eingeführt, daran erinnerte sie sich, auch wenn ihr der genaue Zusammenhang nicht mehr präsent war. Sie hatte damals noch gar nicht gewusst, was das bedeutete, ambitioniert, aber so, wie Frau Prasser das Wort betont hatte, war ihr klar gewesen, dass es kaum etwas Positives ausdrücken konnte. Irgendwann, nachdem ihr das Wort ein paar Mal begegnet war, hatte sie schließlich in einem Lexikon nachgesehen und herausgefunden, dass es so viel wie »ehrgeizig« bedeutete. Das war für sich genommen ja nichts Schlechtes, aber der Unterton, den Frau Prasser diesem harmlosen kleinen Wort mit auf den Weg gegeben hatte, hatte eine andere Sprache gesprochen. *Ambitioniert* bedeutete definitiv nichts Gutes!

Vivicas Augen wanderten über den trüben Horizont. Die Insel war noch nicht zu sehen. Natürlich nicht. Sie waren erst seit einer knappen Dreiviertelstunde unterwegs, und die Überfahrt mit der Fähre dauerte fast auf die Minute genau zwei Stunden. Ihre Hände schlossen sich fester um die Reling. Noch mehr als eine Stunde Wind also. Mehr als sechzig Minuten, die zwischen ihr und dem Moment lagen, vor dem sie sich so sehr fürchtete. Dem Moment des Nachhausekommens. Wie wohl Mia heute aussah? Sie hatte ihre Schwester am Telefon gebeten, nicht zum Hafen hinaus zu kommen, obwohl Mia gar nicht angeboten hatte, sie abzuholen. Trotzdem, sie hatte sichergehen wollen, dass ihre ersten Schritte auf der Insel unbeobachtet sein würden. Sie wusste, sie würde sie brauchen, diese kleine Frist, diesen geringfügigen Aufschub des Unvermeidlichen. Sie musste schrittweise vorgehen. Zuerst den Wind aushalten. Dann die Insel ertragen, die Dünen, das Watt. Erst danach würde sie bereit sein, jemandem zu begegnen. Mia. Armin. Den Mayssons und Tante Tilla.

Bevor sie aufgebrochen war, hatte sie alles aufgeschrieben, was ihr wichtig erschien. Irgendwo hatte sie mal gelesen, dass es hilfreich sein konnte, Ordnung in die Dinge zu bringen, die man über sich wusste, auf Papier zu bannen, an was man sich erinnerte. Also hatte sie sich an ihren Schreibtisch gesetzt und alles niedergeschrieben. Fünfundzwanzig Seiten, ihre ganze Vergangenheit. Oder zumindest das, woran sie sich erinnerte. Dinge, die sie nicht verdrängt hatte. Traum und Wirklichkeit. Eindrücke, Erinnerungen, Kränkungen. Wichtiges und Nebensächliches. Aber war das Nebensächliche wirklich nebensächlich? Das hatte sie auch nach der zehnten Lektüre ihrer Aufzeichnungen noch immer nicht herausgefunden. Sie wusste nicht einmal, ob ihr das Aufschreiben ihrer Gedanken irgendwie genützt, ob es etwas geklärt, etwas beleuchtet hatte. Ob es eine Bilanz gab, die sie aus ihren Aufzeichnungen ziehen konnte. Trotzdem steckten die fünfundzwanzig Seiten jetzt in ihrem Koffer …

Sie blickte auf. Linkerhand blieb der letzte Streifen Festland zurück, der die Emsmündung bislang begleitet hatte, und auf einmal hatte sie das Gefühl, nicht genügend Luft zum Atmen zu bekommen. Trotz des Windes. Trotz der vielen Millionen Negativ-Ionen, die um sie herumwirbelten und angeblich so gesund waren. Zudem brachte das Salz der Nordsee auf ihren Lippen einen Anflug der Übelkeit zurück, mit der sie sich früher an diesem Tag herumgeschlagen hatte. Auf der Fahrt von Köln nach Emden hatte sie wiederholt anhalten müssen. Zweimal hatte sie sich in eine selbstreinigende Rasthaustoilette übergeben. *Schwanger oder bulimisch,* hatte der Blick der Frau geurteilt, die an der zweiten Raststätte fast zeitgleich mit ihr aus der Nachbarkabine getreten war, und sie hatte sich verraten gefühlt in diesem Augenblick. Verraten von sich selbst. Gab es eigentlich Menschen, die leise kotzen konnten?

Diese Phase haben Sie bald überstanden. Den meisten Frauen geht es gegen Ende des dritten Monats schon wieder deutlich besser. Sie hatte ihre Gynäkologin angesehen und irgendetwas Idiotisches gesagt. *Was soll das heißen?! Das ist vollkommen unmöglich. Sie müssen sich irren!* Unnütze, verzweifelte Einwände gegen das eindeutige Ergebnis auf dem Zettel, der vor der Ärztin auf dem blankpolierten Schreibtisch liegt. *Ich habe immer aufgepasst.* Ein vielgeübtes Lächeln: *So etwas kommt vor …*

Vivica stopfte die Enden ihres Schals unter den Kragen ihres Sommermantels und schob fröstelnd die Hände in die Taschen. Mutterschaft war etwas, das sie für sich, seit sie denken konnte, immer automatisch ausgeschlossen hatte. Zu keinem Zeitpunkt ihres Lebens hatte sie Sehnsucht nach einem Baby verspürt, und sie gehörte auch nicht zu den Frauen, die verzückt in jeden Kinderwagen blickten, der ihnen über den Weg rollte. In ihrem Bekanntenkreis gab es Kinder, die sie mochte, und weitaus mehr

Kinder, die sie nicht mochte. Einige ihrer Kolleginnen hatten Kinder, von denen sie sprachen, wenn sie von heute auf morgen einen Tag Urlaub brauchten oder zu spät zu einer Besprechung kamen. Kinder, die den ganzen Tag in irgendwelchen Horten verbrachten und deren einzige Spuren im Leben ihrer Mütter die Fotos waren, die in hübschen, blank polierten Silberrähmchen auf deren Schreibtischen standen und die auf gespenstische Art und Weise zu altern schienen, wenn man sie einige Wochen nicht betrachtete. Alternde Babyfotos sind das Letzte, was ich brauche, dachte Vivica. Ganz bestimmt.

Was werden Sie jetzt tun?, hatte ihre Gynäkologin gefragt. Sachlich zwar, aber doch mit deutlicher Missbilligung, weil es ihr so gar nicht gelungen war, die der frohen Botschaft gebührende Freude zu heucheln. *Sie sollten nichts übereilen. Wirklich.* Vivica lächelte bitter. Sie hatte ihre Handtasche genommen und das Sprechzimmer verlassen. Am nächsten Morgen hatte sie in der Praxis angerufen, um ein Attest über die bestehende Schwangerschaft gebeten und sich einen Termin bei einer Konfliktberatungsstelle geben lassen, wo ihr eine bemühte Dame mittleren Alters ein paar Tage später die verschiedensten Alternativen zu einem Schwangerschaftsabbruch aufgezeigt hatte. An den genauen Verlauf des Gespräches konnte sie sich kaum erinnern. Sie hatte der Frau in dem behaglichen Zimmer schlicht und einfach nicht zugehört.

Weiß der Vater davon?

Erst diese Frage hatte sie aufgeschreckt, wahrscheinlich, weil sie bis zu diesem Augenblick tatsächlich nicht auf den Gedanken gekommen war, dass Leon etwas mit der Entscheidung zu tun haben könnte, die sie zu treffen hatte. Sie war schwanger geworden. Sie wollte kein Kind. Sie hatte alles Notwendige in die Wege geleitet. Warum hätte sie Leon informieren sollen?

Weiß der Vater davon?

Selbst jetzt, mehr als achtundvierzig Stunden nach dem Gespräch mit der bemühten Konfliktberaterin, schien ihr die Frage irgendwie absurd. Leon und sie kannten einander jetzt beinahe zwei Jahre. Er war Historiker, lehrte an der Kölner Universität und schrieb gelegentlich für einen kleinen Wissenschaftsverlag, dessen Büro im selben Gebäude untergebracht war wie die Werbeagentur, bei der Vivica arbeitete. Er war ihr aufgefallen, weil er so interessante Augen hatte, eine eigenartige Mischung aus hellblau und skeptisch, aber eigentlich war er nicht ihr Typ mit seiner blonden Zartgliedrigkeit. Dennoch hatte sie sich mit ihm eingelassen. Warum, wusste sie selbst nicht genau. Wahrscheinlich hatte sie einfach Spaß haben wollen, so wie mit vielen anderen vor ihm. Doch Leon hatte ihr keinen Zettel mit seiner Handynummer gegeben und war verschwunden, um nie wieder aufzutauchen wie all die anderen Männer, die sie kennen gelernt hatte. Im Gegenteil, er hatte ihr Bücher geschickt, sich ihren Geburtstag gemerkt und obendrein so getan, als fühle er sich tatsächlich wohl in der engen, chromblitzenden Schickimicki-Bar, in der die Beschäftigten aus Vivicas Agentur ihren Arbeitstag mit reichlich Alkohol und oberflächlichen Gesprächen ausklingen ließen. Spätestens da hätte sie einen Schlussstrich ziehen müssen, das wusste sie, und sie konnte sich bis heute nicht erklären, warum sie es nicht getan hatte. Um Männer, die sie gut behandelten, hatte sie stets einen weiten Bogen gemacht, weil das Gutbehandeltwerden eine Gefahr barg, die sie nicht einzugehen bereit war. Und bislang war es ihr tatsächlich immer gelungen, rechtzeitig die Notbremse zu ziehen. Nur bei Leon hatte sie irgendwie den richtigen Zeitpunkt verpasst, wenn es so etwas wie einen richtigen Zeitpunkt überhaupt gab. Und nun war sie schwanger …

Was werden Sie jetzt tun?

Vivica straffte die Schultern. Nun, zumindest das wusste sie genau. Sie wollte kein Kind. Sie hatte alles Notwendige in die Wege geleitet. Der Termin für die Abtreibung war in neun Tagen, am neunundzwanzigsten August, dem Todestag ihres Vaters. Die Ironie, die in dieser Tatsache steckte, rang ihr ein dünnes Lächeln ab. Der neunundzwanzigste August ist schon immer ein guter Tag zum Sterben gewesen, dachte sie. Ein Schlachttag.

Wollen Sie wirklich so lange warten? Die Frau in der Klinik hatte ein wenig verwundert geklungen. *Ich könnte Ihnen auch noch einen Termin in der nächsten Woche anbieten.*

Nein, danke, hatte sie geantwortet. *Der Neunundzwanzigste ist schon in Ordnung.*

Und noch einmal: *Sind Sie sicher, dass Sie so lange warten wollen?*

Ja, hatte sie gesagt. *Ich habe vorher noch etwas zu erledigen.*

* * *

Ich bin auf einer Insel geboren, und ich habe mich oft gefragt, ob mich diese Tatsache irgendwie geprägt hat. Ich habe keine besondere Affinität zum Meer, im Gegenteil, das Meer macht mir Angst. Es ist kalt und tückisch und birgt unzählige Tote, die aus rostigen Schiffswracks treiben und beim Schwimmen nach meinen Fußgelenken schnappen. So habe ich es jedenfalls immer empfunden, das Meer. Als Kind bin ich wenig am Strand gewesen. Viel lieber spielte ich hinter dem Deich. Hinter dem Deich konnte man das Meer nicht sehen und manchmal sogar den Wind vergessen.

Mia dagegen ist immer gern am Wasser gewesen. Bei-

nahe jeden Tag lief sie mit einem kleinen verbeulten Eimer zum Meer hinunter und sammelte Strandgut. Komisches Zeug, nichts Wertvolles. Nur irgendwelche halbverrosteten Kronkorken, Treibholz und Stückchen von rottenden Tauen. Daraus bastelte sie kleine Skulpturen, die sie bunt anmalte und auf ihre Fensterbank stellte, so dass Linette oder Gitta sie immer zuerst forträumen mussten, wenn sie zum Fensterputzen in unsere Zimmer kamen. Ich habe die beiden mehr als einmal darüber schimpfen hören, und natürlich hörte Mia es auch, aber sie ließ sich davon nicht beirren. Sie bastelte weiter ihre komischen Gebilde aus Meermüll und stellte sie auf die Fensterbank. Allerdings kann ich mich nicht daran erinnern, dass sie von ihren Ausflügen an den Strand je eine Muschel mit nach Hause gebracht hätte. Im ganzen Haus gab es keine einzige Muschel. Und auch keine ausgekochten Seesterne oder etwas in dieser Art. Eigentlich seltsam für Leute, die auf einer Insel leben …

Drüben im Hotel gab es natürlich all diese Dinge: friesisches Porzellan, alte Schiffslampen und sogar Walfischknochen an den Wänden. Die Leute müssen doch schließlich merken, dass sie an der See sind, *sagte unser Vater immer,* sonst könnten sie ja genauso gut in den Schwarzwald fahren.

Er war ein strenger Mann und verbissen bis zur Humorlosigkeit. Ich habe ihn selten lachen sehen, und wenn er es doch einmal tat, ging es mit großer Sicherheit um irgendein Missgeschick, das jemandem widerfahren war, den er als seinen Feind betrachtete. Oh ja, mein Vater betrachtete viele Menschen als seine Feinde, was daran liegen mag, dass seine Eltern und er auf der Insel nicht gerade mit offenen Armen empfangen worden sind. Mein Großvater, ein wohlhabender Geschäftsmann aus dem Münsterländischen, der seinen Reichtum durch unermüd-

lichen Fleiß und nahezu unbehelligt von moralischen Skrupeln erworben hat, hatte das Hotel mitsamt dem dazugehörigen Wohnhaus, das die Insulaner nur das »Herrenhaus« nannten, im Jahr 1951 gekauft und sich damit einen Jugendtraum erfüllt, der irgendetwas mit Abenteuern im Allgemeinen und dem Meer im Besonderen zu tun hatte.

Zu dieser Zeit ging es den meisten Borkumern nicht gut. Durch den Krieg hatte der Erholungsbetrieb, damals wie heute die einzige Einnahmequelle der Insulaner, über Jahre hinweg brachgelegen. Die schlechte Wirtschaftslage in den Nachkriegsjahren und das damit verbundene Ausbleiben von Badegästen hatte vor allem die großen Hotels und Pensionshäuser auf der Insel an den Rand des Ruins getrieben. Viele dieser traditionsreichen Betriebe sind damals von sozialen Einrichtungen übernommen und zu Kur- und Erholungshäusern umstrukturiert worden, einige von ihnen fanden auch private Käufer wie meinen Großvater.

Um den rasch steigenden Ansprüchen der Erholungsgäste Rechnung zu tragen, erweiterte und modernisierte er das Hotel in den folgenden Jahren von Grund auf, und das Haus wurde schnell wieder zu dem, was es bereits vor dem Krieg gewesen war: eine der ersten Adressen auf der Insel. Im Laufe der Jahre scheint es meinem Großvater sogar gelungen zu sein, sich unter den Insulanern ein gewisses Ansehen zu verschaffen, doch im Grunde wurde er zeit seines Lebens als Eindringling betrachtet, den man zwar hier und da mitreden ließ, dem jedoch der Zugang zum innersten Zirkel der Inselgemeinschaft stets verwehrt blieb.

Mia und ich haben unseren Großvater nie kennen gelernt. Er starb zwei Jahre vor meiner Geburt, und seine Frau folgte ihm im Abstand von nur wenigen Monaten ins

Grab, obgleich sie zwanzig Jahre jünger gewesen war als er. So etwas nennt man wohl Liebe …

Übrig blieben mein Vater und das Hotel. Warum er es nicht verkauft und die Insel verlassen hat, habe ich nie verstanden, zumal er den Hang unseres Großvaters zum Meer in keiner Weise teilte. Im Gegenteil: Ich glaube, dass mein Vater auch das Meer als eine Art Feind empfand, seinen mächtigsten Feind vielleicht. Er ist sechzehn Jahre alt gewesen, als sein Vater das Hotel übernommen hat, und wahrscheinlich war er derjenige, der den Unmut der Borkumer über die Okkupation von außen am deutlichsten zu spüren bekam. Trotzdem blieb er nach dem Tod seines Vaters auf der Insel und führte das Hotel weiter, ausgestattet mit Beharrlichkeit, einem untrüglichen Sinn fürs Geschäft und einem tief verwurzelten Misstrauen, das sich gegen Geschäftspartner wie gegen Bekannte, ja sogar engste Freunde, richtete.

Dazu war er sparsam bis an die Grenze des Geizes. Mia und ich bekamen nur selten neue Kleider. Den Anorak, den meine Eltern mir zum zwölften Geburtstag geschenkt hatten, trug ich noch mit siebzehn, und wenn es um eine Klassenfahrt ging, war von allen Eltern ausgerechnet unser Vater derjenige, der Einwände gegen die – seiner Meinung nach – zu hohen Reise- oder Unterbringungskosten erhob. Er schrieb Briefe an die Schulleitung, um gegen die Anschaffung dieses oder jenes teuren Fachbuches zu protestieren, er kontrollierte unsere Lesebücher, um herauszufinden, ob auch tatsächlich ausreichend in ihnen gearbeitet wurde, und er verweigerte uns neue Schreibhefte, so lange in den alten hinten noch ein paar Blätter unbeschrieben waren. Gleichzeitig hortete er Vorräte in unvorstellbarer Menge. Konserven hauptsächlich, aber auch Honig, Kaffee und Gläser mit Champignons, Gurken oder eingelegten Paprikaschoten. Im Keller des Herrenhauses gab es zwei Räume mit Regalen, die bis an die Decke reichten. Diese Regale waren immer prall gefüllt, denn unser Vater wollte vorbereitet sein. Worauf, wusste nur er selbst. Vorräte zu besitzen, entsprach seiner Siedlermentalität. Ich glaube, er sah sich und seine Familie zeitlebens in der Rolle von Kolonisten, die den Insulanern das Hotel und das Herrenhaus abgetrotzt hatten, wie einst die Siedler an den Küsten ihr Land, die Weiden für ihr Vieh und die Sandhügel, auf denen sie ihre Häuser errichteten, dem Meer abgetrotzt hatten. Und irgendwie war er wohl tatsächlich stolz darauf. Das konnte ich ihm ansehen, wenn er abends am Fenster des Herrenhauses stand und zum Hotel hinübersah.

Einmal im Jahr verschwand er mit Papier und Bleistift im Keller und führte eine Art Inventur durch. Das Ergebnis war, dass er mit zwei großen Kisten Lebensmitteln und einer Einkaufsliste wieder auftauchte und wir tagelang nur Konserven essen mussten, deren Haltbarkeitsdatum entweder bereits abgelaufen war oder kurz davor stand. Es war wirklich absurd: So, wie das Hotel lief, hätten wir es uns leisten können, jeden Tag im Ritz zu speisen, doch anstatt uns anständige Kleider zu kaufen, zwang uns unser Vater, halbvergammelte Lebensmittel zu essen und in unseren Schulheften auch noch die Löschblätter zu beschreiben, um bloß ja kein Papier zu verschwenden.

Nur Mias Atelier hat er sich einiges kosten lassen. Ich habe nie so recht eingesehen, warum, denn die Bilder, die sie malte, waren bunt und gegenstandslos und konnten ihm kaum wirklich gefallen. Trotzdem gab er einen Haufen Geld für Farben, Pinsel und Leinwände aus. Von dem Geld, das eine einzige Leinwand kostete, hätten wir uns stapelweise Schreibhefte kaufen können …

So lange unsere Mutter lebte, hat er sich wenigstens noch hin und wieder dazu hinreißen lassen, Geld für einen Ausflug aufs Festland auszugeben oder für das Klavier, das sie sich so sehr gewünscht hatte. Aber mit ihrem Tod war das alles auf einen Schlag vorbei. Für meine Schwester und mich folgten, sah man von Mias Atelier einmal ab, ausgesprochen magere Jahre, die vielleicht der Grund dafür sind, dass mir mein Vater in erster Linie als harter, unbarmherziger Geizkragen im Gedächtnis geblieben ist.

An meine Mutter hingegen habe ich sehr viel klarere Erinnerungen, auch wenn ich erst dreizehn war, als sie starb. Ich erinnere mich an ihren Geruch, der sehr angenehm war und in dem stets ein Hauch von Maiglöckchenaroma schwebte, und daran, wie sich ihr Haar anfühlte, wenn sie es abends aus der Hochsteckfrisur, die sie immer trug, gelöst und ausgebürstet hatte. Sie ist eine sehr schöne Frau gewesen, naturblond mit einem hellen, ebenmäßigen Teint und träumerischen graugrünen Augen, die immer an einem anderen, entfernten Ort zu weilen schienen. Wirklich, man hatte bei ihr manchmal das Gefühl, als blicke sie durch einen hindurch in eine andere Sphäre.

Sie war oft müde und verbrachte viele Stunden in ihrem Zimmer, um sich auszuruhen. Wovon, konnte ich mir nie so recht erklären, denn sie ging fast nie aus dem Haus und zum Saubermachen kam Linette, die meistens auch für uns kochte. Wenn nicht, aßen wir drüben im Hotelrestaurant, all die Dinge, die die Gäste übrig gelassen hatten. Aber trotz ihres eigentlich sehr beschaulichen Lebens musste meine Mutter sich ständig ausruhen. Sie konnte entzückend sein, wenn sie wollte, charmant und eloquent. Manchmal fing sie ohne besonderen Anlass an, eine Melodie zu summen. Und hin und wieder, wenn sie einen guten Tag hatte, ging sie auch ins Hotel hinüber. Dann plauderte sie mit den Gästen, machte den Damen Komplimente für ihre Garderobe oder ihre Frisur und flirtete ein bisschen mit den einsamen alten Herren, die am Nachmittag auf der Terrasse Tee und Cognac tranken. Noch Jahre nach ihrem Tod gab es Gäste, die nach ihr fragten oder unserem verdutzten Vater riesige Rosensträuße in die Hand drückten, die er auf ihr Grab stellen sollte, was er meistens sogar tat.

Aber es gab auch eine andere Seite an ihr. Oft geriet sie über Kleinigkeiten in Wut. Dann schrie sie herum oder verschwand in ihrem Zimmer, um manchmal tagelang nicht wieder aufzutauchen. In solchen Fällen kam Tante Tilla herüber und kümmerte sich um uns und auch um unsere Mutter, wenn sie es zuließ. Mein Vater dagegen begegnete den gelegentlichen Aussetzern seiner Frau mit stoischer Ignoranz. Ich kann mich nicht daran erinnern, dass er ihr jemals gefolgt wäre, dass er auch nur ein einziges Mal versucht hätte, sie zurückzuholen, wenn sie sich in ihrem Zimmer eingeschlossen hatte. Stattdessen machte er einfach weiter wie gehabt, nahm seine Mahlzeiten ein und ging seinen Geschäften nach, und wenn meine Mutter am nächsten Morgen blass und übernächtigt wieder am Frühstückstisch erschien, taten beide so, als sei nie etwas gewesen.

Was mich besonders beunruhigt, ist, dass meine Mutter sich manchmal nicht zu erinnern schien, was sie kurz zuvor getan hatte. Diese Zustände wurden vor ihrem Selbstmord immer häufiger, und ich konnte ihr anmerken, wie sehr sie darunter litt, auch wenn sie alles versuchte, um ihre Aussetzer zu vertuschen. Einmal erzählte ich ihr zum Beispiel etwas von einem Mädchen aus meiner Klasse, Seike. Sie war von einem Nachbarshund gebissen und schwer verletzt worden. »Seike ist aus dem Krankenhaus«, sagte ich, und meine Mutter sah mich an. »Das Mädchen, das letzte Woche hier war, du erinnerst dich doch an sie? Du hast Federball mit ihr gespielt, gegen Mia und Tante Tilla, weißt du nicht mehr?« »O ja, natürlich«, antwor-

tete sie dann viel zu schnell, und ich konnte ihr ansehen, dass sie keine Ahnung hatte, von wem ich sprach.

Ich habe mich oft gefragt, ob sie vielleicht verrückt war ...

* * *

»Mein Gott, ich s t e r b e .« Margarethe Beck ließ sich mit einem tiefen Seufzer auf einen Stuhl sinken und streckte ihre heißen, leicht geschwollenen Füße unter dem Ecktisch aus. Sie pflegte ihren Tod öfter auf diese Weise anzukündigen, doch in der letzten Zeit häuften sich derlei Äußerungen, und Edna stellte fest, dass sie sich ernsthaft zu fragen begann, ob dieser Umstand etwas zu bedeuten haben konnte.

»Diese Hitze und die verbrauchte Luft«, fuhr ihre Mutter stöhnend fort. »Wirklich, noch zehn Minuten länger und ich wäre einfach zusammengebrochen ...« Sie stutzte und warf ihrer Tochter über den Tisch hinweg einen schuldbewussten Blick zu. *Zusammengebrochen* war das Wort, auf das sich die Familie zur Beschreibung dessen geeinigt hatte, was Ednas Nichte Maja vor nun beinahe drei Monaten zugestoßen war. Seither war das Wort so etwas wie vorbelastet und damit im Grunde tabu.

Edna sagte nichts, sondern fischte eine abgegriffene Speisekarte vom Nebentisch und schob sie ihrer Mutter hin. Sie hatte sich nur äußerst widerwillig dazu entschlossen, diese zum Einkaufen zu begleiten, aber da ihre Eltern im November Goldene Hochzeit feierten und Edna bereits jetzt wusste, dass sie diesem Fest fernbleiben würde, weil sie sich seit nun schon beinahe einem Jahr kategorisch weigerte, ihrem Vater zu begegnen, hatten ihre Schuldgefühle über ihren Verstand gesiegt. Und das hatte sie nun also davon!

»Frischkäse mit Trüffelhonig«, las Margarethe Beck laut. »Gott im Himmel, was soll denn das sein?«

Edna zuckte mit den Achseln. »Iss ein Eis.«

»Ich glaube ...« Margarethe Beck schob die Unterlippe vor. »Nein, ich werde ein Stück Torte nehmen.« Sie sah von der Karte hoch, direkt in die rehbraunen Augen ihrer Tochter. »Oder?«

»Wenn du Torte willst, bestell dir Torte«, entgegnete Edna so neutral wie möglich, trotzdem senkte ihre Mutter gekränkt den Blick.

Wäre ich bloß zu Hause geblieben, dachte Edna, aber zu Hause in ihrer Wohnung warteten Farbeimer und Abdeckplanen, Abstreifgitter und Flachpinsel auf ihren Einsatz, und sie hätte alles getan, diesen so lange wie möglich hinauszuschieben. *Diffusionsfähig, hochdeckend und absolut reflexionsfrei,* hatte der freundliche junge Blaumann aus dem Baumarkt ihr entgegengeblubbert und dabei jenen überlegenen Gesichtsausdruck an den Tag gelegt, den sie an Männern so sehr hasste. Den »Was-treibt-denn-eine-süße-kleine-Frau-mit-so-schwerem-Gerät«-Ausdruck. *Am besten, Sie machen zuerst einen Test an einer unauffälligen Stelle.* Sie schüttelte den Kopf. Gewischte Wände! Es war eine von diesen Renovierungszeitschriften gewesen, die sie auf eine derart abstruse Idee gebracht hatte: gewischte Wände. Renovierungszeitschriften und Zwangsurlaub waren eine gefährliche Kombination.

»Ich hätte gerne ein Stück Nusssahne.«

Edna hob überrascht den Kopf. Eine junge Kellnerin war an ihren Tisch getreten und blickte sie fragend an. »Für mich bitte nur eine Tasse Kaffee.«

Die Bedienung nickte und verschwand.

»Du hättest mir ruhig Gesellschaft leisten können«, sagte Margarethe Beck, während ihre sorgfältig manikürten Finger mit den Anhängern ihres Armbands spielten.

»Ich habe dir gerade zweieinhalb Stunden lang Gesellschaft geleistet«, entgegnete Edna und bedachte die beiden großen Einkaufstüten, die neben Margarethe Becks Stuhl standen, mit einem viel sagenden Blick. Die Unentschlossenheit ihrer Mutter war legendär, und auch heute hatte sich Margarethe Beck erst nach unzähligen Anproben und zähem Ringen für ein bordeauxrotes Kostüm mit knielangem Rock und kurzem Blazer entschieden, das ihr ausgezeichnet stand.

»Torte schmeckt nur in Gesellschaft«, sagte sie jetzt.

Edna schenkte ihr ein müdes Lächeln und dachte an den jungfräulich weißen Wischhandschuh, der zuoberst auf ihren Anstreichutensilien lag. *Damit erzielen Sie eine wolkige Wirkung, ideal für kreisförmiges Wischen.* Sie musste tatsächlich vollkommen verrückt sein!

»Hoffentlich kann Maja im November überhaupt dabei sein«, kam Margarethe Beck nun doch noch einmal auf ihre Enkelin zu sprechen. Zweieinhalb Stunden hatte sie durchgehalten und das Thema gemieden, aber nun hatte sie bekommen, was sie wollte, und konnte ein kleines Risiko eingehen. »Ich möchte wirklich wissen, was sie in dieser Klinik eigentlich mit dem armen Kind anstellen.«

Edna seufzte und ließ ihre Blicke zur Theke hinüberschweifen, wo die Kellnerin gerade ein riesiges Stück Nusssahnetorte auf einen Teller wuchtete. Ihre Nichte war im vergangenen Mai im Haus ihrer Eltern ohnmächtig geworden, nachdem sie sich wiederholt unkontrolliert übergeben hatte. Oswald Beck, Ednas Vater, hatte daraufhin angenommen, seine Enkeltochter habe absichtlich eine Überdosis irgendeines Medikaments geschluckt, und seine Tochter benachrichtigt, auch wenn er seither vehement abstritt, auch nur eine Sekunde lang an einen Selbstmordversuch gedacht zu haben.

Edna erinnerte sich minutiös an den Abend, an dem sie

in Panik zum Haus ihrer Eltern gerast war. Sie erinnerte sich an Majas zuckenden Körper auf dem Bett im ersten Stock, an die erschreckende Blässe ihrer Nichte und an die Medikamente, die sie gefunden hatte, als sie am nächsten Morgen gemeinsam mit ihrem Schwager das ganze Haus auf den Kopf gestellt hatte. Appetitzügler und Beruhigungsmittel, Abführmittel und Schilddrüsenpräparate, rezeptpflichtige und freiverkäufliche.

Maja hatte steif und fest behauptet, nur wenige von den Appetitzüglern genommen zu haben, um ein paar überflüssige Pfunde loszuwerden, und gelegentlich eine halbe Tablette zum Einschlafen. Sie habe Alpträume gehabt, der Stress und das Abitur, außerdem habe das meiste davon ohnehin ihrer Mutter gehört.

»Wozu hat Justine diesen ganzen Mist gebraucht?«, hatte Edna immer wieder gefragt, und ihr Schwager hatte nur hilflos den Kopf geschüttelt. Soweit er wisse, habe Justine niemals Tabletten geschluckt, höchstens einmal vor einer Premiere, gegen das Lampenfieber. Dass sich so viele Medikamente im Haus befänden, überrasche ihn selbst.

Edna hatte die Schächtelchen in eine Plastiktüte gestopft und in den Müll geworfen, wohl wissend, dass diese Maßnahme Majas Problem nicht lösen würde. Was ihre Schwester an Tabletten besessen hatte, reichte aus, um eine Apotheke zu eröffnen, und Maja hatte sich offenbar recht wahllos an diesen Vorräten bedient. Das Ergebnis war, dass niemand, wohl nicht einmal Maja selbst, in der Lage war, zu sagen, was und wie viel sie von welchem Mittel genommen hatte, ein Umstand, der Edna zutiefst beunruhigte. Hinzu kam, dass Dr. Hingst, ein Freund Dr. Leisekeits, der Maja nach ihrem Zusammenbruch eingehend untersucht hatte, sie über Anzeichen einer fortgeschrittenen Bulimie bei ihrer Nichte informiert hatte: Übersäuerung des Magens, eine chronische Entzündung der Speiseröhre, außerdem eine Neurodermitis, von der der Rest der Familie nie etwas bemerkt hatte.

Sie hatte diese beängstigenden Informationen an ihren Schwager weitergegeben, doch wenn sie ehrlich war, bezweifelte sie, dass er sich mit seiner Tochter ernsthaft über dieses Thema auseinander gesetzt hatte. Jürgen war kein Mensch, der sich besonders intensiv um das Seelenleben seiner Kinder kümmerte. Schon immer hatte er lieber sieben Tage die Woche wie ein Besessener gearbeitet, als sich mit den Nöten und Problemen seiner Familie auseinander zu setzen, woraus ihm wahrscheinlich kein Vorwurf zu machen war, denn eine gewisse Bindungsunwilligkeit hatte zweifellos zu den Grundvoraussetzungen einer funktionierenden Ehe mit Justine gehört. Trotzdem plagte Edna ein schlechtes Gewissen, wenn sie an die verpasste Gelegenheit dachte. An das Gespräch über die seelischen und körperlichen Leiden ihrer Nichte, das nie stattgefunden hatte.

Maja hatte ihre mündliche Abiturprüfung verpasst. Die Schule hatte ihr einen Nachprüfungstermin eingeräumt, zu dem sie jedoch aus einem Grund, den nur sie selbst kannte, nicht erschienen war. Seither wusste niemand, ob sie je wieder zur Schule gehen würde. Es hatte Edna überrascht, dass ihre Nichte einer stationären Therapie an der Nordsee zugestimmt hatte, denn immerhin hatte Maja ihr Problem monatelang vor der ganzen Familie geheim gehalten und war drei Tage nach ihrem Zusammenbruch dazu übergegangen, zu behaupten, es gäbe überhaupt kein Problem. Trotzdem war sie jetzt an der See …

»Sie ist doch nun schon beinahe sechs Wochen da oben.«

Oben bezeichnete für Margarethe Beck alles, was nördlich von Köln lag, wobei *unten* ihrer Vorstellung nach eigenartigerweise nicht spätestens in Mainz, sondern erst südlich von München begann. Edna hatte sich oft gefragt, als was ihre Mutter die Gegend bezeichnen würde, die zwischen *oben* und *unten* lag. Im Stillen tippte sie auf *Bei uns zu Hause,* ein Begriff, der vermutlich alle Ortsangaben von Bonn bis Augsburg umfasste, obwohl ihre Mutter, sah man von den obligatorischen drei Wochen Italien im Sommer einmal ab, das Rheinland nur selten verlassen hatte.

»Und sie hat sich in dieser ganzen Zeit erst drei Mal bei uns gemeldet.«

In der Pause, die diesem Eingeständnis folgte, lag etwas Lauerndes. Eine Frage. *Und bei dir? Hat sich Maja bei dir mehr als drei Mal gemeldet?* Wenn ja, hatte Margarethe Beck das Spiel verloren. So einfach war das.

Edna tat ihrer Mutter nicht den Gefallen, ihr zu verraten, dass Maja sich bei ihr – sah man von einer eilig hingeworfenen Ansichtskarte einmal ab – überhaupt noch nicht gemeldet hatte, seit sie an der See war. Nach dem Zusammenbruch hatte es einen kurzen Moment gegeben, in dem Maja und sie einander wirklich nah gewesen waren, aber irgendwie war dieser Moment verstrichen, ohne dass sie etwas daraus gemacht hätten. Seither hatten sie wenig miteinander gesprochen.

»Dreimal in sechs Wochen.« Ihre Mutter ließ nicht locker.

»Was hast du erwartet?«, fragte Edna gereizt. »Dass sie jeden Tag anruft und nach zwei Wochen gut erholt zurückkehrt?«

»Nein, natürlich nicht«, entgegnete Margarethe Beck würdevoll. »Aber man fühlt sich irgendwie so ausgeschlossen. So weit entfernt, nicht wahr? Ich meine, man möchte doch wenigstens«, sie zögerte einen Augenblick, »informiert sein«, schloss sie dann, und Edna bezweifelte, dass *informiert* das Wort war, das ihre Mutter ursprünglich hatte verwenden wollen. Margarethe Beck wollte mehr als informiert sein. Sie wollte teilhaben. Gebraucht werden.

Wichtig sein. »Wenn man nur wüsste, dass alles in Ordnung ist …«

»Sie kommt schon klar.« Edna nippte an ihrem Kaffee, der nur lauwarm und auch sonst wenig erfreulich war. »Sie braucht einfach etwas Zeit.«

»Ja, vielleicht.« Konzentriert schob Margarethe Beck ein verirrtes Mandelblättchen auf ihrem Teller hin und her.

Mit einiger Mühe unterdrückte Edna den Impuls, ihr die Kuchengabel aus der Hand zu reißen. »Ich muss dann auch langsam«, sagte sie stattdessen und sah sich nach der Kellnerin um.

Margarethe Beck nickte. »Wann hast du Dienst morgen?«

Verdammt! Edna schloss die Augen. Wenn ihre Mutter herausfand, dass sie Urlaub hatte, war sie verloren. »Warum fragst du?«, erkundigte sie sich, um Zeit für eine Ausrede zu gewinnen. Oder wusste ihre Mutter bereits Bescheid? Hatte sie auf dem Revier angerufen und nach ihr gefragt, wie sie es manchmal tat?

»Nun ja …« Margarethe Beck blickte an ihrer Tochter vorbei aus dem Fenster. Draußen hasteten bunt gekleidete Menschen mit Einkaufstüten vorbei. »Ich bräuchte jemanden, der mich in dieses Restaurant begleitet, das Charlotte uns empfohlen hat. Ich meine, ich muss mir ansehen, ob der Saal geeignet ist. Immerhin werden an die achtzig Leute da sein.« Sie seufzte. »Und ich müsste wohl auch langsam das Menü zusammenstellen.«

Edna suchte in dem Gesicht auf der anderen Seite des Tisches nach einer Regung, die ihr verriet, ob eine Lüge überhaupt noch Sinn machte.

Ihre Mutter blickte unschuldig drein. Aber das tat sie immer. »Nicht, dass es am Ende Fisch gibt, wo du doch keinen Fisch magst.« Edna war allergisch gegen Fisch. »Ich habe mit diesen Leuten einen Termin für 17 Uhr ausgemacht, aber wenn du Dienst hast …« Sie ließ den Satz unvollendet und sah ihre Tochter an.

Also schön, dachte Edna, bevor ich dir erzähle, dass ihr eure Goldene Hochzeit gerne mit Fisch, aber ohne mich feiern könnt, erzähle ich dir, dass ich Urlaub habe.

»Ich habe ein paar Tage frei.«

Margarethe Beck lächelte erfreut.

Verdammt, dachte Edna, sie hatte nicht die geringste Ahnung!

»Du hast Urlaub?«

Edna nickte schicksalsergeben. »Es ist nicht allzu viel los zurzeit. Sommerflaute. Da müssen wir Überstunden abbauen.«

»Aber das ist ja wunderbar!« Jetzt strahlte ihre Mutter übers ganze Gesicht. »Dann könnten wir doch auch wieder einmal …«

»Ich werde wohl ein paar Tage wegfahren«, unterbrach Edna sie eilig.

»Oh.« Margarethe Beck nickte. »Wohin?«

»Das habe ich noch nicht endgültig entschieden«, entgegnete Edna. »Dieser Urlaub war wie gesagt gar nicht geplant. Er kam eher … plötzlich.«

Und das war die reine Wahrheit! *Verdammt noch mal, Edna, nehmen Sie Ihren Urlaub!* Gerald Rogler, ihr Vorgesetzter, hatte vor ihrem Schreibtisch gestanden und noch entschlossener ausgesehen als gewöhnlich. *Warum? – Weil er Ihnen zusteht. Und weil dieses Land es sich nicht leisten kann, ihn auszubezahlen. – Ich nehme ihn im Herbst. – Nein, verdammt, Sie werden ihn jetzt nehmen. Eine ganze Woche. Ab Montag. Und glauben Sie bloß nicht, dass Sie Ihre einundzwanzig Tage vom letzten Jahr noch geltend machen können!* Sie schloss die Augen. Die meisten Menschen verbanden mit dem Wort »Urlaub« zweifelsohne etwas Positives. Liegestühle, Swimmingpool, Palmen – irgendetwas in dieser Art. Warum löste das Wort in ihr so ein diffuses Unbehagen aus? War sie denn nicht gerne in Portofino gewesen, als Kind? Gewischte Wände!

»Dann hat dein Kollege doch bestimmt auch frei«, erkundigte sich Margarethe Beck beiläufig. »Herr Boettcher?«

»Max?« Ednas Verblüffung war echt. »Ja, wieso fragst du?«

»So ein netter Mann«, sagte ihre Mutter anstelle einer Antwort. »Das Buch über diese Mörderin, das er mir geschenkt hat, lese ich jetzt zum dritten Mal. Du weißt schon, diese fette Amerikanerin, die ihre Verehrer erst umgebracht und dann an ihre Schweine verfüttert hat.«

»Belle Gunness?«

»Genau!« Margarethe Beck lächelte versonnen. »Lady Bluebeard of La Porte hat sie sich in ihren Heiratsannoncen genannt. Und als sie ihr auf die Schliche gekommen sind, hat sie kurzerhand ihre ganze Farm in Brand gesteckt.« Sie machte eine bedeutungsvolle Pause. »Aber die Tote, die sie bei den Ställen neben den Leichen der drei Kinder gefunden haben und die Belles Gebiss im Mund hatte, war ja in Wirklichkeit nur eine Landstreicherin, weißt du? Belle hatte die arme Frau kurz zuvor umgebracht, um die Polizei zu täuschen. Sie selbst hat sich rechtzeitig davongemacht und wahrscheinlich noch viele Jahre unerkannt irgendwo in Amerika gelebt.«

Edna runzelte die Stirn. »So ein Buch hat Max dir geschenkt?«

Margarethe Beck zuckte mit den Achseln. »Er ist wirklich ein sehr netter Mann.«

»Er ist schwul, Mama«, bemerkte Edna vorsichtshalber.

»Aber es ist ein sehr interessantes Buch«, entgegnete ihre Mutter.

* * *

Das Schiff drehte bei, und urplötzlich war die Insel da. Von rechts schob sie sich in ihr Gesichtsfeld, vollkommen unvermittelt und so nah, dass Vivica fast das Gefühl hatte, danach greifen zu können. Sie konnte den großen Leuchtturm erkennen, der aus der Silhouette der Stadt hervorstach, und weiter im Süden ein paar entfernte Radler auf dem Deich. Die Wellen, die sie bislang gekreuzt hatten, kamen jetzt von Backbord und ließen die Fähre leise schlingern. Orangefarbene und grüne Tonnen markierten die Fahrrinne. Vivica hielt sich mit beiden Händen an der Reling fest und wartete, bis sie sich an das Schwanken gewöhnt hatte. Dann ging sie unter Deck, zog ihren Koffer aus dem Gepäckregal und begab sich zum Ausstieg. Sie wollte die Erste sein, ganz vorne stehen, wenn die schwere weiße Ausstiegsluke entriegelt und beiseite geschoben wurde. Sie wollte von Bord. Ins Freie. An Land.

Kurz vor dem Festmachen begannen die Menschen, die sich in der Zwischenzeit in ihrem Rücken versammelt hatten, gegen den Ausstieg zu drängen. Ein Koffer streifte ihren Knöchel. Vivica zuckte zusammen, drehte sich jedoch nicht um. Ihre Augen fixierten die Tür. Gleichzeitig begann sie zu schwitzen. Diese unkontrollierbaren Schweißausbrüche überfielen sie in der letzten Zeit immer häufiger, ohne dass sie etwas dagegen tun oder auch nur einen plausiblen Grund dafür ausmachen konnte. Es geschah auf der Straße, im Lift oder gar mitten in einer Besprechung, und es hatte angefangen, bevor sie schwanger geworden war, das wusste sie genau. Verzweifelt bemühte sie sich, ruhig und gleichmäßig zu atmen, während kalte Schweißperlen ihren Nacken herabliefen und in ihren Mantelkragen sickerten.

Nachdem sich die Luke geöffnet hatte, war sie eine der Ersten, die das Schiff verließen. Sie stolperte die rutschige Gangway hinunter, wobei sie Mühe hatte, nicht hinzufallen. Hier auf der Insel schien es geregnet zu haben. Das Wasser stand in großen Pfützen auf dem rissigen Asphalt. Vivica blickte sich flüchtig um, ob nicht vielleicht doch jemand zum Anleger gekommen war, um sie abzuholen, aber sie konnte niemanden entdecken, den sie kannte. Einen kurzen Augenblick lang spielte sie mit dem Gedanken, sich ein Taxi zu nehmen, entschied sich jedoch dagegen. Sie empfand keine Eile. Im Gegenteil. Am liebsten wäre sie sofort wieder umgekehrt, zurück auf die Fähre, zurück nach Emden, zum Parkplatz, auf dem ihr Wagen wartete. Vielleicht war es doch ein Fehler gewesen, herzukommen. Was sollte es jetzt, nach fünfzehn Jahren, noch zu entdecken geben? Hatte die Polizei damals denn nicht alle Möglichkeiten ausgeschöpft? *Es kann im Grunde nur eines der Mädchen gewesen sein.* Das zu beweisen, war ihnen nie gelungen. Vivica befeuchtete ihre vom Wind ausgedörrten Lippen. Warum eigentlich nicht?

Schwer beladene Urlauber drängten sich an ihr vorbei zur wartenden Inselbahn, die mit ihren bunten Wagen, die alle einen eigenen Namen trugen, wie ein Spielzeug wirkte. Diese Menschen kommen freiwillig her, dachte sie, und der Gedanke schien ihr ungeheuerlich. Sie kommen her, weil sie sich erholen möchten und weil es ihnen hier gefällt. Hier im ewigen Wind …

»Schau doch mal, die alten Waggons!« Ein junger Vater mit seinem Sohn stürmte an ihr vorbei. »Wie lustig …«

Vivica verdrehte die Augen und sehnte sich plötzlich mit aller Macht nach der Anonymität des Kölner Hauptbahnhofs. Fremde Menschen auf ihrem eiligen Weg in ferne Städte. Fluchtwege. Züge sollten nicht lustig sein, dachte sie, lustige Züge bereiten mir Platzangst.

Widerwillig stieg sie in einen blauen Waggon, der schon recht gut besetzt war. Sie hatten die Bahn restauriert, ohne ihr ihren nostalgischen Charakter zu nehmen, und wer zum Vergnügen herkam, fand die gepflegten Holzbänke und die goldgefassten Lampen an der Decke sicherlich hübsch. Vivica lockerte den Knoten ihres Schals und zog ihre Sonnenbrille aus der Handtasche. Ob jemand sie erkennen würde? Nach fünfzehn Jahren? Das war eher unwahrscheinlich. Sie hatte ihre von Natur aus hellbraunen Locken schwarz gefärbt, gleich nachdem sie die Insel verlassen hatte. Mittlerweile trug sie einen kräftigen Kastanienton, der ausgezeichnet mit ihrem hellen Teint und den Sommersprossen harmonierte, über die sie sich als junges Mädchen so geärgert hatte. Inzwischen waren ihr die Sommersprossen so gleichgültig wie vieles andere in ihrem Leben. Vor ein paar Tagen war sie beim Friseur gewesen und hatte ihr Haar, das lang gewesen war, seit sie denken konnte, abschneiden lassen. Dieser Schritt war ihr unumgänglich erschienen, seit sie sich dazu entschlossen hatte, in die Vergangenheit zurückzukehren, aber er war ihr keinesfalls leicht gefallen, und noch immer griff sie sich abends instinktiv an den Hinterkopf, um die Spange zu lösen, die ihre schönen Locken im Nacken zusammengehalten hatte.

Vor dem Fenster hasteten immer neue Feriengäste mit Kinderwagen und Gepäckstücken vorbei. Ihre Blicke streiften an den Scheiben entlang, auf der Suche nach Platz für sich und ihre Familien. Hin und wieder blieb einer dieser Blicke für einen flüchtigen Moment an ihrem Gesicht hängen, und Vivica verspürte eine wachsende Unruhe, ein Kribbeln, das sich unter den Blicken der Fremden über ihren ganzen Körper breitete. Es war das unangenehme Gefühl von Ausweglosigkeit, von Hinterhalt, von Eingesperrtsein. Unwillkürlich blickte sie sich noch einmal nach der Fähre um, die hinter ihr am Kai vertäut lag. Sie wusste, das Schiff würde erst am nächsten Morgen nach Emden zurückkehren. Bis dahin gab es keine

Möglichkeit, die Insel zu verlassen. Es sei denn, man charterte ein Flugzeug oder hatte ein Boot und wagte sich hinaus in die aschgrauen Fluten. Eine Falle, dachte Vivica, diese Insel ist eine Falle. Sie sah sich in den Gesichtern um, die sie umgaben. Wie hielt man das aus? Wie um alles in der Welt konnte man freiwillig auf diese Insel kommen?

Als die Bahn sich endlich in Bewegung setzte, hätte sie fast geschrien vor Erleichterung. Jetzt gab es kein Zurück mehr. Jetzt war sie auf dem Weg. Auf dem Weg in die Vergangenheit, so schrecklich sie auch sein mochte.

»Ist Ihnen nicht gut?« Eine dicke, mütterliche Frau beugte sich von der anderen Seite des Ganges zu ihr herüber. Sie duftete nach einem schweren, altmodischen Damenparfum, wie man es heutzutage immer seltener riecht. »Sie sind ja ganz blass.«

Vivica erinnerte sich gut an ähnliche Düfte aus ihrer Kinderzeit, und erneut spürte sie ein Gefühl von Übelkeit in sich aufsteigen. »Es ist nichts, danke«, erwiderte sie. »Nur der Kreislauf.«

»Das ist das raue Klima hier oben«, befand die Frau mit einem aufmunternden Lächeln. »Wenn Sie erst ein paar Tage hier sind, gewöhnen Sie sich daran.«

Vivica nickte. Wenn es nur das Klima wäre, dachte sie und blickte demonstrativ zum Fenster hinaus, um klar zu machen, dass sie dieses Gespräch nicht weiterführen wollte.

Die Fahrt kam ihr unendlich langsam vor. So langsam, dass sie das dringende Bedürfnis verspürte, auszusteigen und zu Fuß zu gehen. Es musste herrlich sein, einfach loszurennen. Loszurennen und alles hinter sich zu lassen.

Über dem Watt zeigte die Wolkendecke erste Risse, durch die sich eine kräftige Augustsonne zwängte. Breite Lichtstreifen gossen sich über die trockengefallenen Salzwiesen und ließen die Gezeitenrinnen silbrig funkeln. Weit dahinter, irgendwo am Horizont, lauerte bereits die Flut. Ein paar bleichgesichtige Großstadtkinder zeigten mit ungeschickten Fingerchen in die glitzernde Weite: »Papa, Meeeeer.« Offenbar gefiel ihnen, was sie sahen. Vivica registrierte, wie sehr sich die vorbeifliehende Landschaft verändert hatte, seit sie sie zum letzten Mal gesehen hatte. Natürlich, dachte sie, fünfzehn Jahre sind fünfzehn Jahre. Auf Borkum genauso wie überall sonst auf der Welt.

In den Dünen, die die Bahnstrecke säumten, blühte Heidekraut. Schon bald würde der Herbst den Sommer vertrieben haben. Und den Wind noch verstärken. Vivica schloss die Augen. Der Frühstückstisch fiel ihr ein, das Bild nach der Lücke. Eine Vase mit Gräsern und Heidekraut auf dem Tisch und braune Frühstückseier unter gehäkelten Eierwärmern. *Deine Eltern sind tot.* Linettes Gesicht war ernst gewesen, viel ernster als sonst. Ob sie noch immer auf der Insel lebte, Linette? Wem würde sie begegnen, in den nächsten Tagen? Welchen Dämonen? Sie schüttelte ratlos den Kopf. Alles, was sie wusste, war, dass sie mit den Menschen aus ihrer Vergangenheit sprechen musste. Sie musste sie treffen, mit ihnen sprechen und herausfinden, was sie wussten. Falls sie etwas wussten.

Als der Zug am Borkumer Bahnhof hielt, wuchtete Vivica ihren Koffer die steile Stiege hinunter und dachte daran, dass Frauen während der Schwangerschaft eigentlich nicht schwer heben sollten. *Diese Phase haben Sie bald überstanden,* erinnerte sie die Gynäkologin in ihrem Kopf. Sie versuchte ein Lächeln. Das hatte sie in der Tat. Am neunundzwanzigsten August …

* * *

Ich erinnere mich an eine der seltenen Gelegenheiten, bei denen wir mit der ganzen Familie zum Strand hinunter gegangen waren, um dort zu picknicken. Mia und ich waren noch Kinder damals, vielleicht acht oder neun Jahre alt. Es war Ebbe, als wir am Strand ankamen, und wir begannen sofort damit, eine Sandburg zu bauen, während unser Vater seinen Sonnenschirm direkt hinter die Flutlinie rammte. Wir bauten so eine richtig große Burg mit Gräben und Türmen, die wir mit Muscheln und kleinen Steinchen verzierten. Stundenlang liefen wir immer wieder zum Wasser hinunter, um neue Muscheln für unsere Burgtürme zu suchen, auch dann noch, als uns das Wasser schon längst wieder entgegenkam. Wir sortierten sie nach Farben und machten einen Turm ganz in Weiß und einen anderen in Braun- und Gelbtönen. Oben in die Türme steckten wir Holzstöckchen, an die wir kleine Stofftücher knoteten. In der Burg wohnten Nellie, meine Lieblingspuppe, und Mias Hase. Sie hatte so einen komischen weißen Stoffhasen, den sie sehr liebte, obwohl er schon ganz fleckig und grau war. Er hieß Herr Moll und war wirklich alles andere als salonfähig, aber weil meine Nellie an diesem Nachmittag so gute Laune hatte, kam sie trotzdem aus ihrem weißen Turmgemach herunter, um mit Mias räudigem Hasen im Innenhof unserer Burg Kaffee zu trinken. Sie setzte sich in einen der beiden Liegestühle aus Sand, die wir dort errichtet hatten, und beobachtete die Fähnchen auf den Türmen, die lustig im strammen Nordwestwind wehten, der mich an diesem Tag viel weniger störte als gewöhnlich. Oder hat mich der Wind damals überhaupt noch nicht gestört?

Jedenfalls stieg die Flut schneller, als wir erwartet hatten, und erreichte unsere Burg, noch bevor der Kuchen serviert worden war. Als die ersten Gräben voll Wasser liefen, nahm ich Nellie aus ihrem Liegestuhl und trat beiseite.

Plötzlich stand mein Vater neben mir.

»Du musst die Dämme verstärken«, sagte er. Es war eine Forderung, nicht etwa ein Vorschlag.

Ich rührte mich nicht. Ich stand einfach da und sah zu, wie die anbrandenden Wellen immer größere Löcher in die sandigen Mauern leckten und die Seitenwände der Gräben wegbrachen.

Irgendwann nahm mein Vater meine kleine rote Kinderschaufel und begann, die Burgmauern zu verstärken und Abflüsse für das Wasser zu graben. In seinem Blick konnte ich die Verachtung sehen, die er darüber empfand, dass ich den Fluten kampflos überließ, was wir ihnen einen ganzen Nachmittag lang unter erheblichen Mühen abgetrotzt hatten. Er grub und grub, und Mia fing an, ihm zu helfen. Ich war sehr wütend auf sie und griff nach ihrer Schaufel, weil ich nicht so einfach hinnehmen wollte, dass sie mir in den Rücken fiel. Aber sie hielt sie mit eisernem Griff, so dass ich schließlich aufgab und nach Hause ging, wo ich mich auf die Treppe vor dem Hotel setzte und heulte. Ein paar von den Gästen fragten mich, was mit mir los sei, aber ich gab ihnen keine Antwort, sondern heulte einfach weiter, bis sie mich in Ruhe ließen.

Irgendwann kam Mia und brachte mir Nellie, die ich am Strand zurückgelassen hatte. Ich sagte ihr, ich würde sie hassen und ihr niemals verzeihen, und warf Nellie die Treppe hinunter, direkt in den großen Rhododendron, der etwas seitlich wuchs. Mia sah mich an, und in ihren Augen lag etwas, das ich noch nie an ihr gesehen hatte, eine Art Betroffenheit, die mich nur noch wütender machte. Wirklich, ich hätte meine Schwester umbringen können, damals. Ich weiß, dass Kinder schnell mit solchen Worten bei der Hand sind. Sie ärgern sich über einen Spielkameraden, der ihren Ball kaputtgemacht hat, und sagen »Ich bringe dich um!«, sagen es nur so dahin. Aber manchmal meinen sie es auch ernst. So wie ich damals. Mia hatte die Wahl gehabt und sich für unseren Vater entschieden. Das habe ich ihr nie verziehen. Niemals.

Von da an wollte ich nur noch fort. Fort von der Insel. Fort von meinem selbstgefälligen Kolonialvater, der es noch nicht einmal fertig brachte, eine blöde Sandburg aufzugeben. Fort von meiner Mutter, die oft stundenlang irgendwohin verschwand, wo ich sie nicht erreichen konnte. Fort von dem ewigen, nervtötenden Wind.

Ich weiß es nicht, aber vielleicht sind die Weichen für alles, was später geschehen ist, schon damals gestellt worden, an diesem Nachmittag am Strand …

Genau dieser Nachmittag war mir nämlich eingefallen, als ich drüben im Hotel saß und darauf wartete, dass die Leichen meines Vaters und meiner Stiefmutter aus der Küche unseres Hauses abtransportiert wurden. Mia lag irgendwo über mir in einem hastig bereitgestellten Zimmer und schlief, nachdem unser Hausarzt ihr ein starkes Beruhigungsmittel gespritzt hatte. Sie war nämlich dabei gewesen, als Gitta Teggetmeyer, eine untersetzte Person, die abwechselnd mit Linette dreimal die Woche aus dem Hotel herüberkam und bei uns sauber machte, die Toten gefunden hatte. Sie war dabei gewesen, und während Gitta ins Hotel gelaufen war, um Hilfe zu holen, war Mia im Haus geblieben und hatte etwas sehr Merkwürdiges getan. Aber das wusste ich zu diesem Zeitpunkt noch nicht.

Die Kriminalbeamten vom Festland hatten sie befragt, bis Erwin Maysson, der Geschäftsführer des Hotels und ein enger Vertrauter meines Vaters, davon Wind bekam und darauf bestand, dass Mia nur in Anwesenheit eines Rechtsbeistands vernommen werden dürfe. Er brachte sie ins Hotel hinüber, rief den Hausarzt und Dr. Bergheim, den Anwalt meines Vaters, an und schickte Tante Tilla hi-

nauf, um bei meiner Schwester zu wachen. Unterdessen saß ich in der Küche und beobachtete die Kriminalbeamten, die auf dem ganzen Grundstück herumliefen und nach irgendetwas suchten. Einer von ihnen fiel mir besonders auf, weil er ein paar Mal zu mir heraufblickte, ein kleiner, dürrer Mann mit glatt rasiertem Gesicht und stechenden grauen Augen. Später erfuhr ich, dass er derjenige war, der die Ermittlungen leitete. Er hat zwei- oder dreimal mit mir gesprochen und viele Fragen gestellt, von denen ich nicht alle beantwortete, weil Dr. Bergheim es verhinderte, und ich weiß noch, dass ich ihn nicht mochte. Er interessierte sich sehr für Frau Prasser und dafür, wie Mia und ich uns mit ihr verstanden hatten, obwohl unsere Stiefmutter ja gar nicht die Einzige gewesen ist, die in dieser Nacht ermordet worden war. Trotzdem interessierte er sich nur für sie und ihren Tod.

Heute wünschte ich manchmal, ich selbst hätte mich damals mehr für alles interessiert, aber meine Antwort auf das, was in der Küche unseres Hauses geschehen war, erschöpfte sich in sorgfältig kultivierter Gleichgültigkeit und dem dringenden Wunsch, die Insel auf der Stelle zu verlassen.

* * *

Edna betrachtete das Gesicht des alten Mannes durch den Türspion, während sie überlegte, ob sie ihm tatsächlich öffnen sollte. Was konnte er wollen? Sie dachte an die Adventsfeier im letzten Jahr und befürchtete das Allerschlimmste. Romantischer Kerzenschein, ein klebriger Christstollen und das harmonische Ehepaar Nordberg aus dem vierten Stock, das sie bei dieser Gelegenheit kennen gelernt hatte und das ihr seither regelmäßig riesige Kartons mit riesigen Eiern von kerngesunden, riesigen

Hühnern auf den Fußabtreter stellte, weil der dazugehörige Sohn einen nach ökologischen Kriterien wirtschaftenden Hühnerhof betrieb, waren wirklich das Letzte, an das sie jetzt erinnert werden wollte. Ungehalten strich sie sich eine kurze braune Haarsträhne aus der Stirn. Dreieinhalb wundervolle Jahre hatte sie friedlich und unbehelligt in diesem Haus gelebt, bis der harmlos dreinblickende alte Herr auf der anderen Seite der Tür sie dazu überredet hatte, ihm bei der Ausrichtung einer gottverdammten Adventsfeier behilflich zu sein. Seit diesem Tag war nichts mehr, wie es sein sollte, nicht nur, was Eier betraf.

Das Gesicht jenseits des Gucklochs schmolz auf ein wässriges graues Auge zusammen, das näher und näher kam und Edna so intensiv anbrannte, dass sie fast glaubte, der alte Herr könne sie sehen, obwohl sie wusste, dass das vollkommen ausgeschlossen war.

Seufzend öffnete sie die Tür.

»Guten Tag, Herr Diessler«, sagte sie nicht allzu freundlich, weil sie wusste, dass ihre Freundlichkeit sie beständig in Schwierigkeiten brachte. »Was gibt's?«

Der alte Herr warf ihr einen misstrauischen Blick zu. »Sie müssen weg«, befand er fatalistisch und wartete.

Was für eine idiotische Gesprächseröffnung!

»Nein, ich muss nicht weg«, versetzte Edna automatisch und bereute es schon im selben Augenblick, denn ein freudiges Lächeln zauberte sogleich einen Hauch von Röte auf Diesslers faltige Wangen. Dieser raffinierte alte Fuchs hatte sie in eine Falle gelockt!

»Das trifft sich gut«, strahlte der alte Herr und reckte den Kopf, um über die Schulter seiner Nachbarin hinweg einen Blick in deren Wohnung zu erhaschen, ein Blick, der ihm in den dreieinhalb Jahren ihrer Bekanntschaft bislang versagt geblieben war. »Ich hätte gerne kurz mit Ihnen gesprochen.« Er senkte die Stimme. »Ein Neffe von mir braucht vielleicht Ihre Hilfe.«

Edna machte einen Schritt zur Seite, um ihren Nachbarn eintreten zu lassen, und gab sich innerlich eine schallende Ohrfeige, weil sie sich nicht an ihre eigenen Grundsätze hielt. Einer dieser Grundsätze besagte, dass die Schwelle zu ihrer Wohnung nur von Menschen überschritten werden durfte, deren Vornamen mit einem MA wie die Abkürzung von Magister Artium oder Mittelalter begannen. Eine bewährte Regelung, die den Kreis ihrer Besucher auf ihre Nichte Maja, ihren Partner Max und dessen Lebensgefährten Markus beschränkte.

»Was gibt es denn?«, fragte sie, während sie resigniert die Wohnungstür hinter sich zuzog. Wieso brauchte Diesslers Neffe *vielleicht* ihre Hilfe? Solche Dinge sollte man doch nun wirklich mit Bestimmtheit sagen können! Und wenn es um die Ausrichtung irgendeiner Feierlichkeit ging, war ihre Antwort ohnehin ein sauberes, klares NEIN!

»Ich lasse ja das Julchen so ungern allein«, bemerkte der alte Herr leise, während er seine hagere Gestalt in dem großen Standspiegel musterte, den Edna neben ihrer Garderobe aufgestellt hatte.

Vergiss es!, dachte sie ärgerlich. Ich werde auf gar keinen Fall erlauben, dass ein winziger Hund mit einer Schmetterlingshaarspange im Deckfell von unten gegen meine Möbel pisst, was angesichts seiner Größe zum Glück auch schon alles ist, was er tun könnte.

»Die arme Kleine sucht dann nämlich immer die ganze Wohnung nach mir ab.« Diessler lächelte sehr charmant.

Oh nein! Edna warf entschlossen den Kopf zurück. Der alte Kämpe lockte sie nicht ein zweites Mal in die Falle. Schlimm genug, dass er da jetzt in ihrer Diele stand und sich fragen mochte, von wem die krakelige Kinderzeichnung stammte, die über dem Konsoltisch mit ihrem Telefon hing. Aber auf gar keinen Fall würde er es schaffen, auch noch seinen dreckigen kleinen Köter hier hereinzulotsen. In ihre Wohnung kamen nur Menschen, deren Vornamen mit einem MA wie Mittelalter begannen, und Hunde mit einem Stockmaß von mehr als einem halben Meter. Basta. Das arme Julchen würde also leider die ganze Wohnung nach seinem verschwundenen Herrchen absuchen müssen ...

»Aber das macht ja auch nichts.« Diesslers Augen blickten trübe ins Leere. »Nach einer Weile beruhigt sie sich wieder.«

... und die Frau Hauptkommissarin würde standhaft bleiben und sich, verdammt noch mal, entsetzlich mies dabei fühlen!

»Und dann liegt sie ganz brav unter dem Tisch, wenn ich wiederkomme.«

»In Gottes Namen«, rief Edna entnervt. »Gehen Sie und holen Sie das verdammte Vieh hier rauf, damit wir anfangen können.« Was zur Hölle meinte sie mit *anfangen*? Womit denn eigentlich?

»Wir sind sofort zurück«, murmelte ihr Nachbar geschäftig, wobei er sich sichtlich bemühte, nicht allzu sehr zu strahlen.

Edna seufzte und ging in die Küche hinüber, wo sie zwei Tassen und eine Tüte mit Milch auf ein Tablett räumte und die Kaffeemaschine anstellte. Die Wohnungstür ließ sie angelehnt. Hoffentlich kamen Nordbergs nicht ausgerechnet jetzt mit frischen Eiern!

* * *

Ihr Koffer holperte über das rote Pflaster und machte dabei so viel Lärm, dass Vivica ihn am liebsten hochgehoben und den Rest des Weges getragen hätte, doch dazu war er zu schwer. Also zog sie ihn hinter sich her und ignorierte die missbilligenden Blicke der Urlauber, die nach einem langen Tag am Strand in ihre Pensionen oder Ferienwohnungen zurückkehrten und sich augenscheinlich belästigt fühlten.

Das Hotel lag am Rande des Kurviertels, etwa auf halber Strecke zwischen Bahnhof und Strandpromenade. Braun gebrannte, fröhliche Menschen kamen ihr entgegen, schlenderten müßig an den Schaufenstern der zahlreichen Geschäfte vorbei, aßen Eis und heiße Waffeln mit Puderzucker und riefen nach ihren Hunden. Da die Straße etwas anstieg, konnte Vivica das Meer nicht sehen, und sie war froh darüber. Die Stunden an Deck der Fähre hatten ihren Bedarf an Salzwasser für die nächsten Jahrzehnte voll und ganz gedeckt. Dafür wurde der Wind wieder stärker, je näher sie der Promenade kam. Er stemmte sich ihr entgegen, als wolle er sie davon abhalten, sich dem Herrenhaus zu nähern. Vivica spürte, dass ihre Ohren zu schmerzen begannen, aber sie blieb nicht stehen. Nicht ein einziges Mal. Sie ging einfach weiter, eine Straße entlang, die sie vor fünfzehn Jahren zum letzten Mal betreten hatte.

Als Erstes sah sie das Hotel. Es sah im Grunde genauso aus, wie sie es in Erinnerung hatte, bis auf die massive Veranda, in der sich der Frühstücksraum befand. Sie war beträchtlich erweitert worden und hatte größere Fenster bekommen, in denen sich der weite, zunehmend blaue Himmel spiegelte. Erwin Maysson, der schon zu Zeiten ihres Vaters Geschäftsführer des Hotels gewesen war, hatte ihr alle baulichen Veränderungen in seinen vierteljährlichen Geschäftsberichten genauestens erläutert. Sie besaß die entsprechenden Baupläne, Kopien von Handwerkerrechnungen und den kompletten Schriftwechsel des Genehmigungsverfahrens, ohne sich jemals wirklich dafür interessiert zu haben. Einmal im Jahr lud sie einen dicken Ordner mit den gesammelten Dokumenten bei ihrem Steuerberater ab – und das war's. Mehr wollte sie mit ihrem Erbe nicht zu tun haben, wenngleich sie zugeben musste, dass es vor allem der Gewinn, den das Hotel abwarf, war, der ihr das angenehme Leben ermöglichte, an das sie sich im Laufe der Jahre so sehr gewöhnt hatte. Einen Moment lang verharrte sie mitten auf der Straße und ließ das Bild der veränderten Fassade auf sich wirken. Dann ging sie durch die Lieferanteneinfahrt links neben dem Hauptgebäude.

Das Herrenhaus lag etwas versetzt hinter dem Hotel, von dem es durch eine hohe Hecke abgetrennt war. Drei Stufen führten zu der weiß lackierten Haustür hinauf. Der Weg dorthin war mit Steinplatten ausgelegt. Einige hatten daumendicke Risse. Aus den Ritzen zwischen den Platten quoll Moos hervor. Im sandigen Boden links und rechts des Weges wucherte Unkraut, und auch das Haus selbst machte einen reichlich verwahrlosten Eindruck. Die Regenrinne hatte sich etwa einen Meter über dem Boden aus ihrer Verankerung gelöst und stand ein gutes Stück von der Wand ab. Sicherlich klapperte sie bei Sturm. Vivica blickte sich unbehaglich um. Warum hatte Tante Tilla nie etwas von den Zuständen hier geschrieben? *Es geht ihr gut, glaube ich,* war ihre Standardantwort gewesen, wann immer Vivica nach ihrer Schwester gefragt hatte. *Natürlich benimmt sie sich hin und wieder ein wenig eigenartig, aber du kennst sie ja.* Vivica lächelte spöttisch. Sie hatte immer mit »Ja« geantwortet, obgleich das gar nicht zutraf. Sie kannte ihre Schwester nicht und sie hatte mehr denn je das Gefühl, sie auch nie gekannt zu haben.

Sie stellte ihren Koffer ab und blickte unwillkürlich zum Fenster des Salons hinüber. Dort hatte Mia gestanden, an dem Tag, an dem ihr Vater seine zweite Frau nach Hause gebracht hatte, Sabine Prasser. *Sie kam nach Hause, um zu sterben,* fuhr es Vivica durch den Sinn. Sie hatte keine Ahnung, wo sie diesen Satz irgendwann einmal gehört hatte, in einem Film vielleicht oder in einem Theaterstück. Merkwürdig, dass er ihr ausgerechnet jetzt wieder einfiel. Stress, dachte sie. Wenn der Stress übermächtig wird, durchsucht der Verstand das Gedächtnis allzu gern nach alten Sätzen, Zitaten, Gedichten, was auch immer, nur, um sich nicht länger auf die bedrängende Gegenwart konzentrieren zu müssen. Ein ganz simpler Mechanismus. Eine ganz simple Erklärung. Trotzdem, etwas an diesem Satz machte ihr Angst. *Sie kam nach Hause, um zu sterben.* Frau Prasser war an einem regnerischen Nachmittag in dieses Haus gekommen, um es nie wieder zu verlassen, und Mia hatte dort am Fenster gestanden und ihr entgegengeblickt …

Entschlossen nahm Vivica ihren Koffer und stieg die drei Stufen bis zur Haustür hinauf. Sie fröstelte, obwohl es nicht kalt war.

Die Sonne stand schon tief.

* * *

Frau Prasser sah ich zum ersten Mal an einem regnerischen Spätnachmittag im April. Mia und ich hatten den ganzen Vormittag in der Küche verbracht, nachdem unser Vater am Tag zuvor angerufen hatte, um uns mitzuteilen, dass er jetzt wieder nach Hause kommen würde. Nach dem Tod unserer Mutter war er mehr als ein halbes Jahr fort gewesen, angeblich, um den Nachlass eines entfernten Verwandten zu regeln. Aber nun kehrte er zurück.

Gleich morgen, *hatte er gesagt, und Mia war in der Halle herumgesprungen wie eine Verrückte.* Ich habe eine Überraschung für euch, *hatte er auch noch gesagt, und ir-*

gendwie hatte ich wohl ein Geschenk erwartet, als ich am nächsten Vormittag in der Küche stand und die Kartoffeln schälte, aus denen ich abends die Rösti für das Zürcher Geschnetzelte machen wollte, sein Leibgericht. Ich habe eine Überraschung für euch. Ihr werdet Augen machen …

Mia behauptete hinterher, er habe gesagt, er bringe uns »etwas mit«, aber ich weiß genau, dass das nicht seine Worte gewesen sind. Augen machten wir allerdings tatsächlich, als er schließlich kam. Wir konnten seine Ankunftszeit fast auf die Minute genau einschätzen, denn er hatte angekündigt, dass er die Fähre um zwei nehmen würde. Da hatte er noch nicht von »wir« gesprochen. Ich nehme die Fähre um zwei, *hatte er gesagt und:* Ich habe eine Überraschung für euch.

Mia hing seit Viertel nach zwei am Fenster des Salons und starrte in den Regen hinaus, obwohl sie wusste, dass die Fähre auf keinen Fall vor 15:45 Uhr ankommen konnte. Dazu kam noch die knappe Viertelstunde, die die Inselbahn vom Hafen bis in die Stadt brauchte, und der Fußweg ins Hotel. Trotzdem stand sie um Viertel nach zwei hinter der Gardine und wartete. Sie hatte das Fenster gekippt, so dass von den hereinwehenden Tropfen die ganze Fensterbank nass wurde. Aber das kümmerte sie nicht weiter. Tante Tilla schaute ein paar Mal nach ihr und versuchte, sie zur Mitarbeit an dem Apfelstrudel zu bewegen, den sie zum Kaffee vorbereitete, doch Mia tat einfach so, als höre sie gar nicht, was Tante Tilla sagte. Das tat sie oft, nicht auf das zu hören, was andere ihr sagten, und schließlich gab Tante Tilla auf und machte ihren Strudel alleine, denn ich war noch immer voll und ganz mit den Vorbereitungen für mein Abendessen beschäftigt.

Gegen halb vier kamen die Mayssons herüber, ein Umstand, der weder Mia noch mir besonders passte, aber wie immer wurden wir nicht nach unserer Meinung gefragt.

Jolantha trug an diesem Tag ein geblümtes Sommerkleid und winzige weiße Schühchen mit Schleifen, was ziemlich merkwürdig aussah, wo es doch draußen in Strömen regnete. Aber wahrscheinlich hielt sie dieses Outfit für angemessen, immerhin kehrte der Kolonialherr zurück. Die Begierde, nun endlich den wahren Grund für dessen mehrmonatige Abwesenheit zu erfahren – und Jolantha war überzeugt, dass es so etwas wie einen wahren Grund *dafür gab –, grub tiefe, angespannte Fältchen um ihren Mund, und sie sah aus, als habe jemand vergessen, diesen Teil ihres Gesichts dem Anlass entsprechend aufzubügeln. Erwin trug seinen üblichen Büroanzug und hatte schon am Morgen eines der Mädchen mit einem Strauß Willkommensblumen ins Herrenhaus geschickt. Sie standen auf dem großen Esstisch im Salon, und unter normalen Umständen hätte sich mein Vater beim Anblick des Riesenstraußes weißer Freesien und Gerbera wahrscheinlich lautstark und ausgiebig über die Verschwendungssucht seines Geschäftsführers ausgelassen. Doch Frau Prasser relativierte Erwins Blumen auf wundersame Weise. Fast schien es, als habe dieser die Ankunft einer Dame vorausgeahnt. Oder hatte es doch Mitwisser gegeben? Diese Frage habe ich mir damals oft gestellt. Hatte mein Vater jemanden in seine Pläne eingeweiht? Ausgerechnet Erwin?*

Durch Mias gekipptes Fenster hörten wir um kurz nach vier das Signal der nahenden Inselbahn, und in diesem Augenblick wusste ich, dass er tatsächlich zurück war, Minuten, bevor ich seinen energischen Schritt auf den Steinplatten vor der Haustür hörte. Ich stellte meine Schüssel mit geschnittenen Champignons in den Kühlschrank und trat in die Diele hinaus, wobei ich mich wunderte, dass Mia die Haustür noch nicht geöffnet hatte, obwohl sie doch schon so lange auf diesen Augenblick gewartet hatte. Aber als sich die Klinke senkte und kurz darauf un-

ser Vater in die schummrige Halle trat, erkannte ich den Grund dafür: Er war nicht allein …

Von Frau Prasser sah ich zunächst nur einen Schatten, der sich gegen das fahle Tageslicht in der Türöffnung abzeichnete, eine robuste Statur, breitschultrig und nicht allzu groß gewachsen. Der Schatten verharrte auf der Schwelle, während unser Vater mit der ihm eigenen Energie auf Mia und mich zukam.

Unterwegs stellte er die beiden Koffer, die an seinen Armen wie schwerelos hereingeschwebt waren, mit einer entschlossenen Bewegung mitten auf den gut gepflegten Fliesen ab, als gelte es, sie dort für die Ewigkeit zu verankern. Die Geste erinnerte mich unwillkürlich an den Nachmittag am Strand, an dem er mit meiner kleinen roten Kinderschaufel unsere Sandburg verteidigt hatte, und wieder musste ich an einen Siedler denken, der ein Stück Land okkupiert. Land, das er fortan mit allen Mitteln verteidigen würde.

Er kam also auf mich zu, und für einen flüchtigen Augenblick hatte ich das Gefühl, er wolle mich umarmen. Doch als er schließlich vor mir stand, streckte er mir einfach nur die Hand entgegen. Ich war fast erleichtert über die Förmlichkeit dieser Geste. Vielleicht hatte ich befürchtet, mein Vater könne sich verändert haben, irgendetwas könne mit ihm passiert sein, weil er nach Mutters Tod so plötzlich aus dem Haus geflohen war, und dass es tatsächlich nichts anderes als eine Flucht gewesen war, stand für mich fest. Die Vorstellung, mein Vater könne in den sechs Monaten seiner Abwesenheit ein anderer geworden sein, hatte mich beunruhigt. Aber nun hatte er mich nicht umarmt und ich war erleichtert darüber. So erleichtert, dass ich für einen Moment sogar den fremden Schatten vergaß, der noch immer die Türöffnung verdunkelte. Es war Mias Stimme, die ihn mir wieder in Erinnerung rief.

»Wer ist das?« In ihrem Tonfall schwebte etwas, das ich nicht an ihr kannte. War es Angst? Oder Zorn?

Unser Vater ließ meine Hand los. Er öffnete den Mund, um etwas zu sagen, überlegte es sich dann jedoch anders und drehte sich zu Frau Prasser um.

»Warum kommst du denn nicht weiter?«, war das Erste, was er nach einem Moment des Schweigens schließlich sagte, und er schien fast verwundert, dass seine Begleiterin noch immer dort ausharrte, wo er sie zurückgelassen hatte.

»Wer ist das?«, fragte Mia noch einmal und diesmal war auch der letzte Rest Geduld aus ihrer Stimme gewichen.

Vater sah Tante Tilla an, die direkt hinter mir stand, und dann die Mayssons. Es war ganz offensichtlich, dass ihm die Situation nicht behagte und dass er sich die äußeren Umstände seiner Eröffnung irgendwie anders vorgestellt hatte, aber nun lagen die Dinge einmal so, wie sie lagen, und es gab kein Zurück mehr. Also straffte er die Schultern, was er immer tat, wenn er sich innerlich für eine schwierige Aufgabe wappnete, und sagte: »Das ist meine Frau.«

Dabei sah er wieder mich an, und ich weiß noch, dass ich einen Augenblick lang das dringende Bedürfnis verspürte, laut loszulachen. Irgendwie brachte ich in letzter Sekunde aber doch noch einen Gesichtsausdruck zustande, der – wie ich hoffte – so etwas wie eine unverbindliche Neutralität ausstrahlte. Dann senkte ich schleunigst den Blick, weil ich Angst hatte, dass sich eine Spur des Lachens, das noch immer in meiner Kehle saß und herausdrängte, in meine Augen stehlen könnte, und starrte auf Jolanthas Schleifenschühchen, die bis an die Wand zum Salon zurückgewichen waren und aussahen, als würden sie jeden Augenblick platzen.

Das Schweigen, das nun folgte, schien eine Ewigkeit zu dauern. Die Situation war grotesk. Da stand unser Vater, groß und straffschultrig, mitten in der Halle, ein paar Meter hinter ihm die beiden Koffer, die er zurückgelassen hatte wie Duftmarken, um sein Revier zu kennzeichnen, und noch weiter im Hintergrund der massive Schatten einer fremden Frau, die er uns soeben als seine Angetraute vorgestellt hatte. Ich habe mich später oft gefragt, ob er die Worte Das ist meine Frau *mit Bedacht gewählt hat. Schließlich hätte er genauso gut* eure Stiefmutter *sagen können oder noch schlimmer:* eure neue Mutter. *Aber er nannte sie* meine Frau, *und ehrlich gesagt kann ich mir nicht vorstellen, dass er diese Formulierung aus Rücksicht auf Mia und mich gebraucht hat. Rücksichtnahme gehörte nämlich nicht unbedingt zu den Tugenden, mit denen der liebe Gott meinen Vater ausgestattet hatte. Vielmehr denke ich, dass er schon damals die aussichtslose Unüberbrückbarkeit der Kluft gespürt hat, die zwischen seinen Töchtern und Frau Prasser lag.*

Meine Frau … *Es hatte beinahe trotzig geklungen, wie er das gesagt hatte, und nun, da es heraus war, wartete er auf eine Reaktion. Doch lange Zeit passierte gar nichts. Dann allerdings geschahen zwei Dinge auf einmal: Tante Tilla machte einen Schritt auf unseren Vater zu und streckte ihm eine bemehlte Hand entgegen und Mia drehte sich auf dem Absatz um und stürzte die Treppe hinauf.*

»Ich gratuliere dir von Herzen«, sagte Tante Tilla *mit einem leisen Lächeln, so als habe sie von Mias Abgang nicht das Geringste mitbekommen. »Aber vielleicht wäre es doch besser gewesen, wenn du uns …«*

Weiter kam sie nicht, denn Vater ließ sie einfach stehen und packte mich so fest bei den Schultern, dass ich vor Schreck zusammenzuckte. »Geh und hol deine Schwester zurück«, schrie er mir ins Gesicht. »Sofort!«

Einen Moment lang dachte ich an Widerstand, an Weigerung, dann folgte ich Mia die Treppe zu den oberen Stockwerken hinauf. Vor der Tür zu ihrem Zimmer blieb ich eine Weile stehen, weil ich mich nicht entscheiden konnte, ob ich anklopfen oder einfach hineingehen sollte. Vielleicht wollte ich auch Zeit gewinnen, das Wiederhinuntergehen aufschieben, so lange es eben ging, denn ich konnte mir wirklich Schöneres vorstellen, als mit einer Horde peinlich berührter Menschen und einem Schatten in einem düsteren Salon einen gutgemeinten Apfelstrudel zu essen. Aber natürlich war mir klar, dass ich nicht zu lange warten durfte, sonst würde unser Vater zweifelsohne heraufkommen und die Sache selbst in die Hand nehmen. Also stieß ich die Tür auf, ohne anzuklopfen.

Ich hatte erwartet, Mia heulend auf ihrem Bett vorzufinden, aber ich hatte mich getäuscht. Sie kniete in der Mitte des Raumes und rührte in einem Farbkasten herum wie eine Wahnsinnige. Damals besaß sie noch keine Acryl- oder Ölfarben, auch keine Leinwände, nur jede Menge Tuschkästen und billige Zeichenblöcke, wie man sie in jedem gewöhnlichen Zeitschriftenladen kaufen kann. Ich habe mich in dieser Zeit oft gefragt, wie sie an die vielen Farbkästen gekommen sein könnte, und insgeheim angenommen, unsere Mutter habe ihr heimlich welche gekauft, aber später kam heraus, dass sie einen Teil davon aus den Schultaschen ihrer Mitschüler geklaut hatte, und sie bekam eine Menge Ärger deswegen.

Sie mischte so heftig in den Töpfchen herum, dass die Farbe Blasen schlug und der Pinsel mehr als einmal über den Rand des Farbkastens hinausrutschte, aber das schien sie nicht einmal zu bemerken. Sie hatte wieder diesen abwesenden Blick, so als sei sie gar nicht richtig da.

Ich rief ein paar Mal ihren Namen, aber sie reagierte nicht. Ihre Hand fuhr mit dem Pinsel über den Zeichen-

block und zauberte ein Muster wilder Linien auf das dünne Papier, das unter der Wucht ihres künstlerischen Ausbruchs Wellen schlug. Einige Augenblicke lang sah ich ihr fasziniert zu, dann richtete ich ihr Vaters Befehl aus. Es war mir völlig gleichgültig, ob sie mich hörte oder nicht. Nachdem ich meinen Spruch aufgesagt hatte, schloss ich die Tür und ging hinunter, wo unser Vater und Frau Prasser inzwischen an der Kaffeetafel Platz genommen hatten. Mir fiel auf, dass Frau Prasser auf dem Stuhl rechts neben meinem Vater saß, nicht an der Schmalseite ihm gegenüber, wie meine Mutter es immer getan hatte, und ich weiß noch, dass mir in diesem Moment, in dem ich unseren Vater und diese Frau so beieinander sitzen sah, schlagartig klar wurde, wie viel räumliche Distanz meine Mutter immer zwischen ihn und sich gelegt hatte. Der Gedanke, dass die neue Frau meines Vaters ihm schon nach so kurzer Zeit näher sein musste, als es meine Mutter je gewesen war, erstaunte mich, denn ich muss wohl automatisch angenommen haben, meinem Vater sei grundsätzlich nicht nahe zu kommen. Ich erklärte ihm, dass Mia wohl nicht so bald wieder zurückkommen würde, und er tat daraufhin das Einzige, was ich in dieser Situation von ihm erwartet hatte: Er stand auf und ging nach oben.

* * *

Vivica klingelte einige Male, aber im Haus blieb alles still. Schließlich drückte sie auf die Klinke und stellte mit Verwunderung fest, dass die Tür nachgab. Sicher, tagsüber war die Vordertür auch früher fast immer unverschlossen gewesen. Aber würde man nicht abschließen, nach allem, was in diesem Haus geschehen war? Würde man nicht zusätzliche Schlösser anbringen lassen, Alarmanlagen oder

Bewegungsmelder? Vielleicht nicht, dachte Vivica. Nicht, wenn man sich sicher sein könnte, dass der Mörder nicht von außen kam ...

Sie schob den Gedanken beiseite und stieß die Tür gerade so weit auf, dass sie eintreten konnte. Mein Gott, dachte sie, ich hatte es nicht so düster in Erinnerung. Alles, was sie erkennen konnte, waren entfernte, muffige Schatten. An der Wand gegenüber hatte eine wuchtige Eichenkommode gestanden, das wusste sie noch. Links davon musste irgendwo ein Spiegel sein. Sie stellte ihren Koffer in der Tür ab, damit diese nicht zufiel, und kniff die Augen zusammen, um besser sehen zu können. In der Eingangshalle war es immer dunkel gewesen. Sogar im Sommer hatte dort Licht gebrannt, das einzige Zugeständnis ihres Vaters an die Düsternis des Herrenhauses. Urplötzlich fiel ihr nun auch wieder ein, wo sich der Schalter befand. Ihre Hand tastete über die Wand, deren rauer Putz noch derselbe zu sein schien wie vor fünfzehn Jahren. Derselbe Putz, dieselbe Düsternis. Fünfzehn Jahre hatten dem Grauen nichts anhaben können ... Sie stutzte. Aber irgendetwas war dennoch anders. Sie blieb stehen und überlegte, was es sein könnte. Der Geruch, dachte sie auf einmal, der Geruch in diesem Haus hat sich verändert! Sie hätte nicht beschreiben können, wie das Haus früher gerochen hatte, aber jetzt roch es anders. Dumpf. Fremd. Erleichtert, dass sie etwas gefunden hatte, auf das sie ihre zunehmende Unruhe schieben konnte, tastete sie sich weiter an der Wand entlang, auf der Suche nach dem Lichtschalter. Dort, wo etwas Tageslicht durch die halbgeöffnete Haustür fiel, tanzten feine Staubteilchen in der untergehenden Sonne. Was war das nur für ein eigenartiger Geruch? Da war ein Aroma, das sie nie zuvor wahrgenommen hatte. Etwas Herbes, Schweres lag darin. Etwas wie Verwesung. Sei nicht albern, schalt sie sich, es ist deine Phantasie, die verrückt spielt.

Endlich fanden ihre Finger den Lichtschalter. Der Kristalllüster an der Decke flammte auf, doch Sekunden später ertönte ein lauter Knall, und das Licht verlosch wieder. Das geschliffene Glas, das unter der Wucht des Knalls erzittert war, klirrte hoch über ihrem Kopf. Vor Schreck schrie sie laut auf. Aber niemand kam, um zu sehen, was geschehen war.

Wo zum Teufel steckte Mia?

Sie hatte keinem Menschen außer ihrer Schwester mitgeteilt, dass sie kommen würde, und augenscheinlich hatte Mia ihrerseits auch niemanden darüber informiert. Vielleicht hat sie auch schlicht und einfach vergessen, dass ich komme, dachte Vivica und sah sich unbehaglich um. Das Telefonat, das sie vor ein paar Tagen mit ihrer Schwester geführt hatte, war merkwürdig schleppend verlaufen. Ein paar Mal hatte sie etwas wiederholen müssen, weil Mia sie nicht verstanden zu haben schien, und insgesamt hatte die helle, immer etwas kindlich klingende Stimme ihrer Schwester einen unkonzentrierten und eigenartig entfernten Eindruck auf sie gemacht. Aber was wusste sie denn überhaupt von Mia? Als sie einander zuletzt gesehen hatten, war ihre Schwester beinahe noch ein Kind gewesen. So wie ich, dachte Vivica. Eigenartigerweise hatte sie sich damals irgendwie erwachsener gefühlt. Sicherer. Sie kehrte zu ihrem Koffer zurück und öffnete die Haustür ganz. Das fahler werdende Tageslicht beruhigte sie ein wenig und gab ihr den Mut, ein paar Schritte auf die Treppe zuzugehen.

»Mia?«, rief sie nach oben. »Mia, ich bin da!«

Im Haus rührte sich nichts.

Die Fähre, dachte Vivica. Es war vollkommen unmöglich, dass Mia sich in Bezug auf ihre Ankunftszeit vertat. Vielleicht war sie ja doch hinaus zum Anleger gefahren, um sie abzuholen, und sie hatten einander verpasst?! Unschlüssig blickte sie sich um. Sollte sie ins Hotel hinübergehen und nach Mia fragen? Aber was sollte sie sagen? *Hallo, alle zusammen, da bin ich wieder?* Einfach so? Sie schüttelte den Kopf. Sicher, sie würde sie alle wiedertreffen, die Mayssons, Tante Tilla, Armin und alle anderen, die sie zu vergessen versucht hatte. Spätestens morgen würde sie ihnen gegenüberstehen und ihre Blicke aushalten müssen. Ihre Blicke und all die neugierigen Fragen nach den vergangenen fünfzehn Jahren ihres Lebens. Aber jetzt, da sie unbemerkt bis in ihr Elternhaus gekommen war, wollte sie die kleine Frist, die wenigen Stunden, die ihr blieben, bis jemand herausfand, dass sie wieder auf der Insel war, für sich alleine haben. Sie brauchte diese Stunden, um sich wieder an den Wind zu gewöhnen, an die Veranda und den neuen Geruch dieses Hauses. Diese Zeit konnte und wollte sie sich von niemandem nehmen lassen!

Entschlossen zog sie die Haustür zu und schleifte ihren Koffer zum Fuß der Treppe hinüber. Auf einmal sah sie Mia. Sie stand in der Diele, die links neben der Treppe vorbei in den hinteren Teil des Hauses führte. Zur Küche, in der ... Vivica zuckte unwillkürlich zusammen.

Ihre Schwester trug ausgebeulte Leggins und ein schwarzes T-Shirt. Sie hatte zugenommen. Sogar erheblich zugenommen. Unter der engen Stoffhaut konnte Vivica die Umrisse ihres Slips erkennen. Sie muss durch die Hintertür hereingekommen sein, dachte sie. Oder war sie am Ende doch die ganze Zeit im Haus gewesen? Die Schachtel, die sie in den Händen hielt, trug die Aufschrift einer Bäckerei. Also hatte sie wohl Kuchen gekauft. Vivica kniff die Augen zusammen. Aber warum hatte sie ihre Schwester dann nicht kommen hören?

Mia rührte sich nicht von der Stelle. »Willkommen«, sagte sie ein wenig hilflos. Ihr Haar war noch immer von jenem eigenartig farblosen Blond, das Vivica in Erinnerung hatte, und klebte in wirren Strähnen an ihrer geröteten Stirn. »Schön, dass du da bist.«

Vivica konnte nicht antworten. Die ganze Situation kam ihr vollkommen irreal vor. Das Haus, ihre Schwester, die ganze Insel. Alles war irgendwie vertraut, und doch hatte sie sich noch nie so fremd, so fehl am Platz gefühlt.

»Ich habe Kuchen besorgt.« Mia musterte sie jetzt eindringlich. Der Eindruck von Hilflosigkeit war verflogen. Im Gegenteil: Vivica hatte das Gefühl, dass ihre Schwester jedes Detail ihrer Kleidung, ihres Gesichtes in sich aufsog, jede Regung registrierte. Den unnatürlichen Glanz auf ihrer Stirn und sogar den feinen Schweißfilm, der sich schon wieder auf ihrer Oberlippe gebildet hatte. Auf einmal war sie froh über die Dunkelheit in der Halle.

»Du darfst doch Kuchen essen, oder?«

Sag was, dachte Vivica verzweifelt. »Kuchen ist wunderbar.«

Mia nickte. »Gut.« Es klang zufrieden. Fast wie ein Lob. »Warum gehst du nicht in den Salon und ich mache uns Kaffee?«

Vivica nickte. Das Wort *Salon* kam ihr entsetzlich anmaßend vor, jetzt, da ihre Schwester es aussprach, aber genau so hatten sie das große Zimmer links der Eingangstür immer genannt, Salon. Soweit Vivica wusste, war der Raum auch früher schon so genannt worden, lange bevor ihr Großvater das Hotel übernommen hatte. Und doch, jetzt schämte sie sich irgendwie dafür. Sie war in einem *Herrenhaus* aufgewachsen und hatte in einem *Salon* zu Mittag gegessen. Wie in einem schlechten Roman, dachte sie.

»Los doch, mach es dir bequem.« Mia drehte sich um und verschwand in der Küche. In der Mordküche …

Vivica blickte ihr nach. Sie macht Kaffee dort, dachte sie, während sie sich fragte, ob der Herd noch derselbe war wie vor fünfzehn Jahren. Vermutlich nicht, versuchte sie sich zu beruhigen. Wahrscheinlich hat die Polizei ihn mitgenommen. Wahrscheinlich haben sie die ganze Küche mitgenommen. Trotzdem hatte sie das Gefühl, dass sie den Kaffee, den Mia soeben aufgoss, nicht würde trinken können. Nicht, ohne sich ein weiteres Mal an diesem Tag übergeben zu müssen.

Um nicht weiter über den drohenden Kaffee nachdenken zu müssen, trat sie durch die hohe Tür links des Korridors, die in den Salon führte. Dieser erstreckte sich über die gesamte Nordwestseite des Hauses und verfügte über einen wuchtigen Kamin, vor dem ihr Vater an langen, eisigen Winterabenden gerne gesessen hatte, um eine späte Tasse Tee zu trinken. Vivica sah sich aufmerksam um. Die Einrichtung schien unverändert zu sein. Allerdings wirkte auch hier alles irgendwie vernachlässigt. Vernachlässigt und düster. Wieder fühlte sie ein tiefes Unbehagen in sich aufsteigen. Schien denn draußen nicht noch immer die Sonne? Unwillkürlich blickte sie sich nach dem Fenster um. Die schweren roten Vorhänge waren bis auf einen schmalen Spalt zugezogen und sperrten den Spätsommernachmittag aus. Vivica trat einen Schritt darauf zu. Warum hatte sie das vorhin nicht bemerkt, als sie das Fenster von draußen betrachtet und Mias Gesicht hinter der Scheibe gesucht hatte? Hätte sie nicht eigentlich sehen müssen, dass die Vorhänge geschlossen waren? Oder waren sie überhaupt noch nicht zugezogen gewesen, vorhin?

Irritiert wandte Vivica sich vom Fenster ab. Irgendwo tief im Haus rauschte Wasser. Mia machte Kaffee. Noch mehr Kaffee. Literweise Kaffee …

Auf dem schweren Eichentisch im vorderen Teil des Zimmers stand ein Tablett mit Tassen und zwei Kuchentellern. Vivica fiel auf, dass ihre Schwester keine Tischdecke aufgelegt hatte. Dabei hatten sie immer Tischdecken gehabt, früher. Tischdecken und farblich passende

Stoffservietten mit silbernen Serviettenringen, auf denen die verschnörkelten Initialen der einzelnen Familienmitglieder geprangt hatten: NvH, MvH, VvH und LvH, denn der Vorname ihrer Mutter war Louisa gewesen, Louisa van Heemskerk. Ein SP hatte es nie gegeben. Irgendwie war es Frau Prasser nicht gelungen, ihre Präsenz im Herrenhaus auch auf die Serviettenringe auszudehnen. Vivica suchte in ihrer Handtasche nach einem Taschentuch und wischte sich den Schweiß aus dem Gesicht. Der Satz von vorhin fiel ihr wieder ein. *Sie kam nach Hause, um zu sterben …* Frau Prasser hat auf dieser Insel nie heimisch werden können, dachte sie, ebenso wenig wie ich. Der Gedanke, etwas mit ihrer Stiefmutter gemeinsam zu haben, erstaunte und befremdete sie zugleich. Ob Frau Prasser sich gefürchtet hatte in diesem düsteren Haus, in das sie durch ihre Heirat geraten war? Wie lange mochte sie auf einen eigenen Serviettenring gewartet haben? Wann hatte sie erkannt, dass sie im Herrenhaus eine Fremde bleiben würde?

Zögernd setzte Vivica sich auf einen der inzwischen recht zerschlissenen Stühle, wobei sie es sorgfältig vermied, ihren alten Platz links des Kopfendes zu wählen. Das Holz der Tischplatte war stumpf und wies an verschiedenen Stellen helle Verfärbungen auf. Offenbar hatte jemand den Versuch unternommen, dort Verunreinigungen zu entfernen, Flecken. Vivica spürte, wie ihr Herz schneller schlug. Es ist niemals Blut an diesem Tisch gewesen, rief sie sich selbst zur Ordnung. Doch auch diese Gewissheit konnte sie nicht wirklich beruhigen.

Ein paar Augenblicke später kehrte Mia zurück.

Der Kuchen, den sie gekauft hatte, steckte noch immer in der Pappschachtel, aber wenigstens hatte sie den Deckel entfernt. In der rechten Hand hielt sie eine Thermoskanne. Aus dem Karton stieg das Aroma von Kirschwasser und Sahne auf. Sie hat tatsächlich eine ganze Torte gekauft, dachte Vivica. Nicht ein paar Stücke auf einem handlichen kleinen Papptablett, sondern eine ganze Torte. Erwartete sie am Ende doch noch weitere Gäste? Die Mayssons oder Tante Tilla? Vivica sah nach der Tür. Der Gedanke, vielleicht schon in wenigen Minuten den Menschen aus ihrer Vergangenheit gegenüberzustehen, erfüllte sie mit Panik. Die nächste Fähre ging erst morgen früh. Diese Insel war eine Falle. Ihre Augen suchten wieder die Verfärbungen auf der Tischplatte. Gleichzeitig registrierte sie den Geruch von Kaffee.

»Hast du dich denn überhaupt noch hergefunden?« Mia warf einen angelaufenen Tortenheber auf den Tisch und zog eine Packung Streichhölzer aus dem Bund ihrer Leggins. Erst jetzt bemerkte Vivica die Kerze, die mitten auf der Tischplatte klebte. Mia entzündete sie und griff nach dem oberen der beiden Teller. Ihre Fingernägel waren bis auf die Haut abgekaut und blutverkrustet.

Vivica hatte Mühe, sie nicht anzustarren. »Sicher«, sagte sie mit einem gezwungenen Lächeln. »Obwohl ich zugeben muss, dass sich einiges verändert hat. All diese neuen Ferienhäuser drüben bei den Loogster Dünen und …«

»Du bist fünfzehn Jahre fort gewesen.« Mias Blick verriet keine Regung. Sie wuchtete ein großes Stück Schwarzwälder Kirschtorte auf den Teller und reichte ihn ihrer Schwester über den Tisch. »Was hast du erwartet?«

Anstelle einer Antwort nahm Vivica eine Tasse vom Tablett und hielt sie ihrer Schwester hin. »Was macht die Malerei?«

Mia beugte sich vor und sah ihre Schwester mit einem strengen und zugleich eigenartig kindlichen Ausdruck an. »Früher hast du dich nie dafür interessiert«, stellte sie sachlich fest.

Vivica ärgerte sich, weil sie sich irgendwie ertappt fühlte.

»Stimmt«, entgegnete sie. »Aber ich verstehe ja auch nicht allzu viel von Kunst, wie du weißt.«

In Mias Blick mischte sich ein Hauch von Geringschätzung. »Was machst du in Köln?«, fragte sie. »Wenn du nicht arbeitest, meine ich.«

Was will sie hören?, dachte Vivica. Dass ich ins Museum gehe oder ins Theater? Nein, Schwesterherz, ich gehe nicht ins Museum, dort ist es mir zu still. Ich gehe auf Partys. Laute Partys mit lauter Musik und lauten, oberflächlichen Menschen, die nichts über mich wissen wollen und in deren Gegenwart ich meine Alpträume vergessen kann.

»Ich treffe mich mit Freunden.«

Mia verzog das Gesicht. »Aha.«

»Aber meistens bin ich ohnehin bis spätabends in der Agentur. Da habe ich nur selten Lust, nach Feierabend noch irgendwas ...«

»Die Antwort ist übrigens ja«, fiel Mia ihr ins Wort.

»Was?«

»Ja, ich male noch immer.« Jetzt wandte sie endlich den Röntgenblick ab. »Das wolltest du doch wissen, oder?«

Vivica nickte. Sie hatte das seltsame Gefühl, ihre Schwester gleichzeitig in verschiedenen Stadien ihres Lebens sehen zu können, als Schulkind mit Zöpfen, als junges Mädchen mit ernsten Augen und merkwürdig verschnittenem Kurzhaar. Und heute. Eine unförmige Mia mit rastlosem Blick hinter einem Vorhang aus halblangen blonden Haaren. Eine Mia, die nach wie vor ihre komischen Bilder malte und in einem Haus lebte, in dem das Blut ihres Vaters noch an den Wänden klebte.

Ihre Schwester hatte sich inzwischen ebenfalls ein Stück Torte aufgetan und aß es mit sichtbarem Genuss. »Jetzt wird alles wieder wie früher, nicht wahr?«, sagte sie mit einem Lächeln, das irgendwie zu flimmern schien. Waren ihre Augen nicht blau gewesen? Damals?

Vivica fühlte, dass sie Kopfschmerzen bekam. Da war ein leichtes Ziehen hinter ihrem rechten Auge, das sich verstärken würde, wenn sie nicht bald ein Schmerzmittel nahm. Aber sie hatte nicht daran gedacht, irgendwelche Tabletten einzustecken. Sie hatte an gar nichts gedacht. Sie war einfach losgefahren.

»Weißt du noch, wie wir hier sonntags manchmal gesessen haben und Mama und Tilla haben Bratäpfel für uns gemacht?«

»Aber natürlich.« Vivica versuchte ein Lächeln. Wie oft war es vorgekommen, dass Louisa van Heemskerk Bratäpfel für ihre Töchter gemacht hatte? Dreimal? Viermal in dreizehn Jahren? »Du mochtest deine nur ohne Zimt.«

»Oh ja.« Mias Augen strahlten wie die eines Kindes. Nun schienen sie doch blau zu sein. Tiefblau wie das Meer, ganz so, wie Vivica sie in Erinnerung hatte. »Lass uns Bratäpfel machen, ja?«

Meinte sie das ernst? Vivica schluckte. Der Gedanke an Bratäpfel mitten im August verstärkte ihre Übelkeit. »Jetzt sollten wir aber erst mal deine Torte essen, findest du nicht?«

Doch Mia schien sie nicht gehört zu haben. Ihr Blick ging irgendwo ins Leere. »Wo habe ich nur meine Gedanken«, murmelte sie. »Ich weiß gar nicht, warum ich nicht früher auf diese Idee gekommen bin. Bratäpfel ...« Ihre Augen glitten über die fleckige Tischplatte. »Lass mich nachdenken. Ich müsste vielleicht ... Nein, es sind keine Äpfel mehr da.« Sie sprang auf und stieß dabei ihren Stuhl so heftig zurück, dass er umkippte. Die Flamme der Kerze spiegelte sich in ihrem Blick und ließ ihre Augen von einer Sekunde zur anderen wieder dunkler werden. Schwarz. »Aber das ist ja halb so schlimm.« Sie nickte. »Ich kaufe welche. Jetzt gleich. Es dauert nur ein paar Minuten. Ich ...«

»Die Geschäfte haben längst geschlossen«, unterbrach Vivica sie mit einem Blick auf ihre Armbanduhr.

Mia hielt mitten in einer Bewegung inne. »Aber es sind keine Äpfel im Haus.«

»Das macht doch nichts.« Vivica griff nach ihrer Kuchengabel in der Hoffnung, ihre Schwester dadurch von dem Gedanken an Bratäpfel abzulenken. »Die Torte sieht wirklich gut aus.« Sie nahm einen kleinen Bissen und wunderte sich, dass sie keinen Ekel empfand.

Mias Blick streifte ziellos über die Wände. Auf ihrem Gesicht lag ein Ausdruck, der Vivica nicht gefiel. Er gefiel ihr ganz und gar nicht. »Bestimmt magst du überhaupt keine Sahnetorte.«

»Doch«, entgegnete Vivica eilig. »Natürlich mag ich Sahnetorte.«

»Aber Sahnetorte macht dick.« Mias Blick saugte sich an Vivicas Bauch fest. »Und du willst bestimmt nicht dick sein, stimmt's?«

Vivica wollte etwas erwidern, aber Mia ließ sie nicht zu Wort kommen.

»Du willst mit Sicherheit nicht dick sein. Niemand will dick sein. Wenn du nämlich dick bist, starren die Leute auf der Straße hinter dir her, wusstest du das?« In ihre Augen stahl sich ein gefährliches Funkeln. »Nein, ich wette, das wusstest du noch nicht. Aber es ist so. Alle glotzen dich an, als ob du irgendein besonders ekliges Insekt wärst.« Jetzt schrie sie beinahe. »Die Kinder starren dir nach und kichern und du passt nicht mehr in deine schicken Klamotten und dann musst du den ganzen Plunder in den Altkleidercontainer schmeißen, weil er dir überall zu eng ist. Und während du noch Monate danach jeden Tag acht Stunden über irgend so ein verpisstes Laufband jagst, fragen sich die Kinder in Afrika, was in aller Welt sie mit einem Jil-Sander-Kostüm anstellen sollen.« Sie nahm Vivicas Teller und kippte das halbgegessene Stück Torte mitsamt der Kuchengabel in den Karton zurück. »Glaub mir, Herzchen, du magst keine Sahnetorte.«

* * *

Vater war lange nicht zurückgekommen, an jenem Nachmittag, nachdem er die Treppe zu Mias Zimmer hinaufgestiegen war, und als er schließlich ohne sie wiederkehrte, beschlich mich das Gefühl, dass er einen Kampf verloren hatte. Dieses Gefühl verstärkte sich noch, als er ein paar Wochen später mit einer Bohrmaschine und einem Zollstock in die Scheune hinüber ging und damit begann, Mia ein Atelier einzurichten.

Unterdessen gestaltete sich das Zusammenleben mit Frau Prasser erwartet schwierig. In der ersten Zeit nach ihrem Einzug startete sie mehrere Versuche, Konversation zu machen, mal mit mir, dann wieder mit Mia, vor der sie jedoch von Anfang an eine fast irrationale Furcht zu haben schien und der sie deshalb meist aus dem Weg ging. Ein paar Wochen hielt sie durch, dann beschränkte sie die Kommunikation mit den Töchtern ihres Mannes auf kurze, informative Sätze, die sie einfach in den Raum schleuderte und die nie als Frage formuliert waren, damit weniger auffiel, dass wir ihr sowieso nicht antworteten. Sie sagte zum Beispiel nicht »Hat eine von euch noch etwas Buntes zu waschen?«, sondern: »Ich mache heute Nachmittag eine Buntwäsche. Was bis dahin nicht im Wäschekorb ist, wird nicht mitgewaschen.«

Nach solchen Verkündigungen verließ sie für gewöhnlich das Zimmer. Vielleicht fürchtete sie Widerspruch, dem sie auf diese Art und Weise aus dem Weg zu gehen suchte, oder aber sie hatte es einfach gründlich satt, in un-

sere schweigenden Gesichter zu blicken, in denen ihr keine Regung signalisierte, ob wir sie verstanden hatten oder nicht. Mia lachte bei solchen Gelegenheiten immer laut auf, und ich glaube, sie empfand Frau Prassers Rückzüge als persönliche Triumphe. Frauen, die verzweifelt versuchen, an die halbwüchsigen Töchter ihrer Ehemänner heranzukommen, sind immer eine leichte Beute, und wir taten wirklich alles, um Frau Prasser das Leben im Herrenhaus so unangenehm wie nur irgend möglich zu machen. Aber sie durchschaute uns schnell und machte den gleichen Fehler nie zweimal hintereinander.

Zu dieser Zeit bemühte sich Mia mehr denn je um ein gutes Verhältnis zu mir, allerdings ließ ich sie meistens abblitzen. Ich habe mich schon immer am liebsten auf mich selbst verlassen, und seit der Geschichte mit der Sandburg traute ich meiner Schwester nicht mehr über den Weg. Trotzdem gab sie nicht auf. Sie bot mir Bücher von sich an und lud mich zu Ausflügen oder ins Kino ein. Manchmal ging ich sogar mit, nur um für ein paar Stunden aus dem Haus zu kommen, wo es mir seit Frau Prassers Eindringen noch weniger gefiel als vorher. Dann saßen wir auf meiner karierten Wolldecke in den Dünen und schauten den Wolken hinterher, die vom Meer Richtung Festland zogen. Mia zeichnete viel bei diesen Gelegenheiten. Sie war eine wirklich gute Zeichnerin, die mit wenigen Strichen das Charakteristische einer Landschaft oder eines einsamen Wanderers am Strand einzufangen vermochte. Ich habe nie verstanden, warum sie diese wirren Bilder malte, anstatt zu zeichnen. Wahrscheinlich hätte sie eine Menge Geld verdienen können, wenn sie sich auf die Promenade gesetzt und Porträts von Touristen gezeichnet hätte, aber davon wollte sie nie etwas wissen. Sie ist schon immer ungesellig gewesen und hatte, glaube ich, auch keine Freundinnen. Jedenfalls hat sie nie jemanden aus der Schule mit nach Hause gebracht. Das tat ich zwar auch nicht, aber erst, seit Frau Prasser im Haus war, die ich einfach nur peinlich fand, weil sie andauernd hinter mir herschnüffelte und alles und jeden herumkommandierte.

Zudem hatte sich kurz nach der erneuten Hochzeit unseres Vaters herausgestellt, dass das »Unglück Prasser«, wie Mia es nannte, nicht allein gekommen war, sondern seinerseits einen Sohn mit in die junge Ehe brachte, den man für das erste Zusammentreffen mit uns taktvollerweise noch bei Verwandten in Hamburg untergebracht hatte. Armin Prasser tauchte etwa zwei Wochen nach der Rückkehr unseres Vaters auf, genauer gesagt saß er eines Mittags einfach am Tisch, als wir aus der Schule kamen. Zu diesem Zeitpunkt hatte Frau Prasser ihre Bemühungen um ein normales Familienleben noch nicht vollständig aufgegeben, deshalb bekamen wir ein besonderes Essen und Schokoladenpudding mit Schlagsahne zum Nachtisch. Zum Pudding lieferte sie uns dann unaufgefordert jede Menge Informationen über ihren Sohn, dessen Vorlieben und Abneigungen, wobei sie ganz und gar den Eindruck eines Zirkusdirektors machte, der den staunenden Zuschauern den Clou des Abends präsentiert.

Armin ließ die Tirade seiner Mutter gleichmütig und ohne ein einziges Wort über sich ergehen, ein großer, kantiger Junge mit unruhigen Augen, der trotz seiner dunklen Haare erstaunlich farblos wirkte. Er war damals schon achtzehn und strahlte eine arrogante Gleichgültigkeit aus, wie er da an unserem Esstisch saß und gelangweilt seinen Schokoladenpudding löffelte. Damals wusste er noch nicht, dass er in den folgenden Jahren nur sehr selten in den Genuss einer Nachspeise kommen würde, denn notgedrungen teilte Frau Prasser den Hang unseres Vaters zur Sparsamkeit. Sie kochte Sonderangebote oder ließ uns Essen aus dem Hotelrestaurant herüberkommen, und sie *versagte Mia und mir neue Schreibhefte, so lange in den alten hinten noch ein paar freie Blätter waren …*

So lebten wir ein mühsames, von vielen kleinen Machtkämpfen geprägtes Leben, an dem unser Vater ebenso wenig teilnahm wie vor dem Tod unserer Mutter. Er verbrachte seine Tage drüben im Hotel, ging seinen weitverzweigten Geschäften nach und kam nur zu den Mahlzeiten manchmal herüber. Armin bekam ihn eigentlich noch am häufigsten zu Gesicht, denn er begann bald nach seinem Einzug mit einer Lehre als Hotelkaufmann, was mir einleuchtete, schließlich gab es auf der Insel wenig Alternativen.

Frau Prasser, die sich ihre Ehe vermutlich auch ein wenig anders vorgestellt hatte, wurde mit der Zeit immer unleidlicher. Sie hatte keine vernünftige Aufgabe, kein Geld, das sie hätte ausgeben können, und auch sonst wenig zu tun, also kommandierte sie das Personal herum, allen voran Linette, die mir entsetzlich Leid tat, weil sie unserer Stiefmutter anscheinend gar nichts recht machen konnte. Einmal ließ Frau Prasser sie dreimal dasselbe Fenster putzen, weil angeblich immer noch Schlieren darauf waren, die außer ihr niemand sehen konnte. Wirklich, sie konnte eine richtige Sadistin sein …

* * *

»Und bei dieser Gelegenheit hat der Bekannte meines Bruders sie wiedererkannt.« Der alte Herr unterstrich diesen Umstand, indem er mit dem Zeigefinger auf die Platte von Ednas Couchtisch tippte. »Natürlich nicht sie persönlich, denn er kannte sie ja nur aus der Zeitung. Aber er hat sich an ihren Namen erinnert, weil der so außergewöhnlich ist. Der Bekannte meines Bruders stammt aus Cloppenburg, wissen Sie?«

Edna schüttelte verwirrt den Kopf. Für den Augenblick wusste sie gar nichts.

Ihren Nachbarn schien diese Tatsache jedoch wenig zu stören. »Jedenfalls hat mein Bruder die Sache weiterverfolgt«, fuhr er unbeirrt fort, »und tatsächlich etwas über sie herausgefunden, das ihn zutiefst beunruhigt. Natürlich hat er versucht, meinem Neffen die Augen zu öffnen, aber der Junge liebt diese Frau nun einmal.« Diessler zwinkerte seiner Nachbarin viel sagend zu. »Unsere ganze Familie ist sehr beharrlich in diesen Dingen. Wenn wir uns einmal für jemanden entschieden haben, bleiben wir dabei.«

Edna starrte in die trüben grauen Augen des alten Mannes, als läge in ihnen eine Bestätigung für dessen Irrsinn, von dem sie inzwischen mehr als überzeugt war. Er hatte seinen Kaffee kaum angerührt. Stattdessen redete er ohne Unterlass. Sein komisches kleines Hündchen hatte sich neben ihrem Lieblingskissen zusammengerollt, ohne um Erlaubnis zu fragen, und gab von Zeit zu Zeit ein durchaus zufriedenes Grunzen von sich. Kurz: Die Situation war vollkommen außer Kontrolle geraten! Edna seufzte. Wenigstens pisst das liebe Julchen nicht von unten gegen meine Möbel, dachte sie resigniert. Dann wandte sie sich wieder ihrem zweibeinigen Gast zu. Ein Neffe von Diessler hatte sich verliebt, so viel hatte sie mitbekommen. Die Auserwählte war jedoch aus irgendwelchen unerfindlichen Gründen, über die sich der alte Herr bislang tunlichst ausgeschwiegen hatte, für ungeeignet befunden worden. So weit, so gut. Aber noch immer hatte sie nicht herausgefunden, was diese Ereignisse mit ihr zu tun haben sollten. Erwartete der alte Knabe einen juristischen Rat von ihr? Für einen vierundachtzigjährigen Junggesellen galt eine Kriminalhauptkommissarin möglicherweise das Gleiche wie ein Anwalt. Sie runzelte die Stirn. Warum zur Hölle hatte sie ihre verdammte Tür aufgemacht?

Indessen blickte der alte Herr sie erwartungsvoll an.

Irgendetwas war ihr entgangen! Also noch einmal von vorne, dachte sie schicksalsergeben.

»Ihr Neffe hat sich also in die falsche Frau verliebt«, versuchte sie, die bisherigen Informationen noch einmal zusammenzufassen.

Diessler nickte.

»Okay. Wo liegt das Problem?«

Über Diesslers buschigen Augenbrauen bildete sich eine sorgenvolle Linie. »Das Problem ist, dass Leon diese Frau noch immer heiraten möchte.«

Verdammt, dachte Edna. Es ging doch tatsächlich schon wieder um die Ausrichtung einer Feier!

»Ich habe keine Zeit für so was«, sagte sie endgültig.

Diessler starrte sie an. »Wofür?«

»Wie bitte?«

»Wofür haben Sie keine Zeit?«

»Eine Hochzeitsparty zu organisieren.«

»Oh nein.« Der alte Herr schmunzelte. »Darum geht es nicht. Die Frau, über die wir sprechen, will meinen Neffen überhaupt nicht heiraten.«

Mit einiger Mühe verkniff sich Edna ein tief empfundenes *Dann ist ja alles bestens.*

»Aber es gibt da ...« Diessler stutzte und schien einen Augenblick nach den richtigen Worten zu suchen. »Es gibt ein anderes Problem, was diese Frau betrifft. Ein Problem, das sozusagen in Ihr Fach fällt.«

»Wovon um alles in der Welt reden Sie eigentlich?!«

Der alte Herr holte tief Luft. »Die Eltern dieser Frau sind vor fünfzehn Jahren ermordet worden. Man hat sie eines Morgens blutüberströmt auf dem Küchenboden gefunden.«

Edna sah ihn überrascht an, sagte aber nichts.

»Der Fall hat damals beträchtliches Aufsehen erregt,

hauptsächlich wegen der Brutalität, mit der die Tat begangen wurde. Hinzu kam, dass nichts gestohlen worden war, obwohl sich zum Tatzeitpunkt angeblich eine ziemliche Menge Bargeld im Haus befunden hat«, fuhr Diessler fort. »Das Verbrechen konnte nie aufgeklärt werden. Und das Problem ist …« Er blickte gedankenverloren zu seinem Hund hinüber, der sogleich aufmerksam den Kopf hob. »Das Problem ist, dass – so wie die Dinge damals lagen – eigentlich nur zwei Personen als Täter in Frage kamen: Leons Freundin oder deren jüngere Schwester.«

Edna zog die Augenbrauen hoch. »Wie alt ist die Freundin Ihres Neffen?«

»Vierunddreißig«, entgegnete Diessler. »Sie war neunzehn, als die Morde geschahen. Die Schwester ist, soweit ich weiß, ein Jahr jünger.«

»Das ist in der Tat eine heikle Angelegenheit«, gab Edna zu. »Allerdings ist mir nicht ganz klar, was ich in dieser Sache für Sie tun kann.«

»Nun ja …« Ein verlegenes Lächeln spielte um die Mundwinkel des alten Herrn. »In gewisser Weise ist Ihre Nichte schuld, dass ich damit zu Ihnen komme.«

»Maja?« Edna hob alarmiert den Kopf. »Was hat Maja damit zu tun?«

»Im Grunde gar nichts«, beeilte sich Diessler, sie zu beschwichtigen. »Es ist nur … Sie hat mir eine Karte geschrieben, wissen Sie? Eine Ansichtskarte. Die Nordsee ist aber auch wirklich sehr schön, nicht wahr?«

»Sicher«, entgegnete Edna mechanisch. Wieso schrieb Maja ihrem vierundachtzigjährigen Nachbarn eine Ansichtskarte? Woher kannte sie ihn überhaupt?

»Sie hat ein paar Mal bei mir Tee getrunken, wenn Sie nicht zu Hause waren«, erklärte Diessler, als habe er Ednas Gedanken gelesen. »Ich konnte das arme Mädchen doch nicht einfach im Treppenhaus stehen lassen.«

Edna nickte nur. Ihre Nichte hatte nie erwähnt, sie nicht angetroffen zu haben, als sie ihr einen Besuch hatte abstatten wollen. Nicht ein einziges Mal. Und jetzt behauptete ihr Nachbar, Maja habe ein paar Mal bei ihm Tee getrunken. Der Gedanke beunruhigte sie zutiefst. Wie oft hatte ihre Nichte dort draußen im Treppenhaus vor einer verschlossenen Tür gestanden? Und warum hatte sie nie etwas davon gesagt?

»Na ja, und als die Karte kam, dachte ich …« Diessler unterbrach sich erneut und warf Edna einen interessierten Blick zu. »Habe ich etwas gesagt, das Sie verärgert hat?«

»Nein.« Ihre Antwort kam viel zu schnell, als dass sie glaubhaft gewesen wäre. »Natürlich nicht. Wie kommen Sie darauf?«

Diessler hütete sich, diese Frage zu beantworten. »Jedenfalls dachte ich, es sei vielleicht so etwas wie eine Fügung, dass Ihre Nichte ausgerechnet auf Borkum ist.«

»Verzeihen Sie mir«, sagte Edna, »aber ich kann Ihnen wirklich nicht folgen.«

»Vivica van Heemskerk, so heißt die Frau, über die wir die ganze Zeit sprechen, stammt von dort. Von Borkum.« Über Diesslers markante Züge goss sich eine vitale Röte. »Ihrem Vater gehörte eines der größten Hotels auf der Insel. Und dort ist damals auch der Mord geschehen.« Er zog einen sorgfältig gefalteten Zettel aus der Innentasche seines Jacketts und reichte ihn seiner Nachbarin über den Tisch. »Mein Bruder hat das hier in einem Archiv entdeckt.«

Es war die Kopie eines Zeitungsausschnitts.

BORKUM. Der bekannte Borkumer Hotelier Nils van Heemskerk wurde in der Nacht zum vergangenen Samstag Opfer eines brutalen Gewaltverbrechens. Der oder die unbekannten Täter hatten Heemskerk und dessen Ehefrau in der Küche seines Wohnhauses mit einer Axt attackiert und dabei tödlich verletzt. Zum Zeitpunkt der Tat befand sich auch die jüngere der beiden Töchter van Heemskerks aus erster Ehe im Haus, die jedoch von der Tat selbst nichts mitbekommen haben soll. Die Leichen der Eheleute wurden am frühen Samstagmorgen von einer Angestellten entdeckt, wobei die Schwere der Verletzungen im Gesichts- und Kopfbereich eine eindeutige Identifizierung zunächst nicht zuließ. Nach Angaben der Kripo Leer liegen die Hintergründe der grausigen Tat noch völlig im Dunkeln. Ersten Erkenntnissen zufolge soll es sich jedoch nicht um einen Raubmord handeln. Auch Meldungen, dass das organisierte Verbrechen hinter der Tat stecke, wurden bislang nicht bestätigt.

Der Artikel war auf Montag, den 1. September 1986, datiert. Edna las ihn zweimal durch, dann schob sie die Kopie in die Mitte des Tisches zurück. »Interessante Sache«, murmelte sie. »Aber Sie sagten vorhin etwas davon, dass nur eine der beiden Töchter der Familie als Täterin in Frage käme. Darf ich fragen, wie Ihr Bruder auf diese Idee kommt?«

Diessler antwortete nicht sofort. Seine Hand tastete über den Bezug des Sofas. »Die Leute auf der Insel«, sagte er schließlich. »Sie scheinen zu glauben, dass die Jüngere es getan hat. Die Schwester.«

»Weil sie im Haus war?«

Er nickte. »Sie soll ein wenig seltsam sein.«

»Das wäre ich vermutlich auch, wenn meine Eltern auf diese Weise ums Leben gekommen wären«, entgegnete Edna.

»Es war nicht die leibliche Mutter«, bemerkte Diessler. »Die Frau, die ermordet wurde, ist nur die Stiefmutter der Mädchen gewesen. Und die beiden sollen sie gehasst haben. Vor allem die Jüngere.«

»Wie alt, sagten Sie, war das Mädchen zum Zeitpunkt der Tat?«

»Achtzehn.«

Edna schüttelte skeptisch den Kopf. »Das ist verdammt jung.«

»Aber es ist doch merkwürdig, dass nichts gestohlen wurde«, wandte Diessler ein.

»Der oder die Täter könnten gestört worden sein.«

Diessler blickte seine Nachbarin einige Sekunden schweigend an. »Die Mädchen haben alles geerbt«, sagte er dann. »Das Hotel und das Haus. Niemand außer den beiden hat von dieser Tat profitiert.«

Edna zog nachdenklich die Stirn in Falten. »Sie wissen nicht zufällig, ob die Vermutungen der Polizei damals in eine ähnliche Richtung gegangen sind?«

»Doch«, entgegnete Diessler überraschend prompt. »Angeblich sind sie das. Sie sollen die jüngere Tochter wiederholt vernommen haben, weil sie wichtige Spuren am Tatort vernichtet hat. Angeblich unbeabsichtigt.« Er griff nach dem Zeitungsausschnitt und faltete ihn gedankenverloren zusammen. »Sie wohnt übrigens noch immer in dem Haus, in dem ihre Eltern gestorben sind«, bemerkte er beiläufig. »Ihre Schwester dagegen hat die Insel wenige Tage nach dem Mord verlassen und ist seither auch nie wieder dort gewesen.« Er seufzte. »Wissen Sie, mich beunruhigt am meisten, dass sie Leon gegenüber nie etwas von dieser ganzen Geschichte erwähnt hat. Wann immer er sie nach ihrer Familie gefragt hat, hat sie behauptet, ihre Eltern seien tot.«

»Das sind sie ja auch«, stellte Edna unsentimental fest.

»Schon, aber ...« Diessler blickte in seine volle Kaffeetasse. »So etwas würde man doch nicht verschweigen, wenn man mit jemandem zusammen ist, oder?«

»Vielleicht doch«, entgegnete Edna. »In jedem Leben gibt es Dinge, mit denen man irgendwann abschließen möchte. Und eine solche Vergangenheit könnte leicht dazu gehören.«

»Ich habe Ihr Auto heute Morgen um neun noch unten im Hof stehen sehen«, bemerkte ihr Nachbar anscheinend ohne jeden Zusammenhang.

Edna sah ihn an. Gespräche mit diesem Mann waren wirklich eine Tortur!

»Ja und?«

»Sie haben Urlaub, nicht wahr?«

Edna nickte schicksalsergeben. Jawohl, sie hatte Urlaub. Seit heute hatte sie Urlaub, und es hatte ziemlich genau einen halben Tag gedauert, bis der ganze Rest der Welt davon erfahren hatte. Ihre Mutter. Ihr Nachbar. Der Blaumann im Baumarkt. Alle wussten davon.

»Nun ja, und da dachte ich …« Diesslers Finger spielten mit dem Henkel seiner Kaffeetasse. »Ich habe gedacht, jetzt, wo Sie doch Urlaub haben, würden Sie vielleicht ein paar Tage zu Ihrer Nichte fahren.« Er sah Edna so lange in die Augen, dass ihr unbehaglich wurde. Sie war sich durchaus darüber im Klaren, dass dieser letzte Satz eine Frage gewesen war. »Kurz und gut: Ich wollte Sie bitten, sich bei dieser Gelegenheit ein wenig auf der Insel umzuhören. Vielleicht können Sie ja herausbekommen, was es mit der Freundin meines Neffen auf sich hat. Und mit der Geschichte von damals …«

Edna musste unwillkürlich lächeln. »Ich glaube, da kann ich Ihnen keine großen Hoffnungen machen«, sagte sie. Es war schon rührend, was sich der alte Herr unter Polizeiarbeit vorstellte! »Dieser Fall ist fünfzehn Jahre alt. Die Spuren, die es vielleicht irgendwann einmal gegeben hat, sind längst kalt. Außerdem ich bin sicher, dass die Kollegen, die den Fall damals untersucht haben, ihr Handwerk verstanden haben. Wenn sie nichts gefunden haben, lag das wahrscheinlich daran, dass es nichts zu finden gab.«

Diessler sagte nichts.

»Es gibt solche unlösbaren Fälle«, fuhr Edna fort und verdrängte den Gedanken an Brombeeren und ein rotes Kinderfahrrad. »Das ist schlimm für alle Betroffenen, weil die Verdächtigungen nie aufhören. Weil immer der Rest eines Zweifels bleibt. Aber daran ist manchmal nichts zu ändern.« Sie machte eine Pause, weil sie hoffte, ihr Nachbar würde irgendetwas sagen, das Einsicht verriet. Doch Diessler saß nur einfach da und schwieg in seine Kaffeetasse. »Im Übrigen sind die Ermittlungen bereits vor langer Zeit eingestellt worden«, setzte sie noch eine Spur nachdrücklicher hinzu. »Und ich wäre auch gar nicht autorisiert, irgendwelche Fragen zu stellen.«

Ihr Nachbar blickte auf. »Ich könnte Ihre Blumen gießen«, bot er hoffnungsvoll an. »In der Zeit, wo Sie bei Ihrer Nichte sind.«

Raffinierter alter Fuchs! Edna lächelte. »Ich habe keine Blumen.«

Diessler sah sich überrascht nach der Fensterbank um. »Nicht?«

Sie schüttelte amüsiert den Kopf, während ihr Nachbar in gespielter Resignation die Schultern herabfallen ließ.

»Ich dachte ja nur, dass Sie sich vielleicht ein bisschen umhören könnten«, sagte er noch einmal.

Edna seufzte. »Vielleicht tue ich das.«

Diesslers Lippen verzogen sich zum dankbaren Lächeln.

»Ich habe *vielleicht* gesagt«, wiederholte Edna eilig. »Falls ich überhaupt hinfahre.«

* * *

Vivica schreckte aus wirren, beunruhigenden Gedanken hoch, als sie hinter sich ein Geräusch vernahm.

Draußen war es fast dunkel geworden. Auf dem nackten Tisch flackerte Mias Kerze. Mia selbst war vor einiger Zeit mit der Tortenschachtel irgendwo im Haus verschwunden, und Vivica brauchte einen Augenblick, um zu realisieren, dass das Geräusch, das sie soeben gehört hatte, von draußen gekommen war. Vom Fenster. Etwas war gegen die Scheibe geschlagen.

Sie wandte den Kopf und betrachtete die noch immer halb geschlossenen Vorhänge, zwischen denen ein schwarz spiegelnder Streifen Glas zu sehen war. War das ein Vogel gewesen oder ein Insekt, das, angelockt vom flimmernden Kerzenschein, gegen die Scheibe geprallt war? Der Schlag eines Chitinpanzers gegen das finstere Glas? Oder hatte jemand mit der Hand gegen die Scheibe geschlagen? Vivica runzelte die Stirn. Das Fenster des Salons lag zu hoch, als dass man es aus dem Stand hätte erreichen können, selbst wenn man direkt darunter stand. Man würde schon springen müssen, dachte sie, und warum sollte jemand das tun?

Sie blickte zur Tür hinüber und überlegte, wie lange Mia schon fort war. Zehn Minuten? Fünfzehn? Im selben Augenblick wiederholte sich das Geräusch, das sie aufgeschreckt hatte, und dieses Mal war Vivica sich absolut sicher: Jemand hatte etwas von außen gegen das Fenster geworfen. Sie stand auf und ging auf den dunklen Schlitz zwischen den Vorhängen zu. Die Scheibe spiegelte so sehr, dass sie nichts als sich selbst darin sehen konnte, also öffnete sie einen der Fensterflügel. Irgendwo rechts unter sich nahm sie das Knirschen von Schritten auf dem sandigen Boden wahr. Schritte, die sich hastig entfernten. Sie glaubte auch, ein leises Kichern zu hören, drüben im Schatten der Mauer, wo die schmale Gasse, die hinter dem

Hotel vorbei zur nächsten Querstraße führte, am dunkelsten war. Waren etwa Kinder da draußen?

Als sie sich umdrehte, stand Mia beim Tisch. Sie sah belustigt aus.

»Tomate oder Milchshake?«

Erst jetzt bemerkte Vivica den weißlichen Schleim, der langsam und zähflüssig an der ungeputzten Scheibe hinuntertropfte. »Milchshake würde ich sagen.«

»Lass sehen!« Mia hastete quer durch den Raum und beugte sich über die kleine Lache, die sich bereits auf der staubigen Fensterbank gebildet hatte, wobei sie die Nase kräuselte und schnüffelte wie ein witterndes Tier. »Ja ... Ich glaube, du hast ...« Sie fuhr mit dem Zeigefinger durch die Flüssigkeit und steckte ihn in den Mund. »Milchshake«, befand sie dann. »Vanille, und nicht mehr ganz frisch.« Achselzuckend schloss sie das Fenster und wischte die Fensterbank mit dem Saum ihres T-Shirts ab. Wieder fielen Vivica ihre abgekauten Nägel auf.

»Kommt so etwas öfter vor?«

Mia antwortete nicht und Vivica hätte nicht sagen können, ob ihre Schwester sie überhaupt gehört hatte. Ihr Blick war noch immer auf das Fenster gerichtet. Der weiche, eigentümlich schmale Rücken unter ihrem Shirt wirkte müde. Während Vivica ihn betrachtete, empfand sie auf einmal so etwas wie Reue, sich so lange nicht um ihre Schwester gekümmert zu haben. Nur eine Karte zum Geburtstag, nur ein liebloses Päckchen zu Weihnachten. War Mia denn tatsächlich allein gewesen? Auch an Heiligabend? Auch an jedem neunundzwanzigsten August? In diesem Haus? War es vielleicht doch zu bequem gewesen, sich einzureden, irgendjemand werde schon nach ihr sehen? Ihre Finger tasteten nach dem Fleck auf der anderen Seite der Scheibe. Aber hatte Tante Tilla denn nicht geschrieben, dass sie stets alle Einladungen zurückgewiesen hatte?

Im selben Moment geriet Mias Rücken in Bewegung. Es war, als realisiere sie erst jetzt, was soeben geschehen war. Eine plötzliche Wut ließ das Blut in ihren Wangen auflodern. »Verdammte Scheißgören, jetzt muss ich die verfickten Fenster schon wieder putzen!« Mit einem ärgerlichen Griff riss sie das Fenster wieder auf und beugte sich in die Dunkelheit hinaus. »Passt bloß auf, ihr kleinen Wichser«, schrie sie, und ihre Stimme überschlug sich beinahe. »Wenn ich euch erwische, hack ich euch in Stücke und fress euch zum Frühstück!« Dann knallte sie das Fenster zu und sah Vivica herausfordernd an. »Und du, hast du dich gut unterhalten?«

Vivica war sich nicht sicher, ob sie diese Frage beantworten sollte. Sie war sich nicht einmal sicher, ob es eine Frage gewesen war.

»Diese elenden kleinen Scheißer machen so etwas wie eine Mutprobe daraus«, murmelte Mia vor sich hin, indem sie Gardine und Vorhänge zuzog. »Ich möchte wirklich wissen, wo sie das ganze vergammelte Gemüse immer auftreiben. Und die ganze andere Scheiße, die sie hier andauernd aufs Grundstück kippen. Wahrscheinlich fischen sie den ganzen Mist aus den Mülltonnen drüben beim Restaurant.« Sie schnappte nach Luft. »Lauter Scheißfraß, der den hochheiligen Gästen nicht gemundet hat. Und ich kann zusehen, wie ich mit dem ganzen Dreck klarkomme.« Atemlos drehte sie sich um. »Warum setzen wir uns nicht noch ein bisschen an den Kamin?« Jetzt lächelte sie wieder. »Ich habe uns was zu trinken gemacht.«

»Ich glaube, ich bin müde.«

Ihr Lächeln erstarb. »Müde?«

»Es war eine lange Fahrt.«

Sie kniff die Augen zusammen. »Es ist nicht einmal halb zehn.«

»Tatsächlich?« Vivica warf einen verwirrten Blick auf

ihre Armbanduhr und verspürte urplötzlich ein diffuses Hungergefühl in sich aufsteigen. Außer den paar Bissen von Mias Schwarzwälder Kirschtorte hatte sie seit dem Frühstück nichts gegessen. Oder getrunken. Tatsächlich bemerkte sie erst jetzt, wie durstig sie war.

»Du kannst unmöglich müde sein um diese Uhrzeit.« Mias Blick war nachdrücklich. »Und es ist keine lange Fahrt von Köln.«

Hatte sie gesagt, sie hätte etwas zu trinken gemacht? Vivicas Durst verstärkte sich. »Also schön, noch eine Viertelstunde.« Sie folgte ihrer Schwester zu den beiden wuchtigen Sesseln hinüber, die vor dem breiten offenen Kamin standen.

»Setz dich.« Mia nahm den schweren Keramikkrug, den sie in einem Moment, der Vivicas Aufmerksamkeit entgangen war, auf dem kleinen Beistelltisch neben ihrem Sessel abgestellt hatte, und goss eine klare Flüssigkeit in zwei olivgrüne Plastikbecher, die aussahen, als gehörten sie zum Feldgeschirr eines Soldaten. Auf ihrem T-Shirt trockneten derweil die Reste des Milchshakes. Vanille, nicht mehr ganz frisch. »Auf ein Feuer sollten wir allerdings lieber verzichten. Es sei denn, du willst an Rauchvergiftung sterben. Den guten alten Erstickungstod.« Sie blickte nicht auf bei diesen Worten, sondern konzentrierte ihre ganze Aufmerksamkeit auf das Einschenken. Trotzdem schien es Vivica, als würde sie wieder lächeln.

Sie lehnte ihren Hinterkopf gegen das Polster des Sessels und starrte in den düsteren Kamin. Dieses Haus war ein Alptraum. Eine dunkle, feuchte Höhle voller Geheimnisse und Staub. Und mittendrin ihre Schwester, die urplötzlich in Wut geriet und sich dann nicht mehr unter Kontrolle hatte. So wie früher. Erst jetzt fiel ihr auf, dass Mia sie nicht nach dem Grund ihrer Rückkehr gefragt hatte. Nicht am Telefon, als sie ihr Kommen angekündigt hatte, und auch vorhin nicht. Warum eigentlich nicht?

»Auf deine Rückkehr!« Feierlich reichte Mia ihr einen der Plastikbecher.

War das Alkohol? Vivica drehte den Becher in ihrer Hand hin und her und fühlte wieder den altbekannten Brechreiz in sich aufsteigen. Verzweifelt biss sie sich von innen in die Wange, während unter ihrem Haaransatz bereits erste Schweißtröpfchen sichtbar wurden. Warum zur Hölle konnte sie nicht aufhören zu schwitzen oder zu kotzen?! Du darfst dich auf keinen Fall verraten, hämmerte es hinter ihrer Stirn. Es musste doch möglich sein, die wenigen Tage bis zum Schlachttag zu überstehen, ohne sich zu verraten! Und Mia war nun wirklich der letzte Mensch, mit dem sie ihr Geheimnis teilen wollte. Ihre Augen suchten das Porträt ihrer Mutter auf dem Kaminsims. Hätte ihre Mutter ihr zugehört? Hatte sie ihren Kindern jemals zugehört? Und ihnen Bratäpfel gemacht? Hatte sie?

»Du kannst es ruhig trinken.« Mia hatte sich in ihrem Sessel vorgebeugt und sah ihre Schwester mit schiefgelegtem Kopf von der Seite an wie ein Vogel. »Es ist kein Gift drin.«

»Ich habe nicht angenommen, dass Gift drin ist«, entgegnete Vivica so unbeschwert wie möglich, indem sie den Becher an die Lippen hob. Die Flüssigkeit roch nicht nach Alkohol. Sie roch nach überhaupt nichts. Hatte Mia ihr Wasser gegeben? Sie zögerte. *Ich habe uns was zu trinken gemacht.* Würde man so von Wasser sprechen? Vielleicht, dachte Vivica, sie ist verrückt, sie muss verrückt sein.

»Ich weiß auch nicht, warum die Leute immer so schrecklich argwöhnisch sind gegen alles, was ich ihnen anbiete. Auf den Meetings«, Mia kicherte wie ein Kind, das ein verbotenes Wort gesagt hatte, »Erwin nennt es so: Meetings, weißt du? Wir setzen uns alle zusammen an den großen Tisch im Frühstücksraum und er erwähnt eine ganze Menge Zahlen und hat alles sehr gut vorbereitet und einen Riesenstapel Kopien dabei, so dass ich eigentlich nur noch unterschreiben müsste, aber das mache ich natürlich nie, und dann ist er furchtbar ärgerlich und sieht Tilla an, und Tilla sieht mich an und erklärt mir alles noch einmal ganz von vorne, warum es nötig ist, in den Zimmern im zweiten Stock die Toiletten ganz in Weiß zu fliesen und das Cordon bleu einen Euro teurer zu machen, weil es so gut geht, und solche Dinge. Das ist immer sehr lustig.« Sie unterbrach sich. »Aber warum erzähle ich dir das alles? Warte ... Jetzt weiß ich! Ich wollte sagen, dass Jolantha den Saftkrug nicht mehr anrührt, nachdem ich ihn in der Hand hatte. Sie trinkt dann lieber den ganzen Abend keinen einzigen Schluck, obwohl man ihr ansieht, dass ihr die Zunge am Gaumen klebt.« Sie lachte. Ein heiseres, garstiges Lachen. »Meinst du, sie denkt auch, dass ich sie vergiften will?«

»Ich denke nicht, dass du mich vergiften willst.«

»Nicht?«

»Nein.« Vivica schloss die Augen und nahm einen Schluck von der Flüssigkeit in ihrem Plastikbecher. Es war tatsächlich kein Alkohol, aber wenn es Wasser sein sollte, schmeckte es höchst eigenartig. Eilig stellte sie den Becher neben ihrem Sessel ab, obwohl sie nach wie vor entsetzlichen Durst hatte. Wenn es ihr nur bald gelang, sich irgendwohin zurückzuziehen. »Ich habe übrigens vorhin die neue Veranda gesehen«, sagte sie, um dem Gespräch eine andere Richtung zu geben. »Sieht gut aus mit den größeren Fenstern.«

»Findest du?« Mia schien ehrlich überrascht zu sein. Sie hatte die Beine übereinander geschlagen und wippte mit der linken Fußspitze. Die Bewegung schien etwas Unbewusstes, Zwanghaftes zu haben, denn sie hörte auch nicht damit auf, wenn sie sprach. »Mir persönlich ist das Ding viel zu groß und unproportioniert.« Sie runzelte die Stirn. »Das ganze Haus sieht jetzt aus, als wäre es schwanger.«

Vivica starrte sie an. Hatte sie das mit Absicht gesagt?

»Wie ein Abszess.« Mia trank den Rest der Flüssigkeit aus ihrem Becher in einem einzigen Zug aus und schenkte sich sofort wieder nach. »Ein Frühstücksraumabszess.« Jetzt lachte sie aus voller Kehle. »Du hast dem zugestimmt, nicht wahr, dem Abszess?«

Vivica konnte nur nicken. Sie hatte sich die Entwürfe für die Veranda nicht einmal zwei Minuten lang angesehen. Das Hotel und alles, was damit zusammenhing, war ihr schon immer vollkommen gleichgültig gewesen. Von ihr aus konnte Erwin es rosa anmalen. Oder abreißen. Ein Frühstücksraumabszess ...

»Das hättest du nicht tun sollen«, sagte Mia streng. »Es sieht nicht gut aus, wie es jetzt ist. Vater hätte sich bestimmt ...«

»Vater ist tot«, unterbrach Vivica sie. »Jetzt entscheiden wir.«

»Da bin ich mir nicht ganz so sicher.«

»Was meinst du? Dass wir entscheiden?«

Mia antwortete nicht. Mit unscharfem Blick starrte sie in ihren Becher hinunter und schwieg.

Vivica überlegte, ob sie ihre Frage wiederholen sollte, kam jedoch zu dem Schluss, dass das wenig Sinn haben würde. Von Zeit zu Zeit schien ihre Schwester in einen Zustand geistiger Abwesenheit zu verfallen, ein Umstand, der sie inzwischen zutiefst beunruhigte. Du solltest machen, dass du hier rauskommst, meldete sich eine warnende Stimme in ihrem Kopf. Doch aus irgendeinem Grund wagte sie nicht, einfach aufzustehen. »Was weißt du eigentlich noch von der Nacht, als Vater gestorben ist?«, fragte sie stattdessen, und für einen flüchtigen

Augenblick hatte sie den Eindruck, als würde sich der Nacken ihrer Schwester versteifen, obwohl Mia sich nicht bewegte.

»Warum willst du das wissen?«

»Nun ja, wir haben noch nie darüber gesprochen.« Vivica versuchte, ihrer Stimme einen beiläufigen Unterton zu geben. »Und ich dachte, du könntest mir ...«

Nun hob sie doch noch den Kopf. »Du solltest nicht davon anfangen.«

»Warum nicht?«

Sie lächelte. Ein sehr harmloses Lächeln dieses Mal. »Weil es keinen Sinn hat.« Dann beugte sie sich wieder vor, ihrer Schwester entgegen. Ihre Augen funkelten amüsiert. »Weißt du, die Leute hier glauben tatsächlich, dass ich es war.«

Sie lachten beide wie über einen köstlichen Scherz, doch Vivica ging dabei durch den Sinn, dass die Insulaner möglicherweise Recht hatten. Und zum ersten Mal seit ihrer Rückkehr spürte sie etwas wie eine konkrete Bedrohung.

* * *

»Gottverdammich, du hast es tatsächlich aufgehängt!« Durch Max' Stimme schwang sein breitestes Grinsen.

Edna brauchte die Küche nicht zu verlassen, um zu wissen, wovon er sprach. Wieso zur Hölle hatte sie nicht daran gedacht, das Bild abzunehmen? Seit sie es besaß, hing es dort im Flur über dem Konsoltisch, auf dem ihr Telefon stand, und seit sie es besaß, hatte sie noch nie vergessen, es abzunehmen, bevor Max zu Besuch kam. Nur heute. Warum hatte sie ausgerechnet heute nicht an das Bild gedacht?! Das kam vom Urlaub und den vielen weißen Wänden in ihrer Wohnung, die darauf warteten, gewischt zu werden, wie auch immer das ging. Sie stellte die Schüssel mit dem Salat auf ein Tablett und verließ die Küche in der irrwitzigen Hoffnung, ihr Kollege habe inzwischen bereits im Wohnzimmer Platz genommen. Aber natürlich stand er noch immer vor dem verhängnisvollen Bild im Flur und neben ihm stand sein Lebensgefährte.

»Das ist ja süß«, sagte Markus wenig überzeugt und betrachtete die krakelige Kinderzeichnung über dem Telefon. »Aber ...«, in seiner Stimme schwangen Zweifel, »was soll das denn eigentlich darstellen?«

»Das ist Edna«, strahlte Max, »unsere Edna, und ich finde, sie ist eigentlich ganz gut zu erkennen.«

Markus runzelte die Stirn und betrachtete sich die ominöse Zeichnung unter diesem neuen Gesichtspunkt noch einmal genauer. Und in der Tat: Das Ding auf dem Bild trug einen Rock und hatte eine Art Keule in der Hand!

»Ich wusste, du würdest es aufhängen«, rief Max triumphierend. »Sag mir nur, wo du es bei meinen letzten drei Besuchen in dieser Wohnung versteckt hattest.«

Im Schrank unter den Handtüchern, dachte Edna, aber bevor ich dir das verrate, friert die Hölle ein.

»Ich habe es gerade erst wiedergefunden«, sagte sie laut. »War zwischen verschiedenen Akten, die ich erst kürzlich mit nach Hause ge...«

»Unsinn!« Max strahlte noch immer. »Ich kenne dich. Es hat dich, verdammt noch mal, gefreut, als es kam, das hab ich gesehen, und ich verwette alle meine Mützen darauf, dass du's noch am selben Abend aufgehängt hast.«

Edna lächelte zuckersüß. »Du liegst vollkommen daneben, mein Guter«, sagte sie und drückte ihrem Partner das Tablett in den Arm. »Trag das rein!«

»Ich liege nicht daneben«, befand Max nach einem kurzen, prüfenden Blick in ihre Augen. »Und ich liebe dich dafür.«

»Würde mir vielleicht auch mal jemand erklären, um was es hier geht?«, beschwerte sich Markus. Er war direkt aus dem Büro gekommen und trug ein elegantes schwarzes Jackett zum offenen hellblauen Hemd. Wie er es fertig brachte, dass man ihm zwölf Stunden harte Arbeit nicht im Geringsten ansah, war Edna absolut schleierhaft.

»Sie hat ein Kind erobert«, kam Max seiner Kollegin zuvor. »Einen Jungen. Sein Name ist Pascal. Er ist neun, und wir haben ihn vor ein paar Monaten im Zuge der Ermittlungen zu diesen Mädchenmorden in der Eifel kennen gelernt.« Er grinste und kam einem Faustschlag gegen seinen Oberarm zuvor, indem er Edna das Tablett mit der Salatschüssel kurzerhand wieder zurückgab. »Sie hat ihn mit ihrer Knarre umgehauen!«

Markus verzog seinen schön geschwungenen Mund zu einem sehr anziehenden Lächeln. »Tatsächlich?«

Max nickte. »Ein paar Wochen nach Abschluss der Ermittlungen hat Pascals Klassenlehrerin uns das Bild ins Revier geschickt. Anscheinend ist es nur eins aus einer ganzen Serie von Zeichnungen, die der Kleine im Malunterricht von unserer Edna gemacht hat.«

Markus strahlte. »Wie süß«, sagte er, diesmal von Herzen.

»Aber stell dir vor: Als das Bild kam, hat sie doch tatsächlich so getan, als erinnere sie sich nicht mehr an den Jungen.« Max schüttelte den Kopf und warf seiner Kollegin einen mild tadelnden Blick zu. »Und dabei hat sie's noch am selben Abend aufgehängt, da kannst du Gift drauf nehmen.«

»Hab ich nicht«, protestierte Edna, verschwand jedoch vorsichtshalber im Wohnzimmer. »Außerdem ist der Junge erst acht«, rief sie von dort. »Und obendrein ein fürchterlicher Klugscheißer.«

Max tauschte einen vielsagenden Blick mit seinem Lebensgefährten. »Der Kleine will Polizist werden«, flüsterte er.

Markus lächelte. »Ich verstehe.«

Im Wohnzimmer schlug Edna ungeduldig mit dem Salatbesteck gegen die Glasschüssel. »Was ist jetzt, kommt ihr vielleicht bald mal? Die Moussaka sieht schon ganz kalt aus.«

Eilig nahmen die beiden Männer an ihrem Vier-Personen-Esstisch Platz.

»Ich weiß wirklich nicht, warum ich mich für euch in die Küche stelle.« Edna legte die Stirn in konzentrierte Falten und hob eine Portion Moussaka aus der Auflaufform, die so verführerisch duftete, dass Max davon absah, seine Kollegin mit weiteren Fragen zu Pascal Monreal und seinen Zeichnungen in Verlegenheit zu bringen. Themen, die Edna unangenehm waren, verschob man am besten bis nach dem Essen, zumindest, wenn Edna selbst die Gastgeberin war und einem das vielversprechende Essen jederzeit wieder vom Teller nehmen konnte.

»Und was hast du vor mit deinem Zwangsurlaub?«, erkundigte sich Markus, nachdem er sich genüsslich einen ersten Bissen Moussaka in den Mund geschoben hatte.

»Na ja, ich wollte ein bisschen renovieren«, gab Edna zu. Sie hatte die Farbeimer und Abdeckplanen, das Abstreifgitter und sogar den optimistischen Wischhandschuh ins Schlafzimmer hinübergetragen, bevor sie sich ans Kochen gemacht hatte. »Das Schlafzimmer und der Flur bräuchten dringend eine Auffrischung. Jetzt überlege ich allerdings …« Sie nahm einen Schluck von dem Wein, den Max mitgebracht hatte. »Ich überlege, ob ich nicht ein paar Tage an die See fahre. Nach Borkum.«

»Ist Maja noch immer in dieser Klinik?«, fragte Markus.

Edna nickte. »Ich wollte sie besuchen. Aber ich bin mir nicht sicher, wie sie reagiert, wenn ich auf einmal dort auftauche. Vielleicht braucht sie erst einmal ein bisschen Abstand von allem. Sie hatte eine harte Zeit.«

»Also, ich würde es für eine gute Idee halten, hinzufahren«, schaltete sich Max ein. »Du weißt doch, wie sehr die Kleine an dir hängt.« Er lächelte seiner Kollegin aufmunternd zu. »Und dann hättet ihr auch endlich mal Zeit füreinander.«

Edna dachte an ihren Nachbarn, der Maja zum Tee eingeladen hatte, wenn sie vor der verschlossenen Wohnungstür ihrer Tante gewartet hatte. »Hat Maja dir eine Ansichtskarte geschickt?«, fragte sie ihren Partner nicht ohne Argwohn.

Max schüttelte den Kopf. »Nein. Warum?«

»Ach, nur so«, wehrte Edna ab und nahm sich noch etwas Salat. »Sie hat meinem Nachbarn geschrieben«, sagte sie dann, weil sie Max' prüfenden Blick spürte. »Er meint auch, dass ich hinfahren soll.«

»Na also!«, rief Max. »Dann tu's auch!«

Edna schnitt ein Tomatenviertel in zwei Hälften und schob sich eine davon in den Mund. Maja war seit sechs Wochen an der See. Sie hatte sich in dieser ganzen Zeit nur dreimal bei ihren Großeltern gemeldet, mit denen sie vor ihrem Zusammenbruch beinahe täglich telefoniert hatte. War das ein Problem? Sechs Wochen, drei Anrufe, eine Ansichtskarte, resümierte Edna, zehnkommafünf mal sieben Zentimeter Nichtigkeiten. War das ein Problem? *Das Problem ist, dass eigentlich nur zwei Personen als Täter in Frage kamen,* flüsterte ihr der alte Herr Diessler zu, *Leons Freundin oder deren jüngere Schwester …*

»Und?«

Als Edna aufblickte, bemerkte sie, dass Max sie noch immer ansah. »Ja«, sagte sie. »Ja, ich denke, ich fahre hin.«

* * *

»Ich habe dir das Bett in deinem alten Zimmer gerichtet.« Mias Blick war schwarz und undurchdringlich. Dabei hatte sie immer blaue Augen gehabt. Tiefdunkelblaue Augen. »Aber wenn du lieber …«

»Nein«, entgegnete Vivica schroffer als beabsichtigt. »Genauso hatte ich's mir vorgestellt.«

Mia nickte und wollte nach dem Koffer ihrer Schwester greifen, doch Vivica war schneller. »Lass, ich schaff das schon alleine.«

»Wie du meinst. Aber ich könnte …«

»Danke, nicht nötig.« Vivica warf sich ihre Handtasche über die Schulter und stieg die Treppe hinauf.

Mia blickte ihr nach.

Sie sah sich nicht um. Sie wollte einfach nur weg. Weg und so schnell wie möglich allein sein, damit sie nachdenken konnte. *Genauso hatte ich's mir vorgestellt.* Warum hatte sie gelogen? Sie wusste selbst nicht genau, was sie erwartet hatte, aber definitiv nicht, in ihrem alten Kinderzimmer zu schlafen. Keine Sekunde lang. Und überhaupt, warum hatte Mia sie nicht einfach im Hotel untergebracht? Warum hatte sie selbst nicht gesagt, dass sie im Hotel untergebracht werden wollte? Was hatte sie denn erwartet von jemandem, der noch immer in dem Haus wohnte, in dem … *Was hast du erwartet?*, höhnte Mias Stimme irgendwo hinter ihrer Stirn, hinter der die Kopfschmerzen von Minute zu Minute stärker wurden. *Du bist fünfzehn Jahre fort gewesen. Was hast du erwartet?*

Sie hat Recht, dachte Vivica resigniert, es war ein Fehler herzukommen. Ich werde nichts finden, das meine Alpträume zum Schweigen bringt. Nichts, das mir die Möglichkeit eröffnet, über das Leben des Kindes, das ich nicht haben will, anders zu entscheiden, als ich es bereits getan habe. Es gibt keine Aussicht auf ein normales Leben. Nicht für mich. Für mich gibt es nur Alpträume und Partys und einen neuen neunundzwanzigsten August. Einen neuen Schlachttag …

Sie war jetzt in der ersten Etage, wo ihr Vater und Frau Prasser geschlafen hatten. Neben dem Schlafzimmer gab es zwei Bäder, ein Gästezimmer und einen weiteren Raum, den ihre Stiefmutter als Bügelzimmer genutzt hatte. Vivica blickte flüchtig nach den Türen, die alle geschlossen waren. Ob Mia diese Räume nutzte? Vielleicht hatte sie ein paar von ihren Gemälden dort untergebracht. Vielleicht … Sie stutzte. Für einen kurzen Moment hatte sie sich eingebildet, hinter einer der Türen etwas gehört zu haben, ein merkwürdiges Rascheln, nein, eher ein Kratzen, das sie nicht einordnen konnte. Doch obwohl sie sich sicher war, dass das Geräusch nicht von außen gekommen war, blieb sie nicht stehen. Sie wollte nicht wissen, was es gewesen war. Nicht heute. Für heute hatte sie genug. Genug Wind, genug Sahnetorte, genug Milchshake. Von allem mehr als genug!

Eilig ging sie weiter. Die Treppe war viel steiler, als sie sie in Erinnerung hatte. Mit jeder Stufe schien sich das Gewicht des Koffers an ihrem Arm zu erhöhen. Ein paar Mal blieb sie stehen und wechselte die Seite, wobei sie ängstlich lauschte, ob Mia ihr nicht vielleicht doch folgte, aber auf der Treppe unter ihr blieb alles still. Wo mochte sie hingegangen sein? In die Mordküche zum Abwaschen? Vivica runzelte die Stirn. Aber warum war es dann so still dort unten? Im ganzen Haus herrschte ein eigenartiges, tiefes Schweigen, das sich in den oberen Stockwerken noch zu verstärken schien. Bis auf dieses Rascheln …

Sie schüttelte sich. Die Aussicht, ein Zimmer zu erreichen, dessen Tür sie hinter sich abschließen konnte, bekam auf einmal etwas Magisches. Von den letzten Stufen nahm sie trotz des inzwischen bleischweren Koffers immer zwei auf einmal, und sie blieb erst stehen, als sie den obersten Treppenabsatz erreicht hatte. Linkerhand befand sich Mias Zimmer, oder vielmehr das Zimmer, in dem Mia geschlafen hatte, als sie noch Kinder gewesen waren. Außerdem gab es auf dieser Etage ein weiteres Gästezimmer und am Ende des Treppenabsatzes ein kleines Bad, das sie früher jedoch nie benutzt hatten. Vivica hätte nicht einmal mehr sagen können, welche Farbe die Fliesen hatten, mit denen es gekachelt war. Aber was bedeutete das schon? Sie konnte sich ja auch nicht daran erinnern, was sie an dem Abend getan hatte, an dem ihr Vater und Frau Prasser ermordet worden waren. Was bedeuteten da schon ein paar Fliesen!

Sie nahm ihren Koffer, den sie für einen Moment abgestellt hatte, wieder auf.

Das Zimmer, in dem sie beinahe zwanzig Jahre ihres Lebens geschlafen hatte, befand sich gleich gegenüber der Treppe. Sie hatte nur vage Erinnerungen an die Einrichtung, doch als sie die Klinke hinunterdrückte und die Tür aufstieß, brach die Vergangenheit mit einer solchen Macht über sie herein, dass sie unwillkürlich einen Schritt zurückwich. Das schwere, weiß lackierte Eisenbett stand an der Wand gegenüber der Tür, genau so, wie sie es zurückgelassen hatte. Zögernd ging sie darauf zu. Eine dunkelblaue, wollene Tagesdecke war darüber gebreitet, die ihr fremd vorkam. Darunter zeichnete sich Bettzeug ab. Ein Federbett. Kissen. Aber was war mit dieser Wolldecke? Vivicas Hand strich über das raue Gewebe, doch auch die Berührung brachte kein Erinnern. Dabei war sie doch zu dem Schluss gekommen, dass es vor allem die unwichtigen Dinge waren, an die man sich erinnerte. Und eine blaue Wolldecke war doch unwichtig, oder nicht? Sie schüttelte verwirrt den Kopf und wuchtete ihren Koffer auf das Fußende des Bettes. Auf dem Nachtschrank saßen ihre alten Puppen. Nellie thronte in der Mitte in ihrem besten grünen Brokatkleid und glotzte sie aus hohlen blauen Murmeläuglein an. *Da bist du also wieder,* schien ihr Blick zu sagen, und ihre leicht vorgestülpten roten Lippen verzogen sich zu einem höhnischen Lächeln, *habe ich's doch gewusst ...*

Vivica versuchte, sie nicht anzusehen, während sie einen ziemlich zerknitterten Blazer aus ihrem Koffer zog. Sie hatte plötzlich das Gefühl, lauter falsche Sachen eingepackt zu haben, was jedoch vor allem daran lag, dass sie gar keine »richtigen« Sachen für die See besaß. Seit fünfzehn Jahren vermied sie es, Kleidungsstücke zu kaufen, denen man auch nur im Entferntesten eine gewisse Wetterbeständigkeit unterstellen konnte. »Wasserfest« und »windabweisend« waren Prädikate, um die sie seit ihrer Flucht von der Insel einen weiten Bogen machte, weil sie sich schon als Kind darüber geärgert hatte, dass die wenigen Kleidungsstücke, die ihre Eltern für sie gekauft hatten, immer auch einen praktischen Nutzen haben mussten. *Darin kannst du ruhig mal nass werden ...* Gott, wie sie diesen Satz gehasst hatte! Sie wollte nicht nass werden. Sie wollte nicht, dass sich der Kamm, mit dem sie sich abends kämmte, in ihren vom Wind zerzausten Haaren verfing. Sie wollte keine Kapuzen an ihren Jacken und keine beschichteten Hosen zum Radfahren. Ihr Blick fiel auf Nellies grünes Brokatkleid. Seit sie für sich selbst sorgte, kaufte sie nur, was man landläufig Businesskleidung nannte. Sie besaß nicht einmal ein Paar Jeans. *Und während du noch Monate danach jeden Tag acht Stunden über irgend so ein verpisstes Laufband jagst, fragen sich die Kinder in Afrika, was in aller Welt sie mit einem Jil-Sander-Kostüm anstellen sollen,* hörte sie Mias Stimme, mitten im unaufhaltsam stärker werdenden Kopfschmerz. Unwillkürlich blickte sie sich um. Ihre Schwester war eine andere geworden. Nicht nur äußerlich. Alles, was sie sagte, klang seltsam, und während sie sprach, veränderte sich ihr Tonfall unablässig. Mal war er kindlich, dann wieder zynisch. Die Wechsel vollzogen sich in atemberaubender Geschwindigkeit, und ebenso abrupt schienen ihre Gedanken hin und her zu springen. Vivica starrte auf die Tür. Was war das für ein Mensch, der irgendwo dort unter ihr … Sie hielt inne und lauschte. Die Stille im Herrenhaus war einem Geräusch gewichen. Nein, keinem Geräusch. Musik! Mia spielte Klavier!

Vivica ließ den Blazer, den sie noch immer in den Händen hielt, auf die blauwollene Tagesdecke sinken. Sie wusste genau, was Mia da spielte. Sie verstand nichts von Musik und hatte dieses Stück seit zweiundzwanzig Jahren nicht gehört, trotzdem erkannte sie es sofort. Es war das Ges-Dur-Impromptu von Franz Schubert, das Lieblingsstück ihrer Mutter. Vivica spürte, wie sich eine Gänsehaut über ihre Arme breitete. Mia war immer eine recht gute Pianistin gewesen, möglicherweise sogar eine bessere als ihre Mutter. Aber diesen Schubert hatte Vivica ihre Schwester niemals spielen hören. Sie muss ihn sich beigebracht haben, nachdem alle gestorben waren, dachte sie schaudernd. *Sie sind alle hier gestorben,* wiederholte etwas in ihrem Kopf, *hier in diesem Haus*. Mama. Vater. Und Frau Prasser. Alle drei. In diesem Haus …

Wie in Zeitlupe wanderten ihre Augen zur Tür zurück. Sie hatte nicht hinter sich abgeschlossen. Sie hatte erst auspacken, sich erst noch ein wenig umsehen wollen. Doch jetzt registrierte sie, dass es überhaupt keinen Schlüssel gab. Mit einem plötzlichen Gefühl von Bedrohung rannte sie zur Tür und öffnete sie, um zu sehen, ob der Schlüssel nicht vielleicht von außen steckte, auch wenn sie sich eigentlich sicher war, dass ihr das beim Eintreten aufgefallen wäre. Und tatsächlich: Das Schlüsselloch war leer. Dabei hatte sie schon mit fünfzehn jeden Abend die Tür zu ihrem Schlafzimmer verschlossen. In der schweren, weiß lackierten Tür dieses Zimmers hatte immer ein Schlüssel gesteckt. Aber jetzt war dieser Schlüssel fort. Weg. Verschwunden.

Alarmiert trat sie auf den Gang hinaus und blickte hinüber zu Mias Zimmer. Kein Schlüssel. Auch an den anderen Türen nicht. Aus dem Erdgeschoss drang der Schubert herauf. Gegen ihren Willen blieb Vivica stehen und hörte dem Spiel ihrer Schwester eine Weile zu. Mia interpretierte das Stück ganz anders, als ihre Mutter es getan hatte, wilder. Nicht sentimental. Nein, es klang ganz und gar nicht sentimental. Da sitzt sie in einem leeren Haus, in dem das Blut ihres Vaters an Wänden und Böden klebt, und spielt das Ges-Dur-Impromptu von Schubert, dachte Vivica, sie muss vollkommen verrückt sein!

Unter den fernen Klängen schlich sie sich über den Treppenabsatz zu Mias Zimmer und drückte sachte auf die Klinke, aber die Tür gab nicht nach. Sie war verschlossen.

Mit wachsender Beunruhigung kehrte Vivica in ihr Zimmer zurück. Ob sich der Schlüssel zu ihrer Tür irgendwo in diesem Raum befand? Sie sah sich um. Vielleicht hatte Mia ihn in eine der Schubladen gelegt? Ihre Augen blieben an der Kommode hängen, die ihr früher zur Aufbewahrung von Strümpfen und Unterwäsche gedient hatte. Konnte Mia den Schlüssel dort hinein gelegt haben? Aber warum? Damit er nicht verloren ging? Vivica bezweifelte, dass Mia auf eine solche Idee gekommen wäre. Umsichtigkeit und Sorgfalt gehörten nicht zu den Eigenschaften, die sie mit ihrer Schwester verband. Trotzdem öffnete sie eine Schublade nach der anderen. Sie durfte nichts unversucht lassen, um einen Schlüssel zu finden, mit dem sie dieses schreckliche Haus aussperren konnte. Wenigstens für ein paar Stunden. Wenigstens für die kommende Nacht. Doch die Schubladen waren leer und mit geschmacklosem bunten Wachspapier ausgelegt, das Flecken hatte und an den Rändern Wellen schlug. Vivica betrachtete es nachdenklich. War denn auch dieses Papier schon hier gewesen, als sie in diesem Haus gelebt hatte? So wie Nellie? So wie das alte weiße Eisenbett? Wie viel von dem Mädchen, das sie gewesen war und an das sie nicht erinnert werden wollte, lauerte sonst noch in diesem Zimmer?

Mit einem mulmigen Gefühl im Magen ging sie zum Kleiderschrank hinüber und öffnete die Türen. Ein paar billige Drahtbügel hingen von der rostigen Kleiderstange herab. Ansonsten war der Schrank leer. Vivica seufzte vor Erleichterung laut auf. Sie hatte nicht alle ihre Sachen mitgenommen, damals, das wusste sie genau. Irgendjemand war ein paar Tage nach dem Tod ihres Vaters in das Mordhaus gegangen und hatte einen Koffer mit Kleidung herausgeholt. Wer war das gewesen? Tante Tilla? Jemand von der Sozialfürsorge? Sie konnte sich beim besten Willen nicht erinnern, nur daran, dass in dem Koffer, der ihr schließlich übergeben worden war, ein paar ihrer Lieblingssachen gefehlt hatten. Ein blauer Rock und ein Jeanskleid. Und auch der hübsche Pulli mit dem Matrosenkragen, den eine Großtante, der sie nie begegnet war, für sie gestrickt hatte. Also doch jemand vom Amt, dachte sie, Tante Tilla hätte den Pulli mitgenommen. Wo mochten all diese Sachen geblieben sein? Sie überlegte einen Augenblick, ob sie Mia danach fragen sollte, aber es schien ihr irgendwie gefährlich. Also verwarf sie den Gedanken schnell wieder. Stattdessen sah sie sich den Schrank noch einmal ganz genau an, um sicherzugehen, dass sich der Zimmerschlüssel nicht doch in einem der Fächer befand. Aber ihre Suche war vergebens. Kein Schlüssel. Keine Möglichkeit, den Rest des Hauses auszusperren, wenn es endgültig Nacht geworden war.

Sie schloss den Schrank und ging wieder zur Tür hinüber. Noch immer Klavierspiel. Noch immer der Schubert. Mia begann das Stück anscheinend immer wieder von vorne, wie eine Platte, die einen Sprung hatte, aber das war Vivica nur recht. Immerhin bedeutete die Musik, dass sie allein war auf diesem Stockwerk. Mia war noch immer im Salon …

Vivica überlegte einen Augenblick, ob sie es schaffen würde, die Kommode zur Tür hinüberzuziehen, ohne allzu viel Lärm zu machen, doch sie bezweifelte es. Schließlich nahm sie einen der beiden Stühle, die vor dem schlichten Holztisch standen, an dem sie früher ihre Hausaufgaben erledigt hatte, und verkeilte ihn unter der Klinke. Sie wusste, diese Lösung war nicht besonders effektiv, aber ihr fiel im Moment auch nichts Besseres ein. Morgen würde sie weitersehen. Vielleicht ließ sich ja doch noch irgendwo ein Schlüssel auftreiben. Oder aber sie zog um, ins Hotel …

Nach einem letzten Blick auf den Stuhl unter der Klinke ging sie zum Bett zurück und schlüpfte aus ihren Pumps. Etwas in ihr sträubte sich vehement dagegen, den Koffer weiter auszupacken, also schob sie ihn beiseite und zog nur ihren Pyjama, frische Unterwäsche und ihr Kosmetiktäschchen heraus. Dann ging sie zum Fenster hinüber und reckte sich nach dem Griff. Das Fenster klemmte, und nur mit einigem Kraftaufwand gelang es ihr, die beiden Flügel zu öffnen. Sofort strömte frische, klare Seeluft ins Zimmer. Vivica schloss die Augen und blieb ein paar Sekunden regungslos stehen. Jetzt war sie tatsächlich dankbar für den Wind, der aus Nordwesten kam und entfernt nach Meer und Tang duftete. Sie löschte das Licht und schob die Gardine beiseite. Der weite Himmel über dem Hotel war vollkommen finster. Im Büro brannte Licht, doch die Vorhänge waren zugezogen, so dass Vivica nicht hineinsehen konnte. Wie mochte Erwin heute aussehen? Und Jolantha? Hatten sie sich ebenso wenig verändert wie das Hotel selbst? Wann würde sie ihnen begegnen?

Sie ließ das Fenster geöffnet und griff nach ihrem Kosmetiktäschchen. In dem kleinen Bad, das zu ihrem Zimmer gehörte, herrschte eine oberflächliche Sauberkeit. Mia hatte sich wirklich Mühe gegeben. Vivicas Blick fiel auf einen schmutzigen Lappen, der nass und zusammengeknüllt auf dem Rand des Waschbeckens lag. Sie wagte nicht, ihn anzurühren, um ihn beiseite zu legen. Stattdessen öffnete sie ihr Kosmetiktäschchen und nahm eine Tube mit Duschgel heraus, doch im selben Augenblick wurde ihr bewusst, dass es im Herrenhaus überhaupt keine Dusche gab. Lediglich das Badezimmer im ersten Stock verfügte über eine alte, freistehende Badewanne, die jedoch nur äußerst selten benutzt worden war. Zu teuer. Unnötig. Die pure Verschwendung. Aber Ölfarben für ein paar hundert Mark, dachte Vivica. Malen ist in diesem Haus schon immer wichtiger gewesen als duschen!

Seufzend drehte sie den Wasserhahn auf, der stumpf und anscheinend völlig verkalkt war, denn der Strahl, der daraus hervorsprudelte, war dünn und unregelmäßig. Vivica bedachte ihn mit einem ironischen Lächeln. *Genauso hatte ich's mir vorgestellt!* Während sie darauf wartete, dass der kümmerliche Wasserstrahl warm wurde, betrachtete sie ihr Gesicht in dem kleinen Spiegel über dem Waschbecken. Sie sah blass aus. Blass und irgendwie angegriffen, trotz des großzügig aufgetragenen Make-ups. Fröstelnd hielt sie ihr Gesicht eine Weile unter das fließende Wasser, das jetzt recht heiß war und ihrem Teint, wie sie hoffte, einen Hauch von Farbe zurückgeben würde. Nach einer Weile zog sie sich aus und ließ das Wasser auch über ihren Körper rinnen, indem sie es mit beiden Händen auffing. Dass der Fußboden dabei nass wurde, kümmerte sie nicht weiter. Sie hatte nicht das Gefühl, sich so etwas wie Rücksichtnahme im Augenblick überhaupt leisten zu können.

Erst als der Spiegel so beschlagen war, dass sie sich nicht einmal mehr ansatzweise darin erkennen konnte, drehte sie den Wasserhahn zu und trocknete sich ab. Da das Badezimmer kein Fenster hatte, ließ sie die Tür offen, schlüpfte in ihren Pyjama, der entfernt nach ihrer Kölner Wohnung duftete, und setzte sich aufs Bett. Dort nahm sie ihr Handy aus der Handtasche und schaltete es ein. Das augenblicklich aufleuchtende Display erfüllte sie mit einem Gefühl der Erleichterung. Es gab eine Welt außerhalb dieses Hauses, zu der sie jederzeit Kontakt aufnehmen konnte. Eine Welt hinter der Flut, in die sie jederzeit zurückkehren konnte. Schon morgen früh um 7:30 Uhr ging die nächste Inselbahn zum Hafen. Schon morgen ...

Ihre Mailbox vermeldete drei neue Nachrichten. Dreimal Leon. Was er sagte, klang verstört. Beim dritten Mal fast wütend. »Verdammt, Vivica, was soll das? Wo steckst du?« Sie hielt das Handy ein Stück vom Ohr weg. Leons Stimme verlor an Deutlichkeit. Er wurde nicht oft wütend. Wenn sie stritten, blieb er meist kühl und analytisch. Er konnte auch sehr zynisch sein, aber jetzt schien er einfach nur verzweifelt. »Was immer es ist, lass uns um Gottes willen darüber sprechen!«

Sie löschte die Nachrichten, ohne sie ein zweites Mal angehört zu haben, und schaltete das Handy aus. »Es gibt nichts zu besprechen«, flüsterte sie in die Dunkelheit. »Es tut mir Leid.«

* * *

Da ist dieser Alptraum, den ich nicht loswerde. Ich bin in meinem alten Kinderzimmer. Es ist mitten in der Nacht, als ich aufwache. Die Tür ist nur angelehnt, was merk-

würdig ist, denn normalerweise ist sie geschlossen, wenn ich schlafen gehe. Meistens drehe ich sogar den Schlüssel herum, bevor ich mich ins Bett lege, denn ich habe Angst, dass während der Nacht jemand hereinkommen könnte, aber jetzt steht die Tür fast eine Handbreit offen.

Vom Treppenhaus dringt ein entferntes Licht durch den Spalt, das sich fächerförmig über den rauen Teppich gießt, und ich stehe auf und gehe darauf zu. An der Tür zögere ich. Ich weiß nicht, ob ich sie noch weiter öffnen soll, weil ich befürchte, dass jemand dahinter steht. Aber schließlich tue ich es doch, und da ist niemand.

Es ist vollkommen still im Haus, deshalb gehe ich die Treppe hinunter, so leise ich kann. Im ersten Stock steht die Tür zum Schlafzimmer meines Vaters offen, und ich weiß, das Zimmer ist leer. Die Dielen der Treppe knirschen unter meinem Gewicht und ich blicke mich immer wieder um, ob mir jemand folgt. Jemand, der mich gehört hat. Aber ich bin ganz allein.

Unten im Erdgeschoss ist es sehr kühl, noch viel kälter als sonst, und es duftet ganz zart nach Maiglöckchen und Seife. Das Licht, das meine Aufmerksamkeit erregt hat, wird immer heller, je näher ich der Küche komme. Ich würde am liebsten umkehren und wieder hinauf in mein Zimmer gehen, aber andererseits will ich auch wissen, warum das Licht brennt, mitten in der Nacht, also gehe ich weiter …

Hinter der Küchentür gleißt es strahlend hell. Aber es ist ein kaltes, abweisendes Licht, wie in einem Operationssaal. Die Tür geht auf, obwohl ich sie noch gar nicht berührt habe, und vor Schreck über das, was ich sehe, weiche ich bis an die gegenüberliegende Wand der Diele zurück: Meine Mutter liegt mit nackten angewinkelten Beinen auf dem Küchentisch, wie bei einer Geburt. Sie hat nichts als einen weißen Kittel an, und überall ist Blut. Die

Wände sind voller Blut, es tropft von den Schränken und sammelt sich in großen Lachen auf dem Fußboden. Nur der Kittel meiner Mutter ist blütenweiß, ohne einen einzigen Spritzer. Ich bin nicht sicher, ob sie mich überhaupt bemerkt. Zumindest schaut sie nicht zu mir herüber, sondern nach oben, an die Zimmerdecke, die ganz nass ist. Merkwürdige weiße Pilze wachsen dort und auch noch andere Gebilde, die ich nicht einordnen kann.

Neben dem Herd sitzt Frau Prasser. Sie hat Nellies grünes Kleid an und sieht auch selbst wie eine Puppe aus, die jemand achtlos in die Ecke geworfen und dort vergessen hat. Aus ihrem Mund tropft zähes braunes Blut. Ich mache ein paar Schritte auf sie zu, wobei ich höllisch aufpassen muss, dass ich nicht ausrutsche, weil der Boden so glitschig ist vor lauter Blut. Meine Mutter lächelt und plötzlich habe ich ein Messer in der Hand. Ich weiß nicht, wie es dorthin gekommen ist, aber es ist da. Ich will es fallen lassen, aber es ist zu klebrig, so dass ich es nicht loswerden kann, obwohl ich meine Hand wie wild hin und her schüttele.

In diesem Moment steht plötzlich Mia in der Tür. Ihre Augen sind vor Entsetzen weit aufgerissen. Sie sieht mich an und sagt etwas, das ich nicht verstehe. Es klingt merkwürdig, rau und kehlig, so als spräche sie eine fremde Sprache.

Als ihr niemand antwortet, zieht sie einen Pinsel aus der Tasche ihres Morgenmantels und taucht ihn in Frau Prassers Blut. Erst jetzt bemerke ich die Leinwand, die neben der Spüle an der Wand lehnt. Mia kniet sich davor auf den Boden und fängt an zu malen. Dabei flucht sie, weil Frau Prassers Blut immer gleich eintrocknet und den Schwung ihrer Linien unterbricht.

Während ich Mia beim Malen zusehe, bemerke ich eine weitere Person in der Küche, die im Schatten der Tür steht. Ich kann nicht erkennen, ob es sich um einen Mann oder eine Frau handelt. Überhaupt nehme ich diese Gestalt nur ganz vage wahr, aber sie macht mir Angst. Und plötzlich weiß ich auch, warum: Sie hat keinen Kopf!

Überrascht von dieser Erkenntnis, will ich mir die Gestalt genauer ansehen, doch in diesem Augenblick wird die Küchentür aufgestoßen, so dass der unheimliche Schatten dahinter verschwindet, und da steht mein Vater. Er hat den Matrosenpullover an, den meine unbekannte Großtante für mich gestrickt hat, und ist ganz zerzaust vom Wind. Die nassen Haare kleben ihm in schweren Strähnen an der Stirn, und er sieht sehr entschlossen aus. Ich weiß nicht, ob er das viele Blut in seiner Küche überhaupt bemerkt, jedenfalls kümmert er sich nicht weiter darum. Stattdessen geht er hinüber zu Mia, die noch immer vor ihrer Leinwand kniet und wie eine Besessene malt. Er nimmt ihr den Pinsel aus der Hand und legt ihr dann ganz behutsam eine Decke um, wie man es bei einem Rennpferd tut. Mia steht auf, und unser Vater legt den Arm um sie und führt sie aus der Küche, durch den langen, dunklen Flur zur Treppe. Ich rufe nach ihnen, aber sie drehen sich nicht um. Sie gehen einfach weiter. Mia zittert unter ihrer Decke wie Espenlaub. Dann steigen sie die Treppe hinauf.

Ich will ihnen folgen, aber genau an dieser Stelle erwache ich …

2

Weh dem, der Sterben sah! Er trägt für immer die weiße Blume bleiernen Entsetzens. (Georg Heym, *Was kommt ihr, weißer Falter)*

Dienstag, 21. August Als Vivica am nächsten Morgen die Treppe herunterkam, hatte sie kaum geschlafen. Sie trug den schwarzen Hosenanzug von gestern, weil sie es irgendwie nicht fertig gebracht hatte, die anderen unpassenden Kleidungsstücke, die sie für ihren Inselaufenthalt mitgenommen hatte, aus ihrem Koffer zu nehmen. Solange der Koffer gepackt war, fühlte sie sich einigermaßen sicher. Also trug sie denselben Hosenanzug, in dem sie angekommen war, und während sie langsam die Treppe hinunterstieg, fragte sie sich, ob ihre Schwester diese Tatsache wohl bemerken würde. Sie hatte an die Tür von Mias altem Schlafzimmer geklopft, bevor sie sich auf den Weg nach unten gemacht hatte. Aber sie hatte keine Antwort erhalten und daraufhin festgestellt, dass die Tür – ebenso wie am vorigen Abend – verschlossen war, was wahrscheinlich bedeutete, dass Mia jetzt in einem der anderen Zimmer schlief.

Die Uhr in der Eingangshalle zeigte wenige Minuten nach halb acht, und Vivica wunderte sich, dass sie noch keine Übelkeit verspürte. Halb acht war eine Uhrzeit, um die sie sich an den meisten Tagen der zurückliegenden

Wochen entweder bereits übergeben hatte oder doch zumindest gerade im Begriff gewesen war, sich zu übergeben. Nur heute nicht. Heute war ihr nicht einmal übel. Trotz der schlechten Nacht, die hinter ihr lag. Trotz des merkwürdigen Wassers, das Mia ihr serviert hatte …

Sie blieb stehen und lauschte, ob sie ihre Schwester irgendwo im Haus hörte, doch da war nichts. Kein Geräusch. Kein Rascheln wie gestern Abend auf der Treppe. Nicht einmal Kaffeearoma. Dabei hätte sie gerade jetzt ihr letztes Hemd für eine Tasse dampfenden schwarzen Kaffee gegeben, der sie munter machen und die Gespenster der Nacht vertreiben würde.

Sie überlegte, ob sie ins Hotel hinüber gehen sollte, um dort zu frühstücken. Die Vorstellung, in der ausladenden neuen Veranda zwischen fremden, schwatzenden Menschen zu sitzen und frische Brötchen mit Butter und Marmelade zu genießen, hatte etwas durchaus Verlockendes. Allerdings würde sie zwangsläufig Erwin oder Jolantha treffen, wenn sie das Hotel betrat, eine Begegnung, für die sie sich noch immer nicht so recht gerüstet fühlte. Zumindest nicht ohne eine Tasse Kaffee.

Ob Mia noch schlief?

Sie warf einen flüchtigen Blick in den Salon, wo sie die militaristischen Plastikbecher vom Vorabend auf dem Boden neben dem Kamin entdeckte, und auch der Stummel der heruntergebrannten Kerze klebte noch immer auf dem Holz des Esstischs. Dass ihre Schwester nicht aufgeräumt hatte, verwunderte sie nicht. Schließlich hatte sie ja Klavier spielen müssen. Das Ges-Dur-Impromptu von Schubert, Schubert bis tief in die Nacht, immer und immer wieder von vorne.

Heute früh war das Klavier allerdings geschlossen. Ein Häkeldeckchen lag auf dem Deckel, und Vivica dachte einen Moment über die Frage nach, warum Häkeldeckchen in ihr, wo immer sie ihnen begegnete, ein Gefühl von Bedrängnis und Luftnot auslösten. Sie konnte beim besten Willen nicht sagen weshalb, aber Häkeldeckchen gehörten definitiv zu den Dingen, die sie nicht ertrug. Ebenso wie künstliche Blumen, Nippes und alle drei Sissi-Filme, Weihnachtsmänner in jeder erdenklichen Form, Muscheln, Hasen, Schokoladenpudding – die Liste ihrer Aversionen war lang und vielseitig. Nicht zuletzt deshalb herrschte in ihrer Kölner Wohnung eine fast spartanische Ordnung. Viel Hightech, weiße Wände und eine kleinwagenteure Einbauküche ohne Herd. Merkwürdigerweise schienen die wenigen Besucher, die Vivica je bis in ihre Küche vorgelassen hatte, gerade an dem nicht vorhandenen Herd den größten Anstoß zu nehmen. Eine Küche ohne Herd war ganz offenbar etwas, das die Vorstellungskraft der meisten Menschen überstieg. Zum Glück glaubten ihre Gäste fast immer, der Herd sei einfach »irgendwo versteckt« hinter Chrom und Milchglas, die Kapriole eines raffinierten Designers: ein getarnter Herd. Oder sie gaben sich mit der Erklärung zufrieden, eine Mikrowelle sei die für einen Singlehaushalt ökonomischere Variante. Vivica schüttelte den Kopf. Was wussten denn die Leute!

Nach einem letzten Blick auf das verhasste Häkeldeckchen schloss sie die Tür des Salons hinter sich und entschied, wenigstens die Begegnung mit der Mordküche nicht länger aufzuschieben. Vielleicht ließ sich dort ja sogar Kaffeepulver und etwas Essbares zum Frühstück finden, irgendwo zwischen den alten Leichen. Die Vorstellung rang ihr ein Lächeln ab, über das sie dankbar war. Sarkasmus war etwas, das sie an sich kannte. Außerdem war sie tatsächlich hungrig!

Die Diele, die an der Treppe vorbei in den hinteren Teil des Hauses führte, war so staubig, als hätte man seit Jahren vergessen, sie zu putzen. Von der Hintertür, bei der sie endete, blätterte der Lack. Überall auf dem Boden und in den Ecken lagen feine weiße Lacksplitter. Durch den Milchglaseinsatz der Tür schimmerte fahles Tageslicht herein. Dahinter lag der Hof und auf der anderen Seite des Hofes Mias Atelier. Rechterhand führte eine schwere Holztür in die Küche. Sie war geschlossen, anders als am Morgen nach dem Mord. Vivica erinnerte sich plötzlich daran, dass die Polizei gerade der Tatsache, dass die Küchentür am Morgen nach dem Mord geöffnet gewesen war, eine große Bedeutung beigemessen hatte. Die Tür hatte sperrangelweit offen gestanden, als Gitta Teggetmeyer mit ihrem Messingeimer die Diele entlanggekommen war, um die Küchenfenster zu putzen, weil Frau Prasser sie noch am Tag ihres Todes damit beauftragt hatte. Die Tür hatte sperrangelweit offen gestanden, und Gitta Teggetmeyer hatte nur eine flüchtige Sekunde gebraucht, um zu realisieren, dass für die beiden blutüberströmten Personen auf dem Küchenboden jede Hilfe zu spät kam.

Vivica starrte auf das Holz.

Mia hatte für gewöhnlich die Hintertür genommen, wenn sie in ihr Atelier hinübergegangen war. Nur am Morgen des dreißigsten August 1986 war sie zur Vordertür hinaus- und um das ganze Haus herumgelaufen. Nur an dem Morgen, an dem sie durch die weit geöffnete Küchentür die Leichen ihres Vaters und ihrer Stiefmutter hätte sehen müssen, deren Gesichter wenige Stunden zuvor von einer Axt bis zur Unkenntlichkeit zertrümmert worden waren. Warum war sie ausgerechnet an diesem Morgen einen anderen Weg gegangen?

Vivica legte die Hand auf die Klinke und versuchte, nicht an ihren Alptraum zu denken, während sie die Tür langsam und vorsichtig aufschob. Überrascht von der Helligkeit, die eine kräftige Morgensonne durch die stumpfen Scheiben der beiden hohen Fenster goss, trat sie ein paar Schritte in den Raum herein und stellte erleichtert fest, dass es dort anders aussah, als sie es in Erinnerung hatte. Mia hatte also doch Veränderungen im Herrenhaus vorgenommen! Ausgerechnet hier, dachte Vivica. Aber die Entdeckung, dass die Leichen und alles, was mit ihnen zu tun hatte, verschwunden waren, hatte auch etwas Beruhigendes. Von jetzt an würde sie guten Gewissens essen können, was aus dieser Küche kam.

Interessiert sah sie sich ein wenig genauer um. Es gab einen anderen Herd, der ziemlich neu aussah, und auch die rustikale Truhenbank an der hinteren Wand kam ihr ganz und gar fremd vor. Ihre Augen glitten über den gefliesten Fußboden zum Kühlschrank hinüber, der noch der gleiche zu sein schien wie vor fünfzehn Jahren. Sie hatte niemals Fotos des Tatortes oder der Leichen gesehen, trotzdem hatte sie eigenartigerweise das Gefühl, genau sagen zu können, wo die beiden Toten gelegen hatten. Hatte ihr einer der Polizisten davon erzählt? Zumindest sind sie von der Tür aus zu sehen gewesen, dachte sie. Das ließ ohnehin nicht allzu viele Möglichkeiten offen. Sie trat ein paar Schritte zurück, so dass sie wieder fast im Türrahmen stand, und kniff die Augen zusammen. Jemand hatte erwähnt, dass Frau Prasser neben der Spüle gelegen hatte. Ihre Blicke wanderten von dort zum Herd. Am Herd saß die tote Frau Prasser in ihren Träumen. Am Herd, nicht neben der Spüle. War das nicht eigentlich ein gutes Zeichen? Sie biss sich auf die Lippen und versuchte, das leise Zittern zu ignorieren, das sich unmerklich über ihren Körper gebreitet hatte. Und ihr Vater? Wo hatte die Leiche ihres Vaters gelegen? Er war nach Frau Prasser gestorben, sogar eine ganze Weile später. Sie atmete tief durch. War es nicht eben dieser Umstand gewesen, der den Polizisten mit den stechenden Augen davon überzeugt hatte, dass es sich bei der Tat nicht um einen missglückten Einbruch handelte? Sie nickte leise vor sich hin, während Mias neuer Herd unter ihren Augen zu einer konturlosen, weißsilbernen Masse verschwamm. Ein Einbrecher, der von Frau Prasser überrascht worden wäre, hätte sich davongemacht, nachdem er die Hausherrin erschlagen hatte. Er hätte sich nicht noch fast zwei Stunden am Tatort aufgehalten, um anschließend einen weiteren Mord zu begehen. Zwei Stunden, dachte Vivica. Dass mein Vater stirbt, war von Anfang an geplant! So haben sie es damals gesehen. So *mussten* sie es sehen. Mein Vater sollte sterben. Und Frau Prasser? Ist ihr Tod ein Versehen gewesen, ist sie dem Mörder meines Vaters nur durch Zufall in die Quere gekommen, oder war auch ihre Ermordung von vorneherein beschlossen? *Sie kam nach Hause, um zu sterben,* dachte sie wieder. Hatte der Polizist mit den stechenden Augen sich deshalb so sehr für Frau Prasser interessiert?

Ein Geräusch riss Vivica aus ihren Gedanken.

Im ersten Stock hatte sich etwas bewegt …

* * *

Seit sie an diesem Morgen aufgestanden war, überlegte Edna, ob sie ihre Nichte anrufen sollte, um sie von ihrem bevorstehenden Inselbesuch zu unterrichten. Aber möglicherweise war es besser, wenn sie einfach losfuhr, ohne vorherige Ankündigung. Was, wenn Maja sagte, sie solle lieber nicht kommen?

Seit dem Zusammenbruch war Edna sich nicht mehr sicher, beurteilen zu können, was ihre Nichte wollte. Oder dachte. Was sie sich wünschte, was sie störte, worunter sie litt. Sie hatte das unangenehme Gefühl, dass ihre Nichte in Wahrheit eine Fremde für sie war. Eine Fremde, die sie seit beinahe zwanzig Jahren kannte.

Maja hatte niemals irgendwelche Probleme gemacht. Sie hatte sich nicht in Discos herumgetrieben, gute Zensuren nach Hause gebracht und nicht ein einziges Mal den Geburtstag ihrer Großmutter vergessen. Sogar die Beerdigung ihrer Mutter hatte sie mit bewundernswürdiger Selbstbeherrschung durchgestanden, die Reden des Bürgermeisters und des Intendanten, das nicht enden wollende Defilee kondolierender Kollegen und Bewunderer, die der bekannten Schauspielerin Justine Beck die letzte Ehre erwiesen hatten. Maja hatte all das über sich ergehen lassen, ohne auch nur mit der Wimper zu zucken. Wann immer einer ihrer Pläne durchkreuzt worden war, weil ihre Mutter an irgendeinem Theater für irgendeine unbekannte Kollegin hatte einspringen müssen oder ihre Tante zu irgendeinem Tatort gerufen wurde, hatte Maja Verständnis gezeigt. Sie hatte für alles und jedes Verständnis gezeigt und niemals irgendwelche Probleme gemacht. Edna stellte ihren Kaffeebecher in die Spüle und ließ heißes Wasser hineinlaufen. Vielleicht konnte Maja es sich schlicht und ergreifend nie leisten, Probleme zu machen, überlegte sie. Justine hatte dazu geneigt, Problemen aus dem Weg zu gehen …

Sie trocknete den Becher ab und stellte ihn in den Schrank zurück. Dann ging sie in den Flur hinüber und wählte die Nummer, die Maja ihr auf einen gelben Haftzettel geschrieben hatte, bevor sie an die Nordsee aufgebrochen war. Eine ganze Weile nahm niemand ab. Schließlich meldete sich eine gelangweilte Frauenstimme.

Edna nannte ihren Namen und sagte, dass sie ihre Nichte zu sprechen wünsche.

»Worum geht es denn bitte?«, erkundigte sich die Dame am anderen Ende der Leitung, anstatt sie weiterzuverbinden.

»Das möchte ich meiner Nichte schon selbst sagen«, entgegnete Edna freundlich.

»Tut mir Leid«, sagte die Angestellte. »Aber ich kann Sie nicht so einfach mit einer der Patientinnen verbinden.«

»Und warum nicht?«

»Wir sind hier schließlich kein Hotel«, versetzte die Frau in der Klinik mit leicht gereiztem Unterton. Offenbar war sie an derlei Rückfragen nicht gewöhnt. »Bei uns gelten bestimmte Prinzipien, und familiäre Kontakte sind während der Therapie nur nach vorheriger Rücksprache mit dem zuständigen Therapeuten erwünscht. Außerdem haben unsere Patientinnen einen klar gegliederten Tagesplan. Und ich kann Ihnen versichern, dass sie um diese Zeit alle beschäftigt sind.« Sie hielt inne. Gleich darauf ertönte ein leises Klirren wie von Porzellan. Trank die Dame etwa Tee, während sie unverschämt war?

Edna zog die Augenbrauen hoch und suchte nach einer Antwort, die beleidigend genug war, um der Situation angemessen zu sein.

»Aber selbstverständlich könnte ich Sie mit einem der Therapeuten verbinden«, bot ihr die Angestellte unterdessen herablassend an. »Wenn Sie mir nur noch einmal den Namen Ihrer Nichte ...«

»Bemühen Sie sich nicht«, entgegnete Edna und knallte den Hörer auf. Dann ging sie in ihr Schlafzimmer hinüber, wo die jungfräulichen Renovierungsutensilien noch immer unter dem Fenster standen. Als Mahnmal. Für die Zeit nach der See.

Was zog man eigentlich an, auf einer Nordseeinsel? Diffuse Bilder zogen vor Ednas innerem Auge vorüber, während sie ihren Koffer unter dem Kleiderschrank hervorzog: Gummistiefel, blauweiß gestreifte Matrosenhemden mit Biesen am Ausschnitt und diese gelben Dinger ... Wie nannte man die? Ölzeug? Sie seufzte. Tatsache war, dass es sie in den Süden zog, seit sie ein Kind war. Ihre Eltern waren mit Justine und ihr nach Portofino gefahren, jedes Jahr im Sommer, und wenn sie überhaupt an so etwas wie Ferien dachte, dachte sie automatisch an Italien. Die ligurische Küste mit ihren malerischen Buchten. Pinienhügel und Ölbaumhaine. Den Duft von Rosmarin. Und an schöne, braun gebrannte Menschen, die zu singen schienen, sobald sie den Mund aufmachten. In jeden großen Ferien hatten Justine und sie ein paar unbeschwerte Wochen in Portofino verbracht. Bis zum Brombeersommer. Danach war alles anders gewesen. Die Familie war den Sommer über zu Hause geblieben. Und Edna im Internat ...

Sie schob den Gedanken an Italien beiseite und nahm ein paar ungebügelte T-Shirts aus dem Schrank. Bügeln gehörte nicht unbedingt zu den Dingen, mit denen sie ihre knappe Freizeit auszufüllen bereit war, also trug sie ihre T-Shirts ungebügelt und redete sich ein, ihr Körper werde den Stoff schon irgendwie glatt ziehen. Neben die T-Shirts legte sie Jeans, Unterwäsche, Blazer, Strickjacke und zwei Röcke. Anschließend suchte sie eine Weile nach passenden Schuhen. Ob sie auch etwas zum Schwimmen mitnehmen sollte? *Konnte* sie überhaupt noch schwimmen? Sie überlegte, wann sie zum letzten Mal in einem Schwimmbad gewesen war, und kam zu dem Schluss, dass es lange her sein musste. Sehr lange. Nichtsdestotrotz musste irgendwo in ihrem Schrank noch ein Badeanzug sein. Jener Badeanzug, den sie bei jedem ihrer Umzüge hatte aussortieren wollen und der eigenartigerweise trotzdem in jeder neuen Wohnung wieder aufgetaucht war, um sie knallrot und glänzend daran zu erinnern, dass sie zugenommen hatte und wahrscheinlich nicht einmal mehr schwimmen konnte. Sie fand ihn schließlich in einem alten Schuhkarton zusammen mit einigen ausgemusterten BHs und warf ihn triumphierend in den Koffer. Warum sollte das treue Ding nicht auch einmal Nordseeluft schnuppern?!

Nachdem alles gepackt war, wandte sie sich der Zimmerfrage zu. Diessler hatte ihr einen Zettel mit der Adresse und Telefonnummer des Hotels dagelassen, das Vivica van Heemskerks Vater gehört hatte. Edna betrachtete ihn eine Weile und schüttelte dann langsam und nachsichtig den Kopf. Höchstwahrscheinlich ausgebucht, dachte sie und wollte gerade zum Hörer greifen, als das Telefon zu klingeln begann. Sie zögerte einen Augenblick, dann nahm sie ab.

»Oh, hallo … Edna«, meldete sich die zaghafte Stimme der Frau, mit der Ednas Exmann Peter seit nunmehr sechs Jahren verheiratet war und die es mit aufopfernder Hingabe und einem gebärfreudigen Becken geschafft hatte, ihm in dieser kurzen Zeit dreieinhalb Kinder zu schenken. Lina, Hausfrau. Ehemals Waldorfkindergärtnerin-Diplomerzieherin-was-auch-immer. Seit Lina die private Telefonnummer ihrer Vorgängerin herausgefunden hatte, pflegte sie mit konstanter Bosheit Ednas Anrufbeantworter zu besprechen. Jetzt klang sie überrascht. Vielleicht sogar verunsichert. Offenbar hatte sie nicht erwartet, die vielbeschäftigte Kommissarin um diese Tageszeit zu Hause anzutreffen.

»Ich … Ich wollte dir eigentlich eine kurze Nachricht hinterlassen.«

»Ich habe Urlaub«, verkündete Edna und zum ersten Mal empfand sie so etwas wie Genugtuung bei diesem Eingeständnis. »Aber wenn es dir zu viel Stress macht, persönlich mit mir zu sprechen, kann ich auch gerne wieder auflegen und den Anrufbeantworter die Sache übernehmen lassen.«

So, das musste sein! Dieses Angebot hatte sie sich nicht verkneifen können.

»Nicht nötig«, entgegnete Lina, und man musste nicht besonders sensibel sein, um eine gewisse Verärgerung aus diesen beiden Worten herauszuhören.

Edna lächelte.

»Es ist nur so, dass ich deine Hilfe brauche.«

Immer noch eine Spur von Ärger, stellte Edna zufrieden fest, dabei hat sie doch so wenig Temperament!

»Worum geht es denn?«, erkundigte sie sich überflüssigerweise, denn wenn Lina ihre Hilfe brauchte, konnte es eigentlich nur um Peter gehen. Lina und er lebten seit einigen Monaten getrennt, nachdem Peter Knall auf Fall aus dem ruhigen Vorstadthaus, das er für sich und seine gewaldorfte Bilderbuchfamilie gemietet hatte, ausgezogen war, um fortan ein enges Zweizimmer-Apartment über der Kanzlei zu bewohnen.

Edna hatte noch immer nicht herausgefunden, was zwischen ihrem Exmann und seiner zweiten Frau vorgefallen war, aber es musste etwas Gravierendes gewesen sein, denn Lina war offenbar davon überzeugt, dass Peter nicht zu ihr zurückkehren würde, wie sie Edna im Zuge zweier persönlicher Gespräche und verschiedener Anrufbeantworternachrichten mitgeteilt hatte. Das Wort »Scheidung« schwebte im Raum, und Lina befand sich in der unbequemen Lage, erkennen zu müssen, dass es alles andere als einfach für sie werden würde, in ihren alten Beruf zurückzukehren, zumal sie im November ihr viertes Baby bekommen würde. Vor dem Hintergrund dieser Erkenntnis war sie auf der Suche nach Hilfe, und irrsinnigerweise schien sie zu glauben, diese Hilfe ausgerechnet bei der Exfrau ihres Noch-Ehemannes finden zu können – eine Annahme, der Edna zwar konstante Verweigerung entgegensetzte, die sich jedoch trotzdem irgendwie in Lina festgesetzt zu haben schien.

»Bist du noch dran?«, fragte Edna, denn die zweite Frau ihres Exmannes hatte ihr noch immer nicht geantwortet.

Jetzt reagierte sie sofort. »Es geht um Maike«, sagte sie. »In ihrem Kindergarten hat es einen Vorfall gegeben, der mir Sorgen macht. Aber die Leitung scheint die Sache unter den Teppich kehren zu wollen.«

Edna kannte Linas Kinder nur von den Fotos, die Lina ihr seit Jahren ungefragt zuschickte, um sie über das weitere Leben und den familiengründerischen Fleiß ihres Exmannes auf dem Laufenden zu halten: Björn am Strand von Bornholm. Lars bekommt ein neues Dreirad. Maikes erster Tag in ihrem neuen Kindergarten. Die gesammelten Schnappschüsse des skandinavischen Nachwuchses steckten irgendwo in einer alten Keksdose. Edna runzelte die Stirn. War Maike nicht ein blondes Moppelchen mit einem rosafarbenen Hut?

»Was genau ist in diesem Kindergarten vorgefallen?«, hakte sie nach.

»Irgendein Perverser scheint die Kinder auf der Toilette beobachtet zu haben«, berichtete Lina. »Sie haben dort spezielle Kindertoiletten, wo die Größeren alleine hingehen. Und jemand muss sich dort versteckt haben.« Sie zögerte einen Augenblick, bevor sie hinzufügte: »Ein Mann.«

»Moment.« Edna nahm den Hörer in die andere Hand. »Was heißt, dieser Mann *scheint* die Kinder beobachtet zu haben?«

»Zwei von den Jungen haben zu Hause erzählt, dass sie einen Spiegel gesehen haben, als sie auf der Toilette waren. Einen Spiegel an einem Stiel, der unter der Trennwand zur Nachbarkabine hindurchgeschoben worden war. Dort ist ein Spalt, etwa fünfzehn Zentimeter hoch.«

»Habt ihr das gemeldet?«, fragte Edna. Ein Spiegel erschien ihr reichlich altmodisch in einer Zeit voller Minicamcorder und Fotohandys.

»Natürlich«, entgegnete Lina. »Die Leiterin des Kindergartens ist jedoch der Ansicht, dass die Jungen sich das alles nur eingebildet haben.« In ihre Stimme mischte sich ein Anflug von Ärger. »Sie weigert sich, die Polizei einzuschalten.«

Edna setzte sich auf den schmalen Hocker neben ihrem Telefon. »Hat sonst noch jemand irgendetwas Verdächtiges bemerkt?«, erkundigte sie sich. »Eines der anderen Kinder vielleicht?«

Lina antwortete nicht sofort. »Zwei Jungen haben einen Spiegel gesehen«, wiederholte sie dann. »*Mir* würde das reichen, um der Sache nachzugehen.«

»Okay«, sagte Edna. »Kann es nicht vielleicht ein Kind gewesen sein, das den Spiegel unter der Trennwand durchgeschoben hat?«

»Nein. Wir haben alle gefragt. Und es wurde auch kein Spiegel gefunden.«

»Was ist mit dem Mann? Hat den jemand gesehen?«

»Nein«, musste Lina zugeben. »Niemand.«

»Auch die beiden Jungen nicht?«

»Nein.«

»Dann kannst du also nicht sicher sein, dass es diesen Mann überhaupt gibt?«

»Es gibt einen Spiegel an einem langen Stiel.«

Edna spielte gedankenverloren am Clip eines Kugelschreibers herum, der neben dem Apparat lag. »Aber möglicherweise gibt es auch den nur in der Phantasie dieser beiden Jungen.«

»Solche Sachen denken sich Kinder nicht einfach aus.«

»Gut, vielleicht hast du Recht«, sagte Edna. »Trotzdem fürchte ich, dass sich da nicht allzu viel machen lässt. Du könntest natürlich versuchen, die Leiterin dazu zu bringen, diesen Spalt unter der Trennwand mit Brettern zu verschließen, dann wäre es …«

»Aber wenn er wiederkommt!«, fiel Lina ihr ins Wort. »Meinst du nicht … Sollte man die Sache nicht doch irgendwie melden?«

Edna seufzte. »Also schön, wende dich im Revier an Hauptkommissar Hubert Börlich. Börlich ohne h. Er kennt sich aus mit Fällen wie diesem und kann dir auch sagen, ob es in der letzten Zeit ähnliche Vorkommnisse in anderen Einrichtungen gegeben hat.« Sie machte eine kurze Pause. »Mehr kann ich da leider nicht tun«, fügte sie dann hinzu.

»Danke«, sagte Lina. »Dann werde ich mich mit deinem Kollegen in Verbindung setzen.« Sie stutzte. »Das muss ich, weißt du, auch wenn es nicht viel bringt. Sonst habe ich einfach keine Ruhe.«

Edna nickte. »Grüß Hubert von mir.«

»Danke«, sagte Lina noch einmal.

»Keine Ursache«, sagte Edna und legte auf.

* * *

Mia war noch immer nicht aufgetaucht. Dem Geräusch, das Vivica gehört hatte, waren keine Schritte auf der Treppe gefolgt, kein Rauschen von Wasser und auch sonst nichts, das auf die Anwesenheit einer zweiten Person im Herrenhaus hingedeutet hätte.

In einem der Küchenschränke hatte Vivica eine Dose mit Kaffeepulver und Filtertüten gefunden. Sie hatte ein paar tiefgefrorene Brötchen aufgebacken, Butter und Käse aus dem Kühlschrank genommen und den Küchentisch für zwei Personen gedeckt, doch Mia war nicht erschienen, und inzwischen war sie sich nicht einmal sicher, ob ihre Schwester sich überhaupt noch im Haus befand. Falls sie da war, verhielt sie sich jedenfalls außergewöhnlich leise.

Sie schenkte sich eine weitere Tasse Kaffee ein und schnitt eines der Brötchen auf, die sie in einen viel zu großen Korb aus geflochtenem Messing gelegt hatte. Das Gefühl, dass sie hier, am Ort ihrer Alpträume, im wärmenden Licht der Morgensonne an einem Tisch sitzen und dabei sogar mit Genuss ein Brötchen essen konnte, erfüllte sie mit leiser Zuversicht. Vielleicht wurden auch die schlimmsten Schrecken eines Tages blasser. Vielleicht verlor im Laufe der Zeit alles an Kraft, selbst das Unglück. Vielleicht ... Ihr Blick blieb an der Arbeitsplatte neben dem Herd hängen, und im selben Augenblick fiel ihr auf, dass sich auch dort etwas verändert hatte. Etwas *fehlte*! Etwas, das dort gestanden hatte, seit sie denken konnte ...

Unwillkürlich stand sie auf und ging auf die Arbeitsplatte zu. Sie befand sich direkt unter einem der Fenster. Hinter der graugelben Scheibengardine lag der Hof schon halb im Schatten. Selbst im Hochsommer gab es nur eine kurze Frist, in der die Sonne diesen Teil des Herrenhauses erreichte, und diese Frist war nun fast abgelaufen. Doch Vivica blickte nicht in den heranwachsenden Morgen hinaus. Sie starrte auf das rissige Holz, auf dem Frau Prassers kurze, runde Finger früher händeweise Semmelbrösel unter das wenige Hackfleisch, das ihr Budget ihr gestattete, geknetet hatten. Fast täglich hatte sie dort gestanden und Kartoffeln geschält, Zwiebeln geschnitten oder Gemüse geputzt, mit demselben Messer, mit dem ihr am neunundzwanzigsten August vor fünfzehn Jahren die Kehle durchgeschnitten worden war. Mit dem Messer, das die Polizei nie gefunden hatte. Das fehlende Messer, dachte Vivica, warum habe ich bis heute nicht mehr an das fehlende Messer gedacht?

Sie fuhr erschrocken zusammen, als das halbe Brötchen, das sie noch immer in der Hand gehalten hatte, neben ihr zu Boden fiel. Mechanisch bückte sie sich, hob es auf und legte es auf die Arbeitsplatte. Genau dorthin, wo der Messerblock gestanden hatte, Eichenholz und Kruppstahl.

Eine Qualität für die Ewigkeit, hatte Frau Prasser immer gesagt. Und sie hatte stolz ausgesehen, wenn sie das gesagt hatte, wenngleich die Messer schon lange vor ihr im Herrenhaus gewesen waren. Vivicas Großmutter hatte sie vor einem Dreivierteljahrhundert zur Hochzeit bekommen, zu einer Zeit, in der Hochzeitsgeschenke noch einen praktischen Nutzen gehabt hatten. Kein Schnickschnack, sondern Messer für die Ewigkeit. Vivica schloss die Augen. Eigenartig, dass sie so lange nicht mehr an das Messer gedacht hatte. Der Mörder hatte mit einem Küchenbeil auf ihren Vater und Frau Prasser eingeschlagen. Über dieses Beil war viel gesprochen und spekuliert worden, die Zeitungen hatten darüber geschrieben, und das Beil hatte sich ihr eingeprägt. Trotzdem erinnerte sie sich jetzt genau daran, dass Frau Prasser mit einem Messer getötet worden war, mit einem Messer aus dem Messerblock ihrer Großmutter. Er hatte dort auf der Arbeitsplatte gestanden, und Frau Prassers Mörder hatte eine der Klingen herausgezogen und ihr damit die Kehle durchgeschnitten. Und dann hatte er – oder sie – dieses Messer mitgenommen …

Jetzt allerdings fehlte der ganze Block und Vivica überlegte, ob diese Tatsache etwas zu bedeuten haben konnte. Es war natürlich auch denkbar, dass Mia den Messerblock in einen der Schränke gestellt hatte. Vielleicht hatte sie seinen Anblick nicht mehr ertragen. Oder den Anblick der Lücke, in der das Mordmesser gesteckt hatte. Vielleicht hatte ihn auch die Polizei mitgenommen und einfach vergessen, ihn wieder zurückzugeben. Oder er war konfisziert worden. Als Beweismittel.

Vivica beschloss, ihre Schwester bei nächster Gelegenheit danach zu fragen. Sie warf den Rest ihres Brötchens in den Mülleimer, der offen stand und so voll war, dass links und rechts davon Abfallreste auf dem Boden lagen.

In den süßlich-warmen Geruch verfaulender Lebensmittel mischte sich das Aroma von Kirschwasser. Mia musste ihre Torte schon gestern Abend weggeworfen haben.

Wo mochte sie stecken? Ob sie noch schlief?

Das lässt sich ja herausfinden, dachte Vivica grimmig und verließ die Küche. Es war sowieso an der Zeit, dass sie sich in diesem Haus einmal gründlich umsah!

Im Erdgeschoss gab es außer dem Salon und der Küche noch ein weiteres Zimmer, in dem in früheren Zeiten die Hausangestellten untergebracht worden waren. Es war recht groß, ging nach vorne hinaus und verfügte wie Vivicas Schlafzimmer über ein eigenes Bad. Daran schloss sich eine kleine Gästetoilette an, die man von der Diele aus erreichte. Vivica öffnete die Tür und fand den Raum in einem überraschend guten Zustand. Offenbar wurde hier regelmäßig geputzt. Armaturen und Kacheln glänzten und durch das gekippte Fenster wehte würzige Seeluft herein. Sie warf einen hastigen Blick in das kleine Schränkchen unter dem Waschbecken, in dem sich jedoch nur verschiedene Flaschen mit Haushaltsreiniger und ein paar alte Lappen befanden.

Als Nächstes nahm sie sich das ehemalige Gesindezimmer vor. Sie klopfte, bevor sie auf die Klinke drückte, doch ihr Klopfen blieb unbeantwortet und auch die Tür ließ sich nicht öffnen. Das Zimmer war abgeschlossen. Enttäuscht stieg sie die Treppe hinauf, nicht ohne vorher noch einmal einen Blick in den Salon zu werfen. Der Salon erfüllte sie mit Argwohn, und sie wollte ihn im Auge behalten. Doch dort schien alles, wie sie es früher an diesem Morgen vorgefunden hatte …

Auf dem Treppenabsatz im ersten Stock blieb sie zunächst eine Weile stehen und lauschte, aber aus den Zimmern um sie herum drang kein Laut. Sie rief ein paar Mal nach ihrer Schwester, ohne mit einer Antwort zu rechnen, dann probierte sie die Türen der Reihe nach aus. Doch auch hier hatte sie kein Glück. Alle Zimmer waren verschlossen. Warum schließt Mia alles ab?, dachte sie. Jede verdammte Tür in diesem Haus ist abgeschlossen!

Die alten Dielen knackten unter ihren Sohlen, als sie weiterhuschte zum Badezimmer ihrer Eltern, an das sie keine näheren Erinnerungen mehr hatte. Sie rechnete fest damit, dass ihr auch hier ein Schloss den Zutritt verwehren würde, aber sie hatte sich getäuscht. Als sie den Griff berührte, gab die Tür nach. Ein muffiger Gestank schlug ihr entgegen, der sie entfernt an den Geruch von nassem Fell oder nasser Wolle erinnerte. Anders als in der Gästetoilette war das Fenster geschlossen, und überall an der Decke und in den Ecken schwebten Spinnweben. Die alte Badewanne, deren Benutzung ihr Vater so selten gestattet hatte, stand – anscheinend ohne jede Daseinsberechtigung – mitten im Raum. Dunkle Ränder längst abgelaufenen Wassers zogen sich um das weiße Emaille wie die Jahresringe eines Baums. Nur unterhalb des verrosteten Hahns war die Linie unterbrochen. In der stark verschmutzten Toilette stand stinkendes braunes Wasser. Es gab keine Schränke und auch sonst nichts, das ihrer Schwester zu gehören schien oder darauf hindeutete, dass dieser Raum benutzt wurde, und Vivica verspürte einen leichten Schwindel, wie so oft, wenn sie kurz davor war, sich zu übergeben. Eilig verließ sie das Bad und ging wieder nach unten, wo sie damit begann, systematisch die Küchenschränke zu durchsuchen, nicht, weil sie sich wirklich etwas davon versprach, sondern weil sie nicht wusste, was sie sonst tun sollte. Es gab nichts, an das sie anknüpfen konnte. Mia hatte sie ausgesperrt, und sie konnte nichts dagegen tun, zumindest nicht bis ihre Schwester zurückkehrte, wo auch immer sie hingegangen sein mochte.

Während sie Gläser mit eingelegtem Gemüse und Obst

hin- und herschob und Vorratsdosen öffnete, fiel ihr plötzlich ein, dass es unter der Treppe noch einen separaten Vorratsschrank gab, der jedoch meist leer gewesen war. Kein Wunder, schließlich hatte ihr Vater unten im Keller eigens zwei riesige Räume für seine Weltuntergangsrationen eingerichtet. Aber es gab diesen Vorratsschrank, und Vivica erinnerte sich daran, dass ihre Schwester sich bei Streitigkeiten manchmal dort versteckt hatte.

Sie trat in die Diele hinaus und kniete sich vor dem Schrank auf den staubigen Boden. Dann sah sie sich noch einmal gründlich um und öffnete die beiden Türen. Dahinter befand sich auf der linken Seite ein geräumiges Regal aus tiefen, stabilen Brettern. Die rechte Hälfte des Schrankes war nicht noch einmal unterteilt und bot reichlich Platz für sperrige Gegenstände wie Koffer oder Gästebetten. Jetzt allerdings stapelten sich dort große braune Pappkartons, fünf übereinander und daneben noch einmal drei. Sie waren nicht beschriftet, und Vivica vermutete zuerst, dass sie leer seien, bis sie den obersten Karton zu bewegen versuchte und feststellte, dass er ein beträchtliches Gewicht hatte. Überrascht erhob sie sich aus ihrer knienden Haltung und zog den Karton ein Stückchen weiter nach vorne, um den Deckel heben und hineinsehen zu können. Als ihr auch das nicht so recht gelingen wollte, hob sie ihn heraus und stellte ihn vor sich auf den Fußboden, wobei sie ängstlich lauschte, ob sie wirklich noch immer allein war. Auch gestern bei ihrer Ankunft hatte Mia urplötzlich vor ihr gestanden, ohne dass sie sie hätte kommen hören, und die Erinnerung an diesen Umstand ließ ihr Herz schneller schlagen. Mia schlich. Mia kannte sich aus in diesem Haus. Sie tauchte aus dem Nichts auf und verschwand wieder, wie es ihr gefiel … So leise wie möglich nahm Vivica den Deckel des ersten Kartons ab und inspizierte den Inhalt. Es handelte sich hauptsächlich um alten Christbaumschmuck, Kugeln und Sterne in verschiedenen Farben, dazu Halter für Wachskerzen und Lamettagirlanden. Sie erinnerte sich dunkel daran, dass ihre Mutter alljährlich auf einem Christbaum bestanden hatte. Nach ihrem Tod hatte es im Herrenhaus nur noch Vasen mit ein paar dünnen Tannenzweigen gegeben, die zu schmücken sich niemand mehr die Mühe gemacht hatte.

Der zweite Karton, den sie aus dem Vorratsschrank auf den staubigen Boden zog, enthielt hauptsächlich Kleider, an die sie sich nicht erinnern konnte, und eine viereckige Blechdose mit Fotos: Hans van Heemskerk mit dem Bürgermeister der Insel, ein stolzer Mann mit hellem Haar und hellen Augen, die sogar noch aus der abgegriffenen Schwarzweißaufnahme heraus ihre Funken versprühten. Ihr Vater in Marineuniform und skeptisch als Schuljunge. Vivica nahm sich nicht die Zeit, die Bilder lange zu betrachten. Nicht einmal das Hochzeitsfoto ihrer Eltern mit einer kränklich aussehenden Louisa im hochgeschlossenen Kleid. Weiter unten in der Dose fand sie einen Stapel Kinderfotos von sich und ihrer Schwester. Das Mädchen, das sie einmal gewesen war und das ihr aus den Aufnahmen entgegenblickte, kam ihr vollkommen fremd vor. Vivica mit Schultüte. Mia und Vivica auf der Strandpromenade, hinter ihnen eine angestrengt lächelnde Louisa, den Arm um die Schultern ihrer jüngeren Tochter gelegt.

Die Mädchen. Eines der Mädchen …

Mia mit Herrn Moll und Gipsarm auf der Schwelle zur Hintertür. Stolz lächelte sie in die Kamera des Vaters. Vivica hielt sich das Foto dichter vor die Augen und suchte nach der Schramme, die der Haltegriff der Wippe auf Mias Stirn hinterlassen hatte. Sie war einfach gesprungen. Von ganz oben. Selbst die Lehrerin war überrascht gewesen, damals. *Sie saß doch ganz sicher. Darauf achten wir immer. Wer kann denn damit rechnen, dass das Kind ein-*

fach springt?! Vivica ließ das Foto sinken und sah plötzlich wieder den Schulhof vor sich. Die Wippe im Sonnenlicht. Mias Füße hoch oben in der Luft. Sie hält sich mit beiden Händen an dem stabilen Haltegriff fest, von dem die gelbe Farbe fast abgeschabt ist vom Wind und vielen Kinderhänden. Wenn sie wieder herunterfliegt, bleiben ihre blonden Zöpfe immer ein Stück über ihr zurück, als wollten sie auf ewig dort oben bleiben, im strahlblauen Frühlingshimmel. In ihren Augen schimmert etwas wie Misstrauen. Der Junge, der Sven, ist immer so wild. Mia saust in die Höhe. Sven kichert. *Du bleibst, wo du bist,* ruft er und stemmt seine Turnschuhe fest in den Boden. Ein Freund setzt sich hinter ihn. Mia erstarrt in der Luft. *Jetzt lassen wir dich da oben verhungern.* Die Lehrerin schüttelt nachsichtig den Kopf. Und Mia springt …

Natürlich ist der Vater wütend. Von einer Wippe zu springen! Einfach so! *Nicht einfach so,* protestiert Mia. *Sie haben gesagt, sie würden mich verhungern lassen, dort oben.* Jetzt lacht er plötzlich. Lacht tatsächlich sein seltenes Lachen, obwohl keinem Feind ein Missgeschick widerfahren ist. Der Hase, Herr Moll, lacht mit ihm. *Hast du denn nicht Angst gehabt?* Mia schüttelt den Kopf. *Bloß vorm Verhungern. Das dauert so lange.* Der Vater hört auf zu lachen und kauft ihr ein Eis beim Italiener gegenüber. Einfach so. An einem gewöhnlichen Maitag. Weil sie von einer Wippe gesprungen ist.

Sie ist gesprungen, nicht gefallen, dachte Vivica. Das Eis vom Italiener gegenüber war kein Trost gewesen, sondern eine Anerkennung. Ihre Schwester hatte an einem gewöhnlichen Maitag ein Eis bekommen. Und später ein Atelier …

Sie legte das Foto zu den anderen zurück und verschloss die Dose sorgfältig. Dann nahm sie sich den nächsten Karton vor. Darin befanden sich viele kleine Schächtelchen, die zu Vivicas Überraschung Jahreszahlen auf den Deckeln trugen. 1999 las sie, 1998, 1997, 1990. Eine nach der anderen hob sie sie aus dem Karton, wobei sie feststellte, dass es genau fünfzehn waren, beginnend mit dem Jahr 1986. Dem Mordjahr. Vivica merkte, wie sie leise zu frieren begann. Irgendetwas in ihr wollte sich weigern, die Schachteln zu öffnen, aber ihre Finger hatten den ersten Deckel bereits angehoben. Es war die Schachtel aus dem Mordjahr. Sie enthielt halbzerrissenes Geschenkpapier mit Weihnachtsmotiven, eine Packung Pralinen und ein paar Briefe, und voller Entsetzen erkannte Vivica ihre eigene Handschrift auf dem obersten Kuvert. FRÄULEIN MIA VAN HEEMSKERK, stand in ordentlichen Druckbuchstaben auf dem Umschlag, darunter die Adresse des Herrenhauses. Mein Weihnachtspäckchen, fuhr es ihr durch den Kopf, das erste Weihnachtspäckchen, das ich ihr aus Köln geschickt habe. Ungläubig hob sie die Pralinenschachtel hoch und betrachtete sie von allen Seiten. Sie schien vollkommen unberührt zu sein. Das Haltbarkeitsdatum der Schokoladennougatherzen war vor mehr als dreizehn Jahren abgelaufen. Mia hatte nie auch nur einen Bissen davon gegessen …

Im selben Augenblick läutete es an der Haustür. Vor Schreck schrie Vivica leise auf. Wer konnte das sein? Mia?

In aller Eile stopfte sie die Schächtelchen mit den Jahreszahlen wieder in den Karton zurück. Ihre Finger zitterten. Bei den ersten beiden Kartons, die sie durchsucht hatte, hatte sie peinlich genau darauf geachtet, dass alles wieder genau so aussah, wie sie es vorgefunden hatte, doch jetzt reichte die Zeit dazu nicht mehr aus. Sie konnte nur improvisieren. Und hoffen. Mia wird die Veränderung bemerken, dachte sie verzweifelt, während ihre schweißnassen Hände den Deckel auf den letzten Karton drückten. Sie wird wissen, dass ich an ihren Sachen war. Sie wird …

Das Klingeln wiederholte sich, gefolgt von einem energischen Klopfen.

Wenn es Mia wäre, hätte sie längst ihren Schlüssel benutzt, versuchte Vivica sich zu beruhigen, indem sie den letzten Karton, den mit dem Christbaumschmuck, zuoberst auf den anderen im Vorratsschrank verstaute. Sie hatte die vage Empfindung, dass nun alles so aussah wie zuvor, aber sie war sich keinesfalls sicher. Von der Haustür her vernahm sie ein Quietschen, das sie nicht einordnen konnte. Es klang, als mache sich jemand am Briefkasten zu schaffen. Waren das wieder die Kinder von gestern Abend, die Mutprobenmilchshakewichser, wie Mia sie nannte?

Sie schloss die Türen des Vorratsschrankes und klopfte sich den Dielenstaub von Knien und Schienbeinen. Dann schlich sie so leise sie konnte in den Salon hinüber und spähte durch einen Spalt der Gardine ins Freie. Draußen war die Welt in helles, beruhigendes Sonnenlicht getaucht. Wer immer vor wenigen Augenblicken an der Tür des Herrenhauses geklingelt hatte, war verschwunden …

Trotzdem beschloss Vivica, ihre Durchsuchung des Vorratsschrankes zunächst nicht fortzusetzen. Sie hatte auf einmal eine unbändige Sehnsucht nach frischer Luft und Bewegung. Dem kurzen Blick aus dem Fenster nach zu urteilen, war der Wind heute wesentlich schwächer als gestern, was bedeutete, dass es im Laufe des Tages recht heiß werden würde. Sie überlegte, ob sie hinauf in ihr Zimmer gehen und sich ein anderes, ein kurzärmliges T-Shirt anziehen sollte, doch sie musste sich eingestehen, dass sie mit einem Mal Angst hatte, noch länger allein im Herrenhaus zu bleiben. Also zog sie nur ihre Jacke aus und krempelte die Ärmel ihres Pullis hoch.

Als sie aus dem Haus trat, entdeckte sie einen riesigen Stapel Obstkisten auf der obersten der drei Stufen, gleich neben der Tür, wo sie vom Fenster des Salons aus nicht zu sehen waren. Die Kisten enthielten anscheinend ausnahmslos Äpfel, deren betörend süßlicher Duft in Wellen an ihre Nase schwappte. Aus dem Schlitz des Briefkastens neben der Tür ragte ein zusammengefaltetes Schriftstück, das wie eine Rechnung aussah. Dann ist das eben ein Lieferant gewesen, fuhr es ihr durch den Sinn. Meine durchgeknallte Schwester hat zentnerweise Äpfel bestellt, damit alles wieder so wird, wie es früher schon nicht war. Gleich heute Morgen. Sie muss vollkommen verrückt sein!

* * *

Maja rannte. Der Sand unter ihren Füßen war feucht und hart wie Beton. Hin und wieder bohrte sich die gezackte Spitze einer zerbrochenen Muschel in ihre Fußsohle, doch das registrierte sie kaum. Sie konzentrierte sich auf ihren Atem und auf das angenehme Gefühl von Leere in ihrem Kopf, das sich einstellte, wenn sie lange genug gelaufen war. Heute Morgen lief sie bereits eine gute halbe Stunde, was viel war, wenn man bedachte, dass sie keine fünf Minuten durchgehalten hatte, als sie auf der Insel angekommen war. Das war vor sechs Wochen gewesen. Maja lächelte und versuchte, auf die Schnelle auszurechnen, um wie viel Prozent sich ihre Leistungsfähigkeit seither gesteigert hatte. Eine beachtliche Steigerung, so viel stand fest. Sie war nie besonders sportlich gewesen, nicht nur aufgrund des Übergewichtes, das sie seit ihrer Kindheit mit sich herumgeschleppt hatte, und über den leidigen Sportunterricht in der Schule hinaus hatte sie sich nie körperlich betätigt. Aber seit sie auf dieser Insel war, konnte sie sich nicht anders als rennend bewegen. Die Weite, mit der sie sich hier von morgens bis abends konfrontiert sah, löste in ihr das Bedürfnis aus, zu laufen, zu rennen, auf einen Punkt zu, der am anderen Ende ihres Gesichtsfeldes lag. Weite, fand sie, war dazu da, überbrückt zu werden. Wie ein leeres Blatt Papier in ihr den Wunsch weckte, darauf zu schreiben oder zu malen, löste die Weite zwischen Himmel und Wasser in ihr den Drang aus, sie irgendwie auszufüllen, und sei es mit Schritten. Rechts. Links. Rechts ...

Seit sechs Wochen wartete sie nun auf den einen, den magischen Moment, an dem es ihr irgendwie besser ging, doch dieser Moment wollte sich trotz der neugewonnenen Fitness einfach nicht einstellen, und inzwischen zweifelte Maja daran, dass es einen solchen Moment überhaupt geben würde. Vielleicht waren die Schwierigkeiten, die sie hatte, tatsächlich zu komplex, um sich irgendwann von einem Augenblick auf den anderen in Luft aufzulösen. Vielleicht kam auch die Gesundung unmerklich, genauso unmerklich, wie sich der Zusammenbruch an sie herangeschlichen hatte. Sie hatte nie empfunden, dass ihr etwas besonders nahe gegangen war, dass etwas an ihren Reaktionen nicht stimmte, dass die Ruhe, die Kraft, die sie in sich spürte, beständig in Gefahr war, in sich zusammenzufallen. Erst nach wochenlangen Gesprächen mit Therapeuten und Leidensgenossinnen war ihr klar geworden, dass sie tatsächlich Probleme hatte, aber noch immer *fühlte* sie diese Probleme nicht. Sie fühlte keine Ängste. Keine Wut. Keine Enttäuschung. Noch immer nicht. Wie wollte sie da fühlen, dass es ihr besser ging?

Sie seufzte und richtete den Blick auf den sandigen Boden vor sich. Seit sie auf der Insel war, war sie dazu übergegangen, sich selbst und die jeweilige Situation, in der sie sich befand, von außen zu analysieren wie ein Wissenschaftler, der in ein Glas voller Fliegen starrt und aus dem, was er sieht, Erkenntnisse ableitet. Sie beobachtete sich und analysierte die Gegebenheiten, Schritt für Schritt. Rechts. Links. Rechts. Die Sonne scheint, mein Bild ist fast fertig, ich habe mich heute noch nicht übergeben, also muss es mir gut gehen. Ganz einfach. Schritt für Schritt. Sie hatte erkannt, dass sie Indikatoren brauchte, solange sie keine Gefühle hatte. Indikatoren, die ihr etwas über sich selbst verrieten. Wie der Spiegel, der ihr zeigte, dass sie nicht mehr ganz so blass war wie am Tag ihrer Ankunft. Wie die Waage, die ihr verriet, dass es bergauf ging, weil es bergab ging mit ihrem Gewicht. Der Schweiß auf ihrer Stirn, der bewies, dass sie etwas für sich getan hatte. Sie brauchte Indikatoren, an denen sie ablesen konnte, dass sie dabei war, die Weite zu überbrücken. Dass sie lebte …

* * *

Vivicas erster Weg hatte sie auf den Friedhof geführt, wo sie das Grab ihrer Eltern liebevoll gepflegt fand. Auf den sandigen Boden war in großzügigem Maße schwere, dunkle Erde aufgebracht worden. Weiße Geranien blühten zwischen sorgfältig zurechtgestutzten Bodendeckern dem unaufhaltsam nahenden Herbst entgegen.

Der schlichte Stein aus rötlichem Marmor vermerkte die Namen und Lebensdaten von Vivicas Großeltern, dazu den dezenten Hinweis »Auf See bestattet«. Darunter stand: »Louisa van Heemskerk, geb. Pauly, 1941–1980«. Vivica starrte auf die Zahlen. Neununddreißig Jahre, dachte sie. Als sie gestorben ist, war sie nur fünf Jahre älter als ich. Ein Stück unter dem Namen ihrer Mutter folgte: »Sabine van Heemskerk, geb. Prasser, 1936–1986«. Es befremdete Vivica, ihren eigenen Nachnamen hinter dem ihrer Stiefmutter zu lesen. Verwirrt ließ sie ihre Augen noch ein wenig tiefer wandern zu dem letzten Namen auf dem

Grabstein: »Nils van Heemskerk, 1935–1986«. Sie sind alle im Herrenhaus gestorben, dachte sie wieder. Alle drei. Und nun liegen sie hier, zusammen in einem Grab. Als sie eine Bewegung hinter sich wahrnahm, drehte sie sich um und blickte direkt in die wachen braunen Augen ihrer Patentante.

»Warum in aller Welt hast du mir nicht Bescheid gesagt?« Tilla Straten sah genauso aus, wie Vivica sie in Erinnerung hatte. Sie war groß und schmalschultrig und strahlte eine ruhige Souveränität aus. »Wenn ich gewusst hätte, dass du kommst, hätte ich das Gästezimmer für dich hergerichtet.«

Sie hatte ohne jeden Vorwurf gesprochen. Trotzdem hatte Vivica augenblicklich ein schlechtes Gewissen. »Ich wollte …« Sie schluckte. »Ich hatte eigentlich gar nicht geplant herzukommen. Es war ein ganz und gar spontaner Entschluss.«

»Nach fünfzehn Jahren?« Ihre Patentante blickte sie prüfend an. Dann jedoch breitete sich ein Lächeln über ihre ebenmäßigen Züge, die nur unwesentlich gealtert zu sein schienen, seit Vivica sie zum letzten Mal gesehen hatte. »Wie dem auch sei – schön, dass du da bist«, sagte sie und zog ihre Patentochter sanft in ihre Arme. Ihr halblanges, grau meliertes Haar duftete nach frischer Luft und Gesundheit. »Als Jolantha mir erzählte, dass du wieder da bist, habe ich zuerst gedacht, sie macht einen dummen Scherz.« Vivica fühlte ein Lachen an ihrem Hinterkopf. Ein aufrichtiges, lautes Lachen, das alle Gespenster vertrieb. »Aber dann fiel mir ein, dass Jolantha ein absolut humorloses Geschöpf ist, und da habe ich mich auf die Suche nach dir gemacht. Lass dich ansehen!« Sie trat einen Schritt zurück, ohne Vivicas Hände loszulassen, und musterte ihre Patentochter eingehend. »Du solltest mehr essen«, befand sie ohne Sentimentalität. »Aber die kurzen Haare stehen dir ausgezeichnet. Es sieht so«, sie zögerte, »es sieht so erwachsen aus.« Dann wurde ihr Blick eine Spur ernster. »Sag mal, stimmt es tatsächlich, dass du drüben bei Mia wohnst?«

Vivica nickte.

Wieder dieser prüfende Blick. »Wessen Idee ist das gewesen?«

»Meine«, entgegnete Vivica hastig. »Es war mir wichtig, zu sehen, ob ich das kann. Ob ich das Haus aushalte. Wie ich mich dort fühle, nach all diesen Jahren, verstehst du? Ich hatte das Gefühl, dass ich mich endlich meiner Vergangenheit stellen muss.«

»So ...« Tilla Straten schwieg einen Augenblick. »Ja«, sagte sie dann. »Ja, ich glaube, ich verstehe dich.«

Vivica lächelte sie dankbar an.

»Und Mia? Wie kommst du klar mit ihr?«

»Ich weiß noch nicht so richtig. Wir haben uns nur gestern Abend kurz gesehen.« Sie hielt inne. Sie durfte nicht zu viel sagen. Vor allem nicht, dass sie sich vor ihrer Schwester gefürchtet hatte. Wenn sie das zugab, würde ihre Tante ihr ohne jeden Zweifel vorschlagen, zu ihr in ihr Haus zu ziehen, ein Angebot, von dem sie wusste, dass sie es nur allzu bereitwillig annehmen würde. Aber schließlich war sie nicht hergekommen, um sich in einem gemütlichen Insulanerhaus fern aller Gespenster verwöhnen und umsorgen zu lassen. Sie war hier, um die Wahrheit zu suchen. Sie dachte an die Schachteln mit den Jahreszahlen auf den Deckeln. Die Schachteln im Wandschrank. Und zum ersten Mal kam ihr in den Sinn, dass sie möglicherweise auf der Suche nach einer Wahrheit war, die sie gar nicht kennen wollte. »Als ich heute Morgen aufgestanden bin, war sie jedenfalls schon weg«, sagte sie laut.

»Ich habe gehört, dass sie sich viel im Ostland herumtreibt«, entgegnete ihre Patentante geistesabwesend. »Sie steht in aller Herrgottsfrühe auf und fährt mit dem Fahrrad irgendwo hin, wo sie ihre Ruhe hat, um was auch immer dort anzustellen.«

Vivica zuckte mit den Schultern. »Vielleicht sitzt sie in den Dünen und zeichnet. So wie früher.«

»Ja, vielleicht.« Tilla Straten wandte den Kopf ab und blickte auf den Grabstein hinunter. »Mein Haus steht dir jederzeit offen«, sagte sie langsam und nachdrücklich. »Und du weißt auch, dass du mich zu jeder Tages- und Nachtzeit anrufen kannst.« Sie stutzte. »Ganz egal, worum es sich handelt.«

»Das werde ich, falls es Probleme geben sollte«, versicherte Vivica. »Mach dir keine Sorgen.«

Tilla Straten nickte. »Wie steht es denn nun wirklich um das Haus?«, erkundigte sie sich dann mit einer Unbekümmertheit, die nicht ganz echt wirkte. »Sieht es drinnen genauso schlimm aus, wie die Fassade vermuten lässt?«

Vivica sah sie ungläubig an. »Sag nur, du warst nicht dort seit damals.«

Diesmal war es Tilla Straten, die mit den Achseln zuckte. »Sie fertigt mich meistens gleich an der Haustür ab«, entgegnete sie lapidar. »Oh, keine Sorge, ich nehme das nicht persönlich, denn so verfährt sie mit jedem, der das Haus betreten will. Deine Schwester lässt niemanden weiter als bis zum Briefkasten.« Sie lachte kurz auf, als sie Vivicas Gesichtsausdruck sah. »Ein- oder zweimal habe ich es bis in die Diele geschafft, aber üblicherweise stelle ich ihr einfach vor die Tür, was ich für sie habe.« Sie bückte sich und rupfte ein winziges Unkraut aus dem sandigen Boden. »Zu den monatlichen Meetings mit Erwin und Jolantha erscheint sie allerdings immer«, bemerkte sie dann.

Vivica nickte. *Ein Frühstücksraumabszess …*

»Davon hat sie mir erzählt.«

»Tatsächlich?« Ihre Patentante schien überrascht zu

sein. »Nun ja, sie hat eine ganze Menge Ideen, deren Umsetzung natürlich überhaupt nicht in Frage kommt, wie du dir vorstellen kannst. Aber sie kämpft um jede einzelne von ihnen wie um ihr Leben.« Sie seufzte. »Stur wie euer Vater, das ist sie.«

Wieder musste Vivica an den Nachmittag am Strand denken. An den räudigen Herrn Moll und die Sandburg. Und an den Gipsarm, den ihre Schwester sich eingehandelt hatte, als sie ohne jeden Grund von einer Wippe gesprungen war. Warum hat sie mich nicht im Hotel untergebracht?, dachte sie wieder. Anscheinend lässt sie doch sonst niemanden ins Haus. Warum ausgerechnet mich? Was hat sie vor?

»Weit unangenehmer als ihre Sturheit ist allerdings die Tatsache, dass sie sich so beharrlich verweigert, wenn es um notwendige Veränderungen geht«, fuhr ihre Patentante indessen fort. »Ich fürchte, deine Schwester würde am liebsten alles so lassen, wie es ist.«

Bratäpfel, dachte Vivica. Es soll alles wieder so werden, wie es nie gewesen ist. Außer in Mias Kopf. Wenn meine Schwester auf die Vergangenheit zurückblickt, sieht sie Kisten voller Bratäpfel und Serviettenringe und das Ges-Dur-Impromptu von Schubert unter einem cremefarbenen Häkeldeckchen. Und ich? Was sehe ich? Nur Blut, dachte sie bitter. Nichts als Blut.

»Macht sie eigentlich irgendwas?« fragte sie. »Ich meine, arbeitet sie?«

»Nein, soweit ich weiß nicht.« Tilla Straten runzelte die Stirn. »Hin und wieder scheint sie allerdings für ein paar Tage zu verreisen«, setzte sie etwas halbherzig hinzu, als sei sie sich nicht sicher, ob sie ihr Patenkind von diesem Umstand in Kenntnis setzen oder die Information lieber für sich behalten sollte. »Und niemand weiß, wohin sie bei diesen Gelegenheiten fährt.«

»Sie verlässt die Insel?« Vivicas Verblüffung war echt.
»Ab und an.«
»Hat sie denn Freunde am Festland?«
Tilla Straten zuckte mit den Achseln. »Möglich.«
»Aber dass sie die Insel verlässt, ist sicher?«, hakte Vivica nach. Irgendwie wollte es ihr so gar nicht gelingen, sich ihre Schwester außerhalb dieser zweiunddreißig Quadratkilometer, die die Insel umfasste, vorzustellen. Nicht einmal außerhalb des Herrenhauses.
»Ganz sicher«, bestätigte ihre Patentante. »Sie nimmt meistens gleich die erste Fähre und scheint – nach allem, was ich so höre – eine Menge Spaß daran zu haben, die Menschen, die sie bei dieser Gelegenheit anzusprechen versuchen, zum Narren zu halten.« Sie räusperte sich. »Als ich deine Schwester zum ersten Mal in diesem Wagen gesehen habe, konnte ich es einfach nicht glauben …«
»Sie hat ein Auto?« Vivica starrte ihre Patentante an.
Tilla Straten nickte. »So eine Art Transporter. Ein ziemlich großes Ding.«
»Und sie fährt ihn selbst?«
»Ja. Allerdings benutzt sie den Wagen wohl nur, wenn sie aufs Festland rüber will. Hier auf der Insel fährt sie mit dem Fahrrad.«
Vivica schüttelte ungläubig den Kopf. Ihre Schwester besaß einen Führerschein und ein Auto. Sie verließ die Insel und fuhr … Wohin denn eigentlich? Nach Köln, fuhr es ihr durch den Sinn, sie könnte jederzeit nach Köln gefahren sein und auf der Straße vor meinem Haus geparkt haben. Sie ist ausgestiegen und hat hinaufgeblickt, zu den Fenstern meiner Wohnung. Sie weiß, wo ich arbeite, was und wann ich einkaufe, mit wem ich essen gehe und mit wem ich schlafe. Sie könnte es wissen. Sie könnte *alles* wissen. Der Gedanke erschütterte sie. »Und ich dachte immer, sie kommt kaum klar«, wagte sie dennoch einen schwachen Einwand.

Tilla Straten zögerte. »Weißt du, ich glaube, deine Schwester ist längst nicht so unbedarft, wie sie vielleicht wirkt«, sagte sie dann. »Bei den Meetings weiß sie jedenfalls über alles ganz genau Bescheid, auch wenn sie gerne so tut, als verstünde sie kaum, worüber wir sprechen.« Ein beinahe vergnügtes Lächeln breitete sich über ihr Gesicht. »Sie lässt jeden einzelnen Beleg überprüfen, ganz egal, um was es sich handelt. Stell dir vor, sie hat sogar eigens einen Anwalt beauftragt.«

Vivica blickte ihre Patentante fragend an. Nie zuvor war ihr in den Sinn gekommen, dass etwas, das ihr Erbe betraf, nicht korrekt sein könnte. Das Hotel lief ausgezeichnet. Es war schon ausgezeichnet gelaufen, als sie ein Kind gewesen war. Und Erwins Abrechnungen und Überweisungen kamen immer pünktlich. Wieso in aller Welt ließ Mia ihn überprüfen? Ausgerechnet Mia, die weltfremde Künstlerin, die von Geschäften noch weniger verstand als vom Malen. Wozu brauchte sie einen Anwalt? Und ein Auto? »Glaubst du, sie befürchtet irgendwelche Unregelmäßigkeiten?«

Tilla Straten machte eine wegwerfende Handbewegung. »Deine Schwester jagt in dieser Beziehung offenbar denselben Gespenstern nach wie euer Vater.«

»Was meinst du?«

Ihre Patentante öffnete den obersten Knopf ihrer Strickjacke. »Ich weiß nur, dass es mal Ärger wegen ein paar Abrechnungen gegeben hat, als Nils noch lebte. Es hat Geld aus der Kasse gefehlt, glaube ich, und euer Vater machte eine Menge Aufhebens darum. Du weiß ja, wie er war, wenn es ums Geld ging.« Sie verdrehte die Augen. »Er stürmte rüber zu Erwin und stellte ihn lautstark zur Rede. Aber das Ganze hat sich nie bestätigt«, fügte sie eilig hinzu.

Doch Vivica war hellhörig geworden. »Mein Vater hat

Erwin Maysson verdächtigt, Geld unterschlagen zu haben?«

»Nun ja …« Tilla Straten machte ein unglückliches Gesicht. Augenscheinlich war ihr das Thema mehr als unangenehm. »Vielleicht nicht Erwin persönlich«, versuchte sie, die Sache etwas abzuschwächen. »Aber als Geschäftsführer trug er natürlich die Verantwortung für all diese Vorgänge.«

»Wann war das?«, fragte Vivica.

Ihre Patentante schüttelte nachdenklich den Kopf. »Weißt du, solche Dinge lassen sich rückblickend nur schwer einordnen.«

»Bitte«, drängte Vivica. »Versuch dich zu erinnern.«

Tilla Straten seufzte. »Es mag ein paar Monate vor dem Mord gewesen sein.«

»Gibt es noch Belege aus dieser Zeit?«

»Da fragst du mich wirklich zu viel. Aber ich glaube auch nicht, dass wirklich etwas dran gewesen ist, an dieser Geschichte. Die Polizei hat bei ihren Untersuchungen jedenfalls nichts in dieser Richtung gefunden, und sie werden doch bestimmt nach solchen Dingen gesucht haben, meinst du nicht auch?«

Vivica nickte halbherzig. Schön und gut, die Polizei hatte sich alle Unterlagen angesehen und keine Unregelmäßigkeiten gefunden. Keine Unregelmäßigkeiten und kein Messer. Aber ihr Vater hatte seinem Geschäftsführer nicht lange vor seinem Tod eine Szene gemacht und ihn der Unterschlagung bezichtigt. Hatte diese Tatsache irgendeine Bedeutung? Oder hatte ihr Vater sich geirrt?

»Wirklich, es ist gut, dass du wieder da bist«, sagte ihre Patentante. »Vielleicht kannst du deine Schwester umstimmen, was gewisse Dinge anbelangt. Auf mich und Erwin hört sie jedenfalls nur äußerst selten und außerdem …«

»Ich werde nicht bleiben«, unterbrach Vivica sie hastig.

Sie musste klare Verhältnisse schaffen. Von Anfang an. Keine Zugeständnisse. Keine Ausflüchte. Keine falschen Hoffnungen. Sie war nicht hier, um Bratäpfel zu essen oder ihre durchgeknallte Schwester zur Raison zu bringen. Sie war hier, um ein paar Antworten zu finden. Antworten auf Fragen, die sie bislang nicht zu stellen gewagt hatte. Nichts weiter. »In ein paar Tagen reise ich wieder ab.«

Die Pupillen in den wachen braunen Augen schienen eine Spur enger zu werden. »Warum bist du wirklich hier?«

Vivica war fast erleichtert, die Frage zu hören, mit der sie gerechnet hatte, seit sie wieder auf der Insel war. Die Frage, die Mia ihr hätte stellen müssen, schon gestern, die heikle Frage, vor der sie sich gefürchtet hatte, seit der Plan, nach Borkum zurückzukehren, in ihr gereift war. Natürlich fiel ihr trotzdem keine passende Antwort ein. Nur die Wahrheit hätte Sinn gemacht, und die Wahrheit kam nicht in Frage. Nicht einmal Tante Tilla gegenüber.

»Ich bin zurückgekommen, weil ich nicht mehr schlafen kann«, versuchte sie es mit einem Teilgeständnis. »Weißt du, ich habe mir alle Mühe gegeben, das, was damals geschehen ist, zu vergessen, aber es gelingt mir einfach nicht. Ich habe fünfzehn Jahre gebraucht, um das zu erkennen, aber jetzt weiß ich, dass ich erst wieder ruhig schlafen kann, wenn ich herausgefunden habe, was da nicht stimmt mit meiner Familie. Wenn ich …« Sie brach ab, weil sie auf einmal das Gefühl hatte, mit diesen wenigen Sätzen schon viel zu viel von sich verraten zu haben. Wütend über diese Erkenntnis schob sie die Hände in die Hosentaschen und blickte zu Boden. *Dass ich erst wieder ruhig schlafen kann, wenn ich …* Was hatte sie denn eigentlich sagen wollen? Sie hatte sich fünfzehn Jahre nicht um ihre Schwester geschert, ihre Schwester, die haufenweise vergammelte Weihnachtspralinen hortete und der fremde Kinder vergammelte Tomaten und Pappbecher voller Milchshake gegen ihre ungeputzten Fenster warfen. Ihre Schwester, die wirre, großdimensionierte Ölbilder malte, obgleich sie so gut zeichnen konnte. Ihre Schwester, die einen Kleintransporter besaß und damit die Insel verließ. Und nun kehrte sie zurück und suchte nach … Wonach denn eigentlich? Nach einem Beweis für Mias Schuld? Schließlich war sie verrückt, ganz offenkundig verrückt, oder nicht? Oder gab es doch noch eine andere Erklärung für das Blutbad in der Küche ihres Elternhauses?

Tilla Straten schwieg, und je länger ihr Schweigen dauerte, desto alberner kam sich Vivica vor. Albern und unzulänglich, weil sie anscheinend immer nur falsche Reaktionen zeigte. Sie war nicht traurig gewesen über den Tod ihres Vaters, obwohl alle Welt genau das von ihr erwartet hatte. Sie hatte sich nicht für die näheren Umstände der Tat interessiert, nichts gefragt, nichts wissen wollen über das, was in ihrem Elternhaus geschehen war. Sie hatte noch nicht einmal Angst vorm Verhungern gehabt, wenn die Jungen aus ihrer Klasse sie auf der Wippe geärgert hatten …

»Fünfzehn Jahre sind eine lange Zeit«, sagte ihre Patentante unvermittelt. »Und ich habe offen gesagt keine Ahnung, womit du nach all diesen Jahren deine Ängste zum Schweigen bringen willst. Aber ich werde dir helfen, wo ich kann.«

Vivica hätte sie am liebsten umarmt für diesen letzten Satz. »Weißt du, wenn ich zurückblicke, scheint nicht nur meine ganze Kindheit, sondern auch alles, was mit meinem Vater und seinem Tod zu tun hat, irgendwie im Nebel zu liegen.« Sie schüttelte resigniert den Kopf. »Ich meine, ich müsste doch zumindest eine Meinung haben zu dem, was damals in meinem Elternhaus passiert ist. Ein Gefühl, irgendeine Idee, warum geschehen ist, was geschehen ist. Aber ich …« Sie unterbrach sich erneut. Alles, was sie sagte, kam ihr vage und unausgegoren vor. »Ich habe einfach keine Ahnung.«

»Du meinst, du müsstest *wissen*, wer deinen Vater getötet hat?« Tilla Straten machte ein zweifelndes Gesicht.

»Nicht direkt wissen …« Vivica kam sich entsetzlich hilflos vor. Für das, was sie fühlte, schien es keine Worte zu geben. »Aber irgendeine Erklärung müsste sich doch finden lassen. Von mir aus auch eine falsche Erklärung, aber eine Erklärung. Etwas, das ich mir zurechtlegen kann. Mit dem ich leben kann.« Sie seufzte. »So, wie die Dinge nun einmal liegen, waren Mia und ich die Einzigen, die von Vaters Tod profitiert haben.«

»Womit du voraussetzt, dass das Motiv für die Morde finanzieller Natur gewesen ist«, bemerkte ihre Patentante wie nebenbei.

»Was willst du damit sagen?«

»Nun ja«, Tilla Straten hatte sich umgedreht und schlenderte gedankenverloren dem Friedhofstor entgegen, »ich meine, wenn es so einfach gewesen wäre, hätte die Polizei den Fall doch sicher ganz leicht abschließen können, oder nicht?«

Vivica dachte darüber nach, und je länger sie darüber nachdachte, desto plausibler kam ihr der vorsichtige Einwand ihrer Patentante vor. Es hatte zwei Mordopfer gegeben. Zwei Mordopfer und zwei Menschen, die von deren Tod profitiert hatten und bis heute profitierten. Es hatte eine Untersuchung gegeben. Aber nie eine Anklage. Weder sie selbst noch ihre Schwester waren je offiziell der Bluttat beschuldigt worden. Warum eigentlich nicht?

»Am schlimmsten ist, dass ich mich vor fünfzehn Jahren um gar nichts gekümmert habe«, sagte sie. »Und als die Sache endlich anfing, mich zu interessieren, war alles längst vorüber und abgehakt.«

»Du bist zu streng mit dir«, erwiderte ihre Patentante mit tiefer innerer Überzeugung. »Du warst damals erst neunzehn. Fast noch ein Kind.« Vivica wollte protestieren, doch Tilla Straten hob abwehrend die Hände. »Und du hattest durch diese ganze Tragödie einen fürchterlichen Schock erlitten, vergiss das nicht!«

Vivica dachte an die Hotelküche, während sie langsam weitergingen. An den unbequemen Holzstuhl, auf dem sie gesessen und darauf gewartet hatte, dass der Zinksarg mit dem zerstörten Körper ihres Vaters zur Tür des Herrenhauses hinaus in den sonnigen Augusttag getragen wurde. An den Kommissar vom Festland, dessen suchender Blick sie hinter der Fensterscheibe ausgemacht hatte, an den Ausdruck, mit dem er sie angesehen hatte. Fast war es ihr, als könne sie die harten Stäbe der Stuhllehne wieder in ihrem Rücken fühlen. Die Stäbe hatten ein Muster aus roten Striemen zwischen ihren Schulterblättern hinterlassen. Es war noch am Abend zu sehen gewesen.

»Ich habe eigentlich nicht das Gefühl, dass mich die ganze Sache besonders aufgeregt hat«, sagte sie. »Wenn ich mich recht besinne, war Mia diejenige, der sie eine Beruhigungsspritze geben mussten.«

Ihre Tante schenkte ihr ein kluges und dabei erstaunlich nachsichtiges Lächeln. »Die Menschen reagieren nun einmal unterschiedlich«, stellte sie sachlich fest. »Manche schreien, wenn sie sich erschrecken. Andere weinen. Wieder andere handeln völlig irrational.« Sie hielt einen Augenblick inne, und Vivica fragte sich, ob sie bei diesen letzten Worten an Mia gedacht haben mochte. »Und dann gibt es Menschen, die sich einfach in sich selbst zurückziehen, wenn es zu schrecklich wird. So wie du. Man hat dir schon als Kind nur selten angemerkt, wenn dich etwas geärgert oder verletzt hat. Und das ist …«

»Aber ich habe überhaupt nicht reagiert!«, fiel

Vivica ihr aufgebracht ins Wort. »Auch später nicht. Auch nicht, als ich ganz für mich allein war. Als längst niemand mehr gesehen hätte, wenn ich weine. Oder zusammenbreche.«

»Nicht zu reagieren ist auch eine Reaktion«, entgegnete Tilla Straten ruhig, indem sie die Hand hob, um eine ältere Dame zu grüßen, die in einiger Entfernung an ihnen vorbeiradelte. »Vielleicht die gravierendste von allen.«

Vivica wusste, ihre Patentante wollte sie trösten, und sie wünschte sich nichts sehnlicher, als dass sie ihr hätte glauben können. Aber sie kannte sich besser. Sie wusste viel zu genau, dass da nichts gewesen war, das sie hätte verdrängen müssen, weil sie es sonst nicht ertragen hätte. Keine Trauer. Kein Entsetzen. Nichts dergleichen. Sie hatte ihren Vater nicht geliebt. Sie hatte ihn nicht geliebt und nicht verstanden, ebenso wenig wie er sie je verstanden hatte, und es hatte ihr, verdammt noch mal, nicht Leid getan, als er gestorben war.

Ihre Patentante lächelte sie an. »Weißt du, in diesem Punkt erinnerst du mich fast ein wenig an deine Mutter.«

Vivica fühlte eine diffuse Angst in sich aufsteigen. Ihre Mutter hatte Gedächtnislücken gehabt. Ihre Mutter hatte sich das Leben genommen. Sie wollte nichts mit ihrer Mutter gemeinsam haben.

Sie wollte protestieren, aber Tilla Straten war schneller: »Oh ja, ich weiß schon, Louisa konnte manchmal furchtbar wütend werden und Szenen machen, aber was die wirklich wichtigen Dinge betraf, reagierte sie genau wie du. Das schien mir übrigens ihr größtes Problem zu sein. Nicht ihre Launen, sondern die Momente, in denen sie sich in sich selbst zurückzog. Man sah dann oft nur an ihren Augen, dass etwas nicht stimmte ...«

»Glaubst du, dass sie verrückt war?« Die Frage war einfach aus ihr herausgeplatzt. Ohne Überlegung. Ohne Vorwarnung. Einfach so.

»Nein«, antwortete Tilla Straten erstaunlich prompt. Die ungeheuerliche Annahme, die hinter Vivicas Frage steckte, schien sie nicht im mindesten aus dem Konzept zu bringen. Sie blieb nicht einmal stehen. »Deine Mutter war nicht verrückt und meiner Ansicht nach auch zu keinem Zeitpunkt ihres Lebens in Gefahr, es zu werden. Glaub mir, dann hätte sie andere Mittel zur Verfügung gehabt, die Gespenster zu bannen, die sie bedrängten.«

»Aber manchmal ist sie so zerstreut gewesen«, insistierte Vivica. »Dann hat sie sich doch noch nicht einmal daran erinnern können, wo sie ein paar Stunden vorher gewesen ist.«

»Ach das ...« Ihre Patentante machte eine wegwerfende Geste. »Das habe ich nie besonders ernst genommen.«

Aber ich, dachte Vivica bitter. Ich habe es ernst genommen. Und ich weiß ganz genau, wie es ist, wenn man sich beim besten Willen nicht an etwas erinnern kann, das man wissen müsste. Das entscheidend ist für das ganze weitere Leben. Auf einmal musste sie an Leon denken, was sie verwirrte und auch ein wenig wütend machte. Leon spielte keine Rolle. Warum hatte er ihr nicht einfach eine Handynummer gegeben und war verschwunden? Warum tat er so, als amüsiere er sich, wenn sie zusammen auf einer Party waren? Warum hatte sie sich nicht von ihm getrennt, bevor etwas geschehen war, das sie dazu zwang, sich mit ihrer grauenvollen Vergangenheit auseinander zu setzen? Einer Vergangenheit, die noch dazu so löchrig war wie ein Sieb?

Sie hob den Kopf. »Wenn die Zustände meiner Mutter wirklich nicht ernst zu nehmen waren, warum hat sie sich dann umgebracht?«

Nun blieb Tilla Straten doch stehen. Sie blickte auf das

rote Pflaster hinunter und ein fremder Ausdruck legte sich über ihre ebenmäßigen Gesichtszüge und vertrieb für einen flüchtigen Augenblick die gesunde Farbe. Es war ein eigentümlicher Ausdruck, ein Anflug plötzlicher Qual.

Vivica beobachtete die Veränderung mit Erstaunen. Sie kannte ihre Patentante nur als ruhigen, gefestigten Menschen, auf den ihre Mutter sich zeit ihres Lebens blind verlassen hatte. »Warum hat meine Mutter sich das Leben genommen?«, beharrte sie.

Ihre Patentante zögerte lange, ehe sie antwortete, und sie sah Vivica nicht an, als sie schließlich sagte: »Ich glaube, das hat sie gar nicht.«

»Nicht?«

Sie schüttelte den Kopf.

»Aber was denn sonst?«

Wieder Zögern. »Es kann nur ein Versehen gewesen sein.«

»Ein Versehen?«

»Ja.« Sie ging weiter. Schneller als bisher, so als wolle sie sich auch räumlich von diesem Thema entfernen. »Ich habe nie geglaubt, dass sie wirklich vorhatte, sich zu töten.« Sie hob den Kopf. »Vielleicht hat sie tatsächlich eine Überdosis Schlaftabletten geschluckt. Aber ganz bestimmt nicht mit Absicht.«

* * *

Im Laufen warf Maja einen Blick über ihre Schulter. Die Klinik, die sie vor einer knappen Dreiviertelstunde verlassen hatte, war nur noch ein winziger schwarzer Punkt in den Dünen. Vor ihr lag nichts als die Weite der Sandbank. »Sandplaatje« nannten die Einheimischen diesen Teil der Insel, in dem die Welt nur aus Himmel und Sand zu bestehen schien. Ein Teil dieses Gebietes war den Seehunden vorbehalten. Hölzerne Hinweistafeln markierten eine imaginäre Grenze im Sand. Weit entfernt, am Horizont, entdeckte Maja einen einsamen Reiter. Unwillkürlich dachte sie an ihre Mutter, die eine begeisterte Reiterin gewesen war, bis der Festvertrag mit dem Theater ihr das Reiten grundsätzlich untersagt hatte. Ihre Mutter hatte sich diesem Verbot klaglos gefügt. Sie war nicht mehr geritten, nicht Ski gelaufen und hatte den alljährlichen Familienurlaub bereitwillig auf das winzige Zeitfenster zwischen Spielzeitende, Sommertheaterproduktion und Probenbeginn zusammengekürzt. Justine Beck hatte ihr ganzes Leben dem Theater untergeordnet, und notgedrungen hatte ihre Familie es ihr gleichgetan.

Maja zwinkerte ein paar Sandkörner aus ihren Wimpern und wischte sich mit dem Handrücken den Schweiß von der Stirn. Es war heute nicht ganz so windig wie sonst, was sie beinahe bedauerte, denn sie mochte den Wind. Den Wind und das Laufen, das den Kopf leicht und frei machte. Sie hatte mittlerweile das Nordende der Sandbank erreicht und überlegte, ob sie umkehren oder noch ein Stückchen weiter laufen sollte, am Strand entlang, der hier wieder schmaler wurde. Wenn man immer weiter lief, gelangte man zur Ostspitze der Insel, nach Hooge Horn. Rund zehn Kilometer waren es bis dort, aber so weit war Maja nie gekommen. Sie fragte sich, wie es wohl aussehen würde, wenn der Sand, auf dem sie lief, irgendwann zu Ende wäre und nur noch Wasser vor ihr läge. Oder konnte man von dort aus bereits die nächste Insel sehen?

Nach einem raschen Blick auf ihre Armbanduhr entschied sie sich fürs Umkehren. Sie wusste, dass Dr. Gessner, ihre Therapeutin, peinlich genau darauf achtete, wann und wie lange sie die Klinik verließ, ob sie verschwitzt war, wenn sie zurückkehrte, oder ob sich gar Anzeichen dafür finden ließen, dass sie bei einem ihrer Ausflüge einen Essanfall gehabt hatte. Die Kontrolle war allumfassend und auch nach sechs Wochen Aufenthalt noch beinahe ebenso streng wie in den ersten Tagen. Es wurde überwacht, was und wie viel man aß, wie lange man dafür brauchte und ob man anschließend irgendwohin verschwand, um das Gegessene wieder zu erbrechen. Maja hatte sich an die prüfenden Blicke gewöhnt, die sie begleiteten, wenn sie vom Laufen kam oder ein paar Minuten zu lange auf der Toilette gewesen war. Sie hatte sich in unzähligen Einzel- und Gruppengesprächen über ihre Essgewohnheiten ausgelassen, man hatte ihr erklärt, was sie ihrem Körper angetan hatte und noch antun würde, wenn sie weiterhin Unmengen an Nahrungsmitteln in sich hineinstopfte und diese hinterher wieder erbrach, sie ließ sich wiegen, sie ließ sich Blut abnehmen und sie besuchte dreimal die Woche einen Malkurs, der ihr helfen sollte, ihre verborgenen Gefühle auszudrücken.

Während sie das Lauftempo etwas drosselte, um bei ihrer Rückkehr nicht allzu mitgenommen auszusehen, dachte sie wieder an ihre Mutter. Seit sie tot war, hatte Maja viel über sie nachgedacht, und sie war zu dem Schluss gekommen, dass ihre Mutter ein Mensch gewesen war, der das Leben nur ausgehalten hatte, so lange es eine gewisse Unwägbarkeit besaß. Sie hatte sich selten lange im Voraus über etwas Gedanken gemacht, war immer und überall zu spät gekommen und hatte niemals irgendwelche Pläne gehabt, die sich nicht schnell und unkompliziert wieder ändern ließen. *Es kommt, wie es kommt,* war eines ihrer zahlreichen Mottos gewesen, und wenn an einem Sonntagmorgen um halb zehn das Telefon geläutet hatte, war sie in einen Zug gestiegen und ein paar hundert Kilometer weit gefahren, um an einem fremden Theater in einer fremden Stadt die Maria Stuart oder die Ophelia oder eine ihrer anderen Paraderollen zu spielen. Maja dagegen hatte festgestellt, dass sie sich nach Sicherheit sehnte, auch wenn sie nicht einmal genau sagen konnte, was sie sich darunter eigentlich vorstellte. Das Leben, das ich hier führe, hätte meine Mutter wahnsinnig gemacht, dachte sie, und zu ihrer eigenen Überraschung empfand sie fast eine Art Triumphgefühl bei dem Gedanken. Sie konnte etwas, das ihre Mutter nicht gekonnt hatte. Sie hielt etwas aus, das ihre Mutter nicht ausgehalten hätte. Sie ertrug einen geregelten Alltag. Das war ganz eindeutig die wichtigste Erkenntnis, die ihr die See bislang beschert hatte. Dass sie, das Künstlerkind, einen geregelten Alltag ertrug. Ihr Tagesablauf richtete sich nach unzähligen, genau festgelegten Regeln. Sie stand immer zur selben Zeit auf, zog sich an und ging anschließend zum Frühstück in den Speisesaal hinunter. Dann folgten Ernährungsseminare, Einzelgespräche, Gruppentherapie, Gestalttherapie, Musiktherapie. Dazwischen Wiegen, Gymnastik und die Lichtduschen gegen die Neurodermitis, die sich irgendwann, zu einem Zeitpunkt, an den Maja sich nicht erinnerte, in ihren Armbeugen, unter ihren Brüsten und an der linken Seite ihres Halses festgesetzt hatte. Sie hetzte von Termin zu Termin, deren Einhaltung ebenso streng überwacht wurde wie die Essgewohnheiten der Patientinnen. Es war den Mädchen sogar erlaubt, einander bei Dr. Gessner oder einem der anderen Therapeuten anzuschwärzen. Trotzdem oder gerade deshalb fühlte Maja sich wohl an der See. Und als sie jetzt auf das große, schmucklose Klinikgebäude zulief, empfand sie ein Gefühl von Nachhausekommen, das sie nie zuvor an sich gekannt hatte.

* * *

Sie hatte alles versucht, ihrer Patentante weitere Informationen zum Tod ihrer Mutter zu entlocken, doch Tilla Straten hatte nur ein ums andere Mal wiederholt, sie könne sich beim besten Willen nicht vorstellen, dass der Tod ihrer alten Freundin ein bewusster Suizid gewesen sei. Sie hatte in diesem Punkt so unbeirrbar geklungen, dass Vivica eine tiefe innere Verunsicherung fühlte, als sie kurz darauf ins Herrenhaus zurückkehrte. Die Einladung ihrer Patentante zum Mittagessen hatte sie ausgeschlagen, weil sie das Gefühl hatte, allein sein zu müssen, um wieder halbwegs klar denken zu können. Außerdem wollte sie sich noch ein wenig auf dem Grundstück ihres Elternhauses umsehen, bevor ihre Schwester zurückkam.

Sie zog die Haustür hinter sich zu und wiederholte ihren Erkundungsgang vom Vormittag, um sicherzugehen, dass Mia in der Zwischenzeit nicht vielleicht doch zurückgekehrt war. Aber nach wie vor waren die meisten Türen verschlossen, und die übrigen Zimmer schienen ganz so, wie Vivica sie am Morgen vorgefunden hatte. Sogar das Frühstücksgedeck, das sie ihrer Schwester hingestellt hatte, stand noch immer auf dem Küchentisch. *Hin und wieder scheint sie für ein paar Tage zu verreisen,* hörte sie ihre Patentante sagen. *Und niemand weiß, wohin sie bei diesen Gelegenheiten fährt.* Etwas an dieser Bemerkung machte ihr Sorgen, und sie überlegte, was es war. Sie hatte immer ein bestimmtes Bild von ihrer Schwester gehabt. Zu diesem Bild hatte das Herrenhaus gehört, die Düsternis der Scheune, Ölfarben, Zeichenkreide, Herr Moll und Lehrer, die zweifelnd mit den Schultern zuckten, wenn es um Mias Schulnoten oder eine bevorstehende Versetzung ging. Nicht mit diesem Bild in Einklang zu bringen war dagegen ein Führerschein. Und ein Wagen. Ausflüge. Oder Freunde am Festland. Ein Mensch wie Mia hatte keine Freunde. Oder doch?

Vivica drehte den Wasserhahn über der Spüle auf und nahm sich ein Glas Leitungswasser. Sie hatte schon wieder entsetzlichen Durst. Fast kam es ihr vor, als habe der Wind gestern auf dem Schiff auch noch den letzten Tropfen Flüssigkeit aus ihrem Körper gesogen.

Glaubst du, dass Mia es getan haben könnte?

Kurz bevor sie auseinander gegangen waren, hatte sie ihrer Patentante diese Frage gestellt, und wenn sie jetzt darüber nachdachte, schien es ihr unglaublich, dass sie etwas so Ungeheuerliches tatsächlich zu fragen gewagt hatte. Aber sie hatten über den Mord gesprochen und sie hatte sehen wollen, wie ihre nüchterne, lebenskluge Tante auf diese Frage reagierte. Ob sie überhaupt darauf antworten würde. Und was …

Glaubst du, dass Mia es getan haben könnte?

Tilla Straten hatte lange geschwiegen und dann eine Antwort gegeben, die Vivica ausgesprochen merkwürdig vorkam: »Sie ist deine Schwester.«

Während sie ihr Glas wieder auffüllte, überlegte Vivica, was ihre Patentante ihr mit diesem merkwürdigen Satz hatte sagen wollen. *Sie ist deine Schwester.* Steckte überhaupt so etwas wie eine Antwort in dieser banalen Feststellung? *Sie ist deine Schwester …* Was hieß das? Hieß es so viel wie: *Ja, ich denke, Mia könnte euren Vater und eure Stiefmutter mit einer Axt erschlagen haben, aber selbst wenn sie das getan hätte, solltest du nicht daran rühren, schließlich ist sie deine Schwester.* Oder hieß es: *Ich kann mir beim besten Willen nicht vorstellen, dass Mia es getan hat, ebenso wenig wie ich mir vorstellen könnte, dass du es getan hast, immerhin ist sie deine Schwester …* Sie kippte den letzten Schluck Wasser in den Ausguss und stellte ihr Glas in das Abtropfgitter neben der Spüle. Warum hatte sie nicht nachgehakt, nicht gefragt, was ihre Patentante gemeint hatte? Ärgerlich auf sich selbst schob sie die Gardine beiseite, um einen freien Blick in den Hof zu haben. Tatsache war, dass sie sich scheute, bestimmte Fragen zu stellen. Sie beließ es bei Halbwahrheiten. Sie gab sich mit Andeutungen zufrieden. Sie hatte Angst. An dieser unbequemen Erkenntnis führte kein Weg vorbei. Gleichzeitig war ihr bewusst, dass es absolut idiotisch war, Angst zu haben, denn schließlich war sie nur aus einem einzigen Grund hergekommen: Sie wollte Antworten finden.

Ich werde mir Mutters alte Sachen ansehen, beschloss sie, indem sie die Gardine wieder zuzog. Bestimmt hat Mia sie aufgehoben. Und heute Abend gehe ich noch einmal zu Tante Tilla und rede mit ihr. Aber als Erstes … Sie nickte. Als Erstes sehe ich mir die Scheune an!

Sie trat zur Hintertür hinaus und ging langsam auf das sperrige Gebäude zu, das genauso verwahrlost wirkte wie der Rest des Hauses. Nur der untere Teil war gemauert. Heuboden und Speicher bestanden komplett aus Holz, das dringend eines Anstrichs bedurft hätte. An der Tür allerdings befand sich ein Sicherheitsschloss, das einen recht neuen Eindruck machte. Vivica betrachtete es interessiert. Soweit sie sich erinnerte, hatte die Tür früher nur einen Riegel gehabt, einen alten, verbogenen Riegel, den man bis in die Küche hatte quietschen hören. Nun jedoch hatte Mia ein Sicherheitsschloss anbringen lassen. Die Frage war: wann? Und vor allem: warum? Ob sie sich einredete, jemand wolle ihre komischen Schmierereien stehlen? Vivica rüttelte an der Tür. Natürlich war ihre Schwester eine zutiefst neurotische Person, die wahrscheinlich die irrwitzigsten Befürchtungen hegte. Vielleicht hatte sie wirklich Angst um ihre Werke, um all die sündhaft teuren Leinwände, um ihre Müll-Skulpturen und Skizzen und alles, was sie in den vergangenen fünfzehn Jahren sonst noch fabriziert haben mochte. Aber vielleicht bewahrte sie auch etwas anderes in dieser Scheune auf, die sie ihr Atelier nannte. Etwas, das sie durch ein Sicherheitsschloss schützen musste ... Ein Messer!, dachte Vivica. Das fehlende Messer!

Sie blickte an der Fassade hinauf in den strahlend blauen Himmel. Aber die Polizei hatte doch das Herrenhaus und auch die Scheune von oben bis unten durchsucht. Das Messer war nicht dort gewesen. Nicht im Haus. Nicht im Keller. Und auch in der Scheune nicht. Und außerdem: Warum hätte Mia das Messer überhaupt aufbewahren sollen? Jeder vernünftige Mensch hätte es beiseite geschafft, sobald sich der erste Trubel gelegt hatte und ein wenig Gras über die Sache gewachsen war. Sie hatte fünfzehn Jahre Zeit, dachte Vivica. Fünfzehn Jahre, um alle Spuren zu beseitigen. Wieder fiel ihr die Schwarzwälder Kirschtorte ein, die drüben in der Küche vor sich hin rottete, und der Ausdruck in Mias Augen, als sie von den Bratäpfeln gesprochen hatte. *Was, wenn sie wirklich verrückt ist?*, meldete sich eine warnende Stimme in ihrem Kopf. *Was, wenn sie schon damals verrückt war? Verrückt genug, um ein Beil zu nehmen und ihrem eigenen Vater das Gesicht zu zertrümmern?* Genau das wünsche ich mir doch, dachte sie bitter. Darum bin ich hier. Um herauszufinden, dass meine Schwester ein blutrünstiges Monster ist. Ich suche einen Verantwortlichen für meine Alpträume. Weil ich mich nicht mehr daran erinnere, wo ich gewesen bin, in dieser Nacht. Weil ich es für möglich halte, dass ich selbst das Monster bin. Weil ich ... Sie stutzte. An der Längsseite der Scheune, an einer Stelle, die von keinem der Nachbargrundstücke aus einzusehen war, befand sich ein schmales vergittertes Fenster, daran erinnerte sie sich plötzlich. Von dort aus würde sie wenigstens einen Blick ins Innere des Gebäudes werfen können.

Hoffnungsvoll ging sie um die Scheune herum. Das Fenster befand sich dort, wo sie es vermutet hatte, aber es war mit dicken Holzbrettern vernagelt. Ihre Hand tastete nach dem Holz, zog und rüttelte daran, doch die Bretter bewegten sich nicht. Keinen Zentimeter. Verdammt, dachte Vivica, wovor hat sie eine solche Angst? *Deine Schwester lässt niemanden weiter als bis zum Briefkasten,* flüsterte Tante Tilla in ihrem Ohr.

»Aber ich lasse mich nicht so einfach aussperren«, sagte sie leise und fühlte eine heftige Wut in sich aufsteigen. »Ich bin hergekommen, um mich umzusehen, und genau das werde ich auch tun!«

Entschlossen kehrte sie ins Haus zurück. Bei der Durchsuchung des Vorratsschrankes war ihr der alte Werkzeugkasten ihres Vaters aufgefallen. Sie hatte nur einen flüchtigen Blick hineingeworfen, aber sie war sicher, dass sich tatsächlich noch Werkzeuge darin befunden hatten. Nachdem sie erneut nach ihrer Schwester gerufen und keine Antwort erhalten hatte, bewaffnete sie sich mit einem dicken Schraubenzieher, einem Hammer und einem flachen, meißelartigen Werkzeug, von dem sie keine Ahnung hatte, wofür man es üblicherweise verwendete. Aber für ihre Zwecke schien es recht geeignet zu sein. So ausgerüstet rannte sie die Treppe ins erste Obergeschoss hinauf. Sie hatte sich entschieden, mit dem Schlafzimmer ihres Vaters zu beginnen, vielleicht, weil dies der Raum war, aus dem sie am Vorabend so eigenartige Geräusche gehört zu haben glaubte. Oder weil sie wusste, dass ihre Stiefmutter sich dort aufgehalten hatte, kurz bevor sie ihrem Mörder begegnet war. Das hatten die Ermittlungen der Polizei ergeben, auch daran erinnerte sie sich auf einmal wieder. Frau Prassers Betthälfte war benutzt gewesen und sie hatte eines ihrer unförmigen Nachthemden getragen, als sie in der Küche niedergeschlagen worden war …

Vivica probierte es zunächst mit dem Schraubenzieher,

mit dem sie eine Weile im Schloss herumstocherte, allerdings ohne jeden Erfolg. Mit einem spöttischen Lächeln dachte sie an die vielen Thriller, in denen der jeweilige Held lässig mit seiner Kreditkarte durch die Ritze zwischen Tür und Türrahmen fuhr, woraufhin selbstredend sämtliche Türen ohne jeden Widerstand aufsprangen. Aber das hier war die Realität, und die sah definitiv anders aus! Sie warf den Schraubenzieher zu Boden und setzte den Meißel genau auf Höhe des Türschlosses an. Das alte Holz ächzte unter dem Druck, als sie sich zunächst relativ vorsichtig, dann jedoch zunehmend entschlossen dagegen stemmte. Schließlich nahm sie den Hammer zu Hilfe und hieb mit aller Gewalt auf das Ende des Meißels ein, bis das Holz unter der Wucht ihrer Schläge schließlich zersplitterte und die Tür sich ins Innere des Zimmers öffnete.

Überrascht von ihrem Erfolg, blieb sie einen Augenblick atemlos im Türrahmen stehen. Erst dann war sie in der Lage, sich umzusehen. Was sie in dem Raum, den sie auch als Kind nur selten betreten hatte, vorfand, ließ sie erschaudern: Das Zimmer war voller Tierkäfige! Dutzende Käfige. Käfige auf dem Boden, befestigt an den Wänden, in den beiden weit geöffneten Wandschränken, überall Käfige. Sogar im Kamin stand ein mittelgroßer Käfig mit Laufrad. Dafür hatte Mia die Bilder von den Wänden genommen, die früher dort gehangen hatten, ein Stillleben und ein Landschaftsbild. Sie lehnten an der Wand neben dem Ehebett und waren vollkommen verstaubt. Es roch penetrant nach Tierkot und Stroh, und Vivica musste augenblicklich wieder an den Geruch denken, der ihr am Vormittag aufgefallen war, drüben im Badezimmer. Den Geruch von nassem Fell.

Sie brauchte nicht lange, um herauszufinden, dass die meisten der Käfige leer waren. Ein paar Meerschweinchen kauerten in einer großen, vergitterten Holzkiste in einem der Wandschränke. In dem Käfig mit dem Laufrad knabberte ein ziemlich verfilztes Angorakaninchen an einer Mohrrübe, die augenscheinlich frisch war. Daneben gab es noch drei Ratten und eine Voliere mit Kanarienvögeln, die, aufgeschreckt durch Vivicas gewaltsames Eindringen, hektisch umherflatterten.

»Kann ich dir irgendwie helfen?«

Vivica fuhr herum.

Im Türrahmen stand ihre Schwester. Sie schien nicht wütend zu sein, eher überrascht.

Bleib ruhig und lass dich nicht beirren, dachte Vivica, du hast jedes Recht, dich hier umzusehen. Es ist auch dein Haus. Die Hälfte dieser verdammten Möbel, auf denen diese verdammten Viecher stehen, gehört dir. »Ich wollte mir Vaters altes Schlafzimmer ansehen.« Sie bemühte sich, ihrer Stimme einen selbstsicheren Klang zu geben.

»Soso«, nickte Mia und warf einen missbilligenden Blick auf das gesplitterte Holz. »Und dazu musstest du gleich die Tür aufbrechen?«

Vivica hob den Kopf. »Es ist auch mein Haus«, sagte sie, jetzt laut.

Mia lachte. »Sicher doch.«

»Sind das deine Tiere?« Sie schluckte. Blöde Frage, dachte sie, wessen Tiere sollen es denn wohl sonst sein?!

»Ich kann das eben nicht mit ansehen.« Mia zuckte entschuldigend die Achseln. »Sie sitzen in diesen engen Glasverliesen und werden angestarrt. Hast du mal eine halbe Stunde vor dem Fenster einer Zoohandlung verbracht?« Sie kam einen Schritt näher und Vivica musste an sich halten, nicht vor ihr zurückzuweichen. »Alles drängt sich nach der Scheibe, Kinder schlagen mit ihren kleinen, klebrigen Fäusten gegen das Glas. Und von morgens bis abends Augen, die auf dich gerichtet sind. Das ist grausam.« Ihr Blick verriet ernsthafte Betroffenheit. »Es gibt nichts Barbarischeres.«

Vivica sah sich nach den Meerschweinchen um. »Du hast sie alle freigekauft?«

»Genau.« Jetzt strahlte sie wieder. »Freigekauft.«

Und hier auf der Insel gibt es keine Zoohandlung, dachte Vivica. »Bringst du sie mit, wenn du aufs Festland fährst?«

Mia sah sie einen Augenblick lang verblüfft an, dann brach sie in schallendes Gelächter aus. »So, du hast also schon mit ein paar Leuten gesprochen, was?«, stellte sie fest. »Ja, ich habe einen Wagen. Und ja, ich habe ihn selbst bezahlt. Von meinem Geld. Nicht von deiner Hälfte.« Etwas in ihren Augen glitzerte angriffslustig. »Von deiner Hälfte bezahlen wir die kaputte Tür dort. Oder aber du arbeitest sie ab, ganz wie du willst.« Sie lächelte. »Und bevor du jetzt auf die glorreiche Idee kommst, nach meinem Wagen zu suchen: Er steht auf dem großen Parkplatz hinter dem Busbahnhof, damit der Lack heil und die Luft in den Reifen bleibt. Aber natürlich kannst du ihn dir gerne ansehen, wenn du willst.«

Vivica fühlte wieder die alte Wut in sich aufsteigen. Sie verhöhnt mich, dachte sie. Erst fällt sie mir in den Rücken, dann sperrt sie mich aus und schließlich lacht sie mir auch noch ins Gesicht. Was glaubt sie eigentlich, wer sie ist?

»Und wenn du sonst noch irgendwas sehen willst, brauchst du es nur zu sagen«, fuhr Mia mit übertriebenem Eifer fort. »Dann zeige ich es dir. Ich zeige dir jedes verdammte Zimmer in diesem Dreckshaus, wann immer dir danach ist.«

»Wenn du nicht alles abschließen würdest, bräuchte ich dich überhaupt nicht zu behelligen«, hörte Vivica sich sagen, bevor sie irgendetwas dagegen unternehmen konnte.

Ihre Schwester hob den Blick. »Aber ich muss doch abschließen.«

Na also, dachte Vivica, jetzt kommen wir auf den Punkt! »Warum? Wegen der Tiere?«

»Nein.« Mia schüttelte den Kopf und sah sich hastig um. Dann flüsterte sie: »Damit sie nicht heraus kann …«

»Wer?«

»Frau Prasser«, wisperte Mia. »Sie hockt hinter den Türen und springt einem direkt ins Gesicht, wenn man nicht aufpasst.« Sie hielt einen Augenblick inne, dann kreischte sie laut auf vor Lachen. Es schüttelte ihren aufgedunsenen Körper hin und her und hallte von den kahlen Wänden wider. »So was!«, schrie sie. »Du hättest dein Gesicht eben sehen sollen!« Sie richtete sich auf und zog eine Grimasse, die für die Nachgeahmte wenig schmeichelhaft war. »O Gott! Frau Prasser! Ihr Geist! Da ist er, dort, bei der Tür!« Dann senkte sie die Stimme wieder. »Aber sie geht tatsächlich um, weißt du? Das muss sie wohl, weil sie natürlich keine Ruhe findet, aber ich muss schon sagen, dass ich es trotzdem sehr lästig finde. Geradezu rücksichtslos. Und wenn du nicht aufpasst …« Sie kam noch einen Schritt näher. »Wenn du nicht aufpasst, kneift sie dich nachts in die Füße. Zwick!« Ihre großen Männerhände stießen aus der Luft herab wie Raubvögel und schnappten nach Vivicas Oberarmen, während ganze Bäche von Lachtränen an ihren Wangen herunterliefen und von ihrem Kinn auf ihr schmuddeliges T-Shirt tropften. »Zwick! Zwick! Zwick! Hack!!!«

Vivica schlug sich in einer abwehrenden Geste die Hände vors Gesicht. Sie hatte das Gefühl, es keine Sekunde länger in diesem Zimmer aushalten zu können, aber sie war sich auch darüber im Klaren, dass Mia eine Flucht als persönlichen Triumph werten würde. So wie damals bei Frau Prasser. Der Gedanke ließ sie leise frösteln. Mit aller Selbstdisziplin, die sie nach beinahe vierundzwanzig Stunden in diesem schrecklichen Haus noch zustande brachte, stimmte sie in das Gelächter ihrer Schwester ein. Genau wie gestern Abend, dachte sie. *Weißt du, die Leute hier glauben tatsächlich, dass ich es war*. Gestern Abend hatte sie auch gelacht …

»Also schön«, sagte sie, als Mia sich wieder ein wenig beruhigt zu haben schien. »Ich hätte mir gerne Mutters Sachen angesehen.«

»Wozu?« War das ein Hauch von Argwohn in ihrer Stimme?

»Ich möchte sie einfach sehen.« Mit einiger Mühe unterdrückte Vivica den gereizten Unterton, der sich in diesen Satz hatte schleichen wollen.

»Du meinst ihre Kleider und ihre Bücher und den ganzen anderen Plunder?«

Du musst von Plunder reden, dachte Vivica, mit deinen vergammelten Pralinen da unten im Vorratsschrank! »Genau den meine ich.«

»Das Zeug ist noch dort, wo die Fürchterliche es hingeräumt hat, damit sie es nicht andauernd sehen muss«, entgegnete Mia kryptisch.

»Im Gesindezimmer?«

Ihre Schwester nickte und zog einen Schlüsselbund aus der Tasche ihrer Jeans. »Warte, warte, warte …« Sie klimperte mit den Schlüsseln, dann löste sie einen davon aus dem silbernen Ring, der sie zusammenhielt. »Das hier müsste er sein.«

Vivica nahm ihr den Schlüssel ab. »Danke sehr.«

Mia ging zur Tür. »Vergiss aber nicht, hinterher wieder abzuschließen …«

»Damit sie nicht heraus kann«, ergänzte Vivica hastig. »Ich weiß Bescheid.«

Mia grinste und verschwand auf der Treppe.

»Hast du gewusst, dass Meerschweinchen Türen aufmachen können?«, hörte Vivica gleich darauf noch einmal ihre Stimme, nun schon weiter unten im Haus. »Sie springen auf die Klinken und vermehren sich quer durch alle Zimmer.« Die Stimme verlor sich in einem entfernteren Teil des Erdgeschosses. »Hast du eine Ahnung, was das für eine Sauerei ist, so eine Geburt? Einfach ekelha...« Das letzte Wort war nur mehr zu erahnen. Mia war verschwunden.

Vivica verharrte reglos neben dem Bett. Ihr war schwindlig, aber sie brachte es nicht fertig, sich auf die staubige Matratze zu setzen. Ihre Gedanken jagten hin und her. Hatte Mia eben tatsächlich über Meerschweinchengeburten gesprochen? *Das ganze Haus sieht jetzt aus, als wäre es schwanger,* hallte es hinter ihrer Stirn wider. Wusste ihre Schwester von ihrem Geheimnis? Konnte sie davon wissen? Oder war es ihre eigene Phantasie, die ihr einen Streich spielte? Schwangere Häuser, gebärende Meerschweinchen ... Sie starrte auf den Boden, der voller Heu und Staubflocken war, und wartete auf den Schweißausbruch, der jetzt eigentlich zwangsläufig über sie hereinbrechen musste. Vielleicht bin ich diejenige, die verrückt ist, überlegte sie, während Kreise aus bunten Lichtern über die Dielen huschten. Vielleicht höre ich nur, was ich hören will. Wie nannte man so was? Selektive Wahrnehmung? Sie atmete tief durch und riss ihren Blick vom Boden los. Nein, dachte sie. Mia sagt das alles mit voller Absicht. Sie hat einen Wagen. Sie ist damit nach Köln gefahren und hat mir aufgelauert. Sie ist mir zum Frauenarzt gefolgt und ein paar Tage später auch zu dieser Beratungsstelle. Sie weiß Bescheid. Aus irgendeinem unerfindlichen Grund weiß sie genauestens Bescheid über mich und mein Leben ...

Der Gedanke erfüllte sie mit nackter Angst. Instinktiv fasste sie sich an die Kehle, die auf einmal zu eng zu sein schien. Meine verdammte Schwester hat mich schon wieder überrascht, stellte sie sachlich fest. Sie bewegt sich leiser als eine Katze. Und sie scheint auch immer genau zu wissen, wo ich mich gerade befinde.

* * *

Das Zimmer, das Edna kurz nach ihrer Ankunft im Hotel *Meeresrose* bezogen hatte, war hell und geräumig. Sie trat in einen hübsch verzierten Erker hinaus und blickte drei Stockwerke tief auf die Straße hinunter, wo braungebrannte Urlauber flanierten. Da es noch immer recht mild war, hatten sich die meisten von ihnen ihre Windjacken um die Hüften gebunden. Auf den Dächern der umliegenden Häuser lag goldener Abendsonnenschein.

Schön hier, dachte sie und machte sich daran, ihren Koffer auszupacken. Als sie fertig war, beschloss sie, ihrer Nichte noch vor dem Abendessen einen ersten kurzen Besuch abzustatten. Sie ließ sich an der Rezeption eine Wegbeschreibung geben und schlenderte kurze Zeit später zunächst am Bahnhof vorbei und dann die belebte Bismarckstraße hinauf, der Strandpromenade entgegen. Dort wandte sie sich nach links und folgte der Beschreibung, die ihr der hilfsbereite Portier in einer gestochen klaren Männerhandschrift auf einen Briefbogen des Hotels geschrieben hatte.

Die Klinik lag in den Dünen, ein ganzes Stück hinter dem Kurhaus. Ein angenehm frischer Seewind wehte Edna entgegen, und sie war inzwischen richtig glücklich über die Entscheidung, ihren Zwangsurlaub für einen Besuch auf der Insel zu nutzen.

Nach einigen Minuten Fußmarsch stand sie vor einem großen, modern anmutenden Gebäude, dessen Eingangstür bereitwillig zur Seite glitt, um sie eintreten zu lassen.

In der schmucklosen Halle standen wuchtige Kübel mit Zierpalmen, die auf Edna einen ziemlich künstlichen Eindruck machten. Es roch nach Putzmitteln und entfernt auch nach Braten, worüber sie sich insgeheim wunderte, da in der Klinik vornehmlich Essstörungen therapiert wurden. Aber vielleicht gehörte der Duft von gebratenem Fleisch ja zum Programm.

Hinter einer Glaswand saß eine träge dreinblickende Frau mittleren Alters, die einen abgegriffenen Kriminalroman vor sich auf dem Schreibtisch liegen hatte. Edna vermutete, dass es sich wohl um die Dame handelte, mit der sie am Vormittag telefoniert hatte, und trat entsprechend grimmig an das ovale Sprechfenster heran.

Die Frau hob den Blick. »Ja bitte?«

Edna musterte sie argwöhnisch. Die Stimme klang anders. »Ich möchte meine Nichte besuchen«, verkündete sie. »Maja Friedrich.«

Die Angestellte legte ihr Buch zur Seite und griff nach einem Wochenkalender voller Eselsohren. »Haben Sie einen Termin?«

Ging das schon wieder los! Edna schob die Hände in die Taschen ihrer Jeans, was sie immer tat, wenn ihr der Sinn nach einer verbalen Auseinandersetzung stand. »Nein, ich habe keinen Termin.« Sie schenkte der Dame hinter dem Glas ein erschreckend unechtes Lächeln. »Ich habe keinen Termin, weil ich mir zugegebenermaßen nicht in aller Konsequenz darüber im Klaren gewesen bin, dass ich eine richterliche Anordnung benötige, um meine Nichte zu besuchen, die hier – das lassen Sie mich nur am Rande und völlig wertfrei bemerken – nicht im Hochsicherheitstrakt irgendeines Gefängnisses einsitzt, sondern sich von einem Aufenthalt in Ihrer schönen Institution lediglich Hilfe bei der Lösung eines Problems erhofft. Aber wenn Sie mir einfach sagen, an wen ich meinen Antrag auf Familienzusammenführung richten muss, besorge ich mir gerne die entsprechenden Papiere.«

Die Frau starrte sie an, als habe sie den Verstand verloren. Ein reichlich aggressives »Bitte?!« war alles, was sie dem rhetorischen Feuerwerk der Kommissarin schließlich entgegenzusetzen hatte.

Edna überlegte noch, wie es ihr wohl gelingen konnte, ihren Sarkasmus zumindest so weit zu drosseln, dass ihr die Dame auf der anderen Seite des Sprechfensters folgen konnte, oder ob sie besser einfach wieder ging, als sie plötzlich eine unbekannte Stimme hinter sich vernahm.

»Frau Beck?«

Sie drehte sich um. Vor ihr stand eine mittelgroße, schlanke Frau mit kurzen dunkelbraunen Haaren. Sie hatte auffallend schöne, moosgrüne Augen und streckte der Kommissarin lächelnd die Hand entgegen.

»Schön, dass wir uns mal kennen lernen.«

Edna stutzte. Sie war sich nicht sicher, wie sie auf diese simple Feststellung einer Frau, die sie noch nie im Leben gesehen hatte, reagieren sollte.

»Ich bin Dr. Adrienne Gessner«, fügte die Frau mit einem beinahe verschmitzten Lächeln hinzu. »Majas Therapeutin.«

»Oh.« Edna schüttelte der Frau die Hand. »Freut mich.«

»Es ist wirklich schön, dass Sie die Zeit gefunden haben, Ihre Nichte besuchen zu kommen.«

»Es hat sich kurzfristig so ergeben«, entgegnete Edna. »Tatsache ist, dass meine Nichte noch gar nicht weiß, dass ich hier bin.«

»Nein.« Schon wieder eine Feststellung. Offensichtlich war Dr. Gessner gut informiert, was Maja betraf. »Aber sie wird sich trotzdem freuen.«

Edna runzelte die Stirn. Was meinte sie mit *trotzdem*?

»Soweit es irgend möglich ist, vermeiden wir hier alles

Unvorhergesehene«, erklärte die Psychologin, als habe sie Ednas Gedanken erraten. »Die meisten unserer Patientinnen leiden unter gewissen Instabilitäten in ihrem persönlichen Umfeld, und es ist eine unserer ersten Handlungen, zumindest ihrem Alltag eine gewisse Kontinuität zurückzugeben.«

Edna nickte. Instabilitäten! Was bildete diese Frau sich eigentlich ein? »Kann ich sie sehen?«

»Heute nicht mehr.« Die Therapeutin warf einen Blick auf die Uhr über dem Empfang. »Sie ist jetzt schon in ihrer Gruppensitzung.«

»Aha.« Edna gelang es nicht ganz, ihre Enttäuschung zu verbergen.

»Aber wenn Sie möchten, führe ich Sie ein bisschen herum«, schlug die Therapeutin vor, wahrscheinlich um sie zu trösten. »Sie wollen doch bestimmt sehen, wo Ihre Nichte seit sechs Wochen lebt, nicht wahr?«

Edna folgte ihr einen langen, blitzsauberen Gang entlang. Sie hatte das merkwürdige Gefühl, keine Alternative zu haben, obwohl sie keineswegs daran interessiert war, zu sehen, wo ihre Nichte seit sechs Wochen lebte. Sie hatte Maja *treffen* wollen. Mit ihr sprechen, sehen, ob sie sich verändert hatte. Ein Gebäude zu besichtigen, schien ihr vollkommen unsinnig.

Dr. Gessner führte sie in einen großen, zweigeschossigen Saal, dessen durchgehend verglaste Front aufs Meer hinaus ging. Die Strahlen der tiefstehenden Sonne ließen das Wasser hinter den Dünen wie flüssiges Gold aussehen. Darüber spannte sich ein hoher Himmel, der in allen denkbaren Nuancen von Rot erstrahlte.

Hier im Inneren des Gebäudes konnte man den Wind zwar nicht hören, doch Edna bemerkte, dass der Strandhafer, der überall auf den Dünen wuchs, sich tief landeinwärts neigte, der sandigen Erde entgegen.

»Das ist unser Speisesaal«, erklärte ihr Dr. Gessner mit einer ausladenden Handbewegung. »Sozusagen der Ort, an dem sich der Erfolg ...«, sie zögerte, »oder Misserfolg unserer Arbeit manifestiert.«

Edna riss sich vom Anblick des Meeres los und drehte sich zu Dr. Gessner um. Hatte sich das leichte Zögern der Therapeutin auf ihre Nichte bezogen?

»Wie geht es Maja?«, fragte sie ohne Umschweife.

Dr. Gessner lächelte. »Ich finde, das sollten Sie sie selbst fragen, wenn Sie sie morgen treffen«, entgegnete sie.

Edna erwiderte das Lächeln der Therapeutin, obwohl sie sich über deren Antwort geärgert hatte. »Natürlich werde ich das«, sagte sie. »Aber da ich meine Nichte – wie Sie eben so richtig bemerkten – erst morgen treffen werde, um keine Destabilisierung ihres Alltags zu riskieren, dachte ich, es wäre erlaubt, mich vorab nach ihr zu erkundigen.« Sie zwinkerte der Psychologin ironisch zu. »Selbstverständlich ohne Sie in Konflikt mit Ihrer ärztlichen Schweigepflicht bringen zu wollen.«

Dr. Gessner bedachte sie mit einem interessierten Seitenblick. »Maja treibt viel Sport, seit sie hier ist«, sagte sie dann. »Sie spricht übrigens oft von Ihnen.«

Edna zog die Augenbrauen hoch. Diese letzte Aussage der Psychologin beunruhigte sie, obwohl sie andererseits das Gefühl hatte, sie müsse sich darüber freuen. Sie suchte in Dr. Gessners Gesicht nach Anhaltspunkten, welcher Art die Dinge waren, die Maja über sie erzählte, doch es spiegelte nichts als oberflächliche Freundlichkeit.

Sie verließen den Speisesaal und gingen einen weiteren Gang entlang, vorbei an verschiedenen Türen, an denen große blaue Plastikschilder angebracht waren: Physiotherapie I und II, Inhalation, Musiksaal. Edna hielt sich bewusst einen Schritt hinter Dr. Gessner. Sie war noch immer verärgert, aber auch irgendwie verunsichert. Tatsache war, dass sie gerne etwas über ihre Nichte gehört hätte, aus dem sich herauslesen ließ, dass es Maja gut ging. Irgendeinen Hinweis darauf, dass die Krise überwunden war, dass Maja eines Tages nach Hause zurückkehren und wieder dieselbe sein würde, als die die Familie sie gekannt hatte, vor dem Zusammenbruch. Doch etwas tief in ihr fühlte, dass die Maja, die sie hatte aufwachsen sehen, verschwunden war und nicht mehr zurückkommen würde.

»Hier, das dürfte Sie interessieren«, sagte die Psychologin, indem sie sich zu Edna umdrehte und eine Tür zur Linken aufstieß. »Unser Malsaal.«

Edna trat in einen hellen, fast leeren Raum, in dem es entfernt nach Terpentin und Ölfarben roch. Ein paar Staffeleien standen in der Nähe der beiden hohen Fenster, die ebenfalls aufs Meer hinaus gingen. Außerdem gab es noch drei Geräte, die wie Töpferscheiben aussahen, und ein Regal mit Skulpturen sowie anscheinend noch unbehandelten Specksteinen.

Dr. Gessner führte ihren Gast zielstrebig zu einer der Staffeleien, neben der eine Sammelmappe lehnte. Sie hob die Mappe hoch, löste mit geschickten Fingern den Knoten, der die beiden Pappdeckel zusammenhielt, und zog eine Reihe von Aquarellen heraus, die sie nacheinander auf die Staffelei stellte, damit Edna sie sich ansehen konnte.

»Hat Maja die gemacht?«, fragte diese ungläubig und betrachtete eine nebelumfangene Dünenlandschaft, in deren Hintergrund man ein aufgewühltes graues Meer erahnen konnte.

Dr. Gessner nickte. »Die und noch jede Menge andere.« Sie trat an die gegenüberliegende Wand und zog das Tuch von einer etwa 1,5 mal 1,5 Meter großen Leinwand. »Und das hier auch!«

Edna machte einen Schritt auf das Bild zu, das ebenfalls eine Nordseelandschaft zeigte. Eine ungeheuer plastische, silberfarbene Sonne war eben im Begriff, sich durch einen wolkenverhangenen Himmel zu zwängen. Darunter lag ein karger Deich halb im Dunkel. Das Spiel von Licht und Schatten war so eindringlich eingefangen, dass Edna das Gefühl hatte, sie betrachte eine kunstvoll retouchierte Fotografie. Sie war derart beeindruckt, dass sie die Anwesenheit der Therapeutin völlig vergaß. Minutenlang stand sie vor dem Bild, auf dem sie immer neue, aufregende Details entdeckte.

»Wie ich sehe, gefällt es Ihnen.« Dr. Gessner lächelte wieder. »Das wird Maja bestimmt freuen.«

»Ich hatte keine Ahnung, dass sie so gut malt«, bemerkte Edna, noch immer fasziniert von dem Werk ihrer Nichte.

»Sie verbringt viel Zeit an der Staffelei«, nickte Dr. Gessner. Dann trat sie einen Schritt näher an Edna heran und wechselte unvermittelt das Thema. »Majas Mutter hat sich wenig um sie gekümmert, nicht wahr?«

»Wenn man Schauspielerin ist, nimmt man zwangsläufig etwas von seiner Arbeit mit nach Hause«, entgegnete Edna, indem sie plötzlich das ausdrucksvolle Gesicht ihrer Schwester vor sich aufleuchten sah. Es lächelte. Justine hatte viel gelächelt. Ihr ganzes Leben lang. »Wenn man am Theater arbeitet, kann man nun einmal nicht jeden Tag pünktlich um fünf den Stift fallen lassen und nach Hause zu seiner Familie eilen.« Sie wandte sich ab. »Maja und Kerstin haben das nie anders gekannt. Und sie haben es akzeptiert.«

»Ach ja?«

»Ja«, entgegnete Edna kurz. »Vielleicht sind Schauspielerinnen nicht die besten Mütter von der Welt, aber ich weiß, dass meine Schwester sich Mühe gegeben hat.«

»Vielleicht ist es manchmal nicht genug, sich Mühe zu geben«, wandte Dr. Gessner ein.

Edna warf einen letzten Blick auf das Bild, das ihre Nichte gemalt hatte, dann drehte sie sich zu Majas Therapeutin um. »Ich bin nicht hergekommen, um mich über die erzieherischen oder gar über die menschlichen Qualitäten meiner Schwester auszulassen«, sagte sie, indem sie einen Schritt auf die Tür zu machte. »Wenn Sie meiner Nichte also bitte ausrichten würden, dass ich hier bin?«

»Selbstverständlich.« Die Augen der Therapeutin betrachteten sie unverwandt. »Es wäre allerdings sehr schön, wenn Sie in den nächsten Tagen noch einmal gemeinsam mit Ihrer Nichte bei mir im Büro vorbeikommen könnten. Es gibt da etwas, das ich gerne mit Ihnen beiden besprechen würde, gerade im Hinblick auf Majas weitere Betreuung.«

»Weitere Betreuung?« Edna runzelte die Stirn. »Ich dachte, dass sie nach den Ferien wieder ...«

»Sehen Sie«, unterbrach Dr. Gessner sie. »Sie müssen sich klar machen, dass Ihre Nichte noch lange Zeit auf professionelle Hilfe angewiesen sein wird, um die Probleme, die zu ihrer Erkrankung geführt haben, aufzuarbeiten.« Sie blickte die Kommissarin an, als erwarte sie Widerspruch. »Vor allem sollten Sie bereit sein, gemeinsam festzustellen, welche Faktoren zur Aufrechterhaltung der Bulimie Ihrer Nichte beitragen.«

»Was meinen Sie genau mit *gemeinsam*?«, erkundigte sich Edna argwöhnisch.

»Zum Beispiel im Rahmen einer Familientherapie.« Edna schüttelte entschieden den Kopf, doch Dr. Gessner ließ sich nicht beirren. »Oft genug können solche unter therapeutischer Anleitung geführten Gespräche zu einem angemesseneren Umgang mit Konflikten führen und ...«

»Warten Sie, ich weiß schon!«, fiel Edna ihr nun doch ins Wort. »Sie laden uns alle ein, und dann darf Maja bestimmen, wer wo stehen soll, und am Ende brechen alle in Tränen aus, stimmt's? Aber bei so was mache ich nicht mit«, sagte sie endgültig. »Und ich glaube auch kaum, dass es meiner Nichte irgendwie helfen wird, wenn wir uns alle in einen großen Kreis setzen, um gemeinsam meine Schwester zu demontieren, die sich nicht mehr verteidigen kann, denn genau darauf läuft es doch hinaus, nicht wahr?« Sie sah Dr. Gessner herausfordernd an und wartete auf deren Reaktion, doch die Psychologin sagte nichts. »Vielleicht hat Justine mit Maja nicht alles richtig gemacht«, setzte Edna schließlich hinzu. »Vielleicht habe ich, vielleicht haben Majas Großeltern etwas falsch gemacht. Vielleicht haben wir alle zusammen etwas Entscheidendes versäumt. Aber wir sind Menschen. Und Menschen machen nun einmal Fehler.«

Dr. Gessner erwiderte ihren Blick ungerührt. »Manche Fehler lassen sich korrigieren.«

»Nicht, indem man sich gegenseitig mit Vorwürfen überschüttet.«

»Schade, dass Sie das so sehen«, entgegnete die Therapeutin. »Denn manchmal sind solche Gespräche sehr hilfreich, um den Ursprüngen eines Konfliktes auf die Spur zu kommen.« Sie atmete tief durch. »Wir beobachten immer wieder, dass gerade bei der Frage nach bestimmten Ereignissen, die als verletzend empfunden wurden, die Wahrnehmungen der beteiligten Personen hinsichtlich der Ursachen weit auseinander gehen.« Die Pause, die sie machte, schien sorgfältig bedacht zu sein. »Manchmal genügt eine Kleinigkeit, um ein Verhältnis zu zerrütten. Manchmal genügt eine Sandburg.« Sie hielt erneut inne. »Oder eine Ohrfeige.«

»Augenblick!«, fuhr Edna auf. »Was soll das denn jetzt?«

»Was?«

»Kommen Sie, hören Sie doch auf mit dem Unsinn! Was hat Maja Ihnen erzählt?«

Dr. Gessner verzog keine Miene. »Sie hat gesagt, dass Sie ein Problem mit Ihrem Vater haben.«

»Ich habe kein Problem mit meinem Vater«, entgegnete Edna unmissverständlich abweisend. »Ich spreche nicht mehr mit ihm. Aus Gründen, die Sie nicht das Geringste angehen. Es gibt kein Problem.«

»Das hat Ihre Nichte auch behauptet, als sie hier angekommen ist.«

»Aber ich stopfe nicht Unmengen an Nahrungsmitteln und Pillen und sonstigem Zeug in mich hinein.«

»Nein.« Jetzt lächelte die Therapeutin wieder ihr wohlgeübtes Lächeln. »Ich bin sicher, Sie haben andere Mechanismen entwickelt.«

Edna wollte sich umdrehen, doch die Psychologin fasste nach ihrem Arm. »Bitte!« Ihr Blick war eindringlich. »Maja hat noch immer gravierende Probleme.«

»Dessen bin ich mir bewusst«, entgegnete Edna kühl und reichte der Therapeutin die Hand. »Sagen Sie ihr einfach, sie soll mich anrufen.«

»Probleme, die nicht ausschließlich mit ihrer Mutter zu tun haben.« Dr. Gessner war offenbar entschlossen, zu sagen, was sie sich zu sagen vorgenommen hatte.

Edna ließ ihre Hand los und ging zur Tür. »Sie kann mich auf meinem Handy erreichen. Jederzeit.«

* * *

Den ganzen Nachmittag hatte Vivica inmitten von Kisten und Büchern, Kartons und alten Koffern verbracht. Sie hatte zahllose Kleidungsstücke ausgepackt, begutachtet und wieder zusammengefaltet, von denen sie sicher war, sie noch nie gesehen zu haben. Nicht an ihrer Mutter und an Frau Prasser erst recht nicht. Trotzdem waren diese

Kleidungsstücke bei den Sachen gewesen, die Frau Prasser nur »den Nachlass« genannt hatte. Sie hatte abgegriffene Briefe gelesen und in einer ganzen Reihe von Büchern geblättert. Fontane und Balzac. Goethe und Rilke. Der alte Staub, der wie Patina an den zerschlissenen Seiten klebte, hatte sich auf ihre Bronchien gelegt und dort ein beklemmendes Gefühl von Enge hinterlassen. Doch weit mehr als der Staub quälten sie zwei Dinge, auf die sie bei ihrer Durchsicht des »Nachlasses« gestoßen war: Reste eines cremefarbenen Kleides und ein fleckiges, nachlässig aus einem Schreibheft herausgetrenntes Blatt Papier, das in einem Buch gesteckt und auf das ihre Mutter in ihrer zierlichen Handschrift nur einen einzigen Satz geschrieben hatte: *Ich habe das Gefühl, jemand trachtet mir nach dem Leben.*

Vivica hatte beides vor sich auf den Boden gelegt und starrte nun schon so lange mit beinahe irrationalem Unglauben darauf hinunter, dass ihre Augen vor Anstrengung tränten. Dennoch fühlte sie sich unfähig, den Blick abzuwenden, vor allem von dem Kleid, mit dem jemand vor langer Zeit ganz und gar nicht pfleglich umgegangen war und das nun vor ihr auf dem Fußboden lag wie eine Anklage, eine Art sichtbar gewordene Tragödie. Es war ein hübsches, aber recht biederes Kleid aus schwerer, cremefarbener Seide, das sicherlich nicht billig gewesen war. Trotzdem hatte irgendjemand eines Tages eine Schere genommen und große, hässliche Löcher in den feinen Stoff geschnitten, und Vivica konnte nicht aufhören, sich zu fragen, was dies zu bedeuten haben konnte. Ein Kleid zu zerschneiden erschien ihr so krank, so absolut sinnlos. Zugleich erschrak sie über die Brutalität, die diesem Akt innewohnte. Wie viel Hass musste jemand empfinden, der etwas Derartiges tat, wie viel blinde Zerstörungswut? Oder war derjenige, der das Kleid zerschnitten hatte, gar kalkuliert und planmäßig vorgegangen? *Ich glaube, jemand trachtet mir nach dem Leben.* Hatte diese angstvolle Feststellung, die ihre Mutter auf ein fleckiges Stück Papier notiert hatte, etwas mit dem zerstörten Kleid zu tun? Hatte sie sich tatsächlich bedroht gefühlt? Und hatte sie vielleicht sogar Recht darin gehabt, sich bedroht zu fühlen?

Ich habe nie geglaubt, dass sie vorhatte, sich zu töten. Vivica rieb sich die schmerzenden Augenwinkel. Diese Aussage ihrer Patentante passte auf geradezu erschreckende Art und Weise zu dem eilig hingeworfenen Satz auf dem Zettel. Hatte es jemanden gegeben, der ihre Mutter gehasst hatte? Genug gehasst, um eines ihrer Kleider in Fetzen zu schneiden? Genug gehasst, um sie zu töten? Aber warum hatte ihre Mutter sich niemandem anvertraut, wenn sie Befürchtungen in dieser Richtung gehegt hatte? Warum hatte sie ihre Ängste auf ein unscheinbares Stück Papier geschrieben, anstatt mit jemandem darüber zu sprechen? Oder hatte sie das am Ende doch getan? Und wenn ja, mit wem? Vivica starrte auf den fleckigen Notizzettel hinunter. Mit Tante Tilla? Sie schluckte. Tante Tilla war die älteste und engste Freundin ihrer Mutter gewesen, trotzdem hatte sie nicht das Gefühl, dass ein Mensch wie ihre Mutter ausgerechnet mit Tante Tilla über derart ungeheuerliche Ängste gesprochen hätte. Nein, dachte sie, Tante Tilla ist viel zu sachlich. Sie hätte nicht ohne einen handfesten Grund an eine Bedrohung geglaubt, und falls doch, hätte sie sicher ohne zu zögern die Polizei informiert. Aber genau das hatte ihre Mutter offenbar nicht gewollt. Dass die Polizei informiert wurde …

Ihre Fingerspitzen strichen über das billige Papier. *Ich habe das Gefühl, jemand trachtet mir nach dem Leben.* Warum hatte ihre Mutter eine so spektakuläre Sorge auf einem so unspektakulären Zettel notiert? Warum hatte sie

sie überhaupt notiert? Für sich selbst? Oder hatte sie vorgehabt, dieses Stück Papier einer dritten Person zukommen zu lassen? Und wer – außer Tante Tilla – konnte darüber Bescheid wissen? Sie hob den Zettel in die Luft und hielt ihn gegen das Licht der Lampe, die sie angeknipst hatte, um die Düsternis des Herrenhauses aus dem Gesindezimmer zu vertreiben. Ihres Wissens nach hatte ihre Mutter keine anderen Freundinnen gehabt, keine Verwandten, nichts als oberflächliche Bekanntschaften. Ihre Geburtstage hatte sie mit ihrem Mann, ihren Töchtern, den Mayssons und Tante Tilla gefeiert. Niemals war irgendjemand anderes dabei gewesen, wenn es einen Anlass zum Feiern gegeben hatte. Nur dieser beschränkte Personenkreis.

Und sonst?, überlegte Vivica. Von wem hat meine Mutter gesprochen, wem könnte sie vielleicht geschrieben haben? Die Lehrerin!, schoss es ihr durch den Kopf. Natürlich, sie hatte eine alte Lehrerin, die sie ab und an besucht hat! Eine Lehrerin, die sich ihrer in besonderer Weise angenommen hatte, als sie bereits mit elf Jahren zur Vollwaise geworden war. Wie hatte diese Lehrerin geheißen? Re… Ja, dachte Vivica, es war irgendwas mit »Re« am Anfang. Einige Minuten lang überlegte sie fieberhaft, doch der Name wollte ihr einfach nicht einfallen. Aber er würde sich schon herausfinden lassen. Sie brauchte nur in der Schule nachzufragen, wer dort unterrichtet hatte, als ihre Mutter ein Kind gewesen war. Bestimmt führten sie dort eine Art Chronik, und wenn sie den richtigen Namen las, würde sie ihn mit Sicherheit wiedererkennen!

Sie warf einen Blick auf ihre Armbanduhr, kam jedoch zu dem Schluss, dass es keinen Sinn hatte, jetzt noch bei der Schule vorbeizugehen. Sie seufzte. Die Sache würde bis morgen warten müssen.

Natürlich konnte sie auch einfach Tante Tilla fragen.

Die würde allerdings wissen wollen, warum sich die Tochter ihrer verstorbenen Freundin auf einmal für eine alte Lehrerin interessierte. Und was sollte sie daraufhin sagen? Wenn sie ihrer Patentante erzählte, was sie heute Nachmittag entdeckt hatte, würde diese unter Garantie nicht zulassen, dass sie auch nur eine Minute länger im Herrenhaus wohnte. Aber genau das musste sie, wenn sie weiterkommen wollte. Sie war überzeugt, dass sie noch längst nicht alles entdeckt hatte, was es in ihrem Elternhaus zu entdecken gab. Und so lange musste sie bleiben. Also doch die Schule, dachte sie. Gleich morgen werde ich dort nachfragen!

Während sie den Nachlass ihrer Mutter sorgfältig wieder in den Koffern und Kisten verstaute, kamen ihr allerdings erste Zweifel an der Umsetzbarkeit ihrer Pläne. Ihre Mutter wäre heute sechzig Jahre alt. Wie alt musste dann eine Lehrerin sein, die sie unterrichtet hatte? Achtzig? Fünfundachtzig? Oder noch älter? Was, wenn sie längst tot war? Einen Versuch ist es allemal wert, dachte Vivica trotzig und klappte den Deckel des letzten Koffers zu. Den mysteriösen Zettel und das zerschnittene Kleid nahm sie mit auf ihr Zimmer, wo sie beides in eine leere Plastiktüte stopfte und unter ihrer Matratze deponierte, ohne dass sie hätte sagen können, warum sie das tat. Es schien ihr irgendwie sinnvoll, die Sachen zu verstecken, obwohl sie sich gleichzeitig durchaus darüber im Klaren war, dass sich ganz offenbar jahrzehntelang niemand dafür interessiert hatte.

Dann griff sie zu ihrem Handy und wählte die Nummer ihrer Patentante. Vivica gab sich alle Mühe, so unbekümmert wie möglich zu klingen, als sie sich erkundigte, ob es ihrer Patentante recht sei, wenn sie später noch für eine Weile bei ihr vorbeikäme. Tilla Straten zeigte sich hocherfreut und stellte ihrem Patenkind umgehend eine »besondere kulinarische Überraschung« in Aussicht, was in Vivica den Verdacht nährte, ihre Tante müsse im Stillen bereits auf ihren Besuch gehofft und sich entsprechend vorbereitet haben. Sie lächelte, als sie das Handy beiseite legte, froh über die Aussicht auf eine schöne Tasse Tee in einem adretten Wohnzimmer, das die Gespenster des Herrenhauses nie hatten erreichen können.

Doch Vivica sollte die Verabredung mit ihrer Patentante nicht einhalten können.

Wenig später erfasste ein Fieber, das sie sich nicht recht erklären konnte, ihren Körper und ließ ihn nicht wieder los ...

* * *

Edna hatte große Mühe, sich zu beruhigen. Je länger sie über das Gespräch mit Dr. Gessner nachdachte, desto beunruhigender erschien ihr alles, was die Psychologin gesagt hatte. Was war geschehen in diesen sechs Wochen, in denen sie ihre Nichte aus den Augen gelassen hatte? Familientherapie. Weitere Betreuung. Faktoren, die zum Aufrechterhalten der Bulimie beitrugen. Probleme, die zu der Erkrankung geführt hatten ... Sie schüttelte ratlos den Kopf. War denn nicht die Erkrankung selbst das Problem?

Seufzend schob sie ihre leere Espressotasse ein Stück von sich weg. Sie hatte im Hotelrestaurant ein ausgezeichnetes Bœuf Stroganoff gegessen und sich anschließend mit einem Stapel Zeitungen in die gemütliche Bar zurückgezogen, die sich an den rückwärtigen Teil des Restaurants anschloss, von diesem jedoch durch eine hohe Flügeltür abgegrenzt war. Um diese Uhrzeit herrschte dort noch nicht allzu viel Betrieb. Zwei Kellnerinnen kümmerten sich um die Gäste. An einem großen Ecktisch saß eine

Gruppe von Männern unterschiedlichen Alters, offenbar ausnahmslos Einheimische. Edna vermutete, dass es sich um einen Stammtisch handelte, denn die Herren trugen alle die gleichen dunkelblauen Hemden und spielten mit großer Inbrunst Karten. Ihre Heiterkeitsausbrüche übertönten in regelmäßigen Abständen die dezente Hintergrundsmusik, die – soweit Edna feststellen konnte – aus einer nicht ganz nachvollziehbaren Mischung von Klavierjazz und Schlagern bestand. Sie bestellte sich einen weiteren Espresso und vertiefte sich in einen Artikel über Sinn und Unsinn von Windkraftwerken, von denen sie auf ihrer Fahrt an die Küste eine schiere Unzahl gesehen hatte.

Nach einer Weile erregte eine Bewegung, die sie eigentlich nur aus den Augenwinkeln wahrnahm, ihre Aufmerksamkeit. Sie hätte nicht sagen können, warum sie sich überhaupt dafür interessierte, aber sie blickte von ihrer Zeitung auf und bemerkte, dass der Mann, der bei ihrem Eintreten als Einziger an der Theke gesessen hatte und ihr deshalb aufgefallen war, sich von seinem Hocker erhoben hatte. Er schien stark angetrunken zu sein, denn er hielt sich mit einer Hand am Tresen fest, während die andere vergeblich versuchte, den Ärmel seiner grauen Cordjacke zu finden. Er war recht groß, aber eher schmächtig, sein Haar glatt und dunkel, fast schwarz. Während sie seine ungeschickten Bemühungen beobachtete, registrierte Edna, dass auch die junge Kellnerin, die gerade einem Pärchen an einem der entfernteren Tische buntgarnierte Cocktails serviert hatte, auf den Mann aufmerksam geworden war. Sie stellte ihr Tablett auf der Theke ab und ging mit eiligen Schritten auf den Gast zu.

»Verzeihen Sie«, gelang es Edna, ihre Stimme inmitten des allgemeinen Stimmengewirrs auszumachen, »aber ich glaube, Sie haben vergessen zu zahlen.«

Der Mann wandte den Kopf, und zum ersten Mal konnte

Edna nun auch sein Gesicht sehen. Seine Haut war angesichts seiner dunklen Haarfarbe erstaunlich hell und glatt wie bei einem Knaben, obwohl er sicherlich auf die vierzig zuging. Aus seinen Augen blickte eine eigentümliche Mischung aus Aggressivität und Verletzlichkeit.

Was er sagte, ging in einem lautstarken Disput der Kartenspieler unter, doch an der Reaktion der Kellnerin erkannte Edna, dass er sich offenbar keineswegs zum Begleichen seiner Rechnung bereitgefunden hatte. Die Bedienung blickte sich hilflos nach ihrer Kollegin hinter der Bar um und machte ihr ein Zeichen, woraufhin diese nach einem schnurlosen Telefon griff. Das wiederum schien den säumigen Zecher zu verärgern, denn er lief rot an und packte die Kellnerin am Arm. Was dann geschah, ging so schnell, dass der Angestellten keinerlei Zeit zum Reagieren blieb: Der Mann holte aus und schlug ihr mit der geballten Faust mitten ins Gesicht. Die junge Frau taumelte zurück und stieß gegen einen Barhocker, der krachend zu Boden fiel. Ihre Hand tastete nach ihrer Nase. Als sie sie wieder sinken ließ, war sie blutverschmiert.

Edna sprang auf und erreichte den Angreifer zeitgleich mit der anderen Kellnerin. Sie packte den Mann von hinten, damit er nicht noch einmal zuschlagen konnte, und drückte ihn auf einen Stuhl, was er zu ihrer Überraschung widerstandslos geschehen ließ. Die übrigen Gästen schienen von dem Vorfall keinerlei Notiz genommen zu haben, was Edna angesichts des Lärms, den der umstürzende Barhocker gemacht hatte, ein wenig merkwürdig vorkam. Sie wollen sich wohl ihren gemütlichen Abend nicht verderben lassen, dachte sie. Sie sehen nicht einmal her!

Verärgert über so viel Gleichgültigkeit wandte sie sich an die Bedienung, die mit dem Rücken gegen den Tresen lehnte.

»Sind Sie okay?«

Die junge Frau schien unter Schock zu stehen. Sie nickte nur und betrachtete ihre blutverschmierte Hand.

Im selben Augenblick kamen zwei Frauen durch eine Tür neben dem Tresen, durch die man sowohl die Toiletten als auch die Hotelküche erreichen konnte. Sie gingen mit schnellen Schritten auf Edna und die beiden Kellnerinnen zu. In einer der beiden erkannte Edna die Frau des Geschäftsführers, die ihre Anmeldung vorgenommen und sich dabei wortreich über die Wetteraussichten der nächsten Tage und die Vorzüge eines Besuchs des Heimatmuseums ausgelassen hatte. Die andere war eine stattliche Frau um die sechzig mit halblangen grau melierten Haaren und einem ebenmäßigen, charaktervollen Gesicht. Als sie den bleichen jungen Mann auf dem Stuhl hinter Edna erblickte, verfinsterte sich ihre Miene.

»Großer Gott, was ist denn hier passiert?« Jolantha Maysson hatte das Blut an den Fingern ihrer Kellnerin entdeckt und schlug sich vor Schreck eine Hand vor den Mund. »War *er* das?«

Die Bedienung nickte. Sie schien sich etwas beruhigt zu haben und griff dankbar nach dem Taschentuch, das ihre Kollegin ihr hinhielt. »Er wollte nicht bezahlen und …«

»Ich *muss* nicht bezahlen«, fiel ihr der Mann, der sie angegriffen hatte, ins Wort. Er war tatsächlich ziemlich betrunken, sprach jedoch vergleichsweise klar. »Das habe ich dieser Schlampe zwei- oder dreimal gesagt, aber sie wollte mir nicht glauben.«

Die Worte waren augenscheinlich an Jolantha Maysson gerichtet, die den Mann anstarrte und nicht zu wissen schien, was sie als Nächstes tun sollte. »Aber du kannst doch nicht einfach …«

Weiter kam sie nicht, denn ihre Begleiterin fiel ihr sogleich ins Wort. »Du hast hier Hausverbot«, sagte sie ruhig, aber mit äußerster Bestimmtheit.

Der junge Mann lachte höhnisch auf. »Hausverbot!«, rief er. »Dass ich nicht lache! Jetzt will ich dir mal was sagen, du ...«

Er wollte aufstehen, doch Edna drückte ihn augenblicklich wieder auf seinen Stuhl zurück. »Fassen Sie mich nicht an, verstanden!«, fauchte er, fügte sich jedoch und blieb sitzen.

»Sie sollten überlegen, ob Sie nicht Anzeige erstatten wollen«, wandte Edna sich wieder an die Kellnerin.

Diese schüttelte den Kopf. »Halb so schlimm«, flüsterte sie.

»Sind Sie sicher?«

»Ja.« Sie versuchte ein Lächeln, das allerdings ein wenig schief geriet. »Es blutet nur ein bisschen. Aber gebrochen ist nichts.«

Edna nickte. »Sie sagen, dieser Mann hat Hausverbot?«, hakte sie nach.

Die Frau mit den grau melierten Haaren nickte. »Seit Jahren.«

»Hat die Mörderin auch Hausverbot?«, meldete sich der junge Mann wieder lautstark zu Wort. Er war offenbar trotz seines Zustandes noch recht gut im Stande, dem Gespräch zu folgen. »Ich hab gehört, sie ist wieder zurückgekommen.«

»Das geht dich gar nichts an«, versetzte Jolantha Maysson. Sie hatte sich gefangen und wirkte jetzt souveräner als zuvor. »Ruf Yvonne an«, wies sie die ältere der beiden Kellnerinnen an. »Sie soll herkommen und ihn abholen.« Und mit einem boshaften Seitenblick fügte sie hinzu: »Denn ein Taxi wird sich der Herr ja wahrscheinlich nicht leisten können.«

Edna fürchtete schon, der Angesprochene werde versuchen, der Frau des Geschäftsführers an die Kehle zu gehen, doch er blieb ruhig, fast kraftlos auf seinem Stuhl sitzen. »Nein, das kann ich nicht«, nuschelte er beleidigt vor sich hin. »Ich bin der Einzige, der nicht profitiert hat.«

»Danke, dass Sie eingegriffen haben.« Die Frau, die gemeinsam mit Jolantha Maysson in die Bar gekommen war, schenkte Edna ein herzliches Lächeln, das jedoch sehr schnell wieder einem Ausdruck von Besorgnis wich, der Edna schon bei ihrem Eintreten aufgefallen war. »Den meisten Leuten ist es ja leider ziemlich gleichgültig, was in ihrer nächsten Umgebung so vor sich geht.«

»Keine Ursache«, sagte Edna. »Außerdem ist das so was wie mein Job.«

Die Frau blickte sie fragend an.

»Beck. Ich bin Kriminalbeamtin.« Sie reichte der Frau die Hand. »Im Augenblick allerdings rein privat und im Urlaub.«

»Straten«, entgegnete Jolantha Mayssons Begleiterin mit einem anerkennenden Kopfnicken. »Tilla Straten.«

Edna fragte sich, ob sie wohl ebenfalls eine offizielle Funktion im Haus bekleidete. »Wenn so etwas allerdings öfter vorkommt«, sie wies mit dem Kinn auf den jungen Mann hinter sich, »dann sollten Sie vielleicht doch mit den hiesigen Kollegen …«

»Es wird nicht wieder vorkommen«, mischte sich Jolantha Maysson ein. »Dafür werde ich sorgen.«

»Glaubt bloß nicht, dass ihr mich so einfach loswerdet«, krakeelte der junge Mann auf seinem Stuhl. »Ich bin nämlich so was wie eure Heimsuchung!«

Jolantha Maysson beachtete ihn gar nicht, sondern drehte sich wieder zu der Kellnerin hinter der Bar um. »Hast du Yvonne erreicht?«

»Ist schon unterwegs«, nickte die Angesprochene und machte sich dann mit einem Tablett voller Biergläser auf den Weg Richtung Stammtisch, wo noch immer eifrig gezockt und ein gewisser Peer gerade lautstark der Falschspielerei beschuldigt wurde.

»Dann werden wir draußen auf sie warten«, entschied die Frau des Geschäftsführers. Sie blieb neben dem Stuhl des jungen Mannes stehen und blickte ihn auffordernd an. »Kannst du alleine gehen, oder muss ich dich tragen?«

Dieser grinste nur. »Du wirst mich nicht los, Jolle«, kicherte er. »Jedenfalls nicht, indem du mich vor die Tür setzt.«

»Das werden wir ja sehen«, entgegnete Jolantha Maysson und wollte ihn beim Arm packen, doch er stieß sie zurück und sprang auf. »Elende Profiteure!!«, schrie er so laut, dass nun doch sämtliche Gespräche ringsum verstummten und einem betretenen Schweigen Platz machten. »Ich werde euren Scheißfraß nicht bezahlen. Wozu denn?! Dieser ganze Laden hätte mir gehört. Immerhin hat sich meine Mutter jahrelang von diesem Scheißwichser tyrannisieren lassen. Und ich lasse euch ganz bestimmt nicht in Ruhe! Wenn ihr mich loswerden wollt, werdet ihr mich umbringen müssen! Genau wie meine Mutter.« Er unterbrach sich und schien mit einem Mal fast erschrocken über das, was er gesagt hatte. Einen Augenblick verharrte er regungslos, dann wurden seine Augen trübe. Es sah aus, als ziehe sich jeglicher Ausdruck daraus zurück. Sogar die Wut. »Schon in dem Moment, als sie hier angekommen ist, seid ihr entschlossen gewesen, sie wieder loszuwerden, stimmt's nicht?« Seine Stimme klang blechern. »Ihr wolltet sie aus dem Haus haben. Von Anfang an. Und wenn ihr sie dafür umbringen musstet. Aber ...« Er hielt inne und starrte auf einen Punkt hinter Ednas Rücken.

Edna drehte sich um und entdeckte eine blonde junge Frau, die die Bar soeben durch die Schwingtür betreten hatte. Sie wirkte auf fragile Weise entschlossen, als sie unter den Blicken der Gäste quer durch den Raum kam und neben Jolantha Maysson stehen blieb. »Danke, dass Sie angerufen haben«, sagte sie heiser. Dann legte sie dem Randalierer einen Arm um die Schultern und führte ihn wortlos davon.

»Gott sei Dank!« Jolantha Maysson stieß einen erleichterten Seufzer aus. »Aber ich sehe wohl lieber mal nach, ob sie auch wirklich verschwinden«, murmelte sie und folgte den beiden zur Tür.

Tilla Straten blickte ihr nach. Dann wandte sie sich an die junge Kellnerin, die sich in der Zwischenzeit gesäubert und ihre Arbeit wieder aufgenommen hatte. »Sie sollten nach Hause gehen.« Sie sah auf die Uhr. »Nehmen Sie sich für den Rest des Abends frei. Ich übernehme die Bar für Sie, bis Jolantha zurück ist, und ...«

Die Angestellte schüttelte entschieden den Kopf. »Vielen Dank, Frau Straten, aber es geht schon. Ehrlich.«

Tilla Straten runzelte die Stirn. »Sind Sie sicher?«

»Ganz sicher«, nickte die Kellnerin und griff wieder nach ihrem Tablett.

»Tja ...« Tilla Straten schien nicht glücklich mit dieser Antwort, sah aber von weiteren Überredungsversuchen ab. »Dann bleibt mir nichts weiter, als Ihnen noch einmal ganz herzlich für Ihre hilfreiche Unterstützung zu danken«, wandte sie sich stattdessen noch einmal an Edna. »Man weiß ja nie, wohin eine solche Auseinandersetzung führen kann, nicht wahr?« Sie zuckte mit den Achseln. »Armin ist nicht gewalttätig. Aber er war sehr wütend und – so fürchte ich – noch dazu ziemlich betrunken. Das ist wohl eine nicht zu unterschätzende Kombination.«

»Allerdings«, gab Edna ihr Recht. »Aber warum hat er eigentlich Hausverbot?«

Tilla Straten seufzte. »Weil er hier schon öfter randaliert hat«, entgegnete sie fast widerstrebend. »Natürlich nie, indem er jemanden angegriffen hätte.« Sie schüttelte den Kopf. »Das ist eine ganz neue Dimension. Aber herumgepöbelt hat er schon hin und wieder mal.«

»Wegen seiner Mutter?«

Sie nickte nur.

»Hatte seine Mutter denn etwas mit diesem Hotel zu tun?«, erkundigte Edna sich mit echtem Interesse.

»Sie war mit dem Besitzer verheiratet«, erklärte Tilla Straten, indem sie Edna zu deren Platz geleitete. Augenscheinlich wollte sie verhindern, dass die Angestellten etwas von diesem Gespräch mitbekamen. »In zweiter Ehe. Armin war ihr Sohn aus einer früheren Verbindung.«

Sieh an, dachte Edna, die verhasste Stiefmutter! »Und was ist mit ihr passiert?«, fragte sie, obwohl sie die Antwort kannte.

Tilla Straten blieb stehen. »Sie ist ermordet worden«, sagte sie leise. »Sie und ihr Mann.«

Edna betrachtete ihr Gesicht, in dem sich ein unerklärlicher Schmerz mit wohlüberlegter Reserviertheit mischte. Zweifellos gehörte sie zu den Menschen, über die man absolut nichts wusste, wenn sie es nicht wollten. »Von wem?«

»Das hat die Polizei leider nie herausfinden können.«

Sie hatten jetzt Ednas Tisch erreicht. Tilla Straten zögerte, und Edna hatte den unbestimmten Eindruck, als überlege sie, ob sie noch etwas sagen solle. Doch schließlich streckte sie der Kommissarin einfach nur die Hand entgegen. »Bitte entschuldigen Sie nochmals die Unannehmlichkeiten. Ich hoffe sehr, dass Sie sich bei uns auf der Insel wohl fühlen werden!« Mit diesen Worten drehte sie sich auf dem Absatz um und verließ den Raum durch dieselbe Tür, durch die sie gekommen war.

Edna blickte ihr nachdenklich hinterher.

* * *

Um sie herum war Finsternis.

Nichts als tiefe, undurchdringliche Finsternis.

Ein paar Mal war ihr, als höre sie das Läuten eines Telefons, irgendwo in weiter Ferne. Aber sie konnte nicht darüber nachdenken, was dieses Geräusch bedeutete und ob es überhaupt real war. Es war ohnehin nichts als ein flüchtiger Eindruck mitten in dem tiefschwarzen Nebel, der sie umfing.

Hin und wieder zog sich der Nebel für einen kurzen Augenblick etwas zurück. In solchen Momenten stellte sie fest, dass sie fror. Die Welt um sie herum schien aus Eis zu sein. Zugleich jagten Fieberschauer über ihren Körper. Und immer noch hatte sie Durst, einen brennenden, unstillbaren Durst.

Sie konnte die Augen nicht öffnen, und sie hatte auch nicht das Gefühl, dass es Sinn machen würde, sie zu öffnen, selbst wenn sie es gekonnt hätte. Etwas war mit ihr geschehen, das zu komplex und auch zu schrecklich war, als dass es mit den Augen zu erfassen gewesen wäre. Irgendeine unerklärbare, ganz persönliche Katastrophe.

Sie spürte, wie ihre Zähne aufeinander schlugen, ohne dass sie etwas dagegen tun konnte. Sie konnte nur dem Geräusch lauschen, ein leises Klack-klack-klack, das schneller und schneller zu werden schien, je verzweifelter sie versuchte, ihm Einhalt zu gebieten.

War da nicht ein fremdes Gesicht an ihrem Bett?

Warum war es so kalt, so eisig kalt?

Wo war Leon?

Wer Gäste hat, bereite Tee.
(chinesisches Sprichwort)

3

Mittwoch, 22. August »Abreisen!«

Edna schlug die Augen auf und blinzelte durch einen Kranz dichter Wimpern in das gleißende Sonnenlicht, das sich über ihr Kopfkissen ergoss. Zugleich wunderte sie sich über die Helligkeit um sie herum. Soweit sie sich erinnerte, hatte sie die Vorhänge vor den Fenstern des Erkers zugezogen, bevor sie zu Bett gegangen war.

»Abreisen!« Die Stimme duldete keinen Widerspruch.

Woher kamen diese Worte? Sie klangen eigenartig. Das »a« war viel zu lang, und das »r« saß irgendwo tief in einer gutgebauten Kehle. Aus dem Hintergrund drang ein seltsames Rascheln. Ein Ausländer in ihrem Schlafzimmer? Edna setzte sich in ihrem Bett auf und sah sich um. Das ergab keinen Sinn! Und wieso sollte sie abreisen? Sie war doch gestern erst angekommen.

Endlich entdeckte sie neben dem Kleiderschrank eine kleine, ausgemergelte Frau, die sich soeben anschickte, einen Stapel von Ednas ungebügelten T-Shirts auf das Sofa zu werfen, auf dem zu ihrer größten Verwunderung bereits ihr weit geöffneter Koffer lag.

Als die Frau ihren Blick bemerkte, schüttelte sie missbilligend den Kopf. »Spätt!«, gurrte sie vorwurfsvoll. »Chefinne sage, du abreise erste Fähre. Erste Fähre gehe vor zwaaiii Stunde. Und alle wolle Erkerzimmer.« Sie schlug sich mit der flachen Hand gegen die Brust und ihr Gesicht nahm urplötzlich einen leidenden Ausdruck an. »Kraaaaank«, erklärte sie gedehnt und scheinbar völlig zusammenhanglos.

Edna fühlte eine beachtliche Adrenalinwelle durch ihre Adern strömen. Sie liebte es, beim Aufwachen wildfremde Menschen in ihrem Schlafzimmer vorzufinden, die ihre ungebügelten T-Shirts in einen Koffer warfen!

»Was zur Hölle machen Sie da?!«, fuhr sie die Frau an und schwang behände die Beine aus dem Bett. »Lassen Sie gefälligst Ihre Finger von meinen Sachen!«

Die Angesprochene schnalzte angriffslustig mit der Zunge und bückte sich nach Ednas Turnschuhen. Am Gürtel ihres blütenweißen Kittelkleides klirrte ein riesiger Schlüsselbund. »Du spätt«, wiederholte sie tadelnd und warf die Schuhe achtlos zu den T-Shirts in den Koffer. »Erste Fähre lange weg. Andergäste bald da.«

Edna atmete tief durch. *Klären und beruhigen,* hörte sie Max' vertraute Stimme flüstern. *Klären, beruhigen und Herr der Lage bleiben.* Sie schüttelte verwirrt den Kopf. Nein: Herrin, Max würde Herr*in* gesagt haben. Keine Flüche, keine Aggressionen, keine Provokation.

»Edna Beck, Mordkommission«, war das Erste, was ihr schließlich einfiel. »Und wer sind Sie?«

»Dunja«, entgegnete die Frau mechanisch. »Aus Krrrroatien.« Und anklagend fügte sie hinzu: »Du spätt, guck Uhr!«

Edna runzelte die Stirn. Es war Viertel nach neun. Sie hatte Urlaub. Wo lag das Problem?

»Da muss ein Missverständnis vorliegen«, sagte sie und rang um einen einigermaßen freundlichen Tonfall. Vor langer Zeit hatte sie einmal einen Hund gekannt, der Dunja hieß. Dunja, die Dackeldame. »Mein Name ist Beck«, wiederholte sie. »Ich bin gestern Abend angekommen und bleibe eine Woche hier.«

Der Dackel am Schrank sah zweifelnd aus.

»Ich mache hier Urlaub. Würde es Ihnen etwas ausmachen, jetzt mein Zimmer zu verlassen, damit ich mich anziehen kann?« Unwillkürlich warf sie einen raschen Blick an sich herunter, um sicherzugehen, dass sie überhaupt einen Pyjama trug.

Dunja starrte sie einen Augenblick lang ungläubig an und zog dann umständlich einen großdimensionierten Plan aus der Brusttasche ihres Arbeitskittels. »Du Beck?«, erkundigte sie sich stirnrunzelnd, während ihre Augen konzentriert über den Zettel wanderten.

Edna lächelte und stand auf. »Jawoll!«, erklärte sie und konnte sich eben noch davon zurückhalten, diese Aussage durch ein schwungvolles Zusammenschlagen ihrer nackten Fersen zu unterstreichen. Sie kamen voran!

»Scheiß«, stöhnte Dunja und ließ sich neben Ednas Koffer auf das Sofa sinken. »Falsche Zimmer!«

Edna nickte verständnisvoll. Na also, das wäre geklärt. Entschuldigung und Abgang Dackel.

Doch Dunja blieb, wo sie war, und dachte offenbar überhaupt nicht daran, das Zimmer zu verlassen. Stattdessen legte sie sich wieder eine Hand auf den Busen und sah Edna leidend an. »Kraaank«, wiederholte sie. Und wie zur Erklärung fügte sie hinzu: »Draaii Söhne.«

Edna schenkte ihr ein nur halbherzig mitfühlendes Lächeln. An diesem Elend war die gute Frau ja nun wirklich selber schuld.

»Du Söhne?« Ein forschender Blick streifte Ednas Bauch.

»Nein«, entgegnete diese und verkniff sich ein tief empfundenes *Gott sei Dank nicht!*

Dunja nickte und starrte versonnen auf die Tischplatte. »Mättchen besser«, verkündete sie nach einer Weile zu Ednas Verwunderung. »Mättchen nich so wild.«

Edna hob zweifelnd die Augenbrauen und dachte an ihre Schwester. Justine hatte als Kind mit Vorliebe etwas gespielt, das sie den *Ritt auf dem großen roten Feuerdrachen* genannt hatte, wobei üblicherweise jede Menge Hausrat zerstört worden war. Edna konnte sich dunkel erinnern, bei diesem Spiel gelegentlich selbst als Drache fungiert zu haben. Nun ja, dachte sie, vielleicht ist Wildheit bei Mättchen eine Frage des Kulturkreises …

»Du Mättchen?«, erkundigte sich Dunja in diesem Moment folgerichtig und nicht ohne Argwohn.

Edna schüttelte erneut den Kopf. Keine Söhne. Keine Mättchen. Vom Standpunkt dieser Frau aus war sie sicherlich eine Versagerin. »Ich habe eine Nichte«, bemerkte sie eilig. Vielleicht zählte das ja auch etwas?! »*Zwei* Nichten«, korrigierte sie sich, als ihr bewusst wurde, dass sie Majas ältere Schwester Kerstin wieder einmal unterschlagen hatte. Justine sie Dank hatte sie zwei Nichten!

Dunja nickte verständnislos. »Auch sön«, meinte sie und erhob sich nun doch wieder vom Sofa, wobei sie abermals auf ihre Brust deutete. »Kraaaank.«

Edna begann sich zu fragen, ob es sich bei diesem Begriff vielleicht um eine Art Codewort handelte.

»Viele arbeite«, fuhr Dunja fort, während sie erstaunlich flink um den niedrigen Tisch herumlief. »Fraue immer viele arbeite, wenich Mann.« Sie schenkte Edna ein solidarisches Lächeln. »Mann nix taugen. Nix arbeiten. Immer sitzen auf der Soffa.« Beherzt fischte sie ein paar T-Shirts aus dem Koffer und warf sie reichlich unsanft in den Schrank zurück. »Zdenko faul wie Dreck!«, schimpfte sie vor sich hin. »Richtige Soffaschwein.«

Edna kam zu dem Schluss, dass es sich bei dem so liebevoll Bezeichneten um den Ehemann der Sprecherin handeln musste, und lächelte. »Sie können die Sachen im Koffer lassen«, rief sie, während weitere T-Shirts und zwei ihrer Röcke in hohem Bogen in den Kleiderschrank flogen. »Ich räume nachher alles in Ruhe wieder ein.«

Dunja warf ihr einen skeptischen Blick zu. »Ich machen besser«, sagte sie mit tiefer innerer Überzeugung und angelte den roten Badeanzug aus dem Koffer. »Du Mann?«, erkundigte sie sich begierig.

Aufgrund des bisherigen Gesprächsverlaufs hatte Edna bereits mit dieser Frage gerechnet und sich entsprechend gewappnet, so dass ihre Antwort noch nicht einmal besonders unfreundlich ausfiel: »Exmann«, nickte sie. »Er hat jetzt neue Frau, zwei Söhne und ein Mättchen.« Sie räusperte sich. Damit war ja wohl alles gesagt.

Dunja hielt mitten in einer Bewegung inne. »Aaaahhh«, brummte sie mitfühlend. »Du Arme nich konnten kriegen Kindern?«

»Keineswegs«, beeilte sich Edna zu versichern. »Ich nich *wollte* Kindern.«

Wieso in aller Welt sprach sie auf einmal wie eine Kroatin?

»Aaaahhh«, rief Dunja anerkennend. »Du klug!«

Edna nickte nicht ohne Stolz ob dieses unerwarteten Lobes, während Dunja den nun wieder leeren Koffer vom Sofa stieß und schwungvoll die Schranktür zuschlug. »Ferrrtig!«, strahlte sie. Dann verfinsterte sich ihre Miene. »Jetzt müssen gehen.« Es klang bedauernd. »Immer schnelleschnell. Chefe strenge.«

Edna nickte ihr erleichtert zu. Chefe sei Dank!

»Aber kommen morgen wieder«, drohte Dunja und winkte zum Abschied.

* * *

»Kaffee oder Tee?«

Edna nahm an einem Tisch beim Fenster Platz und stellte ihre Handtasche auf den leeren Stuhl gegenüber. »Kaffee«, antwortete sie und musterte die dralle Bedienung, deren weiße Schürze ein paar unübersehbare Flecken aufwies. Die junge Frau hatte ihr spärliches rotblondes Haar zu einem nachlässigen Zopf zusammengenommen und ihr Tonfall verriet, dass sie aus der Gegend um Berlin stammte. Sie nahm Ednas Bestellung mit einem gleichgültigen Kopfnicken zur Kenntnis und verschwand durch eine Schwingtür im rückwärtigen Teil des Frühstücksraumes.

Dieser befand sich im Hochparterre in einem langgestreckten Vorbau, dessen große Panoramafenster auf die Straße hinausgingen. Draußen strebten Familien mit Taschen und Karren voller Sandspielzeug dem Strand zu. Hin und wieder fuhr jemand auf einem Fahrrad vorüber. Die linke Wand wurde fast vollständig von einem rustikalen Büfettschrank vereinnahmt. Dort standen Platten mit Käse und Aufschnitt, Müslischalen sowie große Weidenkörbe mit verschiedenen Sorten Brötchen und Croissants. Edna nahm ihren Teller und inspizierte das Angebot. Iss ein Müsli, dachte sie und griff nach einer Scheibe Rosinenstuten, der herrlich duftete und zu ihrer Überraschung noch warm war. Anschließend häufte sie kleine Portionsschälchen mit Butter, Honig und Nussnugatcreme auf ihren Teller und nahm sich pflichtschuldig noch eine Banane aus dem großen Obstkorb neben den Müslischalen, bevor sie an ihren Platz zurückkehrte.

»Sind det erste Mal hier, wa?«, erkundigte sich das Mädchen, das inzwischen mit einer ziemlich kleinen Kanne auf einem winzigen Tablett zurückgekehrt war. »Na, denn erst mal willkommen! Ick bin die Sina.«

Edna nickte und sah sich um. Außer einem mürrisch

dreinblickenden älteren Herrn, der ungeniert an einem der beiden größten Tische Platz genommen hatte und konzentriert in seiner Kaffeetasse rührte, war sie der einzige Gast. Sie wunderte sich darüber, denn es war noch immer Hauptsaison, und in einigen Bundesländern hatten die großen Ferien gerade erst begonnen. War sie wirklich so früh dran?

»Die sind alle im Watt«, erklärte Sina, als habe sie Ednas Gedanken gelesen. »Sind um halb sechse los. Wegen der Flut.« Sie lächelte bedeutungsvoll. »Sollten Se ooch mal versuchen!«

Edna zog die Augenbrauen hoch. Wie konnte man auf die Idee kommen, um fünf Uhr in der Frühe aufzustehen, um vor der Flut im Watt zu sein? Wie konnte man überhaupt auf die Idee kommen, ins Watt zu gehen, wo immer das war?

»Sie müssten aber Gummistiefel anziehen«, schwatzte Sina indessen munter weiter. »Es sei denn, Sie gehen barfuß. Is det Gesündeste, wenn Se keene Bange haben.«

Edna blickte auf. »Und wovor sollte ich Bange haben?«

Sina zuckte mit den Schultern. »Wattwürmer«, entgegnete sie lapidar.

Edna entschied sich, auf diesen Punkt nicht näher einzugehen. Keine Würmer vor dem Frühstück. »Arbeiten Sie denn schon lange hier?«, erkundigte sie sich stattdessen wenig hoffnungsvoll. Die Kleine war zu jung, um vor fünfzehn Jahren schon auf der Insel gewesen zu sein.

»Is meine dritte Saison«, entgegnete die Angesprochene bereitwillig. »Gelernt hab ick an der Costa Brava, aber det war vielleicht 'ne Klitsche. Und die ganzen alten Säcke da!« Sie schüttelte sich und angelte einen Zuckerstreuer vom Nachbartisch. »Da sind Se die ganze Zeit nischt wie uff de Flucht, kann ick Ihnen sagen.«

Edna schmunzelte. »Und hier gefällt es Ihnen besser?«

»Is ganz nett hier.« Sina blickte sich flüchtig um und beugte sich dann vertraulich zu Edna hinunter. »Aber schlecht organisiert, der Laden. Alle naslang läuft wat schief. Und wir müssen im Karree springen, damit die Gäste nischt merken.« Ermutigt durch Ednas mitfühlendes Kopfnicken fuhr sie fort: »Det Hauptproblem is, dass niemand richtig zuständig ist, verstehen Sie?«

»Aber ich dachte, die Mayssons …«

»Ach, det sind ja nur die Geschäftsführer.« Sina wischte die Mayssons mit einer abfälligen Handbewegung vom Tisch. »Der Laden gehört der Irren von nebenan. Der Heemskerk. Die kümmert sich natürlich 'n Scheißdreck ums Geschäft. Und wenn Se mich fragen, versteht sie auch weniger als nichts davon. Aber wegen jeder Kleinigkeit müssen die Mayssons rüber und um Erlaubnis fragen.«

»Wo rüber?«

»Na zu der Heemskerk, der Irren. Sie wohnt in dem scheußlichen alten Kasten hinter dem Hotel. Dem Backsteinbau.«

Edna nickte. »Der ist mir schon aufgefallen.«

Das Mädchen senkte die Stimme. »Die Heemskerk hat ja auch noch 'ne Schwester, aber die war jahrelang weg.« Sie seufzte genießerisch. »Kann's ihr nich verdenken. Ick würde ooch gemacht haben, dass ick wegkomme von so eine Tragödie. Aber seit gestern früh ist sie plötzlich wieder da. Die Schwester, meine ick. Einfach so.« Ihr rechter Arm machte eine Bewegung, als werfe sie eine Hand voll Konfetti in die Luft. »Die Maysson sah aus, wie wenn sie'n Gespenst gesehen hätte, gestern früh. Und unsere Köchin sagte, det is die andere Heemskerk, die Schwester von der Irren. Nu isse also doch wieder zurück.«

Edna dachte an Armin Prassers gestrigen Auftritt in der Bar des Hotels. *Hat die Mörderin auch Hausverbot? Ich habe gehört, sie ist wieder zurückgekommen …*

»Bestimmt hat die Straten sie hergerufen, weil's so schlimm steht mit der Irren«, mutmaßte Sina mit unheilschwangerer Miene. »Die Straten is nämlich ihre Patentante, also die Patentante von der Schwester, mein ick. Sie verwaltet deren Anteil am Hotel. Is ne fähige Frau, die Straten.« Sie schob anerkennend die Unterlippe vor. »Die hat's drauf. Aber natürlich kann sie auch nicht immer so, wie sie will, weil die Irre hier alles blockiert.«

Edna nickte teilnahmsvoll, während ihr Gehirn die Informationen verarbeitete, die sie soeben erhalten hatte. Vivica van Heemskerk war nach fünfzehn Jahren Abwesenheit auf ihre Heimatinsel zurückgekehrt. Die gewandte, aber verschlossene Tilla Straten war ihre Patentante. Und Mia van Heemskerk wohnte tatsächlich noch immer in dem Haus, in dem die Morde geschehen waren.

»Aber sie wird jede Minute blasser, det kann ick Sie verraten«, sprudelte die kleine Berlinerin weiter. »Nich die Straten, die Schwester von der Heemskerk, mein ick. Is ja auch kein Wunder, wo sie doch drüben bei der Irren wohnt.« Sie zog sich einen der leeren Stühle heran und schlug bequem die Beine übereinander. »Wie kann man in einem solchen Haus wohnen bleiben, frage ick Sie?!«

»Was ist denn mit dem Haus?«, erkundigte sich Edna so unbeteiligt wie irgend möglich, indem sie sich eine Tasse Kaffee einschenkte, der nicht sehr stark zu sein schien.

»Der Tod klebt dran.« Sina räusperte sich und blickte argwöhnisch über ihre Schulter, als erwarte sie, einen schwarzgekleideten Knochenmann dort vorzufinden. »Der alte Heemskerk und seine Frau sind da umgebracht worden. Hundert Schläge mit der Spitzhacke. Det war vielleicht 'ne Sauerei!«

»Man hat die Eltern der Besitzerinnen ermordet?«

»Alle beide«, nickte Sina. »Sie haben sie in der Küche

gefunden. Auf'm Fußboden. Die Gesichter weggehackt. Und bestimmt ist sie's selber gewesen, wenn Se mich fragen.«

»Wer?« Edna hatte längst bemerkt, dass sie dem Mädchen nur hin und wieder ein Stichwort zu geben brauchte.

»Na die Heemskerk, die Irre.« Sie senkte die Stimme. »Die hat doch nicht alle Tassen im Schrank. Ick meine: Würden Sie in dem Haus wohnen bleiben, in dem man Ihre Eltern ermordet hat?«

Edna gab einen unbestimmten Laut von sich.

»Sehen Sie!«, rief das Mädchen triumphierend. »Damit allein wäre doch schon bewiesen, dass die einen an der Klatsche hat. Ick sage Ihnen, mir läuft jedes Mal ein Schauer über den Rücken, wenn ick der begegne.« Sie schüttelte sich nicht ohne Behagen. »Und Bilder soll die malen, lauter krankes Zeug. Aber det hat'se angeblich schon als Kind gemacht, so verrückte Bilder gemalt, meine ick. Sie wollte sogar Kunst studieren, als sie jung war.«

Der letzte Satz entlockte Edna ein melancholisches Schmunzeln. Mia van Heemskerk war dreiunddreißig Jahre alt. Zehn Jahre jünger als sie selbst. »Aber sie hatte kein Talent?«, beeilte sie sich nachzuhaken, damit Sinas Informationsfluss nicht ins Stocken geriet.

Die Angesprochene kicherte. »Iwo, keine Spur.« Dann beugte sie sich noch ein Stückchen näher zu Edna herüber. »Es heißt, der Alte wollte, dass sie eine Lehre macht, hier im Hotel. Aber schon in der ersten Woche hat sie einen Gast geohrfeigt, können Se sich so wat vorstellen? Richtig eine geknallt hat die dem.« Sie hob die rechte Hand und deutete einen kräftigen Schlag an. »Na, der hat vielleicht blöd aus der Wäsche geguckt, kann ick Ihnen sagen.«

»Und warum hat sie das getan?«, fragte Edna.

»Na, keene Disziplin«, lautete Sinas gnadenloses Urteil.

»Wissen Se, wenn ick jeden Gast ohrfeigen wollte, der mir auf'n Hintern fasst, wär ick ooch die ganze Woche beschäftigt, det könn' Se glauben.« Sie verdrehte in gespielter Verzweiflung die Augen. »Aber die Heemskerk soll ja schon immer solche Wutanfälle gehabt haben, so mit Herumschreien und Sachen kaputtmachen und so. Angeblich war sie ja sogar mal beim Irrenarzt deswegen.« Sie hielt inne und starrte gedankenverloren auf die Tischkante. »Ick sage Ihnen, der hätte sie besser weggesperrt, als noch Zeit dazu war. Aber nein, sie kam wieder zurück. Und ein paar Monate später waren ihre Eltern tot.«

Edna ließ diese beiden letzten Sätze einen Moment lang auf sich wirken. Mia van Heemskerk war von einem Psychiater untersucht worden. Und ein paar Monate später hatte irgendjemand ihre Eltern ermordet. Irgendjemand. Oder …

»Ist Frau van Heemskerk von der Polizei denn der Tat verdächtigt worden?«

»Na klar doch«, lautete die prompte Antwort. »Sie war ja da, als es passiert ist. Im Haus, meine ick. Und ihre Kleider waren voller Blut.« Das Mädchen verzog angeekelt die Lippen. »Aber sie hat es sehr raffiniert angestellt, wissen Sie? Sie hat hinterher behauptet, dass sie sich so vor die beiden Toten erschreckt hat, dass sie aus Versehen überall alles anfassen musste oder so ähnlich. Und die Polizei hat ihr geglaubt.« Ihr Blick verriet Geringschätzung. »Sie haben ihr diesen Mist abgenommen, und sie hat die Hälfte von allem geerbt und konnte weiter ihre komischen Bilder malen. Toll, unser Rechtssystem, was?!« Sie schnaubte verächtlich. »Und dabei hatte sie sich ein paar Tage vor dem Mord noch mit ihrem Vater gestritten, dass die Fetzen geflogen sind. Ick sage Ihnen, die alte Grete Siehler könnte Ihnen da Sachen erzählen …« Sie ließ den Satz offen und blickte Edna vielsagend an.

Edna notierte sich in Gedanken den Namen und lächelte dem Mädchen aufmunternd zu, doch im selben Augenblick trat Jolantha Maysson in den Frühstücksraum. Sie hielt inne, und ihre aufmerksamen Augen streiften über die leeren Tische. Dann kam sie mit energischen Schritten auf Ednas Fensterplatz zu.

Sina sprang eilig von ihrem Stuhl auf. »Und wenn Se noch irgendwat brauchen, sagen Se't nur«, rief sie und verschwand durch die Schwingtür zur Küche.

Edna blickte ihr amüsiert nach. »Vielen Dank.«

Jolantha Maysson runzelte die Stirn. »Ich hoffe, die Kleine hat Sie nicht belästigt. Sie schwatzt ein bisschen zu viel«, fügte sie mit unüberhörbarer Missbilligung hinzu. Dann legte sie einen Bogen Papier neben Ednas Teller. »Ich wollte Sie bitten, mir bei Gelegenheit dieses Formular auszufüllen. Wegen der Kurtaxe.«

Edna nickte. »Gerne.«

»Und das Zimmer?« Jolantha Mayssons Handkante wischte ein paar Krümel von der ansonsten blütenweißen Tischdecke. »Ist alles zu Ihrer Zufriedenheit?«

»Ja danke, ich fühle mich sehr wohl.«

»Das freut mich.« Die Frau des Geschäftsführers blieb unschlüssig neben dem Tisch stehen. »Wegen dieses Vorfalls gestern Abend ...« Sie stutzte und schien zu überlegen, wie sie fortfahren sollte.

Edna hütete sich, ihr zu Hilfe zu kommen.

»Es tut mir sehr Leid, dass Sie das miterleben mussten.«

»Kein Problem.«

Sie räusperte sich. »Haben Sie schon Pläne für die nächsten Tage?«

Edna lächelte. »Nein«, entgegnete sie. »Ich habe nichts Bestimmtes vor.«

»Es gibt ein paar lohnende Tagesfahrten«, bemerkte Jolantha Maysson eifrig. Sie schien froh zu sein, den »Vorfall« vom Vorabend so schnell abhaken zu können. »Groningen oder Helgoland. Mit Möglichkeiten zum zollfreien Einkauf an Bord. Oder Sie sehen sich die Seehundsbänke an.«

Edna lächelte noch immer. »Ja«, sagte sie. »Das könnte ich vielleicht tun.«

Jolantha Maysson nickte. »Na, wie auch immer«, murmelte sie zerstreut. »Ich hoffe, Sie haben einen schönen Aufenthalt.«

Sie drehte sich um und ging langsam zum Buffet hinüber, wo sie einen kurzen Augenblick stehen blieb. Dann griff sie nach einem eigentlich noch recht gut gefüllten Brötchenkorb und verschwand damit in der Küche.

* * *

Nach einem ausgiebigen Frühstück war Edna gerade wieder auf dem Weg in ihr Zimmer, als ihre Nichte anrief. Sie klang frisch und gut gelaunt, und in Edna keimte die vorsichtige Hoffnung auf, dass es vielleicht doch eine Möglichkeit des Anknüpfens an alte Zeiten geben würde. Dass Maja und sie mit dem Abstand der letzten sechs Wochen vielleicht doch in der Lage sein würden, vernünftig miteinander zu reden. Dass die Probleme, von denen Dr. Gessner gesprochen hatte, vielleicht doch nicht so gravierend waren …

Sie verabredeten, sich in einer Stunde am Musikpavillon auf der Strandpromenade zu treffen. Edna wunderte sich ein wenig, dass Maja nicht vorschlug, zu ihr ins Hotel zu kommen, aber die Promenade lag etwa auf halber Strecke des Weges und vielleicht hatte ihre Nichte einen Plan für ihren ersten gemeinsamen Tag, der in irgendeiner Weise mit dem Strand zu tun hatte …

Als sie vor ihrem Kleiderschrank stand, spielte sie einen Moment lang mit dem Gedanken, ihren roten Badeanzug einzupacken, für den Fall, dass ihre Nichte vorhatte, schwimmen zu gehen. Aber schließlich fehlte ihr dann doch das letzte Quäntchen Mut zu diesem kühnen Schritt, und sie stopfte nur ein Badetuch, Windjacke und eine Flasche Sonnenmilch in die reichlich zerschlissene Umhängetasche aus Stroh, die sie schon als Schulmädchen besessen hatte. Anschließend zog sie ein mintfarbenes Top unter ihre weiße Strickjacke, um – falls das Wetter hielt – wenigstens ihren Schultern und Oberarmen eine etwas großzügigere Portion Sonnenlicht gönnen zu können, wenn sie ihnen schon ein Bad in der Nordsee versagte. Ein Blick auf den Reisewecker verriet ihr, dass bis zu ihrer Verabredung noch genügend Zeit blieb, sich das Haus, an dem laut Aussage ihrer munteren Berliner Frühstücksfee »der Tod klebte«, einmal aus der Nähe anzusehen. Das Herrenhaus …

Sie verließ das Hotel durch den Haupteingang und wandte sich nach rechts. Neben dem Hauptgebäude befand sich eine breite, düstere Toreinfahrt, die wohl in erster Linie der Anlieferung von Waren diente und auf den Hof hinter dem Hotel führte, an dessen rückwärtige Mauer sich eine schmale Gasse anschloss. Als Edna in den schattigen Durchgang trat, registrierte sie den Geruch von Mittagessen, der durch die gekippten Fenster der Hotelküche drang. Rechterhand führte eine Treppe zur Küchentür hinauf, dahinter verschloss eine Falltür den Zugang zum Keller des Hauses.

In der Gasse hinter dem Hotel waberte schon die Mittagshitze. Sie führte, ganz wie Edna es erwartet hatte, geradewegs auf das große Backsteingebäude zu, in dem Nils van Heemskerk und seine zweite Frau vor fünfzehn Jahren ermordet worden waren. Sie betrachtete das Haus eingehend, während sie langsam darauf zuging. Es wirkte ziemlich heruntergekommen, und wenn sie nicht genau gewusst hätte, dass jemand darin lebte, hätte sie es sicherlich für leerstehend gehalten. Im ersten Obergeschoss hing ein weißer Fensterladen nur noch an einer Angel. Wenn es stürmte, stellte er zweifellos ein Sicherheitsrisiko dar. Die wenigen Büsche, die das Haus umgaben, hätten dringend eines Nachschnitts bedurft. Überall wucherte Unkraut. Eine Bruchbude, dachte Edna. Oder eine sichtbar gewordene Tragödie. Warum hatte sich Vivica van Heemskerk eigentlich ausgerechnet jetzt zu einer Rückkehr auf die Insel entschlossen? Ob es einen besonderen Grund für diesen Entschluss gab, einen Anlass? *Bestimmt hat die Straten sie hergerufen, weil's so schlimm steht mit der Irren,* mutmaßte eine imaginäre Sina. Das wäre eine Möglichkeit, nickte Edna. Wenn man das Haus sah, war es nicht abwegig, dass Vivica van Heemskerk es auf einmal doch für nötig befunden hatte, sich um ihre jüngere Schwester zu kümmern …

Edna blieb noch einen Augenblick stehen und ließ die Atmosphäre des Gebäudes auf sich wirken. Dann kehrte sie zum Hotel zurück. Als sie wieder durch die Lieferanteneinfahrt kam, war dort der Transporter eines Paketdienstes geparkt. Die Tür zur Ladefläche stand offen, und an der Mauer unter den Küchenfenstern lehnten zwei großformatige, aber ungewöhnlich flache Pakete. Der Fahrer, ein großer, gut gebauter Farbiger, stand an der Treppe zur Küchentür bei Erwin Maysson, der soeben die Lieferung quittierte.

Als er Edna kommen sah, hob Maysson den Blick. »Kann ich Ihnen helfen?«, erkundigte er sich freundlich.

Edna schüttelte den Kopf. »Ich wollte mich nur ein wenig umsehen«, gab sie unverblümt zu. »Aber ich glaube, dort hinten komme ich nicht viel weiter.«

»Nicht, wenn es Sie zum Strand zieht«, entgegnete Maysson lächelnd. »Die Gasse führt Richtung Ortskern und endet hinten beim Herrenhaus.« Er gab dem Paketboten das Klemmbrett mit der Auslieferungsliste wieder zurück und kam ein paar Schritte auf seinen Gast zu. »Sind Sie mit Ihrem Zimmer zufrieden?«

Edna musste unwillkürlich an seine Frau denken. Ob sie ihm von Armin Prassers Auftritt gestern Abend berichtet hatte?

»Ja, danke, ich fühle mich sehr wohl«, versicherte sie wie schon zuvor.

»Manche Gäste schlafen ja lieber nach hinten raus«, bemerkte Maysson. »Sie behaupten, dass es nachts von der Straße her zuweilen recht laut wird. Vor allem, wenn sich die Nachtschwärmer aus den umliegenden Bars auf den Nachhauseweg machen.« In seinem Blick lag eine Frage.

»Ich habe geschlafen wie ein Murmeltier«, beteuerte Edna mit einem gewinnenden Lächeln, obwohl diese Aussage nicht den Tatsachen entsprach. Im Gegenteil, sie hatte sogar ausgesprochen schlecht geschlafen, doch das hatte nichts mit nachtschwärmenden Touristen zu tun.

»Dann ist ja alles bestens«, nickte Maysson und griff geistesabwesend nach dem Durchschlag, den ihm der Fahrer des Paketdienstes schon seit geraumer Zeit entgegenstreckte.

Im selben Moment kam eine Frau die enge Gasse hinter dem Hotel entlang. Sie ging in Richtung Herrenhaus und schob ein altmodisches Klapprad neben sich her. Im Vorbeigehen blickte sie flüchtig herüber. Als sie den Geschäftsführer des Hotels neben dem offenen Lieferwagen bemerkte, stutzte sie.

Auch Maysson hatte sie bemerkt, und ein geschäftsmäßiges Lächeln breitete sich über seine markanten Gesichtszüge. »Hey, Mia«, rief er und hielt das Papier, das ihm der Fahrer soeben ausgehändigt hatte, in die Höhe. »Hier ist gerade eine Lieferung für dich gekommen!«

Edna kniff interessiert die Augen zusammen, um die Frau, die im hellsten Sonnenlicht stand, besser erkennen zu können. Mia van Heemskerk, dachte sie, die Irre.

Die Angesprochene ließ ihr Fahrrad zu Boden fallen, wo sie gerade stand, und kam argwöhnisch näher. Sie trug khakifarbene Bermudashorts, die in der Taille von einem abgewetzten braunen Ledergürtel zusammengehalten wurden, und dazu ein rosafarbenes T-Shirt voller Farbflecken. Ihr halblanges blondes Haar wirkte ungewaschen.

»Sind das meine Bilder?«, fragte sie und zeigte auf die beiden Kartons, die an der Wand unter den Küchenfenstern lehnten.

Erwin Maysson nickte. »Der junge Mann hier«, seine Hand wies auf den Paketboten, der grüßend den Kopf neigte, »hat dich nicht angetroffen und da hat er ...«

»Was?«, fiel Mia van Heemskerk ihm ins Wort. »Was hat er?«

»Ich habe ihm gesagt, er kann die Sachen hier lassen.«

Mia starrte ihn an. »Meine Bilder?!«

»Ich dachte ...«

»Ich habe geklingelt, aber Sie waren nicht zu Hause«, mischte sich der Fahrer ein. »Und Ihr Nachbar war so freundlich ...«

Mia machte einen Schritt auf ihn zu und fixierte ihn mit durchdringendem Blick. Sie war ziemlich dick, schien jedoch einen eher zierlichen Knochenbau zu haben, so dass sie trotz ihrer Korpulenz beinahe zerbrechlich wirkte. »Er ist nicht mein Nachbar, sondern mein Geschäftsführer und seit vielen Jahrzehnten ein Mays-son«, fuhr sie den verdutzten Mann an. »Und die Pakete da an der Wand sind doch wohl an M-i-a van Heems-kerk adressiert«, sie sprach die Namen überdeutlich aus, »oder etwa nicht?«

Sie riss dem Fahrer das Klemmbrett aus der Hand und fuhr mit dem Zeigefinger über die Liste. Irgendwo auf dem Blatt blieb ihr Blick hängen. »Hier, du Idiot!«, keifte sie. »Was steht hier?« Ihr rechter Zeigefinger trommelte auf das Papier. »Welche verdammte Hausnummer steht da hinter meinem Namen?«

»Ich habe dem Mann gesagt, dass er die Sachen hier lassen kann«, wiederholte Maysson, bevor der Fahrer reagieren konnte. Sein Gesicht war blass geworden. »Sonst hätte er doch alles wieder mitnehmen müssen.«

Mia beachtete ihn gar nicht. Sie stand jetzt direkt vor dem Paketboten. »Ich habe dich nicht verstanden«, fauchte sie, während ihr Finger noch immer wie wild über der Liste herumfuchtelte. »Steht hier irgendwas davon, dass du berechtigt bist, diese Sendung in diesem verfickten Hotel abzugeben? Ja? Steht das da?« Sie riss das Blatt aus dem Klemmverschluss und hielt es dem Fahrer direkt unter die Augen. »Zeig mir, wo das steht, du unfähiges Arschloch!«

Der Fahrer reagierte nicht. Er stand einfach da, den undurchdringlichen Blick starr auf die Hotelmauer gerichtet. Unter der dünnen Haut seiner Schläfe pochte eine Ader.

»Lies mir gefälligst vor, was da steht«, schrie Mia van Heemskerk ihm ins Gesicht. »Falls du das kannst, aber ich wette, das kannst du nicht, du dreckiger Bimbo!« Sie schleuderte das Klemmbrett auf die Erde und wandte sich ab. »Man sollte euch alle ausweisen, ihr Drecksäcke«, murmelte sie vor sich hin. »Und alle fettärschigen Hotelmanager gleich mit!«

Der Paketbote machte eine schnelle Bewegung auf sie zu. Edna fürchtete schon, er wolle sie schlagen, doch er nahm ihr lediglich die Auslieferungsliste aus der Hand, was sie zu Ednas Überraschung widerstandslos geschehen ließ. »Ich werde Sie anzeigen«, sagte er ruhig.

Mia van Heemskerk lachte laut auf. Ein kurzes, freudloses Lachen. »Und da wärst du nicht der Erste, glaub mir!« Erwin Maysson fasste nach ihrem Arm und wollte sie ein Stück beiseite ziehen. Doch sie entwand sich ihm. Sie straffte die Schultern und baute sich wieder vor dem Fahrer auf, der gut einen Kopf größer war als sie. »Und wofür willst du mich anzeigen, Arschloch? Für das böse Bimbo-Wort, ja? Ist es das? Los, sag's mir!«

Der Mann drehte sich von ihr weg und kramte ein Stück Papier aus der Brusttasche seines Hemdes. In seinem Nacken glänzten Schweißperlen.

»Berührt es dich irgendwie unangenehm, dass ich dich einen dreckigen Bimbo genannt habe?«, rief Mia seinem Rücken zu. »Hat das deine kleine schwarze Seele verletzt, ja? Oder war es ... Warte!« Sie schlug sich mit der Hand gegen die Stirn. »Jetzt hab ich's! Es war, weil ich dich so einfach geduzt habe, nicht wahr?« Ein garstiges Lächeln spielte um ihre Mundwinkel. »Sie sind einfach nur ein bisschen beleidigt, Sie hochherrlicher, dreckiger Bimbo-Arsch!«

Erwin Maysson trat entschlossen hinter sie und packte sie bei den Schultern. »Das reicht jetzt, Mia!«, schrie er. »Ein für alle Mal!«

Mia van Heemskerk fuhr herum. »Dieses unfähige Schwein will mich anzeigen, nur weil ich ihm vorwerfe, dass er meine Bilder an die falsche Adresse geliefert hat.« Sie lachte wieder, doch ihr Gesicht war rot vor Wut. »Und du hast mir gar nichts mehr zu sagen, kapier das endlich!« In ihrer Stimme war ein neuer Klang erschienen. Die Worte hatten einen Beigeschmack, über den Edna sich nicht ganz im Klaren war. »Ich will, dass du mich endlich in Ruhe lässt, verstanden?!«

Erwin Maysson blickte zu Boden. Seine Hände umklammerten noch immer Mias Schultern. Als er sich dessen bewusst wurde, ließ er sie sinken.

In der Zwischenzeit hatte sich der Fahrer nach seinem Klemmbrett gebückt und stieg in den Wagen.

»Hey, Augenblick, Mann! Du willst meine Bilder doch wohl nicht da an der Wand stehen lassen, oder? Tu gefälligst endlich, wofür man dich bezahlt!« Wütend stürmte Mia van Heemskerk auf den Lieferwagen zu. Dabei fiel ihr Blick auf Edna, und ein Ausdruck von Überraschung huschte über ihr Gesicht. »Wer sind Sie denn?«, fauchte sie. »Was glotzen Sie so?!« Dann drehte sie sich plötzlich um und rannte zu den beiden Kartons hinüber, die an der Mauer lehnten. Erst jetzt registrierte Edna, dass sie keine Schuhe trug. »Ihr könnt mich alle!«, brummte sie, während sie sich das vordere der beiden Pakete griff. Das Bild, das sich darin befand, musste ein beträchtliches Gewicht haben, denn Mia van Heemskerk hatte sichtlich Mühe, es anzuheben. »Und lass dir bloß nicht einfallen, irgendwas anzurühren«, zischte sie Erwin Maysson zu, der ihr gefolgt war. Dann schleppte sie das sperrige Paket schimpfend und fluchend die schmale Gasse entlang, zum Herrenhaus.

Maysson blickte ihr gedankenverloren nach. Irgendwann schien er sich daran zu erinnern, dass einer seiner Hausgäste noch immer hinter ihm stand, und er drehte sich zu Edna um. »Verzeihen Sie«, sagte er, indem er sich erfolglos um ein Lächeln bemühte. »Aber sie meint es nicht böse. Es ist nur … Sie kann wohl nicht so ganz einsehen, dass sie als Künstlerin keinen Erfolg hat. Und wenn sie erst mal wütend ist, redet sie sich um Kopf und Kragen …« Er wandte den Kopf und blickte wieder die Gasse hinunter, was Edna die Gelegenheit gab, sein Gesicht zu betrachten. Eigentlich machte er nicht den Eindruck, als sei ihm die Szene irgendwie peinlich. Stattdessen lag etwas anderes in seinen Augen, und Edna überlegte, was es war. »Das Malen war ihr Traum«, murmelte er nach einer

Weile. Offenbar hielt er es für nötig, noch etwas Erklärendes zu dem zu sagen, was gerade geschehen war. »Es ist wohl die Enttäuschung gewesen.« Edna hatte das Gefühl, dass er mehr zu sich selbst als zu ihr sprach. »Wahrscheinlich hat sie irgendwem Bilder von sich angeboten, und der hat sie einfach zurückgeschickt.« Er zuckte mit den Schultern. Eine tiefe Müdigkeit lag in dieser Geste. »Sie ist dann immer so ... Na ja, sie hat viel durchgemacht.« Seine Augen streiften Ednas Gesicht. »Aber ich will Sie nicht aufhalten. Schließlich ist es Ihr erster Urlaubstag!«

Er nickte ihr zu und verschwand in der Küche.

Edna wartete, bis er die Tür hinter sich zugezogen hatte, dann ging sie zu dem zweiten an Mia van Heemskerk adressierten Paket hinüber, das noch immer an der Mauer unter den Fenstern lehnte, und warf einen flüchtigen Blick auf den Absender. Es war eine Galerie in Hamburg. *Wahrscheinlich hat sie irgendwem Bilder von sich angeboten, und der hat sie einfach zurückgeschickt* ... Edna nickte leise vor sich hin. Die Bilder waren zurückgekommen, und Mia van Heemskerk war darüber so in Wut geraten, dass sie die Kontrolle über sich verloren hatte. *Die Heemskerk soll ja schon immer solche Wutanfälle gehabt haben,* meldete sich die Stimme der kleinen Berlinerin irgendwo in ihrem Ohr, *so mit Herumschreien und Sachen kaputtmachen. Angeblich war sie ja sogar mal beim Irrenarzt deswegen.* Edna seufzte. Und ein paar Monate später waren ihre Eltern tot ...

* * *

Hin und wieder erwachte sie für einen kurzen Augenblick.

Sie war zwar noch immer nicht fähig, die Augen zu öffnen, doch es schien nicht mehr vollkommen finster zu sein. Ein fernes Licht färbte das dünne Häutchen ihrer Lider, die sie nicht heben konnte, dunkelrot. So dunkelrot wie das Blut in der Küche. Schwarze Fäden zogen daran vorbei. Wieder und wieder. Sie betrachtete sie von innen, während sie auf den Wind lauschte, der irgendwo in weiter Ferne rauschte. Oder war es das Meer, das sie hörte? Weites, wogendes Salzwasser …

Oder Blut? Das Rauschen von Blut?

Die Fäden verdichteten sich. Das taten sie immer, kurz bevor auch das spärliche rote Licht wieder verschwand. Sie versuchte, sich zu wappnen, für die Finsternis, die nun folgen würde. Wie lange würde es dauern, bis das Licht zurückkehrte?

Würde es je zurückkehren?

Wo war Mia?

* * *

»Wie geht es dir?«

»Gut.« Maja blickte in ihren Cappuccino hinunter und schob die Unterlippe vor. Seit ihrem Zusammenbruch gab sie diese Antwort, wann immer sie nach ihrem Befinden gefragt wurde, und folglich maß Edna dieser Aussage keine allzu große Bedeutung bei. Allerdings musste sie zugeben, dass ihre Nichte tatsächlich viel besser aussah als noch vor sechs Wochen. Sie hatte abgenommen. Unter den Trägern ihres Sommertops zeichneten sich deutlich die Schlüsselbeine ab. Eigenartigerweise fand Edna, dass ihr das Dünnsein nicht stand, was aber auch daran liegen mochte, dass sie den Grund für den Gewichtsverlust kannte. Ihre Nichte war von klein auf pummelig gewesen. An eine dünne Maja würde sie sich gewöhnen müssen.

»Was macht die Therapie?«

Ihre Nichte hob den Blick. »Wir kommen voran.«

Edna nickte. »Ich habe mich gestern Abend kurz mit Frau Dr. Gessner unterhalten.«

»Ja«, entgegnete Maja. »Das hat sie mir erzählt.«

Kein Wort des Bedauerns, dass sie einander nicht schon einen Tag früher begegnet waren. Keine einzige Frage. Kein Interesse. Edna setzte ihre Sonnenbrille auf. Sie saßen in einem der zahlreichen Straßencafés, und sie hatte bewusst auf einen Eisbecher verzichtet, weil sie sich nicht sicher war, ob der Anblick von Eis ihrer Nichte nicht vielleicht doch irgendwie gefährlich werden konnte. Maja hatte ihr zwar mehrfach versichert, sie könne essen, was sie wolle, sie selbst sei sowieso noch viel zu satt vom Frühstück in der Klinik, aber trotzdem hatte Edna nur einen Espresso bestellt. Sie traute ihrer Nichte nicht mehr. Sie hatte sich einmal täuschen lassen, möglicherweise nur allzu gerne. Aber damit war nun ein für alle Mal Schluss.

»Dr. Gessner hat mir ein paar von deinen Bildern gezeigt.«

»Und?« In Majas Augen erschien ein Blitzen. »Wie findest du sie?«

»Ich finde sie sehr gut«, sagte Edna mit ehrlicher Überzeugung. »Wirklich.«

Maja lächelte. Früher hatte sie gestrahlt, wenn sie gelobt worden war. Es schien, als habe die Therapie alle ihre Emotionen ein paar Grade heruntergeschraubt.

»Freut mich«, sagte sie. »Weißt du, ich habe gar nicht gewusst, dass ich das kann. Malen, meine ich. In der Schule hatte ich nie richtig Lust dazu, mit den vorgegebenen Themen und so. Aber hier …« Sie ließ den Satz unvollendet und starrte wieder in ihre halbvolle Tasse, in der der kakaobestäubte Milchschaum inzwischen weitgehend in sich zusammengefallen war.

Edna überlegte, ob sie beim Thema Schule einhaken

sollte. Die Sommerferien waren fast zu Ende und bislang hatte Maja sich noch nicht geäußert, wie sie sich die Zukunft vorstellte, ob sie vorhatte, wieder zum Unterricht zu gehen, um im kommenden Jahr vielleicht doch noch ihre Abiturprüfung ablegen zu können, wie es weitergehen sollte. Doch sie entschied, diese Frage auf einen späteren Zeitpunkt zu verschieben. Das fragile Gleichgewicht, auf dem dieses Gespräch aufbaute, durfte auf keinen Fall zerstört werden. Sie spähte über den Rand ihrer Sonnenbrille. Ihre Nichte wirkte seltsam befangen, wie sie da in ihrem Korbstuhl hockte und den jungen Eltern hinterherblickte, die ihre erwartungsfrohen Kinder zum Strand hinunter trieben. So, als wisse sie plötzlich nicht mehr, was sie ihrer Tante von sich verraten dürfe und was nicht. Aber vielleicht bin auch ich diejenige, die befangen ist, überlegte Edna, weil ich mich schäme, dass ich es mir zu leicht gemacht habe. Dass ich nichts von Majas Leiden bemerkt habe, all diese Monate, oder waren es sogar Jahre gewesen? Dass ich …

»Konntest du dir denn eigentlich so einfach freinehmen?« Majas dunkelbraune Augen blickten prüfend. Sie wusste nur zu gut, wie sehr ihre Tante die Arbeit liebte, und auch, dass sie nicht mehr verreiste, wenn sie Urlaub hatte. Seit Jahren nicht.

»Ist nicht viel los zurzeit«, gab Edna zu.

Maja nickte. »Und das Hotel, in dem du wohnst? Gefällt es dir da?«

»Doch ja, ich fühle mich sehr wohl«, beantwortete Edna die Frage nach ihrer Unterbringungssituation zum dritten Mal an diesem Tag. Fast wie in diesem Film, dachte sie, in dem der bemitleidenswerte Hauptdarsteller wieder und wieder denselben Tag durchleben muss. Den Murmeltiertag. Wie hieß denn noch dieser Schauspieler?

»Es sieht ziemlich elegant aus, von außen.«

»Was?«

»Dein Hotel.«

»Oh ...« Edna nickte. »Ja, das ist es wohl.«

»Kann ich Ihnen noch irgendetwas bringen?«, erkundigte sich der zierliche Kellner, der sie bedient hatte, im Vorbeigehen.

Fragend blickte Edna ihre Nichte an.

Maja schüttelte den Kopf.

»Dann würde ich auch schon mal zahlen«, bat Edna, indem sie ihr Portemonnaie aus der Handtasche nahm und dem Kellner einen Geldschein entgegenstreckte. »Und anschließend überlegen wir, was wir mit dem Rest des Tages anstellen wollen.« Sie lächelte ihrer Nichte zu. »Wie wär's mit einem schönen, ausgiebigen Strandspaziergang? Und danach vielleicht ein Besuch im Meerwasseraquarium?«

Maja machte ein unglückliches Gesicht. »Klingt gut, aber ...« Ihre Augen streiften ziellos über die angrenzenden Tische. »Um zwölf ist unser gemeinsames Mittagessen und ...«

»Und da musst du hin. Das verstehe ich natürlich«, entgegnete Edna und nahm ihr Wechselgeld entgegen. »Sag mir einfach, wann du wieder Zeit hast, dann hole ich dich in der Klinik ab.«

»Es ist nur ...« Maja rutschte unbehaglich auf ihrem Stuhl hin und her. »Ich fürchte, ich habe heute überhaupt keine Zeit mehr. Heute und morgen Nachmittag läuft ein Seminar über Selbstbehauptung, für das ich mich fest angemeldet habe.« Edna versuchte, ihren Blick festzuhalten, doch Maja wandte sich ab. »Ich konnte ja nicht wissen, dass du herkommst!«

In ihrer Stimme lag etwas, das Edna an ihr nicht kannte. Eine fast aggressive Bestimmtheit. Sie musterte das weiche, beinahe noch kindliche Profil ihrer Nichte und fühlte einen Anflug von Enttäuschung. Eine halbe Stunde Zeit. Ein einziger Cappuccino. Eine einzige Ansichtskarte. Gleichzeitig war ihr klar, dass sie sich eigentlich über Majas Reaktion freuen sollte. Maja musste lernen, ihre Interessen zu vertreten und auf die eigenen Bedürfnisse Rücksicht zu nehmen, wenn sie gesund werden wollte.

»Jetzt bist du sauer, oder?« Diese goldenen Ringe inmitten ihrer braunen Augen hatte sie schon als kleines Mädchen gehabt.

Edna sah ihr offen in die Augen. »Nein.«

»Ich könnte es auch ...« Ihre Fingerspitzen wischten über die Tischkante. »Wenn du willst, sage ich es ab.«

Da war sie wieder, die alte Maja! Maja, die Rücksichtsvolle, die Liebe. Edna registrierte mit Verwunderung, dass die unerwartete Begegnung mit der Maja, die sie gekannt hatte, sie nicht erleichterte, sondern beunruhigte.

»Nein, das wirst du nicht tun!«, sagte sie mit Nachdruck. »Schließlich bin ich noch länger hier. Wir werden in den nächsten Tagen noch ausreichend Gelegenheit haben, uns die Fische und die Muscheln und all das andere Zeug anzusehen.«

Maja sah skeptisch aus. »Und was machst du in der Zwischenzeit?«

Edna lächelte, indem sie wieder an ihre muntere Berliner Frühstücksgöre dachte: *Ick sage Ihnen, die alte Grete Siehler könnte Ihnen da Sachen erzählen ...*

»Ich finde schon eine Beschäftigung.«

»Es gibt so verschiedene Ausflugsfahrten, die man hier buchen kann«, bemerkte Maja hoffnungsvoll. »Krabbenkutter oder ...«

»Oder ich sehe mir die Seehundsbänke an«, ergänzte Edna.

»Du bist *doch* sauer, stimmt's?«

»Nein, bin ich nicht«, versicherte Edna erneut. »Wirklich, du kannst ganz beruhigt sein. Ich werde mich bestimmt nicht langweilen.« Sie zögerte einen Augenblick, bevor sie hinzufügte: »Vielleicht mache ich einen Kaffeebesuch.«

Majas Miene drückte Überraschung aus. »Du kennst hier jemanden?«

»Noch nicht«, entgegnete Edna mit einem zuversichtlichen Lächeln.

* * *

Sie hatte im Hotelrestaurant zu Mittag gegessen und zum Nachtisch ein paar Worte mit der omnipräsenten Jolantha Maysson gewechselt. Anschließend hatte sie sich an der Rezeption ein örtliches Telefonbuch ausgeliehen und sich damit auf ihr Zimmer zurückgezogen. Unter »Siehler« fand sich nur ein einziger Eintrag: *Siehler, G.*, dazu eine Adresse im alten Ortskern, ganz in der Nähe des Leuchtturmes.

Mit einem Stadtplan bewaffnet, machte Edna sich auf den Weg. Unterwegs kamen ihr jedoch erhebliche Zweifel an ihrer Mission. Sie war auf dem Weg zu einer völlig fremden Frau, um mit dieser über einen ungeklärten Mordfall zu reden, der fünfzehn Jahre zurücklag. Und warum? Weil ein verschrobener alter Nachbar sie darum gebeten hatte? Weil sie sich langweilte? Oder am Ende gar, weil sie eine aufbrausende junge Frau kennen gelernt hatte, von der die Mehrheit der Insulaner anzunehmen schien, dass sie ihren Vater und ihre Stiefmutter auf brutalste Art und Weise ermordet hatte? Eines zumindest stand fest: Als sie gestern Abend auf der Insel angekommen war, hatte sie nicht vorgehabt, sich tatsächlich mit dieser alten Geschichte zu befassen, Diessler hin oder her. Was hatte ihre

Neugier geweckt? Warum zum Teufel stand sie jetzt vor einem gepflegten roten Haus und starrte auf ein Klingelschild, auf dem ein Name stand, zu dem sie keinerlei Beziehung hatte?

»Ja, bitte?« Die Frau, die ihr im Türrahmen gegenüberstand, war klein und schmächtig. Sie mochte an die achtzig Jahre alt sein, wirkte jedoch frisch und vital. Um ihren Mund lag eine kraftvolle Linie, die Tüchtigkeit und obendrein eine gehörige Portion Humor verriet. »Kann ich Ihnen behilflich sein?«

Edna bemühte sich um ein möglichst einnehmendes Lächeln. »Verzeihen Sie, dass ich Sie so einfach belästige«, begann sie, während Grete Siehlers aufmerksame Augen sie von oben bis unten taxierten. »Aber ich wohne zurzeit drüben in der *Meeresrose*, und eine der Angestellten dort hat mich an Sie verwiesen, Sina.«

»Ach Gott, die kleine Berlinerin, was?«, fiel die ehemalige Hotelangestellte ihr eifrig ins Wort. »Is 'n tüchtiges Mädchen«, bemerkte sie wohlwollend. »Nur wohl 'n bisschen verschwatzt.«

Edna lächelte und bedankte sich im Stillen bei ihrer unwissenden Helferin. »Sie meinte, dass Sie mir vielleicht weiterhelfen könnten ...«

In Grete Siehlers Blick stahl sich ein Hauch von Neugier. »Worum geht's denn?«

»Die Sache ist mir wirklich außerordentlich unangenehm«, sagte Edna, während sie sich bemühte, auch entsprechend auszusehen. »Aber der Sohn eines Freundes hat sich vor kurzem mit einer Borkumerin verlobt, und nun habe ich durch Zufall erfahren, dass diese Frau eine ... Nun ja, dass sie eine etwas problematische Vergangenheit hat.« Sie stieß einen tiefen Seufzer aus und kam sich entsetzlich unecht dabei vor. »Ihr Name ist Vivica van Heemskerk.«

Die Alte zog die Augenbrauen hoch. »Soso«, murmelte sie. »Da wäre ich allerdings auch wohl'n bisschen besorgt.« Ihre Augen glitten über das Gesicht ihres Gegenübers, und Edna hatte den Eindruck, als schwinde das leise Misstrauen, das bislang darin gelegen hatte. »Und da hat die Sina Sie zu mir geschickt, was?«

»Sie glaubt, dass Sie mir ein paar Informationen geben könnten, die mir weiterhelfen«, behauptete Edna kurzerhand. »Man will doch schließlich wissen, wen man da möglicherweise zur Schwiegertochter bekommt, nicht wahr?«

Grete Siehler lächelte. »Na ja, ich könnte Ihnen schon das eine oder andere über die Familie erzählen«, nickte sie. »Aber wollen Sie denn nicht erst mal hereinkommen? Ich mache uns eine schöne Tasse Tee und wir reden ein bisschen.«

Edna nahm das Angebot dankend an und folgte der Alten in eine kleine, aber gemütliche Wohnstube, wo sie auf einem zweisitzigen Sofa Platz nahm. Ein hübscher graugetigerter Kater, der bei ihrem Eintreten auf der Fensterbank gelegen hatte, kam neugierig näher und rieb sich an ihrem Knie.

»Das ist Tüskendör«, erklärte die stolze Besitzerin, während Edna den Kater am Hals kraulte. »Wird siebzehn diesen Herbst, der alte Schwerenöter.« Sie zwinkerte dem Tier liebevoll zu, dann öffnete sie die Türen eines zierlichen Vitrinenschrankes. »Vivica van Heemskerk ist ja eigentlich gar keine richtige Borkumerin«, sah sie sich genötigt zu betonen, während sie zwei lindgrün geblümte Tassen und dazu passende Untertassen aus der Vitrine nahm. »Sie ist natürlich hier geboren, aber die Familie stammt nicht von Borkum. Nicht einmal von der Küste. Der Großvater war irgend so ein Geschäftemacher aus Münster.« In ihrer Stimme schwang ein Hauch von Missbilligung. »Haben sich hier nie richtig eingegliedert, die Heemskerks.« Sie stellte die Tassen auf den niedrigen Couchtisch und kehrte dann geschäftig zur Vitrine zurück. »Und Vivica ist ja dann auch gleich weg, damals«, fuhr sie fort. »Konnte nicht schnell genug von der Insel fort. Jetzt soll sie allerdings wieder da sein …« Sie drehte sich um und blickte ihre Besucherin fragend an. »Hat das vielleicht was mit Ihnen zu tun?«

Edna schüttelte wahrheitsgemäß den Kopf. »Ich habe bis heute früh gar nicht gewusst, dass sie hier ist oder herkommen wollte.«

»Vielleicht will sie ja so was wie 'n Jahrestag abhalten.« Grete Siehler verzog ihre schmalen Lippen zu einem Grinsen. »Werden doch nächste Woche fünfzehn Jahre, dass ihr Vater tot ist.«

»Er und die Mutter sind ermordet worden, nicht wahr?«, fing Edna den Ball, den ihr ihre Gastgeberin zugeworfen hatte, bereitwillig auf.

»*Stief*mutter«, verbesserte Grete Siehler. »Sie war nur die Stiefmutter der Mädchen. Eine ungehobelte Person, kann ich Ihnen sagen. Wir waren alle überrascht, als Heemskerk sie so plötzlich mitbrachte. Und das so kurz nach dem Tod seiner ersten Frau.« Sie platzierte eine Porzellandose mit weißem Kandis in der Mitte des Tisches und warf Edna einen viel sagenden Blick zu. »Also ich fand das schon pietätlos damals. Louisa war kaum ein dreiviertel Jahr unter der Erde, da brachte er schon ihre Nachfolgerin ins Haus.« Sie nahm zwei Teelöffel und eine zierliche Silberkelle aus der obersten Schublade einer schmalen Kommode. »Hatten in aller Stille geheiratet, irgendwo in Süddeutschland. Nicht mal die beiden Töchter wussten Bescheid. Na, die haben ihrer Stiefmutter ein herzliches Willkommen bereitet, das können Sie aber wohl glauben!« Sie kicherte. »Stört Sie der Kater?«

Edna betrachtete die weichen grauen Öhrchen, die sich gegen ihren Oberschenkel schmiegten, und verneinte.

»Tja, seit die Prasser im Haus war, hat es ständig Streit und Kabbeleien gegeben. War'n richtiger Kleinkrieg, kann ich Ihnen sagen. Und irgendwann hat man sie beide tot in der Küche gefunden.«

Edna dachte einen Moment über die Folgerichtigkeit dieser Formulierung nach. Nils van Heemskerks Töchter hatten ihre Stiefmutter nicht akzeptiert. Ihretwegen hatte es immer wieder Ärger gegeben. Und eines Morgens hatte sie tot in der Küche gelegen. Genau wie der Mann, der sie in aller Heimlichkeit geheiratet hatte. Was hatte Armin Prasser gestern Abend doch gleich gesagt? *Schon in dem Moment, als sie hier angekommen ist, seid ihr entschlossen gewesen, sie wieder loszuwerden. Und wenn ihr sie dafür umbringen musstet ...*

»Wie lange hat die Stiefmutter denn bei den Heemskerks gelebt?«, fragte sie und unterdrückte mit Mühe den Zusatz *bevor sie sie umgebracht haben*.

Grete Siehler dachte einen Moment nach. »Müssen so etwa fünf Jahre gewesen sein.«

»Stimmt es, dass sie und ihr Mann mit einer Axt erschlagen worden sind?«

Grete Siehler nickte. »So'n Küchenbeil, glaub ich. Muss 'ne ganze Menge Blut überall gewesen sein, was man so hört.« Mit einer gemurmelten Entschuldigung nahm sie eine Porzellankanne aus der Vitrine und verschwand in der angrenzenden Küche. Gleich darauf war das Klappern von Töpfen zu hören.

Muss 'ne ganze Menge Blut überall gewesen sein ... Gedankenverloren kraulte Edna das Fell des Katers neben sich. *Hundert Schläge mit der Spitzhacke. Det war vielleicht 'ne Sauerei.* Mia van Heemskerk war achtzehn damals, dachte sie. War ein achtzehnjähriges Mädchen zu einer solchen Bluttat fähig? Und warum? Aus reiner Geldgier? Sie schüttelte skeptisch den Kopf. Vielleicht aus Hass, dachte sie. Hass ist immer ein gutes Motiv.

»Ich kann mir schon vorstellen, dass sich jemand in Vivica van Heemskerk verguckt«, stellte ihre Gastgeberin fest, als sie kurz darauf mit der Teekanne und einem kleinen Sahnekännchen zurückkehrte. »War schon als Kind 'n hübsches Ding, ganz wie die Mutter, aber immer recht kühl und von oben herab.« Sie griff nach Ednas Tasse, füllte einen Teelöffel Kandis hinein und übergoss diesen mit heißem, goldenem Tee. Dann nahm sie die Silberkelle und ließ ungefragt eine großzügige Portion Sahne in die dampfende Flüssigkeit rinnen.

Edna dachte an ihren dickwandigen roten Kaffeebecher auf dem Revier, aus dem sie diesen herrlich starken, pechschwarzen Kaffee trank, den Max kochte, und fühlte eine tiefe Sehnsucht nach ihrer Arbeit in sich aufsteigen. Arbeit bedeutete Kaffee, Urlaub hingegen bedeutete gewischte Wände, kroatische Wecker und Tee …

»Heute Morgen habe ich zufällig ihre Schwester kennen gelernt …« Sie ließ den Satz offen und machte eine einladende Pause.

Und ihre Gastgeberin reagierte sofort. »Na du liebe Zeit, da sind Sie ja aber auch gleich an die Richtige geraten!«, rief sie. »Vielleicht sollten Sie den heiratswilligen jungen Mann mal mit Mia bekannt machen.« Sie blinzelte ihrer Besucherin zu. »So als Abschreckung, meine ich.«

»Ich habe gehört, dass sie künstlerisch begabt ist«, log Edna.

»Reden Sie von diesen schrecklichen Schmierereien?« Die Alte runzelte verständnislos die Stirn. »Tja, so was hat sie schon als Kind gemacht. Die armen Mädchen, die zum Putzen rüber ins Herrenhaus mussten! Ich sage Ihnen, die wussten nie, ob das Müll ist oder der kleinen

Heemskerk gehört, was da rumstand.« Sie schüttelte angewidert den Kopf. »Nee, also künstlerisch begabt ist die nun bestimmt nicht, weiß nicht, wer Ihnen das erzählt haben soll …« Sie blickte Edna erwartungsvoll an, doch diese ignorierte die versteckte Frage und nahm stattdessen einen Schluck von ihrem Tee, in dem die Sahne wie eine freundliche Wolke schwebte. »Und Berge von Rätseln machte die!«, fuhr Grete Siehler schließlich fort. »Wenn Altpapier abgeholt wurde, ist sie immer noch spät am Abend überall rum und hat alles durchgewühlt, nach Zeitschriften. Aber nicht wegen der Mode oder so, wie normale Mädchen, sondern wegen der Kreuzworträtsel.« Ihre Miene drückte Unverständnis aus. »Die hat wirklich jedes Rätsel gemacht, das sie in die Finger bekam, und dann konnte sie auch ganz zahm sein und ganz lieb *Bitte, bitte* sagen, wenn sie an die Hefte und Zeitungen wollte, die die Gäste dagelassen hatten.« Sie kicherte wieder. »Kaufen durfte sie sich solche Dinge ja nicht, da war der Vater hinterher, dieser alte Sadist. Der hätte seinen Leuten noch das Atmen verboten, wenn's ihn Geld gekostet hätte, das können Sie glauben.«

»Sie hat sich wohl nicht allzu gut mit ihrem Vater verstanden, was?«, hakte Edna eilig nach.

»Mit Nils van Heemskerk *konnte* man sich nicht verstehen«, bemerkte ihre Gastgeberin mit unerwartetem Verständnis. »Ein durch und durch profaner Mensch war das und der größte Geizkragen, der mir je untergekommen ist. Einer, der über Leichen geht, wenn's ihm nur irgendwie nützt.«

Edna hob den Blick. Diese Beschreibung des Hoteliers schien ihr angesichts der Sachlage irgendwie absurd. *Einer, der über Leichen geht* … Tatsächlich war jemand über Nils van Heemskerks Leiche gegangen.

Ihrer Gastgeberin schien dieser Widerspruch hingegen

nicht bewusst zu sein. »Aber so war ja die ganze Familie«, fuhr sie fort, indem sie ihre gichtigen Hände der niedrigen Decke entgegenreckte. »Kamen einfach her und spielten sich als die großen Wohltäter auf. Gott, was haben die für eine Riesenwelle gemacht, von wegen das Hotel retten und Arbeitsplätze sichern und alles!« Während sie nachdenklich innehielt, sanken ihre Hände langsam wieder auf die Lehnen des Sessels zurück. »Gut, wir waren schon froh, dass wir bleiben konnten, damals«, gestand sie nach kurzer Überlegung ein. »Stimmt schon. Waren harte Zeiten nach dem Krieg.« Ihr Blick wanderte hinüber zu einer alten, auf Hochglanz polierten Kommode, auf der verschiedene Schwarzweißfotografien in billigen Messingrahmen standen. »Aber das Hotel ist immer schon 'ne Goldgrube gewesen und der alte Heemskerk hat auf den ersten Blick erkannt, dass es auch schnell wieder eine werden würde. Mit Rettung und Wohltätigkeit hatte das nichts zu tun, das können Sie mir glauben. Aber der arme Olaf, was der Vorbesitzer war, hatte einfach keine Reserven mehr, um noch länger auf bessere Zeiten warten zu können.« In ihrem Kopfschütteln lag etwas zutiefst Mitfühlendes. »Er musste an Heemskerk verkaufen, und der hat nicht mal die Hälfte von dem bezahlt, was der Kasten eigentlich wert war. Hat ihm das Herz gebrochen, dem Olaf. Und der alte Heemskerk hatte noch die Frechheit, ihm eine Stelle als Kellner anzubieten. In seinem eigenen Hotel, können Sie sich so was vorstellen?« Sie verzog die Lippen und nahm einen Schluck von ihrem Tee. »Tja, so waren sie, die Heemskerks. Kein bisschen Achtung vor anderen Menschen hatten die.«

Edna registrierte mit Verwunderung, dass Grete Siehler von der gesamten Familie Heemskerk in der Vergangenheit gesprochen hatte. Sie haben sie abgeschrieben, dachte sie, für die Insulaner sind die Töchter mit ihrem Vater gestorben.

»Der arme Olaf hat's nie verwunden«, wiederholte die Alte düster. »Er hat natürlich keine andere Arbeit mehr gefunden, es gab ja nirgends was zu holen zu der Zeit. Also fing er an zu saufen, und ein paar Jahre später hat er sich umgebracht. Aufgeknüpft auf'm Dachboden haben sie ihn gefunden.« Sie schüttelte verdrießlich den Kopf. »Die Heemskerks haben nicht mal einen Kranz geschickt zu seinem Begräbnis. War typisch für die. Wer ihnen im Weg stand, wurde einfach beiseite geräumt.«

Wieder!, dachte Edna. Ihr fällt nicht einmal auf, dass es Heemskerk selbst gewesen ist, der beiseite geräumt wurde.

»Stimmt es eigentlich, dass Mia van Heemskerk einen Streit mit ihrem Vater hatte, bevor die Morde geschahen?«, bemühte sie sich, die alte Dame von der Erinnerung an den armen Olaf loszureißen.

Grete Siehler nickte so heftig, dass Tüskendör erschreckt vom Sofa sprang. »Aber wie die sich gestritten haben! Ich sage Ihnen, so was haben Sie noch nicht erlebt. Bis raus auf'n Hof haben Sie die gehört.« Sie reckte sich vor, um festzustellen, ob ihr Gast noch Tee hatte. Als sie sah, dass Ednas Tasse noch nicht einmal zur Hälfte geleert war, lehnte sie sich wieder in ihrem Sessel zurück. »Zu meiner Zeit hätten wir ordentlich eine gefangen, wenn wir so mit unseren Eltern gesprochen hätten, das können Sie glauben. Aber die kleine Heemskerk konnte ja schon als Kind so wütend werden, dass sie glatt das Atmen vergessen hat. Dann warf sie sich auf den Boden, wo sie gerade stand, und lief blau an.« Sie gluckste. »Tilla und Linette, was eins von den Zimmermädchen war, haben ihr mal einen ganzen Eimer kaltes Wasser über den Kopf kippen müssen, um sie wieder halbwegs zur Besinnung zu bringen.«

»Haben Sie vielleicht verstehen können, worum es bei diesem Streit gegangen ist?«, fragte Edna, während sie vergeblich versuchte, sich Mia van Heemskerk als kleines Mädchen vorzustellen.

»Muss wohl wegen ihrer Bilder gewesen sein«, entgegnete Grete Siehler achselzuckend. »Sie wollte doch sogar Malerei studieren, wissen Sie? Aber erkennen konnten Sie da gar nichts drauf. Alles nur Rot und Schwarz und Dunkelblau.« Sie rümpfte die Nase. »Ich sage Ihnen, wenn das meine Tochter gewesen wäre, hätte ich ihr die Flausen schon viel früher ausgetrieben. Noch dazu, wo sie doch so schlecht in der Schule gewesen ist! Aber statt dass sie drüben im Hotel endlich mal lernt, wie man sich ein bisschen benimmt, hat ihr Vater ihr erlaubt, den lieben langen Tag in der Scheune rumzuhängen und alles mit Farbe zu bekleckern.« Sie leerte ihre Tasse und betrachtete sie unschlüssig. »Also, die Kleider, die sie immer trug, die konnten Sie eigentlich nur noch in die Mülltonne werfen.«

Edna musste unwillkürlich an das rosafarbene T-Shirt denken, das Mia vorhin angehabt hatte. *Und ihre Kleider waren voller Blut,* rief ihr die Stimme der wackeren Sina in Erinnerung. *Aber sie hat es sehr raffiniert angestellt …*

»Wirklich, was dieses Geschmiere anging, war ihr Vater viel zu langmütig. Und dann hatte er natürlich den Ärger damit.« Grete Siehlers Hand schlug triumphierend auf die Tischkante. »Dass sie die Insel verlassen will und dass nichts und niemand sie aufhalten kann, hat sie geschrien. Und er hat zurückgebrüllt, dass er das nie gestatten würde und dass sie nicht mehr seine Tochter wäre und so weiter. Ich dachte wirklich, jetzt gehen sie sich an die Gurgel und bringen sich um.« Sie sah ihren Gast aus unschuldigen blauen Augen an. »Hab ich wirklich gedacht, damals.«

»Aber das taten sie nicht?«

»Wohl nicht«, entgegnete die Alte nach kurzem Zögern. »Irgendwann hörte man eine Tür zuschlagen, und der Spuk war vorüber.« Sie griff nach der Teekanne.

Edna hob abwehrend die Hände. »Wo waren Sie eigentlich genau, als Sie diesen Streit mitbekommen haben?«

»Ich hab nicht gelauscht, falls Sie das meinen!«, protestierte Grete Siehler umgehend und füllte mit einer entschiedenen Bewegung Ednas Tasse wieder auf. »Ich hatte was auf'm Hof zu tun, warten Sie, ich glaube, ich hab Wäsche aufgehängt. Nu ja, und die Hintertür stand offen und auch die Fenster. War ganz schön heiß damals«, fügte sie hinzu. »Aber so, wie die gebrüllt haben, hätten wir auch was gehört, wenn alles zu und verschlossen gewesen wäre.«

»Und Sie sind sich sicher, dass es sich um Mia van Heemskerk und ihren Vater gehandelt hat?«, hakte Edna nach. »Ich meine, immerhin haben Sie die Streitenden nur *gehört*, nicht wahr?«

Es schien, als husche der Hauch eines Zweifels über das Gesicht der alten Dame. »Klar bin ich mir sicher«, sagte sie etwas zu forsch. »Wer sollte es denn wohl sonst gewesen sein?«

Edna ließ es bei dieser Antwort bewenden. »Und wer außer Ihnen war sonst noch dabei?«

»Tilla«, entgegnete die Alte. »Tilla Straten. Und Jolantha kam auch noch dazu, wenn ich mich recht besinne.« Sie senkte die Stimme. »Sie wissen schon, Jolantha Maysson, die Frau vom Chef. Die war damals immer auf'm Posten, weil sie sich einredete, ihr Mann sei hinter Heemskerks Tochter her.«

»Hinter welcher?«

Grete Siehler prustete in ihre Teetasse. »Na, Sie machen mir vielleicht Spaß! Hinter welcher wohl! Für die kleine Verrückte hat sich doch nie ein Kerl interessiert.«

Edna zog die Augenbrauen hoch. »Hatte Frau Maysson denn Grund zur Beunruhigung?«

»Also ich hab nie was bemerkt«, winkte ihre Gastgeberin ab. »Und er hat sie auch nie so angesehen, Sie wissen schon …« Sie machte eine bedeutungsvolle Pause. »Nein«, sagte sie noch einmal. »Ich glaube nicht, dass da was dran gewesen ist.«

Da Edna das Gefühl hatte, dass ihre Gastgeberin im Hinblick auf Jolantha Maysson nicht mehr viel zu sagen hatte, wechselte sie eilig das Thema. »Ist die Stiefmutter der Mädchen denn wirklich so furchtbar unbeliebt gewesen?«

»Überall«, nickte die Alte. »Wissen Sie, die hatte zu Hause nichts zu melden und hat's an anderen ausgelassen. Ich sage Ihnen, einen Ton hatte die am Leib – einfach unmöglich! Aber *ich* hab mir von ihr nichts sagen lassen, das können Sie glauben. Ich war ja auch schon bald vierzig Jahre in dem Laden beschäftigt, als die Dame Prasser auftauchte.« Sie schob selbstbewusst das Kinn vor. »Hab ganz unten angefangen, als drittes Zimmermädchen. Und wie ich aufgehört habe, hatte ich vier Etagen unter mir. Und die Wäscherei«, ergänzte sie mit sichtlichem Stolz. »Na, wie auch immer, die Prasser hat ziemlich schnell mitbekommen, dass sie's mit mir nicht machen kann, und dann ist sie mir meist aus'm Weg gegangen. Und außerdem«, ein amüsiertes Lächeln spielte um ihre Mundwinkel, »hab ich sie ja auch mal dabei erwischt, wie sie sich spätabends noch an den Mülltonnen hinten im Hof bedient hat.«

Edna blickte auf.

»Ja, ja, Sie haben schon richtig gehört«, kicherte die Alte. »Die war richtig krank, was das Essen anging. Hatte so Anfälle, Sie wissen schon, wo sie alles Essbare, das sie kriegen können, in sich hineinstopfen, um gleich hinterher alles wieder auszukotzen.« Sie schüttelte den Kopf. »Heutzutage machen sie da eine Krankheit draus, aber für mich war das einfach die Fresssucht, was die hatte.

Von wegen Krankheit!« Sie schnaubte verdrießlich. »Das ist doch dasselbe wie mit dem Saufen. Das ist auch keine Krankheit, sondern 'ne Charakterschwäche, wenn Sie mich fragen. Und die Prasser war schwach. Schwach und absolut zügellos, wenn's ums Essen ging.« Ihr Gesicht nahm einen beinahe boshaften Ausdruck an. »Aber so kurz, wie der Heemskerk seine Familie immer gehalten hat ... Tja, da hat sie sich wohl ab und an auch mal woanders was zu futtern suchen müssen, wenn sie ihren Rappel kriegte.«

»Und dann hat sie tatsächlich Abfälle gegessen?« Der Gedanke löste in Edna ein dumpfes Unbehagen aus. Essanfälle, Mülltonnen. Schlaftabletten, Abführmittel, Appetitzügler. Auf einmal war sie froh, ihre Nichte in einer Klinik zu wissen.

»Na, in die Tonnen kamen doch die ganzen Essensreste aus'm Restaurant«, entgegnete Grete Siehler mit einem viel sagenden Lächeln. »Da ist bestimmt noch das eine oder andere Genießbare bei gewesen.« Sie schürzte die schmalen Lippen. »Ist ihr natürlich mächtig peinlich gewesen, als sie mich da plötzlich in der Tür stehen sah, das können Sie glauben. Und danach war sie dann auch immer sehr freundlich, wenn wir uns begegnet sind.«

Eine Charakterschwäche. *Heutzutage machen sie da eine Krankheit draus.* Edna starrte auf ein gesticktes Blumenbild an der Wand und dachte an ihre Nichte. Maja ist nicht krank, versuchte sie sich selbst zu beruhigen. Sie ist nicht krank und sie ist nicht schwach. Die Probleme, die sie hat, werden vorübergehen, und niemals, nie im Leben wird meine Nichte die Essensreste anderer Leute aus einer dreckigen Mülltonne fischen!

»Es ist das Haus, wissen Sie?«, sagte ihre Gastgeberin in die entstandene Stille. »Es bringt Unglück. Keine Ahnung, woran das liegt, aber es ist ganz und gar kein glückliches Haus. War's schon nicht, als der arme Olaf noch drin gewohnt hat. Sein einziger Sohn ist gestorben, wie er noch keine acht Jahre alt war. Und dann Louisa, die Mutter der beiden Mädchen: Selbstmord. Mit neununddreißig Jahren. Und um allem die Krone aufzusetzen, passierte diese Geschichte in der Küche. Und auf eine solche Art und Weise!« Sie schüttelte ihre schmalen Schultern mit bemerkenswerter Heftigkeit. Dann veränderte sich ihr Gesichtsausdruck plötzlich, und sie blinzelte ihrem Gast amüsiert zu. »Die machen sich Sorgen wegen der Gene, was?«

Edna schüttelte irritiert den Kopf. »Wer?«

»Na, die Familie von dem jungen Mann, der Vivica heiraten will«, entgegnete die alte Dame mit leisem Spott. »Tja, das würd' ich wohl auch«, nickte sie. »Was sollen denn da für Kinder bei rauskommen, mit 'ner Selbstmörderin als Großmutter und 'ner Verrückten als Tante, was? Und dazu noch so'n blutüberströmter Vater mitten auf'm Küchenboden!« Sie brach in schallendes Gelächter aus, in das Edna notgedrungen einstimmte. »Wirklich, ich beneide sie nicht, diese Leute. Wenn das mein Sohn wäre …« Sie brach ab und ihre Hände beschrieben eine kreisförmige Figur, deren Bedeutung sich Edna nur unvollkommen erschließen wollte.

»Warum hat sich die leibliche Mutter der Mädchen eigentlich das Leben genommen?«, fragte sie, um ihre Gastgeberin von der Familie des jungen Mannes abzulenken, den sie zwar gewissermaßen als Vorwand benutzt hatte, über den sie jedoch nicht das Geringste wusste. »War sie krank?«

Grete Siehler schüttelte den Kopf. »Wahrscheinlich hat sie's einfach nicht mehr ausgehalten, mit einem Mann wie Heemskerk verheiratet zu sein. Ich sage Ihnen, es hat ein paar Leute hier auf der Insel mächtig gewundert, dass sie sich ausgerechnet Nils ausgesucht hat, obwohl er natürlich eine ziemlich gute Partie gewesen ist.« Ihrem Nicken fehlte die rechte Überzeugungskraft. »Aber gesellschaftlich war er natürlich außen vor.« Sie trank den letzten Schluck Tee aus ihrer Tasse und füllte umgehend eine neue Portion Kandis hinein.

Zuckerschock!, dachte Edna und ertappte sich bei der Überlegung, wie viel ostfriesischer Tee wohl vonnöten wäre, um eine missliebige Person ins Grab oder zumindest ins Koma zu befördern.

»Und dann hat es ja auch jede Menge Spekulationen über ihr Brautkleid gegeben.«

Edna hob überrascht den Blick. »Was war denn damit?«

»Na ja, es war *creme*weiß.« In ihren Augen glomm ein listiges Funkeln. »Und kurz vor dem Gottesdienst hat sie sich noch die Seele aus dem Leib gekotzt. Das haben die Brautjungfern hinterher überall herumerzählt. Sie hat natürlich versucht, es zu verstecken, aber da war gar nichts zu machen.« Sie nickte sinnend. »Tja, wenn's einen packt, packt's einen.«

Edna fixierte ihren Blick. »Sie meinen also, Louisa van Heemskerk ist zum Zeitpunkt ihrer Eheschließung bereits schwanger gewesen«, resümierte sie.

Grete Siehler zuckte bedeutungsvoll mit den Schultern. »Oder unsere kleine Vivica war ein Frühchen.«

Edna stutzte. Eine flüchtige Erinnerung blitzte in ihr auf, irgendetwas, das Grete Siehler gesagt hatte. Sie versuchte, den Gedanken daran festzuhalten, doch es wollte ihr nicht gelingen. »Würden Sie es denn für möglich halten, dass jemand anderes als Nils van Heemskerk der Vater des Kindes gewesen ist?«

»Also, ich bin nun wirklich keine, die tratscht«, entgegnete ihre Gastgeberin würdevoll. »Ich sage nur, dass Nils und Louisa nie wirklich zueinander gepasst haben. Sie hat sich für Musik interessiert und für's Theater und solche Dinge. Aber dafür hatte er ja gar kein Verständnis, der alte Banause. Sie bekam Depressionen und irgendwann fing sie dann an, sich in ihrem Zimmer einzuschließen und niemanden mehr an sich heranzulassen. Hatte direkt den Verfolgungswahn, die Ärmste. Wurde immer schlimmer. Bis sie eines Morgens tot in ihrem Bett gelegen hat.«

Edna kraulte Tüskendör, der inzwischen zu ihr zurückgekehrt war, den Nacken. »Wie hat sich denn dieser Verfolgungswahn geäußert?«

Die Alte verzog das Gesicht. »Na ja, sie war so'n bisschen schreckhaft, wissen Sie?« Sie machte eine wegwerfende Handbewegung. »Nervös eben.«

Edna dachte an Sabine Prasser. Fresssucht, dachte sie. Fresssucht, Verfolgungswahn, Depressionen – die Frauen an Nils van Heemskerks Seite schienen es wahrhaftig nicht leicht gehabt zu haben! Sie sah ihre Gastgeberin an. »Hat Louisa van Heemskerk sich vor ihrem Mann gefürchtet?«

Grete Siehler rieb sich die Nase, während sie über die Frage nachdachte. »Aufgefallen ist mir das nicht, könnte ich nicht sagen. Allerdings hat sie nie gerne mit ihm allein sein wollen. Zum Schluss hat sie immer darauf bestanden, eins von den Mädchen um sich zu haben. Oder Tilla. Die beiden sind alte Schulfreundinnen gewesen, wissen Sie?«

Edna rief sich das ebenmäßige Gesicht der Frau in Erinnerung, die sie am vergangenen Abend kennen gelernt hatte. Eine Frau mit Mut und Verstand, zweifelsohne. »Ist Nils van Heemskerk diese Freundschaft recht gewesen?«

Grete Siehlers Augen blitzten verschmitzt. »Welchem Mann ist es schon recht, wenn es da jemanden gibt, der brühwarm über alle Details seiner Ehe informiert wird?«

Edna lächelte verständnisvoll. »War er eifersüchtig?«

Sie zögerte. »Na ja, das vielleicht grad nicht. Aber er hat

sie nie leiden können. Schon von Anfang an nicht. Und er hatte auch was dagegen, dass sie sich immer noch überall einmischte.« Sie zuckte mit den Schultern. »Bestimmt hätte er es lieber gesehen, wenn seine Frau den Kontakt zu Tilla ein wenig eingeschränkt hätte. Aber davon hat Louisa natürlich nichts wissen wollen.« Sie lächelte. »In manchen Dingen konnte sie ausgesprochen eigensinnig sein.«

»Woran ist sie eigentlich genau gestorben?«, fragte Edna.

»Tabletten«, entgegnete die Alte. »Hat 'ne Überdosis geschluckt.«

Edna verdrängte den erneuten Gedanken an ihre Nichte. »Und wer, glauben Sie, hat Nils van Heemskerk und seine zweite Frau ermordet?« Sie rechnete fest mit einer schnellen und eindeutigen Antwort. *Na, Mia van Heemskerk, die Irre, wer denn sonst?!* Doch Grete Siehler schwieg.

»War erst von einem Mafiamord die Rede«, sagte sie nach einer ganzen Weile. »Aber daran hab ich nie geglaubt, auch wenn der Alte bedeutend mehr Leuten auf die Füße gestiegen ist als die meisten anderen Hoteliers hier.« Sie kratzte sich am Kinn. »Dann wäre doch nicht so viel Blut geflossen, nicht wahr? Ich meine, diese Leute haben doch Profis, die solche Angelegenheiten für sie erledigen. Ein Schuss mitten in die Stirn, und das war's dann.«

Edna schmunzelte. Ein Shakespeare-Zitat schoss ihr durch den Kopf: *Wer hätte gedacht, dass der alte Mann noch so viel Blut in sich hätte ...*

»Nein, nein, das war nicht die Mafia«, murmelte Grete Siehler vor sich hin. »Und bestimmt war's auch kein Einbrecher. Sie ist nämlich viel früher gestorben als er, wissen Sie?« Sie blickte ihren Gast fragend an. »Zwei Stunden waren es, die die Prasser schon tot war, bevor er überhaupt nach Hause gekommen ist.« Sie hustete und reckte zwei ihrer gichtigen Finger in die Luft. »Zwei Stunden! Ich sage Ihnen, so lange bleibt kein Einbrecher neben einer Leiche sitzen.«

Edna senkte nachdenklich den Blick. Der Umstand, dass eine so große zeitliche Distanz zwischen den beiden Morden lag, war ihr neu und überraschte sie. Darum also waren sich die Leute auf der Insel so sicher! Zwei Stunden Abstand und eine ganze Menge Blut …

* * *

Sie träumte.

Endlich träumte sie wieder, und sie war froh darüber. Die Träume bedeuteten, dass die Finsternis verschwand, um Bildern Platz zu machen. Diese Bilder waren wie ein Seil, das sie mit der Welt des Bewusstseins verband, an dem sie sich entlanghangeln konnte, auf ihrem mühsamen Weg aus dem Nebel. Ein erster Schritt ins Zurück, wo immer das auch sein mochte: Träume …

* * *

Vor ihrem Aufbruch hatte Grethe Siehler Edna eine Sammlung mit Zeitungsausschnitten vorgelegt, ein ordentliches kleines Album, das nahezu alles enthielt, was in der Presse der näheren Umgebung über den Doppelmord geschrieben worden war. Edna hatte sämtliche Artikel gelesen, jedoch enttäuscht feststellen müssen, dass sie kaum neue Informationen enthielten. Allerdings hatten einige der Berichte den Kriminalbeamten erwähnt, der die Ermittlungen geleitet hatte, einen Kriminalhauptkommissar Dietrich Meuser. Sie hatte eine ganze Weile überlegt und sich schließlich mit der Polizeiinspektion Leer verbinden lassen, wo sie erfahren hatte, dass Meuser bereits vor drei Jahren in den Ruhestand versetzt worden war und in einem kleinen Ort nahe der holländischen Grenze lebte. Nachdem sie bei der Auskunft die entsprechende Telefonnummer erfragt hatte, hatte sie den pensionierten Kollegen angerufen und ohne ins Detail zu gehen erklärt, dass sie sich für den Mord an Nils van Heemskerk und seiner Frau interessiere. Zu ihrer Überraschung hatte sich Meuser umgehend zu einem persönlichen Gespräch mit ihr bereit erklärt und sie für den folgenden Tag zu sich nach Hause eingeladen. Edna hatte zugesagt, obwohl sie im Grunde der Ansicht war, dass der Aufwand, den sie trieb, um etwas über einen fünfzehn Jahre alten Mordfall in Erfahrung zu bringen, durch nichts zu rechtfertigen war. Nicht einmal durch Langeweile.

Um nicht weiter darüber nachdenken zu müssen, was sie dem pensionierten Kollegen überhaupt erzählen sollte, wie sie ihr Interesse an diesem lange zurückliegenden Fall begründen konnte, war sie zu einem Strandspaziergang aufgebrochen, und als sie jetzt auf die Uhr sah, stellte sie mit Erstaunen fest, dass sie bereits mehr als eine Stunde marschiert war. Erschöpft von der vielen Bewegung an frischer Luft, an die sie nicht gewöhnt war, warf sie ihre Windjacke ein paar Meter hinter dem Flutsaum in den Sand und setzte sich darauf, um sich ein paar Minuten auszuruhen. Hier draußen, am Nordende der großen Sandbank, war die Brandung viel wilder als im Nordbad, wo die Strandzelte standen und Rettungsschwimmer die Badenden überwachten. Auf den anlaufenden Wellen schwebten lichte Schaumkrönchen. Dazu wehte ein sanfter Wind, gerade stark genug, um die Wärme des Augusttages als angenehm zu empfinden.

Edna betrachtete einen ausgeweideten Krebs und dachte

über die Frage nach, ob sie in der Lage sein würde, sich über Wasser zu halten, falls jemand auf die Idee käme, sie hineinzuwerfen. *Schwimmen verlernt man nicht,* hatte ihr Vater immer behauptet. *Das ist dasselbe wie mit dem Fahrradfahren* ... Sie schloss die Augen. Die eigentliche Frage musste also lauten: War sie nach Jahrzehnten diesbezüglicher Abstinenz noch in der Lage, sich auf einem Fahrrad fortzubewegen?

»Schön hier, nicht wahr?«, hörte sie plötzlich eine Stimme hinter sich.

Sie blickte sich um. Vor ihr stand Mia van Heemskerk. Sie sah besser aus als am Vormittag, trug ein sauberes weißes Hemd zu ihren Bluejeans und schien sogar ihr Haar gewaschen zu haben, das in der tiefstehenden Augustsonne wie Bernstein glänzte. Sie ließ sich neben Edna auf den nassen Sand fallen und streckte die Beine aus. Ihre Jeans waren durchnässt bis zum Oberschenkel, doch das schien sie nicht zu stören. Edna bezweifelte, dass sie es überhaupt bemerkte.

»An diesem Strand war ich schon als Kind am liebsten«, verkündete sie. »Ich dachte damals, hinter den Wellen liegt ein geheimnisvolles Land, in dem es keine Menschen gibt, und wenn es einem gelänge, dorthin zu schwimmen, würde man einen riesigen Schatz finden.« Sie lachte hell auf. »Es ist die Weite, wissen Sie? Ein großer Raum für Phantasie, weil man von hier aus kein Land sieht. Nur Wasser und Wellen. Es gibt nichts Schöneres.« Sie machte eine sinnende Pause. »›Weit draußen im Meer ist das Wasser so blau wie die Blätter der schönsten Kornblume‹«, zitierte sie dann, »›und so klar wie das reinste Glas‹ ...«

Edna sah sie an. »Hans Christian Andersen, nicht wahr?«

Mia van Heemskerk wandte den Kopf, und das Lächeln, das sich über ihre Züge breitete, ließ sie vor Ednas Augen um einige Jahre jünger werden. Sie sah jetzt fast wie ein

Kind aus. Ein Kind mit schönen, tiefblauen Augen. »Sie kennen es?«

»*Die kleine Meerjungfrau* war das Lieblingsmärchen meiner Mutter«, nickte Edna. »Sie hat es uns immer zum Einschlafen vorgelesen, wenn wir im Sommer in Italien waren. In Portofino.« Sie zuckte entschuldigend mit den Achseln. »Es war nicht gerade Dänemark, aber es lag am Meer.«

»Wer ist ›uns‹?«, wollte Mia wissen. »Sie haben gesagt: Sie hat es *uns* vorgelesen.«

»Meiner Schwester und mir«, entgegnete Edna.

»Sie haben eine Schwester?«

Edna nickte.

»Ist sie älter oder jünger als Sie?«

»Älter.«

Sie blickte wieder aufs Meer hinaus. »Und verstehen Sie sich gut mit ihr?«

Edna starrte auf den nassen Sand, der sich unter ihren Augen in eine ausgetretene Steintreppe verwandelte. Zweihundertvierzehn Stufen vom Hotel bis zum Strand. Justine im weißen Baumwollkleid, die blonden Haare zum Pferdeschwanz gebunden. Und abends im Doppelbett, gleich neben dem Zimmer der Eltern, glühend vor Sonne und Lebensfreude, den Duft des Meeres noch im gelösten Haar. *Immerzu die blöde Meerjungfrauengeschichte*, murrt sie, als die Mutter fort ist, und zieht dabei eine Grimasse, die sie fremd aussehen lässt. *Nichts los außer stillem Geleide* … Dann lacht sie plötzlich ihr tiefes, echtes Lachen, das Edna später im Internat so sehr vermisst hatte. *Aber jetzt erzähle ich dir mal was!* Und dann legt sie los, von Vampiren und Monstern, die nachts durch die Fenster schauen und ihren Opfern erst eine Weile beim Schlafen zusehen, bevor sie zuschlagen. Sie spielt sie alle, die Monster und Opfer, die Jäger und Gejagten. Ihre Stimme wechselt die Farben, die Tonlage, wird aggressiv und dann wieder zum Entsetzen verletzlich ...

Edna blickte auf. »Meine Schwester ist letztes Jahr gestorben«, sagte sie leise.

»Warum?«

Edna betrachtete Mia van Heemskerks Profil. Die Frage verwunderte sie. *Warum* ist sie gestorben? Hätte sie nicht eher *woran* fragen müssen? »Sie ist krank gewesen.«

Mia nickte ohne aufzublicken. »Haben Sie sich denn gut mit ihr verstanden, als sie noch gelebt hat?«

Edna dachte an den großen roten Feuerdrachen und fühlte plötzlich eine tiefe Traurigkeit. »Manchmal.«

Jetzt wandte Mia doch den Kopf und sah die Kommissarin eine Weile nachdenklich an. Ihr blondes Haar funkelte im Sonnenlicht. »Tut mir Leid wegen heute früh«, sagte sie. »Ich reagiere vielleicht manchmal ein bisschen zu heftig und ...« Sie stutzte und ihre Augen wanderten wieder aufs offene Meer hinaus, als fänden sie Schutz in der glitzernden Weite. Schutz oder zumindest so etwas wie Ruhe. »Aber ich war's nicht.«

Der letzte Satz war so leise gewesen, dass Edna sich nicht sicher war, ob sie richtig verstanden hatte. »Was waren Sie nicht?«

Ihr Blick wurde starr. »Ich habe meinen Vater nicht umgebracht. Das hat Erwin Ihnen doch erzählt, oder nicht? Dass ich verrückt bin und meinen Vater mit einer Axt erschlagen habe.«

»Nein«, entgegnete Edna wahrheitsgemäß. »Er hat nichts dergleichen gesagt.«

Mia reagierte nicht. Sie blickte starr geradeaus. Aufs Meer.

Edna überlegte, ob es sich lohnen würde, Fragen zu stellen, aber in den blauen Augen lag ein Ausdruck, der sie daran zweifeln ließ, dass Fragen – gleich welcher Art – Mia van Heemskerk überhaupt erreichen würden. *Ich habe meinen Vater nicht umgebracht* … Warum hatte sie das gesagt? Hatte sie wirklich angenommen, Erwin Maysson habe einem seiner Gäste von dem Mord im Herrenhaus erzählt? Einem Mord, der fünfzehn Jahre zurücklag? Und wo war sie überhaupt so plötzlich hergekommen? Edna wandte den Kopf und blickte zu den entfernten Dünen hinüber. Hatte Mia van Heemskerk sie tatsächlich rein zufällig hier am Strand sitzen sehen? Aus dieser Entfernung? Oder war sie auch spazieren gegangen? *Ich habe meinen Vater nicht umgebracht* … Ednas Finger zeichneten ein Rechteck in den nassen Sand. Und was war mit der Stiefmutter? Warum hatte Mia van Heemskerk nur von ihrem Vater gesprochen?

Minute um Minute verstrich. Das Schweigen, das sich zwischen ihnen breit gemacht hatte, schien mit jeder Sekunde tiefer zu werden.

Mia starrte noch immer auf die glitzernden Wellen hinaus. »Wissen Sie, wenn ich einen Fischschwanz hätte, würde ich ihn nicht gegen ein Paar Beine tauschen«, sagte sie unvermittelt. »Ganz bestimmt nicht.« Sie riss den Blick vom Wasser los und stand auf. Ihre nackten Füße waren groß und braun gebrannt. »Mochten Sie das Märchen von der kleinen Meerjungfrau?«

Edna überlegte einen Augenblick. »Ich glaube nicht«, sagte sie dann. »Es hat mich immer traurig gemacht.«

»Aber es geht gut aus«, wandte Mia ein. »Im Großen und Ganzen zumindest.«

Edna zuckte mit den Schultern. »Das habe ich – offen gestanden – nie so empfunden«, entgegnete sie.

»›Sie lachte und tanzte mit dem Todesgedanken in ihrem Herzen‹«, zitierte Nils van Heemskerks jüngere Tochter ein wenig pathetisch. »›Der erste Sonnenstrahl, das wusste sie, würde sie töten‹ … Meinen Sie das?«

Edna musste gegen ihren Willen schmunzeln. Gleichzeitig fühlte sie sich irgendwie ertappt. »Ja«, sagte sie. »Ich glaube, diese Stelle habe ich gemeint.«

Auch Mia lächelte jetzt. »Aber sie weiß, wofür sie sich opfert, nicht wahr?«

Edna wollte noch etwas entgegnen, aber Nils van Heemskerks jüngere Tochter hatte sich schon abgewandt und stapfte mit energischen Schritten auf die Dünen zu. Nach ein paar Metern drehte sie sich allerdings doch noch einmal um. »Geben Sie auf die Priele Acht«, rief sie fröhlich. »Wenn Sie nämlich zu lange da rumsitzen, holt Sie die Flut, und dann hilft Ihnen auch das bisschen Jacke unter Ihrem Arsch nicht mehr weiter!«

Der Wind trug ihr Lachen an Ednas Ohr, als sie davonging.

* * *

Es war totenstill im Haus. Kein Geräusch mehr, kein Wind, kein Rascheln von Vorhängen, die eine sanfte Brise ganz sachte ins Schwingen gebracht hatte. Nichts außer einer tiefen, erdrückenden Stille. Ob diese Stille real war oder zu ihrem Traum gehörte, wagte sie nicht zu beurteilen. Aber vielleicht war es ihr auch einfach egal. Inzwischen war ihr vieles egal. Notgedrungen. Sie hatte nicht das Gefühl, irgendeinen Einfluss auf ihre Umwelt nehmen zu können. Sie konnte nicht rufen, um sich bemerkbar zu machen. Sie konnte die Augen nicht öffnen. Sie konnte nicht einmal aufwachen. Und wenn es still war, war es eben still. Gegen die Stille konnte sie genauso wenig tun wie zuvor gegen das Rauschen des Windes.

Immerhin träumte sie wieder, und sie versuchte, sich auf die Bilder zu konzentrieren, die aus ihrem Unterbewusstsein heraufdrangen: Sie geht wieder die Treppe hinunter, ganz wie immer. Schritt für Schritt, langsam und vorsichtig. Trotzdem machen ihre nackten Füße einen Heidenlärm in der Stille des Hauses. Immer, wenn sie sie anheben will, scheinen sie an den Stufen haften zu bleiben, und es klingt, als reiße jemand ein Stück Klebeband von einem Pappkarton, jedes Mal, wenn sie einen Fuß hebt. Die Dunkelheit, die sie umgibt, ist dicht und schwer, nur tief unter ihr, im Erdgeschoss, schimmert etwas von dem hellen Licht, das sie so gut kennt. Das Licht, das aus der Küche kommt und das wie der Spot eines Scheinwerfers auf der toten Frau Prasser liegt, so grell und heiß, dass deren Blut eintrocknet, kaum dass es aus ihrem Mund tritt.

Heute ist das Licht ein ganzes Stück schwächer als sonst, aber das wundert sie nicht weiter, denn seit einer Zeit, die ihr ewig vorkommt, ist alles gedämpft. Gedämpft oder nicht mehr vorhanden. Schwarze Fäden und Nebel. Sonst nichts …

Ihre Füße tasten sich weiter. Die Stufen kann sie nur erahnen. Aber sie weiß ja, wie der Traum weitergeht. Sie weiß, dass sie hinunter muss, ins Erdgeschoss und dann durch die Diele. Zur Küche. Fast ärgert sie sich, dass sie noch nie auf die Idee gekommen ist, die Stufen zu zählen. Wenn sie das getan hätte, würde sie jetzt genau wissen, wo sie ist. Aber sie hat die Stufen nicht gezählt, und deshalb hat sie auch keine Ahnung, wo sie sich gerade befindet. Anhand des fernen Lichtes zu urteilen, müsste sie eigentlich schon im ersten Stock sein, aber da ist nichts, das ihr einen konkreten Hinweis gäbe. Keine Türen, keine Konturen. Nur Dunkelheit.

Als sich ihr Fuß auf etwas Weiches hinabsenkt, zuckt sie erschreckt zusammen. Da liegt etwas auf der Treppe! Ein Stück Stoff, denkt sie, oder ein zusammengeknülltes Kleidungsstück. Sie will den Fuß zurückziehen, doch ihr Gewicht hat sich längst verlagert, nach vorne, treppabwärts.

Das Ding, auf das sie tritt, nein: treten *muss*, ist warm. Sie spürt ein Pochen unter ihrer Sohle, als es platzt. Etwas von der weichen Wärme quillt zwischen ihren Zehen hindurch, darunter spürt sie die Kante der Stufe. Ein unangenehmer Geruch von nassem Fell steigt zu ihr empor. Nasses Fell und Verwesung.

Ein Meerschweinchen!, schießt es ihr durch den Kopf. Ich habe ein Meerschweinchen totgetreten!

Sie will schreien, aber es gelingt ihr, sich eine Hand vor den Mund zu halten, bevor der Schrei heraus kann. Voller Panik streift sie ihren Fuß an der nächsten Stufe ab, wieder und wieder. In der Dunkelheit ringsum scheint etwas zu flattern. Sie hat das Gefühl, dass sie beobachtet wird, dass ein Paar Augen auf sie gerichtet ist, aus der Dunkelheit heraus, doch sie ist sich nicht sicher. Und noch immer pulsiert es zwischen ihren Zehen. Noch immer fühlt sie die Wärme des kleinen Körpers. Mein Gott, denkt sie, es lebt noch! Sie will sich bücken, doch ihre Hände greifen ins Leere. Da ist nichts, das sie fassen könnten. Kein Fell, kein zerstörter Körper. Nur das Flattern von Vögeln, denen die Dunkelheit nichts auszumachen scheint. Die sich auch abseits des Lichtes orientieren können, dort, wo es vollkommen schwarz ist.

Verwirrt geht sie weiter. Zur Küche. Wohin sonst?

Auf dem Tisch liegt ihre Mutter, die Beine gespreizt, mitten in der klinischen Helligkeit. Sie scheint sie erwartet zu haben, denn sie hebt grüßend die Hand. Sie trägt nicht ihren üblichen Kittel, sondern das Brautkleid, das wie durch Zauberhand wieder heil ist. Ganz heil. Am Herd sitzt Frau Prasser mit erstarrten Augen und Mehl an den Händen. Und auch Mia ist da. Sie malt, ganz wie sonst, und scheint nichts um sich herum wahrzunehmen.

Jetzt muss er gleich zur Tür hereinkommen, denkt sie und dreht sich um. Direkt vor ihren Augen hängt eine Uhr von der Decke, obwohl es gar keine Uhr gibt, in der Küche. Aber jetzt hängt sie da. Zwischen den weißen Pilzen baumelt eine schwere, grob geschmiedete Eisenkette von der Zimmerdecke herab, an deren Ende die Uhr hängt. Sie ist groß, mit einem weißen Zifferblatt und schwarzen Zeigern, ganz wie bei einer Bahnhofsuhr. Und sie scheint sogar zu gehen. Der Sekundenzeiger bewegt sich vorwärts, nicht zu langsam und nicht zu schnell, soweit sie das beurteilen kann. Punkt für Punkt. Schritt für Schritt.

Sie sieht wieder zur Tür. Wo bleibt ihr Vater heute? Müsste er denn nicht längst zurück sein? Frau Prasser spuckt Blut und scheint ganz geduldig, und auch ihre Mutter liegt vollkommen ruhig da, auf dem Tisch. Also setzt sie sich auf den Küchenboden, so, dass sie Frau Prasser nicht ansehen muss, und wartet. Der Boden ist kühl, doch die Kühle ist ihr nicht unangenehm, und sie fragt sich, ob dies ein Indiz dafür sein könnte, dass das Fieber jetzt abklingt. Dabei beobachtet sie die Uhr, die leise hin und her schwingt. Um nicht wieder in den tückischen Nebel zu geraten, den sie zwar hinter sich gelassen hatte, der nun jedoch mit Macht unter der geschlossenen Tür hindurchdringt, zählt sie die Sekunden mit, während sie auf ihren Vater wartet. Immer bis sechzig und wieder von vorne. Mal für Mal. Strich für Strich.

Doch Nils van Heemskerk kommt nicht …

Warum, fragt sie sich im Zählen, ist er eigentlich am Leben? Er müsste doch tot sein, ganz so wie Frau Prasser. Warum verlässt er die Küche stets lebend? Er müsste dort liegen, dort auf dem Boden. Mit eingeschlagenem Schädel. Oder nicht? So viel Blut konnte doch unmöglich von einer einzigen Person stammen!

Sie zählt und dreht sich dabei ganz vorsichtig nach ihrer Stiefmutter um. Natürlich, dort sitzt sie, am Herd, ganz wie immer. Sie blutet und starrt trübe ins Leere, so seelenlos wie die Puppen auf ihrem Nachtschrank. Oder sitzen die Puppen schon längst nicht mehr dort? Sind sie am Ende gar unter der Bettdecke? Sie kann es nicht sagen und zählt stattdessen weiter, den Blick wieder fest auf die Uhr gerichtet, auf die langsam ablaufende Zeit.

Doch Nils van Heemskerk kommt nicht, noch immer nicht …

In ihrem Rücken malt Mia ein Bild nach dem anderen.

Und sie zählt und zählt. Immer bis sechzig und wieder von vorne. Auf einmal, als sie gerade bei vierunddreißig ist, fällt ihr der Schatten ein. Der kopflose Schatten hinter der Tür. Sie reißt ihren Blick vom Sekundenzeiger los und sieht nach der Tür. Zur Wand, die nun schon halb im Nebel liegt.

Doch auch der Schatten ist heute nicht da.

Das Licht wird schwächer.

Sie träumt nicht mehr.

4

Oh, glücklich, wer noch hoffen kann,
aus diesem Meer des Irrtums aufzu-
tauchen.
(Johann Wolfgang Goethe, *Faust I*)

Donnerstag, 23. August »Meine Herren, ich dachte schon, du wachst überhaupt nicht mehr auf!«

Als Vivica die Augen aufschlug, lehnte Mia an der Fensterbank. Hinter ihr strahlte ein sonniger Tag durch die ungeputzte Fensterscheibe, so dass Vivica von ihrer Schwester eigentlich nur einen Umriss wahrnahm. Einen Schatten. Wie damals von Frau Prasser, als sie plötzlich in der Haustür stand. Sie kniff die Augen zusammen und versuchte, sich ein wenig aufzurichten.

»Mach bloß vorsichtig, sonst fällst du mir gleich wieder ins Koma«, rief Mia warnend. Die Farbe ihrer Stimme verriet Vivica nicht, ob sie lachte oder ernst sprach.

»Wie lange ...« Vivica schluckte. Ihre Kehle war ein Reibeisen.

»Von den letzten sechsunddreißig Stunden hast du wenig mitbekommen«, beantwortete Mia die unvollendete Frage bereitwillig.

Vivica nickte mühsam. Ihr Kopf tat höllisch weh. Direkt hinter ihrer Stirn schien eine offene Wunde zu pochen und ihre Arme schmerzten, als habe sie tonnenschwere Lasten bewegt. »Ich muss mich erkältet haben, auf dem Schiff«, stieß sie mit rauer Stimme hervor. »Es war sehr windig, und ich fürchte, das bin ich nicht mehr gewöhnt.«

»Du hattest ziemlich hohes Fieber«, stellte Mia sachlich fest, indem sie ihrer Schwester half, sich noch ein wenig weiter in den Kissen aufzurichten. »Aber warum wolltest du eigentlich keine Tablette nehmen?«

»Was?« Vivica erstarrte. Dumpfe, unklare Erinnerungsfetzen jagten durch ihren Kopf. Eine Hand. Ein Glas voller Wasser. Oder war es Alkohol gewesen? Und auf dem Grund ein weißlicher Bodensatz wie von aufgelösten Tabletten. »Was meinst du?«

»Das Grippemittel, das ich dir geben wollte«, entgegnete Mia. »Du hast dich dagegen gewehrt wie eine Löwin.«

Instinktiv fasste Vivica nach ihrem Bauch. Hatte sie sich verraten? Warum erinnerte sie sich nicht daran, dass ihre Schwester ihr ein Medikament hatte geben wollen?

»Habe ich etwas geschluckt?«, erkundigte sie sich sorgenvoll.

»Nein.«

»Gar nichts?« Sie dachte an das Baby, das sie nicht bekommen wollte, und hatte für einen Augenblick das Gefühl, das Fieber kehre in ihren Körper zurück. »Bist du ganz sicher?«

»Du denkst doch, dass ich dich vergiften will, was?« Mia grinste. »Nein! Oh nein! Lass mich!«, ahmte sie die Stimme ihrer Schwester nach, wobei sie abwehrend mit ihren großen Männerhänden durch die Luft fuchtelte. »Ich will das nicht! Lass mich!«

Vivica verzog den Mund, wie sie hoffte zu einem Lächeln. »Da habe ich wohl schlecht geträumt.«

Ihre Schwester sah zweifelnd aus. »Ich weiß wirklich nicht, was ich an mir habe, dass die Leute in meiner Gegenwart immer um ihr Leben fürchten«, beklagte sie sich.

Es klang, als spräche ein beleidigtes Kind. »Alle denken an Gift, wenn sie mich sehen. Du denkst an Gift. Jolantha denkt an Gift. Und sogar die verdammten Meerschweinchen sehen mich manchmal so argwöhnisch an.«

Vivica zuckte leise zusammen. Unter ihrer Fußsohle schien etwas zu pochen. Sie zog den Fuß ein wenig an, aber das Gefühl ließ nicht nach. Im Gegenteil: Es verstärkte sich noch.

»Jolantha, Erwin, Hasen, Kinder«, Mia kicherte leise vor sich hin. »Ihr habt alle eine Scheißangst vor mir!« Dann wurden ihre Augen plötzlich eng und schwarz. »Das ist bestimmt wegen der Geschichte mit dem Hackebeilchen, oder nicht?« Sie machte einen Satz vorwärts und stemmte ihre geballten Fäuste links und rechts neben Vivica in die Matratze. »Na komm schon, sag's mir, Schwesterchen! Hast du Angst, dass ich dir dein hübsches, nichtssagendes Gesichtchen weghacke, ja?«

Sie schien ernst zu meinen, was sie da sagte, denn Vivica konnte nicht einen Hauch von Ironie in ihren Augen ausmachen. Sie wagte nicht, sich zu rühren oder auch nur zu atmen, während Mias Gesicht dicht über ihrem schwebte. Sie hat zweimal getötet, fuhr es ihr durch den Kopf. Sie könnte es wieder tun. Töten. Das Wort brannte hinter ihrer Stirn. Sie könnte *dich* töten ...

»Weißt du eigentlich, wie das aussieht, wenn du das Hirn durch das Loch sehen kannst, das früher mal ein Auge gewesen ist?!« Jetzt schrie sie wieder.

Vivica hatte das Bedürfnis, es ihr gleichzutun. Schrei, dachte sie. Schrei um dein Leben. Aber alles, was sie von sich geben konnte, war ein armseliges, heiseres Keuchen.

»Weißt du, was das für ein Scheißanblick ist?« Mia schrie und schrie. »Wenn die verdammte Fresse keine Lippen mehr hat und der Schädelknochen überall durch die zerfetzte Kopfhaut quillt? Hast du eine Ahnung, wie das aussieht?«

Vivica schloss die Augen. Die Augen zu schließen, war alles, was sie im Augenblick tun konnte. Abwarten, die Augen schließen und hoffen, dass es irgendwie vorüberging. Zu mehr fehlte ihr schlicht und einfach die Kraft.

»Ihr habt mich reinlegen wollen mit dem verdammten Beil«, flüsterte Mias Stimme dicht über ihrer Stirn. »Aber ich weiß genau, dass es nicht dort gewesen ist, an dem Morgen. Ganz genau.« Es klang gefährlich, wie sie das sagte. Vivica spürte, es war eine Drohung.

»Und weißt du, was das bedeutet?« Ihre Fäuste bohrten sich noch tiefer in die Matratze. Jeder einzelne Muskel in Vivicas Körper schien sich zusammenzuziehen. »Das bedeutet, dass mich jemand von vorne bis hinten verarscht hat. Und irgendwann finde ich raus, wer das war! Und dann beweise ich euch und den verfickten Scheißgören da draußen vor dem Fenster und allen anderen, die glauben, mich wie eine Aussätzige behandeln zu müssen, dass ich unschuldig bin. Denn genau das bin ich: unschuldig!«

Sie sprang vom Bett, dass das schwere Eisengestell unter der Wucht erzitterte, und stürzte aus dem Zimmer.

* * *

Der Frühstücksraum war an diesem Morgen voll besetzt, und als Edna auf der Suche nach einem Sitzplatz am Büfett vorbeikam, stellte sie fest, dass die wackeren Wattwanderer vom Vortag offenbar wie die Heuschrecken über die Wurstplatten und Brötchenkörbe hergefallen waren, so dass sich das Angebot nur mehr auf überschaubare Reste beschränkte. Ihren Fensterplatz von gestern hatte eine muntere Familie mit drei lebhaften, nordwindgegerbten

Kleinkindern in Beschlag genommen, und Edna hatte sich rasch davon überzeugt, dass auch alle übrigen Tische belegt waren, was bedeutete, dass sie sich auf jeden Fall zu jemandem dazusetzen musste, wenn sie frühstücken wollte.

Einer der beiden großen Tische wurde von einer heiteren Damengruppe vereinnahmt, bei der es sich aller Wahrscheinlichkeit nach um einen Kegelklub handelte. Die Frauen waren ausnahmslos mittleren Alters und für diesen Ort und diese frühe Stunde unpassend stark geschminkt. Die Wortführerin der Gruppe, die lautstark Pläne für den heutigen Tag schmiedete, welche – soweit Edna das mitbekam – ausnahmslos mit Männern, Sonnenbaden und Essen zusammenhingen, hatte eine aparte Whiskeystimme und sprach ein gestenreiches, äußerst anziehendes Ruhrpottplatt. Edna schüttelte sich und hielt Ausschau nach dem mürrischen alten Herrn vom Vortag, der jedoch nirgends zu entdecken war. Dafür lächelte ihr ein anderer Herr fortgeschrittenen Alters mit einer Matrosenkappe auf dem Kopf einladend zu, woraufhin sie eilig den Blick abwandte. Keine alleinstehenden Herren gleich welchen Alters, keine Kinder, keine Kegeldamen, so viel stand fest. Unschlüssig ließ sie ihre Augen über die Tische schweifen und entschied sich schließlich für die Gesellschaft eines Ehepaares, das überaus passend in Caprihosen und marineblaue Sweater gekleidet war und durchaus den Eindruck machte, einer mittleren Sturmflut ohne größere Mühen trotzen zu können. Ehepaare sind gut, dachte Edna, sie haben Fremden nie besonders viel zu sagen und beschäftigen sich hauptsächlich mit sich selbst.

»Entschuldigen Sie, ist bei Ihnen noch ein Platz frei?«, erkundigte sie sich, als sie neben dem Tisch stand.

Die Frau nickte ihr freundlich zu und murmelte ein paar unverständliche Worte, während ihr Mann sogleich aufsprang, um die Handtasche seiner Gattin von einem der beiden freien Stühle zu pflücken. »Trautmann«, stellte er sich vor.

Edna kam in den Genuss eines überaus kräftigen Händedrucks. »Beck«, entgegnete sie schicksalsergeben und dachte an ihre Wohnung und das harmonische Ehepaar aus dem vierten Stock. An Nordbergs. Hoffentlich hatten Trautmanns keinen Sohn, der einen Hühnerhof betrieb.

»Wie es scheint, bin ich ein bisschen spät dran«, bemerkte sie laut und blickte zum geplünderten Büfett hinüber. »Wenn ich mich nicht beeile, werde ich den rauen Wettern wohl ohne Frühstück trotzen müssen.« Sie zwinkerte Frau Trautmann zu und wies mit einer Hand in Richtung der großen Panoramafenster, hinter denen auch heute wieder ein strahlend sonniger Augusttag heranwuchs, doch als sie feststellte, dass weder Herr Trautmann noch seine Frau ihrem Ausbruch von Humor auch nur das leiseste Lächeln schenkten, griff sie nach ihrem Teller und machte sich auf die Jagd.

Natürlich war der Rosinenstuten längst vergriffen, und die wenigen Brötchen, die sich noch in den ausladenden Weidenkörben auf dem Büfettschrank befanden, machten den Eindruck, als hätte die nordwindgegerbte Rasselbande vom Fenstertisch sie zum Fussballspielen missbraucht. Gerade als Edna sich dazu durchgerungen hatte, zwei der zerstoßenen Backwaren auf ihren Teller zu laden, um sie mit der letzten verfügbaren Scheibe Käse und extra viel Honig vielleicht doch noch in etwas Essbares zurückzuverwandeln, tauchte Sina hinter ihr auf.

»Lassen Se nur, ick hab noch'n paar frische in der Küche, die bring ick Sie«, flüsterte sie verschwörerisch. »Und Tee, stimmt's?«

»Kaffee. Danke.« Edna lächelte und legte die beiden Brötchen unauffällig wieder in den Korb zurück. Stattdessen nahm sie sich eine weitere Portion Honig und die obligate Jetzt-tu-ich-mir-mal-was-richtig-Gutes-Banane und kehrte zufrieden an ihren Platz zurück, wo Trautmanns zwischenzeitlich recht angeregtes Gespräch sogleich verstummte und einem interessierten Schweigen Platz machte, das augenscheinlich mit den fehlenden Brötchen auf ihrem Teller zu tun hatte. Edna seufzte. Vielleicht fürchteten die Herrschaften, sie werde den Honig auf die Banane schmieren und diese anschließend mit Käse umwickeln.

Schnell schob sie den Teller ein Stück von sich weg, damit er weniger auffiel, während sie auf Sina und ihre Brötchen wartete. »Sind Sie schon länger hier?«, fragte sie, um die Situation ein wenig aufzulockern.

Trautmann nickte. »Fast vier Wochen.«

»Wir bleiben immer vier Wochen«, nuschelte seine bessere Hälfte. Irgendetwas am Vorgang des Sprechens schien ihr Probleme zu bereiten, doch Edna war es noch nicht gelungen herauszufinden, was es war.

»Vier Wochen. Jedes Jahr im August«, ergänzte Trautmann. »Seit 1968.«

Weil Sina in diesem Moment aus der Küche zurückkehrte, verkniff sich Edna eine Bemerkung über den silbernen Seebäder-Orden am Band.

»So, da sind Ihre Brötchen.« Stolz schwenkte das Mädchen eine Papiertüte, die augenscheinlich gut gefüllt war. »Denn lassen Se se Ihnen aber mal ordentlich schmecken, wa?«

Trautmann zog eine seiner buschigen Augenbrauen hoch.

»Und wenn Se Fragen haben oder noch irgendwat brauchen …«

Edna lächelte. »Melde ich mich, danke.«

»Keene Ursache.« Sina platzierte die Brötchentüte und ein Kännchen, aus dem ein entmutigender Faden mit einem bunten Papierschildchen hing, auf dem Tisch und verschwand.

Premium Assam, las Edna resigniert und warf sogleich einen sehnsüchtigen Blick in die Tasse der nuscheligen Frau Trautmann, in der sich letzte Reste einer Flüssigkeit befanden, die jedoch ebenfalls verdächtig nach Tee aussah. »Willkommen in Norddeutschland«, murmelte sie, indem sie ihre Brötchentüte aufriss, in der sich nicht weniger als vier herrlich unberührte Brötchen und zwei Croissants befanden.

»Sie sind das erste Mal hier, nicht wahr?«

Edna hob den Kopf und blickte in die wässrigen blauen Augen von Herrn Trautmann. Seinem Gesichtsausdruck war zu entnehmen, dass er in den langen Jahren seit 1968 noch nie mit einer Extratüte Brötchen bedacht worden war und darüber etwas wie Verbitterung empfand.

»Ja«, entgegnete sie schlicht, während sie sich daranmachte, das erste Croissant aufzuschneiden, obwohl sie wusste, dass man dergleichen nicht tat. Aber Trautmanns hielten sie ohnehin für eine Barbarin, da konnte sie auch ein Croissant der Länge nach aufschneiden, um Platz für den vielen Honig zu machen, den sie sich mitgebracht hatte. Schmeckten Croissants nicht auch mit Nussnugatcreme? Begierig blickte sie wieder zum Büfett hinüber.

»Und gefällt es Ihnen an der See?«, wollte Frau Trautmann wissen.

Ein Gebiss!, dachte Edna, sie hat falsche Zähne! Sie schenkte Frau Trautmann ein strahlendes Lächeln. »Doch, ja«, entgegnete sie. »Es gefällt mir recht gut.«

»Siehst du!« Frau Trautmann warf ihrem Gatten einen triumphierenden Blick zu. »Mein Mann meinte nämlich, Sie wären mehr der südländische Typ. Was den Urlaub angeht, meine ich.« Sie zuckte mit den Schultern. »Sie wissen schon: Italien und so.«

Edna blickte in ihren langsam erkaltenden Tee wie ein Kind, das bei einer Schummelei ertappt worden war. Wer hätte gedacht, dass sich der harmlose Herr Trautmann als so scharfer Beobachter entpuppen würde!

»Die Luft ist aber auch wirklich wie Balsam hier oben.« Frau Trautmann blähte die Nüstern und sog genüsslich die verbrauchte Frühstücksraumluft in ihre Lungen. »Unser Timo ist sein Asthma losgeworden, allein durch die vielen Ferien hier auf der Insel.«

Ein Sohn! Verdammt! Edna ließ sich tiefer in ihren Stuhl sinken und biss ein üppiges Stück von ihrem Croissant ab, um sich gegen die rührende Hühnerhofgeschichte zu wappnen, die nun zweifellos folgen würde. Möglicherweise war ihre Ehepaar-Theorie doch noch nicht ganz ausgereift.

»Er studiert noch, unser Timo.«

Edna seufzte. Zweifellos Agrarwissenschaften!

»Psychologie«, erklärte die stolze Mutter mit gebisslicher Mühe.

»Ach?!« Edna hob überrascht den Kopf. »Tatsächlich?«

»Im sechsundzwanzigsten Semester«, klagte Herr Trautmann, der augenscheinlich nicht über den weichzeichnenden Mutterstolz seiner Frau verfügte.

»Er arbeitet nebenbei«, bemerkte seine bessere Hälfte spitz.

Trautmann gab einen verächtlichen Laut von sich und zog eine Plastiktüte mit weißem Kandis aus der Brusttasche seines Sweaters. »Hier«, sagte er und hielt Edna die Tüte hin. »Ist was anderes als dieser Raffinadezucker, den sie uns immer hinstellen.« Edna wollte dankend ablehnen, doch Herr Trautmann hatte bereits drei ziemlich große Stück Kandis in ihre Teetasse geworfen. »So ist es viel authentischer«, versicherte er mit einem Lächeln und schob die Tüte wieder in seine Brusttasche zurück. »Wenn du in Ostfriesland bist, mach es wie die Friesen.«

»Mein Mann ist auch zu Hause schrecklich heikel mit seinem Tee«, erklärte Frau Trautmann. »Er macht ein richtiges Rituell daraus.«

Ritual, verbesserte Edna sie in Gedanken, während sie sich beeilte, die obersten Schichten ihres Tees abzutrinken, bevor sie sich in Zuckersirup verwandelten. Das Wort, das du suchst, heißt Ritual!

»Unter dem alten Heemskerk hätte es so etwas jedenfalls nicht gegeben«, echauffierte sich Trautmann und zeigte anklagend auf den Streuer mit Raffinadezucker. »Damals war hier alles noch viel authentischer. Friesischer Tee jeden Morgen. Und Kluntjes. Und jeden Donnerstag gab's einen Inselabend. So richtig zum Mitsingen. Nicht diesen durchchoreographierten Unsinn, den sie heutzutage veranstalten. Das waren noch Zeiten, kann ich Ihnen sagen.«

Edna blickte ihn mit neu erwachtem Interesse an. Natürlich, dachte sie, die Trautmanns kamen seit dreiunddreißig Jahren nach Borkum. Die Frage war ... »Haben Sie Ihre Ferien schon immer in diesem Hotel verbracht?«

Trautmann nickte. »Seit 1968. Aber es hat sich natürlich viel verändert. Wenn man sich allein den Strand betrachtet. Der war ja früher viel breiter. Und feinsandiger. Und ohne diese vielen Priele, die einem beim Spazierengehen fast die Füße wegreißen.«

Augenblick! Edna runzelte die Stirn. Der Strand und seine Priele interessierten hier nun wirklich nicht! Eilig sagte sie: »Dann gehören Sie hier ja fast zur Familie.«

»Ach du liebe Zeit, bewahre«, quietschte Frau Trautmann und hob in einer abwehrenden Geste die Hände. Dann beugte sie sich so weit über den Tisch, dass ihr üppiger Busen ihren abgegessenen Teller streifte. »Sie sind doch ermordet worden, der alte Heemskerk und seine Frau. Alle beide.« Edna bemühte sich um ein Gesicht, das

Frau Trautmann irgendwie als Ansporn begreifen musste. Und sie hatte augenscheinlich Erfolg, denn diese fuhr sogleich begeistert fort: »Oh ja, und stellen Sie sich vor, wir waren sogar hier, als es passiert ist. Hier im Hotel!« Ihr Sweatshirt war voller Brötchenkrümel, als sie sich zurücklehnte. »Aber eigentlich haben wir das ja erst erfahren, als wir für den nächsten Sommer buchen wollten, wissen Sie. Das hat mein Mann nämlich immer mit dem alten Heemskerk persönlich ausgemacht.« Sie schnappte nach Luft, während sich ihr Gatte demonstrativ abwandte und dabei über seine gesamte Körperhaltung auszudrücken versuchte, dass er mit dem hochnotpeinlichen Weibergetratsche an seinem Tisch nicht das Geringste zu tun hatte. »Mein Mann hat also kurz nach Weihnachten angerufen, ganz wie immer«, setzte seine bessere Hälfte indessen ihren Bericht fort, »und da sagte man uns dann, dass Herr van Heemskerk tot sei. Ermordet. Und als wir das Datum hörten, wurde uns klar, dass wir zum Zeitpunkt der Tat noch hier gewesen sind.« Sie runzelte die Stirn. »Aber es war unser Abreisetag, also der folgende Morgen. Ich meine, es war nicht der eigentliche Abend, sondern der Abend vorher, wo es …« Sie blickte hilfesuchend zu ihrem Mann hinüber.

»Heemskerk wurde Freitagnacht getötet«, kam dieser ihr eher routiniert als bereitwillig zu Hilfe. »Und wir sind samstags abgereist. Gleich morgens mit der ersten Fähre …«

»Das machen wir immer so«, fiel seine bessere Hälfte ihm eifrig ins Wort. »Immer die erste Fähre. Man will ja dann auch irgendwie los, nicht wahr? Ich meine, an so einem Tag kann man ohnehin nichts mehr unternehmen. Und die Badesachen sind natürlich auch schon im Koffer und all das. Da kann man genauso gut nach dem Frühstück abreisen, nicht wahr?«

Trautmann warf seiner Gattin einen vernichtenden

Blick zu. »Jedenfalls waren die Leichen von Heemskerk und seiner Frau zum Zeitpunkt unserer Abreise noch nicht gefunden worden«, schloss er.

Ednas Blick bohrte sich tief und wissend in die graugrünen Augen von Frau Trautmann. »Hat man die Tat denn wenigstens aufklären können?«

»Naaaiiiin«, quiekte diese. Entzückt, wie es schien. »Das ist es ja! Die Polizei war vollkommen ratlos.« Sie senkte die Stimme. »Sogar die Töchter sollen sie in Verdacht gehabt haben.«

»Tatsächlich?«

»Na ja, weil sie doch geerbt haben. Und weil sie ihre Stiefmutter so gar nicht leiden konnten.«

»Blödsinn!«, schaltete sich Trautmann nun doch wieder in das Gespräch ein. »Die Töchter! Wenn sie nicht weiterwissen bei der Polizei, müssen's eben die Töchter gewesen sein.« Er rümpfte die Nase. »Kompletter Blödsinn so was und alles von unseren Steuern.«

»Dabei sind das ganz anständige Mädchen«, bestätigte seine Gattin. »Wir kennen die beiden ja, seit sie Kinder waren. Und dass sie ihre Stiefmutter nicht leiden konnten, ist doch ganz natürlich. Ich meine … Niemand mag Stiefmütter, nicht wahr?« Sie lachte etwas dümmlich. »Nein, nein, das war wirklich absurd. Eher war's dieser Stiefbruder, Armin Prasser.«

»Ein übler Bursche«, nickte Trautmann. »Spielte dauernd an diesen Automaten herum und hatte einen Haufen Schulden. Er hat mal hier gearbeitet, wissen Sie?«

»Hier im Hotel?«

Trautmann gab ein zustimmendes Grunzen von sich. »War immer unfreundlich, der Kerl, ganz egal, wann und warum Sie den angesprochen haben. Wundert mich wirklich, dass sie *den* nicht verdächtigt haben. Wahrscheinlich nur, weil er nichts geerbt hat. Kein Motiv oder so. Aber das ist kompletter Blödsinn. Als wenn's im Leben nur ums Geld ginge!«

Interessante Bemerkung, dachte Edna.

»Vielleicht sind dem Jungen die Nerven durchgegangen«, mutmaßte Frau Trautmann. »Ich sage Ihnen, das war so ein Typ, wenn man den provoziert …«

»War aber auch eine ganz komische Atmosphäre in dieser Nacht«, bemerkte ihr Gatte wie zur Bestätigung. »Irgendwie aufgeheizt.«

Donnerwetter, der Mann hat Instinkte!, dachte Edna und betrachtete ihn neugierig. *Mein Mann meinte nämlich, Sie wären mehr der südländische Typ …*

»Das kam dir nur so vor, weil du wieder nicht schlafen konntest«, belehrte ihn seine Frau, und Trautmann war die Begeisterung über diese Bemerkung deutlich anzusehen. »Mein Mann kann nämlich nie schlafen, bevor wir irgendwohin fahren.« Endlich klopfte ihre Hand nun auch die Brötchenkrümel von ihrem Sweater. »Sie wissen schon: das Packen. Und ob der Wagen anspringt. Selbst wenn's nur nach Hause geht, regt er sich immer ganz fürchterlich auf.« Sie schenkte ihrem Gatten ein mütterlich-fürsorgliches Lächeln, das an dessen versteinerter Miene abtropfte wie Regen an einem frisch polierten Sportwagen. »Aber dieser Armin Prasser ist wirklich kein besonders angenehmer junger Mann gewesen«, kam sie dann doch noch einmal auf ihr Lieblingsthema zurück. »Wissen Sie, wenn es so etwas wie einen Wunschtäter gibt, dann hätte ich mir gewünscht, dass Armin Prasser die Morde begangen hat.«

Edna lehnte sich auf ihrem Stuhl zurück. Ein Wunschtäter, dachte sie, was für ein merkwürdiger Ausdruck! Zwei ermordete Menschen, zwei unschuldige Mädchen und ein Wunschtäter. Ein unerfreulicher junger Mann, der sich herumtreibt, spielt und Kellnerinnen verprügelt. Jemand, um den es nicht schade wäre. Aber dieser Jemand hatte kein Motiv! Nicht so, wie die Dinge nun einmal lagen.

»Sollte eigentlich einen Sturm geben, damals«, bemerkte Trautmann. »Zumindest hatten sie einen angesagt.« Er sah zum Fenster hinüber, als hege er plötzlich Zweifel an der Glaubwürdigkeit des Wetters dort draußen. »Der Sturm ist nicht gekommen, aber trotzdem war alles irgendwie in Aufruhr. Fast wie elektrisiert.« Er brach ab und verfiel in ein sinnendes Schweigen.

»Reisefieber«, flüsterte seine Frau.

* * *

Mia war verschwunden.

Zumindest machte das Haus diesen Anschein, aber Vivica war in den letzten Tagen zu oft getäuscht worden, als dass sie sich auf einen bloßen Eindruck verlassen hätte. Nachdem sie endlich gewagt hatte aufzustehen, hatte sie als Erstes unter der Matratze nachgesehen und festgestellt, dass die Plastiktüte mit dem Kleid ihrer Mutter nach wie vor an ihrem Platz war. Ob dieser Umstand zugleich bedeutete, dass Mia keine Ahnung von der Existenz dieser Tüte hatte, schien ihr dagegen nicht unbedingt gesagt. Schließlich war sie selbst in den vergangenen sechsunddreißig Stunden kaum bei Bewusstsein gewesen, und sie bezweifelte, dass sie es bemerkt hätte, wenn jemand sich an der Matratze zu schaffen gemacht hätte. Sie konnte sich ja noch nicht einmal daran erinnern, wie sie überhaupt in ihr Bett gekommen war, nur, dass sie eine Verabredung mit ihrer Patentante gehabt und nicht eingehalten hatte.

Warum hatte Tante Tilla sich eigentlich keine Sorgen gemacht, als sie nicht erschienen war? Oder war sie doch noch dort gewesen? Sie schüttelte den Kopf. Schon wieder, dachte sie. Wieder fehlen mir ein paar entscheidende Stunden meines Lebens. Sie zog die Tür ihres Zimmers hinter sich zu und stieg langsam die Treppe hinunter. In ihrem Körper gab es keinen einzigen Muskel, kein Gelenk, das ihr nicht wehgetan hätte, und noch immer fühlte sie eine leichte Benommenheit, wenn sie versuchte, intensiv nachzudenken. Was war mit ihr geschehen? Sie hatte Fieber gehabt, das hatte Mia vorhin gesagt, und es stimmte wohl auch. Sie erinnerte sich dunkel an ihr zittriges Frösteln, an die unangenehme Kühle der Laken, wenn sie ihr schweißnasses Gesicht ein wenig zur Seite gedreht hatte, an Flimmern und Lichtblitze.

Hatte sie sich tatsächlich erkältet, auf dem Schiff? Für eine simple Erkältung war das, was sie durchgemacht hatte, im Grunde viel zu heftig gewesen. Andererseits fühlten sich ihre Schleimhäute tatsächlich wund an. Vielleicht eine Grippe, dachte sie und hustete trocken, irgendein Virus, das ich mir eingefangen habe. Aber wann hatte es begonnen, das Fieber, und wie war sie wieder hinauf in ihr Zimmer gelangt? Sie stutzte. Da war ein Arm gewesen, der sie gestützt hatte, daran erinnerte sie sich mit einem Mal wieder. Ein kräftiger, nackter Arm, der sich um ihre Schultern gelegt und sie die Treppe hinauf geführt hatte. War das Mias Arm gewesen? Oder brachte sie jetzt alles durcheinander, die Alpträume und die Realität? Und was war mit dem fremden Gesicht über ihrem Bett? Hatte sie auch das nur geträumt? War die Person, die sich über sie gebeugt und beruhigend auf sie eingesprochen hatte, nichts anderes gewesen als eine Fieberphantasie? Sie blickte ratlos nach der Tür des Salons. Jemand hatte sie zu Bett gebracht und ihr die schwarze Hose ausgezogen, die sie getragen hatte, seit sie auf die Insel zurückgekehrt war. Als sie vorhin erwacht war, hatte sie nur noch ein T-Shirt und einen Slip angehabt …

Inzwischen hatte sie sich ein dunkelrotes Leinenkleid übergestreift und anschließend ihr Lieblingsparfüm aufgetragen, von dem sie sich ein wenig Trost erhofft hatte. Aber heute roch es höchst eigenartig. Das liegt an diesem verdammten Haus, dachte sie. Alles, was damit in Berührung kommt, verdirbt irgendwie! Sie warf einen Blick auf die Uhr und überlegte, wie sie nun weitermachen sollte. Sollte sie versuchen, ihre Patentante zu erreichen? Vielleicht konnte Tante Tilla ja ein wenig Licht in das Dunkel bringen, das die vergangenen Stunden umgab. Ihre Finger tasteten nach dem Handy in ihrer Handtasche, wurden jedoch nicht fündig. Sie suchte und suchte und schüttete schließlich gar den gesamten Inhalt der Tasche auf der wuchtigen Eichenkommode aus, doch das Handy war nicht da.

Dann telefoniere ich eben von Mias Apparat, dachte sie mit einem sarkastischen Lächeln, ich kann die entstehenden Kosten ja abarbeiten, wenn ich wieder gesund bin!

Ihre Patentante nahm fast umgehend ab. »Was zum Teufel war los mit dir?«, unterbrach sie ihr Patenkind nach wenigen Worten. »Warst du wirklich krank?«

»Ich denke schon«, entgegnete Vivica vage. »Ich bin … Ich muss wohl ziemlich hohes Fieber gehabt haben.«

»Was soll das heißen, du *musst wohl* Fieber gehabt haben?« Ihre Stimme verriet Skepsis. »Erinnerst du dich denn nicht daran?«

»Nein«, gab Vivica fast widerstrebend zu. »Nicht richtig. Es ist so plötzlich gekommen, und ich …«

»Verdammt noch mal, ich habe mir doch gleich gedacht, dass da etwas nicht stimmt!«, unterbrach Tilla Straten sie erneut. »Und als deine Schwester mich angerufen hat, hatte ich ein ganz und gar ungutes Gefühl.«

»Mia hat mit dir telefoniert?« Vivica unterdrückte einen leichten Hustenreiz.

»Ja. Sie hat mich am Dienstagabend angerufen und gesagt, dass du die Grippe hättest und mich leider nicht besuchen könntest.«

»Und das hast du ihr geglaubt?« Vivica fühlte sich auf einmal verraten. Warum gab sich ihre Tante mit der Aussage ihrer durchgeknallten Schwester zufrieden? Hatte sie denn nicht selbst argwöhnisch auf die Nachricht reagiert, dass ihr Patenkind im Herrenhaus untergebracht worden war? Und woher hatte Mia überhaupt von ihrer Verabredung gewusst?

»Nein, natürlich habe ich ihr nicht geglaubt«, versetzte ihre Patentante mit vorwurfsvollem Unterton. »Im Gegenteil. Nachdem sie angerufen hatte, habe ich mich sofort auf den Weg gemacht, weil ich mit eigenen Augen sehen wollte, was mit dir los ist. Aber deine verehrte Schwester hat mich nicht hereingelassen. Sie lässt mich nie herein!« Der Ärger über diesen Umstand färbte ihre Stimme um einige Nuancen dunkler. »Sie hat die Haustür nur einen winzigen Spaltbreit aufgemacht und gesagt, dass du eingeschlafen bist und dass sie dich nicht stören wolle.«

»Und damit hast du dich zufrieden gegeben?«, fragte Vivica noch einmal.

»Was hätte ich denn machen sollen?« In ihrer Gegenfrage schwang die quälende Erinnerung an einen Moment eigener Hilflosigkeit. »Ich konnte doch nicht …«

»Natürlich nicht«, fiel Vivica ihr eilig ins Wort, weil ihr klar wurde, dass das Gespräch eine gefährliche Richtung eingeschlagen hatte. Das Letzte, was sie tun durfte, war, die Aufmerksamkeit ihrer Tante auf ein Phänomen zu lenken, über das sie sich selbst noch nicht schlüssig war. »Entschuldige, dass ich dir Vorwürfe gemacht habe. Und Mia hatte ja auch ganz Recht, ich war wirklich krank.«

»Ja?«

Verdammt, dachte Vivica, sie glaubt mir nicht! »Ja, sicher. Es war schrecklich windig auf dem Schiff.« Sie schluckte. »Ich schätze, ich bin einfach zu leichtsinnig gewesen.«

»Ich weiß nicht.« Da war etwas Seltsames in ihrer Stimme, eine Unsicherheit, die Vivica nicht an ihr kannte. »Vielleicht hätte ich doch …«

»Unsinn!«, rief Vivica. »Es tut mir nur Leid, dass ich dich versetzen musste.« Sie hielt inne und lauschte auf eine Reaktion. Etwas, das ihr signalisierte, dass die Gefahr gebannt war. Dass ihre Tante sich beruhigte. »Dabei hatte ich mich doch schon so auf dein Essen gefreut.«

»Ich finde, du solltest zu mir ziehen.« Jetzt klang sie wieder entschlossen. »Pack deine Sachen zusammen und komm rüber. Jetzt gleich.« Sie zögerte. »Falls du überhaupt noch bleiben willst …«

Vivica bemühte sich um ein möglichst munteres Lachen. »Aber natürlich werde ich bleiben«, entgegnete sie. »Und selbstverständlich werde ich auch weiter hier im Herrenhaus wohnen. Es war nur …« Reiß dich zusammen, dachte sie. »Diese blöde Grippe hat mich völlig aus der Bahn geworfen. Ich kann einfach noch nicht wieder klar denken.«

Ihre Patentante antwortete nicht.

»Wirklich, es geht mir gut.« Sie fuhr sich mit der flachen Hand über die Stirn. Jetzt hatte sie die Bescherung! Ihre Tante würde nicht lockerlassen. Sie musste auf der Hut sein, wenn sie ihre Mission nicht gefährden wollte. »Ich bin vollkommen in Ordnung«, sagte sie noch einmal. »Nur noch ein kleines bisschen wacklig auf den Beinen.«

»Mit einer Grippe ist nicht zu spaßen«, entgegnete ihre Patentante. Es klang sehr ernst. »Vielleicht solltest du doch für ein paar Tage zu mir ziehen.«

»Schamlos ausnutzen würde ich dich! Weißt du noch,

wie du mir als Kind immer Comics und Tee mit Honig ans Bett gebracht hast, wenn ich krank war?«

»Ich lasse mich gerne ausnutzen.«

Vivica seufzte. »Ernsthaft, ich bin hier wirklich gut aufgehoben. Immerhin«, sie stutzte, »immerhin ist es mein Elternhaus.«

Wieder nur Schweigen. Ein eigenartiges, tiefes Schweigen.

Sie musste etwas sagen, das ihre Tante ablenkte. Irgendetwas, das ihr suggerierte, dass alles in Ordnung war. »Wie wäre es, wenn ich dich heute Mittag zum Essen einlade? Als Entschädigung für all die Sorgen, die ich dir bereitet habe. Sagen wir in einer Stunde drüben im Hotelrestaurant?«

»Gut.« Tilla Straten war ganz offensichtlich nicht zufrieden mit dem, was sie gehört hatte. Aber sie gab nach. Zumindest für den Augenblick. »Also in einer Stunde.«

* * *

Edna nahm die Fähre um 10:30 Uhr. Am Hafen in Emden holte sie ihr Auto aus dem Parkhaus. Da es keine Klimaanlage hatte, kurbelte sie das Fenster bis zum Anschlag hinunter, doch selbst der Fahrtwind auf der Autobahn vermochte die stickige Hitze im Innern des Fahrzeugs nur wenig zu mildern. Die Sonne stach von einem unerfreulichen weißen Himmel herab, und innerhalb kürzester Zeit war Edna so nassgeschwitzt, als habe sie mitsamt ihrer Kleidung in der Sauna gesessen. Es wird ein Gewitter geben, dachte sie, irgendwann später an diesem Tag wird es blitzen und donnern, und das Meer wird sich in eine aufgepeitschte graubraune Masse verwandeln.

Das Haus, das sie suchte, lag am Ortsrand einer kleinen

Gemeinde, rund fünfzehn Kilometer südwestlich von Leer nahe der holländischen Grenze. Edna fand es nicht auf Anhieb, sondern musste mehrfach nach dem Weg fragen, der sie schließlich zwischen schweren Marschwiesen und Äckern hindurch schnurgerade auf das Hauptgebäude zu führte. Das zweistöckige Anwesen aus rotem Backstein, das früher einmal ein Bauernhof gewesen sein musste, machte einen penibel gepflegten Eindruck. Hinter dem Haupthaus befand sich ein ausgebauter Fachwerkspeicher, an den sich weitläufige Pferdeställe anschlossen.

Edna hielt an der Straße, unmittelbar vor dem Gartentor, und stieg aus. Die schwüle Luft duftete nach frisch gemähtem Gras. Auf der Wiese vor dem Haus lief ein Rasensprenger. Als sie auf die grün lackierte Haustür zuging, trieb eine plötzliche Windbö einen Schwall feiner Wassertröpfchen zu ihr herüber. Sie seufzte laut auf, dankbar für die Erfrischung.

Die Tür wurde geöffnet, bevor sie überhaupt Gelegenheit hatte, auf den Klingelknopf zu drücken. KHK i. R. Dietrich Meuser war ein kleiner, asketisch wirkender Mann mit Stirnglatze und aufmerksamen grauen Augen. Seine schmalen Lippen verzogen sich zu einem Lächeln, als er Edna eine schlanke und angesichts der Hitze erstaunlich kalte Hand reichte. »Frau Beck, nehme ich an?«

Edna nickte. »Vielen Dank, dass Sie sich Zeit für mich nehmen. Kann ich den Wagen dort an der Straße stehen lassen?«

Meuser bejahte. »Ich freue mich immer über ein neues Gesicht«, versicherte er und führte seine Besucherin in eine schmucklose geflieste Diele. »Das Leben hier draußen ist sehr angenehm, aber auch etwas eintönig. Und meine Frau ist vor drei Jahren gestorben.«

Edna unterdrückte eine Phrase des Beileids, die ihr angesichts ihrer eben erst gemachten Bekanntschaft heuchlerisch vorgekommen wäre.

»Wir hatten uns für die Zeit nach meiner Pensionierung so viel vorgenommen«, fuhr Meuser fort, als sei er seinem Gast diesen Bericht aus seinem Privatleben schuldig. »Reisen, Ausstellungen, uns fremde Kulturen ansehen. Solche Dinge. Alles, was eben immer zu kurz kommt, wenn man mit einem Kriminalbeamten verheiratet ist.« Er nickte Edna einvernehmlich zu. »Aber dann ist sie gestorben. Herzschlag. Einfach so. Vier Tage vor dem Abflug nach Ägypten. Wir wollten ins Tal der Könige, wissen Sie? Archäologie und so. Meine Frau ist immer ganz fasziniert gewesen von kaputten Tongefäßen und solchem Zeug.« Er räusperte sich, als stehe er kurz vor einer wichtigen Eröffnung. »Wir waren einundvierzig Jahre verheiratet und sie hat nie etwas gehabt, nicht mal eine Grippe. Und eines Morgens lag sie neben mir im Bett und war tot.« Seine Miene drückte weniger Schmerz als Unverständnis über diesen unerwarteten Schicksalsschlag aus. »Und nun muss ich zusehen, wie ich die vielen Stunden zwischen Frühstück und Tagesschau ausfülle.« Sein Blick streifte Ednas Gesicht und er lächelte plötzlich. »Oh nein, keine Sorge. Ich habe einen ziemlich großen Garten und darüber hinaus zwei Pferde, die mich ganz hübsch auf Trab halten. Mögen Sie Pferde?«

»Ich finde sie ziemlich imposant«, entgegnete Edna diplomatisch.

Meuser trat einen Schritt zur Seite, um seinen Gast in ein behagliches Wohnzimmer eintreten zu lassen, dessen Einrichtung einen eher weiblichen Geschmack verriet. »Ich hatte als Kind auch Angst vor Pferden«, bemerkte er mit einem Augenzwinkern. »Aber glauben Sie mir, wenn man sie besser kennen lernt, kommt man nicht mehr von ihnen los.«

An einem großen Tisch beim Fenster war eine gemütliche Teetafel gedeckt. Friesisches Porzellan, zwei Gedecke, und ein Teller mit Keksen.

»Nehmen Sie Platz.« Meuser setzte sich ans Kopfende des Tisches und schenkte seinem Gast ungefragt eine Tasse Tee ein. »Sie interessieren sich also für die Heemskerk-Morde«, begann er, nachdem er sich selbst bedient hatte. »Darf ich fragen warum?«

»Mein Interesse ist im Grunde rein privater Natur«, entgegnete Edna zögerlich. Sie war sich nicht sicher, inwieweit sich dieses Eingeständnis auf die Mitteilungsbereitschaft des pensionierten Beamten auswirken würde. Doch Meuser blickte sie nach wie vor offen und interessiert an. »Ich besuche meine Nichte, die derzeit auf Borkum eine Therapie macht. Und ein Nachbar hat mich gebeten, bei dieser Gelegenheit ein paar Nachforschungen anzustellen.« Sie nippte an ihrem Tee, der reichlich bitter schmeckte. Insgeheim hoffte sie, dass ihr Gesichtsausdruck keinen Abscheu verriet. »Sein Neffe ist mit Vivica van Heemskerk liiert ...«

* * *

»Willst du denn wirklich nichts essen?«

»Ich esse doch was.« Vivica versuchte, dem prüfenden Blick ihrer Patentante auszukommen, indem sie nach dem Salzstreuer griff und gewissenhaft ihre Suppe nachwürzte.

»Hühnerbrühe«, befand Tilla Straten abfällig. »Ist das etwa die rheinländische Vorstellung von einem anständigen Mittagessen?«

»Es gibt kein besseres Mittel gegen Erkältung«, entgegnete Vivica ungeduldig. Sie wollte sich mit ihrer Tante nicht übers Essen unterhalten. Sie wollte über ihre Mutter sprechen, über das, was sie beunruhigt haben könnte.

Aber sie konnte auch nicht mit der Tür ins Haus fallen. Nicht ohne erneut Tilla Stratens Argwohn zu erregen.

Pflichtschuldig nahm sie einen Löffel Suppe, wobei sie ihre Blicke über die voll besetzten Tische des Restaurants wandern ließ. Zugleich wunderte sie sich, dass sie es überhaupt ertrug, hier zu sitzen. Hier, wo es aussah, als sei ihr Vater eben erst zur Tür hinausspaziert. Die fünfzehn Jahre, die sie fort gewesen war, schienen nahezu spurlos an diesem Raum vorübergegangen zu sein, obwohl das Hotel selbst sich durchaus verändert hatte. Die Eingangshalle war vollkommen neu eingerichtet worden, es gab Sitzgruppen und Caféhaustischchen, und auch die Rezeption hatte einen neuen Platz unmittelbar vor dem Büro bekommen. Dort hatte Erwin gestanden, als sie das Hotel betreten hatten. Er hatte ihr die Hand gereicht und dann sofort zum Telefonhörer gegriffen, um seine Frau herbeizurufen, doch das Lächeln, mit dem er sie bedacht hatte, war eigenartig fassungslos gewesen, fast als sei er verwundert, dass es sie noch gab.

Sie hatten ein paar zögerliche Höflichkeiten ausgetauscht, bis Jolantha erschienen war und begonnen hatte, Fragen zu stellen. Interessierte Fragen, die zugleich durchblicken lassen sollten, dass Jolantha informiert war. Sie war selbstbewusster geworden, sicherer. Die vielen Jahre, die ihre Ehe nun schon Bestand hatte, schienen ihr das Gefühl gegeben zu haben, dass sie nicht mehr verlieren konnte. Jedenfalls nicht mehr auf ganzer Linie. Vivica hatte die Veränderung mit Überraschung registriert. Eine »aufgeregte Henne« hatte ihr Vater die Frau seines Geschäftsführers früher oft genannt, und ihre Mutter hatte sie einmal als »tiefbesorgte Frau« bezeichnet. Doch inzwischen – so schien es – hatte sie ihren Platz gefunden, ihr Bollwerk errichtet gegen die Welt und ihre Anfechtungen. Sie hatte Gräben ausgehoben und Dämme verstärkt, und das hatte ihr ganz offenkundig ein Gefühl der Sicherheit vermittelt.

Erwin dagegen war alt geworden. Etwas in seinen Augen schien erschreckend leblos, ja abgrundtief müde, und er wirkte mittlerweile fast wie Jolanthas Vater, obwohl beide im selben Alter waren. Wenn diese Ehe ein Kampf gewesen ist, dachte Vivica, ist Jolantha zweifellos als Siegerin vom Platz gegangen. Ihre Augen blieben am Rücken einer dicken Japanerin hängen, der soeben ein riesiger Teller voller Fischspezialitäten serviert wurde. Sie nahm den Duft des Essens wahr und dachte an die fehlerhaften Abrechnungen, von denen ihre Patentante erzählt hatte. Sollte sie Erwin danach fragen, sollte sie auch dieser Spur nachgehen, oder sollte sie sich auf ihre Schwester konzentrieren? Wahrscheinlich hatte ihre Tante Recht mit der Annahme, dass die Polizei nach dem Mord alle Geschäftsunterlagen geprüft hatte. Aber bedeutete das tatsächlich, dass Erwin Maysson unschuldig war, dass ihr Vater sich geirrt hatte, als er seinen Geschäftsführer einer Unterschlagung bezichtigt hatte? *Ihr habt mich reinlegen wollen mit dem verdammten Beil,* flüsterte Mia in ihrem Kopf. *Das bedeutet, dass mich jemand von vorne bis hinten verarscht hat …*

»In den beiden oberen Etagen müssen die Vorhänge und Schrankverkleidungen erneuert werden«, bemerkte Tilla Straten, indem sie sich ein letztes Stück Petersilienkartoffel in den Mund schob.

Vivica stutzte, bis ihr zu Bewusstsein kam, dass ihre Tante vom Hotel sprach, nicht vom Herrenhaus. Sie bemühte sich, einigermaßen interessiert auszusehen, auch wenn sie das Thema Hotel am liebsten komplett ausgespart hätte. »Ach ja?«

Tilla Straten nickte. »Und ich hoffe inständig, dass es Jolantha endlich geschafft hat, die richtigen Muster anzufordern.« Ihr Seufzen klang durchaus amüsiert. »Beim letzten Mal hatte sie sich nur eine sogenannte Toskana-Auswahl schicken lassen … Scheußlich, kann ich dir sagen!« Ihr Blick suchte Vivicas Augen. »Hörst du mir eigentlich zu?«

Vivica zuckte leise zusammen. »Ja, natürlich.«

Ihre Tante machte ein zweifelndes Gesicht. »Deine Schwester und ich waren uns in diesem Punkt ausnahmsweise mal einig. Terrakotta und ›lichte Zypresse‹ sind wirklich keine Farben für die See.« Sie goss sich ein Glas Wasser nach. »Ich bin heilfroh, dass du dieses Mal dabei sein kannst.«

Vivica lächelte verständnislos. »Wo dabei?«

»Na, bei unserem Monatsmeeting morgen Abend. Ich dachte, Erwin hätte dich längst informiert …«

»Nein.« Vivica schüttelte den Kopf. »Hat er nicht. Allerdings haben wir uns ja auch gerade erst wiedergesehen.« Und außerdem interessieren mich dieses verdammte Hotel und seine Schrankverkleidungen einen Scheißdreck, fügte sie in Gedanken hinzu.

»Na, wie auch immer«, meinte ihre Tante. »Wo du schon mal hier bist, musst du natürlich teilnehmen. Immerhin gehört dir die Hälfte von allem.«

Wenn du mich nur nicht immer daran erinnern würdest!, dachte Vivica bitter. »Sag mal …« Sie sah ihre Tante an. Sie konnte nicht mehr warten. Sie hielt es einfach nicht länger aus. »Hat sich meine Mutter eigentlich vor irgendwem gefürchtet?«

»Deine Mutter?« Tilla Straten sah verwundert aus. »Wie kommst du denn auf *die* Idee?«

»Ich habe ein paar merkwürdige Dinge entdeckt«, entgegnete Vivica vorsichtig. »Bei ihren alten Sachen.«

»So?« Ihre Tante nahm die blütenweiße Stoffserviette von ihrem Schoß und legte sie neben ihren Teller. »Und was hast du entdeckt?«

»Einen Zettel.«

»Was für einen Zettel?«

»Einen Zettel, auf dem nur ein einziger Satz steht.« Vivica holte tief Luft. »›Ich glaube, jemand trachtet mir nach dem Leben.‹«

Tilla Straten runzelte die Stirn. »Und du bist sicher, dass es tatsächlich deine Mutter gewesen ist, die das geschrieben hat?«

Vivica nickte. »Es ist ganz eindeutig ihre Handschrift«, erklärte sie, während sie überlegte, ob sie ihrer Tante auch von dem zerschnittenen Kleid erzählen sollte. Besser nicht, dachte sie. Sonst fängt sie gleich wieder damit an, dass ich zu ihr ziehen soll.

»Könnte dieser Zettel vielleicht Teil eines Briefes sein?«

Vivica dachte einen Augenblick über diese Möglichkeit nach. »Ich glaube nicht«, sagte sie dann. »Es sieht aus, als habe sie einfach ein Stück Papier aus einem Notizblock gerissen. Der Zettel steckte in einem von ihren Büchern. Zwischen den Seiten.«

Tilla Straten nickte. Sie schien jetzt sehr nachdenklich zu sein, wirkte aber auch irgendwie alarmiert. Vielleicht weiß sie ja doch mehr, als sie mir bisher gesagt hat, fuhr es Vivica durch den Kopf. Immerhin sind sie und meine Mutter beste Freundinnen gewesen. Und beste Freundinnen erzählten einander doch alles, oder nicht?

»Hat meine Mutter sich vielleicht verfolgt gefühlt?«, fragte sie, wobei sie ihre Tante sorgfältig musterte.

Tilla Straten zögerte. »Ich finde, du solltest diese Dinge auf sich beruhen lassen«, sagte sie anstelle der Antwort, auf die Vivica gehofft hatte. »Das alles ist doch nun schon so lange her.«

»Aber ich muss es wissen!«, versetzte Vivica. »Und ich werde es herausfinden. Mit oder ohne deine Hilfe.«

Ihre Tante sah sie an. »Also gut«, sagte sie. »Ja, ich habe

ein paar Mal das Gefühl gehabt, dass deine Mutter sich gefürchtet hat. Aber nein, sie hat nie gesagt, wovor«, sie schob ihren Teller ein Stück von sich weg, »oder vor wem. Kurz bevor sie gestorben ist, hatte ich allerdings hin und wieder den Eindruck, und ich sage ganz bewusst: den Eindruck, dass sie sich in Gegenwart eures Vaters zunehmend unwohl fühlte.« Sie hob abwehrend die Hände, als sie sah, dass Vivica an diesem Punkt einhaken wollte. »Oh nein, es gibt absolut nichts, an dem ich diese Empfindung festmachen könnte«, versicherte sie. »Und deine Mutter hat auch nie etwas erzählt, das ich in dieser Richtung hätte deuten können. Aber wenn du unbedingt etwas darüber wissen willst, solltest du vielleicht nach der Person suchen, für die diese Nachricht – und wir sollten wohl davon ausgehen, dass der Zettel, den du gefunden hast, so etwas wie eine Nachricht sein sollte – bestimmt war, meinst du nicht auch?«

»Du hast Recht!«, rief Vivica. »Sie muss einen Grund gehabt haben, das aufzuschreiben. Vielleicht wollte sie diesen Zettel tatsächlich jemandem zukommen lassen!«

Ihre Patentante starrte auf einen Punkt irgendwo in weiter Ferne. »Du hast doch gesagt, dass diese Notiz in einem Buch gesteckt hat, nicht wahr?«

Vivica nickte. »Ein Gedichtband. Von Rilke, glaube ich.«

Die braunen Augen rissen sich von dem imaginären Punkt los, den sie so eingehend betrachtet hatten. »Dann wirst du wohl herausfinden müssen, wem dieses Buch in Wirklichkeit gehört hat«, bemerkte sie.

»Du meinst, meine Mutter könnte es sich ausgeliehen haben?«, fragte Vivica aufgeregt.

Ihre Tante zuckte mit den Schultern. »Louisa hat gerne und viel gelesen, und du weißt doch selbst, wie geizig euer Vater war«, stellte sie sachlich fest.

* * *

»Alles in allem war es ein überaus frustrierender Fall.« Meuser lehnte sich auf seinem Stuhl zurück und sah aus dem Fenster. Edna folgte seinem Blick und entdeckte in einiger Entfernung zwei Pferde auf einer der zahlreichen Koppeln, die durch struppige, sturmerprobte Wallhecken voneinander getrennt waren. Ihr braunes Fell glänzte im Sonnenlicht. Sah so der Ruhestand aus, an den sie nie dachte? »Die Sache hat jede Menge Staub aufgewirbelt. Etwas Vergleichbares hatte es auf der Insel noch nie gegeben, und ich kann Ihnen versichern, auch mir war Derartiges noch nicht untergekommen.« Er öffnete den obersten Knopf seines tadellos sitzenden Hemdes, ein äußerst sparsames Zugeständnis an die zunehmend drückende Schwüle. »Vor allem der Mann war regelrecht abgeschlachtet worden. Wir mussten uns die Unterlagen seines Zahnarztes kommen lassen, um ganz sicherzugehen.«

»Ich habe zwar schon einiges darüber gehört, aber es wäre mir lieb, alles noch einmal aus der Sicht eines Kollegen erzählt zu bekommen«, sagte Edna, als er zögerte.

Meuser nickte. »Nils van Heemskerk wohnte mit seiner zweiten Frau und den beiden Töchtern aus erster Ehe in dem Backsteinbau hinter dem Hotel«, sagte er. »Scheußlicher alter Kasten. Die Angestellten nannten ihn das Herrenhaus.«

Edna biss in ihren Keks, der augenscheinlich aus einer hervorragenden Konditorei stammte. *Es ist das Haus,* flüsterte Grete Siehler in ihrem Ohr. *Es bringt Unglück …*

»Das Ganze passierte an einem Freitagabend im August. Ich erinnere mich nicht an das genaue Datum, aber dass es ein Freitag war, weiß ich mit Sicherheit. Soweit wir damals ermitteln konnten, ist die Frau, Sabine irgendwas …«

Edna sah die Frage in seinem Blick. »Prasser«, half sie ihm auf die Sprünge. »Sabine Prasser.«

»Richtig. Ihr Mädchenname war Prasser.« Meuser runzelte die Stirn. »Hat mich damals maßlos gestört, dass sie alle so genannt haben. Wahrscheinlich habe ich den Namen deswegen verdrängt.« Er machte eine entschuldigende Geste. »Ich kannte sie nur von den Fotos, trotzdem sehe ich sie noch vor mir. Eine nicht besonders attraktive, kräftig gebaute Fünfzigerin mit engstehenden, eisgrauen Augen.« Sein Blick wurde unscharf, als hefte er sich an ein Bild aus der Vergangenheit. »Die Dame hatte die unselige Angewohnheit, sich noch spätabends am Kühlschrank zu bedienen, was sie wohl auch in der Mordnacht vorhatte«, fuhr er fort. »Unsere Untersuchungen haben ergeben, dass sie gegen 22:15 Uhr das eheliche Schlafzimmer im ersten Stock verlassen haben muss, allem Anschein nach freiwillig. Sie ist die Haupttreppe hinunter und den Korridor entlang in die Küche gegangen. Der Mörder hat ihr dort aufgelauert und sie niedergeschlagen. Mit einem Beil, wie sich später herausstellte. Ihre rechte Schulter war zertrümmert, wohl, weil sie noch versucht hat, sich wegzudrehen und dem Schlag auszuweichen. Der zweite Hieb traf sie gegen den Kopf, wodurch sie mit größter Wahrscheinlichkeit das Bewusstsein verlor. Sie ist zu Boden gesackt und neben der Spüle liegen geblieben.« Er wischte sich mit der flachen Hand über die Stirn. »Anschließend hat ihr Mörder ihr die Kehle durchgeschnitten und sie verbluten lassen.«

Edna sagte nichts. Der pensionierte Kollege machte ein versonnenes Gesicht, und sie hatte das Gefühl, ihn nicht aus seinen Erinnerungen reißen zu dürfen.

»Nils van Heemskerk kam gegen 0:30 Uhr aus dem Hotel herüber«, fuhr dieser nach kurzem Nachdenken fort. »Die Bar hatte an den Wochenenden bis 1:00 Uhr geöffnet, und Heemskerk holte immer kurz vor Geschäftsschluss die Einnahmen des Abends ab, um sie in den Safe im Büro zu bringen. Damit wartete er übrigens nie, bis die

Bar schloss, sondern er kam immer eine halbe bis dreiviertel Stunde vorher. Wahrscheinlich fühlte er sich sicherer, solange in der Bar noch Betrieb herrschte.« Er hob flüchtig die Hände, um anzudeuten, dass es sich bei dieser letzten Bemerkung um eine reine Mutmaßung handelte. »Am Abend des Mordes hat Heemskerk die Bar gegen 0:20 Uhr verlassen. Der quittierte Betrag ist später auch tatsächlich in einer Geldtasche im Safe gefunden worden, was bedeutet, dass er das Geld wie gewöhnlich zuerst ins Büro gebracht haben muss, bevor er über den Hof ging und sein Haus durch die Vordertür betrat. Was dann geschehen ist, konnte nicht mit letzter Sicherheit ermittelt werden.«

Edna dachte über die Formulierung nach, die er gewählt hatte. *Konnte nicht ermittelt werden.* War die Distanziertheit, die darin anklang, ein Eingeständnis? Wir haben es nie herausgefunden. Wir hatten keine Ahnung. Was tatsächlich geschehen ist, wissen wir nicht. Wie würde ich es formulieren?, überlegte Edna. Welche Worte waren dem Scheitern angemessen?

»Wir sind damals davon ausgegangen, dass Heemskerk sofort hinauf ins Schlafzimmer gegangen ist, wo er offenbar festgestellt hat, dass seine Frau nicht in ihrem Bett lag«, setzte Meuser indessen seinen Bericht fort. »Wahrscheinlich kam ihm das irgendwie merkwürdig vor und er ist wieder hinuntergegangen, um nachzusehen, was sie so spät in der Nacht noch treibt. Er sieht im Salon nach, vielleicht auch im Bad, und findet sie schließlich blutüberströmt auf dem Küchenboden. Er beugt sich über sie, und genau in diesem Augenblick muss der Mörder ihn erwischt haben.« Er nickte und griff nach einer Pfeife und einer zierlichen silbernen Tabaksdose, die auf einem Beistelltisch neben seinem Stuhl lagen. »Die Schläge gegen Heemskerk waren mit blinder Wut ausgeführt worden«, setzte er hinzu, ohne eine Miene zu verziehen. »Von insgesamt siebzehn Schlägen gegen Gesicht und Kopf hatten elf die Schädeldecke durchdrungen.«

»Mein Gott!« Ednas Augen wanderten über die reinweiße Tischdecke. So nüchtern formuliert, klangen die Fakten noch um ein Vielfaches schlimmer.

»Bei ihr sah's wie gesagt ein bisschen anders aus«, fuhr Meuser fort. »Nur zwei Schläge mit dem Beil, die zwar kräftig gewesen waren und stark blutende Wunden hervorgerufen hatten, die sie jedoch durchaus hätte überleben können, wenn der Täter ihr hinterher nicht noch die Kehle durchgeschnitten hätte.«

»Hat eine der Töchter die Leichen zu Gesicht bekommen?«

Meuser nickte. »Die jüngere«, antwortete er. »Mia. Seltsames Mädchen. Sie war, wie Sie vielleicht wissen, am fraglichen Abend zu Hause. Angeblich hat sie die ganze Nacht geschlafen und nichts gesehen oder gehört.« Seine Hand brach einen Keks in zwei Hälften, die er unangetastet auf seinem Teller liegen ließ. »Die Zimmer der Mädchen befanden sich im zweiten Stock. Theoretisch wär's also möglich, dass sie tatsächlich nichts von den Vorgängen unten in der Küche mitbekommen hat.« Er hatte vollkommen unbeteiligt gesprochen. Nichts an seiner Miene verriet Edna, was er wirklich dachte. »Am Morgen nach dem Mord ist sie in aller Herrgottsfrühe aus dem Haus, hat wie gewöhnlich im Hotel gefrühstückt und sich anschließend in die Scheune hinter dem Haus begeben. Bemerkenswerterweise nahm sie dabei nicht den Weg durch ihr Elternhaus, der sie an der offenen Küchentür vorbeigeführt hätte, sondern sie ging außen um das Herrenhaus herum zur Scheune, wo sie sich eine Art Atelier eingerichtet hatte. Zum Malen. Sie hatte Talent.« Er hob den Blick und sah seiner Besucherin direkt in die Augen. »Möchten Sie noch eine Tasse Tee?«

Edna nickte schicksalsergeben, weil sie hoffte, dass dieses für sie so interessante Gespräch mindestens so lange weitergehen würde, wie sie Tee in ihrer Tasse hatte. Während ihr der pensionierte Beamte erneut einschenkte, kam ihr zu Bewusstsein, dass er die allgemeine Einschätzung von Mia van Heemskerks künstlerischen Fähigkeiten offenbar nicht teilte.

Sie hatte Talent. Es war der erste persönliche Kommentar gewesen, zu dem sich der pensionierte Kollege bei seiner Schilderung der Ereignisse hatte hinreißen lassen: Mia van Heemskerk hatte Talent ... *Reden Sie von diesen schrecklichen Schmierereien? Alles nur Rot und Schwarz und Dunkelblau. Aber sie meint es nicht böse. Sie kann nur nicht so ganz einsehen, dass sie als Künstlerin keinen Erfolg hat.* Edna seufzte leise. Irrte sich der erfahrene Beamte auf der anderen Seite des Tisches?

»Sie arbeitet also in ihrem Atelier, bis das Geschrei der Putzfrau sie aufschreckt«, nahm Meuser seinen Bericht wieder auf. »Daraufhin will sie natürlich nachsehen, was passiert ist, und läuft zum Haus hinüber. Dieses Mal direkt zur Hintertür. Dort trifft sie auf die Putzfrau, die in Panik aus dem Haus stürzt und irgendetwas von Mord und Totschlag schreit, woraufhin Mia van Heemskerk zum ersten Mal an diesem Morgen einen Blick in die Küche wirft.« Sein Gesichtsausdruck wurde noch eine Spur undurchdringlicher. »Und statt die Polizei zu rufen, nimmt sie einen Eimer Wasser und wischt die ganze Bescherung auf.«

Edna starrte ihn entgeistert an. »Was?!«

»Sie haben richtig gehört«, nickte Meuser mit einem grimmigen Lächeln. »Mia von Heemskerk kommt in die Küche, sieht ihren Vater und ihre Stiefmutter bestialisch abgeschlachtet in ihrem Blute liegen, und das Erste, was ihr dazu einfällt, ist aufzuwischen.« Er öffnete die Tabaksdose und begann, seine Pfeife zu stopfen. »Später hat sie sich natürlich auf einen Schock rausreden wollen. Sie habe gar nicht nachgedacht und bestimmt nichts Böses gewollt, und so weiter ...« Sein wacher Blick traf Ednas Augen. »Wir konnten ihr nie das Gegenteil beweisen. Aber wenn Sie mich fragen, erklärt kein Schock der Welt, dass eine Tochter beim Anblick ihrer toten Eltern auf eine so profane Idee wie Putzen kommt. Was auch immer das Mädchen zu diesem Irrsinn getrieben haben mag«, brummte er, »fest steht, dass dadurch einiges an Spuren zerstört worden ist. Sollte es jemals Fußabdrücke gegeben haben, sind sie durch Mia van Heemskerks Säuberungsaktion jedenfalls unwiederbringlich vernichtet worden. Von dem Beil ganz zu schweigen.« Er riss ein Zündholz an und entzündete seine Pfeife. »Zum Glück war die Putzfrau so umsichtig, ihrerseits die Polizei zu rufen. Sie rannte ins Hotel hinüber, übrigens auch um das ganze Haus herum anstatt nach vorne zur Vordertür hinaus, und telefonierte von dort. Wie Sie wahrscheinlich wissen, liegt die Dienststelle der örtlichen Polizei nur ein paar hundert Meter entfernt, so dass die Kollegen innerhalb kürzester Zeit vor Ort waren.« Seine Finger spielten am Henkel seiner Teetasse, während er sprach. »Allerdings gab es bei ihrer Ankunft ein paar Missverständnisse, die zu einer weiteren Verzögerung führten.«

Frustration, dachte Edna. Frustration und eine akribische Erinnerung an die Fakten. Kein Zweifel, der pensionierte Beamte auf der anderen Seite des Tisches wusste auch fünfzehn Jahre nach der Tat noch immer ganz genau, worüber er sprach.

»Die Putzfrau hatte sich nach ihrem Anruf bei der Polizei nämlich erst einmal in die Küche zurückgezogen, wo sie sich von einer milden Kollegin mit milden Worten und reichlich mildem Sherry trösten ließ«, erklärte er jetzt. »Leider wusste sonst noch niemand über die Geschehnisse im Herrenhaus Bescheid, so dass sich die Kollegen zunächst im Hotel durchfragen mussten. Dabei verstrichen noch einmal wertvolle Minuten, bevor der Tatort gesichert werden konnte.« Er zog an seiner Pfeife und starrte düster aus dem Fenster. »Was Mia van Heemskerk noch übrig gelassen hatte, als unsere Leute ihre Arbeit aufnehmen konnten, reichte bei weitem nicht aus.«

»Hatte sie Blut an ihrer Kleidung?«, fragte Edna, indem sie sich Sinas plastische Schilderung der Geschehnisse in Erinnerung rief.

Meuser lächelte freudlos. »Jein«, sagte er. »An ihren Sachen fand sich zwar tatsächlich Blut der beiden Ermordeten, doch das war stark verwässert und offenbar erst durch diese idiotische Putzaktion dorthin geraten. Unsere Experten sind sich in diesem Punkt hundertprozentig sicher gewesen«, setzte er nachdrücklich hinzu. »Wenn Mia van Heemskerk die Morde begangen hat, muss sie sich anschließend umgezogen und die entsprechenden Kleidungsstücke versteckt oder vernichtet haben.«

»Haben Sie bei der Durchsuchung des Hauses blutverschmutzte Kleidung gefunden?«

»Nein.«

»Aber der Täter – oder die Täterin – muss etwas abbekommen haben, oder?«

»Unbedingt«, nickte Meuser. »Die Küche war ein Schlachtfeld.«

»Was ist mit der Tatwaffe?«

»Ein Küchenbeil. Marke Wisent Hickory. Sechshundert Gramm schwer. Im Fall der Ehefrau zusätzlich ein Fleischermesser. Beide Geräte gehörten zum Haushalt der Heemskerks. Mia hatte das Beil über der Spüle mit einem Lappen gereinigt, so dass wir keine brauchbaren Fingerabdrücke mehr darauf sicherstellen konnten. Es lehnte übrigens ordentlich an der Wand neben dem Kühlschrank, als wir eintrafen.«

»Und das Messer?« Edna beugte sich auf ihrem Stuhl vor. »Hatte sie auch das Messer abgewaschen?«

Ein flüchtiges Lächeln huschte über die Lippen des pensionierten Beamten. »Wir haben das Messer nie gefunden«, entgegnete er. »Und wir haben danach gesucht, das können Sie mir glauben.«

Edna blickte ihn an. »Warum hätte sie es verschwinden lassen sollen?«

»Keine Ahnung.«

»Sie hätte es doch abwaschen können. Ebenso wie das Beil.«

»Natürlich.« Der Blick, mit dem Meuser sie bedachte, erinnerte Edna an einen Lehrer, der sich an der Wissbegierde einer Schülerin freut. »Das hätte sie ohne weiteres tun können.«

»Aber das ergibt doch keinen Sinn«, sagte sie. »Wenn Mia van Heemskerk sich durch das Abwaschen des Beils sowieso in Schwierigkeiten bringt, hätte sie doch mit dem Messer genauso verfahren können.«

»Vielleicht hat die Zeit dazu nicht ausgereicht«, wandte Meuser halbherzig ein.

»Oder Mia van Heemskerk hatte keine Ahnung, dass das Messer überhaupt existierte«, sagte Edna.

Meuser antwortete nicht. Er blickte aus dem Fenster und rauchte. Edna betrachtete ihn. Auf einmal fiel ihr auf, dass er seinerseits noch keine einzige Frage gestellt hatte. Kein: *Was machen die Mädchen heute? Welchen Beruf haben sie ergriffen? Geht es ihnen gut?* Nichts dergleichen. Nur akribische Erinnerungen an eine unbefriedigende Vergangenheit, an ein Beil und ein verschwundenes Messer.

»Sind beide Geräte grundsätzlich in der Küche aufbewahrt worden?«

Der pensionierte Polizist blies eine Rauchwolke in die Luft. »Das Messer ja. Es stammte aus einem Messerblock, der auf der Arbeitsplatte neben der Spüle stand. Was das Beil betrifft, gab es widersprüchliche Aussagen.«

»Welcher Art?«

»Nun ja«, Meuser blickte zu Boden, als würde er dort etwas suchen. »Die Putzfrau hat behauptet, die Prasser habe das Beil grundsätzlich in einer Schublade des Küchenschranks aufbewahrt, weil sie es häufig zum Fleischhacken verwendete. Mia van Heemskerk dagegen sagte aus, das Beil habe am Morgen vor dem Mord definitiv *nicht* an seinem Platz in der Schublade gelegen. Angeblich hatte sie selbst es kurz zuvor dazu benutzt, ein Bild aus einem verklemmten Holzrahmen zu schlagen.«

Edna blickte auf. »Wann?«

»Oh, daran erinnerte sie sich leider nicht so genau.« In Meusers Stimme mischte sich ein ironischer Unterton. »Was zeitliche Abläufe anging, waren ihre Aussagen grundsätzlich ausgesprochen vage. Jedenfalls hatte sie am Morgen des Tattages wieder irgendein Problem im Atelier und wollte sich das Beil aus der Küche holen, doch es war nicht an seinem Platz.«

»Eigentlich schrecklich dumm von ihr, so etwas zu behaupten, finden Sie nicht?« Edna schob ihre Tasse ein Stück beiseite. »Denn damit belastet sie sich doch in erster Linie selbst.«

»Stimmt«, nickte Meuser. »Wenn der Täter von außen gekommen wäre und sich erst am Tatort, also in der Küche des Herrenhauses, nach einer geeigneten Mordwaffe umgesehen hätte, dann hätte er Mia van Heemskerks Aussage zufolge das besagte Beil dort am fraglichen Abend gar nicht finden können.«

»Dennoch wurde es als Tatwaffe benutzt.«

»Eindeutig«, bestätigte Meuser. »Das pathologische Gutachten ließ in diesem Punkt keine Zweifel offen.«

»Merkwürdig.« Edna biss sich auf die Unterlippe. »Und

es befanden sich zum Zeitpunkt des Mordes auch keine anderen Personen im Haus?«, fragte sie, obwohl sie die Antwort bereits kannte.

Meuser schüttelte den Kopf. »Nur Mia«, sagte er beinahe bedauernd. »Keine geknackten Schlösser, keine Einbruchsspuren, keine Gewalteinwirkung, nichts. Falls der Täter von außen gekommen wäre, müsste er einen Schlüssel gehabt haben oder von jemandem hereingelassen worden sein.«

»Was ist mit dem Motiv?«, fragte Edna. »Warum, glauben Sie, sind Heemskerk und seine Frau getötet worden?«

»Die entscheidendere Frage schien mir immer zu sein, warum sie auf eine solche Art und Weise getötet worden sind.« Meusers Hände schlossen sich um seine Teetasse und er sah auf einmal aus, als würde er an diesem drückend schwülen Tag frieren. »Es gab von Anfang an eine Menge Spekulationen, wie Sie vielleicht wissen. Konkurrenz unter den verschiedenen Beherbergungsbetrieben, Mafia, solche Geschichten. Aber dieser Mord hatte so etwas Brutales, Blutiges, dass ich eigentlich sofort an ein ganz persönliches Motiv gedacht habe.«

So ähnlich hat Grete Siehler auch argumentiert, dachte Edna.

»Natürlich haben wir Heemskerks gesamtes Umfeld abgeklopft.« Meuser starrte in seine Tasse. Draußen vor dem Fenster frischte der Wind auf. »Er war geizig, er war misstrauisch, und trotzdem haben ihn alle, mit denen wir gesprochen haben, als fairen und zuverlässigen Geschäftspartner bezeichnet. Er bezahlte seine Rechnungen pünktlich und scheint nie jemandem über ein normales Maß hinaus in die Quere gekommen zu sein.« Meuser zuckte mit den Schultern. »Wenn er außerhalb seines eigenen Haushaltes Feinde hatte, haben wir sie zumindest nicht gefunden.«

Edna schob sich einen weiteren Keks in den Mund.

Heemskerk, dachte sie. Meuser spricht fast nur über ihn. Aber ist er tatsächlich das Ziel dieses mysteriösen Doppelmordes gewesen? Ist es tatsächlich um ihn gegangen? Nur um ihn? Sie sah aus dem Fenster. Über den fernen Koppeln brauten sich dunkle Wolken zusammen. Was war mit Sabine Prasser?

»Für die Mädchen ging es natürlich um sehr viel Geld«, bemerkte Meuser unterdessen. »Das Hotel lief ausgezeichnet und wie gesagt: Nils van Heemskerk ist zeit seines Lebens ein sparsamer Mann gewesen.« Er lächelte zynisch. »Es hat sich gelohnt für die beiden, glauben Sie mir.«

»Bleibt die Frage nach der Brutalität«, insistierte Edna.

Doch Meuser ignorierte die Bemerkung. »Von Anfang an deutete alles auf Mia hin«, sagte er wie zu sich selbst. »Sie war zur fraglichen Zeit im Haus. Sie hat von der Tat profitiert. Und sie hat absolut nichts gesagt oder getan, was zur Erhellung der ganzen Geschichte beigetragen hätte.« Seine Augen glitten wieder über das blitzsaubere Parkett, während er weitersprach. »Nachdem sie sich mit dem Beil in die Bredouille geredet hatte, besorgte ihr der Geschäftsführer ihres Vaters einen ausgezeichneten Anwalt, der dafür sorgte, dass sie ihre Aussage über das Beil zurückzog und nie wieder ohne seinen Beistand mit uns sprach.« Er blickte nach seinen Pferden. Edna fragte sich, ob er sie in den Stall bringen würde, bevor das Gewitter losbrach. »Mehrere Zeugen haben übrigens übereinstimmend ausgesagt, dass Mia van Heemskerk ihre Stiefmutter gehasst hat«, bemerkte er, indem er seinen Blick von den Pferden losriss.

Aha!, dachte Edna. Seiner Ansicht nach ist es also doch nicht ausschließlich um Heemskerk gegangen. »Und welchen Eindruck hatten Sie?«

Meuser schnippte einen verirrten Krümel vom Ärmel seines Hemdes. »Ja, ich denke schon, dass Mia van Heemskerk ihre Stiefmutter gehasst hat. Und wissen Sie ...« Er machte eine nachdenkliche Pause. »Ich habe mich immer gefragt, warum sie dann ausgerechnet mit ihr so vergleichsweise pfleglich umgegangen sein sollte.«

Edna hob den Blick. »Sie meinen, die bei Sabine Prasser im Vergleich zu ihrem Mann eher geringe Gewalteinwirkung spricht gegen Mia van Heemskerk als Täterin?«

Meuser lächelte entschuldigend. »So ähnlich habe ich damals gedacht.«

»Und heute?«, fragte Edna. »Was denken Sie heute?«

»Ich weiß es nicht«, sagte er, indem er gewissenhaft seine Pfeife ausklopfte. »Ehrlich, ich habe keine Ahnung, was ich denken soll. Es gibt Fälle, die einen nicht loslassen. Offene Fragen, auf die man nie eine befriedigende Antwort gefunden hat. Das vage Gefühl, etwas übersehen, irgendeine Kleinigkeit nicht bedacht zu haben.«

Edna nickte. Sie wusste genau, wovon er sprach.

»Ich muss zugeben, dass Mia van Heemskerk nie meine erste Wahl war, wenn es um die Frage nach einem möglichen Täter ging.« Er hob die Achseln, wie um Nachsicht bittend. »Ich kann Ihnen nicht sagen, warum. Vielleicht passte mir das alles ein bisschen zu gut zusammen. Wie Sie wissen, liegt die Wahrheit meistens nicht so klar auf der Hand. Und irgendwas in mir hat sich immer dagegen gesträubt, mir dieses Mädchen als brutale Mörderin vorzustellen. Sie ...« Er räusperte sich. »Sie hat als Einzige traurig ausgesehen, verstehen Sie? Als Einzige von allen.« Der Blick, mit dem er seinen Gast bedachte, war skeptisch, fast ängstlich. Er sah aus, als fürchte er einen unangenehmen Kommentar. Als Edna nichts sagte, entspannte er sich ein wenig. »Allzu klare Fälle lösen bei mir eine Art Allergie aus. Verrückt, nicht?«

»Nein«, entgegnete Edna mit ehrlicher Überzeugung. »Das finde ich ganz und gar nicht verrückt.«

»Was mich beunruhigt, ist nicht so sehr die Tatsache, dass wir ihr nie etwas nachweisen konnten …«

»Sondern?«

»Nun ja, es gab ein paar Dinge, die wir nie klären konnten. Wo sie das Messer gelassen haben soll zum Beispiel. Oder warum sie am Tatort nicht schon in der Nacht aufgewischt hat. Bedenken Sie, dass sie dazu mehr als acht Stunden Zeit gehabt hätte.« Er verschluckte sich und hustete eine Weile vor sich hin. Irgendwann beruhigte er sich wieder. »Acht Stunden«, wiederholte er. »Das ist bemerkenswert lange für eine Kurzschlussreaktion, nicht wahr? Und als etwas anderes konnte man diese Idiotie ja nun wirklich nicht betrachten.«

Edna starrte nachdenklich auf ihren Teller hinunter. Eine Kurzschlussreaktion, dachte sie. Oder eine ganz besondere Form von Raffinesse …

»Und dann war da natürlich noch die Sache mit dem Geld, das Nils van Heemskerk ein paar Tage vor seinem gewaltsamen Tod aus dem Safe genommen hatte.«

»Geld?« Edna sah ihren Gastgeber überrascht an. »Wie viel denn?«

»Ein paar tausend Mark«, entgegnete Meuser achselzuckend. »Eigentlich keine besonders große Summe, wenn man die Vermögensverhältnisse kennt. Aber dieser Heemskerk war ein echter Geizkragen. Eine Geldsumme dieser Größenordnung im Haus zu haben, passte einfach nicht zu ihm.«

Na also!, dachte Edna. Das war immerhin ein Ansatzpunkt! »Wo befand sich dieses Geld denn genau?«

»Es steckte in einem braunen DIN-A5-Umschlag, in der obersten Schublade von Heemskerks Sekretär«, antwortete Meuser. »Der Sekretär stand im Salon, also im Erdgeschoss. Unser Mörder hätte nicht mal die Treppe hinaufgehen müssen, um das Geld zu finden.«

»Und das Haus war auch nicht durchsucht worden?«

Er schüttelte den Kopf. »Nein. Alles war an seinem Platz. Dabei wissen wir, dass sich der Täter mindestens zwei Stunden im Haus aufgehalten haben muss.« Seine Hand tastete nach dem Keksteller. »Zeit zum Suchen hätte er also gehabt.«

Zeit, dachte Edna, Zeit ist der alles entscheidende Faktor in diesem Fall.

»Vielleicht hat der Täter ja gewusst, dass sich eine der beiden Töchter im Haus aufhielt«, mutmaßte sie. »Vielleicht hatte er Angst, zu viel Lärm zu machen.«

»Ja, vielleicht.«

»Sie haben nicht herausfinden können, was Heemskerk mit dem Geld aus dem Sekretär vorhatte?«

»Nein.«

Edna nickte. »Hat außer Heemskerk selbst noch jemand gewusst, dass sich in diesen Tagen so vergleichsweise viel Geld im Haus befand?«

»Erwin Maysson, der Geschäftsführer, hatte natürlich mitbekommen, dass Heemskerk Geld aus dem Safe genommen hat«, entgegnete Meuser, und Edna registrierte voller Bewunderung, dass dem Kollegen auch dieser Name auf Anhieb präsent war. »Wie gesagt wurden jeden Abend die Tageseinnahmen dort deponiert. Einmal die Woche brachte Maysson das Geld zur Bank, und zwar immer dienstags. Am Dienstag vor dem Mord hat Heemskerk ihn allerdings darüber informiert, dass er sich etwas Bargeld für private Zwecke aus dem Safe genommen habe.«

»Er sprach ausdrücklich von privaten Zwecken?«, hakte Edna nach.

Der pensionierte Kollege nickte. »So hat es Maysson damals ausgesagt. Es gab übrigens auch eine entsprechende Quittung von Heemskerk. Sie war auf den Montag vor dem Mord datiert und belief sich über exakt dieselbe Summe, die wir nach der Tat in seinem Sekretär gefunden haben.«

»Also hatte er noch nichts von dem Geld ausgegeben, als er ermordet wurde«, schloss Edna. »Womit wir wieder bei der Frage wären, was er damit vorhatte.«

»Es scheint mir reichlich unwahrscheinlich, dass er zum Beispiel eine größere Anschaffung tätigen wollte«, sagte Meuser. »Die Heemskerks lebten wirklich überaus bescheiden, man könnte fast sagen: spartanisch.« Er warf seinem Gast einen bedeutungsvollen Blick zu. »Glauben Sie mir, der Alte hat sie alle mehr als kurz gehalten, und ich habe mich damals immer wieder gefragt, was ihm so wichtig gewesen sein könnte, dass er eine solche Summe dafür lockermacht.«

»Sein Stiefsohn soll zu dieser Zeit eine Menge Spielschulden gehabt haben«, bemerkte Edna beiläufig.

»Oh nein!« Meusers Protest kam umgehend. »Mit dem wilden Armin hatte dieses Geld bestimmt nichts zu tun. Heemskerk gehörte zu der Sorte Männern, die von ihren Kindern – oder wie in Armin Prassers Fall: Stiefkindern – erwarten, dass sie für ihre Fehler selbst geradestehen. Er hätte diesem Hallodri niemals aus der Klemme geholfen.«

»Und wenn das Geld weg gewesen wäre?«, spekulierte Edna. »Hätten Sie dann Armin Prasser der Tat verdächtigt?«

»Dieser Prasser-Junge war ein ziemlich unangenehmer Bursche«, sagte der ehemalige Kriminalbeamte anstelle einer Antwort. »Immer mit dem Rücken zur Wand.« Er hielt inne und ein listiges Lächeln huschte über seine asketischen Züge. »Im Grunde der ideale Sündenbock, wenn er nur irgendeinen Vorteil aus der Sache geschöpft hätte.«

»Aber das hat er ja leider nicht«, ergänzte Edna, indem

sie an die krümelige Frau Trautmann dachte. Armin Prasser, der Wunschtäter …

»Nein, das hat er ganz und gar nicht«, nickte Meuser. »Im Gegenteil: Mit dem Tod seiner Mutter versiegte seine vermutlich einzige Geldquelle, wenn wir mal davon ausgehen, dass sie ihm trotz der Sparsamkeit ihres Mannes ab und an mal was zugesteckt hat. Denn dadurch, dass Sabine Prasser nachweislich als Erste starb, und durch den Umstand, dass weder sie noch ihr Mann ein Testament gemacht hatten, beerbte juristisch gesehen zunächst Nils van Heemskerk seine Frau, bevor er selbst getötet wurde. Und dem Jungen blieb – entschuldigen Sie den Ausdruck – buchstäblich die Arschkarte.«

»Und wenn Nils van Heemskerk als Erster gestorben wäre?«

»Dann hätte der kleine Armin wahrscheinlich rund die Hälfte des Vermögens bekommen«, entgegnete der pensionierte Beamte lapidar. »Ohne Testament hätte seiner Mutter ein Viertel des Vermögens als gesetzlicher Erbteil zugestanden. Plus ein weiteres Viertel als Zugewinnausgleich.«

»Es gab auch keinen Ehevertrag?«, erkundigte sich Edna verwundert.

Meuser schüttelte den Kopf. »Wenn die Prasser überlebt hätte oder zumindest eine ausreichende Zeit nach ihrem Mann gestorben wäre, wäre das Ganze wohl auf eine lange und schmutzige Auseinandersetzung der Anwälte aller Beteiligten hinausgelaufen. Aber zum Glück stellte sich diese Frage ja gar nicht erst.«

Wie nett, dass die böse Stiefmutter so freundlich war, sich als Erste abschlachten zu lassen!, dachte Edna sarkastisch.

»Warum gab es eigentlich kein Testament?«, wandte sie sich wieder an ihren pensionierten Kollegen. »Bei einem solchen Vermögen und der Tatsache, dass ein Stiefkind vorhanden war, hätte es sich doch dringend empfohlen, eine klare Regelung zu treffen.«

»Natürlich«, nickte Meuser. »Aber der gute Mann war sturer als eine ganze Herde Esel. Er hat es schlicht und ergreifend nicht eingesehen, seinen Nachlass zu einem Zeitpunkt zu regeln, an dem er sich noch topfit und leistungsfähig fühlt.« Er verdrehte die Augen. »Sein Anwalt hat uns gegenüber angedeutet, dass er Heemskerk mehrfach eindringlich dazu aufgefordert habe, seinen Nachlass zu regeln, doch der habe davon nie etwas wissen wollen.« Er zuckte mit den Achseln. »Vielleicht wollte er auch erst mal abwarten, wie sich seine Töchter entwickeln, um später eine der beiden als Haupterbin einzusetzen oder das Erbe an bestimmte Bedingungen zu knüpfen.«

»Riskant«, bemerkte Edna.

»Allerdings«, stimmte Meuser ihr zu.

Dieser ganze Laden hätte mir gehört … Edna lehnte sich auf ihrem Stuhl zurück. Rund zwei Stunden hatten zwischen Armin Prasser und einem Vermögen gelegen. Einem Vermögen oder einer lebenslangen Freiheitsstrafe. Sabine Prasser war zwei Stunden vor ihrem Mann gestorben, ein Umstand, der von zentraler Bedeutung zu sein schien, nicht nur für ihren Sohn. Was wäre gewesen, wenn nicht so eine große zeitliche Distanz zwischen den Morden gelegen hätte?, überlegte Edna. Was, wenn die Gerichtsmediziner sich nicht sicher gewesen wären, was die Reihenfolge betraf? *Beim Sterben ist jeder der Erste,* fuhr es ihr durch den Sinn.

»Was ist mit Vivica?«, fragte sie. Ihr war nicht entgangen, dass Meuser bislang kaum ein Wort über Mias Schwester verloren hatte. War das so etwas wie Rücksichtnahme? Immerhin hatte sie vorgegeben, der Neffe eines ihrer Bekannten sei mit Vivica liiert.

Doch die Direktheit von Meusers Antwort zerstreute ihre Bedenken. »Ich habe sie nie leiden können.« Er nahm einen Schluck von seinem erkalteten Tee und verzog angewidert das Gesicht. »Ehrgeiziges kleines Ding. Ist ausgesprochen cool mit allem umgegangen. Zeigte kaum mal eine Regung.«

»Aber sie war nicht zu Hause, als die Morde geschahen, oder?«

Meuser verneinte. »Sie hat in der fraglichen Nacht bei ihrer Patentante übernachtet, was wohl keine Seltenheit war. Sie hat sich mit ihrer Stiefmutter genauso schlecht vertragen wie ihre Schwester, und mit dem Vater gab's anscheinend auch Spannungen.«

»Könnte sie das Haus der Patentante unbemerkt verlassen haben?«

Meuser lachte laut auf. »Natürlich! Die Tante hat zwar Stein und Bein geschworen, dass ihr geliebtes Patenkind die ganze Zeit über brav in seinem Bettchen gelegen habe, aber neben demselben gewacht hat sie natürlich nicht. Was im Klartext heißt, dass Vivica van Heemskerk von dem Moment an, in dem sie sich zur Nachtruhe ins Gästezimmer begeben hat, bis zum nächsten Morgen faktisch unbeaufsichtigt gewesen ist.«

»Wann ist sie denn zu Bett gegangen?«, erkundigte sich Edna mit wachsendem Interesse. Sie war davon überzeugt, dass der pensionierte Kollege sich auch an solche Details erinnern konnte. Und sie irrte sich nicht.

»Gegen 21 Uhr«, antwortete er postwendend.

Edna überlegte einen Moment. »Reichlich früh für eine Neunzehnjährige, oder?«

Meuser grinste. »Allerdings«, sagte er. »Und so ganz haben wir ihr das natürlich auch nicht abgenommen, wie Sie sich vorstellen können.« In seine Stirn grub sich eine tiefe Furche. »Irgendwas stimmte da auch nicht, was dieses außergewöhnlich frühe Schlafengehen anging. Sie wurde eigenartig unsicher, wann immer wir sie danach gefragt haben, und sie wiederholte gebetsmühlenartig, sie habe sich schon den ganzen Tag nicht richtig wohl gefühlt und sich deswegen so zeitig hingelegt.«

»Könnten die Morde an Sabine Prasser und Nils van Heemskerk rein theoretisch von unterschiedlichen Personen begangen worden sein?«, folgte Edna einer spontanen Eingebung.

Über das Gesicht des pensionierten Beamten breitete sich ein leises Schmunzeln. »Freut mich, dass Sie auf ähnliche Gedanken kommen wie ich damals«, sagte er. »Ja, ich gebe zu, ich habe daran gedacht, dass Sabine Prasser von ihrem Mann getötet worden sein könnte, und er selbst anschließend von einer dritten Person.«

»Gab es denn Hinweise darauf, dass die Ehe in einer Krise steckte?«, fragte Edna, indem sie urplötzlich wieder an Lina denken musste. Was mochte zwischen der sanften, anpassungsfähigen Waldorfkindergärtnerin und ihrem Exmann vorgefallen sein? Was musste passieren, damit man dreieinhalb Kinder und eine Ehe über Bord warf, um allein in einem engen Zwei-Zimmer-Apartment zu leben? Und was war mit diesem mysteriösen Spiegelmann? War er ein Phantom? Eine Gefahr? Ein Kinderspiel? Edna schüttelte nachdenklich den Kopf. Börlich und seine Leute verstanden ihren Job. Sie würden die Erzieherinnen befragen. Vielleicht auch die Kinder. Sie würden einen Bericht schreiben, und die Sache würde im Sande verlaufen. Ihre Finger spielten mit dem Löffel auf ihrer Untertasse. Hoffentlich …

»Nein.« Meuser zog ein kariertes Stofftaschentuch aus seiner Hosentasche und wischte sich flüchtig über Stirn und Nacken. »Sie ist nicht besonders gut behandelt worden in diesem Haus«, räumte er ein. »Aber er hat sie nie geschlagen oder ihr körperlich Gewalt angetan. Das wohl nicht ...«

Edna nickte. Gewalt hatte viele Gesichter. Sie dachte daran, was Grete Siehler ihr über Nils van Heemskerks erste Frau erzählt hatte. *Wahrscheinlich hat sie's einfach nicht mehr ausgehalten, mit einem Mann wie Heemskerk verheiratet zu sein. Hatte direkt den Verfolgungswahn, die Ärmste.* War Nils van Heemskerk ein Sadist gewesen? Fest stand, dass auch seine zweite Frau unter gravierenden psychischen Problemen gelitten hatte. Ein Mann, dachte sie, zwei Ehen und zwei kaputte Frauen. Hatte der scharfsichtige Herr Trautmann Recht, war es bei diesem Doppelmord tatsächlich nie um Geld gegangen? Oder spekulierten sie sich hier ins Bodenlose?

»Hatte Armin Prasser abgesehen von dem nicht vorhandenen finanziellen Motiv damals eigentlich ein Alibi?«, erkundigte sie sich.

Meuser schüttelte den Kopf. »Er ist am fraglichen Abend von verschiedenen Personen in der Spielbank und anschließend noch in ein oder zwei Kneipen gesehen worden, ohne dass sich jemand darauf festlegen wollte, wann genau das war, geschweige denn, wie lange er geblieben ist.«

»Also käme er ebenso wie die beiden Mädchen als Täter für einen oder beide Morde in Betracht«, schloss Edna.

»So ist es.« Meusers Blicke wanderten im Zimmer hin und her. »Ich möchte noch einmal ausdrücklich betonen, dass wir nie auch nur den geringsten Hinweis darauf gefunden haben, dass Sabine Prassers Mörder nicht auch Nils van Heemskerk getötet hat«, sagte er nachdrücklich. »Die geringere Wucht der Schläge gegen Sabine Prasser spricht nicht unbedingt für einen zweiten Täter, sondern ließe sich ohne weiteres auch dadurch erklären, dass der Mörder zu diesem Zeitpunkt noch nicht das richtige Maß für die Stärke seiner Schläge gefunden hatte. Probeschläge hat der Gerichtsmediziner das damals genannt.«

Edna nickte. Draußen auf der Koppel wurden die Pferde immer unruhiger. Sie konnte aus den Augenwinkeln sehen, wie sie dicht am Zaun hin und her liefen.

»Ich war mal dort, wissen Sie?«, sagte Meuser unvermittelt. »Vor ein paar Jahren.«

»Auf der Insel?«

»Ich wollte sie sehen.« Er lächelte. »Mia van Heemskerk, meine ich. Ich dachte, ich würde vielleicht auf diese Weise eine Antwort finden.« Sein Blick schweifte aus dem Fenster. Vielleicht waren ihm seine Pferde eingefallen. Insgeheim rechnete Edna damit, dass er jetzt aufstehen und hinausgehen würde, aber er blieb sitzen. »Ein Mord verändert den Menschen, der ihn begangen hat«, murmelte er geistesabwesend. »Meistens jedenfalls. Besonders, wenn es der erste Mord gewesen ist.«

»Und?«, erkundigte sich Edna gespannt. »Hatte Mia sich verändert?«

Meuser lächelte noch immer. »Oh ja«, sagte er. »Das hatte sie. Allerdings nicht in der Weise, an die ich gedacht hatte. Nachdem ich sie wiedergesehen hatte, konnte ich mir noch weniger vorstellen, dass sie es getan hat.« Er hob seine schmalen Hände in die Luft. Sein ganzer Körper war ein einziger Vorbehalt. »Aber ich will Ihr Urteil auf keinen Fall beeinflussen. Ich kann Ihnen nicht einmal eine Begründung für diese Annahme nennen. Es ist ...« Kopfschüttelnd suchte er nach den passenden Worten, doch er schien keine zu finden. »Es ist einfach ein Gefühl, verstehen Sie?«

Edna betrachtete ihn nachdenklich. Meuser war nicht der Typ, der sich von Gefühlen leiten ließ. Dennoch war er eines Tages nach Borkum gefahren, um Mia van Heemskerk zu sehen. Was mochte er sich von der erneuten Begegnung mit seiner damaligen Hauptverdächtigen erhofft haben? Hatte er auf sie gewartet, vor dem Haus? Wo hatte er gestanden? In der schmalen Gasse hinter dem Hotel, der Sackgasse?

»Und wenn sie tatsächlich unschuldig ist ...« Sie stellte diese Möglichkeit so beiläufig wie irgend möglich in den Raum.

»Aber es kann niemand von außen gewesen sein«, insistierte Meuser, und eine tiefe, traurige Überzeugung schwang in diesem einen Satz. »Der Mörder muss das Haus und das ganze Umfeld gut gekannt haben.« Sein Blick bohrte sich in die Tischplatte. »Es muss jemand gewesen sein, der über die Abläufe informiert war.«

»Also doch eines der Mädchen«, schloss Edna.

Meuser nickte. »Ja«, sagte er resigniert. »Eines der Mädchen.«

* * *

Etwa zur gleichen Zeit stand Vivica van Heemskerk mit einem kleinen Blumenstrauß in der Hand vor einer rustikalen Haustür mit Glaseinsatz. Im Sekretariat der Schule hatte sie nach einigem Hin und Her den Namen der alten Lehrerin ihrer Mutter erfahren. Sie hieß Gerhild Renger.

Die Sekretärin hatte ihr einen Zettel mit der letzten bekannten Anschrift der alten Dame überreicht und dabei gleich mehrfach darauf hingewiesen, dass sie natürlich keine Ahnung habe, ob diese überhaupt noch am Leben sei, und nun stand Vivica vor einer fremden Tür und war sich nicht sicher, wie und womit sie beginnen sollte. Nach dem Essen mit ihrer Patentante war sie kurz im Herrenhaus gewesen und hatte das Gesindezimmer verschlossen gefunden, was bedeutete, dass sie mit ihrer Suche nach dem Buch warten musste, bis Mia zurückkehrte, denn der

Schlüssel, den ihre Schwester ihr gegeben hatte, war seit ihrem Fieberanfall spurlos verschwunden. Insgeheim war Vivica sich sicher, dass er längst wieder an dem riesigen Schlüsselbund klimperte, den Mia anscheinend überallhin mitschleppte, und allmählich fragte sie sich, ob nicht doch mehr als bloße Verschrobenheit hinter den Gewohnheiten ihrer Schwester steckte.

Nachdem sie geklingelt hatte, entfernte sie das Papier, in dem die Blumen eingepackt waren, und ärgerte sich im Stillen, dass sie nicht eher auf diese Idee gekommen war. Blumen überreichte man ohne Papier. So etwas lernte man schon im Kindergarten!

Als die Tür geöffnet wurde, war sie eben dabei, das Papier mit der freien Hand zu einer dicken gelben Kugel zusammenzuknüllen.

»Ja?« Vor ihr im Türrahmen stand eine kleine, relativ dicke Frau mit rotem Gesicht und kurzen schwarzen Haaren. Sie mochte etwa Mitte vierzig sein und machte einen reichlich entnervten Eindruck. Im Hintergrund hörte man streitende Kinderstimmen.

»Verdammt noch mal, Tommy!«, schrie die Frau, ohne sich umzudrehen. »Lass endlich deinen Bruder in Frieden, sonst kannst du was erleben, wenn Papa nach Hause kommt, hast du gehört?«

Ob der wilde Tommy die Warnung seiner Mutter gehört hatte, blieb sein Geheimnis, falls ja, schien er ihr zumindest keine große Bedeutung beizumessen, denn die Wehklagen seines Bruders setzten sich gleich darauf in nahezu ungebrochener Intensität fort.

Die Frau im Türrahmen verdrehte die Augen und schenkte Vivica ein etwas unbeholfenes Lächeln. »Sie hören einfach nicht auf mich«, stellte sie ohne einen Anflug von Bedauern fest. »Egal, was ich sage, sie machen, was sie wollen. Ist wahrscheinlich das Alter«, fügte sie ohne rechte

Überzeugung hinzu. »Aber«, sie blickte ihr Gegenüber fragend an, »was kann ich für Sie tun?«

»Ich wollte zu Frau Renger«, entgegnete Vivica. »Gerhild Renger, die ehemalige Lehrerin. In der Schule hat man mir diese Adresse gegeben.«

»Meine Großtante ist krank.« Durch die Augen der Frau zuckte etwas wie Ablehnung. »Darf ich fragen, was Sie von ihr wünschen?«

»Ich hätte mich gerne kurz mit ihr unterhalten.« Vivica fühlte sich zunehmend unbehaglich. Hätte ich nur vorher angerufen, dachte sie. Angerufen, die Blumen ausgepackt und erst dann den Mund aufgemacht. »Meine Mutter war eine ihrer Schülerinnen, und Ihre Großtante hat sich, glaube ich, in besonderem Maße um sie gekümmert, weil sie keine Eltern mehr hatte.« Der Blick der fremden Frau blieb an den Blumen hängen, die Vivica in der Hand hielt. »Sie ist gestorben, als ich noch ein Kind war, und ich weiß leider nur sehr wenig über sie. Aber ich erinnere mich, dass sie oft von Ihrer Großtante gesprochen und diese auch besucht hat, und da dachte ich …«

»Klar doch, verstehe schon«, unterbrach sie die Frau, die jetzt ein wenig unschlüssig wirkte. »Aber meiner Großtante geht es wirklich nicht besonders gut. Ich glaube nicht, dass sie …«

»Ich bleibe nicht lange«, versicherte Vivica eilig. »Bitte, ich möchte nur … Es liegt mir sehr viel daran, mit jemandem zu sprechen, der meine Mutter besser gekannt hat als ich.«

»Sie verstehen mich nicht.« Gerhild Rengers Nichte verlagerte ihr beachtliches Gewicht von einem Fuß auf den anderen. »Ich fürchte, meine Tante wird Ihnen nicht helfen können. Sie leidet unter einer fortgeschrittenen Altersdemenz.« Sie seufzte und wischte sich eine Gewitterfliege aus der geröteten Stirn. »Manchmal kann man sich noch recht gut mit ihr unterhalten, aber meistens starrt sie einfach Löcher in die Luft. Wenn Sie ihr die Blumen allerdings trotzdem bringen möchten …« Sie trat einen Schritt zur Seite. »Sie ist hinten im Garten.«

Vivica nickte nur. Jetzt bin ich mit meiner Weisheit schon wieder am Ende, dachte sie, während sie sich durch eine lange Diele auf eine Veranda führen ließ, deren Glastür zum Garten hin offen stand.

»Dort drüben, das ist sie.« Die Frau zeigte auf eine Stelle im hinteren Teil des Gartens, wo ein paar niedrige Bäume neben einem wuchtigen Gerätehaus wuchsen.

Vivica bedankte sich, und Gerhild Rengers Nichte verschwand im Haus, wo sich der muntere Tommy anscheinend noch immer mit seinem Bruder balgte.

Vivicas Finger krampften sich um die Stiele der Blumen, als sie langsam über den Rasen ging. Im Schatten der Bäume saß eine große, feingliedrige Dame. Trotz der drückenden Schwüle des Augustnachmittags hatte sie sich eine schwere, wollene Decke über die Knie gelegt. Auf dem Schoß hatte sie ein aufgeschlagenes Buch, und voller Entsetzen registrierte Vivica, dass es sich um ein Bilderbuch handelte. Sie fühlte bei diesem Anblick eine so tiefe Enttäuschung, dass sie am liebsten sofort kehrtgemacht hätte, doch die alte Dame hatte sie bereits entdeckt und hob den Blick.

»Ich hätte gerne eine Tasse heiße Schokolade«, sagte sie mit einem müden Lächeln. »Falls noch welche da ist.«

»Guten Tag, Frau Renger.« Vivica ging neben dem Liegestuhl in die Knie, was ihr nicht leicht fiel. Die schwere Gewitterluft schlug ihr auf den ohnehin noch immer angegriffenen Kreislauf und hinterließ ein unangenehmes Schwindelgefühl in ihrem Kopf. In weiter Ferne war ein erstes Donnergrollen zu hören. »Sie kennen mich nicht, aber Sie haben meine Mutter gekannt.« Vivica legte der ehemaligen Lehrerin eine Hand auf die Schulter, um sich deren Aufmerksamkeit zu erhalten, denn der Blick der alten Frau wurde bereits wieder unscharf. »Sie ist eine Ihrer Schülerinnen gewesen.«

»Oh ja.« Gerhild Renger nickte. »Mit Honig und einer Prise Salz, bitte. Aber ohne diesen labbrigen Keks mit dem Loch in der Mitte.«

Lass es, dachte Vivica. Es hat keinen Sinn!

»Sie werden sich bestimmt an meine Mutter erinnern«, sagte sie laut.

Die alte Dame blickte sie aus hübschen veilchenblauen Augen an, und Vivica fasste ein wenig Mut, als sie etwas wie Verständnis darin zu erkennen glaubte. Einen Funken Aufmerksamkeit in der veilchenblauen Tiefe.

»Ihr Name war Louisa. Louisa Pauly.« Sie hatte bewusst den Mädchennamen ihrer Mutter gewählt, weil sie hoffte, dass Gerhild Renger damit am ehesten etwas anfangen konnte. Doch die Miene der Lehrerin blieb unbeteiligt.

Vivica schluckte. Es hatte keinen Zweck, das konnte sie spüren. Trotzdem, sie wollte nichts unversucht lassen. Sie musste alle Möglichkeiten ausschöpfen. Sie zog die Fotografien aus der Handtasche, die sie aus Mias Blechdose im Vorratsschrank genommen hatte, und legte sie kurzerhand auf das Bilderbuch, das die alte Dame noch immer auf den Knien hielt. »Hier, das ist sie.« Die erste Fotografie zeigte ihre Mutter und Tilla Straten als ungelenke Backfische, etwa vierzehn oder fünfzehn Jahre alt. Vivica hatte sich gerade von diesem Bild den größten Erfolg versprochen, weil es aus der Zeit stammte, in der sich die Lehrerin am intensivsten um ihre Mutter gekümmert hatte. Außerdem hatte sie irgendwo gelesen, dass sich ältere Menschen am besten an die Dinge erinnerten, die zeitlich am längsten zurücklagen. »Sehen Sie, das ist meine Mutter.«

Die Augen der alten Dame hefteten sich zwar weisungsgemäß auf die abgegriffene Schwarzweißfotografie, zeigten jedoch keinerlei Reaktion.

»Ich habe bei ihren Sachen ein paar Bücher gefunden«, fuhr Vivica in munterem Plauderton fort. »Theaterstücke und Lyrik. Ich glaube, die Gedichte von Rilke mochte sie besonders gern ...«

Das Gesicht der alten Dame leuchtete auf. »Oh ja«, strahlte sie. »Ja, sicher.«

Vivica fasste nach ihrer Hand. »Haben Sie meiner Mutter vielleicht hin und wieder Bücher geliehen?«, fragte sie hoffnungsvoll.

Doch Gerhild Rengers Miene hatte sich bereits wieder verfinstert. »Die Leute lesen viel zu wenig Gedichte«, bemerkte sie und es klang, als mache sie ihrer Besucherin einen persönlichen Vorwurf aus dieser Tatsache. »Viel zu wenig.«

»Das stimmt wohl«, entgegnete Vivica zerstreut. »Aber Sie haben meiner Mutter ab und an mal Gedichtbände geliehen, nicht wahr?«

Keine Reaktion. Die Begeisterung, die sich einen Moment lang in den Zügen der alten Dame gezeigt hatte, war erloschen.

Mutlos legte Vivica ein weiteres Foto neben das erste. Es war die Aufnahme, die Louisa van Heemskerk gemeinsam mit ihren beiden Töchtern auf der Strandpromenade zeigte. Bei dem dritten Bild handelte es sich um das Hochzeitsfoto, auf dem ihre Mutter so blass und unglücklich wirkte, und im selben Augenblick, in dem Vivica die Aufnahme neben die beiden anderen legte, fiel es ihr wie Schuppen von den Augen. Ihr Hochzeitskleid!, dachte sie, während sie das Gefühl hatte, ihr Herzschlag setze für einen Augenblick aus. Das zerschnittene Kleid aus meiner Plastiktüte ist ihr Hochzeitskleid! Sie starrte auf das Foto.

Was bedeutete das? Wer um Himmels willen hatte das Hochzeitskleid ihrer Mutter in Fetzen geschnitten? Und warum?

»Böse ...« Gerhild Rengers Blick war auf den Stamm eines Apfelbäumchens gerichtet. »Schon als Kind.«

»Was?« Gedankenverloren griff Vivica nach dem Foto, auf dem ihre Mutter ein Brautkleid trug, in das irgendjemand eines schönen Tages große, hässliche Löcher geschnitten hatte.

»Sie hatten längst zu«, plapperte die alte Dame vor sich hin, ohne den Blick von ihrem Baumstamm abzuwenden. »Sie hat das gewusst. Das Fenster war geschlossen. Und da war doch diese Treppe. Sie muss ihn überredet haben. Ja, bestimmt hat sie das getan. Von alleine wäre er nie auf eine so absurde Idee gekommen.« Die veilchenblauen Augen füllten sich mit Tränen. Zumindest von der Seite betrachtet schien es so. »Sie konnten ihm nicht mehr helfen.«

Vivica schüttelte den Kopf. Sie hatte für einen Augenblick das Gefühl, die Kontrolle über ihre Gedanken zu verlieren. Die Kontrolle. Den Überblick. Den Verstand. »Wovon sprechen Sie?«

»Die Bücherei.« Gerhild Renger sah noch immer nach dem Baumstamm. »Sie hat es sehr raffiniert angestellt. Sie hat gesagt, es sei nur ein Spiel. Und er hat ihr geglaubt. Dabei konnte er noch gar nicht lesen.« Ihr Brustkorb hob sich unter einem tiefen Seufzer. »Es ist ihr Buch gewesen. Nicht seins. Er hat nie eine Chance gehabt.«

»Wer?«, fragte Vivica.

Doch die alte Lehrerin beachtete sie gar nicht. »Sie hat ihn getäuscht«, fuhr sie mit der Entschlossenheit eines Menschen fort, der in puncto Konversation nur noch selten zum Zuge kam und dementsprechend rücksichtslos abspulte, was er sich zu sagen vorgenommen hatte. »Sie hat sie alle getäuscht. Aber es ist kein Spiel gewesen. Es war Absicht.« Ihre Züge wirkten auf einmal hart und angespannt. »Oh ja, sie hat es mit voller Absicht getan.«

Vivicas Augen hefteten sich auf das faltige Gesicht. Wovon sprach die Frau da? Fragen stellen, fuhr es ihr durch den Sinn. Du musst Fragen stellen. Du darfst keine Angst haben. Du musst ...

»Sie hat davon gewusst«, murmelte Gerhild Renger vor sich hin. »Aber sie hat gedacht, es sei ein Versehen gewesen. Obwohl ich sie gewarnt habe.« Jetzt sah sie auf einmal doch wieder die junge Frau an, die neben ihrem Liegestuhl im Gras kniete. Doch ihr Blick war eigenartig leer. »Ich hatte sie gewarnt. Und sie wollte doch auch fort. Aber sie war ...« Eine plötzliche Erinnerung ließ sie stutzen. »Sie erwartete ein Kind, nicht wahr?«

»Meine Mutter?«, stieß Vivica hervor. »Reden Sie von meiner Mutter?«

»Sie hätte dieses Kind besser nicht bekommen!« Die alte Dame wandte das Gesicht wieder ab und wischte gleichzeitig die Fotografien von ihrem Schoß, als wolle sie diese so schnell wie möglich loswerden. »Da war etwas Schlechtes, von Anfang an«, flüsterte sie. »Sie konnte sehr wütend werden. Schon immer. Sie war gefährlich.« Sie hielt inne und strich mit penibler Sorgfalt ihre Decke zurecht. »Sie hatte Freude daran.«

Ungeachtet ihres Alters und Zustandes packte Vivica die Lehrerin bei den Schultern und zwang sie so, ihr noch einmal in die Augen zu sehen. »Von wem zum Teufel sprechen Sie? Woran hatte sie Freude?«

Die alte Dame schrie vor Schreck leise auf und versuchte, sich Vivicas Griff zu entwinden.

Doch Vivica hielt sie eisern fest. »Woran hatte sie Freude?«

Die Lider über den veilchenblauen Augen flatterten. »Am Töten.«

Vivica ließ sie los, und Gerhild Renger sank ächzend in ihren Liegestuhl zurück, wo sie in sich zusammengesunken und mit geschlossenen Augen sitzen blieb.

»Verdammt noch mal, Tommy!«, klang es von ferne über den Rasen. »Papa wird dich durchhauen, darauf kannst du dich verlassen.« Diesem Versprechen folgte ein dumpfer Schlag und ein schrilles, langgezogenes Heulen, das kurze Zeit später so abrupt endete, wie es begonnen hatte.

Über den niedrigen Horizont zuckte ein Blitz, und als Vivica kurze Zeit später aus dem Gartentor stürzte, fielen erste schwere Regentropfen auf das ausgedörrte Gras.

* * *

Edna hatte ihr Auto im Parkhaus wieder auf exakt demselben Platz abgestellt, von dem aus sie am Mittag gestartet war. Da sie bis zur Abfahrt des Katamarans noch ein wenig Zeit hatte, holte sie sich an einem der kleinen Kioske einen Becher Kaffee und schlenderte langsam zum Kai hinüber. Der Hafen deprimierte sie. Viel Beton, ein paar Kneipen, die wenig einladend aussahen, und jede Menge Kräne, die ihre Ausleger wie Fangarme in den düsteren Gewitterhimmel reckten. In der Ferne lag ein riesiges Containerschiff vor Anker, dahinter verlor sich der Deich in der Weite des Horizonts.

Der Wind kam in Böen vom Meer her und kräuselte die graubraune Wasserfläche. Im Hafenbecken trieb toter Tang, olivgrün und knotig, wie mit unzähligen Geschwüren übersät. Ich werde nie wieder schwimmen, dachte Edna und wandte sich ab. Nie wieder. Dabei hatte sie erst gestern noch geglaubt, es genießen zu können, die glitzernden Wellen auf ihrer Haut zu spüren. *Weit draußen im Meer ist das Wasser so blau wie die Blätter der schönsten Kornblume* ... Sie setzte sich auf eine Bank in der Nähe des Anlegers und nippte an ihrem Kaffee. In Gedanken sah sie Mia van Heemskerk einen einsamen Strand entlanggehen, die speckigen Jeans durchnässt bis zum Oberschenkel. Wer war diese Frau? *Was* war sie? Skrupellos? Verrückt? Verloren?

Edna schüttelte ratlos den Kopf. Hin und wieder trieb der Wind ein paar Stimmfetzen an ihr Ohr. Wortteile. Silben. Bruchstücke eines Kinderlachens. Die meisten Leute hatten es eilig. Dies war kein Tag zum Trödeln und Draußensitzen. Sie dachte an den scharfsichtigen Herrn Trautmann. Hatte er nicht von einem Sturm gesprochen, der ausgeblieben war? In der Mordnacht? Sie blickte nach den dicken schwarzen Regenwolken, die über der Emsmündung hingen. Heute, so viel stand fest, würde das Unwetter stattfinden.

Als wolle er ihr Recht geben, frischte in diesem Augenblick der Wind auf. Erfreut registrierte Edna, dass er bereits nach Herbst roch. Der Sommer war fast vorbei, und wie in jedem Jahr war sie froh darüber. Sie mochte den Sommer nicht, und der August war der schwierigste Monat des Jahres. Er war wie ein schwarzes Loch, in das sie nicht zu blicken wagte. Ein Abgrund. Ihre Kindheit hatte sich in diesem Abgrund das Genick gebrochen, und deshalb war sie jedes Jahr aufs Neue erleichtert, wenn ein August zu Ende ging. Nils van Heemskerk und Sabine Prasser haben den August nicht überlebt, dachte sie. Siebzehn Axthiebe hatten den Hotelier getroffen, nur zwei seine Frau. Und keines der drei Kinder der Familie hatte ein vernünftiges Alibi ...

Kurz entschlossen kippte sie den Rest ihres Kaffees hinunter. Dann zog sie ihr Handy aus der Tasche, rief die Telefonauskunft an und ließ sich die Nummer der Hamburger Galerie geben, die Mia van Heemskerk am Tag zuvor zwei Bilder geschickt hatte.

Der Mann, der sich nach kurzem Klingeln meldete, war seiner Stimme nach zu urteilen nicht mehr ganz jung.

Edna entschied sich für den direkten Weg. »Beck, Kriminalpolizei«, stellte sie sich vor. »Entschuldigen Sie die Störung, aber ich benötige eine Information über zwei Bilder, die Ihr Haus meines Wissens nach vor Kurzem verschickt hat. Die Adressatin war eine Frau namens Mia van Heemskerk.« Sie überlegte einen Augenblick, bevor sie hinzufügte: »Ich hätte gerne gewusst, ob Frau van Heemskerk Ihnen Bilder von sich angeboten oder selbst welche gekauft hat.«

Der Mann am anderen Ende der Leitung zögerte. »Mia van Heemskerk«, wiederholte er langsam. Es klang wie eine Frage.

»So heißt die Frau«, bestätigte Edna. »Sie lebt auf Borkum und Sie haben ihr …«

»Ich weiß, wer Mia van Heemskerk ist«, fiel ihr der Galerist ins Wort. Er hatte seinen Namen nicht genannt, sprach jedoch mit leichtem französischen Akzent. »Es ist nur … Es kommt sehr selten vor, dass sie jemand so nennt. Bei ihrem richtigen Namen, meine ich.« Er lachte. Ein kurzes, beinahe entschuldigendes Lachen.

Ednas Augen folgten einer Taube, die auf dem schmutzigen Asphalt zu ihren Füßen nach einer vergammelten Fritte pickte. Einbeinig. Aus dem weichen Bauchgefieder ragte der Stumpf eines abgetrennten Fußes wie eine stumme Anklage gegen die Zivilisation und ihre Gefahren. Captain Ahab, dachte Edna und blickte unwillkürlich zu dem wartenden Schiff hinüber. »Ihrem *richtigen* Namen?«

»Nun ja, Mia van Heemskerk eben«, entgegnete der Mann. »In der Szene kennt man sie ja nur unter ihrem Pseudonym.« Er räusperte sich. »Kaum jemand weiß, wie sie richtig heißt. Deshalb war ich einen Moment irritiert.«

»Aber Frau van Heemskerk hat Ihnen tatsächlich zwei Bilder von sich geschickt?«, fragte Edna, während sie versuchte, diese neuen Informationen zu verarbeiten. Mia van Heemskerk führte einen Künstlernamen. Ein Pseudonym. Was bedeutete das?

»Oh, wir haben derzeit mehrere Bilder von Frau van Heemskerk«, antwortete der Galerist bereitwillig. »Und auch einige ihrer Skulpturen. Wie Ihnen vielleicht bekannt ist, stellt sie regelmäßig bei uns aus.« Er zögerte einen Augenblick, wohl weil er auf eine bestätigende Reaktion seiner Gesprächspartnerin wartete. »Zuletzt im vergangenen Frühjahr«, fügte er hinzu, als Edna schwieg. »Bedauerlicherweise hat sich in einem unserer Ausstellungsräume vor kurzem ein kleines Malheur ereignet. Ein Kabelbrand, zum Glück nichts Ernstes. Allerdings sind dabei zwei der Arbeiten leicht beschädigt worden.« Er hielt erneut inne und schien zu lauschen. Vielleicht, um herauszufinden, ob ihm die fremde Kommissarin überhaupt noch zuhörte. »Wir haben Frau van Heemskerk die Bilder jetzt zum Restaurieren geschickt.«

»Und dann?«

»Nun, dann bekommen wir sie hoffentlich zurück.« In seiner Stimme lag etwas wie ein Schmunzeln. »Wir haben für beide Arbeiten bereits mehrere Interessenten.«

Edna fuhr sich mit der freien Hand durch die Haare. »Das heißt, Sie *verkaufen* tatsächlich Bilder von Frau van Heemskerk?«

Die Frage schien den Mann am anderen Ende der Leitung aufs Neue zu irritieren, denn er antwortete nicht sofort. »Selbstverständlich«, entgegnete er schließlich so vorsichtig, als befürchte er, auf den Arm genommen zu werden.

Ednas Augen wanderten die Straße hinunter. Eine junge Mutter mit einem riesigen Rucksack auf dem Rücken hastete zum Anleger. Offenbar wollte sie auf dem Schiff sein, bevor es zu regnen begann. Ihre kleine Tochter warf im Vorbeigehen etwas in Ednas Richtung, das wie ein kleiner Stein oder eine Muschel aussah. Captain Ahab flatterte erschreckt auf. »Was kostet so ein Bild?«, fragte sie mit echtem Interesse.

»Die kleineren so um die 12 000 Euro.«

»12 000 Euro?!!« Edna riss die Augen auf.

»Selbstverständlich.« Jetzt klang der Galerist fast ein wenig amüsiert. »Frau van Heemskerk ist seit Jahren gut im Geschäft, und sie hat ja auch einige hoch angesehene Preise gewonnen.« Er stutzte. »Ein echter Nilou ist nicht die schlechteste Geldanlage, wenn Sie sich für Kunst begeistern«, sagte er dann.

»Nilou?« Ednas Hand kramte in ihrer Tasche nach einem Stift. »Ist das Mia van Heemskerks Künstlername?«

»Ja.«

Der Galerist buchstabierte den Namen, und Edna machte sich eine entsprechende Notiz. »Ich danke Ihnen.«

Sie steckte den Stift und ihr Handy wieder ein und lehnte sich kopfschüttelnd auf ihrer Bank zurück. Zumindest in diesem Punkt hatte sich ihr pensionierter Kollege nicht geirrt: Mia van Heemskerk hatte tatsächlich Talent!

* * *

»Ich höre, Sie interessieren sich für Informationen, die den Tod Ihrer Eltern betreffen.«

Vivica zog die Augenbrauen hoch. Das Telefon hatte zu klingeln begonnen, kaum dass die Tür des Herrenhauses hinter ihr ins Schloss gefallen war, und sie hatte lange überlegt, ob sie überhaupt an den Apparat gehen sollte. Ihre Schwester war nirgends zu hören, und es hatte noch nie jemand im Herrenhaus angerufen, seit sie auf die Insel zurückgekehrt war. Oder? Ihre Fieberträume fielen ihr ein. Hatte nicht doch irgendwann einmal das Telefon geklingelt?

Aus dem Hörer drangen tiefe, mühevolle Atemzüge. »Sie erinnern sich doch an mich?«

»Doch, doch, natürlich«, entgegnete Vivica schnell, während sie sich darüber wunderte, dass sich die Neuigkeit von ihrer Rückkehr anscheinend schon überall verbreitet hatte. »Wie geht es Ihnen?«

»Ach Gott, fragen Sie bloß nicht!« Das heisere Husten am anderen Ende der Leitung verhieß nichts Gutes. »Mit meiner Mutter wird es immer schlimmer. Wissen Sie, manchmal denke ich, ich hätte mich nie darauf einlassen sollen, zu ihr zu ziehen. Sie können sich das wahrscheinlich nicht vorstellen, aber den lieben langen Tag kommandiert sie mich herum. Und ich kann sehen, wie ich hier alles schaffe. Sie wissen ja, der Garten ist riesig und …«

Vivicas Blick glitt über das Holz der Kommode. Sie konnte sich nicht erklären, warum sie immer wieder dorthin zurückkehrte, wo ihre Angst am stärksten war, an den Ursprungsort all ihrer Leiden: ins Herrenhaus. Widersinnigerweise empfand sie dort sowohl Furcht als auch ein Gefühl von Ruhe, von Behütetsein, was vielleicht daran liegen mochte, dass sich die Insel so unerwartet stark verändert hatte. Die Straßen. Die Menschen. Alles war so ganz anders, als sie es in Erinnerung hatte. Einzig das Herrenhaus war genau wie immer. Bis auf den Herd, korrigierte sie sich im Stillen. Den Herd und die Meerschweinchen, die kaputte Regenrinne, die leeren Schränke, die Truhenbank in der Küche und …

»… aber dann vielleicht besser im Kurpark, wenn es Ihnen recht ist.«

Sie zuckte zusammen. »Was?«

»Ob Sie damit einverstanden sind, dass wir uns statt bei mir zu Hause im Kurpark treffen?« Die Anruferin klang ein wenig unsicher. »Ich möchte meine Mutter nicht stören, und bevor sie nicht eingeschlafen ist, lässt sie mich sowieso nicht aus dem Haus.«

»Oh ja, natürlich.« Vivica rieb sich die Augen. Es war ihr nicht besonders angenehm, sich mit jemandem, den sie fünfzehn Jahre nicht gesehen hatte, einfach so zu verabreden, noch dazu unter freiem Himmel, aber anscheinend ging es nicht anders, und vielleicht würde ja tatsächlich etwas Brauchbares dabei herauskommen. Irgendeine Neuigkeit. Irgendeine Information, die von Bedeutung war. »Ich weiß, wo Sie meinen. Ich werde pünktlich sein.«

Nachdem sie aufgelegt hatte, ging sie in den Salon hinüber und sah aus dem Fenster. So wie Mia damals, am Prassertag. Es hatte aufgehört zu regnen. Vorerst. Der frische Wind trieb grauschwarze Wolkenfetzen über das Hotel hinweg. Zwischen ihnen tauchte hier und da ein Stück blauer Himmel auf. Vivicas Blick folgte dem Flug eines Vogels. Ob es eine Möwe war, konnte sie nicht erkennen, dazu war er zu weit entfernt. Noch immer konnte sie das Gespräch mit Gerhild Renger nicht einordnen. Hatte sie dort überhaupt etwas erfahren? Was den Gedichtband betraf, war sie jedenfalls keinen Schritt weitergekommen. Und selbst wenn ihre Mutter sich ihrer ehemaligen Lehrerin tatsächlich anvertraut hatte, war die entsprechende Information verloren. Verschollen in den Tiefen eines nicht mehr funktionierenden Gehirns.

Sie war gefährlich, hallte es in ihrem Kopf wider. *Schon als Kind …*

Ihre Finger fuhren über die schmierige Fensterbank. Vanille, nicht mehr ganz frisch. Ein böses und manipulatives Kind. Ein Kind, dem es offenbar gelungen war, seine Umgebung zu täuschen. Aber worin? Der Tag ihrer Ankunft fiel ihr ein, die Glühbirne, die über ihrem Kopf zerborsten war. Hatte Mia das alles so eingerichtet, um sie zu erschrecken? War sie am Ende gar die ganze Zeit im Haus gewesen und hatte sie beobachtet? Unwillkürlich blickte sie sich um. Die Salontür stand offen. Dahinter gähnte die Düsternis der Halle. Aber wozu das Ganze? Wozu, wozu, WOZU?

Sie erwartete ein Kind, nicht wahr?

Gerhild Renger hat meine Frage, ob sie von meiner Mutter spricht, nicht beantwortet, dachte Vivica. Sie hat einfach abgespult, was sie loswerden wollte. Allerdings … Sie nickte leise vor sich hin. Allerdings erst, nachdem ich ihr die Fotos gezeigt hatte! Entschlossen wandte sie sich vom Fenster ab und nahm ihre Handtasche vom Sessel. Du musst unbedingt daran denken, die Fotos in den Vorratsschrank zurückzulegen, mahnte etwas tief in ihr. Auf gar keinen Fall darfst du das vergessen! Vielleicht zählt Mia ihre Fotos und Schlüssel und Pralinen jeden Abend nach, wenn sie mit dem Schubert durch ist. *Also denk daran!* Sie zog die Fotos aus der Tasche und betrachtete sie noch einmal eingehend. Auf einer der Aufnahmen war auch Mia zu sehen. Es war das Bild von der Strandpromenade. Vivica runzelte die Stirn. Kannte Gerhild Renger ihre Schwester denn überhaupt? Immerhin, Mia lebte hier. Durchaus möglich, dass sie und Gerhild Renger einander irgendwann begegnet waren und … Das Baby! Vivica ließ die Fotos los und fasste nach ihrem Bauch, der schlank und fest war, ganz wie immer. Dennoch, für einen flüchtigen Augenblick hatte sie tatsächlich das Gefühl gehabt, das Baby gespürt zu haben, eine leise Regung, ein zarter Stoß von innen gegen die Bauchdecke. Unsinn!, schalt sie sich. Es ist viel zu früh für Kindsbewegungen. Eine Ansammlung von Zellen, in diesem Stadium. Nichts weiter. Und trotzdem ... Sie horchte in sich hinein. Da war etwas gewesen. Eine Bewegung. Ein Kontakt.

Sie bückte sich nach den Fotos und stopfte sie in ihre Handtasche zurück. Gerhild Renger hatte auch von einem Mann oder Jungen gesprochen. Sie presste die Hände gegen ihre Schläfen und versuchte, sich an die genauen Worte zu erinnern, doch ihr wollte nur einfallen, dass es dabei um eine Mauer gegangen war. Eigenartigerweise musste sie auf einmal wieder an die Wippe denken, die Wippe auf dem Schulhof. Eine Wippe und eine Mauer. Mia und ein getäuschter Junge. Mia auf der Promenade. Mia und zwei Tote auf dem Küchenboden. Mia, Mia, MIA. Sie seufzte. Je länger sie nach Antworten suchte, desto dichter schien der Nebel zu werden. Nichts war wirklich fassbar. Nirgendwo gab es einen Zusammenhang. Nur wirre alte Geschichten ohne Anfang und Ende ... Sie erschrak, als sie ihr eigenes Lachen durch den Raum hallen hörte. Verlier jetzt bloß nicht die Nerven!, rief sie sich zur Ordnung, indem sie wieder an den Anruf dachte, den sie soeben erhalten hatte. Die Dinge waren ins Rollen gekommen. Sie würde Gespräche führen. Gespräche mit Leuten, die nicht verwirrt waren. Die ihr helfen konnten. Und wenn nicht, würde sie einfach wieder zurück nach Köln fahren. Sie würde weitermachen wie bisher. Es würde schon irgendwie funktionieren. Es hatte fünfzehn Jahre lang funktioniert.

Gedankenverloren blickte sie sich noch einmal nach dem Fenster um. *Das Fenster war geschlossen,* klang Gerhild Rengers Stimme aus weiter Ferne an ihr Ohr. *Und da war doch diese Treppe.* Wovon sprechen Sie?, hatte sie gefragt, und ein einziges Mal in diesem merkwürdigen Gespräch, das eigentlich gar kein Gespräch gewesen war, hatte Gerhild Renger ihr geantwortet. *Die Bücherei* ... Vivica starrte auf ihre Füße hinunter. Welche Bücherei? Die Bibliothek im Kurmittelhaus? Sie schüttelte den Kopf. Weitaus wahrscheinlicher schien ihr zu sein, dass Gerhild Renger die kleine Bücherei in der Schule meinte. Oder hatte die alte Dame da etwas verwechselt? Hatte sie eine Bücherei erwähnt, weil ihre Besucherin von einem geliehenen Gedichtband gesprochen hatte? Sie sah auf die Uhr. Warum hier herumsitzen?, dachte sie, ich gehe noch einmal zur Schule! Es konnte nicht schaden, sich dort ein wenig umzusehen, auch wenn die Bücherei vermutlich nur ein weiteres Phantom war, dem sie nachjagte. Aber was sollte sie sonst tun, nachdem ihre Schwester mitsamt ihren Schlüsseln verschwunden war? Schließlich konnte sie nicht schon wieder eine Tür aufbrechen. Nein, dachte sie, das würde Mia auf keinen Fall dulden!

Sie zog die Tür des Salons hinter sich zu, rannte hinauf in ihr Zimmer und holte einen Schirm und ihre Strickjacke. Dann verließ sie das Haus.

* * *

Als Edna ins Hotel zurückkehrte, regnete es in Strömen. In der Halle wartete Maja. Sie saß in einem der tiefen Ledersessel, die im Eingangsbereich standen und überaus einladend aussahen, und blätterte in einer abgegriffenen Illustrierten.

Überrascht nahm Edna ihre Nichte in die Arme. »Was machst du denn hier?«

Maja antwortete mit einer Gegenfrage. »Sag nur, du hast was unternommen?« Ihre Augen glitten an der Kleidung ihrer Tante hinunter und blieben an deren durchnässten Schuhen hängen. »Bei diesem Wetter?«

»Ich war am Festland«, entgegnete Edna wahrheitsgemäß.

»Aha.« In ihrem Blick lag Misstrauen. »Schon wieder ein Kaffeebesuch?«

»Tee«, seufzte Edna und ließ sich in den Sessel neben ihrer Nichte sinken. »Aber nun hätte ich doch ganz gerne gewusst, was du hier machst.«

»Ich habe auf dich gewartet.«

Das war offensichtlich! Edna sah auf die Uhr. »Keine Sitzungen heute Abend?«

Maja antwortete nicht. »Gehen wir ein Eis essen?«

»Wenn du mir fünf Minuten zum Umziehen zugestehst …«

Auf einmal lächelte sie wieder ihr Kinderlächeln. »Also gut«, sagte sie. »Fünf Minuten.«

* * *

»Regnen« war ein Wort, das definitiv nicht ausreichte, um die Menge an Wasser zu beschreiben, die wenige Minuten später vom Himmel stürzte. Der böige Wind hatte das Gestänge ihres Schirms wieder und wieder umschlagen lassen und Vivica hatte bereits nach ein paar hundert Metern kapituliert und sich in den Hauseingang eines Juweliergeschäftes geflüchtet, wo sie nun darauf wartete, dass das Wetter sich beruhigte. Sie hatte schon seit geraumer Zeit auf die Auslagen gestarrt, ohne wirklich etwas von den dort ausgestellten Schmuckstücken wahrzunehmen, als plötzlich ein zweites, vertrautes Gesicht neben ihr in der spiegelnden Fensterscheibe auftauchte.

Entgeistert drehte sie sich um. »Leon!«

»Hallo Vivica.« Er lächelte, doch etwas in seinen Augen blieb unbeteiligt.

Sie hatte den Eindruck, dass er gelitten hatte, ohne dass sie hätte sagen können, woran sie diesen Eindruck festmachte. »Was tust du hier?«

»Du hast mich nicht zurückgerufen.«

Sie sah ihn an. »Und daraus leitest du die Notwendigkeit ab, mich hierher verfolgen zu müssen?!« Sie war nicht wütend, eher fassungslos. Dabei hätte sie eigentlich wütend sein müssen. Sie hasste es, wenn man von ihr Besitz ergriff, und einen Menschen, der einen noch nicht einmal zurückrief, wenn man ihn darum bat, Hunderte von Kilometern weit auf eine Insel zu verfolgen, bedeutete nichts anderes, als dass man von ihm Besitz ergreifen wollte. Trotzdem war sie nicht wütend. Im Gegenteil. Unerklärlicherweise empfand sie etwas wie Erleichterung, ihn zu sehen.

In seinem blonden Haar schimmerten Regentropfen. »Dir ist kalt«, stellte er sachlich fest, ohne auch nur im Geringsten auf den Vorwurf, der in ihrer Frage gelegen hatte, einzugehen. Dann legte er ihr eine seiner feingliedrigen Hände auf die Schulter. »Lass uns was trinken gehen.«

Es war seltsam, mit welcher Selbstverständlichkeit er das Heft in die Hand nahm, und sie fragte sich, wie lange er sie bereits vor dem Schaufenster hatte stehen sehen. Wie lange hatte er sich wappnen können, wie viel Zeit hatte er gehabt, sich seine Vorgehensweise zu überlegen? Und wie viel Zeit blieb ihr jetzt? Sie wollte nichts mit ihm trinken. Sie wollte nicht reden und ihm erst recht nicht die Gelegenheit geben, Fragen zu stellen. Aber ihr fiel auch nichts ein, womit sie das verhindern konnte, keine Ausrede, keine Erklärung. Ihr Kopf fühlte sich leer an. Vollkommen leer. Vielleicht hatte sie sich in den vergangenen Tagen einfach zu oft verraten, hilflos, zu desorientiert gefühlt, um noch in angemessener Weise auf eine unvorhergesehene Begegnung reagieren zu können. Sie konnte überhaupt nicht mehr reagieren. Auf nichts.

Er hatte seine Regenjacke ausgezogen und legte sie ihr um die Schultern. Das Futter atmete noch die Wärme seines Körpers. »Dort drüben ist ein Café«, erklärte er, als kenne er sich aus auf der Insel, auf der sie geboren worden war und die ihm vollkommen fremd sein musste, noch fremder als ihr selbst. »Es sind nur ein paar Schritte.«

Widerstandslos folgte sie ihm in den strömenden Regen hinaus, die Straße entlang.

An der nächsten Ecke gab es ein gemütliches kleines Café, genau wie er gesagt hatte. Wohlige Wärme flutete ihr entgegen, als er ihr die Tür aufhielt und gleich darauf auch die Regenjacke wieder abnahm. Wärme und Kaffeeduft. Kuchen und Tee. Sie spürte, wie sie leise zu zittern begann. Sie war sich nicht sicher, ob sie so viele tröstende Gerüche überhaupt ertragen konnte, und für einen kurzen Augenblick hatte sie das Gefühl, sich nach einem Fluchtweg umsehen zu müssen. Aber sie blieb, wo sie war, und wartete geduldig, bis er die Jacke an die Garderobe gehängt und seinen durchnässten Pullover ausgezogen hatte, unter dem er ein hellblaues Hemd trug.

Sie setzten sich an einen kleinen Tisch in der hintersten Ecke, gerade groß genug für zwei Personen.

»Du solltest deine Strickjacke ausziehen.« Er reichte ihr die nicht sehr umfangreiche, aber liebevoll gestaltete Speisekarte über den Tisch. »Sie ist ziemlich nass.«

Vivica tat wie ihr geheißen.

»Du siehst müde aus.«

Sein Blick ruhte auf ihrem Gesicht, ohne dass sie sich bewertet gefühlt hätte. Dabei achtete sie auf ihre Fassade. Darauf, wie sie aussah, welche Reaktionen sie bei ihren Mitmenschen auslöste, welchen Eindruck sie machte. Das hatte sie schon immer getan, und *Du siehst müde aus* war ein Satz, der sie unter normalen Umständen dazu gebracht hätte, auf der Stelle in der nächsten Toilette zu verschwinden, um ihr Make-up aufzufrischen und sich anschließend tagelang für ihre Nachlässigkeit zu bestrafen. Doch hier war alles anders. Ja, hätte sie am liebsten gesagt, ja, ich sehe müde aus. Was soll ich jetzt tun?

Sie strich sich über die Haare, die sich in der Wärme des Cafés zu kräuseln begannen. Die fehlende Länge ließ ihre Naturwelle stärker hervortreten, und sie hatte sich noch nicht an diesen Umstand gewöhnt. Hatte Leon sie überhaupt schon einmal mit kurzem Haar gesehen? Mochte er Frauen mit kurzen Haaren? Sie suchte in seiner Miene nach etwas, das ihn verriet. »Ich war krank.«

Er nickte nur. »Kann ich dir irgendwie helfen?«

Sie hatte nicht den Eindruck, dass sich dieses Angebot auf ihre Antwort bezog. Gleichzeitig ertappte sie sich dabei, wie sie noch immer überlegte, ob ihm ihre neue Frisur gefiel. »Wobei?«

»Ich weiß es nicht.« Er wirkte entschlossen, wie jemand, der sich dazu durchgerungen hatte, einen Kampf aufzunehmen. »Sag du's mir!«

»Ich brauche keine Hilfe.«

In seinem Lächeln lag keine Spur von Ironie. Nur Sorge, gepaart mit dem Bemühen um eine Analyse, aus der sich brauchbare Lösungsansätze ableiten ließen. »Das sehe ich anders.«

»Es steht dir selbstverständlich frei, eine Sache zu sehen, wie du willst«, versetzte sie schnippisch und kam sich dabei wie ein trotziges Schulmädchen vor. Falsche Reaktion. Fehler. Fauxpas. »Aber mit der Realität hat dieser Eindruck nichts zu tun.«

Sie sah ihn an und stellte mit Erstaunen fest, dass er noch immer lächelte. Der leise Vorbehalt, den sie vor dem Juweliergeschäft bemerkt hatte, war verschwunden.

Schnell wandte sie den Blick wieder ab. Die Macht des bekannten Gesichts, dachte sie und ein alter Song fiel ihr ein. *I really grew accustomed to his face …*

Unterdessen hatte er die Kellnerin herangewinkt und bestellte Tee und heiße Waffeln mit Kirschen und Schlagsahne. Zwei Portionen. Ohne auch nur zu fragen.

Dass er so einfach über sie bestimmte, ärgerte sie. Sie dachte daran, aufzustehen und zu gehen, ihn sitzen zu lassen auf dem Tee und den Waffeln, die sie nicht haben wollte. Aber sie blieb sitzen. Folgsam wie ein Kind. Dabei fror sie ganz entsetzlich, obwohl es doch August war. Sie verschränkte die Arme vor der Brust und hoffte inständig, dass er ihr Zittern nicht sah. Sie war empfindlich geworden in den letzten Tagen. So empfindlich, dass sie es sich nicht einmal mehr zutraute, von einem Stuhl aufzustehen. Stattdessen betrachtete sie ihre sorgfältig polierten Fingernägel. So anders als bei Mia, dachte sie. Und dennoch genauso verkrüppelt. Vielleicht sogar noch verkrüppelter.

Auf der anderen Seite des Tisches schien Leon auf etwas zu warten, das nichts mit Tee oder Waffeln zu tun hatte, und auf einmal empfand sie seinen Blick als belästigend. »Solltest du nicht eigentlich einen Kurs halten?«, fragte sie aggressiv. »An der Uni?«

»Ich habe abgesagt.«

»Und warum?«

Er seufzte. »Hör zu, ich habe keine Ahnung, was du auf dieser Insel vorhast. Aber was immer es ist: Lass mich dir dabei helfen.«

»Nein«, sagte sie endgültig.

»Warum nicht?«

»Weil es dich nicht das Geringste angeht.«

»Was genau geht mich nichts an?«

»Mein Leben«, versetzte sie so nachdrücklich, wie sie es zustande brachte.

Er hatte mit dieser Antwort gerechnet, das sah sie genau. Dennoch hatte sie ihn verletzt. Die Pupillen inmitten des Blaus seiner Augen waren zusammengezuckt unter der Entschiedenheit ihrer Zurückweisung. Sie sah seine Hände an und empfand auf einmal etwas wie Mitleid. Mitleid und zugleich Ärger, weil er ihr vor Augen führte, dass es in ihrem Leben keine Chance auf Normalität gab. Keine Kuschelsonntage vor dem Fernseher. Keine Zoobesuche. Keine Himbeeren aus dem eigenen Garten zum Nachtisch. Nur Fluchten und dunkle Geheimnisse. Unwillkürlich dachte sie wieder an ihre Mutter. War ihre Mutter die Ursache allen Übels oder hatte sie nur viel früher als alle anderen gespürt, dass das Glück die Familie Heemskerk aussparen würde? Ein Mann und zwei gesunde Kinder, dachte sie, für meine Mutter ist das nie genug gewesen.

»Warum bist du hier?« Er ließ nicht locker, und überrascht stellte sie fest, dass sie darüber eine leise Freude empfand.

»Ich habe etwas zu erledigen.«

»Etwas, das mit deiner Familie zu tun hat?«

Sie konnte nicht verhindern, dass sie zusammenfuhr. Dabei hätte sie ahnen müssen, dass er Bescheid wusste. Wie sonst konnte er wissen, dass sie hier war? »Was weißt du von meiner Familie?«, fragte sie trotzdem.

»Nur das, was in der Zeitung gestanden hat.«

»Du hast Nachforschungen über mich angestellt?« Sie schluckte. »Du hast es tatsächlich gewagt, mir …«

»Das musste ich gar nicht«, fiel Leon ihr ins Wort. »Du weißt doch, wie die Leute sind. Man trifft jemanden auf einer Party. Man erinnert sich an einen Namen. Man überlegt, wo man diesen Namen schon einmal gehört hat, und wenn es einem wieder einfällt, versucht man, sich Gewissheit zu verschaffen, indem man nachfragt.« Vivica wollte etwas sagen, doch er gab ihr keine Gelegenheit dazu. »Der Mord an deinen Eltern hat damals großes Aufsehen erregt.« Es klang behutsam, wie er das sagte. *Der Mord an deinen Eltern. Der Mord* ... Beinahe sanft. »Da ist es doch ganz selbstverständlich, dass es noch immer ein paar Leute gibt, die sich daran erinnern.«

»Und die nichts Besseres zu tun haben, als sich damit an dich zu wenden?« Jetzt ließ sie sich nicht länger hindern. »Ausgerechnet an dich?«

Er sah sie an. Ruhig. »Wir sind zusammen dort gewesen.«

»Was sind das überhaupt für Leute?«, fragte sie, ohne auf dieses Argument einzugehen.

Er antwortete nicht.

»Bekannte von dir?«

»Das spielt doch keine Rolle.«

»Oh doch!«, schrie sie ihn an, ohne sich darum zu scheren, dass die Gäste an den umliegenden Tischen interessiert die Köpfe wandten. »Das spielt eine Rolle! Was haben diese Leute dir über mich erzählt? Haben sie gewartet, bis ich zur Toilette gegangen bin, und sind sie dann zu dir gekommen und haben gesagt: Übrigens, die Frau, die du da mitgebracht hast, hat eine komplett durchgeknallte Schwester? Eine Schwester, die dieselbe Axt, mit der ihr Vater und ihre Stiefmutter abgeschlachtet worden sind, schön ordentlich abwäscht, bevor sie die Polizei ruft? Ging es in diese Richtung, ja?«

Die Kellnerin trat an den Tisch und brachte Tee und die beiden Waffeln. Nichts an ihrer Miene verriet, ob sie zugehört hatte.

Vivica vergrub die Stirn in den Händen.

Er ließ ihr einen Augenblick Zeit, sich zu beruhigen, ehe er fragte: »Warum hast du mir nie davon erzählt?«

»Weil es dich nichts angeht«, wiederholte sie müde.

Sollte er denken, was er wollte. Sollte er verletzt sein. Das war am Ende sowieso das Beste. Sie schob sich ein Stück Waffel in den Mund und stellte erschreckt fest, dass der Geschmack in ihr ein Gefühl von Geborgenheit auslöste. Das darf doch wohl nicht wahr sein, dachte sie, schließlich bin ich kein Kind mehr! Ist unser Bedürfnis nach Geborgenheit denn tatsächlich so unermesslich, dass wir immer und immer wieder versuchen, den Katastrophen des Lebens mit Waffeln und Kaffeeduft beizukommen? Mit Bratäpfeln und Schubert? Oder mit Serviettenringen? Sie hustete und ertappte sich gleichzeitig bei dem Wunsch, das Stück Waffel in ihrem Mund einfach wieder zurück auf den Teller zu spucken.

Seine Frage traf sie ganz und gar unerwartet. »Willst du mich heiraten?«

»Was?« Sie sah ihn an. Sie hatte sich verhört. Sie musste sich verhört haben.

Er sah vollkommen ernst aus. »Ich möchte, dass du meine Frau wirst.«

»Nein.«

»Warum nicht?«

»Ich dachte, das sei dir klar.« Jetzt schaffte sie es plötzlich doch, von ihrem Stuhl aufzustehen. Es war auf einmal ganz leicht. Ganz leicht, weil es urplötzlich keine Alternative mehr gab.

Leon schüttelte den Kopf. Schüttelte einfach nur den Kopf.

Und endlich wurde sie wütend. So wütend, wie sie schon bei seinem Auftauchen hätte sein müssen. »Warum sollte ich dich heiraten?«

Er betrachtete seine Waffel. »Weil du jemanden brauchst, der sich um dich kümmert.«

Sie lachte laut auf. »Und warum kommst du ausgerechnet jetzt mit so einem idiotischen Vorschlag? Oh warte, ich weiß: Wahrscheinlich hast du auch einen Bekannten in der Praxis meiner Frauenärztin. Jemanden, der dir …« Sie unterbrach sich, als sie den Ausdruck in seinen Augen sah. Zugleich fühlte sie eine ungeheure Kälte in sich. Sie hatte sich verraten. Sie war in eine Falle getappt. Sehenden Auges in eine erbärmliche Falle.

»Halt dich raus aus meinem Leben!«, war alles, was sie noch sagen konnte.

Dann packte sie ihren Schirm und die Strickjacke und rannte aus dem Café.

* * *

Edna und Maja gingen in dieselbe Eisdiele wie gestern, setzten sich dieses Mal jedoch nach drinnen, wo in einer Ecke des Gastraumes die Polster der Korbstühle trockneten, die jemand dort zu zwei ordentlichen Stapeln aufgeschichtet hatte. Die dazugehörigen Stühle standen noch draußen, im Regen.

Maja bestellte sich Mineralwasser und einen mittelgroßen Eisbecher, was in Edna ein Gefühl der Bedrohung auslöste, doch sie versuchte, sich nichts anmerken zu lassen, und entschied sich ihrerseits für Bananensplit und Kaffee.

Während sie auf die Bestellung warteten, blickte Edna aus dem Fenster. Draußen ergossen sich ganze Sturzbäche von Regen auf das rote Pflaster. »Wie hältst du diese Insel aus?«, hörte sie sich fragen, bevor sie etwas dagegen unternehmen konnte.

Maja sah auf. »Du findest es hier ziemlich trist, nicht wahr?«

Edna war sich nicht sicher, was sie sagen sollte. Also sagte sie nichts. Wahrscheinlich hatte sie schon genug angerichtet.

»Das habe ich mir schon gedacht«, befand Maja nach

einer ganzen Weile. »Es kann dir gar nicht gefallen.« Sie blickte auf ihren Daumen und schob ein Stück Nagelhaut zurück. »Aber mir gefällt es hier. Es gefällt mir wirklich.«

Sie hatte leise gesprochen. Fast wie zu sich selbst. Trotzdem hatte das, was sie gesagt hatte, überzeugend geklungen. Edna sah sie an. »Tatsächlich?«

Sie nickte nur und lehnte sich ein wenig auf ihrem Stuhl zurück, damit der Kellner den Eisbecher vor ihr platzieren konnte.

»Warum?« Edna konnte nicht anders. Sie musste diese Frage stellen. Nicht zuletzt, weil sie darauf brannte, die Antwort zu hören.

Maja zog ein Gebilde aus roten und blauen Glitzerfäden, das wohl einen explodierenden Feuerwerkskörper darstellen sollte, aus dem Berg aus Sahne, der ihr Eis bedeckte, und leckte langsam den Stiel ab. Vielleicht hatte sie Appetit, vielleicht wollte sie auch nur Zeit gewinnen. Schließlich legte sie die Garnitur neben ihrem Teller ab. »Weil es hier so wenig Unvorhergesehenes gibt, schätze ich.«

Edna wollte etwas sagen, doch im selben Moment breitete sich ein Lächeln über die Züge ihrer Nichte und sie hob grüßend die Hand. Edna drehte sich um und entdeckte Dr. Gessner, die bei der Tür stand und sich suchend nach einem Tisch umblickte. Doch weit mehr als die unerwartete Begegnung mit der Therapeutin überraschte sie, wer die Psychologin begleitete.

»Kennst du die Frau?« In Majas Zügen schimmerte Neugier.

»Natürlich«, nickte Edna zerstreut. »Dr. Gessner.«

Maja verdrehte die Augen. »Ich meine natürlich die andere. Sie hat dich gegrüßt«, fügte sie fast vorwurfsvoll hinzu.

»Kennst *du* sie denn?«

Maja schob sich einen Löffel Vanilleeis in den Mund. »Vom Sehen. Sie kommt hin und wieder in die Klinik.«

»Tatsächlich?« Edna überlegte, ob Dr. Gessner wohl den Eisbecher gesehen hatte, den ihre Nichte sich bestellt hatte. Wahrscheinlich, dachte sie. Bestimmt achten sie auf solche Dinge. Bedeutete das, dass ein Eisbecher in Ordnung ging? »Weißt du warum?«

»Ich bin nicht sicher ...« Majas Löffel schob eine Amarenakirsche beiseite, die eine dunkelrote Spur im Weiß der Sahne hinterließ. Als ob man ein erlegtes Wild durch den Schnee geschleift hätte, dachte Edna. »Vielleicht war sie mal bei Adrienne in Behandlung.«

Edna sah sich nach Mia van Heemskerk um, die inzwischen an einem Tisch im hinteren Teil des Eiscafés Platz genommen hatte und sich angeregt mit der Psychologin unterhielt. Mit Adrienne. Sie verspürte einen Anflug von Ärger. Oder war es Eifersucht? Maja duzte ihre Therapeutin. Sie duzte sie, und sie hatte ihr von der Ohrfeige erzählt, die Oswald Beck seiner Tochter im vergangenen November gegeben hatte.

»Hat sie denn ...« Edna stutzte, weil sie auf einmal irgendwie absurd fand, was sie fragen wollte. »Denkst du, dass sie Probleme mit dem Essen hat?«, fragte sie dann doch, indem sie sich in Erinnerung rief, was Grete Siehler über Sabine Prasser erzählt hatte. Vielleicht war die böse Stiefmutter ja nicht die einzige Bewohnerin des Herrenhauses gewesen, die unter Essstörungen gelitten hatte.

Maja überlegte einen Augenblick. »Glaube ich kaum.« Es klang ganz sachlich, wie sie das sagte. Genauso unkompliziert wie sie da heute auf ihrem Stuhl saß und ihren Eisbecher löffelte.

Ednas Augen suchten wieder die Blutspur in der Sahne. Wo lagen die gravierenden Probleme, die ihre Nichte laut Dr. Gessner noch immer hatte, laut Adrienne?

»Mit der Zeit bekommt man einen Blick dafür, weißt du?« Maja leckte sich über die Lippen. »Magersucht. Bulimie. Binge Eating. Irgendwann sieht man auf den ersten Blick, wen man vor sich hat.« Sie nahm einen Schluck von ihrem Wasser und sah fast ein bisschen stolz aus. Seit sechs Wochen lebte sie in einer anderen Welt, in einer Welt, in der sie sich auskannte, in der sie sich zurechtfand. In Essstörungshausen. »Nein, wenn du mich so fragst, würde ich sagen, sie sind eher so etwas wie befreundet.« Sie machte eine nachdenkliche Pause. »Sie malt ziemlich gut«, bemerkte sie dann fast beiläufig.

Allerdings!, dachte Edna. Die kleineren so um die 12 000 Euro. »Ach ja?«

Maja nickte nur. »Wieso interessierst du dich so für sie?«

Einen Moment lang dachte Edna daran, zu leugnen, doch dann sah sie in die Augen ihrer Nichte und erkannte, dass sie sich längst verraten hatte, auch wenn sie nicht hätte sagen können, wodurch. »Das ist eine lange Geschichte«, entgegnete sie.

Maja lächelte. »Ich habe Zeit.«

Edna erwiderte ihren Blick. »Seit wann?«

»Fang an«, sagte Maja anstelle einer Antwort.

* * *

Mia war gegen sechs im Herrenhaus erschienen, aufgeschwemmt, nass und mit einer riesigen Fast-Food-Tüte unter dem Arm, aus der der süßliche Geruch von heißem Fett drang. Sie hatte einen Augenblick gezögert, als Vivica sie erneut nach dem Schlüssel zum Gesindezimmer gefragt hatte, aber schließlich hatte sie ihren überdimensionalen Schlüsselbund aus der Tasche ihrer speckigen Jeans gefummelt und ihrer Schwester den entsprechenden Schlüssel übergeben.

Jetzt zog sie ihre Jacke aus und hängte sie an die Garderobe. Vivica zuckte leise zusammen, als sie sah, dass sie darunter den Matrosenpullover trug, den ihre Großtante für sie gestrickt hatte. Er war ihr viel zu eng, sie schien darin buchstäblich aus allen Nähten zu platzen, und wirkte abgetragen. Aber es war ganz eindeutig derselbe Pullover, den sie vor fünfzehn Jahren im Herrenhaus zurückgelassen hatte.

Mia drehte sich um und nahm die Tüte, die sie auf dem Fußboden abgestellt hatte, um sich die nasse Jacke auszuziehen, wieder auf, bedachtsam wie einen großen Schatz. Ihre Hände waren voller Farbflecken. »Was willst du schon wieder mit Mutters Sachen?«

»Ich bin nicht fertig geworden am Dienstag.«

Mia kniff argwöhnisch die Augen zusammen. »Fertig womit?«

»Mir die Sachen anzusehen.«

Einen Moment blieb sie unschlüssig stehen. Dann nickte sie, nickte so halbherzig, dass Vivica daran zweifelte, dass sie mit ihren Gedanken überhaupt bei der Sache war. Ihr Blick war stumpf. Vielleicht gierte sie nach dem Abendessen, das sie sich mitgebracht hatte. Oder ihr Verstand befand sich wieder einmal auf einer Reise in die düsteren Abgründe ihrer kranken Phantasie. »Pass auf, dass du nichts kaputtmachst«, sagte sie nur. Dann verschwand sie in der Küche.

Vivica hörte, wie sie die Tüte aufriss, kaum dass sie die Schwelle überschritten hatte. Sie nimmt sich nicht einmal die Zeit, einen Teller aus dem Schrank zu holen, dachte sie angeekelt. Sie ist total verroht. Die fünfzehn Jahre, die sie allein in diesem Haus verbracht hat, haben ein für alle Mal und endgültig eine Barbarin aus ihr gemacht.

In der Halle stand der Fettgeruch wie eine unsichtbare Mauer. Eilig öffnete Vivica die Tür zum Gesindezimmer. Stickige Wärme schlug ihr entgegen. Sie zog die Tür hinter sich zu und kippte das Fenster. Draußen regnete es in Strömen. Der Sturm fegte die Tropfen gegen die Scheibe und durch den Spalt auch auf die Fensterbank, wo sie sich innerhalb von Sekunden zu kleinen Pfützen vereinigten. Und wenn schon, dachte Vivica, von mir aus kann dieses ganze verdammte Haus absaufen! Sie schaltete das Licht ein und machte sich daran, die Koffer und Kisten ein weiteres Mal durchzusehen. Und sie wurde schnell fündig: Der Band mit den Rilke-Gedichten lag in der zweiten Kiste, die sie sich vornahm, doch zu ihrer Enttäuschung enthielt er keinerlei Hinweis auf den Besitzer. Sie blätterte das ganze Buch durch, fand jedoch auch sonst nichts Bemerkenswertes, keine Randnotizen, keinen Stempel, nichts. Frustriert nahm sie sich die anderen Bücher vor, schlug jedes einzelne von ihnen auf und prüfte akribisch Einband und Deckblätter – ohne jeden Erfolg. Und auch die nochmalige Lektüre der wenigen Briefe, die ihre Mutter aufbewahrt hatte, brachte keine neuen Erkenntnisse. Keinen Namen, keinen Anhaltspunkt auf einen Kontakt, der ihr vielleicht hätte weiterhelfen können. Gar nichts …

Zutiefst deprimiert räumte sie die Kisten wieder ein. Als sie fast fertig war, erlosch das Licht. Zuerst dachte sie an einen neuerlichen Kurzschluss, doch als sie sich umdrehte, sah sie ihre Schwester bei der Tür stehen, eine Hand auf dem Schalter, die andere fest in die schwabbelige Hüfte gestemmt. Hinter ihr lag die Halle im Dunkeln.

»Was zum Teufel suchst du eigentlich?« Ein neuerlicher Anflug von Argwohn hatte ihre Augen zu winzigen schwarzen Schlitzen verkommen lassen.

Und was geht dich das an?, dachte Vivica. Diesen Kontrollzwang hatte Mia schon immer gehabt. Schon als

Kind war sie überall herumgeschlichen und hatte Informationen gesammelt. Nützliche Informationen, banale Informationen. Wer wann wo zur Toilette geht, in den Keller, zur Kirche, zum Strand.

»Nichts Besonderes«, sagte sie laut.

»Das Zeug ist sicher voller Motten«, befand Mia, während die Blicke aus ihren Augenschlitzen über die Koffer und Kisten glitten. »Motten und Käferlarven und was weiß ich noch alles.«

Triumphierend hielt Vivica ihr eine Mottenkugel entgegen. »Frau Prasser hat das wohl kommen sehen.«

Sie verzog ihren Mund zu einem verächtlichen Grinsen. »Vielleicht hatte sie vor, irgendwann mal ein paar Zentner abzuspecken und den ganzen Plunder aufzutragen«, bemerkte sie boshaft. »Was Neues hatte sie ja schließlich nicht in Aussicht.«

Vivica erwiderte ihr Lächeln, auch wenn sie ihr am liebsten die Tür vor der Nase zugeschlagen hätte. »Ja, vielleicht.«

Ihre Schwester lehnte sich gegen den Türrahmen, als habe sie vor, dort einige Zeit stehen zu bleiben, was Vivica nicht gefiel. »Weißt du noch, wie ihre Nüstern immer gezittert haben, wenn sie sich aufgeregt hat?« Sie prustete einen Schwall Fast-Food-Atem in das spärliche Dämmerlicht, das noch den Weg durch die Regenwolken fand. »Wie ein fetter Hase hat sie dann ausgesehen!«

Ihre Wangen vibrierten unter einem angedeuteten Mümmeln, und Vivica spürte, dass ihre Schwester sich in einer der seltenen Phasen befand, in denen sie nach Annäherung suchte. In einer Bratapfel-Phase. *Nutz das aus,* flüsterte ihr Verstand. *Frag sie!*

»Wo ist eigentlich der Messerblock hingekommen?«

Sie ließ das Mümmeln und schob den Kopf vor wie eine Schildkröte. »Was?«

Stell dich nicht so blöd!, dachte Vivica. »Der Block, aus dem das Messer stammte, mit dem Frau Prasser getötet worden ist. Der drüben in der Küche gestanden hat, auf der Arbeitsplatte.«

Mia schien nachzudenken. »Sie haben ihn wohl mitgenommen.«

»Wer? Die Polizei?«

Keine Antwort. Stattdessen schweiften ihre Blicke wieder über die Kleiderkoffer. Was suchte, was argwöhnte sie? Vivicas Hand legte sich schützend auf die geschlossene Bücherkiste. Die mit dem Rilke. »Ist er denn morgens noch da gewesen?«

»Wer?«

»Der Messerblock.«

In Mias Augen schien jetzt ein anderer, ein gefährlicher Ausdruck zu liegen. Vielleicht auch eine gesteigerte Wachsamkeit, doch das war im Dämmerlicht des regenschweren Abends nicht zu erkennen. »Du meinst, als ich die ganze Sauerei aufgewischt habe?«

»Ja, genau.« Vivica schluckte. Niemand würde es so ausdrücken, dachte sie. *Die ganze Sauerei* …

Ihre Antwort klang wie auswendig gelernt und wenig überzeugend. »Ich erinnere mich nicht daran.«

»Ob der Messerblock noch dort gestanden hat?«

»An alles.«

Amnesie scheint ein weitverbreitetes Leiden zu sein in meiner Familie, dachte Vivica bitter. »Oh doch, du erinnerst dich sehr wohl an alles«, beharrte sie mit so viel Nachdruck, wie sie in diesem düsteren Zimmer im Angesicht einer zutiefst gestörten Seele zustande brachte. »Das hast du heute früh mehr als drastisch zum Ausdruck gebracht.«

Einen flüchtigen Augenblick lang machte sie den Eindruck, als wisse sie tatsächlich nicht, wovon ihre Schwester da eben gesprochen hatte. Ihre Blicke irrten im Zimmer herum wie ein Schwarm aufgeschreckter Waldvögel. Error, dachte Vivica zufrieden, falscher Befehl, falsche Taste. *Sincxrlp hat in MSHTML.DLL einen Fehler verursacht. Sincxrlp wird geschlossen.* Die Flatterblicke blieben an ihrem Gesicht hängen. Irrsinnigerweise musste Vivica auch jetzt wieder an ihre neue Frisur denken. An die kurzen Haare. Es ging um Mord. Es ging um einen Heiratsantrag. Es ging um Leben und Tod. Und immer dachte sie an ihre Haare. Das Heil lag in der Banalität.

»Also schön«, setzte sie erneut an. »Beschreib mir, wo Vater gelegen hat. Wie hat er ausgesehen?«

»Ich habe dir schon einmal gesagt, dass du nicht wieder davon anfangen sollst.«

Ihre Stimme schien aus weiter Ferne zu kommen, und zum ersten Mal seit ihrer Rückkehr hatte Vivica das Gefühl, ihre Schwester irgendwie verunsichert zu haben, auch wenn sie sich keineswegs darüber im Klaren war, wodurch. Allerdings hätte sie viel dafür gegeben, es herauszufinden. »Und warum nicht?«, fragte sie beherzt.

Mia sah sie ausdruckslos an. »Sich zu erinnern ist vielleicht gefährlich.«

»Willst du mir drohen?«

Jetzt tat sie überrascht. »Ich?!«

Vivica ließ die Bücherkiste los. »Ich möchte, dass du mir den Tatort beschreibst.« Noch einmal. Ein letzter Versuch.

Aber Mia lachte plötzlich. Ein hinterhältiges kleines Lachen. »Vielleicht muss ich das gar nicht.«

»Was willst du damit sagen?«

»Ich will damit sagen, dass *ich* sehr genau weiß, wo ich in der Mordnacht gewesen bin«, antwortete sie mit größter Gelassenheit. »Und das ist nicht die Küche dieses Hauses gewesen. Aber ...« Sie stemmte ihre Beine in den Boden. Unter der Jeans spannte sich das Fett ihrer Schenkel. »Wo warst du?«

Vivica schluckte. Sie konnte beinahe körperlich spüren, wie sich das Kräfteverhältnis zwischen ihnen wieder zu ihren Ungunsten verschob. Sie hatte irgendetwas falsch gemacht. Eine falsche Frage gestellt. Einen falschen Weg gewählt. Irgendetwas hatte die Tür zwischen ihnen, die für einige Sekunden offen gewesen war, wieder zugeschlagen. Die Chance war vertan. Mia gewann die Kontrolle zurück.

»Ich weiß auch, wo ich gewesen bin.«

»Ach ja?«

»Ja.«

»Und wo warst du?«

Vivica stand auf. Sie musste aufstehen. Sitzend war sie diesem Gespräch nicht länger gewachsen. »Im Bett. Ich habe geschlafen.«

Ein spöttisches Kopfnicken. »Um neun Uhr abends.«

»Woher weißt du das so genau?« Sie hatten nie darüber gesprochen. Und dass die Polizei diesen Umstand erwähnt haben sollte, erschien Vivica mehr als unwahrscheinlich.

»Ich weiß alles!« Ihre Stimme wurde schriller. »I c h habe mich damit beschäftigt. I c h habe mich dafür interessiert.«

Vivica registrierte die jähe Wut, die in ihrer Schwester aufzusteigen drohte, mit Besorgnis. Dennoch geriet ihr der Tonfall ihrer Antwort um einige Nuancen zu schnippisch. »Ich interessiere mich auch dafür.«

Mia lachte höhnisch auf. »Seit wann?«

Vivica schloss die Augen. Sie würde sich nicht provozieren lassen, und es würde ihrer Schwester auch nicht noch einmal gelingen, ihr Angst einzujagen. »Warum hast du diesen Pullover an?«, fragte sie anstatt zu antworten. Sie wusste, die Frage war irrelevant, aber sie brannte ihr auf den Nägeln, seit Mia ihre Jacke ausgezogen hatte.

»Wieso?« Sie blickte an sich herunter. »Was ist denn damit?«

»Er gehört mir.«

Das schien sie zu verblüffen. Sie betrachtete die abgetragenen Ärmel, als sehe sie sie heute zum ersten Mal. »Tatsächlich?«

»Ja.«

»Und warum hast du ihn dann nicht mitgenommen?«

»Weil ich in dem ganzen Trubel nicht daran gedacht habe«, entgegnete Vivica, wohl wissend, dass diese Aussage nicht ganz der Wahrheit entsprach. »Aber es ist mein Pullover.«

Mia lachte wieder. Laut. Tief. »Diese hässlichen Biester da oben auf dem Nachtschrank gehören auch dir«, wandte sie ein. »Und trotzdem hast du dich seit fünfzehn Jahren nicht für die blöden Bälger interessiert. Nicht für deine Puppenbälger und nicht für deinen Vater. Du bist einfach abgehauen, ohne dich um irgendwas zu kümmern. Also erzähl mir jetzt bloß nichts von Eigentum und Pullovern!«

Vivica überlegte, ob sie noch einmal bei ihrem Vater einhaken sollte. Aber wenn sie den bisherigen Gesprächsverlauf Revue passieren ließ, schien ihr das keine besonders gute Idee zu sein. »Ich vermisse übrigens mein Handy«, bemerkte sie stattdessen so beiläufig wie möglich.

Der abrupte Themenwechsel schien ihre Schwester neuerlich zu verwirren. Ihre Pupillen verengten sich. »Was soll das heißen, du vermisst dein Handy?«

»Es ist nicht mehr da«, entgegnete Vivica leichthin. »Ich hatte es auf meinen Nachtschrank gelegt, aber seit dieser«, sie zögerte, »seit der Grippe ist es weg.«

Mias Gesicht reckte sich ihr entgegen. »Und was hat das mit mir zu tun? Glaubst du vielleicht, ich hab's verschwinden lassen?«

Sag nein!, dachte Vivica. Oder willst du, dass sie argwöhnisch wird? Denk an deine Verabredung. Willst du dir alles kaputtmachen, jetzt, wo endlich ein wenig Bewegung in die Sache gekommen ist?

»Du traust mir nicht, stimmt's?« Sie war einen Schritt näher gekommen und wirkte auf einmal viel größer. Größer und kräftiger. In ihren Mundwinkeln glänzten ein paar fettige Salzkörner, Reste des Abendessens. Pommes mit Bratapfel.

Vivica spürte, wie ihre Ferse gegen einen der Koffer stieß. Sie konnte nicht weiter zurückweichen. Wenn Mia jetzt explodierte, saß sie in der Falle. Zugleich hätte sie am liebsten laut losgelacht. Genau wie damals, dachte sie. Genau wie an dem Nachmittag, an dem ich Frau Prasser zum ersten Mal gesehen habe. War es nicht seltsam, wie das Groteske immer zugleich auch komisch war? »Warum sollte ich dir trauen? Ausgerechnet dir?«

»Weil ich deine Schwester bin.« Es klang eigentlich nicht wie eine Antwort. Eher wie ein Vorschlag.

»Aber du hast mich verraten«, versetzte Vivica gegen jede Vorsicht. *Es ist zu spät für Solidarität, Schwesterchen. Du hattest deine Chance, und du hast dich für unseren Vater entschieden.* Aus. Vorbei. Chance vertan.

Mia wandte sich ab, der Tür zu, und schien nachzudenken. »Ich habe das nie wieder gutmachen können«, bemerkte sie nach einer ganzen Weile in einem Tonfall, dessen nüchterne Sachlichkeit Vivica in Erstaunen versetzte. »Du hast mir keine Chance mehr gegeben. Mir nicht, und ihm auch nicht.« Vivica beobachtete ihren Rücken und suchte nach Anzeichen dafür, dass sie endlich gehen würde. Verschwinden. Abhauen. Den Raum verlassen. Aber sie blieb, wo sie war, während das Zimmer um sie herum mit jeder Minute dunkler zu werden schien. »Du hast ihn nur noch gehasst.«

»Das ist nicht wahr.«

»Warum stellst du auf einmal Fragen, die du vor fünfzehn Jahren hättest stellen müssen?«

»Ich stelle diese Fragen jetzt«, entgegnete Vivica mit mühsam erkämpfter Ruhe.

»Ich habe dich nur ein einziges Mal weinen sehen.« Ihre Schwester drehte sich um und spuckte etwas auf den Boden. »Ein einziges Mal in neunzehn Jahren. Und das war nicht, als unser Vater gestorben ist. Also noch einmal: Woher dieser plötzliche Familiensinn?«

»Was verstehst ausgerechnet du von Familiensinn?«

Sie zog die Nase hoch. »Mehr als du.«

»Wieso? Weil du noch immer in diesem verdammten Haus lebst? Mit altem Christbaumschmuck und einem Haufen verrotteter Pralinen?«

»Ich liebe dieses Haus«, entgegnete sie erstaunlich ernsthaft. »Und im Gegensatz zu dir liebe ich auch diese Insel. Ich liebe den Strand und das Meer. Und manchmal glaube ich, ich liebe sogar das Hotel.«

»Aber dieses Haus ist eine verdammte Bruchbude!«, schleuderte Vivica ihr durch die Dunkelheit entgegen. Wie spät war es eigentlich, dass es schon so dunkel war? »Und nicht nur das: Es ist der Ort, an dem unsere Eltern gestorben sind. Und Frau Prasser. Wirklich, man muss schon sehr krank sein, um es hier auszuhalten.«

Ihr Kopf ruckte hoch. In ihrem Nacken krachte ein Wirbel. Es musste wehgetan haben, aber sie verzog keine Miene. Sie schien es nicht einmal bemerkt zu haben. »Du hältst mich für krank?«

»Allerdings.« Klare Frage, klare Antwort. Die Konsequenzen waren ihr egal. Langsam war ihr alles egal.

Mia sah sie an. »Vielleicht bin ich das«, gab sie völlig unerwartet zu. »Vielleicht sind wir das alle. Aber, sag mir, was ist kränker: Zu wissen, wo man herkommt, oder seinen eigenen Vater zu hassen? Na?« Jetzt kam sie wieder näher. Drohend. »Sag mir, was kränker ist!«

Vivica blickte an ihr vorbei nach der Tür. Die Situation war kurz davor zu eskalieren, das war ihr klar. *Widersprich ihr,* flüsterte ihr Verstand. *Wehr dich!* »Wieso behauptest du immer, dass ich Vater gehasst habe? Nur weil ich nicht zusammengebrochen bin? Nur weil sie mir keine Beruhigungsspritze geben mussten?«

Sie zuckte zusammen. Aus irgendeinem Grund, der sich Vivica nicht erschloss, zuckte sie zusammen. »Ich wollte diese Spritze nicht«, sagte sie mit einem seltsamen Unterton. »Ich habe mich dagegen gewehrt.«

Was hat sie auf einmal?, dachte Vivica beunruhigt. Was ist mit ihr geschehen?

»Ich habe mich gewehrt, aber es hat mir nichts genützt«, wiederholte sie, während ihr Blick in die Dunkelheit abglitt.

Irgendetwas hatte sich in den letzten Sekunden verändert, aber es wollte Vivica nicht gelingen, die Veränderung zu beschreiben oder gar zu erklären.

Mia hatte sich wieder umgedreht und schleppte sich langsam auf die Tür zu, was in Vivica ein intensives Triumphgefühl auslöste. Dennoch blieb sie regungslos stehen und wartete, bis ihre Schwester schlurfenden Schrittes in der Düsternis verschwunden war. Erst als sie schon fast eine Minute lang nichts mehr gehört hatte, entspannten sich die Muskeln in ihrem Nacken. Sie hatte eine Schlacht gewonnen. Einen Etappensieg errungen. Mia zog sich zurück!

Erleichtert machte sie Licht, schloss die Tür und verstaute die Kartons und Koffer wieder in den tiefen Wandschränken. Sie war gerade fertig, als sie Mias Stimme hörte, irgendwo im Haus. Offenbar führte sie Selbstgespräche. Was sie sagte, war nicht zu verstehen, aber es klang wütend und wurde durch gelegentliche Geräusche unterbrochen, die Vivica nicht einordnen konnte. Es hörte sich an, als breche jemand Holz auseinander. Was zur Hölle trieb sie da? Machte sie tatsächlich etwas kaputt? Die Vorstellung jagte ihr einen leisen Schauder über den Rücken. Unwillkürlich dachte sie an die Veränderung, die mit ihrer Schwester vorgegangen war, an ihren plötzlich so schleppenden Gang, als sie das Zimmer verlassen hatte. Ich muss etwas gesagt haben, das sie eingeschüchtert hat, folgerte sie. Irgendeine Bemerkung von mir hat sie vertrieben, ein Zauberwort, eine Art spiegelverkehrtes Sesam-öffne-dich. Sie lächelte. Ein Mia-verpiss-dich-Wort. Ein ... Polternde Schritte auf der anderen Seite der Tür bereiteten ihren Gedankenspielen ein jähes Ende. Ihre Schwester rannte. Und dabei schrie sie. Schrie wie eine ganze Horde Marines auf dem Weg in den Krieg.

Vivica fuhr herum und starrte die Tür an. Der Schlüssel, den Mia ihr gegeben hatte, lag auf einem kleinen Tisch beim Fenster. Schön blöd, ihn dort liegen zu lassen! Saublöd! Warum zum Teufel hatte sie sich nicht einfach eingeschlossen? Sie ließ den Kistendeckel, den sie in der Hand gehalten hatte, fallen und stürzte zum Fenster. Im selben Moment krachte etwas von außen gegen die Tür. Vor Schreck schrie Vivica laut auf. Gleichzeitig erreichten ihre Fingerspitzen den Schlüssel. Zu spät, dachte sie, sie ist hier drinnen, lange bevor du wieder bei der Tür bist. Trotzdem riss sie den Schlüssel an sich und rannte zur Tür zurück. Derweil wiederholte sich das Krachen. Ein dumpfer, gewalttätiger Schlag, der das weißlackierte Holz erzittern ließ. Mit der Schulter voran warf Vivica sich dem Geräusch entgegen, während sich ihre zitternden Hände vergeblich bemühten, den Schlüssel ins Schlüsselloch zu bugsieren. Sie brauchte drei Anläufe, bis es ihr endlich gelang. Atemlos drehte sie den Schlüssel herum. Sie hätte längst hier drin sein können, überschlugen sich die Gedanken in ihrem Kopf. Wenn sie gewollt hätte, wäre sie längst hier. Aber wenn sie nicht herein will ... Was will sie dann?!

Vor der Tür schimpfte Mia vor sich hin. Wirre, unverständliche Worte. Nur hin und wieder gelang es Vivica, einen Begriff aufzuschnappen: *Nutte* war dabei. Aber auch *elende Drecksau,* oder zumindest: *Drecksau.* Und immer wieder dieses Krachen. Mit wild klopfendem Herzen legte sie ein Ohr an das Holz der Tür. Was tat ihre Schwester da draußen? Sie warf etwas gegen die Tür, so viel war sicher. Aber was? W a s verdammt noch mal? Ein neuerlicher Aufprall ließ sie einen Schritt zurückweichen. Bei der Tür stehen zu bleiben, schien ihr auf einmal nicht mehr ratsam, auch wenn sie sich nicht vorstellen konnte, dass das stabile Holz tatsächlich nachgeben würde. Aber sie traute niemandem mehr. Nicht ihrer Schwester. Nicht dieser Insel. Und nicht dem Holz der Tür.

Etappensieg!, höhnte derweil ihr Verstand, *dass ich nicht lache! Sie hat sich nicht zurückgezogen. Sie hat nur einen längeren Anlauf genommen.*

Draußen holperten Mias Schritte über die Fliesen. Schritte, die sich entfernten, wie Vivica mit einem Anflug von Erleichterung feststellte. Dann folgte eine irreale, geradezu unheimliche Stille. Sie ist noch da!, dachte Vivica. Sie hat sich irgendwo versteckt und wartet auf den Moment, in dem ich die Tür aufmache. Und dann ... Was dann? Was will sie von mir? Worüber hat sie sich so geärgert, dass sie glaubt, mich angreifen zu müssen? War es tatsächlich etwas, das ich gesagt habe, oder nimmt sie mir am Ende noch etwas ganz anderes übel? Die kurzen Karten, die lieblosen Weihnachtsgrüße, die Pralinen? Was zum Henker hatte sie derart in Wut gebracht?

* * *

Bei ihrer Rückkehr erwischte Edna Jolantha Maysson im Büro hinter der Rezeption, wo sie gerade ein Telefonat beendet hatte und irgendetwas in eine Tabelle eintrug.

»Nach allem, was ich inzwischen gehört habe, ist es ja fast verständlich, dass der junge Mann neulich seine Rechnung nicht bezahlen wollte«, bemerkte sie wie zum Scherz, indem sie kurzerhand durch die geöffnete Tür trat. »Wenn man bedenkt, dass er das halbe Hotel geerbt hätte, falls seine Mutter ein paar Stunden später gestorben wäre ...«

Jolantha Maysson schien zusammenzuzucken. »Wer hat Ihnen denn das erzählt?«

Edna machte sich nicht die Mühe, auf diese Frage zu antworten. »Aber warum ist er eigentlich so überzeugt, dass seine Mutter von jemandem getötet wurde, der mit diesem Hotel beziehungsweise mit der Familie Heemskerk zu tun hat?«, erkundigte sie sich stattdessen.

Jolantha Maysson blickte an ihr vorbei. Sie sah aus, als überlege sie, einfach aufzustehen und den Raum zu verlassen. Nur zu, dachte Edna, du bist nicht verpflichtet, mit mir zu sprechen, Schätzchen! Doch dieser Tatsache schien sich die Frau des Geschäftsführers nicht bewusst zu sein. »Das meint er nicht so«, sagte sie nach kurzem Zögern. »Ich glaube, er ist einfach noch immer sehr wütend.«

Noch immer, dachte Edna. Was will sie damit sagen? Konnte man fünfzehn Jahre lang wütend sein? »Warum? Weil seine Mutter im Herrenhaus so schlecht behandelt wurde?«

»Man kann den Mädchen keinen Vorwurf machen«, entgegnete Jolantha Maysson gleichgültig. »Nils hat sie damals ziemlich vor den Kopf gestoßen. Allein die Art und Weise, wie er uns seine neue Ehefrau präsentierte ...« Sie schüttelte den Kopf. »Das ist alles sehr unglücklich verlaufen, damals.«

Edna betrachtete sie mit Interesse. »Würden Sie mir die Situation beschreiben?«

»Ich weiß nicht recht.« Zwischen ihren sorgfältig gezupften Augenbrauen bildete sich eine tiefe Falte, die im Licht der Halogenlampe auf dem Schreibtisch fast schwarz wirkte. »Ich habe irgendetwas gespürt an diesem Nachmittag. Als ob etwas, das schon angeknackst gewesen ist, endgültig zerbrochen wäre.« Sie fing an zu husten. Vielleicht war ihr ihre letzte Bemerkung peinlich. Vielleicht wollte sie auch einfach Zeit gewinnen. Edna fragte sich, warum sie sich überhaupt auf dieses Gespräch einließ. Weshalb sie an ihrem Schreibtisch sitzen blieb und die Fragen eines neugierigen Hotelgastes beantwortete. Fragen nach Ereignissen, die fünfzehn Jahre zurücklagen. Glaubte sie am Ende gar, antworten zu *müssen*, weil sie wusste, dass die Frau, mit der sie sprach, bei der Kriminalpolizei war? »Ich kann das, was ich damals empfunden habe, wirklich nicht genau definieren«, sagte sie jetzt. »Aber es war da. Und ich habe das Gefühl, dass es damit angefangen hat.«

»Was?«

Sie zuckte mit den Schultern. »Alles«, entgegnete sie. »Diese ganze Tragödie.«

Edna betrachtete eine angestaubte gelbe Stoffrose, die auf dem Schreibtisch stand. Hatte die Tragödie tatsächlich erst mit Sabine Prassers Einzug ins Herrenhaus begonnen? Oder doch schon mit Louisa van Heemskerks Selbstmord? Oder noch früher? Wann hatte es angefangen? Was war Ursache, was Wirkung? In der Antwort auf all diese Fragen lag der Schlüssel zur Lösung des Rätsels. Und das Motiv …

»Wissen Sie, alle waren wie versteinert an diesem Nachmittag«, sagte Jolantha Maysson nach einem Moment des Schweigens. Sie hielt es anscheinend für notwendig, ihren Ausführungen noch etwas hinzuzufügen. »Nur Mia reagierte mit Wut, nachdem die erste Schrecksekunde verstrichen war. Ich glaube, sie ist sehr enttäuscht gewesen.«

»Enttäuscht, dass ihr Vater wieder geheiratet hatte?«

»Sie hing sehr an ihm.« Sie zögerte. »Ich weiß nicht, ob Ihnen bekannt ist, dass es Mia war, die ihn gefunden hat?«

»Ich habe davon gehört«, gab Edna zu.

Sie nickte. »Sie ist völlig außer sich gewesen. Wir mussten sie mit drei Leuten festhalten, damit Dr. Petrelle ihr eine Spritze geben konnte.«

»Mia hatte einen Nervenzusammenbruch?« Edna zog nachdenklich die Stirn in Falten. Irgendwie passte ein Nervenzusammenbruch nicht in das Bild, das sie sich von Nils van Heemskerks jüngerer Tochter gemacht hatte. »Ich dachte eigentlich, sie hätte ganz anders reagiert«, wandte sie ein. »Viel ...« Sie machte eine wohlbedachte Pause, bevor sie hinzufügte: »Viel planmäßiger.«

Die Frau des Geschäftsführers griff wieder nach ihrem Stift, den sie zwischenzeitlich zur Seite gelegt hatte. »Sie meinen, weil sie die Küche aufgewischt hat?« Um ihre Mundwinkel spielte etwas, das Edna nicht einordnen konnte. Es sah wie ein Lächeln aus, aber sie war sich eigentlich sicher, dass es kein Lächeln war.

»Ja. Zum Beispiel.«

»Die Polizei hat angenommen, dass es sich dabei um eine Art Kurzschlussreaktion gehandelt hat«, sagte Jolantha Maysson mit seltsamem Unterton. »Angeblich hat der Schock über den grauenvollen Anblick diese«, sie suchte eine Weile nach einem passenden Wort, »diese Verhaltensweise ausgelöst.«

»Und glauben Sie das auch?«

»Was denn sonst?«, entgegnete sie rhetorisch.

»Nun ja«, sagte Edna. »Vielleicht hatte sie einen guten Grund ...«

»Aufzuwischen?«

»Spuren zu beseitigen.«

Jolantha Maysson sagte nichts.

»Aber nachdem sie aufgewischt hatte, ist sie zusammengebrochen?«, hakte Edna noch einmal nach.

»Ja, als Dr. Petrelle sie untersuchen wollte, gebärdete sie sich wie toll. Sie schrie und tobte und trat nach uns.«

»Kurz vor seinem Tod war ihr Vater mit ihr bei einem Arzt am Festland, nicht wahr?«

Auch das wissen Sie also, schien Jolantha Mayssons Blick zu sagen. »Ja.«

»Ein Psychologe?«

»Ich nehme es an.«

Edna registrierte jetzt eine Spur von Gereiztheit in ihrem Verhalten. Offenbar hatte sie allmählich genug von diesem Gespräch. »Was wissen Sie über diese Sache?«

»Im Grunde gar nichts. Eines Morgens nach dem Frühstück hat Nils sich mit ihr ins Auto gesetzt und ist losgefahren. Abends rief er an und teilte uns mit, dass sie über Nacht bleiben müssten, weil mit Mia ein paar Tests gemacht würden.« Sie zuckte mit den Achseln. »Zwei Tage später waren sie wieder zurück.«

»Wissen Sie zufällig, was bei diesen Tests herausgekommen ist?«

»Nein. Nils hat nie auch nur eine Silbe darüber gesagt.« Sie machte eine kurze Pause, bevor sie hinzufügte: »Zumindest nicht mir.«

»Hat sich das Verhältnis zwischen Nils van Heemskerk und seiner jüngeren Tochter danach irgendwie verändert? Nach diesem Arztbesuch?«

Sie dachte nach. »Nein«, sagte sie dann. »Mir ist nichts aufgefallen.«

Edna biss sich auf die Unterlippe. Was empfand man als junges Mädchen, wenn der eigene Vater darauf bestand, einen Seelenklempner zu konsultieren? War Mia van

Heemskerk wütend gewesen, dass ihr Vater sie zu einem Psychologen geschleppt hatte? Hatte sie sich geschämt oder gar gedemütigt gefühlt? Und warum hatte Nils van Heemskerk diesen Schritt überhaupt unternommen? Wegen ihrer schlechten Schulleistungen? Weil sie einem Hotelgast eine Ohrfeige gegeben hatte? Oder doch aus einem ganz anderen Grund?

»Wie stand sie eigentlich zu ihrer leiblichen Mutter?«, fragte sie laut.

»Mia ist immer ein Vaterkind gewesen«, entgegnete Jolantha Maysson achselzuckend. »Aber natürlich waren die Umstände von Louisas Tod denkbar unglücklich. Wenn ein Elternteil Selbstmord begeht, ist das wohl wirklich …« Sie unterbrach sich. »Ich meine, als Kind müssen Sie da doch zwangsläufig denken, Sie sind nichts wert. Nicht genug, um Ihrer Mutter einen Grund zum Bleiben zu liefern.« Das Thema schien sie ernsthaft betroffen zu machen. »Wahrscheinlich fühlen Sie sich sogar irgendwie schuldig, dass Ihre Mutter das Leben nicht mehr ausgehalten hat. Und wenn Sie nicht verrückt werden wollen, fangen Sie an, nach jemandem zu suchen, den Sie verantwortlich machen können. Nach jemandem, der die Schuld trägt für das, was Ihre Mutter sich angetan hat.«

Interessanter Gedanke!, dachte Edna. »Glauben Sie, dass Mia damals so empfunden hat?«

Die Frau des Geschäftsführers lehnte sich zurück. »Ich glaube, ich hatte eigentlich eher an Vivica gedacht«, sagte sie. »Sie hat sich immer in ganz besonderem Maße für ihre Mutter verantwortlich gefühlt. Schon als kleines Kind.«

Edna sah sie an. »Ist Nils van Heemskerk ein Sadist gewesen?«

Die Frage schien sie zu überraschen. »Nein«, sagte sie beinahe entrüstet. »Natürlich nicht.«

»Wie kommt es dann, dass gleich beide Frauen, die mit

ihm verheiratet waren, mit gravierenden psychischen Problemen zu kämpfen hatten?«

Jolantha Maysson hielt Ednas Blick stand. »Ich glaube, das lässt sich nicht vergleichen«, sagte sie selbstbewusst.

»Könnten Sie sagen, dass Nils van Heemskerk eine seiner Töchter bevorzugt hat?«

Sie nickte. »Mia.«

»Das klingt, als seien Sie sich sehr sicher.«

»Oh ja.« Jetzt lächelte sie fast ein wenig. Vielleicht, weil ihr die Antwort auf diese Frage so leicht fiel. »Das war ganz offensichtlich. Nils hat sich im Rahmen seiner Möglichkeiten sehr um seine jüngere Tochter bemüht. Trotz der Probleme, die sie machte.«

Und Louisa van Heemskerks Hochzeitskleid war cremeweiß!, dachte Edna. »Trotzdem hatte sie kurz vor dem Mord einen heftigen Streit mit ihrem Vater«, wandte sie ein, wobei sie Jolantha Mayssons Reaktion genau beobachtete. »Einen Streit, den Sie zufällig mit angehört haben, nicht wahr?«

»Ach das.« Die Frau des Geschäftsführers zupfte an der Manschette ihrer Bluse.

»Sie waren zu diesem Zeitpunkt im Hof hinter dem Herrenhaus, oder?«

Sie nickte zerstreut. »Ja ... Ja, ich glaube. Aber im Grunde habe ich nur Bruchstücke dieser Auseinandersetzung mitbekommen«, setzte sie eilig hinzu.

»Aber Sie sind sich sicher, dass es Mia und ihr Vater waren, die an diesem Tage stritten?«, stellte Edna noch einmal die Frage, die sie bereits Grete Siehler gestellt hatte.

Jolantha Maysson dachte lange nach, bevor sie antwortete. »Das könnte ich nicht beschwören«, sagte sie schließlich. »Jemand hat gesagt, es sei Mia gewesen, also nahm ich wohl an, dass es auch tatsächlich so gewesen ist.«

»Wer hat das gesagt?«

Sie überlegte wieder. »Tilla, glaube ich.«

Edna nickte. Tilla Straten, dachte sie, dieselbe Frau, die Stein und Bein geschworen hat, dass ihre geliebte Patentochter in der Mordnacht keinen einzigen Schritt vor die Tür ihres Hauses gesetzt hat. Aber stimmte das? War Vivica van Heemskerk in der Mordnacht wirklich schon um neun Uhr abends schlafen gegangen? Und war es tatsächlich Mia gewesen, die sich ein paar Tage zuvor mit ihrem Vater gestritten hatte? *Jemand hat gesagt, es sei Mia gewesen.* Nein, dachte Edna, nicht *jemand*. Tilla Straten. Die Frau, die Vivica ihr Alibi gegeben hat. Die beste Freundin ihrer verstorbenen Mutter. Wie weit würde Tilla Straten gehen, um ihr Patenkind zu schützen? Würde diese charismatische, bodenständige Frau lügen, selbst um den Preis, dass der Verdacht sich gegen die Falsche richtete?

»Warum waren Sie selbst eigentlich an diesem Nachmittag im Hof des Herrenhauses?«, wandte sie sich wieder an die Frau des Geschäftsführers.

Eine kaum wahrnehmbare Röte stahl sich auf Jolantha Mayssons Wangen. »Ich glaube, ich habe jemanden gesucht.«

»Ihren Mann?«

Sie verschränkte die Arme vor der Brust. »Möglich.«

Edna ließ es bei dieser Antwort bewenden. Grete Siehler zufolge hatte Jolantha Maysson befürchtet, ihr Mann habe ein Techtelmechtel mit einer von Heemskerks Töchtern. Mit Vivica ... Und wenn es tatsächlich so gewesen ist?, überlegte sie. Hätte Jolantha Maysson dann nicht einen guten Grund, anzudeuten, dass es *nicht* Mia gewesen ist, die sich mit ihrem Vater gestritten hat? Verfolgte die Frau des Geschäftsführers mit ihren Äußerungen etwa ein klares Ziel? Wollte sie den Verdacht auf Mias Schwester lenken? Jetzt, nach fünfzehn Jahren? Ednas Blick fiel wieder auf die gelbe Stoffrose. Bedeutete Gelb nicht Eifersucht?

»Warum stellen Sie mir eigentlich all diese Fragen?«

Edna blickte auf, direkt in Jolantha Mayssons Augen.

»In wessen Auftrag sind Sie ... Ich meine ... Gibt es neue Erkenntnisse?«

»Nicht, dass ich wüsste«, entgegnete Edna wahrheitsgemäß und stand auf. Sie wollte nicht warten, bis Jolantha Maysson sie hinauswarf. Und genau das würde sie tun, sobald sie sich vollends darüber im Klaren war, dass eine wildfremde und noch dazu gänzlich unbefugte Kommissarin ihr aus purer Neugier zu nahe getreten war.

»Aber Sie sind doch wegen dieser alten Geschichte hier, nicht wahr?«

»Ich besuche meine Nichte«, sagte Edna, doch sie konnte sehen, dass Jolantha Maysson ihr nicht glaubte. »Eine letzte Frage hätte ich allerdings noch«, verkündete sie frech, indem sie langsam zur Tür ging. So lange Jolantha Maysson ihr nicht glaubte, würde sie vielleicht antworten. »Können Sie sich ein Motiv für den Doppelmord vorstellen?«

Die Frau des Geschäftsführers runzelte die Stirn und blickte auf die blank polierte Schreibtischplatte hinunter. »Hass«, sagte sie dann. »Jemand muss ihn sehr gehasst haben.«

»Ihn?« Edna fixierte ihren Haaransatz. »Dann glauben Sie also, dass Nils van Heemskerk das eigentliche Ziel dieser Tat gewesen ist?«

Sie sah überrascht aus. »Ja, natürlich. Ich kann mir beim besten Willen nicht vorstellen, dass Sabine ... Ich meine, vielleicht ist es ja ein Versehen gewesen. Das mit ihr, meine ich.«

Edna zog die Augenbrauen hoch. »Ein Versehen?«

Jolantha Maysson zuckte mit den Achseln. »Sie war vielleicht einfach nur zur falschen Zeit am falschen Ort.«

* * *

Mia war im Atelier.

Mia war vielleicht im Atelier.

Wer konnte wissen, ob Mia tatsächlich im Atelier war?

Niemand, dachte Vivica und war auf einmal froh über den Wind, der seit Stunden in gleichbleibender Stärke um die Ecken des Herrenhauses fegte und die kaputte Regenrinne so wütend gegen die Hauswand schlug, dass man den Eindruck gewinnen konnte, er sei ihrer maroden Existenz ein für alle Mal überdrüssig geworden. Erst nach mehr als einer Stunde Stille auf der anderen Seite der Tür hatte sie es gewagt, das Gesindezimmer zu verlassen, um hinauf in ihr Zimmer zu gehen. Was sie draußen in der Halle vorgefunden hatte, hatte ihre schlimmsten Befürchtungen noch übertroffen: Mia hatte die Tür mit Äpfeln bombardiert, denselben, die sie eingekauft hatte, um Bratäpfel zu machen. Einige von ihnen waren angebissen, die anderen durch die Wucht des Aufpralls zu einer formlosen gelbbraunen Masse verkommen. Auf dem Boden, an der Tür, sogar an den Wänden klebte zäher süßsaurer Fruchtbrei.

Vivica dachte über den Hass nach, der diesem Akt innewohnte, jahrzehntealter Hass, der sich auf diese lächerlich kindische und zugleich so äußerst brachiale Art und Weise Bahn gebrochen hatte. Und sie staunte über ihre eigene Naivität, über die Selbstverständlichkeit, mit der sie angenommen hatte, dass ihre Vergangenheit sich auf diese Insel sperren ließ. Sie war fortgegangen. Sie hatte einen Schlussstrich gezogen, und nun musste sie erkennen, dass dieser Schlussstrich nichts als eine Illusion gewesen war. Einseitig. Wirkungslos. Die Vergangenheit ließ sich nicht aussperren. Hatte Mia den armseligen Schlussstrich, den ihre Schwester unter ihre gemeinsame Kindheit gezogen hatte, je akzeptiert? Oder hatte sie all die Jahre nur auf eine Gelegenheit wie diese gewartet? Wer oder was war sie überhaupt? Ein aufbrausendes kleines Kind im Körper einer Erwachsenen? Oder etwas viel Gefährlicheres? Wie viel war echt, was nur Show? Spielte sie boshafte kleine Spielchen, oder war es ihr doch bitterernst? Vivica dachte an den Polizisten mit den stechenden Augen. An etwas, das er gesagt hatte, damals, bei der Vernehmung. *Der Kopf Ihres Vaters ist zu Brei geschlagen worden, aber das scheint Sie ja nicht weiter zu interessieren.* Dr. Bergheim hatte warnend die Hände gehoben, und der Polizist mit den stechenden Augen hatte resigniert den Blick abgewandt. *Schon gut, schon gut. Vergessen Sie's!* Es ist meiner Schwester bitterernst, dachte Vivica. So ernst, dass sie sogar noch die Äpfel zu Brei geschlagen hat …

Das Geräusch ihrer Schritte auf der Treppe ging unter im Toben des Unwetters. Sie hatte das rote Kleid gegen einen marineblauen Hosenanzug getauscht und überlegte nun, was sie noch anziehen konnte, um nicht sofort bis auf die Knochen nass zu werden, wenn sie zu ihrer Verabredung ging. Der Schirm, das wusste sie nach ihrer Erfahrung von vorhin, würde ihr bei diesem Wetter weniger als nichts nützen, und eine Regenjacke besaß sie nun einmal nicht. Dabei hat selbst Leon eine Regenjacke, dachte sie, Leon aus Köln. Er war ihr nicht gefolgt. Sie war weggelaufen, und er war an seinem lächerlichen Puppentischchen sitzen geblieben. Allein mit zwei Waffeln und der ungeheuerlichen Neuigkeit, die sie ihm so leichtfertig verraten hatte. Sie wusste, damit hatte sie ihren zahlreichen Problemen ein weiteres, gravierendes hinzugefügt, und sie verstand einfach nicht, warum sie nicht besser aufgepasst hatte. Gut, Leon konnte sie nicht daran hindern, zu tun, was sie sich zu tun vorgenommen hatte, aber sie fürchtete den Druck, den er auf sie ausüben würde, wenn er erst voll und ganz erfasst hatte, was ihre Worte bedeuteten. Sie hatte keine Ahnung, ob er sich Kinder wünschte. Sie hatten nie darüber gesprochen. Aber sie hatten auch nie übers Heiraten gesprochen und trotzdem hatte er auf einmal davon angefangen. Was war das? Irgendein altmodischer Beschützerinstinkt? War es von Anfang an ein Beschützerinstinkt gewesen, der ihn in die Bars getrieben hatte, in denen sie verkehrte? Bei dem Gedanken krampfte sich ihr Magen zusammen. Zugleich fühlte sie eine kalte Wut in sich aufsteigen. Er würde nicht lockerlassen. Schließlich wusste er jetzt, wo er sie finden konnte. Er wusste von ihrem Vater, vom Herrenhaus und allem, was damit zusammenhing …

Weiß der Vater davon? Was werden Sie jetzt tun?

Ich sollte abreisen, dachte sie. Am besten schon morgen früh. Tief in ihr hatte sich ein merkwürdig intensives Angstgefühl festgesetzt, das stärker und stärker zu werden schien, je länger sie über die Dinge nachdachte, die sie in den vergangenen Tagen erfahren und erlebt hatte. Es war ein elementares Gefühl, nackt und roh, und nur mit äußerster Selbstbeherrschung brachte sie es fertig, den ausgeprägten Fluchttrieb zu unterdrücken, den dieses Gefühl in ihr auslöste. Dabei hatte es im Augenblick überhaupt keinen Sinn, an Flucht zu denken. Für heute Abend saß sie ohnehin auf der Insel fest. Fest auf dieser elenden Anhäufung von Sand, die selbst an der erhabensten Stelle nur ein paar Meter über den aschgrauen Fluten lag. Fest in einem düsteren Haus, das eine gefährliche Psychopathin beherbergte. Ihre Erinnerung verwandelte den schweren Duft verrottender Äpfel in das Aroma von frischem Apfelstrudel. Ankunft. Halle. Prassertag. *Sie kam nach Hause, um zu sterben,* erinnerte sie ihr Verstand. *Drei Menschen sind in diesem Haus gestorben. Gestorben oder vielmehr: gestorben worden. Also sieh dich vor!* Durch das Halbdunkel auf der Treppe sah sie ihre Hände an. Sie zitterten. Warum, verdammt noch mal, hatte sie sich nicht fern gehalten vom Wind?!

Nur noch dieses Treffen heute Abend, versuchte sie sich zu trösten. Ich höre mir an, was sie zu sagen hat, und morgen früh reise ich ab. Ich brauche nicht einmal zu packen. Ich kann einfach gehen. Ich nehme die erste Fähre, steige in Emden in meinen Wagen, und in ein paar Stunden bin ich wieder zu Hause. Oder zumindest dort, wo ich mich auskenne. Es wird schon irgendwie weitergehen. Es ging immer irgendwie weiter. Ganz egal, wie groß die Tragödie, die man erlebt hatte, auch war. Selbst ein neuer Schlachttag würde den Fortgang des Lebens nicht aufhalten können. Und was bedeutete denn schon ein neuer Alptraum?! Alpträume, zumindest so viel hatte sie in den vergangenen fünfzehn Jahren gelernt, waren etwas, mit dem man leben konnte …

Ohne Licht zu machen schlich sie sich in die Küche und sah aus dem Fenster. Mia war im Atelier, zumindest brannte Licht in der Scheune. Dort, wo die Tür sein musste, schwebte ein helles Rechteck mitten im Regen. Sie darf auf gar keinen Fall mitbekommen, dass ich das Haus verlasse, pochte es hinter Vivicas Stirn. Sie darf es nicht wissen. Sie darf nicht wissen, mit wem ich mich treffe, denn wenn sie es wüsste … Sie spürte, wie Panik an ihren Armen hinaufkroch und sich wie eine eisige Umarmung um ihren Körper legte. Wenn sie es wüsste, würde sie mich daran hindern. Hindern. Einschließen. Vergiften. Was auch immer …

Hastig band sie sich ihren blauweiß getupften Chiffonschal um den Kopf, so dass ihre Haare vollständig darunter verschwanden, und huschte zur Haustür. Dabei fiel ihr Blick auf die Garderobe, wo ein abgetragener olivgrüner Parka neben Mias nasser Jacke hing. Kurz entschlossen nahm sie ihn vom Haken und schlüpfte hinein. Er roch ziemlich unangenehm, und sie brauchte eine Weile, um sich darüber klar zu werden, was genau das für ein Geruch war, der dem Kleidungsstück anhaftete. Terpentin, befand sie schließlich naserümpfend. Das elende Ding stank schlimmer als eine ganze Lösungsmittelfabrik! Angeekelt zog sie den Reißverschluss zu und öffnete die Haustür. Immerhin passe ich jetzt farblich zu Mias Feldgeschirr, dachte sie grimmig und trat in den strömenden Regen hinaus.

* * *

Edna lag auf ihrem Bett und konnte sich nicht entspannen. Sie konnte nicht fernsehen, und wenn sie versuchte, ein Buch zu lesen, gelang es ihr nicht, das, was sie las, auch tatsächlich in sich aufzunehmen. Schuld an diesem unangenehmen Zustand war zweifellos die Tatsache, dass sie einfach nicht aufhören konnte, sich eine einzige Frage zu stellen: Warum hatte Mia van Heemskerk das Beil, mit dem ihr Vater und ihre Stiefmutter getötet worden waren, abgewaschen?

Natürlich, es gab tausend andere Fragen, die sie sich hätte stellen können. Sie hatte so viel gehört, seit sie hier war, so viele Informationen, so viele Widersprüche. Trotzdem schien ihr die Frage nach dem Beil von zentraler Bedeutung zu sein. Mia van Heemskerk hatte zugegeben, dieses Beil in ihrem Atelier benutzt zu haben, ein paar Tage vor dem Mord. Sie hatte darüber hinaus ausgesagt, dass sie es am Morgen des Tattages nicht hatte finden können, weil es nicht an seinem Platz in der Schublade des Küchenschranks gelegen hatte. Und wenige Stunden später war es als Mordwaffe benutzt worden. Von ihr selbst?

Edna stand auf, löschte das Licht und trat in den Erker hinaus. Draußen tobte noch immer ein heftiger Sturm, auch wenn die Intensität des Windes allmählich wieder abzunehmen schien. Hinter den tiefgrauen Wolken war der Himmel schon düster. Nur am äußersten Horizont, über den Dächern der Häuser, zeigte sich ein bläulicher Schein, den eine ferne, längst untergegangene Sonne in die heraufziehende Nachtschwärze goss.

Was, wenn das Beil am Morgen des Tattages tatsächlich nicht in der Küchenschublade gelegen hatte? Dann muss es jemand fortgenommen haben, dachte sie. Aber wann? Und warum? Um Nils van Heemskerk damit zu töten? Das wiederum würde bedeuten, dass die Tat lange im Voraus geplant war. Sie biss sich auf die Unterlippe. Aber warum war das verdammte Beil überhaupt aus der Küche entfernt worden? Natürlich! Die Erkenntnis kam so plötzlich, dass sie vor Schreck zusammenzuckte. Fingerabdrücke, dachte sie, auf dem verdammten Ding waren Mia van Heemskerks Fingerabdrücke!

Sie kehrte in ihr Bett zurück und griff geistesabwesend wieder nach ihrem Buch. Was, wenn jemand davon gewusst hat, spann sie den Faden weiter, jemand, der vorhat, Nils van Heemskerk zu ermorden. Und was, wenn dieser Jemand es für eine günstige Fügung hält, dass ihm mit dem Beil eine Waffe in die Hände fällt, auf der sich bereits die Fingerabdrücke einer Person befinden, die mit ihrer Exzentrik und ihrem allgemein bekannten Hang zu Wutausbrüchen einen geradezu idealen Sündenbock abgibt. Eine Falle!, murmelte Edna leise vor sich hin. Jemand könnte Mia van Heemskerk eine Falle gestellt haben! Sie schloss die Augen. Aber selbst wenn sie mit ihrer Theorie richtig lag, stellte sich nach wie vor die Frage, warum Mia das Beil abgewaschen hatte. Es gibt nur zwei Erklärungen, die Sinn machen, dachte sie: Entweder ist sich die wilde Mia schon in dem Moment, in dem die Tat entdeckt wurde, darüber im Klaren gewesen, dass jemand sie hereinlegen wollte, oder aber … Sie richtete sich so abrupt auf, dass das Buch von ihrem Schoß rutschte und krachend auf dem gut gepflegten Parkettboden landete. Oder aber sie vermutete die Fingerabdrücke von jemand ganz anderem auf dem Beil! Fingerabdrücke von jemandem, den sie decken wollte …

* * *

Auf dem Weg zum Kurpark kamen Vivica erste Zweifel. Es regnete zwar kaum noch, aber der Sturm hatte alles Leben, das sonst um diese Uhrzeit noch auf den Straßen herrschte, in die umliegenden Lokale und Restaurants gefegt. Die wenigen Menschen, die ihr auf ihrem Weg begegneten, waren dick in Schals und Jacken vermummt und schienen nichts anderes im Sinn zu haben, als so schnell wie möglich ihre Hotelzimmer und Ferienwohnungen oder doch wenigstens die nächste Kneipe zu erreichen.

Wie dunkel es hier ist, dachte Vivica. Ganz anders als in Köln, wo selbst zur schwärzesten Stunde von überall her Lichter auf vielfaches Leben deuten. Sie rief sich ihre Terrasse in Erinnerung, den Blick über die Dächer der Großstadt, die flackernden Leuchtreklamen. Wie eine riesige Käseglocke schwebte zu jeder Tageszeit Licht über der Stadt und vertrieb die Nacht, aber hier … Hier wurde die beängstigende Schwärze nur gelegentlich und äußerst halbherzig unterbrochen. Vielleicht alle hundert Meter eine Straßenlaterne, so armselig, dass das matte Licht sich nicht auszubreiten, sondern einfach links und rechts des Glasgehäuses herunterzufallen schien, auf das regennasse Pflaster. Und über dem Meer … Ihre Finger krallten sich in die Taschen von Mias Parka. Über dem Meer lauerte die totale Finsternis.

Hoch über ihrem Kopf huschte der Leitstrahl des Leuchtturms rotierend über den düsteren Abendhimmel. Doch die regenschwere Luft schien undurchdringlich zu sein. Ob jemand das sehen kann?, überlegte sie. Jemand, der dort draußen nach Orientierung sucht? Gab es so etwas wie Orientierung überhaupt, auf den Wellen, im Leben, irgendwo? Oder lockte dieser Strahl die Schiffe, die auf ihn vertrauten, in eine Falle?

Sie blieb einen Augenblick stehen und blickte sich um. Bei einem solchen Wetter hielt man sich einfach nicht im Freien auf, und sie fand es inzwischen mehr als unwahrscheinlich, dass die Frau, mit der sie sich treffen wollte, ihre Verabredung unter diesen widrigen Umständen überhaupt einhalten würde. Aber hätte sie in diesem Fall nicht noch einmal angerufen? Vivicas Hand prüfte den Sitz des Schals um ihren Kopf. Das war nicht gesagt. Vielleicht hatte sie es versucht und niemanden erreicht. Oder Mia war an den Apparat gegangen und sie hatte einfach aufgelegt. Vor Schreck. Oder Ekel. Oder sie hatte sich von Anfang an einen Scherz erlaubt. Vielleicht saß sie in diesem Augenblick zu Hause bei ihrer tyrannischen Mutter und lachte sich halb tot bei dem Gedanken, dass Nils van Heemskerks verlorene Tochter inmitten der sturmgepeitschten Dünen auf ihr Erscheinen wartete. Denn falls sie tatsächlich über brauchbare Informationen verfügte, hätte sie sich doch an die Polizei gewandt. Schon vor fünfzehn Jahren. Oder?

Geld, dachte Vivica. Wenn sie überhaupt zu diesem obskuren Treffen kommt, wird sie wahrscheinlich Geld wollen. Geld für Informationen, deren Wert – oder vielmehr Unwert – ich erst einschätzen kann, nachdem ich bereits dafür gezahlt habe. *Ich höre, Sie interessieren sich für Informationen, die den Tod Ihrer Eltern betreffen.* Die Stimme war ihr ein bisschen anders vorgekommen, als sie sie in Erinnerung hatte. Heiserer. Aber sie war kein Mensch, dem sich Klangfarben einprägten. Oder Sprachmelodien. Eher visuelle Eindrücke, Gesichter, Orte. Sie muss jetzt so um die fünfzig sein, dachte Vivica, vielleicht auch etwas älter. Sie versuchte, sich das lange, immer etwas verhärmt wirkende Gesicht vorzustellen, wie es zunächst stutzte und sich dann zu einem erkennenden Lächeln verzog. Was mochten die vergangenen fünfzehn Jahre aus diesem Gesicht gemacht haben? Was hatten sie aus ihr selbst gemacht? Sie seufzte. Mias Blechdose hatte ihr vor Augen geführt, dass sie nicht ein einziges Foto besaß, das älter als fünfzehn Jahre war. Die wenigen Aufnahmen, die in den Schubladen ihrer Wohnung ein Schattendasein fristeten, stammten allesamt aus der Zeit nach dem Mord. Nach der Insel. Nach der Tragödie …

Bedeutete das nicht eigentlich, dass sie sich gar nicht erinnern *wollte*? Sie besaß ja nicht einmal ein Foto ihrer Mutter. Keins mit Hochzeitskleid und auch kein anderes. Ich habe meine ganze Familie ausgelöscht, dachte sie. Die Erinnerung an sie ist aus meinem Leben getilgt. Aber wenn ich die Lücke vor dem Frühstückstisch wirklich schließen will, werde ich das rückgängig machen müssen. *Ausgelöscht,* wiederholte etwas tief in ihr. *Die ganze Familie ausgelöscht.* Jemand hat genau das getan, nickte sie, meine Familie ausgelöscht. Jemand hat sie getötet …

Mittlerweile hatte Vivica das Kurhaus erreicht. Dahinter begann der Kurpark, eine von gepflasterten Wegen durchzogene Dünenlandschaft, die sich parallel zur Promenade vom Kurhaus bis fast zum Meerwasseraquarium erstreckte. Überall rechts und links der Wege standen gemauerte Strandkörbe, die tagsüber zum Sonnenbaden und Lesen einluden und nachts den Liebespärchen Schutz vor allzu neugierigen Blicken boten. Aber nicht heute Abend, dachte Vivica. Heute Abend bin ich wahrscheinlich die Einzige hier. Sie blickte sich suchend um, dann folgte sie dem Hauptweg, der sich zwischen dicht belaubten Wildrosenhecken hindurch Richtung Strandpromenade wand. Sie war nicht zu früh dran, eher im Gegenteil.

Aber was machte das schon! Die Frau, mit der sie verabredet war, würde ja sowieso nicht kommen. Du bist auf einen ganz schlechten Scherz reingefallen, dachte sie, indem sie stehen blieb und noch einmal einen skeptischen Blick in den Himmel warf, wo zwischen den bizarren Schatten der sturmverzerrten Wolken urplötzlich vereinzelte Sterne aufleuchteten, um gleich darauf wieder zu verschwinden, so schnell, dass man daran zweifeln musste, sie überhaupt gesehen zu haben. Eine alte Mutter, die erst eingeschlafen sein muss, bevor sie aus dem Haus kann – was für ein Blödsinn!

Missmutig schob sie die eiskalten Hände in die Taschen von Mias Parka. Sie kommt nicht. Sie hat nie vorgehabt zu kommen. Vielleicht rächt sie sich auf diese Weise für etwas, das mein Vater ihr angetan hat, überlegte sie. Er oder Frau Prasser, die alte Hexe. Irgendeine Ungerechtigkeit. Vielleicht hockt die halbe Insel hinter den Dünen und wartet darauf, dass ich mich komplett zum Idioten mache. Vielleicht … Sie wollte gerade umkehren, als sie sie entdeckte. Sie saß in einem der gemauerten Strandkörbe, hatte dort Schutz gesucht vor dem heulenden Wind, und wartete. Ihre Füße steckten in klobigen Stiefeln und waren im Grunde das Einzige, das Vivica überhaupt von ihr sehen konnte, denn der Strandkorb stand hinter einer Biegung und sie hatte sich ganz in die rechte Ecke zurückgezogen. Aber sie war es. Sie musste es sein! Wer sonst würde an einem solchen Abend in einem Strandkorb in den Dünen sitzen?!

Vivica blickte sich hastig um, ob nicht vielleicht doch noch jemand anderes in der Nähe war, jemand, der sie beobachtete, der darauf wartete, dass sie einen weiteren Fehler machte, doch sie schienen allein zu sein. Die dichten Hecken ringsum boten kein Versteck, und der nächste Strandkorb stand viel zu weit entfernt, als dass ein heimlicher Beobachter dort hätte Unterschlupf finden können.

Außerdem war er in die entgegengesetzte Richtung geneigt. Nein, dachte Vivica, sie ist allein. Sie ist allein, und sie ist tatsächlich gekommen. Sie muss etwas wissen! Etwas, das mir weiterhilft. Sie spürte, wie ihr Herz bei diesem Gedanken seinen Schlag verlangsamte, was sie ein wenig merkwürdig fand. Eigentlich müsste es schneller schlagen, dachte sie. Aber es schlug langsamer. Deutlich langsamer sogar.

Zögerlich ging sie auf den Strandkorb zu. Ihre Schritte waren vollkommen lautlos, denn noch immer übertönte der Sturm jedes andere Geräusch. Sie überlegte, ob sie sich irgendwie bemerkbar machen sollte, rufen vielleicht, damit sie sich nicht vor ihr erschreckte, aber etwas hielt sie davon ab. Ein Eindruck von Irrealität, der sich ihrer bemächtigte, je näher sie den derben Stiefeln kam, die aus dem Strandkorb ragten und aussahen, als würden sie schlafen. Kehr um!, dachte sie noch. Mach, dass du fortkommst! Doch da hatte sie den Strandkorb bereits erreicht …

Was sie dort sah, ließ sie erstarren. Sie war es tatsächlich. Vivica erkannte ihr Gesicht sofort. Der Kopf war nach hinten gebeugt, in einem ganz unnatürlichen Winkel nach hinten gebeugt, und ihr Mund stand weit offen, so als habe der Wind erst vor wenigen Sekunden einen Schrei des Entsetzens von ihren Lippen fortgerissen. Die Wunde in ihrem Hals war tief und klaffte weit auseinander, weil ihr Kopf ein ganzes Stück zurückgefallen war, bevor ihn die Rückwand des Strandkorbes aufgehalten hatte. Aus der Wunde heraus stach etwas Helles, das wie der Knorpel ihres Kehlkopfes aussah. Blut war an ihrem Hals hinuntergeronnen, Bäche von Blut. Die Vorderseite ihrer Jacke war dunkel verfärbt und schwer vor Nässe. Vivicas Augen wanderten vom Reißverschluss der Jacke wieder zu den Stiefeln hinunter. Diese Stiefel schienen das Einzige zu sein, das anzusehen nicht gefährlich war. Die einzige Chance, einen klaren Gedanken fassen zu können.

Jemand war hier gewesen, vielleicht nur kurze Zeit vor ihr.

Und dieser Jemand hatte Gitta Teggetmeyer, dem ehemaligen Zimmermädchen der *Meeresrose*, die Kehle durchgeschnitten …

* * *

Schokoriegel!, dachte Edna. Warum gab es auf diesem verdammten Zimmer eigentlich keinen einzigen Schokoriegel?

Von Zeit zu Zeit brauchte sie Schokolade, um richtig denken zu können, und gerade jetzt war so ein Moment, in dem irgendein Bereich ihres Gehirns laut und eindringlich nach Kakao und Fett und Zucker schrie. Serotonin lautete das Zauberwort, und gegen die Magie, die von diesem Wort ausging, gab es auf der ganzen Welt nur ein einziges Mittel: eine enge, grell ausgeleuchtete Umkleidekabine bei H&M, die jedes Speckröllchen und jede Delle so gewissenhaft herauszuarbeiten verstand, dass man nach einem einzigen Blick in den dazugehörigen Spiegel davon überzeugt war, nie wieder auch nur den winzigsten Krümel Schokolade zu sich nehmen zu wollen. Doch da dieses schwedische Erfolgsrezept gegen jede Art von sinnloser Prasserei die ostfriesischen Inseln noch nicht erreicht hatte, musste sie sich irgendwie anders behelfen, bevor es zum Äußersten kam, bevor sie sich wieder anzog und ins Erdgeschoss hinunterfuhr, um in der Bar oder im Restaurant nach wie auch immer gearteten Kakaoprodukten zu fragen.

Sie schwang die Beine aus dem Bett, schaltete das Licht wieder ein und nahm ihren knallroten Badeanzug aus dem Schrank, den sie gut sichtbar über die Lehne eines der beiden Sessel drapierte. Dann nahm sie ein paar Bogen des hoteleigenen Briefpapiers aus der Schublade ihres Nachtschranks und machte sich daran, eine Liste möglicher Motive und Verdächtiger aufzustellen. Bestimmte Überlegungen handschriftlich festzuhalten, hatte ihr schon immer geholfen, sich über komplizierte Sachverhalte oder Zusammenhänge klar zu werden, und besonders hier, wo sie Urlaub und zu allem Überfluss noch nicht einmal Schokolade hatte, schien ihr diese Methode angebracht.

GELD schrieb sie ganz oben auf den ersten Bogen. Und darunter die Worte HASS, SCHULD und EIFERSUCHT. Sie zögerte einen Augenblick, dann setzte sie noch ein weiteres Wort unter die anderen: WAHNSINN.

Vor dem Fenster heulte der Sturm. Er drückte mit Macht gegen die Scheiben, und trotz der guten Isolierung der Fenster konnte Edna einen leisen Zug spüren, wenn eine besonders kräftige Böe gegen das Haus brandete. Das ist ja zum Verrücktwerden!, dachte sie, stand auf und zog die Vorhänge zu. Dann nahm sie sich wieder den Briefbogen vor. Das erste Wort stand für das profanste aller Motive und sie setzte ihm eine in druckvollen Buchstaben notierte Frage entgegen: WARUM SO VIEL BLUT? Davon abgesehen fielen ihr zu ihrem ersten Stichwort nur zwei Namen ein: Mia und Vivica. Beide hatten vom Tod ihres Vaters profitiert, sogar als Einzige profitiert. Beide hatten ein ansehnliches Vermögen geerbt … Wenn es wirklich nur ums Geld gegangen ist, dachte Edna, wäre die Sache in der Tat mehr als eindeutig! Sie machte einen flüchtigen Schnörkel unter die Namen der beiden Schwestern und wandte sich dem nächsten Punkt auf ihrer Liste zu. Jolantha Maysson hatte auf die Frage nach einem möglichen Mordmotiv gesagt, jemand müsse Nils van Heemskerk gehasst haben … Nils van Heemskerk, murmelte Edna, nicht Sabine Prasser. Aber ging es wirklich um ihn?

Sie schüttelte unwillig den Kopf. Vielleicht war Sabine Prasser dem Mörder, der unten im Haus auf ihren Mann gelauert hatte, in die Quere gekommen. Vielleicht hatte sie ihn überrascht. Vielleicht war sie tatsächlich nur zufällig zum Opfer geworden. Probeschläge, dachte Edna. Hass, Probeschläge und ein bis heute verschwundenes Fleischermesser ...

Sie schloss die Augen und versuchte, sich Nils van Heemskerks Töchter vorzustellen, die eine neunzehn, die andere gar erst achtzehn Jahre alt. Abgesehen von dem unstreitigen finanziellen Motiv könnte Mia ihren Vater gehasst haben, weil er sie zu einem Seelenklempner geschleppt hatte. Sie hatte Probleme gehabt, Schulprobleme, andere Probleme. Sie wurde schnell wütend, und wenn sie in Wut geriet, vergaß sie, was sie tat. Das hatten gleich mehrere Personen unabhängig voneinander behauptet, und nach allem, was sie selbst mit Nils van Heemskerks jüngerer Tochter erlebt hatte, zweifelte Edna keine Sekunde am Wahrheitsgehalt dieser Behauptung. MIA VAN HEEMSKERK HAT TALENT!, notierte sie auf ihrem Briefbogen, direkt neben das Wort HASS. Vielleicht hatte sie tatsächlich Kunst studieren wollen, und ihr Vater war dagegen gewesen ... Ednas Finger bearbeiteten den Clip ihres Kugelschreibers, bis er absprang. Aber Mia van Heemskerk hatte ja eben *nicht* Kunst studiert. Im Gegenteil: Sie war auch nach dem Tod ihres Vaters, als sie ohne Probleme hätte gehen können, auf der Insel geblieben und hatte ganz ohne Studium und in aller Stille eine beachtliche Karriere als Malerin gemacht.

Und Vivica? Vielleicht war es ja auch gar nicht Mia, sondern Vivica gewesen, die die Insel gegen den Willen des Vaters hatte verlassen wollen. Und genau das hatte sie ja – im Gegensatz zu ihrer Schwester – auch getan. Ednas Blick fiel auf das dritte Wort auf ihrer Liste. Hatte Vivica ihrem Vater die Schuld am Selbstmord ihrer Mutter gegeben? Hatte sie ihn gehasst, weil er ein so profaner Mensch gewesen war, ein Mann, der der psychischen und physischen Zerbrechlichkeit seiner Frau mit Gleichgültigkeit und Unverständnis begegnet war? *Vivica hat sich immer in ganz besonderem Maße für ihre Mutter verantwortlich gefühlt ...*

Und was war mit Armin Prasser? Geld spielte in diesem Fall keine Rolle, im Gegenteil: Wegen des fehlenden finanziellen Motivs hatte man Sabine Prassers Sohn immer aus dem Kreis der Verdächtigen ausgeschlossen. Zu Unrecht? Edna schüttelte den Kopf. Aber warum hätte er seine Mutter töten sollen? Oder war Sabine Prasser am Ende gar von ihrem Ehemann ermordet worden? Hatte ihr Sohn sie gefunden und daraufhin seinen Stiefvater getötet? Sie runzelte die Stirn. Aber dann hätten die Fingerabdrücke auf dem Beil keine Rolle gespielt und Mia hätte es nicht abzuwaschen brauchen! Und das wiederum warf neue Fragen auf: Wo war das Beil am Morgen des Tattages gewesen? Hatte es vielleicht doch in der Schublade des Küchenschrankes gelegen, ganz wie immer? Log Mia van Heemskerk?

Dieses elende Beil!, dachte Edna, wo ich mich auch hinwende, immer stoße ich auf dieses verdammte Ding! Es stand beinahe symbolisch für eine der entscheidendsten Fragen in diesem verwirrenden Fall: Waren die Morde an Nils van Heemskerk und Sabine Prasser im Affekt begangen worden oder waren sie lange im Voraus geplant gewesen? Edna betrachtete das vorletzte Wort auf ihrem Zettel und dachte an die gelbe Stoffrose auf Jolantha Mayssons Schreibtisch. Was, wenn Erwin Maysson tatsächlich eine Affäre mit Vivica van Heemskerk gehabt hatte? Wäre seine phantasielose Frau auf die perfide Idee gekommen, zwei Menschen zu töten, um die Morde einer

Nebenbuhlerin in die Schuhe zu schieben? Aber sie hätte doch unmöglich sicher sein können, dass Vivica unter Verdacht geraten würde, widersprach Edna sich selbst. Im Gegenteil: Wenn eines der beiden Mädchen der Tat verdächtigt worden war, dann war es Mia gewesen. Mia, Mia, MIA ... Ihr Stift zog einen energischen Kringel um den Namen. Mia, deren Fingerabdrücke sich auf der Tatwaffe befunden hätten, wenn sie sie nicht höchstpersönlich heruntergewaschen hätte. Und warum, verdammt noch mal, hatte sie das getan??!

Frustriert schleuderte Edna ihren Kugelschreiber über die Bettdecke. Hatte jemand Mia van Heemskerk eine Falle gestellt? Hatte jemand zufällig mitbekommen, wie sie das Beil aus der Küchenschublade und mit ins Atelier genommen hatte, und hatte dieser Jemand gewartet, bis sie es wieder zurücklegte, um es verschwinden zu lassen und später als Mordwaffe zu benutzen? Edna tastete nach ihrem Kugelschreiber. Eine Falle, dachte sie, oder eine ganz besondere Form von Raffinesse ...

Die Mädchen.

Armin Prasser.

Jolantha und Erwin Maysson.

Aber Moment! Sie stutzte. Da war ja noch jemand! Jemand, den sie bei ihren bisherigen Überlegungen völlig außer Acht gelassen hatte: Louisa van Heemskerks Liebhaber! Wenn Nils van Heemskerk tatsächlich nicht Vivicas Vater gewesen war, musste es in dieser ganzen Tragödie noch einen weiteren Akteur geben. Edna zeichnete ein großes X auf ihren Zettel und versah es mit einem dicken schwarzen Rahmen, von dem aus sie Verbindungslinien zu den Wörtern HASS und SCHULD zog. Der große Unbekannte ... Was, wenn dieser Mann tatsächlich existierte, und was, wenn er Nils van Heemskerk die Schuld am Selbstmord seiner Geliebten gegeben hatte? Oder hatte Louisa van Heemskerk am Ende gar nicht Selbstmord begangen? Hatte ihr Mann sie in den Tod getrieben oder gar ermordet, weil sie ihn betrogen hatte? Und hatte sie ihn überhaupt betrogen, vor der Ehe, während der Ehe, wann auch immer?

Edna seufzte, als ihr auffiel, dass ihre Überlegungen samt und sonders Nils van Heemskerk ins Zentrum des Verbrechens rückten. Aber was war mit seiner zweiten Frau? WARUM STARB SABINE PRASSER?, schrieb sie in ihrer eigenwilligen Handschrift neben das Wort WAHNSINN. Nils van Heemskerk hatte wenige Tage vor seinem Tod einen für seine Verhältnisse erheblichen Geldbetrag aus dem Safe genommen. Aber wofür? Wozu brauchte ein für seinen Geiz bekannter Hotelier eine solche Summe Bargeld? War er vielleicht erpresst worden? Und wenn ja: womit? Das Geld war noch da gewesen, nach dem Mord. Es hatte in einem unscheinbaren braunen Umschlag in einer Schublade von Heemskerks Sekretär gesteckt. Bedeutete das, dass es nichts mit der Tat zu tun hatte?

Edna löschte das Licht auf ihrem Nachtschrank und ließ sich nachdenklich in die Kissen zurücksinken. Ein paar tausend Mark in einem unscheinbaren braunen Umschlag …

Es ist das Haus, flüsterte Grete Siehler ihr aus der Dunkelheit zu, *es bringt Unglück*.

»Halt die Klappe!«, murmelte Edna und starrte trübe an die Zimmerdecke.

* * *

Ein starker Brechreiz überfiel sie in Wellen, den ganzen Weg zurück zum Herrenhaus, aber irgendwie gelang es Vivica, sich nicht zu übergeben. Stattdessen schwitzte sie. Kalter, klebriger Schweiß, der ihren Rücken hinabrann und in den Bund ihrer Hose sickerte. Ein kühler Ring um ihre Taille. Sie ging schnell, aber sie rannte nicht. Nicht, dass sie nicht hätte rennen wollen, im Gegenteil, sie wäre am liebsten gerannt bis ans Ende der Welt, aber ihr war klar, dass das Ende der Welt selbst an der entferntesten Stelle nur wenige Kilometer weit weg war. Dahinter war Wasser. Schwarzes, aufgepeitschtes Wasser. Das Ende. Die Grenze. Schluss. Aus. Keine Fluchtmöglichkeit, kein Entkommen.

»Du Armes!«, flüsterte sie, und erst mit einigen Sekunden Verzögerung wurde ihr klar, dass sie das Baby meinte, das sie nicht haben wollte. »Was tue ich dir nur an?«

Sie befand sich in einem eigenartigen Zustand, erschöpft zwar, aber zugleich auch hellwach. Ihre Sinne waren bis aufs Äußerste geschärft, ihr ganzer Körper befand sich in höchster Alarmbereitschaft. Denn eines war ihr beim Anblick der toten Gitta Teggetmeyer sofort klar gewesen: Jemand hatte sie in eine sorgfältig konstruierte Falle gelockt. Nein, nicht *jemand:* Mia! Mia war der einzige Mensch, der etwas von ihrer Verabredung gewusst haben konnte und der ... *Aber die Stimme war anders,* erinnerte sie ihr Verstand. *So anders, dass du Gitta Teggetmeyer nicht erkannt hättest, wenn sie dir nicht ihren Namen genannt hätte.* Und wenn es gar nicht Gitta war, die angerufen hat?, zuckte es durch ihren Kopf. Wenn Mia mich angerufen und in die Dünen gelockt hat? Und Gitta ebenfalls? *Eine Falle!,* wiederholte etwas tief in ihr. Mias Falle. *Sie hat längst gemerkt, dass du ihr auf der Spur bist. Sie hat Gitta zum Schweigen gebracht, und dann hat sie es so eingerichtet, dass du zur Tatzeit in den Dünen bist, damit du ...* Sie blieb stehen und fühlte eine eisige Kälte in sich aufsteigen. *Sie will den Verdacht auf dich lenken! Du sollst eines Mordes verdächtigt werden, den du nicht begangen hast.*

Sie war jetzt auf dem Platz vor dem Kurhaus, ein weiter, ungeschützter Raum, der sich vor ihren Augen zu drehen begann. Langsam zuerst, aber dann schneller und immer schneller. Wenn sie jemand gesehen hatte, gesehen, wie sie den Weg in den Kurpark genommen hatte. An einem Abend wie diesem. Bei einem solchen Wetter. Wer würde ihr dann noch glauben?

Man kann dich immer noch sehen!

Wie in Trance tasteten ihre Finger nach ihrem Nacken. Jeder Parka verfügte über eine Kapuze, oder nicht? Ja, da war sie! Klamm und schwer hing sie auf ihre Schultern hinunter. Sie bekam sie zu fassen, streifte sie sich über den Kopf und zog sich die Ränder tief ins Gesicht.

Wenn dich jemand sieht …

Ihre Augen suchten die Straßen ab, die hier zusammenliefen, während sie langsam weiterging. Im Gehen versuchte sie, sich etwas kleiner zu machen, indem sie den Rücken rundete und den Kopf weit vornüberbeugte. Sie wusste, ihre einzige Chance, nicht mit dem Mord an Gitta Teggetmeyer, der so fatal an den Tod von Frau Prasser erinnerte, in Verbindung gebracht zu werden, war, nicht mit dem Tatort in Verbindung gebracht zu werden. Sie musste glaubhaft machen können, dass sie den ganzen Abend im Herrenhaus gewesen war. Und wenn Mia das Gegenteil behauptete, stände eben Aussage gegen Aussage. Ihre Aussage gegen die einer äpfelwerfenden Verrückten …

Solange dich niemand hier draußen gesehen hat. Nur so lange!

Sie wechselte die Straßenseite, um nicht zu dicht an den hell erleuchteten Fenstern eines Restaurants vorbeigehen zu müssen, wo vielleicht jemand saß, der sich an sie erinnern würde, wenn man ihn danach fragte. Sie musste auf der Hut sein. Die Falle durfte nicht zuschnappen. Oder hatte sie sich längst verraten? Haare, hallte es hinter ihrer Stirn. Haare, Fasern, Hautschuppen. Heutzutage gab es so viele Möglichkeiten, so viele Beweismittel. Ihr Blick suchte den weiten Himmel zwischen den Häusern. Es würde wieder zu regnen beginnen. Ja, es sah ganz danach aus, als könnten schon in den nächsten Minuten dicke Tropfen vom Himmel auf den feuchten Asphalt fallen, unerwartete Verbündete, Spurenvernichter, Retter. Denk nach, denk nach, *denk nach*! Hast du etwas angefasst? Hast du den Strandkorb berührt, dich vielleicht irgendwo abgestützt? Sie schüttelte leise den Kopf. Keine Fingerabdrücke. Keine Berührungen. Nur Fasern. Haare. Hautschuppen.

Regne endlich! Regne, verdammt noch mal!

Was ist mit Kameras?, überlegte sie. Kann Mia dich in den Dünen gefilmt haben? Nein, widersprach sie sich selbst, denn dann müsste sie zugeben, selbst dort gewesen zu sein. Und das kann sie nicht riskieren. Sie passierte den Eingangsbereich einer Kneipe. Durch die geschlossene Tür drang diffuses Stimmengewirr. *Auf keinen Fall am Hotel vorbei. Durch die Gasse. Den Umweg. Die Nebenstraßen.* Vor ihr auf dem Pflaster tanzte das Gesicht der abgeschlachteten Gitta Teggetmeyer. Sie konnte noch nicht lange tot gewesen sein. Das Blut war frisch gewesen, flüssig, gut zu vermalen. Sie fröstelte. Aber sie hatte kein Messer gesehen. Keine Waffe. Nichts. *Sie hat es mitgenommen, um es irgendwo zu verstecken. So wie damals.* Aber dann musste es zu finden sein! Es musste da sein. Es existierte!!! Für einen Moment vergaß sie alle Vorsicht und hob den Kopf. Wenn es ihr gelingen würde, das Messer zu finden, die Tatwaffe. Dann wäre sie aus dem Schneider. Und selbst Mia konnte es nicht fertig bringen, ein blutbeflecktes Messer einfach im Nirwana verschwinden zu lassen. Sie musste es verstecken. Selbst eine Psychopathin wie sie musste ein blutbeflecktes Messer verstecken! Die Frage war nur: Wo?

Sie beschleunigte ihre Schritte. Das Herrenhaus lag dunkel und still am Ende der Gasse. Sie nahm nicht den Haupteingang, sondern ging rechts um das Gebäude herum, denselben Weg, den Mia am dreißigsten August 1986 genommen hatte, um nicht an der geöffneten Küchentür vorbeigehen zu müssen. An den Leichen ihrer Opfer …

Im Hof hinter dem Haus war es stockfinster, nur aus der Tür zur Scheune fiel noch immer ein dünner Lichtstrahl, der jedoch weit entfernt war und nicht ausreichte, um Vivicas Weg zu beleuchten. Sie blieb im Schatten eines wuchernden Gebüsches stehen und versuchte, sich die örtlichen Gegebenheiten ins Gedächtnis zu rufen, um auf dem Weg zur Hintertür nicht unnötig Lärm zu machen. Rechts, direkt an der Mauer, musste ein baufälliger Holzschuppen stehen. Dahinter hatte Frau Prasser früher wenig erfolgreich Küchenkräuter und Tomaten gezogen. Linkerhand, in einer Nische seitlich der Hintertür, rostete ein alter Müllcontainer vor sich hin. An ihm orientierte sie sich, fand die Hauswand und tastete sich von dort weiter, an den finsteren Küchenfenstern entlang zur Hintertür, die nicht verschlossen war. Vivica musste an sich halten, um angesichts dieser Tatsache nicht in hysterisches Gelächter auszubrechen. Innen alles abgeschlossen, aber die Tore zur Außenwelt zu jeder Tages- und Nachtzeit sperrangelweit offen, dachte sie. Was für eine Ironie! Vermutlich baute Mia darauf, dass ihr Ruf als »Irre mit dem Hackebeilchen« alle potentiellen Eindringlinge abschreckte!

Sie trat ins Haus und zog behutsam die Tür hinter sich zu. Licht machte sie keins. Sie konnte nicht sagen warum, aber sie hatte das Gefühl, dass das Licht Mias Aufmerksamkeit erregen würde. Ja, sie war davon überzeugt, dass ihre Schwester genau wie alle Psychopathen über hochempfindliche Sensoren verfügte, die schon von dem Geräusch, das ein meilenweit entfernter Lichtschalter machte, in Alarmbereitschaft versetzt wurden. Außerdem fühlte sie sich inzwischen wohler, wenn es dunkel war. Licht gaukelte einem allzu leicht eine Sicherheit vor, die nicht existierte. Sie überprüfte noch einmal, ob die Tür hinter ihr auch wirklich zu war, dann tastete sie sich Richtung Treppe. Schon in der Diele roch sie wieder die Äpfel, eine leise Ahnung der Zerstörungskraft ihrer Schwester. Mia hatte ganz offensichtlich noch immer nicht aufgewischt. Nicht dieses Mal. Dabei waren Hunderte ihrer Fingerabdrücke auf diesen Äpfeln. Fingerabdrücke. Gebissabdrücke. Spuren über Spuren. Vor der Tür zum Gesindezimmer rotteten sie einträchtig vor sich hin. Aber Mia hatte nicht aufgewischt. Sie fühlte sich ganz offenbar sicher ...

Vivica streifte sich den Schal von den Haaren und schlüpfte aus Mias Parka, als sie plötzlich einen Streifen Licht in der Dunkelheit registrierte. Er kam aus der Ecke hinter der Treppe, dorther, wo eine stabile Stahltür in den Keller hinunter führte. Mein Gott!, dachte sie, sie ist gar nicht im Atelier! Sie ist im Keller! Was zum Teufel tut sie da unten? *Sie reinigt das Messe*r, antwortete ihr Verstand mit beängstigender Logik. *Sie wischt Gitta Teggetmeyers Blut herunter, damit die Hunde es nicht wittern, falls sie welche einsetzen. Und dann versteckt sie es irgendwo. Ganz wie immer.*

Sie hängte den Parka an die Garderobe zurück und schlich dann so leise sie konnte zum Eingang des Kellers hinüber. Die Tür war zu dick, als dass sie irgendetwas von dem, was dort unten vor sich ging, hätte hören können. Trotzdem legte sie ihr Ohr gegen das kalte Metall und lauschte. Nichts. Stille. Herzklopfen. *Wag es!* Ihre Hand berührte die Klinke. Sie wusste, dass die Treppe schnurgerade und steil abwärts führte und dann in einen schmalen Gang mündete. Von dort zweigten Türen ab. Kellerräume. Vorratslager. Öltank. Rohre. Sogar ein Waschbecken gab es dort unten. Es befand sich in einem der beiden Räume, die ihr Vater zur Aufbewahrung seiner Weltuntergangsrationen mit deckenhohen Regalen bestückt hatte. Links, nickte sie, verwundert, dass sie sich einer solchen Nebensächlichkeit so sicher war. Das Waschbecken ist in dem linken der beiden Vorratsräume!

Dort steht sie jetzt und spült sich Gitta Teggetmeyer von den Händen. Und bei ihr ist das Messer, das du suchst. Na los doch, hol es dir!

Sie drückte die Klinke hinunter und zog die Tür auf, Zentimeter für Zentimeter. Licht flutete ihr entgegen, hartes, schwindelerregend helles Neonlicht, das sie unwillkürlich an ihren Traum denken ließ. Die Luft, die aus der Tiefe heraufdrang, war kühl und roch nach altem Stein und Feuchtigkeit. Und plötzlich nahm sie auch ein Geräusch wahr. Ein leises, weit entferntes Summen, das sie nicht einordnen konnte. Und das Tröpfeln von Wasser. Das Meer, dachte sie, es holt sich zurück, was seins ist ...

Du solltest da nicht runtergehen. Auf keinen Fall. Nicht allein.

Ich bin ja nicht allein, flüsterten ihre Lippen stumm vor sich hin. Jemand ist bei mir, in mir. Mein Kind. Mein armes geplagtes Kind ist da. Ich bin nicht allein.

Ihr Fuß berührte die erste Stufe. Von unten nur Kühle und Summen und Plätschern. Über der Treppe schwebten alte Spinnweben, die in der klinischen Helligkeit seltsam deplatziert wirkten. Vivicas Herz schlug schneller. Sie hatte keinen Plan, kein Konzept. Nur den Gedanken an das Messer, dem sie nachjagte. Ihr Blick heftete sich auf die Treppe. Keine Meerschweinchen, auf die sie hätte treten können. Keine Ratten. Gott sei Dank nicht! Noch drei Stufen. Dann der Gang. Die Tür zur Linken war nur angelehnt. Auch dort schien es hell zu sein. Sie ist da drin, dachte Vivica und blickte sich suchend nach etwas um, das sich als Waffe verwenden ließ. Ein Apfel vielleicht oder eine Flasche. Eisenrohr, Brett, Gewehrkolben. Warum zum Teufel herrschte in diesem Keller eine so akribische Ordnung?

Sie warf einen flüchtigen Blick nach rechts, wo die Tür zum zweiten Vorratsraum offen stand. Dahinter lauerte Dunkelheit, Schatten, leere Regale. Nichts, was auch nur entfernt nach einer Waffe ausgesehen hätte. Aber brauchte sie überhaupt eine? Sie war ein ganzes Stück größer als Mia, trotzdem hatte sie zu keinem Zeitpunkt ihres Lebens das Gefühl gehabt, ihrer Schwester gewachsen zu sein. Und doch ... Was würde Mia wohl sagen, wenn sie auf einmal mit einem Holzknüppel in der Hand im Türrahmen auftauchte? »Ich habe zufällig das Licht gesehen und wollte nur mal schauen, was du hier unten treibst?« Das wird sie niemals glauben, dachte Vivica. Sie hat dich längst durchschaut. Sie wusste, was du vorhast, lange bevor du auf diese Insel gekommen bist. Denk an ihre Bemerkungen. Denk an dein Fieber. *Kehr um!* Sie blickte wieder nach der Treppe. Die Stahltür war von ihrem Standpunkt aus nicht mehr zu sehen. Dazu war die Treppe zu lang. *Warte, bis sie aus dem Keller kommt. Warte, bis sie das Messer so richtig schön blank gewienert hat. Warte, bis sie schläft. Erst dann ist die Zeit zum Suchen gekommen. Erst dann ...*

Vivica machte kehrt und rannte zur Treppe zurück, als ein Geräusch in ihrem Rücken sie erstarren ließ.

»Willst du denn nicht hereinkommen?« Mia hatte sich umgezogen, den Matrosenpullover gegen ein sauberes T-Shirt getauscht, und sie lächelte.

Sie hatte Freude daran ...

»Bitte sehr, bitte, bitte.« Ihre Hand machte eine einladende Geste. »Komm herein, sieh dich um. Fühl dich, verdammt noch mal, wie zu Hause.«

Vivica spähte an ihr vorbei in den Kellerraum, aus dem ein unruhiges blaues Flackern drang, und für einen kurzen, irritierenden Moment siegte ihre Neugier über alle anderen Empfindungen. Selbst die Angst schien sich dieser Neugier zu unterwerfen.

»Ich bin wirklich eine miserable Gastgeberin!« Mia trat einen Schritt zur Seite und stieß die Tür ganz auf, um ihre Schwester eintreten zu lassen. »Da vergesse ich doch tatsächlich immer wieder, wie sehr du dich für alles interessierst, was mit deinem Elternhaus zu tun hat.«

Zögernd trat Vivica über die Schwelle.

Das ist eine Falle! Lauf weg!

Mia hatte alle Regale entfernt bis auf die, die entlang der Wände standen. In ihnen befanden sich große Glasbassins. Aquarien. Es mussten Dutzende sein. Alle beleuchtet und mit Hunderten von Zierfischen bestückt. Eine zitternd-bunte Unterwasserwelt mitten im Weltuntergangskeller. Im Summen der Pumpen erkannte Vivica das Geräusch, das sie bereits oben an der Treppe wahrgenommen hatte. Fasziniert trat sie an eines der Becken heran.

»Schön, nicht?« Mias Gesicht tauchte neben ihr im spiegelnden Glas auf, teigig und eigentümlich verzerrt durch die Bewegung des Wassers. »Ich könnte sie stundenlang beobachten. Nur leider vergesse ich manchmal, sie zu füttern.« Sie machte eine entschuldigende Geste. »Dann fangen sie an, sich gegenseitig zu fressen. Oder sie sterben einfach.«

So wie Gitta Teggetmeyer, dachte Vivica fröstelnd. »Wozu brauchst du sie?«

Die Schatten des Wassers flimmerten über ihr Gesicht. Über ihr Lächeln. »Zum Essen natürlich. Du weißt schon: Vorräte und so.«

Vivica wandte den Kopf. *Mach einen Scherz daraus! Lach um dein Leben!*

»Guppy mit Zitronenbutter ist eine echte Delikatesse«, flüsterte ihre Schwester vertraulich. »Aber wenn du jetzt auf die Idee kommst, mich wegen Tierquälerei anzuzeigen, behaupte ich, dass ich sie für Studien brauche.« Sie nickte zufrieden vor sich hin. »Ich male oft maritime Motive. Niemand würde Verdacht schöpfen.«

Vivicas Augen tasteten sich zum Waschbecken hinüber. Kein Blut, kein Messer. Und auch Mias Hände waren leer. Misserfolg. Irrtum. *Also Rückzug. Sofort!*

»Ich wollte nur nachsehen, was das Licht zu bedeuten hat«, sagte sie mit einem Lächeln, das ihr unendlich gequält vorkam. »Tut mir Leid, wenn ich dich gestört habe.« Sie drehte sich um. Ein Meter bis zur Tür. Sechs, acht Meter bis zur Treppe. *Durchaus zu schaffen,* analysierte ihr Verstand. *Fett wie sie ist, kann sie nicht allzu schnell sein.* »Gute Nacht!«

»Warte, ich komme mit.« Ihre Hand tauchte neben Vivica an der Wand auf. Eine große Männerhand mit einem riesigen Schatten. Der Schalter schnappte ein, als sie das Licht löschte. Zurück blieb das Flimmern des Wassers. Und die Fische, die sie gefüttert hatte. Heute zumindest ...

Vivica fühlte ihre Schritte hinter sich auf der Treppe. Ihre Nähe. Aber sie wagte nicht, sich nach ihr umzudrehen.

Oben angekommen, knipste Mia das Licht in der Diele an und warf die Kellertür zu. »Was machst du jetzt noch?«

Vivica schluckte, als ihr Blick auf die Apfelmasse vor dem Gesindezimmer fiel, die bräunlich im Dielenlicht schimmerte. »Ich gehe wieder rauf.« *Gute Formulierung!,* lobte ihr Verstand. *Wieder rauf. Wieder. Du warst im Haus. Die ganze Zeit.* »Ich will mir noch die Haare waschen.«

Mia nickte.

Geh jetzt!

»Und du?«

»Atelier«, brummte sie unwillig. »Hab noch 'ne ganze Menge Arbeit vor mir.«

Ein Messer verstecken zum Beispiel, dachte Vivica. Laut sagte sie: »Also dann gute Nacht.«

»Nacht.« Sie wandte sich ab, aber ihr Blick blieb an der Garderobe hängen. »Hey, wieso ist mein Parka nass?«

Scheiße!

»Ich habe ihn kurz übergezogen, weil ich an die Mülltonne musste. Ich dachte, du …«

»Du hast nichts verloren an meinen Sachen«, keifte sie, indem sie mit gesenktem Kopf auf die Garderobe zustürzte. »Wann geht das endlich in deinen Schädel?!«

Vivica biss sich auf die Lippen, um nicht zu schreien. »Entschuldige bitte, aber ich habe mir wirklich nichts dabei gedacht.«

»Nichts gedacht, nichts gedacht«, echote sie hasserfüllt. »Du solltest langsam lernen, wie man das mit dem Denken richtig macht, Schätzchen!« Sie hob den Parka in die Höhe und betrachtete ihn mit einer Mischung aus Aufmerksamkeit und Abscheu. »Dein widerlich süßer Miss-Perfect-Geruch klebt schon überall an meinen Sachen«, beschwerte sie sich. »Was immer das für ein Snobzeug ist, mit dem du dich jeden Morgen eindampfst. Aber …« Sie hielt sich das Kleidungsstück dichter unter die Nase. »Ja, verdammt, da ist noch etwas anderes!« Ihre Nasenlöcher weiteten sich. Wie ein Tier, dachte Vivica und legte Halt suchend eine Hand auf das Treppengeländer, während Mia langsam und witternd auf sie zukam. »Wovor hast du solche Angst?«

»Ich?«

»Quatsch nicht! Du triefst vor Angst. Der Angstgestank dringt dir aus allen Poren. Er umgibt dich wie eine Wolke und er sitzt hier drin!« Sie streckte ihrer Schwester den Parka entgegen. »Den kann ich nur noch wegschmeißen!«

Lauf weg!

»Ich habe keine Ahnung, wovon du redest.«

»Nicht?« Jetzt grinste sie plötzlich wieder. Aber es machte sie nicht freundlich. Im Gegenteil. »Ich will dir mal was sagen, Herzchen«, flüsterte sie dicht an Vivicas Ohr. »Du spielst deine Rolle. Ich spiele meine Rolle. So weit, so gut. Aber bei dir ist da in den letzten paar Minuten was verrutscht. Deine schnuckelige kleine Miss-Perfect-Fresse hängt schief, und ich frage mich ...« Sie warf den Parka auf den Boden, direkt vor Vivicas Füße. Wie einen Fehdehandschuh. »Ich frage mich, was das zu bedeuten haben könnte.«

»Wovor sollte ich denn Angst haben?«, brach es aus Vivica heraus, bevor sie sich selbst zum Schweigen bringen konnte.

»Das«, sie trat einen Schritt zurück und ließ ihre prüfenden Blicke fast anzüglich über Vivicas Körper wandern, »werde ich schon herausfinden!«

Dann drehte sie sich um und verschwand in der Diele.

»Und wisch gefälligst endlich die verdammte Apfelscheiße auf!«, hörte Vivica sie noch rufen. »Schließlich bist du daran schuld!«

Ich denke gar nicht dran!, dachte Vivica. Die Aufwischerei ist deine Sache. Ist sie schon immer gewesen.

Am Ende der Diele fiel krachend die Hintertür ins Schloss.

Vivica rannte hinauf in ihr Zimmer und knallte die Tür hinter sich zu. Dann zerrte sie unter erheblichen Anstrengungen die schwere Kommode, in der sie früher ihre Unterwäsche aufbewahrt hatte, davor. Das Haus zu durchsuchen machte keinen Sinn, zumindest nicht jetzt, wo Mia jederzeit wieder auftauchen konnte. Sie hätte Türen aufbrechen und Lärm machen müssen. Und überhaupt ... Sie konnte nicht sagen, warum, aber sie war sich auf einmal sicher, dass ihre Schwester das Messer – wenn es sich überhaupt noch in ihrem Besitz befand – in der Scheune versteckt hatte. Im Atelier. Und genau dort würde sie danach suchen. Morgen. Sie blickte nach der Tür. Vorausgesetzt, dass es überhaupt ein Morgen gäbe …

5

Du mochtest im Sumpfe nicht schwimmen. Komm nun, komm, und lass uns baden in offener See …

(Friedrich Hölderlin, *Hyperion*)

Freitag, 24. August »Du Bollisei?«

Edna trat aus dem Badezimmer, wo sie vergeblich versucht hatte, die Spuren einer zutiefst unruhigen Nacht mit reichlich kaltem Wasser aus ihrem Gesicht zu spülen, und fand Dunja, das kroatische Zimmermädchen, neben ihrem Nachtschrank stehen.

»Chefinne sagen zu Chefe. Ich hören.« Ein unschuldiges Lächeln zauberte einen Hauch Farbe auf ihre eingefallenen Wangen, während sie Edna erwartungsvoll anblickte.

Diese beschloss, sich nicht länger zu verstellen, und nickte mit der ganzen Autorität, die sie um acht Uhr siebenundzwanzig an ihrem fünften Urlaubstag zustande brachte. »Ja, ich bin bei der Polizei.«

Dunja musterte sie anerkennend. »Fraubollisei schwer«, erklärte sie, während sie unmotiviert das Kopfkissen aufschüttelte. »Du sssießen?«

Edna lehnte sich gegen die Fensterbank und unterdrückte mit Mühe ein Schmunzeln. »Manchmal«, entgegnete sie vage. Zum Glück hatte sie bisher nur äußerst selten Gebrauch von ihrer Dienstwaffe machen müssen. Aber das brauchte sie ihrer Perle ja nicht unbedingt auf die

Nase zu binden. Am Ende verlor sie nur wieder an frischgewonnenem Ansehen.

Dunja warf das Kissen auf das Bett zurück und hieb mit der Handkante eine ordentliche Falte zwischen die beiden oberen Ecken. Dann trat sie einen Schritt zurück, um ihr Werk zu betrachten. »Du sssießen Männer?«, erkundigte sie sich hoffnungsvoll.

Edna vermutete, dass ihre muntere Zimmerfee bei dieser Frage ihren dreckfaulen Soffa-Zdenko im Hinterkopf hatte, weshalb sie sich eilig entschloss, ihr eine Antwort schuldig zu bleiben. Stattdessen versuchte sie es mit einem unverbindlichen Lächeln.

»*Ich* würden Männer ssssießen!«, verkündete Dunja derweil mit tiefer innerer Überzeugung. »Alle anne Wand und dann rrraaaatatatatat ...« Genüsslich ließ sie ganze Maschinengewehrsalven aus ihrer gutgebauten Kehle rollen, während sie die Matratze hochwuchtete, um das Laken unterzuschlagen, wobei das kunstvoll arrangierte Kissen in eine bedenkliche Schieflage geriet.

Edna betrachtete die zierliche Frau am Bett. Drei Söhne machten offenbar noch aus der friedfertigsten Seele einen Rambo. Mit leichtem Unbehagen dachte sie an die schwangere Lina, die Waldorfkindergärtnerin, die bereits zwei Waldorfsöhne hatte. Blieb nur zu hoffen, dass das nächste Baby ein Mättchen wurde!

»Zdenko immer Fussballe und Formele einse.« Dunja schüttelte missbilligend den Kopf. »Schumackere schuld!«, erklärte sie, dann ließ sie sich ungefragt auf Ednas Sofa sinken. Offenbar war sie entschlossen, ihre erste Pause an diesem Morgen mit einer Bollizistin im Pyjama zu verbringen.

Edna seufzte. Wenigstens macht sie keinen Tee, versuchte sie sich selbst zu trösten.

»Stunde um Stunde immer im Kreise fahre.« Dunjas Augen blieben an Ednas rotem Badeanzug hängen, der noch immer über der Lehne des Sessels lag. »So eine Quatsch.«

Wo sie Recht hatte, hatte sie Recht! Edna musterte ihre Perle mit echter Überraschung, nicht nur, weil diese das letzte Wort so überraschend mühelos ausgesprochen hatte, sondern auch, weil sie erkennen musste, dass sie mit Soffa-Zdenkos Gemahlin offenbar mehr gemeinsam hatte, als sie sich eingestehen wollte. Aber wieso war für eine Kroatin das Wort »Quatsch« so viel einfacher als das Wort »Polizei«?

Bevor sie weiter über diese Frage nachdenken konnte, klingelte ihr Handy. Sie hatte es am Abend auf ihrem Nachttisch abgelegt, und dort dudelte es nun irgendeine Melodie, von der Max, der sie eingestellt hatte, behauptete, sie sei von Beethoven. Ein schneller Blick auf das Display verriet ihr, dass es Maja war, die anrief.

»Es tut mir Leid«, sagte sie, an Dunja gewandt. »Aber das ist meine Nichte.«

»Machte nicht«, entgegnete ihre Perle großzügig und lehnte sich bequem zurück. »Ich bissje Zeit.«

Edna nickte resigniert. »Hallo, Maja«, meldete sie sich. »Was gibt's?«

»Tante Edna?!« Aus dem Handy drang ein Rauschen. War das Wind? Edna warf einen kurzen Blick aus dem Fenster. Es regnete wieder und schien nach wie vor ziemlich stürmisch zu sein.

»Ja, ich bin's«, antwortete sie etwas lauter und mit wachsender Besorgnis. Wenn Maja sie »Tante Edna« nannte, war etwas nicht in Ordnung, so viel stand fest. »Was ist los?«

»Hier ist ein Mord geschehen!« Das Rauschen schien sich noch zu verstärken. Offenbar bewegte sich Maja, während sie sprach.

»Wo bist du?«

»In den Dünen hinter dem Kurhaus. Ich …« Ihre Stimme verlor sich im Wind. »… zu laufen. Und da … gesehen, dass etwas passiert sein … die Tote … und … einfach zu viele Menschen bei diesem Wetter, verstehst du?«

»Nur die Hälfte«, schrie Edna ohne Rücksicht auf den Dackel auf dem Sofa, der verständnislos die Hände rang.

»Warte, ich gehe hier rein.« Edna hörte ein Flattern wie von einem Kleidungsstück, an dem der Wind riss, dann ließ das Rauschen etwas nach. »Ich bin jetzt in einem Strandkorb«, meldete sich ihre Nichte etwas atemlos zurück. »Ist es so besser?«

»Viel besser.« Edna nickte eifrig, obwohl ihr klar war, dass Maja sie nicht sehen konnte. »Aber wovon redest du eigentlich?«

»Sie haben eine Tote gefunden. Hier in den Dünen. Ich war joggen, und da habe ich die Leute gesehen und …«

»Augenblick«, unterbrach Edna sie. »Wo hat wer eine Tote gefunden?«

Dunja riss die Augen auf.

»Ich weiß nicht, *wer* sie gefunden hat, aber sie liegt in einem von diesen gemauerten Strandkörben hier im Kurpark. Einer der Männer hat gesagt, dass man ihr die Kehle durchgeschnitten hat.«

Sabine Prasser, dachte Edna. Vor fast genau fünfzehn Jahren ist Sabine Prasser auf dieselbe Art und Weise ums Leben gekommen. *Vielleicht will Vivica van Heemskerk so etwas wie einen Jahrestag abhalten,* flüsterte Grete Siehler in ihrem Ohr. Blödsinn!, schalt sie sich, ein etwas eigenartiges Zusammentreffen, nichts weiter. Aber wenn sie ehrlich war, musste sie zugeben, dass sie sich in diesem Punkt keineswegs sicher war.

»Sind die Kollegen schon vor Ort?«

»Hier sind zwei Polizisten«, antwortete Maja. »Keine

Kriminalbeamten, glaube ich. Sie haben den Weg abgesperrt und alle nach ihrem Namen gefragt.«

»Und weißt du, wer die Frau ist?«

»Nein«, entgegnete Maja beinahe entschuldigend. »Aber ich dachte, es könnte dich trotzdem interessieren.«

»Tut es auch«, erwiderte Edna eilig. »Ich komme hin. Wo bist du genau?«

»Es ist in den Dünen im Kurpark«, wiederholte Maja. »Du musst hinter dem Kurhaus vorbeigehen. Durch dieses Glasdings. Du weißt schon, das mit den aufgeklebten Vogelattrappen.«

»Okay, das finde ich!«

»Ich warte dort auf dich.«

»Alles klar. Bis gleich.« Edna warf ihr Handy aufs Bett und schickte sich soeben an, sich das Pyjamaoberteil vom Leib zu reißen, als ihr bewusst wurde, dass Zdenkos Frau noch immer auf ihrem Sofa saß. »Ich muss dringend weg«, sagte sie. »Würden Sie ...?!«

»Wer tot?«, wollte Dunja wissen.

»Das weiß ich nicht«, entgegnete Edna mit wachsender Ungeduld. Ihre einzige Chance, einen Blick auf die Tote werfen zu können, bestand darin, vor den Kollegen vom Festland am Tatort zu sein. »Ich weiß überhaupt noch nichts Genaues. Aber würden Sie jetzt endlich ...«

»Jajaja, verstehschon, geh schon«, murrte Dunja und stand auf. »Viele geheim solche Sache«, murmelte sie noch, bevor sie die Tür hinter sich zumachte. »Immer schnelleschnell und aber pssst.« Sie seufzte. »Fraubollisei schwer!«

Wir verstehen uns, dachte Edna und schlüpfte in ein dunkelblaues T-Shirt.

* * *

Lilli …

Der Name hatte sich in ihre Gedanken geschlichen, ohne dass sie etwas davon bemerkt hätte, und nun ließ er sich nicht mehr vertreiben, so sehr sie es auch versuchte. Zu keinem Zeitpunkt ihres Lebens hatte sie darüber nachgedacht, wie sie ein Kind, das sie vielleicht irgendwann einmal bekommen würde, nennen wollte, und sie war sich auch sicher, dass »Lilli« kein Name war, der ihr schon einmal in einem bemerkenswerten Zusammenhang begegnet wäre oder mit dem sie sich jemals bewusst beschäftigt hatte. Trotzdem nannte sie das Baby, das sie nicht haben wollte, auf einmal so: Baby Lilli.

Vivica war sich durchaus bewusst, dass dieses Verhalten jeglicher Logik entbehrte, mehr noch, sie konnte ja nicht einmal sicher sein, dass es sich bei dem Baby, das sie nächste Woche töten würde, tatsächlich um ein Mädchen handelte, ein beginnendes Mädchen. Aber sie befand sich nun einmal in einer Ausnahmesituation, und da war es vermutlich nicht weiter verwunderlich, dass ihr gepeinigter Geist auf der Suche nach Hilfe, nach wie auch immer gearteten Verbündeten, auf die abstrusesten Ideen verfiel und einer geschlechtslosen Ansammlung von Zellen auf einmal einen Namen gab: Lilli.

Sie hatte die ganze Nacht mit angezogenen Beinen auf ihrem Bett gesessen, den Rücken gegen das kalte Eisengestell gepresst. Sie hatte an Leon gedacht, an die beunruhigende Sachlichkeit, mit der er ihr vorgeschlagen hatte, seine Frau zu werden, an den altmodischen Beschützerinstinkt, der ihn zweifellos zu dieser Frage getrieben hatte, und an den Ausdruck seiner Augen, als sie das Café verlassen hatte. Sie hatte sich Gitta Teggetmeyers aufgerissene Kehle in Erinnerung gerufen, sie hatte durch die Inseldunkelheit hindurch auf die verbarrikadierte Tür gestarrt und ihrem eigenen Herzschlag gelauscht, um sich zu vergewissern, dass sie entkommen war, dass sie lebte. Dann, gegen Morgen, war sie halb sitzend und gegen ihren Willen doch noch in einen leichten, unruhigen Schlaf gefallen und hatte geträumt, eine Fehlgeburt gehabt zu haben, ein unheimlicher, beklemmender Traum, aus dem sie schweißgebadet und zitternd erwacht war. Sie hatte das Bett nach Blutspuren abgesucht und keine gefunden, und ein Gefühl der Erleichterung hatte sich ihrer bemächtigt. Lilli war da, noch immer da. Sie hatte die Nacht überlebt. Die Nacht und den Traum und sogar die Begegnung mit der ermordeten Gitta Teggetmeyer. Sie war stark. Und sie lebte!

Vor dem Fenster war unterdessen ein zwar ausgesprochen trüber, aber doch immerhin neuer Morgen angebrochen, und Vivica wusste, dass sie eine Mission zu erfüllen hatte. Die »Mission Atelier«. In den schlaflosen Nachtstunden hatte sie sich einen genauen Schlachtplan zurechtgelegt, und obgleich sie sich der bitteren Ironie, die in diesem Begriff steckte, schmerzlich bewusst war, hielt sie an dem Ausdruck fest: Schlachtplan. Das Ziel war klar: Beweise für Mias Schuld finden. Lilli retten.

Sie stand auf, machte sich fertig und überlegte dabei, wie viel Zeit ihr bleiben würde, bis die Polizei eine Verbindung zwischen der Toten im Strandkorb und den Erbinnen des Herrenhauses herstellen würde. Ein paar Tage? Ein paar Stunden? Sie sah wieder zum Fenster hinüber. Ob die Tote schon entdeckt worden war? Bei diesem Wetter? Mach dir nichts vor, sagte sie sich, auf dieser Insel gibt es Hunderte frischluftbegeisterte Touristen, denen ein bisschen Wind oder Regen nicht das Geringste ausmacht und die ihre gesundheitsstrotzenden Körper noch bei der wildesten Springflut an die sogenannte frische Luft schleppen und das Ganze sogar noch erholsam finden. Nein, dachte sie, man hat sie längst gefunden. Und wenn nicht, wird man sie garantiert in den nächsten Minuten finden. Die Zeit wird knapp. Du musst dich beeilen …

* * *

Die Tote hieß Gitta Teggetmeyer. Sie war fünfundfünfzig Jahre alt geworden und hatte bis vor sieben Jahren als Zimmermädchen im Hotel *Meeresrose* gearbeitet. Seither hatte sie sich anscheinend ausschließlich um ihre kranke Mutter gekümmert. Sie war einmal wöchentlich zu einem kirchlichen Frauenkreis und alle vierzehn Tage zum Kegeln gegangen und hatte ansonsten ein vollkommen unspektakuläres Leben geführt. Unspektakulär zumindest bis auf jenen sonnigen Augustmorgen vor fünfzehn Jahren, an dem sie die Leichen von Nils van Heemskerk und Sabine Prasser in der Küche des Herrenhauses gefunden hatte.

Es kostete Edna überraschend wenig Mühe, an diese Informationen zu gelangen, sie brauchte sie nur aus dem allgemeinen Stimmengewirr zu pflücken wie reife Früchte von einem niedrigen Obstbaum. Die Tat hatte Aufsehen erregt. Den uniformierten Beamten, die inzwischen zu fünft waren, gelang es nur mit Mühe, die Schaulustigen im Zaum zu halten. Mehrere Dutzend Menschen drängten sich gegen das rot-weiße Plastikband, das sie am Weitergehen hindern sollte. Ein älterer Mann, der offenbar zu denen gehörte, die die Tote gefunden hatten, stand mit dem Rücken zum Tatort mitten auf dem Weg und deutete mit beiden Händen zum wiederholten Mal die Größe der Schnittwunde an, die der Mörder seinem Opfer beigebracht hatte.

»Ein Messer«, mutmaßte er. »Oder sogar ein Skalpell oder so was. Muss jedenfalls verdammt scharf gewesen sein, das Ding. Und die Augen sind ihr fast aus dem Kopf rausgequollen.«

Wie ein Fremdenführer, dachte Edna. Kommen Sie, Herrschaften, kommen Sie und sehen Sie die berühmt-berüchtigten Borkumer Mordstrandkörbe …

»Die arme Stevke«, murmelte eine Frau um die vierzig vor sich hin. »Nu wird sie ja man wohl ins Heim müssen, die Ärmste.«

»Das eigene Kind begraben«, seufzte eine andere. »Ganz furchtbar so was.«

Edna klappte den Kragen ihres Blazers hoch und sah ihre Nichte an, die leise zitterte.

»Alles okay?«

»Sicher.«

Sie sah nicht so aus, als wenn alles in Ordnung wäre, aber Edna ließ es bei dieser Antwort bewenden. »Hast du sie sehen können?«

Der Tatort lag hinter der nächsten Biegung.

Maja nickte. »Von weitem.«

»Und?«

»Sie sitzt in einem von diesen Betondingern. Mit ausgestreckten Beinen.« Fröstelnd zog sie die Jacke ihres Jogginganzuges enger um den Körper. »Glaubst du, dass *sie* etwas damit zu tun hat?«

»Wer?«

»Mia«, entgegnete Maja leise. »Mia van Heemskerk.« Sie blickte ihre Tante erwartungsvoll an. »Wenn es doch dieselbe Frau ist, die damals die Leichen gefunden hat … Ich meine … Vielleicht hat sie ja was gewusst!«

Edna schüttelte den Kopf, doch die Geste geriet mehr als halbherzig. »Der Fall ist fünfzehn Jahre alt«, flüsterte sie zurück. »Ich glaube nicht, dass da ein Zusammenhang besteht.«

»Aber wenn sie …«, setzte Maja an, doch Edna unterbrach sie sofort.

»Wenn diese Frau etwas gewusst hätte, wäre sie nicht

erst jetzt damit herausgekommen. Immerhin hätte sie seit fünfzehn Jahren genau gewusst, wo sie Mia van Heemskerk finden kann.«

»Mia schon.« Maja schob sich einen Zeigefinger zwischen die Lippen und biss einen Reißnagel ab. »Aber die Schwester ist gerade erst wieder zurückgekommen. Das ist doch ein überaus merkwürdiger Zufall, findest du nicht?«

Edna nickte gedankenverloren. Ihre Erfahrung hatte sie gelehrt, dass es so etwas wie Zufall im Grunde nicht gab. Jedes Verbrechen war Teil einer ganzen Kette von Ereignissen, die einander bedingten und dem Prinzip von Ursache und Wirkung unterlagen.

»Du glaubst doch auch, dass diese Sache hier etwas mit dieser alten Heemskerk-Geschichte zu tun hat, nicht wahr?« Maja ließ nicht locker. »Ich meine, die Tat wurde nie aufgeklärt, und die Stiefmutter ist auf dieselbe Weise getötet worden.«

Verdammt, dachte Edna, warum hört sie mir immer so aufmerksam zu? Teenager taten dergleichen für gewöhnlich nicht. Wieso Maja?

»Vielleicht hat die Rückkehr der Schwester irgendwelche alten Wunden aufgerissen«, spekulierte ihre Nichte derweil munter weiter. »Könnte doch sein, dass der Mörder es auf einmal mit der Angst gekriegt hat.«

»Hast du denn heute früh gar nichts zu tun?«, fragte Edna, ohne auf diese letzte Bemerkung einzugehen.

Maja schob die Unterlippe vor. »Ich hätte Lichttherapie gehabt.«

»Wann?«

Sie sah auf ihre Armbanduhr. »Vor ziemlich genau einer halben Stunde.«

Edna nickte resigniert und blickte in den bleigrauen Himmel hinauf. Aus der Ferne drang das Rattern von Rotorblättern. Wahrscheinlich kamen die Kollegen vom Festland mit dem Helikopter. Sie sah wieder nach dem Weg, der zu Gitta Teggetmeyers Leiche führte, und kam sich auf einmal wie eine armselige Voyeurin vor.

»Lass uns gehen«, sagte sie, indem sie ihre Nichte am Arm hinter sich herzog. »Das hier geht uns nichts an.«

»Aber du interessierst dich dafür«, befand Maja ungerührt. »Für den alten Heemskerk-Fall, meine ich.«

»Weil ich zufällig etwas darüber gehört habe.«

»Nein!« Jetzt klang sie auf einmal streng. »Du interessierst dich schon die ganze Zeit dafür, seit du hier bist. Oder hattest du ...« Sie stutzte. In ihren Augen erschien urplötzlich etwas wie Argwohn. »Warum wohnst du eigentlich ausgerechnet in dem Hotel, das Nils van Heemskerk gehört hat?«

Edna beschleunigte ihren Schritt. Sie hatte ihr Interesse an den Heemskerk-Morden an Armin Prassers unrühmlichem Auftritt in der Hotelbar festgemacht. Sie hatte von den Gesprächen mit Sina, Grete Siehler und Meuser berichtet, aber Diesslers Beteiligung an ihrem Hiersein wohlweislich ausgespart. Sie hatte verhindern wollen, dass ihre Nichte glaubte, sie habe diese zusätzliche Motivation gebraucht, um sie zu besuchen, auch wenn sie sich selbst nicht sicher war, ob es nicht tatsächlich so gewesen war.

»Warum hast du dir gerade dieses Hotel ausgesucht?«, insistierte Maja.

»Es ist mir empfohlen worden.«

»Von wem?«

»Das spielt doch überhaupt keine Rolle.«

»Oh doch, das spielt eine Rolle.«

»Warum?«

Maja blieb stehen. Abrupt. Entschlossen. »Es spielt eine Rolle«, wiederholte sie.

Edna dachte daran, einfach weiterzugehen. Aber das hätte keinen Zweck gehabt, das wusste sie. Es gab Situationen, in denen Weitergehen nicht half. Also drehte sie sich zu ihrer Nichte um.

Das trübe Tageslicht schien alle Farbe aus Majas Wangen gesogen zu haben. »Hattest du schon von dem Mord an Nils van Heemskerk gehört, bevor du hergekommen bist?«

Auf einmal sah sie wie ihre Mutter aus. Wenn Justine Edna bei einer Lüge ertappt hatte, war dasselbe Grübchen auf ihrer Wange erschienen. *Du kannst mir nichts vormachen,* hatte sie immer behauptet, und meistens hatte sie Recht damit gehabt. Edna seufzte. Sie war von klein auf eine ausgezeichnete Lügnerin gewesen. Schon als Kind hatte sie gelogen, ohne auch nur mit der Wimper zu zucken, wenn sie es für nötig und angebracht gehalten hatte, und alle hatten ihr geglaubt. Alle, bis auf ihre Schwester. Justine hatte eine Art Sensor besessen, der ihre Lügen entlarvt hatte, ein ums andere Mal. Diesen Sensor hätte eigentlich meine Mutter haben müssen, dachte Edna. Mütter sollten wissen, wann ihre Töchter nicht die Wahrheit sagten. Doch Margarethe Beck hatte ihrer jüngeren Tochter alles und jedes geglaubt. Nur nach dem Brombeersommer hatte sie manchmal ein wenig skeptisch ausgesehen …

Sie blickte auf. Vor ihr auf dem Weg stand Maja und wartete auf eine Antwort. Blass und mit Justines Grübchen auf der Wange.

»Hast du schon von dieser Heemskerk-Sache gewusst, bevor du hergekommen bist?«, fragte sie noch einmal mit einer Scherbe in der Kehle.

»Nein«, sagte Edna.

Doch ihre Nichte glaubte ihr nicht. Das konnte sie mehr als deutlich sehen.

* * *

Mia war im Atelier. Schon wieder …

Die Tür zur Scheune stand einen Spaltbreit offen, dahinter brannte Licht. Vivica blickte durch die vergilbte Scheibengardine und dachte wieder an den Tag, an dem Frau Prasser ins Herrenhaus eingezogen war. Wut und Stress schienen ihre Schwester zu künstlerischen Ausbrüchen zu treiben, was wahrscheinlich der Grund dafür war, dass sie sich heute Morgen schon in aller Herrgottsfrühe wieder in ihr Atelier zurückgezogen hatte. Dort saß sie nun wie eine Spinne im Netz, und Vivica wurde von Minute zu Minute nervöser. Sie hatte sich eine Tasse Milch gewärmt und ein paar Teelöffel Zucker hineingerührt. Lilli hatte in den letzten Tagen und Stunden schon genug mitgemacht, da brachte sie es einfach nicht fertig, ihr auch noch eine Portion Koffein zuzumuten, auch wenn sie nach dieser Nacht liebend gern eine Tasse Kaffee getrunken hätte. Ihre Finger zupften an der staubigen Gardine. Was sollte sie tun? Warten? Einfach hier am Fenster stehen und darauf warten, dass es Mia endlich einfiel, aus der Scheune zu verschwinden, damit sie sich dort umsehen konnte? Sie sah auf die Uhr. Wie lange dauerte es, ein wirres rotes Bild zu malen? Einen Tatort zu verwüsten? Einen Menschen abzuschlachten?

Die Zeit lief. Die Ermittlungen zum Tode Gitta Teggetmeyers waren bestimmt längst aufgenommen worden, und vielleicht beugte sich bereits jetzt, in diesem Augenblick, ein Kriminalbeamter voller Interesse über die Akte der Herrenhausmorde. Nein, dachte sie, die Zeit des Wartens ist vorüber! Sie stellte ihre leere Tasse in die Spüle und verließ die Küche. Sie würde die Zeit, die Mia noch in ihrem Atelier zubrachte, sinnvoll nutzen! Sie hatte nachgedacht und war zu dem Schluss gekommen, dass das Werkzeug, mit dem sie vor drei Tagen ins Schlafzimmer ihres Vaters eingebrochen war, wahrscheinlich nur bedingt dazu taugte, die dicken Bretter zu bezwingen, mit denen Mia das Fenster an der Längsseite der Scheune vernagelt hatte. Also würde sie jetzt etwas besorgen, das sich besser eignete. Einen Vorschlaghammer vielleicht. Oder noch besser: eine Axt.

Höchste Zeit, dass wieder ein Beil ins Haus kommt, was, Lilli?

Sie lächelte müde und nahm ihre Handtasche von der Kommode in der Halle. Sie würde sich brauchbares Werkzeug besorgen und bei dieser Gelegenheit auch noch einmal in der Schule vorbeigehen. Alles, was sie brauchte, war ein Beweis für Mias Schuld. Das Messer war eine Möglichkeit. Die Bücherei, von der Gerhild Renger gesprochen hatte, war vielleicht eine andere ...

* * *

Edna wollte unbedingt mit Mia van Heemskerk sprechen, und ihr war klar, dass dies umso schwieriger werden würde, wenn die Kollegen, die den Mord an Gitta Teggetmeyer untersuchten, erst einmal auf den alten Fall gestoßen waren, bei dem die Tote eine wichtige Rolle als Zeugin gespielt hatte. Deshalb machte sie sich gleich nach ihrer Rückkehr aus dem Kurpark auf den Weg zum Herrenhaus. Die Tür zum Atelier war nur angelehnt. Dahinter brannte Licht.

Mia van Heemskerk stand an einem breiten Tisch, halb abgewandt, und rührte mit einem schweren Mörser in einem marmornen Tiegel herum. Als sie eine Bewegung hinter sich wahrnahm, wandte sie den Kopf. »Sieh an, die Kommissarin, die der armen Jolantha solche Angst macht.« Sie zwinkerte ihrer Besucherin amüsiert zu. »Na los doch, kommen Sie rein!«

Edna kam dieser unerwartet unkomplizierten Aufforderung bereitwillig nach. Das Atelier war geräumig, dabei allerdings recht düster. Bis auf ein paar nachträglich eingebaute Oberlichter hatte die Scheune keine Fenster, doch Mia van Heemskerk hatte sich mit Scheinwerfern beholfen, wie Edna sie vom Theater her kannte. Je zwei davon standen in den beiden dem Herrenhaus zugewandten Ecken, waren jedoch nicht eingeschaltet. Verfolger, dachte Edna. Nannte man diese Dinger nicht Verfolger? Sie sah sich um. Überall an den Wänden lehnten Leinwände, die zum größten Teil mit Decken verhängt waren. In der Mitte des Raumes lag eine riesige schwarze Plastikplane ausgebreitet, rechts davon befand sich ein solider Kiefernholzschreibtisch und dahinter, auf einer imposanten Staffelei, ein Bild, von dem Edna zunächst nichts als einen farblichen Eindruck wahrnahm. Blau überwiegend, aber auch Grau- und Grüntöne. Unwillkürlich sah sie genauer hin. Sie vermochte nicht zu sagen, was das Gemälde darstellte, aber zu ihrer eigenen Verwunderung störte sie diese Tatsache nicht weiter. Zu eindrücklich war das Farbspiel, zu faszinierend die kräftige und zugleich eigentümlich weltentrückte Dynamik, die dem Bild innewohnte.

»Wie ich sehe, gefällt es Ihnen.« Mia van Heemskerk war hinter sie getreten, ohne dass Edna sie bemerkt hätte.

»Stimmt«, gab sie ohne Umschweife zu. »Hat es einen Titel?«

Mia van Heemskerk grinste. »Nummer vierzehn.«

»Aha.« Edna trat einen Schritt zurück.

»Und?« Mia ließ sie nicht aus den Augen. »Was führt Sie in diese lösungsmittelverseuchte Höhle?«

»Vielleicht wollte ich schon immer mal einen echten Nilou sehen«, entgegnete Edna.

Mia sah sie an. Überrascht zuerst, doch dann wich die Überraschung einem belustigten Grinsen. »Kompliment!«, sagte sie, wobei sie sich in einer übertriebenen Geste vor ihrer Besucherin verbeugte. »Da ich – verzeihen Sie mir – nicht davon ausgehe, dass Sie sich in besonderem Maße für Kunst begeistern, schließe ich, dass Sie was von Ihrem Job verstehen.«

Edna lächelte. »Heute Morgen hat man die Leiche von Gitta Teggetmeyer in den Dünen hinter dem Kurhaus gefunden«, bemerkte sie beiläufig, während sie langsam um eine mannshohe Skulptur herumging, die in der Ecke hinter der Staffelei stand. »Jemand hat ihr letzte Nacht die Kehle durchgeschnitten.« Sie blieb hinter der Skulptur stehen. »Mit einem Messer.«

»Die meisten Menschen bevorzugen die Frontalansicht«, stellte Mia mit undurchdringlicher Miene fest.

»Was?«

»Beim Betrachten von Skulpturen. Egal ob klassisch oder modern, die Leute sehen sich das Ding von vorne an, selbst wenn man ihnen die Möglichkeit bietet, um das Objekt herumzugehen.« Sie kehrte an den Tisch zurück, an dem sie bei Ednas Eintreten gestanden hatte. »Eigentlich komisch, wenn man bedenkt, dass wir im wahren Leben fast ausschließlich den verschiedensten Seitenansichten ausgesetzt sind. Trotzdem gucken alle immer von vorne.«

»Ich nicht.«

»Nein.« Mia van Heemskerk griff nach einer Schachtel Zigaretten, die auf einem rohen, an der Wand angebrachten Holzbrett lag. »Sie nicht.«

Edna versuchte, ihren Blick festzuhalten. »Haben Sie gehört, was ich eben gesagt habe?«

»Ja.«

»Und was sagen Sie dazu?«

Sie nestelte eine Packung Streichhölzer aus der Tasche ihrer Jeans. »Was soll ich dazu sagen?«

Sie könnte hübsch sein, dachte Edna. Wenn sie wollte, könnte sie ausgesprochen attraktiv aussehen. »Nun ja, immerhin ist die Frau, die vor fünfzehn Jahren zwei Leichen in der Küche Ihres Elternhauses gefunden hat, soeben auf exakt dieselbe Art und Weise ermordet worden wie damals Ihre Stiefmutter.«

Mia van Heemskerk riss ein Streichholz an und entzündete eine Zigarette. Sie starrte in die Flamme, bis das Zündholz fast heruntergebrannt war. Erst dann löschte sie es, indem sie es in einen Eimer mit Wasser warf, der unter dem Tisch stand. »Tja«, sagte sie achselzuckend. »Pech für sie.«

Edna musste gegen ihren Willen schmunzeln. »Ich könnte mir vorstellen, dass der Mord an Gitta Teggetmeyer bei den ermittelnden Kollegen gewisse Assoziationen weckt.« Sie machte eine Pause, bevor sie hinzusetzte: »Und dann ist es nur eine Frage der Zeit, bis man sich wieder für die alten Geschichten interessiert, meinen Sie nicht auch?«

»Na und?!« Der Blick, mit dem Mia van Heemskerk sie bedachte, war sehr selbstbewusst, fast herausfordernd. »Meinen Sie etwa, das sei mir nicht recht?«

Edna hütete sich, diese Frage zu beantworten.

»Sie vergessen eines …« In ihre Augen trat ein neuer Ausdruck. »Der Mörder meines Vaters läuft seit fünfzehn Jahren frei herum, weil es letztendlich niemanden wirklich interessiert hat, was damals geschehen ist. Und wissen Sie, warum es keinen interessiert hat?« Sie blies eine Rauchwolke in die Luft. »Weil sie sich alle stillschweigend darauf geeinigt haben, dass ich es gewesen bin. Darum.« Sie sah auf einmal beleidigt aus. Wie ein verletztes Kind. »Aber ich war's nicht.«

Edna sah sie an. »Das haben Sie mir schon einmal gesagt.«

»Weil es wahr ist.« Sie wandte sich ab. »Nur leider interessiert das niemanden.«

Da irrst du dich!, dachte Edna. Einen ehemaligen Kriminalbeamten interessiert es so sehr, dass er hier gewesen ist, um dich zu sehen. »Vielleicht interessiert es *mich*.«

Mia zog das Tuch von einem Klumpen Ton, dem sie eine Form gegeben hatte, die Edna an eine sitzende alte Dame erinnerte. »Und warum? Was geht Sie das eigentlich alles an?«

»Nichts«, entgegnete Edna wahrheitsgemäß. »Ich habe nur zufällig davon gehört.«

»Und warum interessiert es Sie dann?«

»Weil ich was gegen Widersprüche habe.«

Mia van Heemskerk hob den Kopf und sah sie lange und nachdenklich an. »Wenn ich was gegen diese hysterische alte Schnepfe gehabt hätte, dann hätte ich sie schon vor fünfzehn Jahren aus dem Weg geräumt.«

Edna lehnte sich gegen den Schreibtisch. »So ähnlich sehe ich das auch.«

Mia schob sich die Zigarette in den Mundwinkel und kniff die Augen zusammen. »Das heißt, Sie glauben mir?«

»Was?«

»Dass ich unschuldig bin.«

»Das habe ich nicht gesagt.«

Sie machte eine abfällige Handbewegung und wandte ihre Aufmerksamkeit wieder der Plastik auf ihrer Arbeitsplatte zu. Edna beobachtete sie. Ein schmaler Rücken, dachte sie wie schon bei ihrer ersten Begegnung vor zwei Tagen. Ein schmaler Rücken und Probeschläge …

»Würden Sie mir ein paar Fragen beantworten?«

Sie zuckte mit den Schultern und bearbeitete den Ton.

Tu nicht so desinteressiert! Ednas Augen folgten den Bewegungen ihrer Hände. Ich müsste mich schon sehr irren, wenn du nicht genau darauf gewartet hättest. Dass dir jemand Fragen stellt. Dass sich jemand für dich interessiert. Für dich und deine Geschichte. Jemand, der unvoreingenommen ist …

»Haben Sie sich mit Ihrem Vater gestritten, ein paar Tage, bevor er ermordet wurde?«

»Wir hatten öfter Streit.«

»Auch ein paar Tage vor dem Mord?«

Sie schien nachzudenken. »Schon möglich«, sagte sie dann.

»Worum ist es bei diesem Streit gegangen?«

Sie schüttelte unwillig den Kopf. »Woher soll ich das wissen?! Mein Vater war der größte Sturkopf, den die Welt je gesehen hat. Wir haben über alles Mögliche gestritten.«

»Haben Sie damit gedroht, die Insel zu verlassen?«

Jetzt lachte sie laut auf. »Was? Wozu denn das?«

»Um Malerei zu studieren.«

»Hören Sie«, sie wischte sich mit dem Handrücken über die Stirn, so dass etwas feuchter Ton direkt unter dem blonden Haaransatz kleben blieb, »ich habe bestimmt nie Interesse daran gehabt, meine Zeit auf irgend so einer bekackten Uni in den überfüllten Seminaren von irgendwelchen stinkenden Möchtegernkünstlern zu verschwenden. Und …«

»Das heißt im Klartext, dass Sie gar nicht Kunst studieren wollten«, unterbrach Edna sie.

»Kunst studiert man nicht«, erwiderte Mia. »Kunst macht man einfach.«

Edna nickte. Irgendwie leuchtete ihr diese Antwort ein. »Worüber haben Sie sich denn dann so heftig mit Ihrem Vater gestritten, dass gleich drei Zeugen Teile dieser Auseinandersetzung mitbekommen haben, obwohl sie draußen im Hof waren?«

Mia sah verwundert aus, obgleich sie ihre Arbeit nicht

für den Bruchteil einer Sekunde unterbrochen hatte. »Keine Ahnung.«

Edna sah, wie sich der Ton unter ihren Händen verformte. Wie hatte Meuser doch so treffend resümiert? *Sie war zur fraglichen Zeit im Haus. Sie hat von der Tat profitiert. Und sie hat absolut nichts gesagt oder getan, was zur Erhellung der ganzen Geschichte beigetragen hätte.* Warum gab Mia van Heemskerk sich so wenig Mühe, ihre eigene Rolle in dieser ganzen Geschichte zu erhellen, sich vielleicht gar zu entlasten? Warum zeigte sie sich so wenig kooperativ? *Schon möglich. Woher soll ich das wissen. Keine Ahnung.* Was war das? Trotz? Trotz oder eine ganz besondere Form von Raffinesse, dachte Edna wie schon zuvor.

»Warum haben Sie am Tatort aufgewischt?«

Jetzt kicherte sie. »Reinlichkeit ist eine gute Sache, sagte die alte Meerhexe«, rezitierte sie anstelle einer Antwort. »Und sie scheuerte und scheuerte, weil noch immer überall Blut klebte, und wenn sie nicht ermordet wurde, scheuert sie noch heute …«

Mehr als ein paar Zeilen Hans Christian Andersen und ein bisschen Selbstironie werde ich ihr dazu nicht entlocken, dachte Edna. Natürlich nicht. Wenn sie jemanden gedeckt hat, hätte sie die ganze Sache nun schon fünfzehn Jahre durchgehalten. Und sie ist damit durchgekommen. Warum sollte sie auf einmal reden? Trotzdem, sie hatte den Eindruck, dass Mia van Heemskerk reden *wollte*. Dass sie förmlich darauf brannte, ihre Geschichte zu erzählen. *Nachdem sie sich mit dem Beil in die Bredouille geredet hatte, besorgte ihr der Geschäftsführer ihres Vaters einen ausgezeichneten Anwalt, der dafür sorgte, dass sie ihre Aussage zurückzog und nie wieder ohne seinen Beistand mit uns sprach.* Edna fuhr sich mit beiden Händen durch die windzerzausten Haare. Sie konnte sich die

Situation lebhaft vorstellen. *Meine Mandantin wird diese Frage nicht beantworten. Nicht hier und nicht jetzt. Wenn Sie also nichts anderes gegen sie in der Hand haben, dürfen wir uns jetzt wohl verabschieden* … Ja, dachte sie, Mia van Heemskerk ist zum Schweigen gebracht worden und die Ermittlungen der Polizei sind im Sande verlaufen. Im Nordseesand. Aber jetzt fragte doch noch einmal jemand nach der alten Geschichte. Und Mia redete. Zumindest über manches …

»Ist Nilou eine Zusammensetzung aus Nils und Louisa?«, fragte sie laut.

Mia stutzte. Sie schien von dieser Frage überrascht zu sein. »Ja.«

»Haben Sie Ihren Vater gern gehabt?«

»Wieso fragen Sie das?«

»Immerhin widmen Sie ihm die größere Hälfte Ihres Pseudonyms.«

»Er ist schwierig gewesen.« Sie sah nicht auf bei diesen Worten. »Das habe ich Ihnen doch schon gesagt.«

Edna warf ihr einen prüfenden Seitenblick zu. *Sie hing sehr an ihm. Mia ist immer ein Vaterkind gewesen.* »Waren Sie traurig über seinen Tod?«

»Waren *Sie* traurig über den Tod Ihrer Schwester?«

Edna griff nach einer braunen Skizzenmappe, die auf dem Schreibtisch lag. »Ja«, entgegnete sie schlicht.

»Worüber am meisten?«

»Darüber, dass ich sie so oft falsch verstanden habe.«

Mia van Heemskerk drehte sich um. In ihren Augen schimmerte ein neues Interesse. An ihrer Besucherin. An diesem Gespräch. An allem. »Und worin haben Sie sie falsch verstanden?«

Halt dich zurück, dachte Edna, du stehst hier nicht zur Debatte! »Sie ist mit vielen Dingen ganz anders umgegangen als ich«, entgegnete sie ausweichend.

Mias Gesicht nahm einen konzentrierten Ausdruck an. »Und Sie finden, anders ist automatisch falsch?«

Edna lächelte. »Ziemlich selbstgerecht, was?«

Mia verzog keine Miene. »Was hat sie gemacht, Ihre Schwester?«

»Sie ist Schauspielerin gewesen.«

Das schien sie zu beeindrucken. »War sie gut?«

»Ja«, entgegnete Edna, wobei sie verwundert registrierte, dass dieses Eingeständnis mit einem Anflug von Stolz einherging. Das war neu. Bislang hatte sie immer das Gefühl gehabt, sich irgendwie dafür entschuldigen zu müssen, dass ihre Schwester beim Theater gewesen war. Sie misstraute dem Theater, hatte ihm schon immer zutiefst misstraut, weil es Justine so viele Möglichkeiten zur Weltflucht geboten hatte. Es hatte Justine ermöglicht, so zu leben, wie sie gelebt hatte: flüchtig, immer auf gepackten Koffern, ohne wirklich tiefe Bindungen zu den Menschen, mit denen sie das bisschen Leben geteilt hatte, das das Theater ihr übrig gelassen hatte. Das Theater hat meine Schwester daran gehindert, eine gute Mutter zu sein, dachte Edna. Und mich? Was hindert mich daran, eine gute Tante zu sein? *Oh, ich bin sicher, Sie haben andere Mechanismen entwickelt,* höhnte Dr. Gessner in ihrem Kopf. Adrienne …

»Und als Mensch?« Mia van Heemskerks Blick bohrte sich in ihre Augen. »Wie war Ihre Schwester als Mensch?«

»Sie hat in einer Phantasiewelt gelebt«, sagte Edna, obwohl sie eigentlich überhaupt nicht antworten wollte. »In einem hohen elfenbeinernen Turm, irgendwo jenseits aller Realität.«

»Die Phantasie ist manchmal nicht der schlechteste Ort«, bemerkte Mia van Heemskerk ohne jede Sentimentalität. »Nietzsche hat mal gesagt, dass wir die Kunst haben, damit wir nicht an der Wahrheit zugrunde gehen.«

»Ich persönlich halte es da eher mit Ingeborg Bachmann«, erwiderte Edna achselzuckend. »Ich bin der Ansicht, dass die Wahrheit dem Menschen durchaus zumutbar ist.«

»Und was ist die Wahrheit?« Sie schien Gefallen an dieser Art Austausch zu finden, denn sie lehnte sich mit dem Rücken gegen den Tisch und streckte die Beine aus. »Los doch, sagen Sie's mir! Und kommen Sie mir bloß nicht mit so Kacksätzen wie: Die Wahrheit ist das Gegenteil von Lüge oder so …«

Edna schmunzelte. »Ich glaube, was ich eben gemeint habe, war gar nicht die Wahrheit als solche, sondern das wahre Leben«, korrigierte sie sich. »Die Realität.«

»Sehen Sie«, Mia warf ihren Zigarettenstummel in den Wassereimer, »so wie ich die Sache sehe, ist es mit dem sogenannten wahren Leben nichts anderes als mit einem Gemälde. Zwei Menschen betrachten dasselbe Bild, und doch sieht jeder etwas völlig anderes, weil beide nur das sehen, was sie sehen wollen.« Sie klopfte sich ein Stäubchen Asche vom T-Shirt. »Denken Sie nur an Rorschach.«

Ednas Augen suchten wieder das Bild, das ihr bei ihrem Eintreten aufgefallen war. Das Bild auf der Staffelei, Nummer vierzehn. Wer bist du?, dachte sie. Mia van Heemskerk, die Irre, die Mörderin, schlecht in der Schule, unattraktiv, aufbrausend, gestört? Oder Mia van Heemskerk, die Philosophin, die kleineren so um die 12 000 Euro? Zwei Ansichten desselben Bildes, dachte sie. Wir sehen immer nur das, was wir sehen wollen. Oder das, was wir erwarten zu sehen.

»Und verraten Sie mir auch, wodurch Ihre arme Schwester Sie so enttäuscht hat?«

Edna fuhr aus ihren Gedanken hoch und blickte direkt in Mia van Heemskerks undurchdringlich schwarze Augen, die näher gekommen zu sein schienen, obwohl sie nach wie vor an ihrem Tisch lehnte. »Wie kommen Sie darauf, dass meine Schwester mich enttäuscht hat?«

»Das ist mehr als offensichtlich«, stellte sie sachlich fest. »Die Enttäuschung quillt aus jedem Wort, das Sie über Ihre Schwester verlieren, selbst wenn es was Gutes ist.«

»Justine hat mir nie geschrieben«, antwortete Edna. Sie hatte das unangenehme Gefühl, sich rechtfertigen zu müssen, zugleich ärgerte sie sich, dass sie sich auf dieses Gespräch einließ.

Mia van Heemskerk zog überrascht die Brauen hoch. »Wann hätte sie Ihnen denn schreiben sollen?«

»Als wir Kinder waren.«

Sie runzelte die Stirn. »Sind Sie nicht zusammen aufgewachsen?«

Edna schüttelte den Kopf. »Nicht die ganze Zeit. Ich bin im Internat gewesen.«

»Und da hat Ihnen Ihre Schwester nie geschrieben?«

»Nein.«

»Nicht mal ein Weihnachtspäckchen?«

Edna schüttelte den Kopf. »Nicht mal das.«

Sie nickte. »Muss schlimm für Sie gewesen sein.« Dann zündete sie sich eine neue Zigarette an und setzte ihre Arbeit an der Skulptur fort. Sie hatte große, raue Hände wie ein Mann, aber sie bewegte sie mit sanfter Eleganz. Auf ihrem Gesicht erschien ein eigentümlich zufriedener Ausdruck, während sie arbeitete. Ein tiefes, unerschütterliches Vertrauen in die eigenen Fähigkeiten, in die eigene Schaffenskraft. »Das Telefon hat geläutet, damals«, sagte sie nach einer Weile.

Edna, die in der Skizzenmappe geblättert hatte, blickte auf. »In der Mordnacht?«

Mia antwortete nicht. Ihre Daumenkuppen glitten über den Ton. Unablässig. Zielsicher. Und mit äußerster Konzentration.

»In der Nacht, in der Ihre Eltern ermordet wurden, haben Sie das Telefon gehört?«, wiederholte Edna ihre Frage noch einmal mit Nachdruck.

»Sie war nicht meine richtige Mutter.«

»Also schön, Sie haben das Telefon läuten hören, in der Nacht, in der Ihr Vater und Ihre Stiefmutter …«

»Ihr Name war Prasser«, fiel Mia ihr ins Wort, »Sabine Prasser.«

Edna verdrehte die Augen. »Das ist mir bekannt. Beantworten Sie einfach meine Frage.«

Jetzt blickte sie doch für ein paar Sekunden auf. Sie schien amüsiert zu sein. »Das Te-le-fon hat in der Mordnacht ge-klin-gelt«, sagte sie dezidiert.

»Wann genau?«

»Ich weiß nicht. Gegen Viertel nach zehn, schätze ich.«

»Hatten Sie schon geschlafen?«

»Ja.«

Edna bildete sich ein, bei dieser Antwort ein leises Zögern registriert zu haben. Sie lügt, dachte sie, in diesem Punkt lügt sie mich an. Und sonst? Lügt sie auch sonst? Was ist mit dem verdammten Beil? »Sie sind also in Ihrem Zimmer gewesen?«

»Ja.«

»Und wo stand das Telefon?«

»Der Hauptanschluss ist in der Halle.« Sie schnippte ein wenig Zigarettenasche auf den Fußboden. »Unten im Erdgeschoss.«

Die Formulierung, die sie gewählt hatte, erregte Ednas Aufmerksamkeit. »Und es war auch das Telefon in der Halle, das geklingelt hat?«, hakte sie nach.

»Nein.« Mia zog genüsslich an ihrer Zigarette, während sie ihre Gesprächspartnerin mit durchdringendem Blick fixierte. »Es war der Nebenanschluss im Schlafzimmer meines Vaters.«

Edna erwiderte ihren Blick. »Hat es immer dort geklingelt, wenn unten niemand an den Apparat ging?«

»Nein.« Nun wandte sie ihre Aufmerksamkeit doch wieder ihrer Skulptur zu. Ihr Haar fiel dabei über ihr Gesicht und verdeckte ihre Augen und Wangenpartie. »Normalerweise hätte sich um diese Uhrzeit der Anrufbeantworter eingeschaltet.«

Edna musste unwillkürlich an Lina und ihre Spiegelgeschichte denken. Ob sie eine neue Nachricht auf ihrem Anrufbeantworter vorfinden würde, wenn sie nach Hause kam? Eine Maike-Entwarnungs-Nachricht von Lina? Und wann würde ihr endlich jemand erzählen, was zwischen ihrem Exmann und seiner zweiten Frau vorgefallen war?

»Aber in der besagten Nacht hat sich der Anrufbeantworter nicht eingeschaltet?«, wandte sie sich wieder an Mia van Heemskerk. »Damals hat das Telefon neben dem Bett Ihrer Stiefmutter geklingelt?«

Sie nickte nur.

»Warum haben Sie das nie erwähnt?«, fragte Edna mit echtem Interesse.

»Ich hatte es wohl vergessen.«

»Wie können Sie einen so bedeutsamen Umstand einfach vergessen haben?«

Sie zuckte mit den Schultern und bearbeitete den Ton.

»Na schön«, sagte Edna. »Sie haben also das Telefon gehört. Was geschah dann?«

Jetzt lugte sie wieder einäugig durch den Vorhang ihres Haares. Edna musste an einen Vogel denken. Einen Raubvogel. »Ich weiß es nicht.«

»Hat Ihre Stiefmutter abgenommen oder klingelte das Telefon ins Leere?«

»Sie muss abgenommen haben.«

»Warum?«

»Weil es insgesamt nur zwei- oder dreimal geläutet hat.«

»Konnten Sie hören, dass Ihre Stiefmutter mit jemandem gesprochen hat?«

»Nein.«

Ednas Blicke folgten ihren Händen auf dem feuchten Ton. Ein Anruf, dachte sie. Ein Anruf an Sabine Prassers Bett, den eigentlich der Anrufbeantworter übernommen haben müsste. Aber der Anrufbeantworter hatte sich nicht eingeschaltet. Warum nicht? Weil er ausgeschaltet gewesen war, ausgerechnet in der Mordnacht? Oder ... Sie stutzte. Natürlich, dachte sie, wenn Mia van Heemskerk die Wahrheit sagt, könnte das auch bedeuten, dass die Person, die Sabine Prasser angerufen hat, den Apparat in der Halle benutzt hat. Die betreffende Person könnte im Herrenhaus gewesen sein!

Sie sah Nils van Heemskerks jüngere Tochter an. »Glauben Sie, dass Ihre Stiefmutter das Schlafzimmer auf diesen Anruf hin verlassen hat und hinunter in die Küche gegangen ist?«

Wieder Schulterzucken. »Möglich.«

»Sie haben nicht gehört, dass sie zum Beispiel die Treppe hinuntergegangen ist?«

»Nein.«

Schade, dachte Edna und betrachtete die Skizze einer Skulptur, ohne dass sie hätte sagen können, worum es sich handelte. Es war ein annähernd rundes, fein strukturiertes Gebilde mit einem großen, klaffenden Loch in der Mitte. H 27 stand in der rechten oberen Ecke. Entschlossen klappte sie die Mappe zu. Hatte Sabine Prasser in der Mordnacht überhaupt nicht zum Kühlschrank gewollt? War sie in eine Falle gelockt worden? Oder hatte sie gar eine Verabredung gehabt?

»Haben Sie außer dem Klingeln des Telefons noch andere Geräusche im Haus gehört? Irgendetwas, das vielleicht auf die Anwesenheit einer dritten Person hingedeutet haben könnte?«

»Nein.« Sie schüttelte den Kopf. »Nichts.«

»Sind Sie ganz sicher?«

»Ja.«

Edna legte die Skizzenmappe zur Seite. »Sie sind nicht vielleicht zur Tür gegangen, um nachzusehen, was dort unten los war?«

»Nein.«

»Obwohl Sie es so ungeheuer bemerkenswert fanden, dass Ihre Stiefmutter um diese Zeit einen Anruf erhielt?«

Mia van Heemskerk drückte ihre Zigarette in einer kaputten Untertasse aus, die neben ihrer Arbeitsplatte stand. Dann griff sie nach einem Modellierspachtel. »Wie ich bereits sagte: Nein. Ich habe mich auf die andere Seite gedreht und bin wieder eingeschlafen.«

Und das, obwohl du noch gar nicht geschlafen hattest!, dachte Edna grimmig. »Warum erzählen Sie mir davon?«

»Ich weiß nicht. Einfach so.«

Redet sie, weil sie sich sicher fühlt, heute, fünfzehn Jahre nach der Tat? Edna blickte zu den trüben Oberlichtern hinauf. Aber Gitta Teggetmeyer ist tot, dachte sie, und zwar erst seit einigen Stunden. Wer konnte sich da sicher fühlen? »Haben Sie sich je Gedanken darüber gemacht, wer der Anrufer gewesen sein könnte?«

»Nein.«

»Und das soll ich Ihnen glauben?! Immerhin fanden Sie diesen Anruf bedeutungsvoll genug, um sich jetzt, fünfzehn Jahre später, wieder daran zu erinnern.«

Mias Finger stutzten. »Wär' möglich, dass ich angenommen habe, der Anruf käme von Armin.«

Edna blickte überrascht auf. »Ihrem Stiefbruder?«

Keine Antwort.

»Ist es manchmal vorgekommen, dass Ihr Stiefbruder seine Mutter spätabends noch angerufen hat?«

»Ich glaube nicht.«

»Sie glauben?«

Edna konnte sehen, dass sie die Augen verdrehte. »Ich weiß es nicht. Ich habe nie etwas davon mitbekommen.«

»Und trotzdem haben Sie angenommen, dass es Ihr Stiefbruder sei, als Sie in der Mordnacht gegen Viertel nach zehn das Telefon klingeln hörten.«

»Ja, verdammt noch mal.«

»Warum?«

»Vielleicht konnte ich mir einfach niemand anderen denken.«

»Hatte Ihre Stiefmutter Freundinnen, Bekannte, mit denen sie manchmal telefoniert hat?«

Mia van Heemskerk schien zu lächeln. »Meine Stiefmutter hatte nicht viele Kontakte. Sie lebte ebenso isoliert wie wir anderen.«

Interessante Bemerkung, dachte Edna. Sie sind alle Außenseiter gewesen. Schon lange vor der Tat. *Haben sich hier nie richtig eingegliedert, die Heemskerks.*

»Wie sah es mit Verwandtschaft aus?«, erkundigte sie sich. »Hatte Ihre Stiefmutter noch andere Angehörige?«

Mia van Heemskerk ließ sich einen Augenblick Zeit, bevor sie antwortete. »Sie hatte eine Cousine in Hamburg, von der sie hin und wieder gesprochen hat«, sagte sie dann. »Ich glaube, sie hat sich auch ein- oder zweimal mit ihr getroffen. Drüben in Emden.« Sie zuckte mit den Schultern. »Sonst fällt mir niemand ein.«

»Was ist mit dem ersten Mann Ihrer Stiefmutter, mit Armins Vater?«

»Keine Ahnung. Sie hat ihn nie erwähnt.« Ihr Spachtel hieb eine Delle in die Plastik. »Er spielte wohl keine Rolle.«

»Ihr Stiefbruder hat damals drüben im Hotel gewohnt, nicht wahr?«

Sie nickte. »Ja.«

»Wäre er da nicht persönlich herübergekommen, wenn es etwas gegeben hätte, das er um diese Uhrzeit mit seiner Mutter zu besprechen hatte?«

»Vielleicht.«

»Und trotzdem haben Sie angenommen, dass es sich bei dem unbekannten Anrufer um Ihren Stiefbruder gehandelt hat?«

»Ich habe nicht weiter darüber nachgedacht.« Auf einmal klang sie gereizt. »Das sage ich Ihnen jetzt zum dritten Mal.«

Edna beobachtete sie aufmerksam. »Haben Sie gewusst, dass Ihre Stiefmutter die Gewohnheit hatte, sich spätabends noch am Kühlschrank zu bedienen?«

»Bedienen ist gut!« Ihr Lachen klang spöttisch. »Wenn sie einen von ihren Anfällen hatte, hat sie um sich herumgefressen wie ein Schwein. Dann stopfte sie sich alles in den Mund, was sie in die Finger bekam. Pudding, Eiscreme, Essensreste, was Sie wollen.«

Edna dachte an Grete Siehler. »Haben Sie Ihre Stiefmutter irgendwann mal dabei beobachtet?«

Sie grinste unter dem Vorhang ihrer Haare. »Sie hat sich immer eingebildet, niemand würde merken, was sie treibt.«

Edna registrierte, wie nun auch ihre Geduld an eine Grenze stieß. Trotzdem, dieses Gespräch war wichtig. Sie musste es führen. Und sie wollte es führen. »Sie haben meine Frage nicht beantwortet«, sagte sie ruhig.

Mia stieß einen entnervten Seufzer aus. »Ja doch, ich habe sie gesehen. Sie saß auf dem Boden vor dem Kühlschrank in ihrem hässlichen geblümten Nachthemd und stopfte sich Pudding und rohe Kartoffeln in den Mund. Können Sie sich so etwas vorstellen? Rohe Kartoffeln!«

Edna schluckte. »Und die Kühlschranktür stand die ganze Zeit sperrangelweit offen«, fuhr Mia grinsend fort. »Wenn mein Vater sie dabei erwischt hätte, hätte er sie umgebracht.« Sie schlug sich in gespielter Verlegenheit eine Hand vor den Mund. »Oh, Verzeihung. Damit wollte ich natürlich nicht andeuten, dass Energieverschwendung ein mögliches Mordmotiv gewesen sein könnte.«

Ednas Finger spielten mit der Kordel, die die Skizzenmappe zusammenhielt. Sabine Prasser hatte sich im Zuge ihrer Fressattacken am Kühlschrank des Herrenhauses bedient. In einem Haushalt, in dem bis zum Gehtnichtmehr gespart worden war. Wie mochte sie diese Ausrutscher vertuscht haben? Womit hatte sie eingekauft, um die fehlenden Vorräte zu ersetzen? Konnte es überhaupt möglich sein, dass Nils van Heemskerk nichts von den Problemen seiner Frau mitbekommen hatte? Oder hatte er davon gewusst? Hatten sie alle davon gewusst?

»Wusste Ihr Vater von den Problemen seiner Frau?«

Sie kicherte. »Gott bewahre! Sie war natürlich fett, aber sie erzählte ihm irgendwas von Stoffwechselstörungen und Schilddrüse, Sie wissen schon.«

Edna musste unwillkürlich an ihre Nichte denken, an Majas Behauptung, es gäbe keinerlei Probleme. Vor dem Zusammenbruch nicht. Und nach dem Zusammenbruch auch nicht. Keine Probleme. Alles in Ordnung. Der Stress. Das Abitur. Nichts als die Aufregung …

»Und das hat er geglaubt?«

»Klar doch.« Sie griff wieder nach ihren Zigaretten. »Er war wahrscheinlich heilfroh, dass sie nicht zu einem Arzt ging und Kosten verursachte.«

Edna nickte resigniert. Aber mit dir, dachte sie, ist er bei einem Arzt gewesen. Bei einem Psychologen. Sie überlegte, ob sie Mia van Heemskerk danach fragen sollte. Oder würde sie sie damit nur unnötig aufbringen?

»Was war eigentlich mit diesem Beil?«, fragte sie stattdessen.

»Es war nicht da.«

»Das habe ich gehört. Allerdings sind Sie die Einzige, die das behauptet hat.«

»Ich weiß.« Sie wandte sich ab. »Trotzdem ist es wahr.«

»Glauben Sie, jemand hat es fortgenommen, um Ihnen eine Falle zu stellen?«

Ihr Blick fuhr herum und krallte sich in Ednas Gesicht fest. Eindringlich, fast anzüglich. »Was glauben *Sie*?«

»Zum Beispiel glaube ich, dass Sie eine ausgezeichnete Lügnerin sind«, versetzte Edna, um ihre Reaktion zu testen. Doch Mia van Heemskerk verzog keine Miene. »Allerdings sehe ich nicht ein, wieso Sie ausgerechnet in diesem Punkt gelogen haben sollten.«

»Warum nicht?«

»Weil es Ihnen nicht genützt hätte.«

Sie verzog die Lippen zu einem spöttischen Lächeln. »Glauben Sie allen Ernstes, die Menschen lügen nur, wenn es ihnen nützt?«

»Ihnen selbst oder jemand anderem«, erwiderte Edna ungerührt. »Meiner Erfahrung nach sind Lügen viel zu anstrengend, um sie so einfach zu vergeuden.«

Mia blickte ihrem Rauch hinterher. Lange. »Glauben Sie mir, dass ich meinen Vater nicht getötet habe?«, fragte sie nach einer Weile.

Edna stand auf. »Was ich glaube, ist irrelevant«, sagte sie und ging zur Tür.

»Ich habe übrigens ein bisschen was von Ihrer Nichte gesehen«, rief Mia van Heemskerk ihr nach.

Überrascht blickte Edna sich um. »Wie bitte?«

Mia van Heemskerk wischte sich die Hände an einem fleckigen Lappen ab. »Sie ist ganz begabt, aber sie macht nichts draus.«

Edna schien es, als mische sich ein Hauch von Verachtung in diese Worte. »Sprechen Sie von den Bildern, die sie malt?«

»Ihre Nichte malt nur, was sie sieht, nicht, was sie fühlt.« Sie drehte sich wieder um. »Sagen Sie ihr, so wird das nichts.«

Als sie die Tür hinter sich zuzog, fiel Edna ein Zitat von Oscar Wilde ein, das gerahmt in der Garderobe ihrer Schwester gehangen hatte, direkt über dem Schminkspiegel: »Alle Kunst ist zugleich Schleier und Tiefe. Wer den Schleier aufhebt, wer die Tiefe erforscht, tut es auf eigene Gefahr …«

* * *

Die Bücherei war in einem Raum im ersten Stock untergebracht, daran erinnerte Vivica sich, als sie vor dem Schulgebäude stand. Sogar daran, dass sie sich als Kind dort ein Buch ausgeliehen hatte, in dem ein kleiner Junge ein ganzes Jahr allein in der Tundra verbrachte und sich dabei von nichts anderem als von Flechten und Robbenfett ernährte. Sie lächelte, froh über eine Erinnerung, die harmlos war. Es war ein schönes Buch gewesen, das Tundra-Buch. Sie hatte es gemocht.

Der Schulhof war verwaist und regennass. Hinter den hellerleuchteten Fenstern des Hauptgebäudes klebten kleine Tiere aus Buntpapier. Fische. Seesterne. Quallen mit langen Tentakeln. Im Erdgeschoss wanderte der Kopf einer Lehrerin auf und ab. Vielleicht wurde dort eine Klassenarbeit geschrieben. Vivica wandte sich nach rechts, einem der Nebengebäude zu. Sie fand die schwere Glastür unverschlossen, obwohl die Räume dieses Gebäudes ihres Wissens nach schon einige Zeit nicht mehr als Klassenzimmer genutzt wurden. Der Raum, den sie suchte, lag im ersten Stock, am Ende des Flures. Noch immer stand »Bücherei« auf dem kleinen Schild neben der Tür. Sogar Öffnungszeiten waren dort vermerkt, also war am Ende vielleicht doch noch alles beim Alten. Sie drückte auf die Klinke, doch die Tür gab nicht nach. Der Raum war verschlossen.

Sie hatten längst zu. Sie wusste das …

Vivica starrte auf das Schild mit den Öffnungszeiten. Drei Nachmittage die Woche. Immerhin. *Das Fenster war geschlossen. Und da war doch diese Treppe.* Sie wandte den Kopf und tatsächlich: Der Flur endete bei einem Fenster. Zögerlich machte sie einen Schritt darauf zu. Was war das nur für eine Begebenheit, die sich so tief in Gerhild Rengers verwahrlostes Gedächtnis eingebrannt hatte? Was hatte ein geschlossenes Fenster mit dem bösen Kind zu tun, von dem die alte Lehrerin gesprochen hatte? Sie tastete nach dem Griff und stieß das Fenster auf. Unter ihr lag ein dämmriger, geteerter Hof, nicht der Pausenhof, aber doch ein daran anschließender Teil. Und direkt unter dem Fenster … Vivica erstarrte. Direkt unter dem Fenster befand sich eine Treppe! Sie führte vom Hof in einen Keller hinunter. Vivica konnte eine Reihe steiler Stufen sehen, die irgendwo im Dunkel endeten. Sie beugte sich so weit wie möglich vor, um besser sehen zu können. *Das Fenster war geschlossen,* plapperte Gerhild Renger in ihrem Kopf. *Und da war doch diese Treppe. Sie muss ihn überredet haben. Sie konnten ihm nicht mehr helfen …*

»Geben Sie bloß Acht, Mädchen, sonst fallen Sie noch raus!«

Vivica fuhr herum. Hinter ihr stand ein vierschrötiger Mann, etwa fünfzig Jahre alt. Er trug einen dunklen Overall und betrachtete interessiert ihren Busen.

»Is' schon mal wer rausgefallen.«

»Ich ...« Vivica kam sich auf einmal wie ein verschüchtertes Kind vor. Wer war der Kerl? Ein Hausmeister? »Ich wollte in die Bücherei, aber ...«

Der Mann stieß ein heiseres Lachen aus. »Sind 'n paar Jahre zu spät dran, wenn Sie was zurückgeben wollen.«

»Die Bücherei ist geschlossen?«

Er gab ein zustimmendes Grunzen von sich. »Hat sich nicht mehr gelohnt«, erklärte er. »Und es war auch keiner mehr da, der seine Freizeit dafür opfern wollte.« Er seufzte. »Heutzutage haben die Lehrerinnen ja auch alle Familie.«

Vivica nickte. Erst jetzt realisierte sie, was der Mann zuvor gesagt hatte. »Was haben Sie eben gemeint, dass hier mal jemand aus dem Fenster gefallen ist?«, erkundigte sie sich mit wachsendem Unbehagen. Wollte sie das wirklich wissen? Spielte es denn überhaupt eine Rolle?

»Ein Kind ist da runtergestürzt«, erklärte der Mann bereitwillig, während er seine Augen ungeniert über Vivicas Hüften wandern ließ. »Ist aber 'ne Ewigkeit her.«

Sie sah ihn an. »Wie lange?«

Er zuckte mit den Achseln. »Ewig. War lange vor meiner Zeit, und ich bin seit siebzehn Jahren hier.«

Vivica betrachtete sein Gesicht. Siebzehn Jahre, dachte sie, müssten wir uns dann nicht eigentlich kennen? Sie suchte nach einer Erinnerung, die zu den wettergegerbten Zügen passte, aber sie wurde nicht fündig. »Und dieses Kind damals«, setzte sie erneut an, »ist es sehr schwer verletzt worden?«

»Tot war's«, entgegnete der Mann ohne einen Hauch von Sentimentalität. »Ist mit dem Kopf auf die Treppe geschlagen, das arme Ding.« Er trat an das geöffnete Fenster und reckte den Kopf. »Sehen Sie, da unten, wo's in den Keller runtergeht. Sonst wär's ja vielleicht sogar gut gegangen, wenn die Treppe nicht gewesen wär«, bemerkte er sinnend. »Ist ja eigentlich so hoch nicht.«

Auch Vivica sah jetzt wieder in die Tiefe. Der Mann hatte Recht. »Wissen Sie, wie das passiert ist?«

»Wahrscheinlich wollte er ’n Buch zurückbringen«, brummte der Mann. »Die Tür war zu, und da muss er versucht haben, durch das Flurfenster hier nach drüben zu klettern. Dort, zu dem Büchereifenster, sehen Sie?« Er beugte sich ein Stück aus dem Fenster und zeigte auf einen schmalen Mauervorsprung, etwa eineinhalb Meter entfernt. »Das wär schon für einen Erwachsenen kaum zu schaffen, wenn Sie mich fragen, aber er muss es trotzdem versucht haben.«

Sie muss ihn überredet haben. Von alleine wäre er nie auf eine so absurde Idee gekommen.

»Er?« Vivica hatte das Gefühl, jeden Augenblick die Beherrschung zu verlieren. »Das Kind, das damals verunglückt ist, war ein Junge?«

Der Mann nickte. »Pieter hieß er, das weiß ich genau. Sechs oder sieben ist er gewesen. Aber auf die Idee zu kommen, da raus zu klettern ...« Er sah wieder nach unten und schüttelte den Kopf. »Ein Wahnsinn, was in so ’nem Kinderhirn vorgeht.«

Vivica konnte nicht verhindern, dass eine plötzliche Kältewelle ihren Körper erzittern ließ. Sie hoffte inständig, dass der Mann sie jetzt nicht ansah. *Er hat ihr geglaubt. Sie hat gesagt, es sei nur ein Spiel.* Von wem hatte Gerhild Renger da gesprochen? Von dem Jungen, der aus dem Flurfenster auf die Treppe gestürzt war, ganz klar. Und von einem Mädchen. Si*e muss ihn überredet haben. Sie hat gesagt, es sei nur ein Spiel.* Vivicas Gedächtnis suchte verzweifelt nach irgendwelchen Anhaltspunkten. Sie hatte niemals ein Kind namens Pieter gekannt. Dessen war sie sich absolut sicher. Aber was war mit Mia? *Sie* *war gefährlich,* erinnerte sie Gerhild Renger. *Schon als Kind ...*

»Und es ist ganz sicher ein Unfall gewesen?«

»Klar doch.« Der Mann zog das Fenster zu und grinste. »Was denn wohl sonst?«

Mord, dachte Vivica. Schließlich hat sie doch Freude am Töten ...

* * *

Als Edna um die Ecke des Herrenhauses bog, sah sie Tilla Straten. Sie kam die drei Stufen zur Eingangstür hinunter und sah noch besorgter aus als an dem Abend, an dem sie einander kennen gelernt hatten. Als sie Edna entdeckte, hob sie grüßend die Hand.

»Hallo, wie geht es Ihnen?« Sie wirkte unschlüssig, als wisse sie nicht, ob sie ihren Weg einfach fortsetzen dürfe oder verpflichtet sei, ein paar Worte mit der fremden Kommissarin zu wechseln. Schließlich blieb sie doch stehen. »Erholen Sie sich gut?«

»Ja, danke, ausgezeichnet«, erwiderte Edna und beeilte sich, ein paar Schritte an Vivicas Patentante heranzukommen, bevor diese sich zum Weitergehen entschloss.

»Leider spielt ja das Wetter nicht so richtig mit«, bemerkte Tilla Straten geistesabwesend, während ihre Augen über Ednas bleiches Großstadtgesicht glitten. »Sie hätten bestimmt lieber ein paar Tage in der Sonne gelegen.«

»Ich denke, hier an der Küste gilt das Motto: ›Es gibt kein schlechtes Wetter, nur unzweckmäßige Kleidung‹?«, wandte Edna schmunzelnd ein.

»Das behaupten wir nur, um die Touristen bei Laune zu halten.« Ihr Lachen klang ein wenig gezwungen. »Aber gesund ist die Seeluft natürlich trotzdem.« Sie sah an

Edna vorbei Richtung Scheune. »Sind Sie bei Mia gewesen?«

Edna nickte. »Ich habe mir ein paar von ihren Bildern angesehen. Meine Nichte malt auch.«

»So?« Tilla Straten warf einen skeptischen Blick in den grauverhangenen Himmel. Es sah aus, als könne es jeden Augenblick wieder zu regnen beginnen. »Haben Sie drüben im Atelier zufällig auch Mias Schwester gesehen, Vivica? Sie ist mein Patenkind.«

Edna schüttelte den Kopf. »Nein, sie war nicht dort.«

Tilla Straten seufzte. »Im Haus ist sie auch nicht. Ich habe geklingelt, aber es macht niemand auf.«

Edna betrachtete ihre wetterfesten, aber dennoch erstaunlich schicken Schuhe, sichtbar gewordene Bodenständigkeit. Worauf wartete sie? Wagte sie nicht, einfach weiterzugehen? Oder wollte sie etwas loswerden? »Wissen Sie, ich mache mir ein wenig Sorgen um Vivica«, bemerkte Tilla Straten in diesem Augenblick folgerichtig. »Sie ist so anders geworden, seit sie wieder hier ist.« Sie lächelte resigniert. »Na ja, fünfzehn Jahre sind eine lange Zeit, nicht wahr?«

Ednas Blicke wanderten über die gesprungenen Steinplatten, mit denen der Weg zum Herrenhaus ausgelegt war. Fünfzehn Jahre, dachte sie. Drei Monate. Oder auch nur sechs Wochen. Es scheint nicht zu verhindern zu sein, dass sich die Menschen, die wir lieben, verändern. Dass die Zeit nicht alle Wunden heilte, war ihr schon lange bewusst, aber seit sie ihre Nichte wiedergesehen hatte, kam es ihr vor, als mache die Zeit, die verstrich, alles nur noch schlimmer. Sie vergrößerte die Entfernung, verschärfte die Gegensätze. Sogar die Alpträume schienen mit der Zeit immer schlimmer zu werden …

»Aber sie stellt so seltsame Fragen«, murmelte Tilla Straten vor sich hin, indem sie langsam auf das Hotel zugingen. »Und ich komme einfach nicht mehr an sie heran.« Auf ihrem feingeschnittenen Gesicht lag eine tiefe Ratlosigkeit. »Nicht so wie früher.«

Sie hat Angst, dachte Edna. Angst um einen Menschen, den sie liebt. Wie weit würde sie gehen, um diesen Menschen zu schützen? Würde sie für ihre Patentochter lügen, sie decken, selbst wenn sie wüsste, dass sie schuldig ist? Und für wen log Mia? Oder log sie gar nicht?

Sie sah Tilla Straten an. »Darf ich Ihnen eine Frage stellen?«

Über ihr Gesicht huschte ein Ausdruck der Überraschung, aber sie nickte.

»Ist Nils van Heemskerk Vivicas leiblicher Vater gewesen?«

Sie hatte mit allem gerechnet, aber diese Frage erwischte sie kalt. »Woher soll ich das wissen?!«

»Immerhin waren Sie die beste Freundin der Frau, die es wissen musste, möglicherweise als Einzige wissen konnte«, entgegnete Edna achselzuckend.

Edna konnte sehen, wie Tilla Straten in aller Eile die Alternativen zu einer Antwort erwog. Doch sie schien keine zu finden. Schließlich schüttelte sie den Kopf. »Nein«, sagte sie. »Vivica ist nicht Nils' Kind.«

»Hat er das gewusst?«

»Ich glaube schon.«

»Von Anfang an?«

Sie schüttelte erneut den Kopf. »Natürlich nicht«, entgegnete sie beinahe entrüstet. »Er hat es erst erfahren, als Vivica schon erwachsen war.«

Und damit lieferst du deinem geliebten Patenkind ein hübsches kleines Mordmotiv!, dachte Edna grimmig. *Er hat es erst erfahren, als Vivica schon erwachsen war ...* Hätte sich Nils van Heemskerk vor dem Hintergrund der Erkenntnis, nicht der Vater seiner älteren Tochter zu sein, möglicherweise doch dazu durchgerungen, ein Testament zu machen? Hatte er am Ende kurz davor gestanden, Vivica ausdrücklich von seinem Erbe auszuschließen? Immerhin hatte er noch ein anderes, ein leibliches Kind gehabt. Eine Lieblingstochter …

»Und wer ist Vivicas richtiger Vater?«, wandte sie sich voller Interesse wieder an Tilla Straten.

»Dazu kann ich Ihnen nichts sagen.« Jetzt war sie unmissverständlich abweisend.

Natürlich, dachte Edna. Sie muss mir nicht antworten. Und sie wird mir auch nicht antworten. Sie weiß genau, dass ich auf dieser Insel nichts anderes bin als eine jämmerliche Amateurin, die sich ihre Zeit mit Detektivspielen vertreibt.

»Ach, kommen Sie«, versuchte sie es trotzdem noch einmal. Irgendetwas flog immer auf, selbst wenn man nur in die Luft schoss. »Sie wollen mir doch nicht erzählen, dass Sie keine Ahnung haben, wer der andere Mann im Leben Ihrer besten Freundin gewesen ist …«

»Glauben Sie von mir aus, was Sie wollen!«, fiel Vivicas Patentante ihr mit harscher Schärfe ins Wort. »Aber ich weiß es wirklich nicht. Louisa hat es mir nie verraten.«

Edna spürte, dass sie Tilla Straten auf keinen Fall dazu bringen würde, die Identität des Mannes preiszugeben, selbst wenn sie diese gekannt hätte. Zugleich beschlich sie das Gefühl, dass sich auch die zuständigen Kollegen an dieser Frau die Zähne ausbeißen würden, sollten sie je auf die Idee kommen, sie noch einmal zu den Morden im Herrenhaus zu befragen. Der Gedanke erfüllte Edna mit Genugtuung.

»Ihre Patentochter hat die Nacht, in der ihr Vater ermordet wurde, in Ihrem Haus verbracht, nicht wahr?«, wechselte sie noch einmal das Thema.

»Ja und?!« Tilla Stratens Tonfall war noch schärfer geworden. Sie hatte genug von dieser Unterhaltung, daran ließ sie keinen Zweifel.

»Sind Sie selbst den ganzen Abend zu Hause gewesen?«

»Was soll das hier eigentlich werden?«, fragte sie mit spöttischem Blick. »Ein Kreuzverhör?«

Edna lächelte, sagte aber nichts.

Tilla Straten seufzte. »Ich habe es damals gesagt, und ich sage es gerne noch einmal, auch wenn ich nicht die blasseste Ahnung habe, was Sie diese Sache überhaupt angeht ...«

Treffer!, dachte Edna.

»Meine Patentochter hat sich nicht wohl gefühlt und sich deshalb bereits gegen neun Uhr schlafen gelegt. Ich bin den ganzen Abend zu Hause gewesen und kann beschwören, dass sie ihr Zimmer nicht mehr verlassen hat. Am nächsten Morgen habe ich sie geweckt und wir haben zusammen gefrühstückt. Kurz darauf hat man uns dann über die Tragödie im Herrenhaus informiert.« Sie sah ihrer Gesprächspartnerin direkt in die Augen. »Das ist alles.«

Edna nickte. Wasserdicht, dachte sie. Zumindest im Vergleich zu Mias War-im-Haus-und-habe-nichts-gehört-aber-trotzdem-alles-aufgewischt-Version.

Inzwischen hatten sie die Lieferanteneinfahrt erreicht. Als sie in den Durchgang traten, öffnete sich eines der Küchenfenster und eine hagere Frau mittleren Alters streckte den Kopf heraus. »Großer Gott, Frau Straten!«, plärrte sie, ohne Rücksicht darauf, dass die Angesprochene nicht allein war. »Haben Sie schon gehört, dass sie die Gitta ermordet haben? Unsere Gitta! Hinter dem Kurhaus haben sie sie gefunden. Mit durchgeschnittener Kehle ...«

Tilla Straten reagierte nicht eindeutig, aber Edna hatte den vagen Eindruck, dass ihr diese Nachricht nicht neu war. Natürlich nicht. Sie dachte an die vielen Menschen in den Dünen. Neuigkeiten wie diese verbreiteten sich auf der Insel sicher mit atemberaubender Geschwindigkeit. War Tilla Straten deshalb auf der Suche nach ihrer Patentochter gewesen? Um ihr davon zu erzählen? Oder …

Vivicas Patentante schien sichtlich erfreut über einen Vorwand, dieses für sie so unangenehme Gespräch zu beenden. »Entschuldigen Sie mich«, sagte sie, indem sie Edna flüchtig zunickte. Dann rannte sie die wenigen Stufen zum Eingang der Hotelküche hinauf.

Edna blieb in der Einfahrt stehen, bis die Tür hinter Tilla Straten ins Schloss gefallen war.

* * *

Vivica war überrascht, dass sie recht schnell ein Geschäft fand, das Werkzeuge führte, wie sie sie suchte. Sie kaufte ein Handbeil mittlerer Größe, achthundert Gramm schwer, das das etwas ausgeblichene Etikett passenderweise als »Super-Spalter« auswies, dazu einen Lattenhammer mit rutschfestem, schlagabsorbierendem Griff sowie ein Nageleisen, ein etwa siebzig Zentimeter langes Gerät, das wie eine kleine Brechstange aussah und ihrem laienhaften Blick deshalb besonders geeignet erschien. Außerdem erstand sie eine Taschenlampe und passende Batterien. Keine Überraschungen mehr. Keine Fehler. Von jetzt an war sie auf alle Eventualitäten vorbereitet.

Nachdem sie ihren Einkauf bar bezahlt hatte, verstaute sie die Werkzeuge in einer kleinen schwarzen Reisetasche, die sie eigens für diesen Zweck besorgt hatte, und verließ das Geschäft. Die neugierigen Blicke des Verkäufers in ihrem Rücken ignorierte sie einfach.

* * *

Ein Zufall ließ Edna die Frau, von der sie bereits vor ihrer Abreise an die See so viel gehört hatte, endlich zu Gesicht bekommen. Sie war im Frühstücksraum gewesen und hatte dort schmerzlich erkennen müssen, dass selbst ihre ausgezeichneten Beziehungen zum Personal ihr um elf Uhr vormittags nicht mehr zu einem Frühstück verhelfen konnten. Daraufhin hatte sie sich mit knurrendem Magen auf ihr Zimmer begeben, ihre Mutter angerufen und sich anschließend für ein frühes Mittagessen umgezogen. Das Ausmaß ihres Appetits verwunderte sie, denn normalerweise war sie ein Mensch, der ohne Probleme Mahlzeiten verschieben oder ganz auslassen konnte. Aber seit sie auf dieser Insel war, hatte sie ständig Hunger. Schon abends im Bett dachte sie wieder ans Frühstück, und spätestens eine Stunde nach einer ausgiebigen Mahlzeit befiel sie das Gefühl, es müsse Tage her sein, dass sie etwas zu essen bekommen hatte. Vor dem Hintergrund dieser Erfahrungen war es ihr völlig schleierhaft, wie jemand auf die Idee kommen konnte, ausgerechnet an einem Ort wie diesem eine Klinik für Essstörungen aufzumachen …

Sie stopfte ihre Geldbörse, eine angesichts des schlechten Wetters ausgesprochen optimistische Sonnenbrille, sowie eine Packung Papiertaschentücher in die Taschen ihrer Windjacke und verließ das Zimmer. Sie hatte eine genaue Vorstellung davon, wie sie die nächsten Stunden verbringen würde. Aber zuerst – so viel stand fest – würde sie essen! Irgendetwas mit viel Fleisch oder Geflügel und einer sahnigen Soße und einem Haufen Pommes frites!

Der Lift befand sich am hinteren Ende des Flurs. Edna drückte auf den Knopf mit dem Pfeil nach unten und wartete, doch der Aufzug, der sich der roten Anzeigetafel über ihrem Kopf zufolge in der fünften Etage aufhielt, ließ sich nicht blicken. Kein entferntes Summen, kein Knacken verriet ihr, dass der Lift ihren Wunsch, ins Erdgeschoss zu fahren, überhaupt registriert hatte. Stattdessen leuchtete weiterhin die aggressive Fünf über ihrem Kopf und nährte in ihr den Verdacht, dass zwei Etagen über ihr ein Zimmermädchen die Aufzugtür mit einem Wäschewagen blockierte, um nach getaner Arbeit nicht auf den Lift warten zu müssen. Doch anstatt sich zum Treppenhaus zu begeben, drückte Edna ein weiteres Mal auf den Knopf neben der Tür. Sie würde stur sein und warten. Und wenn sie zu lange warten musste, würde sie sich beschweren. So einfach war das!

Während sie von einem Fuß auf den anderen trat, schweifte ihr Blick aus dem Flurfenster, das auf den Hof hinaus ging. Hatte Maysson nicht gesagt, dass manche Gäste lieber nach hinten raus schliefen? Angesichts der wenig erbaulichen Aussicht auf Hof und Müllcontainer, Mauer und Sackgasse, konnte Edna diese Haltung nur schwerlich nachvollziehen. Sie beugte sich etwas vor, um herauszufinden, ob das Herrenhaus von dieser Stelle zu sehen war, doch sie wurde enttäuscht. Ein vorspringender Gebäudeteil versperrte die Sicht auf Nils van Heemskerks ehemaliges Domizil. Allerdings erregte etwas anderes ihre Aufmerksamkeit. Eine Person, die in diesem Moment die Gasse hinter dem Hotel entlangkam, eine Frau …

Ednas Augen folgten der Fremden, und eigenartigerweise wusste sie sofort, dass es sich um Vivica van Heemskerk handelte, obwohl diese ihrer Schwester zumindest auf die Entfernung kein bisschen ähnlich sah. Sie war groß, ein ganzes Stück größer als Mia, und ausgesprochen schlank. Die dunklen Haare trug sie kurz geschnitten, und über der Schulter hatte sie eine schwarze Tasche, die augenscheinlich recht schwer war. Sie schien es eilig zu haben und blieb nur kurz am hinteren Zugang zur Lieferanteneinfahrt stehen, um die Tasche auf die andere Seite zu nehmen. Dann schritt sie zielstrebig auf ihr Elternhaus zu …

* * *

Zurück in der Küche des Herrenhauses stellte Vivica fest, dass ihre Schwester noch immer im Atelier war. Durch den Türspalt fiel ein schwacher Lichtschein auf den Hof und mischte sich dort mit dem trüben Tageslicht.

Verdammt, dachte Vivica, warum verschwindet sie nicht endlich? Worauf wartete sie? Sie verschwand doch auch sonst immer gleich nach dem Frühstück. Nur heute, ausgerechnet heute, schien sie in ihrem Atelier Wurzeln geschlagen zu haben. War ihr am Ende das Wetter zu schlecht? Angestrengt spähte Vivica durch die Gardine des Küchenfensters, während ihre Finger über die beiden kunstlederverstärkten Griffe der Reisetasche glitten, die vor ihr auf der Anrichte stand. Sie hatte hin und her überlegt, wo sie ihre Einkäufe verstecken konnte, damit Mia sie nicht durch Zufall fand, und sich an den rostigen, alten Müllcontainer hinten im Hof erinnert, der augenscheinlich seit Jahren nicht mehr benutzt wurde. Mia warf ihre Abfälle in die Tonne auf der Vorderseite des Hauses, das hatte sie abgeklärt, und es erschien ihr auch durchaus logisch. Schließlich konnte in Mias Ein-Personen-Haushalt unmöglich so viel Müll anfallen, um einen ganzen Container zu füllen. Ganz zu schweigen von der Mühe, die es machen würde, das schwere Behältnis aus dem Hof heraus und bis nach vorne an die Straße zu schaffen, wo es geleert werden konnte. Nein, sie war sich sicher, dass Mia den Container nicht benutzte, und aus eben diesem Grund schien er ihr das ideale Versteck zu sein. Und verstecken musste sie das Werkzeug so schnell wie möglich. Nicht auszudenken, wenn Mia jetzt herüberkam! *Also los doch, spielen wir ein kleines Spiel, Schwesterchen! Jetzt oder nie. Hopp oder topp.* Sie öffnete die Hintertür und gab sich alle Mühe, die schwere Reisetasche hinter ihrem Rücken zu verbergen, als sie vorsichtig in den Hof hinaus trat. Es regnete schon wieder, ein feiner, nebelartiger Niederschlag aus tiefhängenden Wolken, der ihr Gesicht mit einem Schleier aus Feuchtigkeit netzte. Sie ging seitwärts und hielt sich dabei dicht an der Mauer, wobei sie den Blick keine Sekunde von der Scheunentür ließ. Nur von dort drohte ihr Gefahr. Nur von dieser Tür aus konnte Mia sie sehen ...

»Bleib bloß, wo du bist, Schwesterherz«, flüsterte sie, während sie sich im Krebsgang voranschob. »In fünf Minuten kannst du dich von mir aus auf dein Fahrrad oder in deinen gottverdammten Transporter schwingen und bis ans Ende der Welt fahren, aber nicht jetzt, hast du verstanden?! Nicht ausgerechnet jetzt!«

Ihr Puls raste vor Aufregung. Die Werkzeuge in ihrer Tasche schienen sich in Blei verwandelt zu haben, und der Tragegurt schnitt ihr tief und schmerzhaft in die Schulter. Ihre Nackenmuskeln waren bis zum Zerreißen gespannt. Nur noch wenige Meter, dann hatte sie die Nische erreicht, in der der Container stand. Von einem Mauervorsprung tropfte Regenwasser auf den rostigen Deckel herab, und Vivica fasste den spontanen Entschluss, ihre Schätze nicht *im* Container zu verstecken, sondern darunter. Wenn der Container leer war, wovon sie ausgehen musste, würde die Tasche viel zu tief fallen, um sie später schnell und unkompliziert wieder herauszubekommen. Außerdem konnte sie sich lebhaft vorstellen, wie viel Lärm der schwere Deckel machen würde, wenn sie versuchte, ihn zurückzuschieben. Also unter den Behälter!

Sie ging in die Knie und tastete mit der freien Hand nach

dem rostzerfressenen Metall. Da war das Vorderrad! Ihre Finger maßen die Entfernung zwischen Containerboden und Hof und kamen zu dem Schluss, dass der Platz ausreichen würde. Zentimeter für Zentimeter schob sie die Reisetasche unter den Container. Einmal schien sich etwas verhakt zu haben, und für einen flüchtigen Augenblick wähnte sie die Aktion bereits gescheitert, doch schließlich gelang es ihr, den unsichtbaren Widerstand zu überwinden und die Tasche tief unter dem Müllbehälter verschwinden zu lassen. Auch jetzt ließ sie die Tür zum Atelier nicht aus den Augen. Dort war alles wie gehabt. Keine Bewegung. Alles ruhig. Nur hinter ihr das stete Geräusch der Regentropfen, die auf dem rostigen Containerdeckel zerbarsten. Mit einem hastigen Seitenblick überzeugte Vivica sich, dass sie die Tasche weit genug unter den Behälter geschoben hatte, dann rannte sie zum Haus zurück.

Sie hatte kaum die Tür hinter sich zugezogen, als das Telefon in der Halle zu läuten begann. Eilig versuchte sie, ihren Puls mit ein paar tiefen Atemzügen wieder so weit unter Kontrolle zu bringen, dass man ihrer Stimme die Gehetztheit nicht anhörte. Dann nahm sie ab. *Ich höre, Sie interessieren sich für Informationen, die den Tod Ihrer Eltern betreffen,* schallte es hinter ihrer Stirn. Doch die Anruferin war weder Gitta Teggetmeyer noch Mia Teggetmeyer, sondern ihre Patentante, die sie noch einmal an das an diesem Abend stattfindende Monatsmeeting erinnern wollte.

Vivica sagte ihr Kommen zu, ohne jede Absicht, diese Zusage einzuhalten, während ihre Gedanken immerfort um die Reisetasche kreisten, die im Hof unter Mias Müllcontainer nass und nasser wurde. Sie war nicht zu sehen gewesen, zumindest aus der Nähe nicht. Aber wie sah es aus, wenn man weiter entfernt stand? In der Tür zum Atelier? Auf ihrer Stirn perlte der Schweiß. War die Tasche auch von dort aus nicht zu sehen?

»... und weil ich dich einfach nicht angetroffen habe.«

»Was?« Vivica riss ihre Gedanken von der Scheunentür los und versuchte zu rekonstruieren, was ihre Tante soeben gesagt hatte.

»Ich habe mir Sorgen gemacht«, bemerkte diese mit kaum verhohlenem Vorwurf. »Vor allem, nachdem du schon gestern Abend nicht zu erreichen warst.«

Gestern Abend?! Vivicas Sinne waren sofort hellwach. Was bedeutete das? Hatte ihre Tante gestern Abend hier im Herrenhaus angerufen? Wann? Warum? Was sollte sie jetzt tun?

»Deine Handynummer habe ich ja leider nicht.« Wieder ein Vorwurf. »Sonst hätte ich dich ja vielleicht auch unterwegs ...«

»Ich war aus.« Ihre Gedanken jagten hin und her wie ein in die Enge getriebenes Wild. Was sollte sie sagen? Wie ihre Abwesenheit erklären? Die Falle durfte nicht zuschnappen!

Denk an Lilli!

»Ich habe mich mit einem Freund getroffen.«

»Einem Freund?«

»Ja, jemand, den ich aus Köln kenne.« Und von dem ich ein Kind erwarte, ergänzte sie in Gedanken. »Er ist zufällig auch auf der Insel.«

»Ich verstehe.« Ihre Stimme verriet ein Lächeln.

Nichts verstehst du!, dachte Vivica ärgerlich, während sie mit wachsender Verzweiflung darüber nachgrübelte, warum sie sich zu einer derartig plumpen Lüge hatte hinreißen lassen. In der vergangenen Nacht hatte sie ganz genau festgelegt, was sie sagen würde. Sie hatte alles geplant, sich die Geschichte, die sie erzählen wollte, bis ins kleinste Detail zurechtgelegt. Und nur weil ihre blöde Tante mit der Erinnerung an ein gottverdammtes Meeting nicht bis heute früh hatte warten können, steckte sie auf einmal in der Klemme!

Tilla Straten räusperte sich. »Vielleicht kommt ihr mal zusammen zum Abendessen, du und dein Freund, damit ich ihn kennen lerne?«

»Er bleibt nicht lange«, unterbrach Vivica sie unwillig. Warum hatte sie nicht einfach behauptet, sie habe geschlafen und das Telefon überhört? So hatte es doch schon einmal funktioniert. Bei ihr. Und selbst bei Mia. *Warum hast du sie angelogen?*

»Also dann bis heute Abend, ja?«

Vivica nickte resigniert. »Bis dann.«

Sie legte den Hörer auf und fuhr sich mit beiden Händen durch die Haare, die noch feucht waren vom Regen. *Fehler, Fehler, Fehler,* hämmerte es in ihren Ohren. *So ein Schnitzer darf dir nicht noch einmal unterlaufen! Nie wieder!* Sie schüttelte langsam den Kopf. Sie musste einen Beweis für Mias Schuld finden, sonst – das wusste sie genau – würde die Lüge, die sie ihrer Patentante soeben aufgetischt hatte, sie früher oder später einholen …

* * *

Edna nahm ein Taxi, um zu dem Hof zu gelangen, den Armin Prasser gemeinsam mit seinem Schwiegervater bewirtschaftete. In ein Auto zu steigen, löste in ihr ein Gefühl von Erleichterung aus. Erst am Morgen, kurz nach dem Aufwachen, war ihr aufgefallen, dass es auf der Insel keinen Verkehrslärm gab, und sie war zu dem Schluss gekommen, dass es gerade dieser Umstand war, der sie schlecht schlafen ließ. Drei Tage, dachte sie. Drei verdammte Tage hat es gedauert, bis ich weiß, warum ich mich nicht entspannen kann. Kein Lärm. Keine Hektik. Zu viel Himmel. Zu viel Wind. Und Möwen, die so leise krähen, dass ich bei jedem Tuten dieser verdammten Spielzeugbahn zusammenzucke. Sie runzelte die Stirn. Krähen, zwitschern ... Wie hieß das bei Seevögeln? Schreien, zuckte es durch ihre Gedanken, Möwen schreien!

Sie nannte dem Fahrer die Adresse und betrachtete vom Rücksitz aus dessen Nacken, der sich über den Kragen eines tadellos gebügelten Hemdes wölbte. Durch das geöffnete Fenster drang schwere Regenluft herein und mischte sich mit dem impertinenten Kokosaroma des Wunderbaums, der vom Rückspiegel baumelte. Bus, Fahrrad oder Pferdekutsche, resümierte Edna auf der Fahrt durch adrette rote Straßen, das wären die Alternativen gewesen ... Wie hielt Maja das aus? Warum gefiel es ihrer Nichte an einem Ort wie diesem, wo sogar die Vögel schrien? *Weil es hier so wenig Unvorhergesehenes gibt,* hatte sie gesagt. Was für eine idiotische Begründung! Das Leben war immer unvorhersehbar. In der Hektik der Großstadt genauso wie in der Wüste. Es gab keine Sicherheit. Nirgendwo auf der Welt. Festgelegte Mahlzeiten und genau definierte Tagesabläufe waren nichts als eine billige Illusion!

Der Fahrer hielt direkt vor dem Wohnhaus und Edna bezahlte. Dann stieg sie aus und sah dem Wagen nach, als er davonfuhr. Über den Wiesen hing feuchtgrauer Nebel, und die Scheinwerfer des Taxis waren heller als das Licht, das vom Himmel kam. Das flache Land ist ein beängstigender Ort, dachte Edna, ein Ort, an dem man sich nicht verstecken kann. Wo man ausgeliefert ist. Dem Himmel. Den Möwen. Den eigenen Gedanken. Wie war es möglich gewesen, ausgerechnet in einer so leeren Landschaft das perfekte Verbrechen zu begehen?

Irgendwo in der Ferne weinte ein Baby. Ansonsten war es totenstill auf dem Hof. Ohne Zögern ging Edna auf die Haustür zu. Es gab eine Klingel und einen Türklopfer. Sie entschied sich für die Klingel. Der Ton verhallte im Inneren des Hauses, ohne dass sich etwas gerührt hätte. Sie klingelte ein zweites und auch noch ein drittes Mal, doch niemand öffnete. Wo war das Baby, das sie gehört hatte? Wurde es tatsächlich allein gelassen? Oder wollte man ihr ganz einfach nicht öffnen? Unschlüssig blickte sie sich um. Außer dem Wohnhaus gab es ein paar kleinere Nebengebäude und eine Scheune, die in ihrer Bauweise Mias Atelier nicht unähnlich war. An die Scheune schloss sich ein langgestreckter Stall an, und Edna beschloss, sich dort nach jemandem umzusehen, der ihr weiterhelfen konnte.

Das Regenwasser stand in großen graubraunen Pfützen überall auf dem Hof, der nur teilweise asphaltiert war und ansonsten aus Schotter und festgetretener Erde bestand, und Ednas Slipper hatten sichtlich gelitten, als sie die Stalltür erreichte. Im selben Augenblick trat ein kahlköpfiger Mann aus dem Gebäude, dessen sehniger Körper sich erst vor kurzem dem Alter gebeugt zu haben schien. Er blickte nicht auf, sondern ging einfach an Edna vorbei auf das Wohnhaus zu. Dabei kaute er auf einem Stück Tabak herum. Er wirkte wie ein in die Jahre gekommener Marlboro-Mann.

»Entschuldigen Sie!«, rief Edna ihm nach und wunderte sich, dass er auf ihren Zuruf hin sogleich stehen blieb. »Ich suche Herrn Prasser. Armin Prasser.«

»Da drüben.« Der Alte zeigte auf die Scheune, während ihm der Tabak als dicke braune Soße aus dem Mundwinkel rann und von seinem Kinn auf den durchnässten Boden tropfte.

Edna nickte ihm zu. »Danke sehr.«

Er drehte sich um und ging einfach weiter. Irgendwo weinte noch immer das Baby. Aber das schien hier niemanden zu interessieren.

Also betrat Edna zum zweiten Mal an diesem Tag eine

Scheune, und dieses Mal schlug ihr tatsächlich der warme Geruch von Heu und Dung entgegen, nicht Terpentindämpfe.

Sie fand Armin Prasser im hinteren Teil der Tenne, wo er ein Zaumzeug ausbesserte. Er hob den Kopf, als sie eintrat.

»Erinnern Sie sich an mich?«

Er sah sie an. Fremd. Leer. Seine Augen verrieten nichts. Nicht, was er dachte. Nicht einmal, ob er dachte. Oder fühlte. Nichts.

»Wir haben uns am Dienstag in der Bar des Hotels *Meeresrose* kennen gelernt«, kam sie ihm zu Hilfe.

»Die Polizistin«, sagte er nur. Kein Verwundern. Keine Beteiligung. Nur eine simple Feststellung.

»Ich wollte ...«, begann Edna, doch sein Blick schweifte ab, ging an ihr vorbei zur Tür in ihrem Rücken, wo es dunkler geworden war. Noch dunkler, als dieser trübe Morgen ohnehin schon war. Edna drehte sich um und sah die Frau, die ihn aus der Bar abgeholt hatte, im Türrahmen stehen. Ihr Gesicht war unbewegt, ein heller Fleck vor dem Grau des Hofes.

»Es ist nichts«, sagte Armin Prasser. »Sei ganz ruhig. Es ist alles in Ordnung.« Seine Frau rührte sich nicht von der Stelle. »Was wollen Sie?«

Edna drehte sich wieder zu ihm um. »Ich hätte gerne etwas über Ihre Mutter gewusst.«

»Wozu?«

»Weil sie getötet wurde. Und weil heute Morgen die Frau, die damals ihre Leiche gefunden hat«, sie erwähnte absichtlich nur Sabine Prassers Leiche, »ermordet aufgefunden worden ist.«

Er schien es noch nicht gehört zu haben. Oder er war ein ausgezeichneter Schauspieler. Eins von beidem, dachte Edna.

Sein Blick wanderte wieder zur Tür hinüber. »Stimmt das?« Offenbar vertraute er seiner Frau blind.

»Ich habe noch nichts Konkretes gehört«, entgegnete ihre Stimme in Ednas Rücken. »Nur, dass jemand ermordet wurde.«

»Gitta Teggetmeyer ist auf dieselbe Weise gestorben wie Ihre Mutter«, erklärte Edna. »Ihr wurde die Kehle durchgeschnitten.«

»Gut so!« Er setzte sich auf einen wackligen Hocker.

»Warum?«

»Weil sie zugelassen hat, dass diese Irre ...« Er unterbrach sich und starrte auf den staubigen Boden hinunter. »Wenn die Teggetmeyer damals nicht so ein Theater gemacht hätte, wäre vielleicht noch was übrig gewesen, mit dem man den Täter hätte überführen können.«

»Fingerabdrücke auf einem Beil zum Beispiel?«

Er rieb sich die Stirn. »Zum Beispiel.« Und plötzlich lag etwas wie Misstrauen in seinem Blick. »Untersuchen Sie den Fall?«

»Nein.«

»Was wollen Sie dann hier?«

»Ich bin hier, weil ich Ihnen zugehört habe, neulich Abend.«

»Was habe ich denn gesagt?«

Edna war sich sicher, dass er das genau wusste. »Dass Ihre Mutter umgebracht wurde«, beantwortete sie seine Frage trotzdem.

»Das stimmt ja auch.«

»Von wem?«

Er schwieg.

»Aus dem, was Sie gesagt haben, konnte man schließen, dass Sie jemand ganz Bestimmten verdächtigen, wenn nicht gar beschuldigen.«

»Und was geht Sie das an?«, fragte er wieder.

Edna ignorierte ihn. »Wen haben Sie gemeint, als Sie sagten: ›Schon in dem Moment, als sie hier ankam, seid ihr entschlossen gewesen, sie wieder loszuwerden‹?«

»Alle.« Er sah wieder zur Tür. Erwartete er Hilfe von seiner Frau? Oder die Erlaubnis, sprechen zu dürfen?

Edna ließ nicht locker. »Haben Sie Nils van Heemskerks Töchter gemeint?«

»Ich habe sie alle gemeint«, wiederholte Armin Prasser trotzig. »Die ganze verdammte Bagage hat meine Mutter abgelehnt.«

Edna dachte daran, wie Jolantha Maysson den Nachmittag beschrieben hatte, an dem Sabine Prasser ins Herrenhaus gekommen war: *Als ob etwas, das schon angeknackst gewesen ist, endgültig zerbrochen wäre ...*

»Warum haben sie sie abgelehnt?«

Er blickte sie an. Nur ganz kurz. Dann sah er wieder weg. Auf den Boden. »Weil sie im Weg war. Was weiß ich.«

»Wem im Weg?«

Er antwortete nicht. »Sie haben sie wie ein Stück Scheiße behandelt«, sagte er stattdessen. Um seinen Mund erschien ein harter, bitterer Zug. »Sie war ganz heil, als sie auf diese Insel kam. Aber als sie starb, war sie ein Wrack.« Edna beobachtete sein Gesicht. Unter der weißen Haut spielten die Muskeln. »Sie hat gedacht, sie kriegt ein Haus.« Sein Lachen klang höhnisch. »Mit einem Garten drum herum und Gesellschaften jeden Samstag und was weiß ich noch alles. Aber er hat sie wie Dreck behandelt. Nicht mal 'n paar Blumen zum Hochzeitstag hat er ihr gekauft, der alte Geizkragen.« Er zog die Nase hoch und starrte vor sich hin. »Einen Haufen vergammelte Lebensmittel hat er uns fressen lassen, und das Wasser, mit dem sie sein fauliges Gemüse gewaschen hat, musste sie anschließend raus in den Garten tragen, um die Blumen damit zu gießen. Geld wie Rockefeller, aber schlimmer als

Dagobert Duck.« Er schleuderte das Zaumzeug, an dem er gearbeitet hatte, auf den Boden. »Nur für seine unbegabte Tochter ließ er eben mal 'n paar tausend Mark springen.«

Edna wurde hellhörig. »Wovon reden Sie?«

Armin Prassers Kopf schnellte hoch. Angriffslust lag in seinem Blick. Angriffslust und Hass. Ja, dachte Edna, er hasst die Heemskerks. Wut war ein Gefühl, das nur schwerlich fünfzehn Jahre überdauern konnte. Aber Hass? Hass hatte zweifellos einen längeren Atem …

»Ich hätte gerne gewusst, wovon Sie da eben gesprochen haben«, sagte sie noch einmal.

»Na, von der Ausstellung, die er ihr schenken wollte. Zum Geburtstag.«

»Sprechen Sie von Mia?«, fragte Edna, doch darauf ging Armin Prasser nicht ein.

»Natürlich hat er 'n Riesengeheimnis drum gemacht, damit auch ja keiner denkt, es sei vielleicht doch was zu holen bei ihm. Aber meine Mutter ist ihm trotzdem auf die Schliche gekommen.« Die Worte sprudelten zwischen seinen bleichen Lippen hervor, und Edna überlegte, wie lange er auf eine solche Gelegenheit gewartet haben mochte. Auf die Gelegenheit zum Sprechen. Genau wie Mia, dachte sie. Wenn die beiden wüssten, wie ähnlich sie einander sind, würden sie kotzen. »'n paar tausend Mark sollte diese verdammte Scheiße kosten. Die schüttelte er einfach aus'm Handgelenk. Aber meiner Mutter hat er nicht mal 'n paar Blumen zum Hochzeitstag geschenkt«, sagte er wieder.

»Und wie ist Ihre Mutter ihm auf die Schliche gekommen?«, erkundigte sich Edna mit wachsendem Interesse. Lag hier die Erklärung für den Briefumschlag in Nils van Heemskerks Sekretär? Ein paar tausend Mark …

»Na, sie hat den Kostenvoranschlag gefunden«, entgegnete er. »Von so 'ner Scheißgalerie.« Plötzlich fing er an zu lachen. Ein müdes, sehr verlorenes Lachen. »Dabei hatte sie nicht 'n Funken Talent. Im Gegenteil. Völlig debil war die.« Er schüttelte fassungslos den Kopf. »Ein paar tausend Mark für 'ne verdammte Bilderausstellung. Und meine Mutter hat er Dreck fressen lassen, das alte Schwein.«

»Wann ist das gewesen?«, fragte Edna, obwohl sie eigentlich sicher war, dass sie die Antwort auf diese Frage kannte. »Das mit der Ausstellung, meine ich.«

»Kurz bevor sie ihn kaltgemacht haben«, versetzte Armin Prasser genüsslich. »Das debile Dummchen hat im September Geburtstag, und es sollte ja ein Geschenk sein.«

»Haben Sie der Polizei davon erzählt?« Sie fragte nur, weil sie seine Antwort hören wollte.

Er hob den Blick. »Nein.«

»Wieso nicht?«

»Warum hätte ich das tun sollen?« Sein Kinn schob sich ein Stück nach vorne. Eine vielgeübte Geste, die jedweden Widerspruch im Keim zu ersticken suchte.

Edna verzog keine Miene.

»Hat mich niemand nach gefragt«, sagte er schließlich.

Sie nickte nur. So simpel. Und es passte alles: Nils van Heemskerk hatte sich im Rahmen seiner Möglichkeiten sehr um seine jüngere Tochter bemüht. Nicht nur Jolantha Maysson, auch Grete Siehler hatte sich über die Nachsicht gewundert, die er Mia stets entgegengebracht hatte. Vielleicht hat er ihr Talent erkannt, dachte Edna. Als Einziger auf dieser gottverlassenen Insel hat er ihr Talent erkannt. Er hat ihr ein Atelier eingerichtet. Er hatte vor, ihr eine Ausstellung zu finanzieren. Warum hätte sie ihn umbringen sollen? Sie wollte ja nicht einmal am Festland studieren. *Kunst studiert man nicht. Kunst macht man einfach ...*

»Hat Mia von den Plänen ihres Vaters gewusst?«, fragte sie. »Ich meine, hat sie gewusst, dass er ihr diese Ausstellung finanzieren wollte?«

Ein Anflug von Erheiterung erschien auf seinem schmalen Gesicht: »Die wusste sogar, wo und wie oft die Zimmermädchen pissen gehen.«

Edna schmunzelte. »Hat sie auch von der geplanten Ausstellung gewusst?«

»Na klar.«

»Wissen Sie das genau oder vermuten Sie es nur?«, insistierte sie.

Er zog wieder die Nase hoch. »Sie wusste alles, die kleine Schnüfflerin.«

Edna sah ihn an und fragte sich, warum die Menschen auf dieser Insel so wenig Gespür für offensichtliche Widersprüche zu haben schienen. Mia van Heemskerk war ein debiles Dummchen. Und im nächsten Atemzug eine Schnüfflerin, die alles wusste. Sie war unbegabt, sie war talentiert. Sie war schlecht in der Schule und machte trotzdem jedes verdammte Kreuzworträtsel, das sie in die Finger bekam. Sie war eine Irre, aber sie war raffiniert – zwei Ansichten desselben Bildes. Was ist sie wirklich?, dachte Edna. Schuldig?

Sie sah Armin Prasser an. »Haben Sie Ihre Mutter angerufen, an dem Abend, an dem sie ermordet worden ist?«

»Nein.« Er sah überrascht aus. »Wieso sollte ich?«

»Sind Sie sicher?«

»Natürlich bin ich sicher.«

Edna drehte sich nach der Tür um. Seine Frau war verschwunden. Wie lange schon?

»Wann haben Sie Ihre Mutter zuletzt gesprochen?«

»Vormittags irgendwann.«

»An dem Mordtag?« Sie sagte das absichtlich. Mordtag …

»Ja.«

»Erinnern Sie sich, worum es in diesem Gespräch gegangen ist?«

»Um Geld«, entgegnete er ohne Umschweife.

Edna nickte. »Haben Sie Ihre Mutter angepumpt, um Ihre Spielschulden begleichen zu können?«

»Ich habe meine Schulden nur höchst selten beglichen«, antwortete er mit einem Grinsen, dessen Abgebrühtheit Edna ihm nicht so recht abnahm. »Genau das war mein Problem.«

»Aber wenn Sie mal bezahlt haben«, beharrte sie, »stammte das Geld dafür von Ihrer Mutter, oder nicht?«

»Nein!« Seine Frau war fort. Jetzt zeigte er seine Aggressionen offen.

»Woher sonst?«

»Ich habe damals längst mein eigenes Geld verdient.«

Sie zog ironisch die Augenbrauen hoch. »Oh ja, Ihr Lehrlingsgehalt, nicht wahr?«

»Ich war zu diesem Zeitpunkt schon fertig mit der Ausbildung«, versetzte er. »Und außerdem geht Sie das alles einen Scheißdreck an.«

Da hast du mal Recht, dachte Edna. Ich bringe mich hier in die größten Schwierigkeiten. Ich überschreite sämtliche Befugnisse. Oder treffender ausgedrückt: Ich bin überhaupt nicht befugt. Zu gar nichts. Nicht auf dieser Insel. Wann würde ihm das klar werden? Oder war es ihm längst klar? Sie hatte ihm offen gesagt, dass sie den Fall nicht untersuchte. Nicht den Mord an Gitta Teggetmeyer. Und auch nicht die Heemskerk-Morde. Natürlich nicht. Warum redete er überhaupt mit ihr? Warum redeten sie alle?

Sie lächelte ihm zu. »Glauben Sie, dass Mia die Morde begangen hat?«

»Möglich.« Er stand auf.

Edna hätte ihn am liebsten festgehalten. »Und warum haben Sie dann neulich Abend Mias Schwester als Mörderin bezeichnet?«

Er grinste. »Habe ich das?« Dann wandte er sich demonstrativ ab und griff wieder nach dem Werkzeug, das er bei Ednas Eintreten in der Hand gehalten hatte, einer Art Ahle.

Sie trat dicht hinter ihn. Die Anspannung ließ die Sehnen in seinem Nacken hervortreten. Edna konnte sehen, dass ihm die entstandene Nähe nicht behagte, und er schien zu überlegen, ob er es sich leisten konnte, die fremde, unbefugte Kommissarin einfach aus seiner Scheune zu werfen.

»Seit ich auf dieser Insel bin, höre ich immer wieder, dass es eine von den Töchtern gewesen sein muss«, sagte sie in seinem Rücken. »Und wissen Sie was? Die Begründung für diese Annahme ist immer das Erbe. Die Töchter haben geerbt. Das Hotel. Das Herrenhaus. Das gesamte Vermögen.« Er reagierte nicht. »Andauernd ist nur von Profit die Rede. Und ich frage mich wirklich ...« Sie wollte nicht lockerlassen. Noch nicht. Sie hatte das unbestimmte Gefühl, dass bei Armin Prasser noch etwas zu holen war. »Ich frage mich, warum so viel Blut geflossen ist, wenn es nur ums Geld ging.«

Er hielt mitten in einer Bewegung inne. »Vielleicht musste es so viel Blut sein, damit man an das Märchen von der durchgeknallten Tochter glaubt.«

Da ist was dran, dachte Edna. Sie machte einen Schritt zur Seite, um ihm ins Gesicht sehen zu können. »Denken Sie, dass jemand Mia den Mord in die Schuhe schieben wollte?«

Er wandte den Kopf. »Vielleicht wussten sie, dass sie sie nie drankriegen deswegen.«

Da irrst du dich, Kleiner, dachte Edna, wenn ihre Fingerabdrücke auf dem Beil gewesen wären, hätten sie sie sehr wohl drangekriegt!

»Wer?«, hakte sie nach. »Wer hat das gewusst?«

Doch er schwieg wieder sein viel geübtes Schweigen.

»Sie sprechen immer von mehreren Personen«, beharrte Edna. »Aber außer Mia selbst hat nur eine Person von der Tat profitiert: Vivica.«

»Es gibt viele Arten, zu profitieren«, entgegnete er.

»Zum Beispiel?«

In seinen Augen erschien ein listiges Funkeln. »Sie haben mich doch nach Geld gefragt, eben.«

Edna nickte. »Ja?«

»Ich hab tatsächlich hin und wieder mal was bekommen. Aber nicht von meiner Mutter.«

»Sondern?«

»Mein Chef hat mir ab und an was gegeben.«

»Maysson?« Edna konnte ihre Überraschung nur mit Mühe verbergen. »Warum?«

»Damit ich meinem verehrten Stiefpapa nicht stecke, dass ich ihn auf ihrem Zimmer gesehen habe.« Er bückte sich nach dem Zaumzeug. In seinem Milchbubengesicht mischte sich Schadenfreude mit Abscheu.

Edna ließ ihn nicht aus den Augen. »Auf wessen Zimmer?«

Armin Prasser grinste. »Auf Mias Zimmer«, antwortete er genüsslich.

* * *

Um kurz nach zwei setzte das Taxi sie direkt vor dem Hotel ab. Ein anderer Fahrer dieses Mal, einer ohne Specknacken. Dafür hatte er eine rote Schirmmütze mit Ferrari-Logo auf dem Kopf, die jedoch – wie Edna erleichtert festgestellt hatte – in keinerlei Wechselbeziehung zu seinem Fahrverhalten stand. Sie bezahlte und stieg aus dem Wagen.

Während der Fahrt hatte der Regen aufgehört, und hier und da drangen nun ein paar Sonnenstrahlen durch die Wolken. Dazu war es noch immer sehr windig. Edna blickte die Straße hinunter. Von links, von der Strandpromenade her, näherten sich drei Männer. Bullen, dachte sie, noch bevor sie registrierte, dass einer der Männer eine Uniform trug, die Kollegen sind schnell! Und tatsächlich: Die drei Männer steuerten zielgerichtet auf die Lieferanteneinfahrt zu.

Edna schlug die Autotür zu und wollte soeben das Hotel betreten, als völlig überraschend nach ihr gerufen wurde.

»Donnerwetter, Edna?!«

Sie drehte sich um.

»Edna Beck?«

Er war rothaarig und hatte eine Figur, die sie, wenn sie sie mit einem einzigen Wort hätte umschreiben müssen, als »feist« bezeichnet hätte. Sein Gesicht erkannte sie sofort, nur der Name, der zu diesem Gesicht gehörte, wollte ihr nicht auf Anhieb einfallen. Es war eine Fortbildung gewesen, daran erinnerte sie sich. Erweiterte Vernehmungstechniken. Er hatte vor ihr gesessen und eine kreisrunde kahle Stelle am Hinterkopf gehabt.

»Bernd«, strahlte er jetzt, während er seinen Kollegen ein Zeichen machte, dass sie ein paar Schritte vorausgehen sollten. »Bernd Carstensen. Erinnerst du dich?«

Sie lächelte. »Sicher. Wiesbaden 1992, nicht wahr?«

Er nickte. »Waren tolle Zeiten damals.«

»Allerdings«, pflichtete Edna ihm ohne allzu großen Enthusiasmus bei. Sie kannte Kollegen aus allen Teilen der Republik. Aber ausgerechnet hier auf einen Bekannten zu treffen, verwunderte sie zutiefst.

»Jaja, das Rheinland.« Bernd Carstensen strahlte noch immer. »Ist mir echt schwergefallen, da wegzugehen«, bekannte er. »Bist du noch in Koblenz?«

Edna bejahte. »Und du?«

»Polizeiinspektion Leer«, entgegnete er schicksalsergeben. »An den Norden hab ich mich erst gewöhnen müssen, das kannst du mir glauben. Aber meine Frau wollte ja unbedingt wieder hier rauf.« Seine Schultern machten eine resignierte Bewegung. »Sie stammt von Leer, und als dann das Haus meiner Schwiegereltern frei wurde ... Na ja, wir haben zwei Kinder«, fügte er wie zur Entschuldigung hinzu. »Die können jetzt mit dem Fahrrad zur Schule fahren, aber das konnten sie im Rheinland ja eigentlich auch.« Er seufzte. »Tja, wie auch immer, meine Schwiegereltern sind jedenfalls ab nach Mallorca. Ruhestand unter Palmen und so, du weißt schon ...«

Edna schenkte ihm ein mitfühlendes Kopfnicken.

»Und was ist mit dir? Was machst du hier?«

»Urlaub«, entgegnete Edna so harmlos wie irgend möglich. »Außerdem ist meine Nichte im Augenblick hier ...«, sie stutzte, weil sie nicht schon wieder von einer Therapie sprechen wollte, von der sie rein gar nichts hielt, »stationiert«, schloss sie stattdessen vollkommen irrational.

»Aha.« Bernd Carstensens Miene drückte Anerkennung aus. »Beim Bund?«

Edna hatte das unangenehme Gefühl, rot zu werden. »So ähnlich«, entgegnete sie vage.

Er sah sich um. »Wohnst du hier? Ich meine, in diesem Hotel?«

Sie nickte. »Und was führt dich auf diese sturmgepeitschte Insel?«

Er wies mit dem Kinn zu seinem Kollegen hinüber, der ein paar Schritte entfernt an der Hauswand lehnte und rauchte. »Dienstlich«, erklärte er. »Hat einen Mord gegeben, hinten in den Dünen. Eine Frau von fünfundfünfzig. Einheimische. Ziemlich üble Sache.«

»Ich habe schon davon gehört«, gestand Edna, was ihren norddeutschen Kollegen nicht weiter zu verwundern schien.

»Tja«, sagte er. »Solche Neuigkeiten verbreiten sich hier schnell. Das Opfer hat übrigens früher in deinem Hotel gearbeitet.«

»Tatsächlich?«

»Darum sind wir hier«, nickte Carstensen und schob eine seiner feisten Hände in die Hosentasche. »Wir suchen nach möglichen Kontakten. Sie hat ziemlich zurückgezogen gelebt, aber gestern Abend muss sie eine Verabredung gehabt haben. Behauptet zumindest ihre Mutter. Ziemlicher Drachen, aber hellwach hier oben.« Er tippte sich bedeutungsvoll an die sommersprossige Stirn. »Sie hat das Telefon läuten hören, kurz bevor ihre Tochter das Haus verlassen hat.«

Scheiße!, dachte Edna. Auch Sabine Prasser hatte einen Anruf erhalten, kurz vor ihrem Tod. Wenn es stimmte, was Mia van Heemskerk sagte, hatte jemand sie auf dem Nebenanschluss im Schlafzimmer angerufen, möglicherweise sogar von der Halle des Herrenhauses aus. Sie senkte nachdenklich den Blick. Mia van Heemskerk hatte geglaubt, der Anrufer sei ihr Stiefbruder gewesen, doch Armin Prasser leugnete, am besagten Abend mit seiner Mutter telefoniert zu haben. Sollte sie Carstensen von der Sache erzählen? War es tatsächlich wichtig, dass er wusste, was sie herausgefunden hatte? Was, wenn es diesen Anruf am Bett von Sabine Prasser nie gegeben hatte? Keinen Anruf und kein verschwundenes Beil? Aber warum sollte Mia so etwas erfinden?, beharrte etwas tief in ihr. Was würde ihr das alles nützen? Gleichzeitig fiel ihr etwas ein, das Mia selbst gesagt hatte: *Glauben Sie allen Erns-*

tes, die Menschen lügen nur, wenn es ihnen nützt? Edna starrte auf das rote Pflaster hinunter. Vor ihrem inneren Auge erschien ein düsteres Schlafzimmer. Ein Doppelbett aus Eichenholz. Ein Nachtschrank, Wecker, Telefon. Sabine Prasser liegt im Bett. Gegen 22:15 Uhr erhält sie einen Anruf. Daraufhin verlässt sie ihr Schlafzimmer und geht in die Küche hinunter, wo ihr die Kehle durchgeschnitten wird ... Ednas Augen wanderten die Straße entlang und blieben an Bernd Carstensens Kollegen hängen, der wartend an der Mauer neben der Lieferanteneinfahrt lehnte. Gitta Teggetmeyer hatte ebenfalls einen Anruf erhalten. Daraufhin hatte sie ihr Haus verlassen und war zu einem Strandkorb in den Dünen hinter dem Kurhaus gegangen, wo ihr – genau wie Sabine Prasser – die Kehle durchgeschnitten worden war. Man hat sie zum Sterben bestellt, dachte Edna, zur Schlachtbank.

»Weiß man schon Genaueres über die Todesursache?«, fragte sie.

»Ein Schnitt durch die Kehle«, antwortete Bernd Carstensen bereitwillig. »Wie's aussieht mit einem Fleischermesser oder etwas Ähnlichem. Ziemlich brutal. Sie haben sie jetzt erst mal nach Oldenburg in die Pathologie gebracht. Näheres wird die Obduktion zeigen.«

»Vergewaltigt?«

»Nein.«

»Irgendwelche Abwehrverletzungen?«

Er schüttelte den Kopf. »Sie hat nicht damit gerechnet, und der Täter hat nicht lange gefackelt.«

»Wann genau ist es passiert?«

»Gestern Abend. Nach einer ersten Einschätzung des Arztes so gegen 21:00 Uhr.«

»Hatte sie irgendwas bei sich?«

»Nur ihren Hausschlüssel. Ihr Portemonnaie lag zu Hause auf der Garderobe. Die Mutter sagt, es fehle auch sonst nichts.« Er sah wieder zu seinem Kollegen hinüber, der gehen wollte und ungeduldig auf seine Armbanduhr tippte. »Tut mir Leid, aber ich muss jetzt wohl«, sagte er mit tief bedauerndem Unterton. »Die Pflicht ruft.«

Edna streckte ihm die Hand entgegen. »Viel Erfolg.«

»Danke. Hat mich gefreut, dass wir uns mal wiedergesehen haben.« Er lächelte. »Was macht übrigens dein Mann?«

»Nach allem, was ich so höre, geht es ihm gut«, entgegnete Edna.

»Oh.« Bernd Carstensen zuckte leise zusammen. »Seid ihr ...?«

»Seit sieben Jahren«, nickte Edna ohne Wehmut.

»Also dann ...« Er wandte sich abermals zum Gehen.

»Ihr wisst, dass es hier vor Jahren mal einen ähnlichen Fall gegeben hat?«, rief Edna ihm nach, während ihre Augen unwillkürlich nach der kahlen Stelle an seinem Hinterkopf suchten. Sie brachte es einfach nicht fertig, ihn zu hintergehen. Schlimm genug, dass sie ihm Informationen vorenthielt. »Die zweite Frau des Hotelbesitzers ist auf exakt dieselbe Weise gestorben wie die Frau in den Dünen.«

Er drehte sich um. »Darauf haben uns die Kollegen hier auf der Insel sofort nach unserer Ankunft hingewiesen.« Das Lächeln, mit dem er sie bedachte, hatte etwas Spitzbübisches, das vorzüglich zu seinen roten Haaren passte. »Nicht zuletzt deshalb sind wir hier.« Seine ausladende Geste umfasste das gesamte Hotel. Er nickte Edna zu, dann folgte er seinem Kollegen zur Lieferanteneinfahrt. Dort drehte er sich allerdings noch einmal um: »Hast du wirklich Urlaub?«

Edna grinste. »Wie ich gesagt habe. Aber natürlich hört man so dies und das ...«

Bernd Carstensens üppiger Mund verzog sich großzügig in die Breite. »Natürlich«, nickte er voller Verständnis. »Vielleicht könnten wir mal zusammen essen, solange ich hier zu tun habe?«

»Jederzeit«, entgegnete Edna zufrieden und betrat das Hotel.

* * *

Genau wie an ihrem ersten Morgen im Herrenhaus zuckte Vivica erschrocken zusammen, als die Türglocke läutete. Einen Moment lang dachte sie daran, das Läuten zu ignorieren, aber schließlich ging sie doch an die Tür, selbst auf die Gefahr hin, dass es Leon war, der mit ihr über Lilli diskutieren wollte. Über Zoobesuche und den geeigneten Kindergarten. Und vielleicht sogar über die Frage, ob Karotten oder Spinat der Entwicklung des kindlichen Knochenbaus zuträglicher waren.

Doch vor der Tür wartete nicht Leon.

Die beiden Männer, die auf der obersten der drei ausgetretenen Stufen standen, waren ihr vollkommen unbekannt.

Sie setzte das Lächeln auf, mit dem sie in der Agentur ihre Präsentationen zu begleiten pflegte. »Kann ich Ihnen behilflich sein?«

Einer der beiden hielt ihr einen Ausweis unter die Nase. »Kriminalpolizei. Frau van Heemskerk?«

»Meine Schwester ist in ihrem Atelier.« Sie wich einen Schritt zurück. »Das ist hinter dem Haus. In der Scheune. Sie arbeitet dort.« Nun trat sie doch wieder ein Stückchen vor. Es ließ sich nicht vermeiden. Schließlich musste sie ihnen zeigen, wo es langging. »Sie können außen um das Haus herumgehen. Dort vor der Mauer links.« An den vergammelten Rosenbeeten vorbei, fügte sie in Gedanken hinzu. Vorbei an den Rosen, die meine Schwester schon vor langer Zeit zu füttern vergessen hat. Aber zu Ihrer Information: Sie malt gern florale Motive. »Sie müssen den Hof überqueren, dann kommen Sie direkt darauf zu. Es ist …« Hatte sie das schon gesagt? »Das Atelier ist in der Scheune.«

»Vielen Dank.« Der Beamte lächelte höflich und machte seinem Kollegen ein Zeichen, der daraufhin um die Ecke des Herrenhauses verschwand. »In der Zwischenzeit hätte ich mich gerne mit Ihnen unterhalten …«

* * *

Sie war weit gelaufen. Sehr weit. Unterwegs hatte es wieder zu regnen begonnen, und inzwischen war sie nass bis auf die Knochen, doch sie fühlte sich auch befreit. Befreit von einem kindischen, unangebrachten Neidgefühl auf die Kollegen, die überall klingeln und Fragen stellen durften, die befugt waren und aus nächster Nähe jede Reaktion, jedes Zögern und Stutzen, jede Unsicherheit beobachten konnten. Die Begegnung mit Bernd Carstensen hatte ihr vor Augen geführt, was ihr eigentlich schon mit Gitta Teggetmeyers Tod klar gewesen war: dass ihre kleinen Schnüffeleien an dieser Stelle endeten, dass die Ratespielchen, die Gespräche, mit denen sie sich die Zeit vertrieben hatte, der Vergangenheit angehörten, dass alles, was sie jetzt noch in Sachen Heemskerk unternehmen würde, in den Bereich der Einmischung fiel. Einmischung in eine laufende Ermittlung …

Trotzdem, sie konnte nicht aufhören nachzudenken. Über den Fall, den neuen und den alten, über Nils van Heemskerk und Sabine Prasser. Sie konnte aufhören, Gespräche zu führen und Fragen zu stellen, aber sie konnte nicht aufhören zu denken. Und nichts und niemand konnte sie hindern, aus dem, was sie erfahren hatte, ihre Schlüsse zu ziehen.

Um ein wenig Ordnung in ihre Gedanken zu bringen, war sie gleich nach ihrer Rückkehr von Armin Prasser zu einem Nachmittagsspaziergang aufgebrochen. Immer am Strand entlang, hart am Wind, wie man so sagte. Irgendwann hatte sie ihre völlig durchnässten Schuhe ausgezogen und war barfuß weitergegangen. Die Schuhe hatte sie in die Taschen ihrer Jacke gestopft, aus denen sie ein gutes Stück herausragten. Später auf der Promenade hatte sie versucht, sie wieder anzuziehen, doch ihre nassen, sandigen Füße hatten jegliche Mitarbeit verweigert, und so stolperte sie jetzt unbeschuht die Strandstraße hinunter, wobei sie inständig hoffte, nicht zufällig Bernd Carstensen über den Weg zu laufen, wenn sie in wenigen Minuten ihr Hotel erreichte. Jacke und T-Shirt klebten an ihrem Körper wie eine zweite Haut, und sie sehnte sich nach einer heißen Dusche und einer Tasse frischgebrühtem Kaffee. Im Gehen zog sie ein völlig durchweichtes Papiertaschentuch aus der Hosentasche und putzte sich die Nase. Seit sie an der See war, hatte sie das Gefühl, dass ihre Schleimhäute förmlich zerflossen. Angeblich war dieses Getriefe sogar gesund, doch Edna fand es einfach nur lästig. Sie war gerade dabei, das Taschentuch wieder in ihrer Hosentasche zu verstauen, als nach ihr gerufen wurde.

»Be-heck!«

Sie blieb stehen und sah sich um. Die Stimme schien irgendwo aus der nebligen Feuchtigkeit vor ihr zu kommen.

»Hallo Be-heck!«

Es klang freundlich, dieses Be-heck, trotzdem war Edna nicht begeistert. Sie hasste es, wenn auf offener Straße nach ihr gerufen wurde, vor allem, wenn sie gerade bis auf die Knochen durchnässt war und dringend nachdenken musste. Unwillig zwinkerte sie sich ein paar Regentropfen aus den Wimpern und erkannte auf der anderen Straßenseite ihre kroatische Zimmerfee samt formeleinsigem Faulpelzgatten. Ihr Erkennen beruhte freilich eher auf einer Kette von Indizien – Körpergröße, Stimmfarbe, Akzent und winkende Hand in fremder Umgebung – als auf einem visuellen Eindruck, denn Dunja sah anders aus, als Edna sie in Erinnerung hatte. Sie trug ein quietschgelbes Ölzeug, das ihr ein ganzes Stück zu groß war, und auf dem Kopf einen höchst eigenartigen Hut, eine Art Südwester aus blauem Lack. Ihr Mann hatte sich ein elegantes schwarzes Regencape umgeworfen, seinerseits jedoch auf eine Kopfbedeckung verzichtet, was er sich leisten konnte, denn auf seinem Haupt war kein einziges Haar mehr zu entdecken, das hätte nass werden können.

Beide hielten je einen Henkel einer schwarzen Reisetasche umklammert, in der sich anscheinend Lebensmittel befanden. Zwischen den weit auseinander klaffenden Reißverschlusshälften entdeckte Edna Konservendosen, Tiefkühlpizza und einen mindestens fünf Kilogramm schweren Sack Kartoffeln. Offenbar hatten die beiden soeben den wöchentlichen Großeinkauf erledigt.

Auf Dunjas Seite hing die Tasche nur wenige Zentimeter über dem nassen Pflaster, denn sie war gut zwei Köpfe kleiner als ihr Soffagatte. Allerdings schien sie über die doppelte Menge an Energie zu verfügen. Nachdem sie ihre Bollizistenfreundin entdeckt hatte, riss sie Ehemann und Tasche kurzerhand über die Straße, und Edna wappnete sich eiligst für eine weitere Runde deutsch-kroatischer Konversation.

»Einkaufe«, erklärte Dunja, als sie die verehrte Kommissarin erreicht hatte. »Immer viele einkaufe Wocheende.«

»Draiii Söhne«, merkte Edna verständnisvoll an, indem

sie sich mit der flachen Hand gegen die Brust schlug. Das mit dem Kroatisch klappte doch schon ganz gut!

Dunja gab einen einvernehmlichen Seufzer von sich. »Du nass«, befand sie sodann mit überwältigendem Scharfsinn.

Edna bemühte sich um einen würdevollen Gesichtsausdruck zu ihren nackten Füßen. »Ich war spazieren.«

Erstaunlicherweise erklärte Dunja sie angesichts dieses Geständnisses keineswegs für übergeschnappt, sondern schenkte ihr, im Gegenteil, ein überaus nachsichtiges Kopfnicken. »Aaahjajaja, immer frische Luft. Jede Wetter rausraus. Gute See.«

Edna – angenehm überrascht von diesem unerwarteten Zuspruch – strahlte. »So ist es.«

Wenn das nicht eine glatte Eins in Völkerverständigung war!

Ihr Zimmerdackel hatte unterdessen seine Hälfte der monströsen Reisetasche auf dem Pflaster abgestellt und beugte sich nun mit Verschwörermiene zu ihr herüber. »Du finden Schwein?«

Ednas Strahlen erstarb. »Wie bitte?«

Dunja schüttelte verständnislos den Kopf. »Was?«

Sie starrten einander an, fassungslos, dass es mit der einvernehmlichen Konversation schon wieder vorbei sein sollte. Doch Dunja dachte gar nicht daran, die Flinte so schnell ins Korn zu werfen. Sie holte tief Luft und rang sich eine etwas ausführlichere Formulierung ihrer Frage ab: »Du telefoniere Frau tot. Wer war?«

»Oh!« Ein Lächeln der Erkenntnis verklärte Ednas Züge. »Der Täter ist leider noch nicht ermittelt. Aber ich bin sicher, dass wir ihn kriegen«, setzte sie in einem unerklärlichen Anflug von Amtsanmaßung hinzu. Was zum Henker meinte sie mit »wir«? Hatte sie es wirklich nötig, ein kroatisches Zimmermädchen zu beeindrucken? Oder lag es gar am soffafaulen Zdenko, der freundlich lächelte und dabei ein bisschen wie Teddy Savalas aussah, dass sie sich hier um Kopf und Kragen redete?

Dunja jedenfalls musterte sie mit der gewohnten Anerkennung. »Kannte tote Frau«, verkündete sie nicht ohne Stolz. »Arbeite in Hotel, erste Jahr ich komme. Mutterpflege, leider gehe.« Ihre Augen nahmen kurzzeitig einen bedauernden Ausdruck an, doch dann schien sie sich urplötzlich des Mannes zu erinnern, der auf der anderen Seite ihrer Reisetasche ausharrte und freundlich lächelnd die Straße hinunterstarrte. »Das Zdenko«, erklärte sie überflüssigerweise, indem sie Edna bedeutungsvoll zuzwinkerte.

Die Erwähnung seines Namens schien den Angesprochenen aufzuschrecken, denn er zuckte zusammen und heftete seine kohlschwarzen Augen zunächst auf seine Gattin und dann auf Ednas Gesicht.

»Freut mich!« Edna streckte ihm eine klamme Hand entgegen. »Was macht der Fußball?«

Seine Miene hellte sich auf, doch bevor er etwas entgegnen konnte, erklärte seine Frau: »Zdenko nix Deutsch.« Sie ballte eine Faust und knuffte ihren Göttergatten vorwurfsvoll in die imposante Brust. »Wenich arbeite, wenich rede. Nur Schumacker, Tor und absaaiits. Nix verstehe.«

Da wäre ich mir an deiner Stelle nicht so sicher, dachte Edna mit einem prüfenden Blick in Zdenkos prächtig bewimperte Augen. Ihrer Einschätzung nach gehörte Dunjas Gatte zu den Männern, die die Nix-verstehen-Masche auf das Sorgfältigste kultivierten, um möglichst unbehelligt von unangenehmen Aufgaben durchs Leben gehen zu können.

Sie lächelte ihm zu. Ob er wusste, wie man Wände wischte?

»Ich muss dann auch langsam«, verkündete sie mit einem einnehmenden Lächeln. »Es ist wirklich höchste Zeit, dass ich in trockene Kleider komme.«

Dunja schien ein wenig enttäuscht über diese Ankündigung. Sie senkte den Kopf und bedachte die mittlerweile ziemlich durchgeweichte Tiefkühlpizza in ihrer Reisetasche mit einem Blick, der in Edna die Befürchtung wachrief, ihre Perle könne auf die Idee verfallen, sie zum Abendessen einzuladen.

»Wir sehen uns dann ja wie gewohnt morgen früh«, bemerkte sie eilig.

Dunjas Miene hellte sich auf. »Morge«, nickte sie. »Komme bissje früher. Müsse erzähle was mache Schwein mit Frau. Alle Einzelheite!«

* * *

Vivica stand wieder am Küchenfenster und spähte über den düsteren Hof zum Atelier hinüber. Vor wenigen Minuten hatte der rothaarige Kriminalbeamte die Scheune verlassen, und sie war sich sicher, dass nun endlich Bewegung in die Sache kommen würde. Mia würde begreifen, dass die Meute sie aufgestöbert hatte, und sie würde tun, was alle Füchse taten, wenn die Häscher zu nahe kamen: Sie würde ihren Bau verlassen.

Vivica fühlte, der Augenblick, auf den sie seit dem Aufstehen gewartet hatte, war nun zum Greifen nah. Jetzt galt es, fehlerfrei zu funktionieren. Das Richtige zu tun. Und schnell zu sein. Sie atmete tief durch und dachte an die Polizei. Aus den Fragen, die der Beamte ihr gestellt hatte, ging eindeutig hervor, dass sie an einen Zusammenhang zwischen Gitta Teggetmeyers Tod und den Morden im Herrenhaus glaubten. *Nur der Form halber: Wo wa-*

ren Sie gestern Abend zwischen 20 und 22 Uhr? Sie hatte ihre Lüge von vorhin nicht wiederholt, aber sie hatte auch nicht die Wahrheit gesagt. Für einen Sekundenbruchteil hatte sie mit dem Gedanken gespielt, zuzugeben, dass sie in den Dünen gewesen war. Aber sie wusste zu genau, dass dieses Eingeständnis all ihre Chancen zunichte gemacht hätte. Und die Polizisten hätten ihr ja sowieso nicht geglaubt. Nicht unter den gegebenen Umständen. *Ich war hier*. Der Beamte hatte sich eine Notiz gemacht. Nichts in seinem Gesicht hatte den leisesten Hinweis darauf gegeben, dass er an ihrer Aussage zweifelte. Aber sie machte sich nichts vor. Er war vielleicht einfach ein guter Schauspieler. *Die ganze Zeit über?* Sie dachte wieder an den Kommissar mit den stechenden grauen Augen und an den zweifelnden Blick, mit dem er sie vor fünfzehn Jahren bedacht hatte. *Ja, die ganze Zeit über.* Der Kommissar mit den stechenden Augen hatte ihr nicht geglaubt, dass sie im Haus ihrer Tante gewesen war und geschlafen hatte, als ihr Vater getötet wurde, aber er hatte ihr auch nie das Gegenteil beweisen können. Und das ist alles, was zählt, dachte sie. Dass sie nichts finden, um mir das Gegenteil zu beweisen. Ganz allein darauf kommt es an! *Irgendwelche Zeugen? Ihre Schwester vielleicht?* Sie musste unbedingt mit Tante Tilla sprechen und ihr die Sache mit Leon erklären. Dann würde sie ihren vergeblichen Anruf im Herrenhaus ganz bestimmt für sich behalten, und die Polizei würde glauben müssen, dass sie den ganzen Abend in ihrem Zimmer gewesen war. *Nein, ich war allein.* Das Messer, hämmerte es hinter ihrer Stirn. Wenn du das Messer findest, bist du aus dem Schneider. Du musst es finden. Du musst … Sie zuckte zusammen. Da war sie! Da war Mia!

Sie trat aus der Tür des Ateliers und blickte sich sorgfältig um. Dann schloss sie die Tür ab und schleifte ihren unförmigen Körper über den Hof, geradewegs auf die Hintertür zu. Ein zartes Knochengerüst, über und über behängt mit trägem, körnigem Fett. Der rostrote Pullover spannte über ihrem Busen. Sie hat noch zugenommen, seit ich hier bin, dachte Vivica und machte einen halben Schritt rückwärts, denn ihre Schwester war mitten auf dem Hof stehen geblieben und hatte ihre Röntgenaugen auf das Küchenfenster gerichtet. Ihr Blick schien direkt durch die Gardine zu dringen und brannte sich in Vivicas Gesicht fest. Vivica fühlte, wie ihr der Angstschweiß ausbrach. *Bleib ruhig, verdammt, bleib bloß ruhig! Sie kann dich nicht sehen. Unmöglich. Ausgeschlossen. Alles, was sie sieht, ist eine dunkle, spiegelnde Scheibe.*

Sie schien nachzudenken. Ihre Wangen waren gerötet, soweit Vivica das auf die Entfernung erkennen konnte, und ihre Lippen bewegten sich, als murmele sie irgendetwas vor sich hin. Zwischen Haaransatz und Brauen war die Stirn in tiefe Furchen gelegt. Die Polizei hat sie verunsichert, frohlockte etwas in Vivicas Kopf. Sie sitzen ihr im Nacken. Sie haben sie aufgestöbert und jetzt kläffen sie ihren Bau an. Sie reckte den Hals, um das Gesicht ihrer Schwester besser erkennen zu können. Sie stand noch immer vollkommen unbeweglich mitten im Hof. Ein Ausdruck müden Unverständnisses lag auf ihren Zügen. Dabei schien ihr Rücken alle Elastizität eingebüßt zu haben, und ihre Männerpranken baumelten kraftlos neben ihren Hüften herunter. *Spürst du schon den Atem der Meute in deinem Nacken, Schwesterherz?* Vivicas Fingernägel gruben sich in das Holz der Arbeitsplatte. Sie hörte, wie etwas wegsplitterte. Ob es Holz war oder Nagel, konnte sie nicht sagen. *Hast du etwa gedacht, es ginge immer so weiter? Hast du tatsächlich angenommen, du würdest noch ein weiteres Mal davonkommen?*

Als habe sie die Gedanken ihrer Schwester erfühlt, nickte

sie auf einmal. Nickte langsam und selbstsicher vor sich hin, und Vivicas Zuversicht zerschmolz wie Butter an der Sonne. Kein Anzeichen von Verunsicherung mehr. Keine Angst in ihren Augen. Nur dieses fürchterlich selbstgewisse Nicken. Als ob sie eine Entscheidung getroffen hatte. Eine Entscheidung, mit der sie – das war ganz offensichtlich – mehr als zufrieden war. Ihr Kopf wanderte langsam nach links, und sie kniff angestrengt die Augen zusammen, fast so, als blicke sie direkt in die Sonne. *Nein, verdammt! Sieh nicht nach links! Hast du nicht gehört, nicht nach links, habe ich gesagt!* Vivica fühlte, wie ihr Herz einen Sprung machte. Dort, wo sie jetzt hinsah, stand der Container. Und unter dem Container steckte ihr Werkzeug … *Sieh da nicht hin, verdammt, sieh hierher, zur Küche! Na los doch, Schwesterherz, schenk mir einen deiner widerlichen Insektensezierblicke! Komm her, öffne die Hintertür, iss was und dann verschwinde endlich!!!*

Doch Mia tat ihr nicht den Gefallen, zur Hintertür zu kommen. Im Gegenteil: Sie drehte sich weg und ging direkt auf den Container zu. Ein paar schlurfende Schritte, und sie war aus Vivicas Blickfeld verschwunden. Vivica spürte, wie ihr schwindlig wurde. Sie hat die Tasche gesehen, pochte die Angst in ihrem Kopf. Sie hat sie entdeckt. Sie hat einen sechsten Sinn für so etwas. Gleich kommt sie zur Tür herein und knallt mir mein Beil vor die Füße. Und dann bringt sie mich damit um …

Trotz der Panik, die bei diesem Gedanken wie eine turmhohe Welle über sie hereinbrach, trat sie wieder ein Stück näher an das Fenster heran, bis ihr Gesicht dicht hinter der Scheibe war. Sie musste sehen, was Mia da trieb. Sie musste sie im Auge behalten. Nur so würde sie überhaupt eine Chance haben, zu fliehen, wenn ihre durchgeknallte Schwester mit der bleischweren Werkzeugtasche über der fettmüden Schulter auf die Hintertür zugerannt kam. Nur so. *Sieh nicht weg! Weich nicht aus! Kämpf endlich!* Sie presste die Stirn gegen die kühle Scheibe und konnte Mia zunächst nirgends entdecken, doch dann sah sie den rostroten Rücken im Schatten des Schuppens stehen. Gleich darauf verschwand ihre Schwester in dem Verschlag und kehrte wenig später mit einem klapprigen Herrenfahrrad zurück, das sie neben sich her durch den düsteren Durchgang zwischen Mauer und Herrenhaus schob, Richtung Gasse. Ein paar Augenblicke später war sie verschwunden.

Vivicas Herz schlug Purzelbäume. Das war ganz eindeutig die Gelegenheit, auf die sie gewartet hatte. *Beeil dich! Mach schon! Los!* Sie rannte zur Hintertür. *Wer weiß, wie lange sie fortbleibt. Vielleicht fährt sie nur eine Runde um den Block. Vielleicht will sie ein paar frische Äpfel besorgen. Vielleicht radelt sie geradewegs zu ihrem nächsten Opfer.* Sie flitzte an der Hauswand entlang, riss die Tasche mit ihrem Werkzeug unter dem Container hervor und lief dann geduckt wie ein Guerillakämpfer zur Scheune hinüber. Vor ihren Augen verwandelte sich der Hof in eine beängstigend weite, offene Fläche, den sprichwörtlichen Präsentierteller. *Los doch, beeil dich!* Unter ihren Sohlen spritzte der Sand weg, den der ewige Wind von den Dünen gerissen und hier abgeladen hatte. Hier, im Vorhof des Grauens. Einmal wäre sie um ein Haar ausgerutscht, aber irgendwie schaffte sie es doch, sich auf den Beinen zu halten, und sie erreichte das Fenster an der Längsseite der Scheune. Den toten Winkel, von keinem Nachbargrundstück aus einzusehen. Dort warf sie die Tasche auf den Boden und zerrte das Beil hervor.

Die Klinge war durch einen schwarzen Gummiaufsatz geschützt. Mit zitternden Fingern entfernte sie den Schutz, dann fasste sie das Beil mit beiden Händen und hieb mit aller Kraft auf die Bretter ein. Krachend sauste die Klinge auf das Holz nieder, doch Vivica musste rasch feststellen, dass es alles andere als einfach war, den plankendicken Bohlen mehr als nur ein paar lächerliche Kratzer beizubringen. Unwillkürlich überlegte sie, wie es sich anfühlen musste, nicht auf Bretter, sondern auf einen menschlichen Kopf einzuhacken. War es so viel leichter, eine Schädeldecke zu durchdringen? Und was für ein Geräusch machten Knochen, wenn sie unter dem Schlag einer Axt zerbarsten? *Weißt du eigentlich, wie das aussieht, wenn du das Hirn durch das Loch sehen kannst, das früher mal ein Auge gewesen ist?* Vivica hielt inne und wischte sich den Schweiß aus der Stirn. Im Geiste sah sie Mia an der Kasse eines der kleinen Supermärkte stehen, die es auf der Insel an jeder Ecke gab. Sie wird angestarrt, nicht nur der zahlreichen Fettflecken auf ihrem Pullover wegen, doch das kümmert sie nicht im Geringsten. Leeren Blickes starrt sie auf das Netz mit Äpfeln, das direkt vor ihr auf dem schwarzen Laufband liegt, und ihre blutverkrusteten Finger krallen sich in die abgegriffene Geldbörse, die sie in der Hand hält, während die Leute, die hinter ihr in der Schlange stehen, sich im Stillen fragen, was das für eine Melodie ist, die unablässig zwischen ihren sanft geschürzten Lippen hervorquillt. Schubert, flüsterte Vivica in die regenschwere Luft. Was sie da pfeift, ist das Ges-Dur-Impromptu von Schubert …

Sie trat einen Schritt zurück und warf einen resignierten Blick auf die Bohlen, die ihr noch immer den Eintritt verwehrten. Denk an Lilli, dachte sie. Schlag zu! Hau diesen verdammten alten Kasten in Stücke!!! Entschlossen hob sie das Beil hoch über den Kopf und ließ es wieder und wieder auf die Bretter niederkrachen, bis sie es endlich geschafft hatte, eine etwa fingerdicke Lücke in das Holz zu schlagen. Dort setzte sie das Nageleisen an und rüttelte mit aller Kraft daran herum, bis sich die Bohlen endlich lockerten und sich schließlich ganz beiseite schieben ließen.

Aus dem Inneren der Scheune schlug ihr der beißende Geruch von Lösungsmitteln und Harz entgegen und kitzelte den Teil ihrer Nerven, der für den Brechreiz zuständig war. Schweißüberströmt ließ sie ihr Werkzeug neben sich ins nasse Unkraut fallen und kletterte zwischen den Brettern hindurch in die Höhle der Löwin. Die Höhle der Löwin, echote sie, was für ein passender Ausdruck! Erstickten Löwen ihre Beutetiere nicht üblicherweise, indem sie ihnen den Hals zudrückten? Vor ihr, in der Dunkelheit der Scheune, blitzte wieder das Gesicht der toten Gitta Teggetmeyer auf, die Kehle halb freigelegt durch den tödlichen Biss ihrer Schwester. Nein, stopp, halt!, rief sie ihre Gedanken zur Ordnung. Sie hat sie nicht totgebissen. Sie hat ihr nur den Hals aufgeschlitzt …

Vivica sprang vom Fensterbrett, knipste die Taschenlampe an und blickte sich um. Das Atelier war viel größer, als sie es in Erinnerung hatte. Überall standen Leinwände und Bilder herum. Also malt sie tatsächlich, dachte Vivica verwundert. Sie malte, und sie machte auch immer noch Skulpturen. Sie standen auf dem Boden. Auf Podesten. Auf den Arbeitsflächen. Überall. Allerdings waren sie jetzt viel größer als früher und bestanden ganz offensichtlich auch nicht mehr aus Treibgut.

Vivica ließ den Strahl ihrer Taschenlampe über die rohen Holzwände wandern. *Worauf wartest du?! Fang endlich an!* Sie warf einen letzten Blick zu der verschlossenen Tür hinüber, dann machte sie sich daran, die alte Scheune akribisch zu durchsuchen.

* * *

Edna hatte ausgiebig geduscht, frische Sachen angezogen und sich anschließend einen ruhigen Platz in einem kleinen Café gesucht. Von ihrem Fenstertisch aus konnte man den Strand sehen, der jetzt, aus der Distanz betrachtet, geradezu unheimlich wirkte. Immer neue Schleier von Nieselregen zogen über das Meer hinweg und ließen den Übergang zwischen Himmel und Wasser verschwimmen. Jede Kontur, jede Linie schien verschwunden zu sein, ausradiert, weichgezeichnet, und die Welt bestand nur mehr aus fließenden grauen Übergängen. Erstaunlicherweise verstärkte diese äußere Formlosigkeit den Eindruck unüberwindlicher Weite, der sich Edna aufdrängte, wann immer sie dem Meer begegnete. Das Meer überforderte sie, überstieg ihre Vorstellungskraft und rief ihr in Erinnerung, dass es irgendwo in ihrem Denken, dem sie nicht ohne Stolz Rationalität und scharfe analytische Fähigkeiten unterstellte, einen Bereich gab, der sich vor dem Unfassbaren, dem Unergründlichen, dem Konturlosen fürchtete. Als Kind hatte sie sich manchmal vorgestellt, was geschehen würde, wenn man bei einem Meer das Wasser abließe, wenn irgendjemand einfach hinginge und den Stöpsel auf dem Grund der See herauszöge und die Fluten versickern ließe. Sie hatte in Italien auf den sonnenheißen Kieselsteinen gesessen und darüber nachgedacht, wie viele Schiffswracks wohl bei dieser Gelegenheit zum Vorschein kommen würden und ob diese überhaupt zu sehen wären unter dem riesigen Berg toter Fische, den die ablaufenden Wassermassen zweifelsohne zurücklassen würden. Sie hatte sich Gebirge vorgestellt, die vor ihren Augen sichtbar würden, versunkene Schätze, Atommüllfässer, Fliegerbomben und Abermillionen toter Seeleute. All das und noch viel mehr lauerte dort draußen in der grauen Unergründlichkeit.

Sie nippte an ihrem Kaffee und starrte wieder auf die

Liste, die sie am Vorabend gemacht hatte und die sie jetzt, nach allem, was sie an diesem Tag erfahren hatte, wohl oder übel revidieren musste. Aus einem alten, fünfzehn Jahre zurückliegenden Fall war ein brandaktueller geworden. Gitta Teggetmeyer, die Frau, die die Leichen von Nils van Heemskerk und Sabine Prasser in der Küche des Herrenhauses gefunden hatte, war tot, ermordet auf dieselbe Art und Weise wie ihre damalige Chefin. Von derselben Person? Am Ende sogar mit ein und derselben Waffe? Das Messer, dachte sie, der Mörder hat das Messer, mit dem er Sabine Prasser die Kehle durchgeschnitten hat, mitgenommen. Das Beil dagegen hatte er am Tatort zurückgelassen … Sie nestelte den zu ihrem Kaffee gehörenden Zimtkeks aus seiner Verpackung und rief sich ihre Theorie in Erinnerung, der zufolge das Beil als Tatwaffe ausgewählt worden war, weil sich Mia van Heemskerks Fingerabdrücke darauf befunden hatten. Und zwar ausschließlich auf dem Beil!, fuhr es ihr durch den Kopf. Vielleicht war es vom Täter ja gar nicht geplant gewesen, neben dem Beil auch noch ein Messer zu benutzen …

Sie biss in ihren Keks und versuchte sich das Szenario des Mordes vorzustellen: Der Mörder ruft Sabine Prasser an. Sie kommt die Treppe hinunter. Sie kennen sich, sie müssen sich kennen, und sie gehen gemeinsam in die Küche, wo er zuvor bereits das Beil deponiert hat. Das Beil mit Mia van Heemskerks Fingerabdrücken. Er lenkt Sabine Prasser ab, und als sie einen Moment nicht hinsieht, schlägt er zu. Aber er schlägt nicht fest genug. *Nur zwei Schläge mit dem Beil, die sie durchaus hätte überleben können, wenn der Täter ihr hinterher nicht noch die Kehle durchgeschnitten hätte* … Edna blickte in den Regen hinaus. Hinüber zum unergründlichen Meer. *Die geringere Wucht der Schläge gegen Sabine Prasser ließe sich auch dadurch erklären, dass der Mörder zu diesem Zeitpunkt noch nicht das richtige Maß für die Stärke seiner Schläge gefunden hatte* … Es sind tatsächlich Probeschläge gewesen, dachte sie. Unser Täter hatte sich verschätzt! Sabine Prasser fällt hin und bleibt blutend auf dem Fußboden liegen. Möglicherweise verliert sie auch für eine Weile das Bewusstsein, und er denkt, sie sei tot. Aber dann, als er vielleicht schon gar nicht mehr auf sie achtet, rappelt sie sich plötzlich wieder auf. Und da gerät er in Panik. Sie taumelt auf ihn zu und er greift nach der erstbesten Waffe, die ihm in die Hände fällt. *Das Messer stammte aus einem Messerblock, der auf der Arbeitsplatte neben der Spüle stand* …

Ja, dachte sie, wenn es so gewesen ist, *musste* der Täter das Messer mitnehmen. Es blieb ihm gar nichts anderes übrig, wenn der Verdacht wie geplant auf Mia van Heemskerk fallen sollte. Jedes Gericht der Welt würde stutzig werden bei Fingerabdrücken, die sich nur auf einer von zwei Tatwaffen befinden! Ihre Finger spielten mit der Keksverpackung auf ihrer Untertasse. Aber wer hatte Nils van Heemskerks jüngerer Tochter die Morde anhängen wollen? Wer hatte ein Motiv, Mia van Heemskerk zu hassen? Jolantha Maysson zum Beispiel, dachte sie und bestellte sich per Handzeichen eine weitere Tasse Kaffee. Wenn Armin Prasser die Wahrheit sagte, hatte Erwin Maysson eine Affäre mit Mia gehabt, nicht mit Vivica. Grete Siehler hatte nur *angenommen,* dass Maysson hinter Vivica her war, weil sie sich partout nicht hatte vorstellen können, dass sich jemand für die »kleine Verrückte« interessierte. Aber Grete Siehler hatte schließlich auch in Bezug auf Mias Talent gründlich danebengelegen. Die Frage war nur: Woher hatte Mia gewusst, dass jemand sie hereinzulegen versuchte? Oder hatte sie das verdammte Beil am Ende doch aus ganz anderen Gründen abgewaschen?

* * *

Irgendwann hatte sie jede Plane hochgehoben, in jeden Winkel gespäht und jedes Behältnis geöffnet, das auch nur im Entferntesten groß genug gewesen wäre, um ein Messer darin zu verstecken. Doch sie war nicht fündig geworden. Das Messer war und blieb verschwunden. Ein Phantom ...

Ermüdet und voller Verzweiflung über die Vergeblichkeit ihres Tuns schaltete Vivica die Taschenlampe aus, sank auf die Knie und barg das Gesicht in den staubigen Händen. Selbst jetzt, im Augenblick tiefster Verzweiflung, war sie bemüht, leise zu sein, ihr Schluchzen zu bändigen, unauffällig zu bleiben. Stumm rannen ganze Bäche von Tränen in ihren Mundwinkeln herab bis zum Kinn und tropften von dort auf die Vorderseite ihres Pullovers hinunter. Sie brauchte keinen Spiegel, um sich die dunklen Ringe vorstellen zu können, die die Wimperntusche unter ihren Augen hinterließ, und eigenartigerweise fiel ihr dabei die rostige Badewanne im ersten Stock des Herrenhauses ein. Altes Wasser. Alte Tränen. Flutweise Schmerz.

Draußen wurde der Wind wieder stärker. Das morsche Holz der Scheune schien unter seinem Druck zu ächzen. *Du musst die Dämme verstärken,* flüsterte die Stimme ihres Vaters irgendwo in der Dunkelheit, die sie umgab. *Grab, grab, grab endlich! Grab tiefer!* Sie hob den Kopf und sah sich um, auch wenn sie wusste, dass er nicht da war. Dabei fiel ihr Blick auf eine große Skulptur hinter der Staffelei. *Grab endlich, verdammt noch mal! Verteidige, was dein ist!*

Wie im Traum stand sie auf und ging auf die Statue zu, die wie ein indianischer Totempfahl aussah, um den sich körperlose Gliedmaßen rankten. Sie hätte nicht sagen können, welches Material ihre Schwester für das eigenartige Gebilde verwendet hatte, möglicherweise eine Art

Kunststoff. Ihre Finger berührten die Oberfläche, die trocken und fest war und keinesfalls so wirkte, als ob sie vor kurzem verändert oder bearbeitet worden sei. Aber sie wollte, nein, sie *musste* gründlich sein, alle Möglichkeiten in Betracht ziehen, alle Chancen nutzen. Also trat sie einen Schritt zurück, um Anlauf zu nehmen, und warf sich dann mit voller Wucht gegen das Kunstwerk. Es kippte zur Seite und schlug mit einem lauten Knall auf dem Scheunenboden auf. Dabei brach das obere Drittel weg und gab den Blick auf ein Drahtgestell im Inneren der Plastik frei. Vivica rannte zum Fenster zurück, angelte ihr Beil aus dem Gras und hieb so lange auf die Skulptur ein, bis sie sich sicher sein konnte, dass nichts darin verborgen war. Ebenso verfuhr sie mit den anderen Plastiken, die in der Scheune standen, unabhängig davon, aus welchem Material sie bestanden. Als sie fertig war, sah das Atelier aus, als sei dort eine Bombe detoniert, doch das Messer, das sie suchte, hatte sie noch immer nicht gefunden …

Erschöpft richtete Vivica den Strahl der Taschenlampe auf ihre Armbanduhr und stellte voller Entsetzen fest, dass seit ihrem Eindringen in Mias Atelier bereits mehr als eine Stunde vergangen war. *Zu lange,* meldete ihr Verstand. *Eine Stunde ist viel zu lange. Sie könnte längst zurück sein. Möglicherweise ist sie längst zurück …* Vivica fuhr herum und starrte die Tür an. Zu. Verschlossen. Wie gehabt. Klopfenden Herzens lauschte sie nach Schritten, dem Klirren eines Schlüsselbundes, einem Knirschen im Schloss, doch sie hörte nichts als das Knarren der alten Wände, an denen der Sturm rüttelte. *Wie lange willst du dein Schicksal noch herausfordern?,* höhnte ihr Vater aus seinem Versteck in der Dunkelheit. *Gib auf! Gib endlich auf, du unfähiges Miststück! So wie früher.*

»Ich gebe nicht auf!«, sagte sie laut und straffte die

Schultern. »Das könnte dir so passen. Das könnte euch allen so passen!«

Sie konnte sein Lachen hören, als sie ihr Beil aufhob und langsam zum Fenster hinüber ging. Ein kleinliches, unsympathisches Lachen, das sich noch von weit her an ihrer Unzulänglichkeit zu weiden schien. *Ambitioniert. Vivica ist ambitioniert ...*

»Leck mich, du Arschloch«, rief sie ihm über die Schulter hinweg zu. Dann warf sie das Beil aus dem Fenster und kletterte hinterher. Sie musste sich beeilen. Raus aus der Scheune, aus der Ecke, aus dem toten Winkel. Zurück zum Haus. Hastig stopfte sie ihr Werkzeug und die Reisetasche unter die tiefhängenden Zweige eines Holunderbuschs, der in der Nähe des Fensters vor sich hin wucherte. Wenn Mia sie fand, auch gut. Sie hatte das Atelier verwüstet, da kam es auf derlei Kleinigkeiten nicht mehr an. Allmählich ebbte ihre Enttäuschung etwas ab. Sie war zwar nicht fündig geworden, aber es war ihr doch zumindest gelungen, eine Möglichkeit auszuschließen: Das Messer, das sie suchte, befand sich nicht in der Scheune. Jetzt galt es, sich erst einmal in Sicherheit zu bringen. Zurück ins Haus, hinauf in ihr Zimmer. Die Tüte mit den Indizien unter der Matratze hervorgezogen, den Trolley gegriffen und raus aus dem Haus. Irgendwohin, wo Mia sie nicht mehr erreichen konnte, wenn sie das Chaos in ihrem Atelier entdeckte.

Während sie den Hof überquerte, sah Vivica an der Rückfront ihres Elternhauses hinauf. Die finsteren Scheiben waren wie Augen, die sich auf sie richteten. Undurchdringlich und zugleich seltsam wissend. Sie verlangsamte ihren Schritt. Hatte sich dort nicht etwas bewegt, dort oben im ersten Stock? Schwer atmend blieb sie stehen und starrte zum Schlafzimmerfenster ihres Vaters hinauf, ein schwarzspiegelndes Viereck inmitten der düsteren Mauern. Sie war sich durchaus darüber im Klaren, dass sie sich irren musste, aber für einen flüchtigen Augenblick hatte sie trotzdem das Gefühl gehabt, Frau Prasser dort stehen zu sehen …

* * *

Edna schob der Kellnerin einen Geldschein zu, als diese ihr den zweiten Kaffee servierte, und wollte eben wieder nach ihrem Kugelschreiber greifen, als ihr Handy klingelte.

Es war Maja, und sie klang mehr als aufgeregt. »Ich habe etwas herausgefunden, das dich interessieren dürfte«, platzte sie ohne jegliche Einleitung heraus. »Etwas ziemlich Spektakuläres!«

»Wo bist du?«

»In der Klinik natürlich«, versetzte Maja entnervt. »Wo denn sonst?«

Die Antwort beruhigte Edna ein wenig. Wenigstens lief ihre Nichte nicht irgendwo in den Dünen herum und steckte ihre Nase in Dinge, die sie nicht das Geringste angingen. »Was hast du denn herausgefunden?«

»Ich habe noch einmal über unser Gespräch von gestern Abend nachgedacht«, erklärte Maja anstelle einer Antwort. »Über das, was du über Mia van Heemskerk erzählt hast. Du weißt schon, diese Geschichte mit dem Arzt auf dem Festland.«

»Ja und?«

»Und ich habe ihre Akte gesehen.«

»Was?!«

»Es gibt hier eine Akte über sie, weil sie tatsächlich mal bei Adrienne in Behandlung war.« Sie hustete. Es klang angestrengt. »Sie hatte einen Nervenzusammenbruch nach dem Mord an ihren Eltern, und irgendjemand hat

Adrienne angerufen, ein paar Tage später. Deshalb gibt es hier in der Klinik eine Akte über sie.«

Edna nahm das Telefon in die andere Hand. Vor dem Fenster wurden die Regenschleier dichter, Vorhang vor dem Unergründlichen. »Und wie kommst *du* an diese Akte?«

»Ich weiß, wo der Schlüssel zu Adriennes Aktenschrank liegt«, entgegnete ihre Nichte lapidar, »und die Sekretärin ist nicht die Hellste.«

Das nun wirklich nicht, wenn es dieselbe ist, mit der ich telefoniert habe, dachte Edna. »Aber du kannst doch nicht einfach einen verschlossenen Schrank öffnen, um die Krankenakte einer fremden Person zu lesen«, sagte sie laut.

»*Du* brauchst einen Durchsuchungsbefehl, um so etwas zu tun.« Jetzt klang ihre Nichte wieder so seltsam stolz. Überheblich fast. Neues Selbstbewusstsein aus Essstörungshausen. »Ich brauchte nur ein bisschen Mut.«

»Aber wenn jemand so etwas mit deinen Daten machen würde ...«

Maja schien einen Augenblick nachzudenken. »Also interessiert es dich nicht, was ich herausgefunden habe.«

»Doch«, entgegnete Edna eilig. »Natürlich interessiert es mich. Brennend sogar. Ich habe nur versucht, ein wenig an deiner schlechten Erziehung zu ...«

»Sie ist hochbegabt«, fiel ihre Nichte ihr ins Wort. »Sie hat einen IQ von 154.«

Edna lächelte. Wenn sie ehrlich war, war sie nicht wirklich verwundert über diese Neuigkeit. Sie sah die tiefblauen Augen vor sich und dachte an die Art, wie Mia van Heemskerk ihre Umwelt betrachtete, sie förmlich sezierte, an die Bilder, die sie malte. An die Kreuzworträtsel, nach denen sie als Kind das Altpapier durchwühlt hatte. Edna nickte. Ja, so wurde endlich ein Schuh aus dieser ganzen Sache!

»Ich konnte mich natürlich nicht allzu lange mit der Sache beschäftigen«, fuhr ihre Nichte indessen fort, »aber nach allem, was ich gesehen habe, hat ihr Vater diesen Psychologen auf dem Festland konsultiert, nachdem ihm von einer ihrer Lehrerinnen dazu geraten worden war. Und der ist dann zu dem Ergebnis gekommen, das ich dir eben genannt habe.«

»Aber warum hat Heemskerk das alles für sich behalten?«, murmelte Edna vor sich hin. »Niemand außer Mia und ihm selbst scheint gewusst zu haben, was bei diesen Tests herausgekommen ist.«

»Vielleicht hatte er Angst«, schlug Maja vor.

Edna schüttelte nachdenklich den Kopf. »Wovor sollte er denn Angst gehabt haben?«

»Keine Ahnung«, gab ihre Nichte zu. »Aber er scheint doch wohl öfter Geheimnisse gehabt zu haben, oder? Hast du nicht gesagt, dass er auch seine zweite Frau in aller Heimlichkeit geheiratet hat?«

Stimmt, dachte Edna, da ist was dran! Er hat niemandem etwas von seiner Heirat gesagt, und auch über Mias Testergebnisse hat er sich gewissenhaft ausgeschwiegen. Ebenso wie über die geplante Ausstellung. Sie schob ihre Kaffeetasse beiseite. Hatte Nils van Heemskerk sich gefürchtet? Und wenn ja, vor wem? Wohl kaum vor seinen Töchtern, dachte sie. Oder doch?

»Ich danke dir für die Information.«

Am anderen Ende raschelte Maja mit etwas, das wie Bonbonpapier klang. »Da ist noch etwas …«

»Was?«

Maja antwortete nicht. Es schien ihr zu gefallen, ihre Tante zappeln zu lassen.

»Was noch?«, drängte Edna.

Sie holte tief Luft. »Ich weiß nicht, ob das wichtig ist, aber zu dem Zeitpunkt, als ihr Vater ermordet wurde, ist deine hochheilige Mia van Heemskerk im dritten Monat schwanger gewesen.«

»Was???« Edna glaubte einen Moment lang, sie habe sich verhört. »Bist du sicher?«

»So steht es in der Akte.«

Edna hielt den Atem an. »Hat sie das Kind bekommen?«

»Nein«, entgegnete Maja. »Sie hatte eine Fehlgeburt.«

»Wann?«

»Kurz nach der Tat.«

»Und du bist sicher, dass es sich nicht um eine Abtreibung gehandelt hat?«

»Ja.«

»Ganz sicher?«

»Ja.«

Edna entdeckte einen klitzekleinen Kaffeefleck auf der Tischplatte. Sie rieb ihn mit dem Finger fort. Wodurch mochte Mia van Heemskerk ihr Baby verloren haben? Durch die Aufregung? Durch den Schock über die Ermordung ihres Vaters? Oder ... Ihr Zeigefinger hielt mitten in der Bewegung inne. Etwas, das Jolantha Maysson gesagt hatte, kam ihr plötzlich wieder in den Sinn. *Wir mussten sie mit drei Leuten festhalten, damit Dr. Petrelle ihr eine Spritze geben konnte.* Ein Beruhigungsmittel!, fuhr es ihr durch den Kopf. Konnte so etwas nicht eine Fehlgeburt auslösen? Noch dazu in einem so frühen Stadium der Schwangerschaft? Sie dachte an ihre Schwester. Als Justine mit Kerstin schwanger gewesen war, hatte sie die Grippe gehabt. Sie hatte nicht einmal Hustentropfen nehmen dürfen. *Als Dr. Petrelle sie untersuchen wollte, gebärdete sie sich wie toll. Sie schrie und tobte herum und trat nach uns.* Verdammt, dachte sie, Mia van Heemskerk ist wirklich unschuldig. Sie wollte nicht von der Insel fort, sie wollte nicht Kunst studieren, und ihr Vater hatte vor, ihr eine Ausstellung zu finanzieren, weil er von ihrer Begabung wusste und stolz auf sie war. Sie hat ihn nicht getötet. Sie hatte nicht den geringsten Grund dazu! Aber warum hatte sie nie etwas von ihrer Schwangerschaft gesagt, später, nach dem Mord? Hätte sie der Umstand, dass sie zum Zeitpunkt der Tat ein Baby erwartete, denn nicht entlastet? Edna biss sich auf die Lippen. Vielleicht wollte sie gar nicht entlastet werden, dachte sie. Solange man sie für die Täterin hielt, wurde nicht weiter nach jemand anderem gesucht …

»Ich muss jetzt Schluss machen«, riss Majas Stimme sie aus ihren Überlegungen. »Ich habe gleich Kunsttherapie.«

Edna nickte zerstreut. »Vielen Dank! Ich kann mir vorstellen, was du riskiert hast, um an diese Informationen zu kommen.«

»Kein Problem«, sagte ihre Nichte und unterbrach die Verbindung.

Edna legte das Handy neben ihrer Kaffeetasse ab. Die Worte »Kein Problem« aus dem Mund ihrer Nichte zu hören, ließ sie noch immer leise zusammenzucken, und sie hoffte inständig, dass es wenigstens dieses eine Mal tatsächlich kein Problem gab. Doch sie war sich keineswegs sicher …

* * *

Auf der Treppe erinnerte Vivica sich plötzlich daran, dass sich die Bilder aus Mias Fotokiste noch immer in ihrer Handtasche befanden. Vergessen. Verdrängt. Untergegangen im Sturm der Ereignisse. Sie machte kehrt, rannte hinunter zum Vorratsschrank und legte die Aufnahmen in die Kiste zurück. Als sie gerade die Türen geschlossen hatte, hörte sie Mias Schritte im Hof.

Etwas tief in ihr wollte zur Haustür, ins Freie, doch sie wusste, die Zeit reichte nicht aus, um die Sachen aus ihrem Zimmer zu retten. Aber gerade diese wollte sie auf keinen Fall im Herrenhaus zurücklassen. Die Tüte mit den spärlichen Indizien eines alten Hasses, einer unheimlichen Bedrohung, war alles, was sie hatte, und sie würde sie auf keinen Fall kampflos aufgeben. Also stürzte sie statt zur Haustür in die Küche, riss ihre Milchtasse aus der Spüle und setzte sich auf die Truhenbank. Vielleicht konnte sie ihre Schwester irgendwie überlisten. Vielleicht verschwand sie gleich wieder. Wenn sie allerdings ins Atelier hinüberging ... Der Gedanke ließ ihr einen Schauder über den Rücken laufen. Wenn Mia ins Atelier hinüberging, konnte sie nur noch eines tun: um ihr Leben rennen. Oder war sie am Ende schon dort gewesen? Waren die Schritte, die sie gehört hatte, tatsächlich vom Schuppen gekommen? Was machte sie eigentlich so sicher, dass ihre Schwester das Schlachtfeld, das sie in der Scheune hinterlassen hatte, nicht längst entdeckt hatte?

Sie wollte gerade wieder aufstehen, als sie die Hintertür ins Schloss fallen hörte. Ein leises Knarren in der Diele, dann stand Mia in der Tür. Sie schien überrascht zu sein, ihre Schwester in der Küche vorzufinden, sagte aber nichts. Stattdessen ging sie geradewegs zum Kühlschrank hinüber und nahm eine Packung Schmelzkäseecken und eine Vorratsdose heraus, von der Vivica wusste, dass sie verschiedene Sorten Wurst enthielt. Dann reckte sie sich und angelte eine Schachtel Cracker aus dem Küchenschrank, die sie sogleich aufriss. Sie fuhr mit den Crackern durch den Schmelzkäse und stopfte sie gierig in den Mund. Einen nach dem anderen. Dazu aß sie Wurst. Scheibenweise, gerollt. Alles im Stehen und ohne ein Wort. Frau Prasser hat auch so gefressen, dachte Vivica, indem sie ihre Schwester mit wachsendem Abscheu beobachtete. Wenn man sie gelassen hat ...

»Und?«, erkundigte sich Mia zwischen zwei Crackern.

Sie sah wirklich schlecht aus heute. Aufgeschwemmt, mit seltsam geröteten Augen. »Wie läuft's?«

Vivica schluckte. *Rede mit ihr. Sag was, bevor ihr einfällt, wieder ins Atelier hinüberzugehen. Wieg sie in Sicherheit und warte auf deine Chance zur Flucht!*

»Ganz gut.«

»Du siehst aber nicht gut aus«, stellte sie kauend fest.

Das musst ausgerechnet du mir sagen!, dachte Vivica spöttisch. »Hast du das mit Gitta Teggetmeyer gehört?«, fragte sie laut, während sie die Reaktion ihrer Schwester genauestens beobachtete. Das Thema auszusparen würde sie vermutlich nur unnötig argwöhnisch machen.

»Hmm, ja.« Sie schluckte und schob sich eine Scheibe Bierschinken in den Mund. »Sicher doch.«

»Und? Was hältst du davon?«

»Ich frage mich, was sie da draußen gewollt hat«, nuschelte sie mit vollem Mund. »Noch dazu um diese Zeit und bei diesem Wetter.«

Vivica hielt den Atem an. Also schön, dachte sie, spielen wir ein Spiel! »Vielleicht hatte sie eine Verabredung ...«

Mias Augen verengten sich. Aber sie hörte nicht auf zu essen. Nicht eine Sekunde. »Ja, vielleicht.«

Stell dich naiv. Wieg sie in Sicherheit. »Glaubst du, sie hat etwas gewusst? Über den Mord an unserem Vater, meine ich.«

Sie schnaubte verächtlich. »Was soll er denn gewusst haben, der dumme alte Esel?«

»Immerhin war Gitta die Einzige, die den Tatort gesehen hat.« Vivica konnte sehen, wie sie stutzte. Sie begab sich auf gefährliches Terrain. Aber auf dieser Insel war alles gefährlich, so viel hatte sie inzwischen begriffen. »Außer dir, meine ich«, fügte sie mutig hinzu.

Mia stellte die Wurstdose beiseite. »Was genau sollte sie dort gesehen haben?«

»Was weiß ich«, entgegnete Vivica, indem sie die Beine unter dem Tisch hervorzog und sich so drehte, dass sie jederzeit aufstehen konnte. Sie wollte in einer Position sein, aus der sie sich leicht befreien konnte. »Irgendwas, das vielleicht einen Hinweis auf den Täter hätte geben können.«

»Sie haben sie befragt, damals«, stellte ihre Schwester sachlich fest.

»Vielleicht hat sie nicht alles gesagt, was sie wusste.«

Sie schwieg und schien nachzudenken. Dann schüttelte sie den Kopf. »Glaub ich nicht.«

»Hat die Polizei schon mit dir gesprochen?«

Einen Moment lang sah sie aus, als erwäge sie, sich unwissend zu stellen: Die Polizei? Warum sollte sie? Was meinst du überhaupt? Doch nach ein paar Sekunden wohlkalkulierter Leere nahmen ihre Züge schließlich doch wieder den überlegen-amüsierten Ausdruck an, den Vivica inzwischen zur Genüge kannte. »Jap.« Sie grinste, aber da war auch Besorgnis in ihren Augen.

Sie will in ihrem Atelier gewesen sein, gestern Abend, dachte Vivica. Allein im Atelier. Aber sie weiß, dass sie ihr diesen Mist nicht noch einmal abkaufen werden!

»Und?«

»Was und?«

Du bist nervös, Schwesterchen! Vivica fühlte eine tiefe Befriedigung bei dieser Erkenntnis. *Deine Ma-has-ke ist verrutscht. Sie hängt schie-hief und du hast eine Scheißahangst!* »Haben sie dich gefragt, wo du gestern Abend gewesen bist?«

»Ich war im Atelier.« Ihre Augen verloren an Inhalt. Das übliche Schauspiel. Allerdings schienen Phasen wie diese immer häufiger aufzutreten und dabei immer länger zu dauern. »Ich habe gearbeitet.«

Vivica betrachtete die runden Schultern unter dem rostroten Pullover. Dafür wie sie frisst, müsste sie eigentlich noch fetter sein, dachte sie. »Und woran arbeitest du gerade?«

Ihr Kopf ruckte vor. »Was interessiert dich das?«

Explosionsgefahr! Fünf-vor-zwölf-Gesicht! Vivica sah nach der Tür. *Mach, dass du wegkommst!* »Es interessiert mich nicht. Ich wollte nur höflich sein.«

»Du bist aber nicht höflich.« Ihre Stimme hätte Glas zerschneiden können. Die Lunte war fast heruntergebrannt. Gleich würde die Bombe hochgehen. »Du bist nur ein versnobter Rüpel in einem popeligen Jil-Sander-Kostüm.«

In der Stille, die dieser freundlichen Eröffnung folgte, hätte man den Schlag eines Schmetterlingsflügels gehört. Umso nachhaltiger war die Wirkung der Türklingel, die kurz darauf durch das Herrenhaus hallte und die Stille zerriss. Und Vivica schrie …

Sie wollte nicht schreien, aber ihre Stimmbänder schienen sich verselbständigt zu haben. Sie sah noch, wie Mia sich mit verzerrter Miene an den Kopf griff. An die Ohren. Dann war sie in der Diele verschwunden.

Es dauerte einige Sekunden, bis Vivica sich in der Lage sah, ihre Beine zu bewegen, doch als sie es endlich schaffte, war sie in wenigen Schritten bei der Tür. Vor sich in der Halle hörte sie Mias Stimme. Sie hatte tatsächlich geöffnet! Vivica sah einen Schatten im Türrahmen stehen, direkt hinter Mias Rücken. Allerdings kümmerte sie sich nicht weiter darum, wer dort stand, sondern rannte die Treppen hinauf in ihr Zimmer. Das war sie, ihre Chance! Die letzte Möglichkeit, die spärlichen Beweisstücke für den Irrsinn ihrer Schwester in Sicherheit zu bringen, bevor es endgültig zu spät war. Die Tüte. Das Hochzeitskleid. *Die Puppen unter die Bettdecke, damit der Sturm sie nicht fortweht.* In aller Eile raffte sie zusammen, was sie greifen konnte, riss ihren ewig gepackten Trolley an sich und stopfte die wertvolle Tüte hinein. Wie ein Eichhörnchen sammelte sie ihre Schätze ein und vergrub sie, damit sie niemand fand. *Raus hier. Raus, raus, raus, bevor sie hier raufkommt!* Sie stutzte. Waren das nicht ihre Schritte auf der Treppe? Das Knarren ihres schweren, unförmig gewordenen Körpers auf den Dielen? Mit wild klopfendem Herzen steckte Vivica den Kopf aus der Tür und spähte vorsichtig über den verwaisten Treppenabsatz. Keine Mia. Keine Meerschweinchen. Keine Guppys. Nur Dämmerlicht. Die abgewetzten roten Läufer. Der Staub in den Ecken. Dahinter die Treppe. *Raus hier! Mach, dass du wegkommst!*

»Wir schaffen es«, flüsterte sie Lilli beruhigend zu. »Sei nur ganz still.«

Dann rannte sie zur Treppe. Mias Stimme war nicht mehr zu hören. Von unten drang Schweigen herauf. Sie wartet, dachte Vivica verzweifelt. Sie lauert. Irgendwo dort unten lauert sie auf mich. Sie hat gesehen, wie ich die Treppe hinauf bin. Sie muss es gesehen haben. Sie besitzt diesen Radar, über den alle Psychopathen verfügen, das Misstrauen, den Argwohn. *Denk daran, wie sie an dir herumgewittert hat, gestern Abend.* Sie riss ihren Trolley die Treppe hinunter. Dumpf schlug er von Stufe zu Stufe. Leise zu sein hatte keinen Zweck mehr, hatte nie Zweck gehabt.

Aber warum hatte sie die Haustür aufgemacht? Sie ließ doch nie jemanden herein. Nicht einmal Tante Tilla. Dennoch hatte sie geöffnet. *Warum, verdammt? Warum?* Die Polizei!, fuhr es ihr durch den Sinn. Sie wagt es nicht, die Polizei im Regen stehen zu lassen. Sie weiß, dass sie ihr diesen Mist mit dem Atelier nicht noch einmal abkaufen werden. Sie steht genauso mit dem Rücken zur Wand wie ich. Eines der Mädchen, ja. Aber das andere. Nicht ich.

Ich bin unschuldig. Sie ist diejenige, die krank ist, schon immer krank war. Eine gefährliche Psychopathin.

Jetzt konnte sie sie sehen. Sie stand nach wie vor bei der Tür. Schweigend. Bei ihr stand der Schatten, der geklingelt hatte. Nicht Frau Prasser, dieses Mal. Es war Leon.

»Wir müssen reden«, sagte er, als ihr verwunderter Blick sein Gesicht traf.

»Nein«, entgegnete sie mit einer Stimme, von deren Festigkeit sie selbst überrascht war. »Das müssen wir ganz bestimmt nicht.«

Er stand so, dass sie nicht so ohne weiteres an ihm vorbei kam. Als sie direkt vor ihm war, packte er sie am Arm. Viel fester, als er sie je berührt hatte. Sein Gesicht wirkte fahl, aber vielleicht lag das auch am schummrigen Licht in der Halle. »Es ist auch mein Kind«, wandte er mit brüchiger Stimme ein.

Sie sah ihm direkt in die Augen. »Nicht mehr lange«, sagte sie kalt.

In seinen Pupillen zuckte es. Er hatte es längst geahnt. »Heißt das, du willst ...«

»Ja«, schrie sie ihm ins Gesicht. »Und es gibt nichts auf der Welt, womit du das verhindern könntest!«

»Du bist schwanger?« Das war Mias Stimme. Irgendwo in ihrem Rücken. »Bist du deshalb zurückgekommen?«

Sie antwortete nicht. Konnte nicht mehr antworten. Sie machte ihren Arm los, schob Leon beiseite und zog ihren Koffer hinter sich her auf die düstere Gasse zu, die Sackgasse. Einen Schritt nach dem anderen. Links. Rechts. Sie fühlte nichts. Keine Angst. Keine Erleichterung, dass sie es geschafft hatte, ihrem Elternhaus zu entkommen. Nur das Geräusch ihrer Schritte, die sie im Kopf leise mitzählte, wie die Sekunden in ihrem Traum.

* * *

Am frühen Abend kam erneut Regen auf.

Edna wollte noch einmal mit Mia sprechen, doch sie fand das Herrenhaus dunkel und still, und so wunderte es sie nicht, dass auch ihr Klingeln unbeantwortet blieb.

Als sie sich an der Rezeption ihren Zimmerschlüssel geben ließ, händigte ihr der Portier einen Zettel mit Bernd Carstensens Handynummer aus. Darunter hatte ihr norddeutscher Kollege nur ein einziges Wort geschrieben: Abendessen?

Edna schmunzelte und zog ihr Handy aus der Jackentasche.

* * *

»Kann ich heute bei dir übernachten?« Vivica wischte sich die Regentropfen aus der Stirn. »Ich …« Sie schluckte, weil sie schon wieder die Tränen des Scheiterns in ihrer Kehle aufsteigen fühlte. »Ich halte es einfach nicht mehr länger aus.«

Tilla Straten nickte nur und trat beiseite, um ihr Patenkind eintreten zu lassen.

In der Diele ihres Hauses roch es angenehm nach frisch gewaschener Wäsche, und zum ersten Mal seit ihrer Rückkehr auf die Insel empfand Vivica etwas wie ein Heimatgefühl. Sie war froh, dass ihre Patentante keine Fragen stellte. Sie hatte nicht das Gefühl, irgendwelche Fragen beantworten zu können. Heute nicht. Morgen nicht. Vielleicht nie wieder. Alle Antworten schienen aus ihrem Kopf verschwunden zu sein. Die vielen Fragen hatten sie einfach verdrängt.

Ihre Tante drückte sie in den gemütlichen, tiefen Sessel mit dem Blümchenbezug, der direkt vor dem Kamin stand und in dem sie schon als Kind so gerne gesessen hatte. Dann entzündete sie mit geübten Handgriffen ein Feuer und verschwand für eine Weile in der Küche, während draußen vor dem Fenster bereits die Dämmerung hereinzubrechen schien. Als sie zurückkehrte, umwehte sie der Duft heißer Milch, und sie stellte ein Tablett auf Vivicas Knie. Ein Teller mit liebevoll belegten Broten, Milch mit Honig und Marmorkuchen zum Nachtisch.

Verwundert stellte Vivica fest, dass sie tatsächlich hungrig war. Sie schlang die Hände um die heiße Tasse und fühlte eine tiefe Erleichterung. In diesem gemütlichen Insulanerhaus waren alle Alpträume meilenweit entfernt. »Danke«, war alles, was sie sagen konnte, ohne in Tränen auszubrechen.

Tilla Straten nickte und zog sich einen zweiten Sessel heran. Sie blickte in das knisternde Feuer und wartete schweigend ab, bis ihr Patenkind gegessen hatte. »Willst du darüber reden?«, fragte sie, nachdem Vivica den leeren Teller neben sich auf den Boden gestellt hatte. »Ist etwas mit Mia? Habt ihr euch gestritten?«

Was für eine lächerliche Frage!, dachte Vivica. Als ob wir kleine Kinder wären! »Wir haben nicht gestritten«, entgegnete sie müde. »Sie hat mich mit Äpfeln beworfen.«

Über das Gesicht ihrer Tante huschte ein Schmunzeln. »Tatsächlich?«

Vivica nickte nur.

»Na ja, sie ist manchmal wirklich ein wenig seltsam.« Sie schien nicht recht zu wissen, was sie von der Aussage ihres Patenkindes halten sollte. Allmählich spürte sie wohl, dass das, worüber Vivica soeben gesprochen hatte, kein Scherz gewesen war. Dennoch lächelte sie. »Was hast du erwartet von jemandem, der Meerschweinchen in Wandschränken hält?«

Vivica wusste, es war ein Versuch, sie zum Lachen zu bringen, sie aus ihrer trüben Stimmung herauszureißen, und sie verzog pflichtschuldig die Lippen. Aber das Lächeln, das dabei herauskam, war blass und unglaubwürdig. »Es sind nicht die Meerschweinchen, die mir Sorgen machen«, sagte sie leise.

»Sondern?«

»Ich glaube, Mia ist schuldig.«

Tilla Straten beugte sich ein Stück vor. »Schuldig woran?«

»Am Tod unserer Eltern«, hörte Vivica sich antworten. Ihre Stimme hatte jeden Glanz verloren. »Und gestern ...« Sie starrte in die Flammen des Kamins. »Gestern hat sie Gitta Teggetmeyer getötet.«

Ihre Patentante schüttelte ungläubig den Kopf. »Wie kommst du denn nur auf eine solch grauenvolle Idee?«

»Die Polizei war heute bei uns«, sagte Vivica anstelle einer Antwort. Hatte sie eben, als sie »unsere Eltern« gesagt hatte, eigentlich Frau Prasser gemeint oder ihre Mutter? Sie wusste es nicht. Sie wusste gar nichts mehr. »Sie haben uns vernommen. Uns beide.«

»Das ist doch aber nicht weiter verwunderlich«, entgegnete ihre Tante sachlich. »Soweit ich gehört habe, hat die Polizei mit allen Personen gesprochen, mit denen Gitta zu tun hatte. Du darfst nicht vergessen, dass sie bis vor ein paar Jahren bei euch angestellt war.«

Vivica sagte nichts.

Tilla Straten legte ihr eine Hand auf den Arm. »Worüber machst du dir solche Sorgen?«

»Sie werden glauben, dass ich es gewesen bin«, platzte es aus ihr heraus. »Mia hätte Gitta schon lange töten können. Aber ich ...« Ihre Hände schlossen sich fester um die Lehnen des Sessels. »Ich bin gerade erst wieder zurückgekommen. Sie hat es ganz gezielt so eingerichtet, dass ich in Verdacht gerate.«

»Du siehst Gespenster«, erwiderte ihre Tante streng. »Und ehrlich gesagt verstehe ich auch nicht, warum du dir überhaupt Gedanken machst. Du bist doch gestern Abend mit deinem Freund zusammen gewesen. Ich meine, er wird doch bezeugen können, dass du …«

»Kann er nicht«, unterbrach Vivica sie tonlos.

»Aber du hast doch gesagt, dass ihr …«

Sie schüttelte den Kopf, und ihre Tante verstummte.

Sag es ihr!

»Leon und ich sind uns ein paar Stunden früher begegnet. Ich habe niemanden getroffen, gestern Abend. Ich war allein.«

»Das bedeutet noch lange nicht, dass du schuldig bist«, versetzte Tilla Straten entschieden, doch in ihren Augen lag etwas, das Vivica im Stillen als Mitleid deutete.

Ich stecke in ernsten Schwierigkeiten, dachte sie. Zum ersten Mal seit fünfzehn Jahren bin ich bis in den letzten Winkel meiner Seele davon überzeugt, dass ich unschuldig bin. Und ausgerechnet jetzt wird mir das niemand mehr glauben. Sie spürte, wie ihre Mundwinkel zu zucken begannen. Es sah grotesk aus, das verriet ihr der Blick, mit dem ihre Tante sie bedachte, trotzdem konnte sie nicht damit aufhören. Mia hatte Recht. Die Maske war verrutscht. Die angestauten Emotionen brachen sich Bahn. Sie begann zu zittern.

Besorgt streichelte ihre Tante ihren Arm, und als das nichts half, verschwand sie erneut und kehrte wenig später mit einem Glas zurück. »Hier«, sagte sie, indem sie ihrem Patenkind das Glas in die Hand drückte. »Trink das, es wird dich beruhigen. Ich fürchte, du hast einen Nervenzusammenbruch.«

Vivica starrte das Glas an. Cognac wahrscheinlich. Sie dachte an Lilli und spürte, wie sich ihre Nackenhaare aufstellten. Nervenzusammenbruch hin oder her, sie würde auf keinen Fall Alkohol trinken!

»Vielleicht sollte ich doch besser einen Arzt rufen …«

»Nein!«, rief Vivica und krallte beschwörend die Finger in den Arm ihrer Patentante. »Ich will keinen Arzt. Bitte! Es ... Es geht schon wieder. Mir ist nur so furchtbar kalt.«

Ihre Tante warf einen ratlosen Blick in das knisternde Feuer.

»Könnte ich vielleicht eine Strickjacke haben?« Sie musste sie ablenken von dem Cognac, den sie nicht trinken wollte. Vom Zittern. Vom Blick hinter die Maske. »Meine liegt noch im Herrenhaus.«

»Aber sicher, Schatz.« Tilla Stratens Tonfall wurde sanft. »Ich hole dir eine von meinen. Und trink deinen Cognac.«

Vivica nickte und setzte das Glas an die Lippen, während ihre Patentante geschäftig das Zimmer verließ. Offenbar war sie froh, irgendwie handeln zu können. Vivica hörte, wie sich die Tür zum Schlafzimmer öffnete, gefolgt vom leisen Knirschen einer Schranktür, und schüttete den Cognac ins Feuer, wo er zischend in Rauch aufging.

»Ich werde dich nicht noch einmal gefährden«, flüsterte sie Lilli zu. »Du bist der einzige Lichtblick in einer Welt voller Alpträume.« Dann schmiegte sie sich schlotternd in die Polster des Sessels und dachte über die Frage nach, ab welchem Alter ein Kleinkind wohl in der Lage war, den Anblick eines Elefanten oder Löwen im Zoo zu ertragen, ohne Angst zu bekommen. Oder hatten kleine Kinder überhaupt noch keine Angst? Setzte Angst nicht immer auch ein Bewusstsein für die Gefährlichkeit eines Tieres, einer Situation, eines Gegners voraus? Was war die Wurzel der Angst, aller Angst, ihrer Angst? Genügte es tatsächlich, ein paar Gitterstäbe zu sehen, um sich nicht zu fürchten? Angst lässt sich nicht bannen, dachte sie. Nicht in einen Käfig. Und nicht auf eine Insel ...

Im selben Moment kehrte ihre Tante mit einer grauen

Strickjacke und einer Wolldecke zurück, die sie ihrem Patenkind um die Beine schlang. »Besser?«, erkundigte sie sich mit besorgter Miene.

Vivica nickte, und es gelang ihr tatsächlich, das Zittern in ihrem Körper zu unterdrücken.

»Du solltest nach Hause fahren«, bemerkte Tilla Straten, indem sie wieder in ihrem Sessel Platz nahm. »Was hier im Augenblick passiert, ist einfach zu viel für dich.«

Nach Hause!, dachte Vivica verzweifelt. Wenn es doch nur so einfach wäre ...

»Wenn du möchtest, gehe ich zu deiner Schwester und lasse mir deine restlichen Sachen geben«, schlug ihre Tante hilfsbereit vor. »Oder ich bringe sie gleich heute Abend mit.«

Vivica warf ihr einen verständnislosen Blick zu.

»Das Meeting«, lächelte sie. »Da sehe ich sie doch ohnehin.«

Sie nimmt mich nicht ernst, dachte Vivica. Sie denkt, ich bin nur hysterisch. *Du solltest nach Hause fahren* ... Aber was war mit der Polizei? Was würden die Kriminalbeamten dazu sagen, wenn sie morgen die Insel verließ?

»Ich kann nicht fort«, flüsterte sie.

»Warum nicht?«

»Ich besitze ja nicht einmal ein Foto meiner Mutter«, argumentierte das Kind in ihr, und völlig verwundert stellte sie fest, dass dieses lächerliche Argument tatsächlich einer der Gründe war, warum sie bleiben wollte. Sie besaß kein Foto ihrer Mutter. Ihre einzige Strickjacke befand sich nach wie vor im Herrenhaus. Und sie hatte noch immer nicht das Messer gefunden, mit dem ihre Schwester zwei Menschen getötet hatte. Viele gute Gründe also, auf der Insel zu bleiben. Und nur einer, der dagegen sprach: Lilli ...

»Dem kann leicht abgeholfen werden«, riss die Stimme

ihrer Tante sie aus ihren Grübeleien, und Vivica brauchte einen Moment, bis sie verstand, dass Tilla Straten von einem Foto sprach. Einem Bild ihrer Mutter.

Sie war aufgestanden und stand jetzt an ihrem Kirschholzsekretär, in der Hand einen stoffbezogenen Karton. Mit diesem kam sie wieder zum Kamin herüber, knipste die Leselampe neben Vivicas Sessel an und zog ein Foto heraus. »Hier, dieses hat mir immer besonders gut gefallen!«

Die Aufnahme zeigte Louisa van Heemskerk als junge Frau in einem hellen Sommerkleid, irgendwo in den Borkumer Dünen. Sie lächelte unbeschwert in die Kamera, während eine leichte Brise ihren Rock bauschte und dem Bild eine erstaunliche Lebendigkeit verlieh. Vivica betrachtete die Aufnahme gerührt. Was für ein unglaublicher Unterschied zu dem Hochzeitsfoto, das Mia besaß! Licht und Schatten, Leichtigkeit und Düsternis. Es war, als zeigten die Bilder zwei vollkommen verschiedene Frauen.

»Kann ich das wirklich haben?«, fragte sie.

Tilla Straten nickte geistesabwesend. Ihr Gesicht hatte auf einmal einen anderen Ausdruck angenommen. Ihre Augen blickten unglücklich, und sie sah aus, als fechte sie einen inneren Kampf aus. »Du solltest ...« Sie zögerte, während ihre Finger mit einer zweiten Fotografie spielten. Dann hob sie den Kopf. Sie hatte ganz offensichtlich eine Entscheidung getroffen. »Du solltest das hier auch mitnehmen«, sagte sie, indem sie Vivica das Bild reichte, das sie in der Hand gehalten hatte. Es zeigte einen Mann, den Vivica noch nie gesehen hatte.

»Wer ist das?«

Ihre Patentante seufzte. »Das ist dein Vater.«

Vivica starrte sie an.

»Ich habe Louisa geschworen, dass ich nie einer Menschenseele davon erzähle«, erklärte sie mit einem Anflug von Zweifel in der Stimme. »Aber wenn sie dich heute so sehen könnte ... Ich hoffe ... Nein, ich bin sicher, dass sie es verstehen würde!«

Vivicas Augen suchten das Bild, das ihre Tante ihr gegeben hatte. Der Mann auf dem Foto war gutaussehend, allerdings auf eine äußerst unspektakuläre Weise. Die hohe Stirn verriet Intelligenz und um den Mund lag eine Linie, die auf Charakterstärke und Sensibilität hindeutete. Vivica hielt das Foto dichter unter die Lampe. Sein Haar muss braun gewesen sein, dachte sie, allerdings nicht besonders dunkel. So wie meines. Unter den gewölbten Brauen blickten die Augen traurig, fast weltabgewandt.

»Wer war er?«, fragte sie leise.

»Sein Name war Jan Terlinden«, antwortete ihre Tante. »Er war eine Zeit lang für das Heim verantwortlich, in dem deine Mutter lebte, nachdem ihre Eltern gestorben waren.«

»Er hat sie schon als Kind gekannt?« Vivica war überrascht. »War er denn so viel älter?«

Tilla Straten lächelte. »Liebe fragt nicht nach solchen Nebensächlichkeiten, weißt du. Allerdings gab es da ein anderes Problem, das weit schwerer wog als der Altersunterschied.«

»Was für ein Problem?« Vivica kam sich vor wie ein kleines Mädchen, das gebannt einer spannenden Geschichte lauscht.

»Er hatte eine Frau«, erwiderte ihre Tante achselzuckend. »Und obwohl er diese Frau nicht liebte, brachte er es nicht fertig, sich von ihr zu trennen.« Sie seufzte. »Anngret Terlinden war ... Sie ist eine sehr dominante Person gewesen. Sachlich und auf eine äußerst unverbindliche, fast aggressive Weise durchsetzungsstark.« Im Kamin knackte ein Holzscheit. Zischend stoben ein paar Funken auf. »Weißt du, ich kenne die Vorgeschichte nicht, aber er muss diese Frau zu einer sehr düsteren Stunde seines Lebens getroffen haben. Und als er deiner Mutter begegnete, hatte sie schon seit vielen Jahren nahezu alles für ihn geregelt.« Sie wandte den Kopf und schenkte dem Foto, das Vivica noch immer in den Händen hielt, ein nachsichtiges Lächeln. »Er ist kein besonders praktischer Mensch gewesen, dein Vater. Im Grunde war er ein Träumer, und aus diesem Grund hatte er seiner Frau gestattet, ihm alle unangenehmen Aufgaben des Lebens abzunehmen. Sie hatte die Kontrolle über nahezu alles, was ihn betraf, und hätte ihm sehr schaden können, wenn er sich von ihr getrennt hätte. Deshalb«, sie senkte den Blick, »deshalb hat er diesen Schritt wohl nie gewagt …«

»Aber du sagst doch selbst, dass er diese Frau nicht geliebt hat«, wandte Vivica ein, weit leidenschaftlicher, als sie es von sich gewöhnt war. Es machte sie unendlich wütend, dass zwei Menschen, die einander ganz offensichtlich geliebt hatten, auf ihr Glück verzichtet hatten, um ihr Leben mit Partnern zu teilen, die nicht zu ihnen passten. *Reagier doch nicht wie ein kleines Mädchen,* rief ihr Verstand sie zur Ordnung. *Das Leben ist schließlich kein Groschenroman!*

»Man macht sich manchmal keinen Begriff, in welche Abhängigkeiten Menschen voneinander geraten können«, erwiderte ihre Tante achselzuckend. »Dein Vater ist bestimmt kein schwacher Mensch gewesen und er hat deine Mutter wirklich sehr geliebt. Aber eine so tiefe Liebe birgt immer auch ein großes Risiko. Und vielleicht hatte er tief in seinem Inneren Angst, dass deine Mutter ihm eines Tages davonlaufen würde. Oder er hat es sich einfach nicht zugetraut, sie zu beschützen, gegen alles, was seine Frau vielleicht unternommen hätte, um die Beziehung auseinander zu bringen.«

»Und stattdessen hat er sie lieber ins Unglück gestürzt!«, fuhr es aus Vivica heraus. Sie war noch immer wütend. Wütend auf einen Mann, den sie noch nie gesehen hatte.

»Sich auch«, wandte ihre Tante mit einem melancholischen Seitenblick auf das Bild Jan Terlindens ein. »Sich vielleicht noch mehr.«

»Lebt er noch?«

Tante Tilla schüttelte den Kopf. »Er ist zwei Jahre nach deiner Mutter gestorben. Ihr Tod hat ihn sehr getroffen, weißt du. Ich glaube, er hatte sich fest darauf verlassen, dass sie ihn überleben würde. Dass es ihm zumindest erspart bleiben würde, an ihrem Grab zu stehen.«

Vivica sah auf das Foto hinunter und fühlte, wie ihr Tränen in die Augen stiegen. Sie hatte endlich einen Vater gefunden, der so ganz anders gewesen war als Nils van Heemskerk mit seinen Dämmen und Vorräten und seiner Siedlermentalität. Aber kaum, dass sie diesen Vater gefunden hatte, war er ihr auch schon wieder entglitten.

»Ich wollte dich bestimmt nicht traurig machen«, flüsterte ihre Tante mit unglücklicher Miene. »Ich dachte nur, wo du dir doch solche Sorgen wegen Mias Geisteszustand machst, würde es dich freuen, zu hören, dass sie nur deine Halbschwester ist.«

Vivica hob den Kopf. Diesen Aspekt hatte sie noch gar nicht bedacht! Sie hatte endlich herausgefunden, dass sie unschuldig war, und die Psychopathin, mit der sie aufgewachsen war, war nur ihre Halbschwester. Genetisch gesehen war das eine Erleichterung, ganz zu schweigen von dem Argument, das sie sich in Zukunft entgegenhalten konnte, wenn sie sich wieder einmal vorwarf, nicht genug um ihren Vater getrauert zu haben: Ich hatte eben nie eine besonders tiefe Bindung zu ihm, weil er nicht mein leiblicher Vater gewesen ist. So gesehen hatte sich die Rückkehr auf die Insel vielleicht doch gelohnt. Blieb nur die tote Gitta

Teggetmeyer und die Tatsache, dass die Polizei ihr nicht glauben würde …

»Ich denke, ich werde auch absagen«, verkündete ihre Patentante unterdessen, indem sie auf ihre Armbanduhr sah.

»Was absagen?«

»Das Meeting heute Abend.«

Natürlich! Vivica empfand ein leises Schamgefühl, weil sie das Treffen zwischenzeitlich schon wieder aus ihrem Gedächtnis gelöscht hatte. »Du kannst ruhig gehen«, versicherte sie hastig, obwohl ihr die Aussicht, allein zu bleiben, irgendwie beunruhigend schien. Selbst in einem Haus wie diesem. »In der Zwischenzeit werde ich mich ein wenig ausruhen.«

Tante Tillas Blicke streiften sorgenvoll über ihr Gesicht. »Bist du sicher?«

Vivica nickte. »Sorg du nur dafür, dass den Gästen auch in Zukunft terrakottafarbene Übergardinen erspart bleiben.«

»Worauf du dich verlassen kannst«, lachte sie und stand auf. »Ich gehe mich nur rasch umziehen, okay?«

»Okay.« Vivica kuschelte sich tiefer in ihre Decke und nahm sich noch einmal das Foto ihrer Mutter vor. Wie glücklich sie ausgesehen hatte als junge Frau! Sie hielt die Aufnahme neben das Bild Jan Terlindens und stellte sich vor, wie die beiden sich heimlich in den Dünen getroffen hatten. Sie hatten gut zueinander gepasst, das konnte man sogar aus den Bildern ersehen. Neugierig griff sie in den Fotokarton, der neben ihrem Sessel auf der Erde stand, und nahm einen weiteren Stapel Fotos heraus, darunter das Hochzeitsfoto, das sie so gut kannte. Was mochte Jan Terlinden am Tag ihrer Heirat mit Nils van Heemskerk empfunden haben?

»Hat mein Vater eigentlich gewusst, dass er eine Tochter hat?«, rief sie über ihre Schulter hinweg in die Stille des Hauses.

Ihre Patentante erschien im Türrahmen und schüttelte den Kopf. Sie trug eine elegante dunkle Hose zu ihrer sandfarbenen Regenjacke und hatte sogar ein wenig Make-up aufgelegt. »Nein, deine Mutter hat es ihm nie gesagt.«

»Warum nicht?«, fragte Vivica. »Vielleicht hätte er sich unter diesen Umständen ja doch von seiner Frau getrennt …«

»Durchaus möglich«, gab Tilla Straten zu. »Aber Louisa hatte schon immer ihren eigenen Kopf. Sie war jung und sehr verletzt.«

»Glaubst du, dass sie ihm mit ihrer Hochzeit eins auswischen wollte?«

Sie zuckte die Achseln. »Möglicherweise hat dieser Aspekt bei ihrer Entscheidung, Nils van Heemskerk zu heiraten, tatsächlich eine Rolle gespielt.«

»Hatten sie danach noch Kontakt? Nach der Hochzeit?«

»Nein«, entgegnete ihre Tante. »Ich glaube, das hätte ihnen beiden zu weh getan.«

Vivica runzelte die Stirn. Wie ging man sich aus dem Weg auf einer Insel wie dieser? Sie wollte danach fragen, doch sie merkte, dass ihre Patentante gehen wollte, also entschied sie sich, die Frage auf später zu verschieben.

»Ich werde so gegen halb elf, elf zurück sein.«

»Alles klar«, nickte Vivica und blickte ihr nach. »Und trink keinen Saft!«

Ihre Patentante, die schon halb zur Tür hinaus war, hielt inne und wandte verwundert den Kopf. »Was meinst du?«

»Vergiss es«, sagte Vivica lächelnd.

Ihre Tante hob grüßend die Hand. »Also bis später.«

Vivica hörte, wie die Haustür hinter ihr ins Schloss fiel.

Zurück blieb ein leeres Haus und das Knistern des Feuers, das inzwischen fast heruntergebrannt war. Sie überlegte, ob sie aufstehen und ein wenig Holz nachlegen sollte, aber sie konnte sich nicht überwinden, ihren warmen Sessel zu verlassen. Stattdessen nahm sie sich noch einmal den Fotokarton vor.

* * *

Zur selben Zeit saß Edna mit Bernd Carstensen in einer eleganten Pizzeria. Er hatte »mediterrane Küche« vorgeschlagen, nachdem sie ihm schamhaft gestanden hatte, dass sie gegen Fisch allergisch war und deshalb auf den von ihm gepriesenen friesischen Spezialitätenteller leider verzichten müsse.

»Und?«, erkundigte sie sich, während sie sehnsüchtig auf ihre Canelloni al forno wartete. »Wie kommt ihr voran?«

Er machte eine zweifelnde Handbewegung. »Wie man's nimmt«, entgegnete er. »Es gibt eine Menge, was wir inzwischen ausschließen können, und das ist ja immerhin auch schon was …«

Sie nickte ihm aufmunternd zu.

»Sie ist nicht vergewaltigt und nicht beraubt worden«, resümierte Carstensen. »Angesichts des Wetters, der Uhrzeit und des Tatortes müssen wir davon ausgehen, dass jemand sie ganz gezielt getötet hat, nachdem er – oder sie – sie an die entsprechende Stelle gelockt hatte.« Er nahm einen Schluck von seinem Wein und starrte in die Flamme der Kerze, die ein flinker Kellner auf ihrem Tisch entzündet hatte. »Ihr Haus liegt zwar ganz in der Nähe des Kurparks, aber gestern war ja nun wahrhaftig kein Wetter, bei dem man sich spontan zu einem kleinen Abendspaziergang entschließen würde.«

Edna schüttelte den Kopf. »Das ganz bestimmt nicht.«

»Hinzu kommt, dass sie auch gar nicht die Gewohnheit hatte, abends noch auszugehen«, fuhr Carstensen fort. »Sie war seit Jahren Mitglied in einem christlichen Frauenkreis, aber der findet freitags statt. Ansonsten ist sie ab und an mal zum Kegeln gegangen. Und das war's dann auch schon.« Er seufzte. »Es scheint keinerlei Kampf oder Rangelei gegeben zu haben, so dass auch nicht anzunehmen ist, dass es infolge eines Streits oder einer sonstigen Auseinandersetzung zu der Tat gekommen ist.«

»Ihr habt die Tatwaffe aber nicht gefunden, oder?«

Er schüttelte den Kopf. »Der Täter muss sie mitgenommen haben, und wenn du mich fragst, hat er das nicht zum ersten Mal gemacht. Halsschlagader und Eingeweidestrang sind vollständig durchtrennt. Und wie viel Gewalt dazu gehört, weißt du ja selbst.«

Dieses Mal ist der Täter auf Nummer Sicher gegangen, fuhr es Edna durch den Sinn. Die Zeit der Probeschläge ist vorbei.

»Du hast vorhin was von einem Anruf erwähnt«, sagte sie, indem sie wieder an Mia van Heemskerks Behauptung dachte. Wenn es stimmte, was sie sagte, war auch Sabine Prasser kurz vor ihrem Tod angerufen worden.

»Die Mutter hat das Telefon läuten hören«, nickte Carstensen. »Um kurz nach acht. Zu diesem Zeitpunkt hatte ihre Tochter sie – ganz wie gewöhnlich – schon für die Nacht zurechtgemacht und auf ihr Zimmer gebracht.« Seine Hand strich gedankenverloren über die Bartstoppeln an seinem Kinn. »Die Abläufe in diesem Haushalt waren immer die gleichen. Wenn sie nicht gerade zum Frauenkreis oder zum Kegeln gegangen ist, hat Gitta Teggetmeyer den Rest des Abends allein im Wohnzimmer verbracht und ferngesehen.«

»Und wo steht das Telefon?«

»In der Diele.«

Edna nickte. »Und das Zimmer der Mutter?«

»Ist ein Stück weiter hinten, ebenfalls im Erdgeschoss. Selbst bei geschlossener Tür ist das Klingeln dort zu hören, wenn auch nicht besonders laut.« Er brach sich ein Stück Pizzabrot ab und schob es gedankenverloren in den Mund. »Ich denke, die Alte hat ihre Tochter ziemlich getriezt. Sie scheint über deren Aktivitäten genauestens Bescheid gewusst zu haben.« Seine kräftigen Kiefer zermahlten das Brot. »Wenn sie sagt, dass da ein Anruf war, wird's wohl auch einen gegeben haben.«

Daran zweifle ich keine Sekunde!, dachte Edna. »Die Mutter hat nicht zufällig auch was von dem Gespräch mitbekommen?«

Er grinste. »Leider Gottes nicht, obwohl sie sich – da bin ich sicher – alle Mühe gegeben hat. Allerdings glaubt sie, dass das Gespräch recht kurz gewesen sein muss, weil sie ihre Tochter gleich darauf schon wieder auf der Treppe gehört haben will.«

»Du liebe Zeit!« Edna warf lachend den Kopf zurück. »Scheint wirklich kein einfaches Leben gehabt zu haben, unsere arme Gitta Teggetmeyer.«

»Wohl kaum«, stimmte Bernd Carstensen ihr belustigt zu. »Mama ist ein echter Besen, und die Kontrolle war streng und allumfassend.« Dann wurde er wieder ernst. »Aber dieser Anruf gibt uns wirklich Rätsel auf. Wir haben Teggetmeyers gesamten Bekanntenkreis befragt, Kegelschwestern, Gemeindemitglieder, ehemalige Kollegen. Aber keiner von denen hat sie gestern zur fraglichen Zeit angerufen.«

»Dennoch muss sie den Anrufer gekannt haben«, bemerkte Edna. »Sonst hätte sie sich wohl kaum von der betreffenden Person in die Dünen locken lassen.«

Er nickte. »Genauso sehen wir das auch.«

»Und dieser alte Fall?«, warf Edna vorsichtig ein. »Habt

ihr irgendwelche Hinweise, dass die Tat mit den Heemskerk-Morden in Zusammenhang stehen könnte?«

Ihr norddeutscher Kollege schob die Unterlippe vor. »Man kommt ja fast nicht umhin, da einen Zusammenhang zu vermuten«, entgegnete er nachdenklich. »Natürlich besteht durchaus die Möglichkeit, dass Gitta Teggetmeyer irgendwas über den Mord an ihrem ehemaligen Arbeitgeber und seiner Frau wusste, das sie den Kollegen von damals absichtlich oder unabsichtlich verschwiegen hat. Auf der anderen Seite hat sie die Story seit fünfzehn Jahren jedem aufgetischt, der sie hören wollte, wobei die Geschichte immer länger und blutrünstiger geworden sein soll.« Er machte eine viel sagende Geste. »Ihren Chef mit eingeschlagenem Schädel auf dem Küchenboden vorzufinden, war anscheinend das mit Abstand Spektakulärste, was ihr in den fünfundfünfzig Jahren ihres Lebens widerfahren ist. Und dementsprechend hat sie die Sache ausgeschlachtet, wenn du mir den Ausdruck in diesem Zusammenhang verzeihst.«

Edna nickte amüsiert und griff ihrerseits in den Korb mit den Pizzabrötchen.

»Jemand, der etwas Wichtiges zurückhält, benimmt sich normalerweise anders«, schloss Carstensen. »Folglich scheint es uns mehr als unwahrscheinlich, dass sich der Täter von damals genötigt sah, sich nach fünfzehn Jahren einer lästigen Mitwisserin zu entledigen.« Seine fleischigen Finger formten sich zu einem Kamm, mit dem er sich hastig durch die Haare fuhr, die im Licht der Kerze einen flammenden Kupferton angenommen hatten. »Allerdings gibt es in diesem Zusammenhang ein – nennen wir es mal: etwas merkwürdiges – Zusammentreffen.« Er sah seine rheinländische Kollegin an. »Ist dir bekannt, dass Heemskerks ältere Tochter seit einigen Tagen wieder hier auf der Insel ist?«

»Und zwar zum ersten Mal seit fünfzehn Jahren«, nickte Edna. »Ja, das habe ich gehört.«

»Merkwürdiger Zufall, oder?«

Dasselbe hat Maja auch gesagt, dachte Edna. »Ich glaube nicht an Zufälle.«

Carstensen sah sie an. »Geht mir genauso. Und weißt du was?« Er machte ein bedeutungsvolles Gesicht. »Wir haben einen Zeugen, der eine Frau gesehen haben will, gestern Abend.«

Edna hob den Kopf.

»Einen Kellner«, nickte Carstensen, indem er sich hastig umsah. »Er hatte Schichtende um neun und war auf dem Weg in seine Wohnung in der Von-Frese-Straße.«

»Und was genau hat er gesehen?«

»Eine Frau in einem dunklen Parka. Sie kam aus Richtung des Kurhauses und war etwa auf Höhe der Tennisplätze, als sie unserem Zeugen begegnet ist.« Seine Finger fuhren wieder durch die Haare. Konzentrationshilfe, befand Edna im Stillen. Oder Hunger. »Die Frau ist ihm irgendwie merkwürdig vorgekommen, weil sie mitten auf dem Platz stehen geblieben ist und sich beim Weitergehen ein paar Mal recht auffällig umgesehen hat.« Er machte eine kurze Pause, bevor er hinzufügte: »Größe und Beschreibung passen auf Vivica van Heemskerk.«

»Habt ihr schon mir ihr gesprochen?«

»Heute Nachmittag«, nickte Carstensen.

Edna beugte sich über den Tisch. »Und wo ist sie zur fraglichen Zeit gewesen?«

Carstensen zog bedeutungsvoll die Augenbrauen hoch. »Zu Hause.«

»Zeugen?«

»Nein.«

»Nicht mal ihre Schwester?«

Er schüttelte erneut den Kopf. »Nein, die will zur fraglichen Zeit in ihrem Atelier gearbeitet haben. Ebenfalls allein.«

Genau wie damals, dachte Edna, sie haben beide kein vernünftiges Alibi! Bloß, dass es dieses Mal Vivica ist, für die es schlecht aussieht …

»Ich habe die Akte von damals gelesen«, bemerkte Carstensen mit leerem Blick. »Verzwickte Geschichte.«

Edna betrachtete sein Profil. Höchste Zeit, die Karten auf den Tisch zu legen, dachte sie. Es ist eine willkommene Urlaubsbeschäftigung gewesen, aber jetzt bist du raus aus der Sache! Ein für alle Mal.

»Hör zu«, begann sie, »ich habe mir in den letzten Tagen ein paar Gedanken über die Sache gemacht, und ich …« Sie sah seine Augen und musste auf einmal lächeln. »Ich hab da vielleicht was für euch.«

* * *

»Meinst du, wir sollen ohne sie anfangen?« Jolantha Mayssons Finger strichen über den Rand der schmalen Kladde, in der sie die Ergebnisse eines jeden Monatsmeetings schriftlich festzuhalten pflegte. »Sie müsste längst hier sein.«

»Sie wird sich einfach verspätet haben«, erwiderte ihr Mann. »Du weißt so gut wie ich, dass sie noch kein einziges dieser Treffen verpasst hat.«

Sie nickte. Das war allerdings richtig. Nicht ein einziges Treffen in fünfzehn Jahren. »Wie schade, dass Vivica krank geworden ist«, bemerkte sie, um die entstandene Stille zu brechen. Niemand schien an diesem Abend besonders kommunikativ zu sein. Alle wirkten angespannt. Das machte sie nervös.

»Tja …« Ihr Mann zuckte mit den Achseln, und sie hatte

durchaus nicht den Eindruck, dass er Vivicas Abwesenheit besonders bedauerte. »Nicht zu ändern.«

Sie schob die Stoffmuster, die sie bereits neben sich ausgebreitet hatte, ein Stück von sich weg und sah sich in den Gesichtern der Anwesenden um. »Also warten wir?«

»Ja, warten wir.«

* * *

Die meisten der auf den Fotos abgebildeten Personen waren Vivica gänzlich unbekannt. Einige zeigten Tante Tilla als junge Frau und auch als Kind, am Strand im spitzenbesetzten Badeanzug, in einheimischer Tracht und sogar vor dem Hotel. Vivica betrachtete die Aufnahme genauer. Tatsächlich, da war sie, Tilla, auf den Stufen des Hotels. Hinter ihr stand eine zierliche Frau, ihr selbst nicht unähnlich. Wahrscheinlich die Mutter, dachte Vivica, indem sie das Bild beiseite legte und einen letzten Stapel Fotos aus dem Karton nahm. Ganz zuunterst lagen ein paar Zeitungsausschnitte, die am Boden des Kartons hängen blieben, als sie nach den Bildern griff. Dabei riss der oberste ein wenig ein, und Vivica biss sich schuldbewusst auf die Lippen. Hoffentlich hatte sie jetzt nichts kaputtgemacht! Mit äußerster Vorsicht strich sie das brüchige Papier glatt und hielt es ins Licht der Lampe. Der Artikel stammte aus dem Jahr 1949 und berichtete über das 100-jährige Jubiläum des Hotels. Illustriert wurde der Bericht von einem Foto, das einen ähnlichen Ausschnitt zeigte wie das Bild, das sie zuletzt betrachtet hatte: Auf den Stufen vor der Veranda stand ein dunkler Mann mit feierlicher Miene und weißer Nelke im Knopfloch seines eleganten Anzugs. *Der Herr der »Meeresrose«*, stand unter dem Foto, *Olaf Straten* …

* * *

Beim Essen hatte Edna Carstensen erzählt, was sie wusste. Mias Begabung, ihre Schwangerschaft, das Beil, der mysteriöse Anruf an Sabine Prassers Bett, die geplante Ausstellung – sie hatte nichts ausgelassen und dem Kollegen ihre Sicht der Dinge so knapp und objektiv wie möglich dargelegt. Jetzt wartete sie auf seine Reaktion.

Zunächst sagte er gar nichts, sondern schwieg und blickte auf seinen abgegessenen Teller hinunter. Dann nickte er endlich. »Das passt zu dem, was unser Zeuge gesehen hat. Wenn es nicht die Schwester war«, er sah Edna an, »und ich weiß, dass du sie für unschuldig hältst, dann ist es am Ende tatsächlich Vivica gewesen.«

Edna war nicht glücklich mit dieser Schlussfolgerung, weil sie ihr zu plakativ, zu simpel erschien. Eines der Mädchen. Die eine oder die andere. Schwarz oder weiß. Aber das Leben war viel zu bunt, als dass sie so ohne weiteres an eine derart einfache Formel geglaubt hätte. Trotzdem nickte sie ihrem Kollegen zu. Was sonst? Er würde von selbst darauf kommen, Erwin Maysson zu befragen, die Spuren zu verfolgen, die es vielleicht sonst noch gab. Er würde herausfinden, ob Gelb wirklich Eifersucht bedeutete, wie Vivicas leiblicher Vater hieß und wer Sabine Prasser kurz vor ihrem Tod angerufen hatte. Er würde all diese Dinge herausfinden, und wenn nicht, musste ihr das auch egal sein. Sie war ein für alle Mal raus aus der Sache. Schlimmer noch: Sie war nie wirklich drin gewesen. Sie musste endlich aufhören, über Probleme nachzugrübeln, die sie nicht lösen konnte. Verschüttetes Wasser …

Carstensen winkte dem Kellner, zückte sein Portemonnaie und legte ihr kurzerhand eine seiner fleischigen Pranken auf den Arm, als sie protestieren wollte. »Ich gehe die Akte noch einmal von vorne bis hinten durch«, versprach er, indem er ihr galant in die Jacke half. »Du bist wirklich eine große Hilfe gewesen.«

Edna nickte noch einmal, doch die plötzliche Erinnerung an Meusers frustrierten Gesichtsausdruck verhinderte, dass sie dabei lächelte. »Viel Glück!«

* * *

Vivica starrte auf die Zeitungssausschnitte in ihren Händen. Die Buchstaben tanzten vor ihren Augen, verschwammen, wurden wieder lesbar und verschwanden erneut. Sie wusste genau, was sie da eben gelesen hatte, und dennoch schien ihr die ganze Situation auf einmal vollkommen irreal. Sie hatte endlich die Erklärung gefunden, nach der sie so lange gesucht hatte. Ausgerechnet hier hatte sie sie gefunden, in diesem warmen, gemütlichen Haus, das sie als einen Hort betrachtet hatte, seit sie denken konnte. Im Haus ihrer Tante ...

Eine kühle, beinahe gespenstische Ruhe hatte sich über ihren Körper gebreitet. Das Zittern, die Erschöpfung, alles verschwunden. Zu erschreckend die Erkenntnis, zu perfide die Falle, als dass in ihrem Kopf noch Raum für Angst oder gar Panik gewesen wäre. Nur diese eigenartig klamme Ruhe. Ihre Augen blieben an der kurzen Zeitungsnotiz hängen, die ihre Patentante vor langer Zeit ausgeschnitten hatte. HOTELIER BEGEHT SELBSTMORD lautete die Überschrift.

Olaf Straten, bekannter Borkumer Hotelier und ehemaliger Besitzer des traditionsreichen Hauses »Meeresrose«, hat sich das Leben genommen. Seine Tochter fand ihn am gestrigen Mittwoch erhängt auf dem Dachboden seines Hauses in der Süderstraße, nachdem er nicht wie gewöhnlich zum Mittagessen erschienen war. Über die möglichen Hintergründe der Tragödie wurde zunächst nichts bekannt. Allerdings soll der Tote seit dem Krieg hoch verschuldet und darüber hinaus seit längerem gesundheitlich angeschlagen gewesen sein. Olaf Straten wurde 49 Jahre alt.

Vivica schloss die Augen. Es passte alles! Betrachtete man die einzelnen Puzzleteile aus dem richtigen Blickwinkel, fügten sie sich auf einmal wie durch Zauberhand zu einem Bild zusammen. Tante Tillas Vater hatte das Hotel, das seit Generationen im Besitz seiner Familie gewesen war, an Hans van Heemskerk verkaufen müssen. Der »Herr der Meeresrose« war mit seiner Frau und seinen beiden Kindern aus dem Herrenhaus ausgezogen, hatte keine Arbeit mehr gefunden und sich ein paar Jahre später das Leben genommen. Wahrscheinlich hat ihm der Tod seines Sohnes den Rest gegeben, dachte sie, indem ihre Augen die kleinere der beiden Todesanzeigen suchten, die sie unter den Zeitungsausschnitten gefunden hatte. PIETER, stand da in großen schwarzen Buchstaben neben einem schlichten Kreuz.

Am 16. Mai 1953 verstarb durch einen tragischen Unglücksfall unser einziger Sohn

PIETER

** 27. 02. 1947*
† 16. 05. 1953

Im Namen aller Anverwandten:
Olaf und Christina Straten
Borkum, den 18. Mai 1953

PIETER, der Name zerfloss unter ihren Augen zu einem großen schwarzen Fleck mitten auf dem vergilbten Papier. Der Junge, der am 16. Mai 1953 aus dem Fenster vor der Schulbücherei auf eine finstere Kellertreppe gestürzt war, war Tante Tillas Bruder gewesen. Er war ihr Bruder gewesen, und er war ihr erstes Opfer geworden! Vivica schauderte. Ob Olaf Straten geahnt hatte, dass es seine eigene Tochter gewesen war, die seinen Sohn getötet hatte? Wahrscheinlich nicht, dachte sie. Nein, bestimmt nicht. *Sie hat es sehr raffiniert angestellt. Sie hat sie alle getäuscht.* Aber nicht meine Mutter!, fuhr es ihr durch den Sinn. Meine Mutter muss etwas geahnt haben! *Sie hat davon gewusst,* stimmte eine imaginäre Gerhild Renger ihr zu. *Aber sie dachte, es sei ein Versehen gewesen. Obwohl ich sie gewarnt habe.* Mechanisch legte Vivica die Todesanzeige in den Fotokarton zurück. Auf einmal ergab alles, was die alte Lehrerin gesagt hatte, einen Sinn. Tante Tilla war gefährlich. Sie war schon als Kind gefährlich gewesen. Sie hatte ihren ersten Mord im Alter von dreizehn Jahren begangen, und sie war damit durchgekommen. Ein Erfolgserlebnis mit fatalen Folgen. Ob der Verlust des Hotels und der damit verbundene soziale Abstieg ihrer Familie der dunklen Seite in ihr zum Durchbruch verholfen hatte? Wann mochte sie beschlossen haben, Rache zu nehmen an der Familie, die ihren Vater ins Unglück gestürzt hatte? Und was war ihr Ziel gewesen? Hatte sie nur zerstören wollen, oder hatte sie noch weiter gedacht? Vivica blickte in das verlöschende Feuer hinüber und erinnerte sich plötzlich an etwas, das ihre Patentante zu ihr gesagt hatte, als sie von Borkum fortgegangen war: *Ich kümmere mich um alles, verlass dich darauf. Und wenn du dich je dazu entschließen solltest, deinen Anteil zu verkaufen …* Sie nickte leise vor sich hin. Sie hat genau gewusst, dass mir das Hotel nichts bedeutet, dachte sie. Hat sie sich deshalb dazu entschlossen, meiner Schwester die Morde in die Schuhe zu schieben? Weil sie wusste, dass Mia ihren Anteil am Hotel niemals freiwillig hergeben würde, ebenso wenig wie sie unsere Sandburg den Fluten der Nordsee überlassen hat? Oder sollte ich geschont werden, weil sie wusste, dass ich nicht Nils van Heemskerks leibliche Tochter bin? Aber die Schonzeit ist vorbei. Irgendwann in den letzten Tagen hat sie beschlossen, mich zu jagen! Vivica schlug die Decke zurück. Die Wärme, die sie spendete, war zu trügerisch, als dass sie sie länger ausgehalten hätte. *Ich finde, du solltest diese Dinge auf sich beruhen lassen …* Das war eine Warnung gewesen, gestern Mittag. Ihre Tante hatte sie gewarnt. Aber sie war zu dumm, zu vernagelt gewesen, um diese Warnung zu verstehen. Im Gegenteil, sie hatte darauf beharrt, dass sie die Wahrheit schon herausfinden werde. Ob das der Auslöser gewesen war? Die Entschlossenheit, mit der sie auf einmal in der Vergangenheit gestochert hatte? Hatte diese Entschlossenheit die Jagd eröffnet? Ich bin ihr zu nahe gekommen, dachte Vivica, indem sie noch einmal das Foto ansah, das ihre Patentante auf den Stufen des Hotels zeigte. Sie hat mich mit verstellter Stimme angerufen und anschließend auch Gitta Teggetmeyer in die Dünen bestellt. Sie hat dafür gesorgt, dass Gitta vor mir dort ist, und dann hat sie sie kaltblütig umgebracht. Gleichzeitig hat sie mich in meinem Argwohn gegen Mia bestärkt, wo immer sie konnte. Ihre Sorge, ihr ständiges Drängen, dass ich zu ihr ziehen soll – alles nur Show! Sie schlüpfte aus der Jacke, die ihre Tante ihr geliehen hatte. Sie konnte diese Jacke keine Sekunde länger tragen. Wahrscheinlich ist sie es sogar selbst gewesen, die mein Handy hat verschwinden lassen, überlegte sie weiter. *Was erwartest du von jemandem, der Meerschweinchen in Wandschränken hält?* Woher wusste sie das, wenn sie tatsächlich seit fünfzehn Jahren nicht im Herrenhaus gewesen war? Woher wusste sie von Mias Tieren?! Bestimmt hat sie noch immer einen Schlüssel zu ihrem Elternhaus, dachte Vivica fröstelnd. Bestimmt ist sie dort gewesen, als ich krank war ... Ihr Blick blieb an dem Glas hängen, das auf dem kleinen Tisch neben ihrem Sessel stand, und eine flüchtige Erinnerung blitzte vor ihr auf. Ein Glas. Oder war es ein Becher? Reste einer Flüssigkeit und auf dem Grund ein weißlicher Bodensatz wie von aufgelösten Tabletten. Sie hat mich betäubt, damals!, fuhr es ihr durch den Sinn. Deshalb konnte ich mich an nichts erinnern. Deshalb war ich so müde. Sie muss mir irgendwas gegeben haben!

Sie griff nach dem Glas, in dem der Cognac gewesen war, den sie nicht getrunken hatte, und wollte es eben gegen das Licht der Lampe halten, als sie hinter sich ein Geräusch hörte ...

* * *

Insgeheim hatte Edna gehofft, an der Rezeption auf Erwin Maysson zu treffen, doch der Platz hinter dem Tresen war leer und auch das dahinterliegende Büro schien verwaist zu sein. Also betätigte sie die altertümlich anmutende Klingel auf der Theke und wartete.

»Die ist eine rauchen«, verkündete eine Stimme in ihrem Rücken, die ihr bekannt vorkam. Sie drehte sich um und entdeckte den scharfsichtigen Herrn Trautmann in einem der Korbsessel. »Ist vor fast zehn Minuten weg und seither wie vom Erdboden verschwunden«, bemerkte er missbilligend. »Die Rothaarige mit den spitzen Knien. Nicht die dralle Blonde.«

Edna erinnerte sich flüchtig an zwei Hotelangestellte, auf die diese Beschreibungen passten.

»Kommt und geht, wie es ihr passt«, schimpfte Trautmann, der augenscheinlich froh war, seinen Unmut mit jemandem teilen zu können. »Und warum? Weil's alles keine Konsequenzen hat! Dabei müsste so was mindestens eine Abmahnung nach sich ziehen, wenn Sie mich fragen. Aber nein, es wird geduldet. Und in der Zwischenzeit kann hier jeder, dem es gerade einfällt, an unsere Zimmerschlüssel.« Er klappte seine Zeitschrift zu und warf sie auf einen der niedrigen Tische. »Ich sage Ihnen, die Mayssons haben den Laden längst nicht mehr im Griff. Und wenn es hart auf hart kommt, lösen sie sich beide in Luft auf. Genau wie neulich Abend ...« Er stand auf und blickte Edna fragend an. »Ich weiß nicht, ob Sie das mitbekommen haben?«

Edna schüttelte den Kopf, ohne zu wissen, worum es eigentlich ging.

»Neulich Abend war eine von diesen Kegeldamen«, die Betonung des letzten Wortes ließ keinen Zweifel daran, was Trautmann von derlei Damen hielt, »etwas, na ja, sagen wir mal: unpässlich.«

Edna zog amüsiert die Augenbrauen hoch, während sie sich im Stillen fragte, ob Trautmann es wohl wagen würde, die genannte Unpässlichkeit noch etwas näher zu beschreiben.

»Gleich da drüben bei den Prospektständern hat sie alles voll gereihert«, beantwortete dieser ihre heimliche Frage im selben Augenblick unerwartet drastisch. »Eine Riesensauerei, kann ich Ihnen sagen. Und die Maysson hatte Dienst.« Er verzog angewidert das Gesicht, ob über Jolantha Maysson oder die Riesensauerei ließ sich nicht vollständig ergründen. »Sie hat die bewusste Dame reinkommen sehen, genau wie alle anderen. Aber sie hat nichts unternommen. Im Gegenteil: Sie steht da wie Nulpe und wartet geduldig, bis die Bescherung passiert ist. Und dann rennt sie auf und davon und schickt eins von den Mädchen zum Saubermachen runter.« Seine Hand machte eine verächtliche Geste. »Aber so führt man kein Geschäft, das kann ich Ihnen verraten. Wenn Sie bei den Angestellten respektiert werden wollen, müssen Sie mit gutem Beispiel vorangehen und sich ruhig auch mal selbst die Hände schmutzig machen. So wie die Straten. Ich sage Ihnen, die sitzt hier jedem Einzelnen im Nacken, und das ist auch ganz richtig so. Bei der gibt's keine Extras und Rauchpause und so was alles!«

Auf das Stichwort »Rauchpause« hin betätigte Edna erneut die Klingel an der Rezeption. Sie wollte auf keinen Fall noch länger hier in der Halle herumstehen und mit dem reisefiebrigen Herrn Trautmann plaudern. Sie wollte einfach auf ihr Zimmer.

»Das ist noch die alte Schule, die Straten«, fuhr Trautmann fort, indem er Ednas Bemühen mit einem mitleidigen Lächeln quittierte. »Ich sage Ihnen, selbst der alte Heemskerk hatte seine Leute nicht so gut im Griff.«

Schicksalsergeben lehnte Edna den Rücken gegen die Theke und dachte an das kurze Gespräch, das sie mit Tilla Straten an diesem Vormittag geführt hatte. Hatte sie gelogen, was Vivicas Alibi betraf? *Du bist raus aus der Sache,* erinnerte sie ihr Verstand. Ein für alle Mal. *Vergiss es, halt die Klappe und warte auf deinen Schlüssel!*

Sie sah Trautmann an. »Kennen Sie Frau Straten schon lange?«

Er nickte. »Seit wir herkommen. Aber da gehörte ihr der Laden natürlich schon lange nicht mehr«, setzte er hinzu. »Na ja, streng genommen hat er ihr eigentlich nie gehört. Sie ist ja noch ein Kind gewesen, als ihr Vater verkaufen musste.«

Edna starrte ihn an. »Was?«

»Das Hotel hat ihrem Vater gehört, Olaf Straten«, erklärte Trautmann bereitwillig. »Aber nach dem Krieg hat er es an Nils van Heemskerks Vater verkauft.«

Verdammt, dachte Edna, der arme Olaf! Warum zur Hölle höre ich nie richtig zu?! Dabei hat Grete Siehler mir die Geschichte doch sozusagen auf dem Silbertablett serviert. Die traurige Geschichte vom armen Olaf und ein erstklassiges Mordmotiv dazu! Im Geiste sah sie die schmächtige Alte hinter ihrer Teetasse sitzen, die gichtigen Finger zu einer Geste tiefen Bedauerns erhoben. *Er hat natürlich keine andere Arbeit mehr gefunden. Also fing er an zu saufen, und ein paar Jahre später hat er sich das Leben genommen. Aufgeknüpft auf'm Dachboden haben sie ihn gefunden.* Sie nickte leise vor sich hin. Ja, dachte sie, Olaf Straten ist ein Opfer gewesen. Jemand, der auf der Strecke geblieben ist. *So waren sie, die Heemskerks,* stimmte die Alte in ihrem Kopf ihr sinnend zu. *Wer ihnen im Weg stand, wurde einfach beiseite geräumt …*

Edna schloss die Augen und versuchte, ihre Gedanken zu ordnen, die wild hin und her sprangen. Gesprächsfetzen jagten durch ihren Kopf und mischten sich mit Fakten, Bildern, Eindrücken. Sie ging quer durch die Halle, bis eine geschlossene Tür sie am Weitergehen hinderte. Tilla Stratens Vater hatte sich das Leben genommen. Und seine Tochter hatte nach einem Schuldigen gesucht. *Die Heemskerks haben nicht mal einen Kranz geschickt zu seinem Begräbnis …* Edna drehte sich um und kehrte zur Rezeption zurück. Sie konnte nicht ruhig stehen bleiben. Nicht jetzt. Wenn sie jetzt ruhig stehen blieb, würde es ihr nie gelingen, die Mosaiksteinchen, die langsam und zögerlich vor ihren Augen sichtbar wurden, zusammenzufügen. Okay, dachte sie, spielen wir die Sache mal durch: Tilla Straten macht Nils van Heemskerk und seine Familie für den Tod ihres Vaters verantwortlich, und sie beschließt, sich an ihm zu rächen. Sie hält engen Kontakt zu dem Mann, den sie hasst, was ihr nicht schwer fällt, denn zufällig ist sie die beste Freundin seiner Ehefrau. Sie wird die Patentante seiner ältesten Tochter. Sie macht sich unentbehrlich, vor allem, als Louisa van Heemskerk Selbstmord begeht und … Edna stutzte. Ein weiterer Selbstmord? Oder doch das Ergebnis einer gezielten Manipulation? *Hatte direkt den Verfolgungswahn, die Ärmste,* rief eine imaginäre Grete Siehler ihr ins Gedächtnis. Doch sie schob den Gedanken zunächst beiseite. Nach dem Tod ihrer alten Freundin geht Tilla Straten im Herrenhaus ein und aus, setzte sie stattdessen ihr Resümee fort. Sie kocht, sie sorgt dafür, dass die Mädchen pünktlich zur Schule kommen, und nebenbei verbringt sie viel Zeit im Hotel, wo sie aufgrund ihrer Kompetenz hohes Ansehen genießt. Sie ist fast wieder da, von wo ihr Vater viele Jahre zuvor vertrieben worden ist. Aber Nils van Heemskerk ist ein Mann mit Instinkten. Er erkennt ein gutes Geschäft ebenso wie die Hochbegabung seiner Tochter. Und er erkennt auch, dass ihm von Vivicas Patentante Gefahr droht … *Er hat sie nie leiden können,* nickte Grete Siehler hinter ihrer Teetasse. *Und er hatte auch was dagegen, dass sie sich immer noch überall einmischte …*

»Immer noch!«, flüsterte Edna ärgerlich. Spätestens da hätte ich stutzig werden müssen! Aber genau wie alle anderen habe ich mich von Anfang an auf eine lächerliche Entweder-oder-Frage festgelegt. Eines der Mädchen, die eine oder die andere, schwarz oder weiß. Was für ein Unsinn! Aber weiter im Text: Nach dem Tod seiner Frau heiratet Nils van Heemskerk ein zweites Mal, und zwar bezeichnenderweise heimlich und außergewöhnlich schnell. Vielleicht hofft er, dass Sabine Prassers Anwesenheit Tilla Straten endgültig aus dem Herrenhaus vertreiben wird. Doch in diesem Punkt irrt er sich. Sie bleibt präsent und wartet auf ihre Chance. Edna fuhr sich mit beiden Händen durch die kurzen braunen Haare. Sie hat das alles lange im Voraus geplant, dachte sie, und sie ist klug und geduldig genug, nichts zu übereilen. Sie hält sich im Hintergrund und wartet auf eine passende Gelegenheit. Und die bietet sich, als die Mädchen erwachsen werden und es zu ersten ernstzunehmenden Konflikten zwischen ihnen und ihrem Vater kommt. Vor allem Mia mit ihrer Exzentrik und ihrem Hang zu Wutausbrüchen bietet ihr eine willkommene Angriffsfläche, und als sie zufällig mitbekommt, wie diese sich für eine Arbeit im Atelier das Küchenbeil ausleiht, entschließt sie sich zum Handeln. Sie lässt das Beil mit Mias Fingerabdrücken verschwinden, um es später als Mordwaffe zu verwenden, denn sie weiß genau, dass sich der Verdacht der Polizei im Falle einer Ermordung Nils van Heemskerks zuerst gegen dessen Töchter richten wird, die durch den Tod des Vaters ein ansehnliches Vermögen erben. Aber damit nicht genug: Kurze Zeit später wird sie – wieder durch einen Zufall – Zeugin einer lautstarken Auseinandersetzung zwischen Vivica und ihrem Vater. Und wieder nutzt sie die Gelegenheit geschickt aus, um ihre Tat noch besser vorzubereiten: Sie erklärt den beiden anderen Personen, die mit ihr im Hof des Herrenhauses stehen, dass es Mia sei, die sich da gerade so fürchterlich mit ihrem Vater streite, und zumindest Grete Siehler nimmt ihr diese Version der Geschichte arglos ab.

Edna starrte auf die blank geputzten Fliesen hinunter, auf denen nicht die kleinste Spur der kegelschwesterlichen Unpässlichkeit mehr zu entdecken war. Ja, dachte sie, so könnte es gewesen sein! Ein perfider, bis ins letzte Detail ausgeklügelter Plan mit einer perfekt gewählten Hauptverdächtigen: Mias Fingerabdrücke sind auf der Tatwaffe, sie hat sich angeblich kurz vor der Tat mit ihrem Vater gestritten, sie neigt zu unkontrollierten Wutausbrüchen und sie hasst ihre Stiefmutter – zweifellos ein weiterer wichtiger Aspekt, denn Tilla Straten weiß, dass sie auch Sabine Prasser töten muss. Wenn sie diese nämlich am Leben gelassen hätte, hätte sie die Hälfte des Vermögens geerbt. Sabine Prasser hätte die Kontrolle über das Haus und das Hotel gehabt, und so, wie die Dinge lagen, war es auch mehr als unwahrscheinlich, dass sie die erwachsenen Töchter ihres verstorbenen Mannes noch länger im Herrenhaus geduldet hätte. Nein, dachte Edna, wahrscheinlich hätte sie die beiden mitsamt der Patentante an die frische Luft gesetzt! Also hatte sie sterben müssen ...

Aber was war mit Tilla Stratens Alibi? Was war mit Vivica? Ratlos kehrte sie an die Rezeption zurück. Wenn sie mit ihrer Theorie richtig lag, hatte Tilla Straten bereits gegen 22 Uhr im Herrenhaus sein müssen, um sicherzustellen, dass Sabine Prasser eine ausreichende Zeit vor ihrem Mann starb. Aber wie hat sie sicher sein können, dass ihre Patentochter zu diesem Zeitpunkt bereits schlafen würde? Ein Schlafmittel!, schoss es ihr durch den Sinn. Sie hat sie betäubt. Sie muss sie betäubt haben. Nie und nimmer hätte sie einen so wichtigen Aspekt dem Zufall überlassen! Sie zerrte ihr Handy aus der Tasche und wählte Bernd Carstensens Nummer.

Der Kollege meldete sich beinahe umgehend.

»Edna noch mal«, rief sie in den Hörer. »Hör zu, hast du zufällig die Heemskerk-Akte da?«

Er bejahte.

»Okay. Könntest du für mich nachsehen, was genau Vivica van Heemskerk damals zum Verlauf des Tatabends ausgesagt hat?« Sie hörte ihn blättern. »Tilla Straten muss Stein und Bein geschworen haben, dass ihre Patentochter das Haus nicht verlassen hat. Aber sieh doch bitte mal nach, ob Vivica dasselbe von ihrer Patentante behauptet ...«

»Das kann sie gar nicht«, meldete sich völlig überraschend Trautmanns Stimme in ihrem Rücken zu Wort.

Verblüfft drehte sie sich um. »Warum nicht?«

»Weil sie an dem besagten Abend hier gewesen ist«, entgegnete er lapidar. »Ich habe sie selbst gesehen.«

»Tilla Straten?« Edna ließ das Handy sinken. »Wo?«

»Hier im Hotel. Das heißt, nicht direkt im Hotel, sondern in der Gasse. Sie wissen schon, die kleine Gasse auf der anderen Seite vom Hof.« In seinem Blick lag eine sorgsam gezügelte Neugier. »Sie nimmt oft diesen Weg, wenn sie nach Hause geht. Es ist eine Abkürzung.«

Edna fühlte, wie die Aufregung über diese Neuigkeit ihr das Blut in den Kopf schießen ließ. *Edna platzt gleich*, hatte Justine immer gerufen, als sie noch Kinder gewesen waren. *Edna platzt!*

»Okay, also an dem Abend, an dem Nils van Heemskerk ermordet wurde, haben Sie Tilla Straten in der Gasse hinter dem Hotel gesehen?«, vergewisserte sie sich noch einmal. Kein übereiltes Urteil, keine voreiligen Schlüsse. Sie musste ganz sicher sein. Erst dann konnte sie handeln.

Trautmann nickte. »Ich konnte nicht schlafen und habe aus dem Fenster gesehen. Na ja, und da war sie, hinten in der Gasse. Ich weiß noch, dass ich gedacht habe, sie müsse mal wieder bis Toresschluss gearbeitet haben.« Er sah Edna an. »Weil's schon so spät war.«

»Können Sie sich an die genaue Zeit erinnern?«, fragte Edna, indem sie an Meuser dachte. Sie hatten tatsächlich einen Augenzeugen gehabt, damals! Ohne es zu ahnen …

Trautmann runzelte die Stirn und dachte angestrengt nach. »Auf jeden Fall nach Mitternacht, würde ich sagen.«

Edna hob das Handy wieder an ihr Ohr. »Bernd? Schnapp dir die verdammte Akte und komm her!«

* * *

Ihre Pupillen schossen unter den geschlossenen Lidern hin und her, und Vivica hatte das Gefühl, dass auch ihre Hände leise zitterten. *Zu viel Bewegung,* mahnte ihr Verstand. *Sie wird dir nicht abnehmen, dass du schläfst. Nie und nimmer wird sie das glauben.* Trotzdem, sich schlafend zu stellen, war vielleicht ihre einzige Chance. Sie musste abwarten. Sehen, was sie vorhatte. Und sie hatte etwas vor! Das Treffen konnte unmöglich schon aus sein. Wahrscheinlich war sie gar nicht erst dort gewesen. Sie hatte nur das Haus verlassen und irgendwo darauf gewartet, dass das Betäubungsmittel in ihrem Cognac seine Wirkung tat. Und jetzt kehrte sie zurück.

Um was zu tun? Mich töten?

Vivicas Ohren durchsuchten die Stille des Zimmers nach einem Hinweis auf ihre Anwesenheit. Das Geräusch im Flur, ein leises Knirschen von Dielen, die unter einer plötzlichen Belastung nachgaben – das war alles gewesen, wodurch sie sich verraten hatte. Seither war es totenstill im Haus.

Wo steckt sie? Was hat sie vor?

Ihr Atem ging unruhig, und sie hatte das beklemmende Gefühl, dass ihr Herzschlag im ganzen Haus zu hören war, ein durchdringendes Pochen inmitten der Stille, die ihr unendlich verlogen vorkam. So verlogen wie die sprichwörtliche Ruhe vor dem Sturm. Und heute, so viel zumindest war ihr klar, würde dieser Sturm nicht ausbleiben.

Wappne dich! Denk nach, was du tun kannst!

Sie wusste, so wie sie saß, konnte man von der Tür aus nur ihre Schulter sehen. Trotzdem fühlte sie auf einmal einen Blick auf sich gerichtet. Einen prüfenden Blick aus klugen braunen Augen, der direkt durch die Polster des Sessels drang und sich in ihren schweißnassen Rücken bohrte. Und auf einmal nahm sie auch eine Bewegung wahr. Eine leise Bewegung, kaum mehr als ein Hauch, irgendwo rechts von sich, dort wo die Lampe stand.

Dann ging das Licht aus …

* * *

Während Edna mit wachsender Unruhe in der Hotelhalle auf und ab lief, kehrte die rothaarige Rezeptionistin mit den spitzen Knien an ihren Arbeitsplatz zurück.

Edna registrierte aus den Augenwinkeln, wie sie hinter dem Tresen Platz nahm, und entschied sich zum Handeln. »Können Sie mir sagen, ob Frau Straten heute Abend im Haus ist?«, wandte sie sich an die Angestellte.

Diese schüttelte den Kopf. »Nein, heute nicht. Sie hat vorhin angerufen und für heute Abend abgesagt«, erklärte sie mit wohldosiertem Bedauern in der rauchigen Stimme.

»Was abgesagt?«

»Das Meeting«, entgegnete die Angestellte, indem sie nach einem Schriftstück griff, das wie ein Formular aussah. Offenbar fühlte sie nach ihrer widerrechtlichen Rauchpause eine innere Verpflichtung, beschäftigt auszusehen. »Einmal im Monat gibt es ein Treffen der Geschäftsleitung mit den Besitzern des Hotels«, fügte sie erklärend hinzu. »Aber wie gesagt, Frau Straten hat heute Abend nicht daran teilgenommen.«

Ein Treffen mit den Besitzern des Hotels, dachte Edna grimmig. Wie bezeichnend!

»Hat sie zufällig gesagt, warum sie nicht kommen kann?«, erkundigte sie sich, während sich ein Anflug ernster Besorgnis in ihre Unruhe mischte.

Die Rothaarige machte zwei unmotivierte Kreuze auf ihren Zettel. Dann blickte sie auf. »Ja«, nickte sie. »Sie sagte, dass sie sich um ihre Patentochter kümmern müsse.

Die wohnt seit heute bei ihr und hat anscheinend ziemlich schwer die Grippe.«

Edna sah sich nach der Eingangstür um, durch die in diesem Augenblick Bernd Carstensen trat. »Haben Sie Frau Stratens Adresse?«

Jetzt zögerte sie doch. »Natürlich. Aber ich weiß wirklich nicht, ob ich die so einfach ...«

»Können Sie!«, fiel Edna ihr ins Wort, indem sie ihren Dienstausweis zückte, den sie immer bei sich trug.

Die Angestellte nickte und fingerte ein schmales Büchlein aus einer der Schubladen vor sich. Während sie Tilla Stratens Anschrift auf einen Notizzettel schrieb, zog Edna ihren norddeutschen Kollegen ein Stück beiseite. »Tut mir Leid, dass ich mich so einfach einmische, aber ich erkläre dir alles unterwegs, okay?«

Sie wartete nicht ab, bis er nickte, sondern riss der Angestellten den Zettel mit Tilla Stratens Privatanschrift aus der Hand und rannte los ...

* * *

Jetzt hörte Vivica ihre Schritte in der Dunkelheit. Sie kamen langsam um den Sessel herum. Ein kurzes Zögern noch, dann schlossen sich ihre Finger um ihr Handgelenk. Sie fühlten sich seltsam an, diese Finger, und erst mit ein paar Sekunden Verzögerung wurde Vivica klar, warum: Ihre Patentante trug Handschuhe. Latex vermutlich, zumindest kein Stoff. Unter der gummiartigen Oberfläche pulsierte die Wärme ihres Blutes.

Vivica versuchte, ihre Muskeln vollkommen locker zu lassen, damit ihre Tante nicht merkte, dass sie wach war. Sie spürte, wie ihr Arm umgedreht wurde, dann fühlte sie etwas Kaltes in ihrer Hand. Metall. Ein Griff. Vivica erstarrte. Das Messer!, zuckte es durch ihr Bewusstsein. Sie nimmt meine Fingerabdrücke für ihre Mordwaffe. Sie bereitet meinen Tod vor!

Als sie die Lider aufriss, schwebten die braunen Augen direkt über ihr. Sie schienen zu lächeln. Im selben Moment traf sie ein Schlag gegen den Kopf.

* * *

Am Gartentor blieb Edna kurz stehen, um wieder zu Atem zu kommen. Sie waren schnell gegangen. Sehr schnell. Und sie hatte gesprochen. Die ganze Zeit über.

Tilla Stratens Haus lag in beunruhigender Dunkelheit.

»Ob sie ausgegangen sind?« Bernd Carstensen wischte sich mit dem Ärmel seiner Jacke über die schweißnasse Stirn und blickte an der adretten Fassade hinauf zu den Fenstern im ersten Stock. Doch auch dort war kein Schimmer von Licht zu entdecken.

Edna kniff zweifelnd die Augen zusammen. »Der Angestellten hat sie gesagt, dass ihre Patentochter eine schwere Grippe hat«, erinnerte sie ihn. »Deshalb wollte sie ja unbedingt zu Hause bleiben.«

Er nickte. In seinen Augen erkannte Edna ihre eigene Unruhe. »Und jetzt?«

»Wir klingeln«, entschied sie. »Und wenn sie tatsächlich nicht da sein sollten, werden wir warten.«

* * *

Nicht ohnmächtig werden!, hämmerte es in ihrem Kopf, während der Schmerz ihr fast den Atem raubte. *Du darfst auf keinen Fall das Bewusstsein verlieren!*

Unter dem Hieb der Faust hatte sie die Augen wieder geschlossen, die braunen Augen, denen sie vertraut hatte, seit sie ein Kind gewesen war, ausgeblendet. Aber sie blieb präsent. Vivica fühlte den Druck ihrer Finger auf ihren Unterarmen. Sie war kräftig. Einundsechzig Jahre Wind und ein halbes Jahrhundert Hass hatten sie stark gemacht. Zu stark für mich, dachte Vivica verzweifelt. Tief in ihr begann Lilli vor Angst und Schmerz zu weinen.

Kämpf! Grab! Verteidige, was dein ist!

Sie zwang sich, die Augen wieder aufzumachen, und sah ein Lächeln über sich. Trotz der Dunkelheit konnte sie den Lippenstift auf ihrem Mund ausmachen, das Makeup, das sie aufgelegt hatte, bevor sie gegangen war. *Sie hat sich für dich geschminkt, extra für dich! Zur Feier des Tages. Zum Schlachtfest …* Im selben Moment holte ihre Hand erneut aus. Sie lächelte noch immer. Es machte ihr Spaß. Sie hatte Freude daran.

Ich glaube, jemand trachtet mir nach dem Leben.

War das die Stimme ihrer Mutter?

Sie erwartete ein Kind, nicht wahr?

Vivica wand sich unter der Last ihres Körpers und versuchte verzweifelt, ihre Knie zu befreien, sich ein wenig Bewegungsfreiheit zu verschaffen, ein wenig Raum, doch alle ihre Bemühungen verpufften ins Leere. Resigniert starrte sie auf die erhobene Faust über sich und flüsterte: »Pieter!«

Sie schien irritiert. Mehr noch: Sie stutzte und sah sich um, sah über ihre Schulter zum Kamin hinüber, als erwarte sie tatsächlich, ihren Bruder dort stehen zu sehen. Zugleich schien ihr unauslöschliches Lächeln einen Riss zu bekommen. Er platzte quer über ihr Gesicht, und für den Bruchteil einer Sekunde lockerte sich ihr Griff.

Vivica wusste, dass sie diesen winzigen Moment der Unaufmerksamkeit nutzen musste. Er war die einzige Chance, die sie hatte. Sie hob ihren rechten Arm, der ihr kaum gehorchen wollte, und krallte die sorgfältig manikürten Finger in ihrem Haar fest. Dann riss sie die Hand zurück. Riss, so fest sie konnte. Sie dachte nicht über die Effektivität ihres Handelns nach. Sie hatte einfach das Naheliegendste getan. Ihre Hand fiel auf die Sessellehne zurück und sie fühlte ganze Büschel von Haaren zwischen ihren Fingern.

Der Kopf ihrer Patentante fuhr herum und ein heiseres Zischen drang aus ihrem Mund, der auf groteske Weise verzogen war. Ein paar in die Länge gezogene Sekunden verharrte sie und sah ihre Patentochter an. Dann schlug sie zu.

Ihre geballte Faust traf Vivicas Kinn mit gnadenloser Gewalt. Vivica spürte, wie ihre Lippe platzte. Zugleich schmeckte sie Blut auf ihrer Zunge. Der nächste Schlag traf sie gegen die Schläfe, und jetzt registrierte sie auch wieder den Schmerz, der sich für den winzigen Moment ihrer Gegenwehr irgendwohin zurückgezogen hatte. Er zuckte durch ihren geschundenen Körper wie glühende Lava, und sie wusste auf einmal, dass es vorbei war. Dies war der Punkt, an dem sie endete, der Augenblick, in dem die Burg aufgegeben, die Schaufel fallen gelassen werden musste. Schmerz entsteht im Kopf, dachte sie noch, reine Nervensache, Neurotransmitter. Dann schlossen sich die sturmerprobten Hände um ihren Hals. *Gescheitert. Versagt. Du hast verloren, du elendes Miststück, endgültig verloren!*

»Verzeih mir, Lilli«, flüsterte sie, doch die Worte blieben in ihrem Hals stecken, verkeilten, verklemmten sich in dem winzigen Spalt, zu dem die übermächtigen Hände ihre Kehle zusammengepresst hatten, so dass kein Laut davon an die Oberfläche drang. Aus irgendeinem nicht nachvollziehbaren Grund musste sie an die Küche des Herrenhauses denken, während sich eine gähnend schwarze

Leere in ihrem Kopf ausbreitete. Aber seltsamerweise dachte sie nicht an ihren toten Vater, nicht an Frau Prasser und nicht einmal an ihren Traum. Sie dachte an den Moment, in dem sie ihre Schwester am meisten gefürchtet hatte. Sie sah Mia am Küchenschrank stehen, Bierschinken und Käsecracker in sich hineinstopfend. Sie sah Mia, kurz davor, zu explodieren. Mia, wie sie drohend näher kommt. Und sich selbst, zurückgewichen bis an die Kante des Küchentisches, ausweglos, zitternd vor Angst. Und auf einmal, einem seltsamen Déjà-vu gleich, geschah etwas, mit dem sie nicht im Traum gerechnet hätte: Die Türglocke läutete.

Vor Schreck ließ ihre Tante einen Moment von ihr ab. Und Vivica schrie um ihr Leben …

* * *

»Verdammt, was war das?«

»Vivica!«, rief Edna und warf einen abschätzenden Blick auf die äußerst stabil anmutende Haustür. »Wir müssen da rein! Los, versuchen wir es bei einem der Fenster!«

Sie rannten um das Haus herum. An der Rückfront fanden sie eine gläserne Terrassentür. Bernd Carstensen zog seine Jacke aus und schlang sie um seinen Arm.

Edna hörte, wie das Glas splitterte, zugleich nahm sie ein ersticktes Keuchen wahr. Es drang aus dem Raum, der hinter der Terrassentür lag. Im selben Moment registrierte sie aus den Augenwinkeln, wie ihr Kollege seine Dienstwaffe aus dem Halfter zog. Ein metallisches Klicken, als er sie entsicherte, dann war er im Haus.

»Tilla Straten? Polizei!«

* * *

Vivica van Heemskerks Gesicht war in einem schlimmen Zustand, aber ansonsten schien sie nur leicht verletzt zu sein. Sie war in dem Sessel, in dem ihre Patentante sie beinahe erwürgt hatte, sitzen geblieben, die schmächtigen Arme fest um den zierlichen Körper geschlungen. Ihre Augen waren geschlossen, und ihre blutverkrusteten Lippen formten unablässig einen Namen, den Edna nicht einordnen konnte.

»Wer ist Lilli? Sollen wir jemanden benachrichtigen?«

Sie hob den Kopf und starrte Edna leeren Blickes an. Dann fuhr sie fort mit ihrem Geflüster. Es klang beinahe wie ein Gebet, wie sie dieses eine Wort wiederholte, wie eine Formel, die sie irgendwann vor langer Zeit gelernt hatte, und die ihr nun über das Grauen der Gegenwart hinweghalf. *Ave Maria, madre di Dio. Tu sei benedetta fra le donne …*

Edna legte ihr eine Hand auf die Schulter und sah sich nach Carstensen um. Er hatte Tilla Straten die Pistole an die Schläfe gehalten, nachdem sie in keiner Weise auf seine Aufforderungen, von ihrem Patenkind abzulassen, reagiert hatte. Als auch das ohne Wirkung geblieben war, hatte er sie gepackt und mit Gewalt von ihrem Opfer losgerissen, in das sie sich wie ein rasender Pitbull verbissen zu haben schien. Jetzt saß sie in der entgegengesetzten Ecke des Zimmers und stierte auf ihren Berberteppich hinunter. Carstensen stand vor ihr wie ein Schrank und ließ sie nicht aus den Augen. Er ist gut!, dachte Edna. Wirklich gut!

Nach und nach trafen die Kollegen ein und auch der Krankenwagen, den Edna angefordert hatte. Das stille Zimmer füllte sich mit Menschen und Geräuschen, jemand legte Vivica van Heemskerk eine Decke um die Schultern, und Edna verließ das Haus. Sie war raus aus der Sache. Aus und vorbei.

Als sie durch Tilla Stratens Gartentor auf die Straße trat, spielte sie einen Augenblick lang mit dem Gedanken, Maja anzurufen, doch ein Blick auf die Uhr ließ sie davon absehen. Stattdessen ging sie langsam durch die schweigenden roten Gassen zum Hotel zurück, zurück zu Olaf Stratens *Meeresrose*.

An der Rezeption hatte inzwischen der Nachtportier seinen Dienst aufgenommen.

»Beck, Zimmer 307«, murmelte sie, indem sie über den Namen nachdachte, den Vivica van Heemskerk unablässig wiederholt hatte: Lilli.

Der Portier drehte sich nach dem Schlüsselbrett um und angelte einen Briefumschlag aus dem Fach unter ihrer Zimmernummer. »Da ist was für Sie abgegeben worden«, bemerkte er gelangweilt und deutete auf ein großes, flaches Paket, das vor der Tür zum Büro an der Wand lehnte. »Das hier war dabei.« Er reichte ihr den Brief über den Tresen. »Ich habe ihn lieber abgenommen, damit er nicht verloren geht.« Er sah sie an, als erwarte er ein Lob für seine Umsicht. »Wollen Sie das Paket gleich mit raufnehmen, oder soll ich lieber morgen früh den Hausmeister schicken? Ist ziemlich schwer, das Ding.«

»Ich weiß nicht ...« Verwirrt riss Edna den Umschlag auf. Die Schrift, mit der ihr Name geschrieben war, kam ihr nicht bekannt vor, aber das Paket an der Wand ließ eigentlich nur einen einzigen Schluss zu.

Danke, stand in kräftigen, schön geschwungenen Buchstaben auf dem schlichten weißen Briefbogen. *Danke, dass Sie mir geglaubt haben. Aber jetzt, wo Gitta tot ist, geht alles wieder von vorne los, und ich glaube nicht, dass ich dem noch länger gewachsen bin. Heute sind sie sogar in mein Atelier eingebrochen und haben meine Arbeiten zerstört. So weit sind sie noch nie gegangen. Aber nun ist auch diese Grenze einmal überschritten, und ich weiß, dass es niemals aufhören wird. Sie werden mich nie in Ruhe lassen. Sie glauben mir einfach nicht. Niemand außer Ihnen hat das je getan ...*

Edna starrte das Paket an. Sie brauchte es nicht zu öffnen, um zu wissen, dass es sich um das Bild handelte, das sie im Atelier bewundert hatte. Nummer vierzehn ...

Der Portier war aufgestanden. »Soll ich Ihnen bis zum Aufzug helfen?«

Sie hob den Kopf. »Nein«, sagte sie. »Rufen Sie die Polizei an. Sie sollen jemanden zum Herrenhaus rüberschicken. Sofort! Sagen Sie, eine Beamtin von der Kripo sei bereits vor Ort.«

Er machte ein verständnisloses Gesicht. »Und warum?«

Edna schluckte. »Suizid«, sagte sie tonlos. »Oder Suizidversuch. Das wird sich zeigen.«

* * *

»Verdammt noch mal, wo steckt sie?!«

Edna lief in der Eingangshalle des Herrenhauses auf und ab, während die Beamten von der örtlichen Polizei die Zimmer, den Keller und das Atelier durchsuchten.

»Vielleicht irrst du dich ja doch«, wandte Carstensen, der ungeachtet der laufenden Vernehmung Tilla Stratens ebenfalls gekommen war, halbherzig ein.

Edna schüttelte resigniert den Kopf. »Ich wünschte, es wäre so.«

»Aber wo könnte sie sein?«, überlegte Carstensen laut. »Wie wir wissen, hat sie – außer zu dieser Psychologin, von der du erzählt hast – keine Kontakte hier auf der Insel. Und Dr. Gessner haben wir angerufen. Die hat nicht die geringste Ahnung, wo sie sein könnte.« Er hustete. »Und hier ist sie offenbar auch nicht. Sonst hätten wir sie längst gefunden.« Sein Blick blieb an den braunen Apfelresten hängen, die in einer Ecke der Halle ihren fauligen Geruch verströmten. »Ich glaube nicht, dass jemand, der sich umbringen will, sich so versteckt, dass man ihn nicht findet ...«

Edna sah ihn an. »Verdammt!«, rief sie. »Ich weiß, wo sie ist!«

* * *

Sie fuhren mit dem Streifenwagen auf der Strandpromenade, so weit es eben ging. Dann mussten sie zu Fuß weiter. Edna schleuderte sich die sandgefüllten Slipper von den Füßen, als sie mitten durch die unwegsamen Dünen rannten. Obwohl der Boden nass war vom Regen der vergangenen Stunden, sackten ihre Füße immer wieder bis weit über die Knöchel darin ein. Sie fiel hin, rappelte sich wieder hoch und erreichte schwer atmend den Kamm der Primärdüne. Dahinter lag der Strand, eine weite dunkelgraue Fläche, über die der Wind pfiff. In den Prielen glitzerte das Wasser im fahlen Mondlicht, das sich erst vor wenigen Minuten durch die Wolken gekämpft hatte.

Obwohl es durchdringend nach Tang und verwesenden Schalentieren roch, glaubte Edna noch immer, den Geruch fauliger Äpfel wahrzunehmen, als sie quer über die Sandbank jagte. Sie blickte nach vorne, suchte nach etwas, an dem ihre Augen sich festhalten konnten, und registrierte nur am Rande, wie der Boden unter ihren nackten Füßen seine Gestalt veränderte. Glatt, Wellenprofil, Schlick. Sie stolperte durch ein Priel, ohne dessen Tiefe einschätzen zu können. Kaltes Salzwasser spritzte an ihren Beinen hinauf und tränkte ihre Leinenhose, die beste, die sie besaß, bis sie ihr eisig und schwer um die Beine schlug.

Der Wind kam jetzt direkt von vorne und trieb ihr die Tränen in die Augen. Sie senkte den Kopf, und plötzlich sah sie etwas vor sich im Sand liegen. Im selben Moment, in dem sie erkannte, dass es Schuhe waren, wusste sie, dass sie zu spät kam.

Silbergraue Wellen stürzten ihr entgegen, brachen und liefen zu ihren Füßen aus, und Edna sank neben den durchnässten Schuhen auf die Knie, während sich hoch über ihr, in der Schwärze des Nachthimmels, die ersten Sterne zeigten …

Samstag, 25. August Als Vivica erwachte, war es später Vormittag, und das Erste, was sie dachte, war, dass sie ihre Fähre verpasst hatte. Die erste Fähre. Und die zweite auch. Vielleicht sogar die dritte. Wann ging die noch gleich? Um zwei? Oder später?

Sie hob mühsam den Kopf. Sie hatte nicht schlafen wollen, aber schließlich war sie doch eingeschlafen. Und nun hatte sie ihre Fähre verpasst ... *Ich bin mir durchaus bewusst, was Sie in den vergangenen Stunden durchgemacht haben* ... War er das tatsächlich? Konnte irgendjemand, konnte dieser Mann begreifen, was geschehen war? Sie erinnerte sich dunkel an seine roten Haare und die Waffe, die er bei sich getragen hatte. Ein Messer. Nein: eine Pistole. *... aber leider kann ich Ihnen nicht ersparen, Ihnen mitzuteilen, dass Ihre Schwester* ... Das Atelier, flüsterte sie durch die Lücke, die die Schwellung an ihrer Lippe von ihrem Mund übrig gelassen hatte. Sie wird fürchterlich wütend sein. Sie kann sehr ärgerlich werden, wissen Sie? Das konnte sie schon als Kind ... *Es tut mir Leid. Wirklich.* Aber sie ist harmlos, fügte sie hinzu und tastete nach ihrem Mund. Sie hatten sie genäht. Die Lippe, nicht Mia. Es war meine Tante, wissen Sie? Nicht meine richtige Tante, Gott sei Dank nicht. Sie hat Bratäpfel für uns gemacht und meine Mutter getötet. Aber mein Vater ist an gebrochenem Herzen gestorben, obwohl ich immer dachte, man hätte ihm den Schädel eingeschlagen ... *Gibt es jemanden, den wir verständigen können? Einen Freund vielleicht?* Leon! Sie versuchte ein Lächeln. Leon Westling. Aber der wird nichts mit mir zu tun haben wollen, wenn er nicht sowieso längst abgereist ist. Wann ging noch mal die nächste Fähre? Um halb sechs? Oder war das schon die letzte? Sie blickte zur Decke. Wo war die Uhr? *Haben Sie vielleicht eine Telefonnummer?* Sie zeigte auf ihre Handtasche. Oh ja, sie hatte Leons Telefonnummer. Sogar die vom Handy. Dabei hatte er sich gar nicht in Luft aufgelöst. Im Gegenteil ... *Wir lassen Sie jetzt ein bisschen schlafen. Heute Nachmittag wird Ihnen ein anderer Kollege dann noch ein paar Fragen stellen, wenn es Ihnen recht ist.* Heute Nachmittag? Da war sie doch längst auf dem Heimweg. Sie überlegte, ob sie den Beamten darüber informieren sollte, aber sie hatte Angst, dass er sie hindern würde, die Insel zu verlassen. Und das konnte sie auf keinen Fall riskieren. Also sagte sie nichts. Und überhaupt, wie sollte sie Fragen beantworten? Sie wusste doch gar nichts. Und nichts war so, wie es schien. So war das nun einmal ... *Ich wünsche Ihnen alles Gute* ... Halt! Jemand muss die Fische füttern! ... *Wie bitte?* ... Denken Sie daran, die Fische zu füttern. Sie sterben sonst. Und dann lassen sie sich nicht mehr gut vermalen ... *Wir kümmern uns darum* ... Sie nickte ... *Schlafen Sie jetzt* ...

* * *

»Wissen Sie, ich bin froh, dass mich mein Eindruck damals nicht getäuscht hat.« Kriminalhauptkommissar im Ruhestand Dietrich Meuser zog die dunkelblaue Windjacke enger um den asketischen Körper und starrte gedankenverloren auf die aufgewühlten Fluten hinaus. Gegen Morgen hatte sich das Wetter erneut verschlechtert. »Hat mich mächtig beschäftigt, die Sache.«

Edna nickte. Sie hatte ihn noch in der Nacht angerufen und er war mit der ersten Fähre auf die Insel gekommen. Sie hatte nicht vorgeschlagen, dass er herkam. Er hatte es von sich aus gewollt. Er war kein Mann, der sich drückte.

»Auf die Straten wäre ich nie gekommen«, gestand er und ein Hauch von Schmerz breitete sich über seine markanten Gesichtszüge. »Wenn wir damals nur weiter zurückgegangen wären …« Er ließ den Satz offen und zuckte resigniert mit den Schultern.

Edna wusste, was in ihm vorging. Eine frustrierende Erinnerung weniger, eine quälende Frage mehr. Polizisten sollten den Begriff »Wenn« aus ihrem Wortschatz streichen, dachte sie. Diese verdammten »Wenns« waren vielleicht sogar das Gefährlichste an ihrem Job. *Wenn wir weiter zurückgegangen wären, dann hätten wir vielleicht das Motiv gefunden und Mia van Heemskerk wäre nicht gestorben …*

»Wie geht es Vivica?« Meuser hatte sich vom Meer abgewandt und sah sie an. Erlös mich, bat sein Blick. Erzähl mir etwas, das ich noch nicht weiß. Lenk mich ab von der anderen, von der Schwester. *Eines der Mädchen …*

»Sie steht noch unter Schock, aber sie wird sich erholen«, antwortete Edna, wenngleich sie sich keinesfalls sicher war, was das Erholen betraf. »Sie erwartet ein Baby.«

»Tatsächlich?«

Sie nickte.

»War immer schon ein zähes Luder, die Kleine«, bemerkte Meuser.

Edna suchte seinen Blick einzufangen. Und er ließ es zu. »Was machen Ihre Pferde?«

Er lächelte. Zum ersten Mal, seit er hier war, lächelte er. »Viel Freude und eine große Menge Mist.«

»So soll's sein«, nickte Edna. Er würde klarkommen. »Wenns« wie diese gehörten nun einmal zu ihrem Beruf. Meuser hatte diesen Beruf achtunddreißig Jahre lang ausgehalten. Er würde es schaffen. Die Wahrheit, dachte sie, ist dem Menschen zumutbar.

* * *

Es hatte wieder zu regnen begonnen. Das Wasser stand in riesigen, vom Wind gekräuselten Lachen überall auf dem Asphalt und das Meer war so grau wie der Himmel.

Maja hatte sie an den Anleger gebracht.

Edna suchte in ihrer Handtasche eine Weile nach ihrer Bordkarte, fand sie schließlich und schob sie in die Tasche ihres Trenchcoats. Dann sah sie ihre Nichte an. Sie war so still seit gestern. So eigenartig still.

Sie hatte Maja vorschlagen wollen, sie zu begleiten, mitzukommen, nach Hause. Aber irgendwie hatte sie nicht gewagt, diesen Vorschlag auszusprechen. »Wann kommst du zurück?«, fragte sie stattdessen.

Ihre Nichte zuckte mit den Schultern. Fast unbeteiligt.

»Wirst du wieder zur Schule gehen?«

»Ich denke schon.«

Es klang aufrichtig, aber Edna wusste, dass man bei Maja nie sicher sein konnte. Sie traute ihr nicht. Nicht mehr.

»Wann?« Noch einmal die gleiche, sinnlose Frage.

»Wenn ich es mir zutraue.«

»Warum traust du es dir nicht jetzt zu?«

Sie sah zu Boden. »Ich hatte einen Anfall. Erst gestern.«

Edna nickte. Sie war nicht verwundert. Warum war sie, verdammt noch mal, nicht verwundert über ein derart weitreichendes Eingeständnis?

»Es ist noch zu früh«, sagte Maja leise. Es klang resigniert. Erschreckend resigniert für eine Neunzehnjährige. »Ich habe noch immer kein Rezept gefunden, mit Enttäuschungen umzugehen.« Sie lächelte müde. »Kein anderes ...«

»Habe *ich* dich enttäuscht?« Sie fürchtete die Antwort. Aber sie wollte sie sich auch nicht ersparen. Maja hatte Fragen wie diese nie beantwortet. Sie hatte niemals irgendwelche Vorwürfe gemacht. Nicht ihrer Mutter. Nicht ihrer Tante. Niemandem. Immer hatte sie geschwiegen auf Fragen wie diese. Jetzt, das konnte Edna spüren, würde sie antworten. Sie merkte, wie ihr kalt wurde.

»Eine Zeit lang habe ich tatsächlich geglaubt, du wärst meinetwegen hier.« Maja lächelte beinahe entschuldigend. Aber da war auch eine leise Aggression. Sie schimmerte unter dem Lächeln hindurch wie eine Warnung. Die Oberfläche war dünner geworden. Und vielleicht war das sogar gut so.

»Das war ich auch.« Sie musste unbedingt sehen, wie ihre Nichte auf diese Lüge reagierte, wenn es ihr gelingen sollte, sich keine Sorgen zu machen. Wenn es ihr gelingen sollte, den Kopf frei zu kriegen, weiterzuarbeiten.

»Nein.« Maja schüttelte den Kopf. »Ich habe nur ganz gut hineingepasst.«

Sie sprach ohne Bitterkeit. Zumindest klang es so.

Edna sah sie an. Wie machte man jemandem klar, dass man ihn liebte, obwohl man sich nie um ihn kümmerte? Was war eine solche Liebe wert? Nicht genug, um sie festzuhalten, dachte sie. Nicht annähernd genug. Irgendetwas stimmt nicht mit mir. Mit mir, mit uns allen. Meine Familie ist nicht in Ordnung. Sie ist es nie gewesen, und sie wird es nie sein.

Sie sah in den weiten grauen Himmel hinauf und versuchte, sich eine Welt ohne Maja vorzustellen. Wie es wäre, wenn Maja fort wäre und nicht mehr zurückkommen würde. Wäre sie traurig? Würde sie weinen? Hatte sie je auch nur eine einzige Träne um ihre Schwester geweint? Was musste passieren, damit das Leben unerträglich wurde? Wie sah die Lücke aus, die nicht zu stopfen wäre, durch Arbeit, durch Pflichterfüllung? Und warum gab es keinen einzigen Menschen auf der Welt, ohne den sie nicht leben konnte? Oder konnte sie am Ende sogar glücklich sein, dass es diesen Menschen nicht gab? Was war schlimmer: die Leere oder die Angst, zu verlieren, was man gefunden hatte?

»Du musst dich beeilen!«

Edna sah nach der Fähre. Die anderen Passagiere waren längst an Bord gegangen. »Rufst du mich an?«

»Ja.«

»Bestimmt?«

Maja nickte. Aber was hieß das schon?

»Was soll ich Oma sagen?«, startete Edna einen letzten Versuch.

»Sag ihr, dass ich sie grüßen lasse.«

»Sonst nichts?«

»Nein.«

»Ich sag's ihr.«

Sie gab ihrer Nichte einen flüchtigen Kuss auf die Wange und wunderte sich, dass Maja es widerstandslos geschehen ließ. Sie musste wütend sein. Sie war enttäuscht worden. Ganz bitter enttäuscht. Dennoch hielt sie so still wie als Kind, wenn jemand sie auf den Arm genommen und ihre rosigen Wangen geküsst hatte. Maja ertrug es, geküsst zu werden. Das hatte sie von Anfang an von ihrer Mutter unterschieden, die stets alle Küsse, die ihr gegeben worden waren, von ihrer Haut gewischt hatte, als wolle sie sie so schnell wie möglich wieder loswerden. Irgendetwas stimmt nicht mit meiner Familie, dachte Edna wieder. Wir ertragen alle keine Liebe. Nicht richtig …

»Komm bald zurück«, sagte sie. »Ich vermisse dich.«

Dann drehte sie sich um. Sie wartete nicht auf eine Reaktion ihrer Nichte. Sie konnte nicht warten. Sie drehte sich einfach um und ging durch den strömenden Regen auf das wartende Schiff zu.

* * *

Sie hatte die Topfpflanze, die wie ein schmächtiger kleiner Tannenbaum aussah, auf dem Fußabtreter neben ihrer Wohnungstür vorgefunden, als sie am späten Abend von der See zurückgekehrt war. *Araucaria heterophylla* stand auf einem unscheinbaren Plastikschild, das am Rande des Topfes in der Erde steckte, *pflegeleicht und anspruchslos*.

Sie hatte *Araucaria* mit in ihre Wohnung genommen und ihn – denn sie war trotz des eher feminin anmutenden Namens davon überzeugt, dass es sich um eine männliche Pflanze handelte – auf die Fensterbank im Wohnzimmer gestellt. Danach war sie zu Bett gegangen und hatte trotz des Verkehrslärms, der durch das geöffnete Schlafzimmerfenster an ihr Ohr gedrungen war, schlecht geschlafen.

Am nächsten Tag hatte es an der Tür geklingelt, sie hatte geöffnet und ein munteres und – angesichts ihrer Aversion gegen kleine Hunde – erstaunlich zutrauliches Julchen war mit einer hellrosa Schmetterlingshaarspange im wehenden Deckfell an ihr vorbeigelaufen, um sogleich wieder den Platz neben ihrem Lieblingskissen zu belegen, den sie sich offenbar zu ihrem Stammplatz erkoren hatte. Ihr Herrchen war ihr gefolgt, hatte ebenfalls auf dem Sofa Platz genommen und kommentarlos eine Packung Düngestäbchen auf Ednas Couchtisch gelegt.

Inzwischen hatte er eine erste Tasse Kaffee und ein paar alte Kekse bekommen, und Edna hatte in groben Zügen Bericht erstattet.

»Er wird sich um sie kümmern«, bemerkte der alte Herr nach einem Moment des Schweigens. »Leon ist ein anständiger Junge.«

Edna nickte. Vivica van Heemskerk war nicht allein. Sie würde begreifen, was mit ihrer Schwester geschehen war. Sie würde das Hotel, das ihre Familie ins Unglück gestürzt hatte, verkaufen und der Insel endgültig den Rücken kehren. Und irgendwann, in ein paar Jahren, würde sie mit ihrer Tochter in den Zoo gehen und herausfinden, wie es sich anfühlte, laut und unbeschwert zu lachen.

Diesslers Blick, der die Pause zu einer eingehenden Musterung des Inventars genutzt hatte, blieb an der Wand über Ednas Schreibtisch hängen. »Was ist das für ein Bild dort?«

»Ein Nilou«, entgegnete Edna ohne aufzublicken.

»Ein was?«

Sie schmunzelte, sagte aber nichts.

Der alte Herr runzelte die Stirn. »Und was soll es darstellen?«

Edna betrachtete die kräftigen Linien in Blau und Graugrün. »Ein geheimnisvolles Land, in dem es keine Menschen gibt«, entgegnete sie gedankenverloren.

Er sah sie an. »Für mich sieht's eher wie Wasser aus.«

»Das künstlerische Erlebnis ist immer ein Gemeinschaftsprodukt der in einem Kunstwerk dargebotenen

Reize einerseits und der subjektiven Reaktion des Betrachters auf eben diese Reize andererseits«, sagte Edna.

Der alte Herr lehnte sich ein Stückchen vor. »Wie bitte?«

Edna lächelte. »Lassen Sie es mich einmal anders ausdrücken: ›Weit draußen im Meer ist das Wasser so blau wie die Blätter der schönsten Kornblume und so klar wie das reinste Glas‹ …«

Diessler bedachte seine Nachbarin mit einem nachsichtigen Blick. Dann allerdings nahmen seine wachen Augen erneut einen fast begierigen Ausdruck an. »Und die Zeichnung da draußen im Flur?«

Ich wusste es!, dachte Edna. Seit er die gesehen hat, platzt er fast vor Neugier!

Der alte Herr sah harmlos aus. »Die hat ja wohl ein Kind gemacht, was?«

»Das«, entgegnete Edna, »geht Sie nun wiederum gar nichts an.«

Diessler zog entschuldigend die Schultern hoch. »War ein Versuch«, sagte er.

»Gegen einen Versuch ist nichts einzuwenden«, gab Edna zu und lächelte noch ein bisschen mehr. »Noch eine Tasse Kaffee?«

Diessler erwiderte ihr Lächeln und lehnte sich bequem zurück. »Gern«, sagte er vergnügt und kraulte sein Julchen.

Der alte Tod verlor die rasche Kraft:
Das Ob sogar ist zweifelhaft!
(Johann Wolfgang Goethe, *Faust II*)

Epilog

»Und? Wie war Ihr Urlaub?« Gerald Rogler sah nicht so aus, als erwarte er tatsächlich eine Antwort auf diese Frage. Er saß in seinem abgewetzten alten Ledersessel und beugte sich über einen Obduktionsbericht. Überall auf dem Schreibtisch lagen Fotos verstreut, ein Autobahnparkplatz, soweit Edna erkennen konnte, und Müll in verschiedenen Stadien der Zersetzung. Inmitten dieses Chaos stand eine zierliche hellblaue Porzellantasse, die eine dunkelgelbe Flüssigkeit enthielt, und Edna konnte sich des Verdachts nicht erwehren, dass es sich dabei um längst erkalteten Kamillentee handelte.

»Interessant, danke«, beantwortete sie die Frage ihres Vorgesetzten trotzdem.

»Bitte sehr«, entgegnete Rogler mechanisch. Seine Augen hingen auf einem der Fotos fest. »Wir haben einen Zeugen. Aber der scheint leider alles andere als zuverlässig zu sein …«

Edna nickte ihm nachsichtig zu und schloss dann leise die Tür hinter sich.

Als sie in ihr Büro kam, stand ihr roter Kaffeebecher auf ihrem Platz und dampfte. Das ganze Zimmer war erfüllt von Kaffeeduft.

»Willkommen zu Hause«, sagte Max, indem er einen Teller mit Teilchen in der Mitte des Tisches platzierte. Dann machte er sich daran, das flache, annähernd quadratische Päckchen auszupacken, das Edna ihm wortlos auf den Schreibtisch gelegt hatte, bevor sie zu Rogler gegangen war. Sie neigte nicht zu Mitbringseln, und umso gespannter war Max auf den Inhalt. »Jetzt bist du gar nicht zum Streichen gekommen«, bemerkte er, während er das blaue Geschenkband aufknüpfte.

»Wischen«, murmelte Edna und nahm einen Schluck von ihrem Kaffee.

»Was?«

»Die verdammten Wände im Schlafzimmer«, entgegnete sie unwillig. »Ich wollte sie nicht streichen, sondern wischen.«

»Oh!« Max nickte verständnisinnig und legte eine unscheinbare graue Pappschachtel unter dem Geschenkpapier frei. »Nass in nass?«

Edna starrte ihn an. »Was?«

»Die Effektfarbe über der Dispersion«, entgegnete Max, indem er die Schachtel vorsichtig am unteren Ende öffnete.

»Wischen«, wiederholte Edna hilflos. »Ich ...«

»Wow!«, fiel der Kollege ihr ins Wort. »Die ist ja klasse!« Er hielt die weiß-blaue Wanduhr eine Armlänge von sich weg und betrachtete sie eingehend. Ein dunkelblauer Sekundenzeiger huschte gegen den Uhrzeigersinn über das friesische Porzellan. AUF BORKUM GEHEN DIE UHREN ANDERS, stand in verschnörkelten Buchstaben direkt über der Zwölf.

»Gefällt sie dir?« Edna wusste natürlich, dass ihr Kollege Uhren sammelte, aber sie war sich trotzdem nicht ganz sicher gewesen, ob sie mit ihrem Souvenir richtig lag.

»Und ob!«, zerstreute dieser ihre Bedenken.

Sie lächelte und zog ein weiteres Päckchen aus ihrer Handtasche. »Für alle Fälle hatte ich noch Pralinen besorgt.«

»Angesichts der Uhr nicht nötig, aber immer gerne gesehen«, grinste Max, öffnete den Deckel der Pralinenschachtel und hielt sie seiner Kollegin hin.

Edna schob sich einen Seestern aus Nougat in den Mund und griff nach der Akte, die zuoberst in ihrem Postkorb lag, wo sie nicht hingehörte.

»Nächstes Wochenende haben wir noch nichts Besonderes vor«, bemerkte Max nach einer Weile beiläufig.

»Nicht?« Ednas Hand tastete nach einem Schokoladenseepferd.

»Wir könnten dein Schlafzimmer wischen, während du deine Speziallasagne machst ...«

»Die mit extra viel Sahne und Südtiroler Speck?«

Max nickte genüsslich.

»Na jaaa«, sagte Edna gedehnt, indem sie an das Renovierungs-Mahnmal unter ihrem Schlafzimmerfenster dachte. »Die wollte ich sowieso mal wieder machen.«

»Also dann am Samstag?«

»Samstag«, nickte Edna, und ein zufriedenes Lächeln spielte um ihre Mundwinkel.

Nachwort

Es ist das Privileg und Vergnügen eines Autors, Menschen auf einem Stück ihres Lebensweges zu begleiten, die es – in einigen Fällen vielleicht leider – in der Realität nicht gibt und auch nie gegeben hat.

Genau das habe ich getan.

Die Nordseeinsel Borkum existiert tatsächlich; alle in diesem Buch beschriebenen Geschehnisse, die sich dort zutragen oder zugetragen haben, entstammen meiner Phantasie.

Silke Barden im Dezember 2005

Schwarzer Humor im Münsterland: Privatdetektiv Dieter Nannens erster Fall

Dieter Nannen, Prokurist aus Essen, erbt überraschend einen Bauernhof im tiefsten Münsterland. Leider sind keine agrarökonomischen Erlöse zu erwarten, da sich der Viehbestand auf ein Schwein und mehrere Kaninchen beschränkt. Womit Geld verdienen? Warum nicht als Privatdetektiv? Nannen wird wider Erwarten auch gleich ein Fall übertragen: Er soll die Tochter des Arztes überwachen, die der Schule fernbleibt und auch dem Drogenkonsum nicht abgeneigt zu sein scheint. Als das Mädchen noch am selben Tag tot aufgefunden wird, ahnt Nannen, daß er besser die Finger von dem Auftrag gelassen hätte …

Schwein gehabt

Ein Münsterland-Krimi

ISBN-13: 978-3-548-26256-7
ISBN-10: 3-548-26256-2

ULLSTEIN

»Ein schwieriger vierter Fall für den kultverdächtigen Ermittler Harry Hole: Psycho-Thriller mit Tiefgang«
Joy

Der Osloer Kriminalbeamte Harry Hole jagt einen Bankräuber, der während eines Überfalls scheinbar grundlos eine junge Angestellte erschossen hat. Da wird er selber in einen Mordfall verwickelt: Seine ehemalige Geliebte wird tot aufgefunden, und Harry ist der letzte, der sie lebend sah.

»Eine dichte Story, die durch trockenen Humor besticht und trotzdem menschlich ist.«
Facts

»Ein gutgeschriebener skandinavischer Thriller mit hohem Tempo und starken Figuren.«
Cuxhavener Nachrichten

Die Fährte
Roman
ISBN-13: 978-3-548-25958-1
ISBN-10: 3-548-25958-8

ULLSTEIN

UB224

»Die Alan-Banks-Krimis sind zur Zeit die beste Serie auf dem Markt.«

Stephen King

Mitten auf der Straße wird die brutal zugerichtete Leiche eines Mannes gefunden. Inspector Alan Banks bleibt keine andere Wahl, als drei junge Pakistanis zu verhaften, die Zeugenaussagen zufolge kurz vor seinem Tod eine Schlägerei im Pub mit ihm angezettelt hatten. Doch ist das wirklich die richtige Spur? Alan Banks scheint auf einem Irrweg, während in der Zwischenzeit auch noch seine langjährige Ehe in die Brüche zu gehen droht …

Das blutige Erbe

Roman

ISBN-13: 978-3-548-26157-7
ISBN-10: 3-548-26157-4